# VINCENT WA

**ALTER:** Ende 40

**WOHNORT:** Stockholm

**FAMILIENSTAND:** verheiratet, Vater von drei Kindern, die aus zwei Beziehungen stammen. Er ist unglücklich mit Maria verheiratet und denkt ständig an Mina.

**BERUF:** Mentalist

**HINTERGRUND:** Vincent ist Experte für Mentalmagie und die Geheimnisse des menschlichen Geistes – aus kleinsten Details kann er Erstaunliches herauslesen. Aber seine Autismus-Spektrum-Störung erschwert ihm den Umgang mit seinen Mitmenschen. Er hofft, dass die Mordkommission ihn erneut um seine Hilfe bittet, sodass er Mina wiedersehen kann.

# CAMILLA LÄCKBERG

## HENRIK FEXEUS

# FINSTER NEBEL

Kriminalroman

Aus dem Schwedischen
von Katrin Frey

Die schwedische Originalausgabe erschien 2022
unter dem Titel »Kult« bei Forum, Stockholm.


**Besuchen Sie uns im Internet:**
**www.droemer-knaur.de**

Aus Verantwortung für die Umwelt hat sich die Verlagsgruppe Droemer Knaur
zu einer nachhaltigen Buchproduktion verpflichtet.
Der bewusste Umgang mit unseren Ressourcen, der Schutz unseres Klimas
und der Natur gehören zu unseren obersten Unternehmenszielen.
Gemeinsam mit unseren Partnern und Lieferanten setzen wir uns für eine
klimaneutrale Buchproduktion ein, die den Erwerb von Klimazertifikaten
zur Kompensation des $CO_2$-Ausstoßes einschließt.
Weitere Informationen finden Sie unter:
www.klimaneutralerverlag.de

Deutsche Erstausgabe Juni 2023
Knaur Verlag
Published by arrangement with Nordin Agency AB, Sweden
© 2022 Camilla Läckberg und Henrik Fexeus
© 2023 der deutschsprachigen Ausgabe Knaur Verlag
Ein Imprint der Verlagsgruppe Droemer Knaur GmbH & Co. KG, München
Alle Rechte vorbehalten. Das Werk darf – auch teilweise – nur mit
Genehmigung des Verlags wiedergegeben werden.
Redaktion: Nike Müller
Covergestaltung: Zero Media unter Verwendung
FinePic®, München, Arcangel und Getty Motiven
Satz: Adobe InDesign im Verlag
Druck und Bindung: C.H. Beck, Nördlingen
Printed in Germany
ISBN 978-3-426-22763-3

2  4  5  3

## DIE ERSTE WOCHE

Zum wahrscheinlich hundertsten Mal kontrolliert Fredrik, dass durch die Plastiktüte nichts zu sehen ist. Er will die Bombe nicht zu früh platzen lassen. Die Sommersonne knallt ihm ins Gesicht, draußen ist es noch immer drückend heiß. Trotzdem geht er zu Fuß vom Büro am Skanstull bis zu Ossians Kita in der Nähe des Zinkensdamm. Es ist zwar Mittwoch, aber er konnte heute trotzdem etwas eher Schluss machen. Wenn es so heiß ist, spielt die Einhaltung der Arbeitszeiten keine so große Rolle, und die meisten seiner Kollegen sitzen schon mit frisch gezapftem Bier im Schatten.

Für den Spaziergang braucht er zwar nur ungefähr zwanzig Minuten, aber angesichts der Temperaturen hätte er trotzdem eine Flasche Wasser mitnehmen sollen. Das Jackett hat er ausgezogen, die Hemdsärmel hochgekrempelt. Der Stoff klebt schweißnass am Rücken. Aber das macht nichts. Heute ist alles genau so, wie es sein soll.

Er kontrolliert die Tüte noch einmal. Die Schachtel von Lego Technik ist so groß, dass sie kaum hineinpasst. Ein McLaren Senna GTR. Ossians Begeisterung für Autos ist ihm immer noch ein Rätsel, denn sowohl Fredrik wie Josefin hegen ein geradezu intensives Desinteresse gegenüber Autos. Aber Lego bauen Vater und Sohn beide gern.

Die Altersangabe auf der Schachtel lautet 10+. Ossian ist erst fünf, aber Fredrik weiß, dass ihm der Bausatz keine Schwierigkeiten bereiten wird. Der Junge ist schlau. Manchmal sogar schlauer als sein Vater, denkt Fredrik und muss laut lachen. Wie unheimlich intelligent von ihm, seinen Sohn an einem der schönsten Tage dieses Sommers mit einem Geschenk zu überraschen, das stundenlange Indoor-Aktivitäten erfordert. Jaja. Doch was soll's. Morgen ist bestimmt auch gutes Wetter.

Außerdem war Ossian ja schon den ganzen Tag draußen.

Was er auch nötig hat. Wenn er nicht Lego bauen kann, geht er zu Hause die Wände hoch. Josefin fragt sich ständig, ob man ihrem Sohn nicht eine dieser Buchstabenkombinationen diagnostizieren wird. Nicht, dass sie vorhätten, ihn untersuchen zu lassen. Angesichts der vielen handysüchtigen Kinder, die sich beim Abholen gleich auf die iPhones ihrer Eltern stürzen, ist Ossians Tatendrang bislang ein Grund zur Freude.

Als Fredrik die Kita Backen erreicht, sieht er auf die Uhr. Er ist zu früh dran. Sie sind vermutlich noch im Skinnarvikspark.

»*Ey, sexy lady …*«, singt er leise, während er den Hügel hinter der Kita hinaufsteigt.

»Gangnam Style« ist zurzeit Ossians Lieblingssong. Es ist sinnlos, dagegen anzugehen, denkt Fredrik. Er grinst in sich hinein. Sie haben sogar schon die Choreografie zusammen geübt.

Auf dem Hügel gibt es einen großen Spielplatz und ein paar Bäume. Für Ossian ist es ein Wald, und er liebt es, im Wald zu sein.

»*Oppan Gangnam Style*«, singt Fredrik. Ein paar Kinder, die ihm höchstens bis zu den Knien reichen, blicken verwirrt auf, bevor sie sich wieder ihren Spielen zuwenden.

Die Kinder tragen gelbe Westen mit den Logos verschiedener Kindergärten. Der Park ist beliebt. Überall wird gekreischt und gelacht. Mit Lego Technik wird es heute wohl nichts. Der Tag ist wie gemacht, um zwischen den Bäumen Verstecken zu spielen. Sie brauchen sich auch nicht zu beeilen, denn Josefin kocht heute das Abendessen. Er sieht sich um und entdeckt Tom, einen der Erzieher von der Kita Backen.

»Hallo.« Er lächelt Tom an, der einem der Kinder gerade dicken Rotz abwischt.

»Opp, opp, opp, opp«, erwidert Tom in fröhlichem Singsang. »Rate mal, wer heute beim Turnen die Musik aussuchen durfte?«

»Ich habe euch gewarnt. Bis Ende der Woche habt ihr dreißig ›Gangnam‹ tanzende Kinder an der Backe. Aber sag mal, wo steckt denn eigentlich mein Tanzgenie? Ich sehe ihn hier nirgends.«

Tom steckt das Taschentuch ein und überlegt einen Moment.

»Guck mal bei den Schaukeln«, sagt er dann. »Da bleibt er manchmal noch ein bisschen sitzen.«

Ach, natürlich. Wenn Ossian nicht gerade hyperaktiv herumspringt, schaukelt er gerne. Oder liebt es, besser gesagt, auf der Schaukel zu sitzen. Schaukeln sind für ihn ein Rückzugsort, wo er ungestört nachdenken kann.

Fredrik hält auf die Schaukeln zu. Einige sind besetzt, aber auf keiner sitzt Ossian. Felicia, eine etwas ältere Kitafreundin von Ossian, geht gerade von dort weg. Fredrik holt sie ein.

»Hallo, Felicia, hast du Ossian gesehen?«

»Nein, nur vorhin.«

Er legt die Stirn in Falten. Ein leises Gefühl, dass hier etwas nicht stimmt, beschleicht ihn. Das Gefühl ist irrational, sagt er sich, und lediglich ein Ausdruck seines übertriebenen Beschützerinstinkts. Der springt an, sobald *möglicherweise* etwas nicht in Ordnung *sein könnte,* und fragt nicht erst nach Beweisen. In der Savanne hat dieses Reaktionsmuster sicherlich vielen das Leben gerettet, aber an dieser Stelle ist es vollkommen unbegründet. Sagt ihm sein Verstand. Das nützt aber nichts, das Unbehagen sitzt ihm im Nacken wie ein etwas zu kalter Windhauch. Die große Legoschachtel, die ihm eben noch so spannend erschien, ist eher ein Klotz am Bein, als er zurück zu Tom eilt.

»Bei den Schaukeln ist er auch nicht«, sagt er.

»Das ist ja komisch.«

Tom wirft einen Blick auf die Namensliste mit den abgehakten Namen der Kinder.

»Er müsste doch … ach, warte mal. Jenya hat die Krippenkinder reingebracht. Vielleicht ist er mitgegangen, weil er aufs Klo musste, und dann drinnen geblieben. Tut mir leid, Jenya hätte Bescheid sagen müssen, aber du weißt ja, wie das ist.«

Stimmt, er weiß, wie das ist. Das Gefühl, dass etwas nicht stimmt, verfliegt. Er seufzt auf. Tom und Jenya sind kompetente Erzieher, aber Kinder haben eben auch einen eigenen Willen sowie das hartnäckige Talent, nicht dort zu sein, wo man sie vermutet. Er bekommt Mitleid mit Tom, der sich augenscheinlich schämt. Denn andererseits erfordern Kinder natürlich höchste Aufmerksamkeit. Es gibt bestimmt Eltern, die schon wegen kleinerer Missgeschicke einen Aufstand gemacht hätten.

»Klar«, sagt er. »Schönes Wochenende, Tom. Wir sehen uns Montag. *Oppa oppa!*«

Fredrik trabt den Hügel wieder hinunter. Die Tür der Kita steht offen. Er geht in den Eingangsbereich mit den beschrifteten Kleiderhaken und Kisten mit Ersatzklamotten. Ossians Haken ist leer. An und für sich muss das nichts bedeuten. Wenn Ossian hereingekommen ist, um aufs Klo zu gehen, kann seine Jacke auch vor der Toilette auf dem Boden liegen. Und angesichts der Wärme natürlich auch noch auf dem Spielplatz. Eigentlich hätte Fredrik seinem Sohn an einem Tag wie diesem gar keine Jacke anziehen sollen. Blöd von ihm. Ossian muss es viel zu warm gewesen sein.

Fredrik macht sich nicht die Mühe, die Schuhe auszuziehen.

»Ossian?« Er klopft an die erste Toilettentür. »Bist du da drin?«

Jenya kommt ihm entgegen. Im Schlepptau hat sie eine Horde von Zweijährigen, die sich kreischend mit Fingerfarben bewerfen.

»Hallo, Fredrik«, sagt sie. »Habt ihr was vergessen? Ossian ist noch draußen bei Tom.«

Das Gefühl, dass etwas nicht stimmt, kehrt mit einer Wucht zurück, die ihn fast umwirft. Es ist jetzt kein kalter Windzug im Nacken mehr, sondern ein Schlag in die Magengrube.

»Im Park ist er nicht«, sagt er. »Da war ich gerade. Tom hat gesagt, er wäre bestimmt bei dir.«

»Nein, hier drinnen ist er nicht. Hast du schon bei den Schaukeln nachgesehen?«

»Ja. Da ist er nicht, das habe ich doch schon gesagt, verdammt.«

Er dreht sich um und rennt wieder nach draußen. Es ist schon vorgekommen, dass ein Kind abgehauen ist. Wie Felicia zum Beispiel. Die hatte es sogar bis nach Hause geschafft, bevor die Erzieher ihre Abwesenheit bemerkten. Seitdem ist ihren Eltern mit Sicherheit immer ein bisschen mulmig zumute. Ob man sich jemals an dieses Gefühl gewöhnt? Er hasst es.

Erneut hastet er den Hügel hinauf. Der elende Legokarton knallt ihm gegen das Bein. Überall wuseln Kinder herum. Während er verzweifelt nach seinem eigenen Ausschau hält, versucht er, sich zu beruhigen. Jetzt in Panik zu verfallen, nützt auch nichts. Von Ossian keine Spur.

Von seinem Sohn keine Spur.

Tom zieht die Augenbrauen hoch, als er Fredrik zurückkommen sieht. Er scheint sofort zu begreifen, was los ist.

»Aber er muss hier sein.« Fredrik stellt die Tüte ab, damit er schneller laufen kann.

Tom fragt die Kinder in seiner unmittelbaren Nähe, ob sie Ossian gesehen haben. Die Spielhäuser. Ossian könnte sich in einem der Spielhäuser versteckt haben. Fredrik läuft hin, sieht aber schon von Weitem, dass die Häuser leer sind. Wo könnte er denn noch …? Zwischen den Bäumen wird er ja wohl kaum sein. Ganz allein. Davon müsste doch jemand wissen.

Felicia.

Sie hat gesagt, dass sie Ossian vorhin noch gesehen hat.

Er rennt zurück zu Tom und den anderen Kindern. Er hat einen trockenen Hals von der Anstrengung, und der Schweiß strömt ihm über Stirn und Rücken. Felicia baut eine Sandburg. Als ob nichts Besonderes passiert wäre. Als ob nicht gerade die Welt unterginge.

»Felicia.« Er gibt sich Mühe, sich seinen inneren Aufruhr

nicht anmerken zu lassen. »Du hast doch gesagt, du hättest Ossian vorhin gesehen. Wann war das?«

»Als er mit der blöden Frau geredet hat«, sagt sie, ohne von ihrem Eimer aufzublicken.

»Der blöden …« Sein trockener Hals fühlt sich schlagartig an wie Sandpapier. »War es eine alte Frau?«

Felicia schüttelt entschieden den Kopf, während sie die Burg mit einer Schippe dem Erdboden gleichmacht.

»Nein, alt nicht«, sagt sie. »So wie meine Mama. Die ist neulich fünfunddreißig geworden.«

Er schluckt. Es ist jemand hier gewesen. Eine Frau war hier und hat mit seinem Kind gesprochen. Eine Frau, die weder Erzieherin noch Mutter von einem der Kinder ist. Eine Fremde. Er hockt sich neben Felicia und unterdrückt den Impuls, sie zu schütteln.

»Kennst du sie?« Er muss sich beherrschen, um nicht zu schreien. »Und wieso war sie blöd?«

Mit Tränen in den Augen sieht Felicia ihn an. Beinahe verliert er das Gleichgewicht. Sie braucht gar nichts zu sagen; er weiß auch so, was passiert ist. Das, was einfach nicht passieren darf.

»Die Spielzeugautos waren mir egal«, sagt Felicia. »Ossian fand sie toll, ich nicht. Aber die Hundebabys wollte ich auch streicheln. Sie hatte sie im Auto. Aber ich durfte nicht mit.«

In Fredriks Brust öffnet sich ein Abgrund, und er stürzt in die Tiefe.

An der Tür blieb Mina stehen und sah sich prüfend im Raum um. Im Fitnessstudio war an diesem Nachmittag nicht viel los. Gut. Und diejenigen, die sich aufgerafft hatten, waren hauptsächlich ältere Leute. Die Schüler, die Gewichtheberinnen und die Muskelmänner waren schon da gewesen. Um fünfzehn Uhr dominierten hier die Senioren. Jedenfalls unter der Woche. Wenn auch nur für eine Stunde. Das Gute daran war, dass sie die Geräte sorgfältiger abwischten. Sie säuberten sie nicht nur von ihrem eigenen Schweiß, sondern auch von dem der Fitnessmonster, die sie vor ihnen besudelt hatten. Nicht, dass Mina in dieser Hinsicht Risiken eingegangen wäre. Wie immer hatte sie zwei Sprühflaschen Desinfektionsmittel, Mikrofasertücher und einen Zipbeutel dabei, in dem sie die benutzten Lappen verstauen konnte.

Heute standen Beine und Po auf dem Trainingsprogramm. Sie zog die Handschuhe über, ging zu einer freien Beinpresse und sprühte alle Teile sorgfältig ein. Ihr war aufgefallen, dass einige nur die Griffe einsprühten. Oder, noch schlimmer, nur den Sitz. Doch Dreck und Bakterien konnten überall sein. Sie verstand nicht, warum manche Leute so unachtsam waren.

Sie faltete das Tuch zusammen, steckte es in den Zipbeutel und zog ein frisches aus der Tasche. Das Fitnessstudio war ein einziger Infektionsherd. Deswegen konnte sie auch nicht im hauseigenen Kraftraum der Polizei trainieren. Sie wusste ganz genau, was für Ferkel dort herumliefen. Hier brauchte sie den Siff wenigstens nicht bestimmten Gesichtern zuzuordnen.

Am liebsten hätte sie mit Mundschutz trainiert. Sie hatte gehört, dass Gewichtheber häufig furzten, und bekam Atemnot beim Gedanken an die Fäkalkeime, die im Lüftungssystem zirkulierten. Aber ein Mundschutz hätte noch mehr Aufmerksamkeit erregt, und das musste ja nicht sein. Vielleicht würde sie sich eine dieser Trainingsmasken zulegen, die hier einige trugen, um ihre Atemmuskulatur zu stärken.

»Willst du trainieren oder putzen? Wenn du fertig bist, würde ich gerne an die Presse gehen.«

Mina zuckte zusammen und blickte erschrocken von der Rückenlehne auf, die sie gerade abwischte. Ein etwa siebzigjähriger Mann mit Nickelbrille und weißem Bart sah sie fragend an. Sein rotes T-Shirt war aus ganz normaler Baumwolle und nicht aus atmungsaktivem Funktionsmaterial. Auf der Brust hatte er einen dunklen Schweißfleck. Sie erschauerte.

»Ist Ihnen klar, wie unhygienisch Baumwolle ist?«, fragte sie. »Sie wird klitschnass und durchnässt anschließend die Geräte. Es dürfte gar nicht erlaubt sein, in so ungeeigneter Kleidung zu trainieren.«

Wenn Blicke töten könnten, hätte sie seinen nicht überlebt. Dann ging er kopfschüttelnd davon. Offenbar war ihm seine Zeit zu schade. Ihr war das nur recht. Sie rieb noch einige Male mit dem Tuch über die Lehne, stopfte dann Tuch und Handschuhe in den Plastikbeutel. Setzte sich auf die Beinpresse und stellte das Gewicht ein. Der Mann mit dem roten T-Shirt saß mit dem Rücken zu ihr am Lastzug. Hinten hatte er natürlich einen genauso großen Schweißfleck. Sie rümpfte die Nase. Ihrer Gesundheit zuliebe verzichtete sie gerne auf die Sympathien anderer. Die konnten ihr nämlich mit all ihren Bakterien gestohlen bleiben.

Mina war es gewohnt, für ein Alien gehalten zu werden. Sie brauchte niemanden. Das ganze Gerede vom Zugehörigkeitsgefühl war vermutlich ein genauso großer Mythos wie die sogenannte »Seelenverwandtschaft« oder die »große Liebe«. Völlig unrealistische Konzepte, mit denen Hollywood Geld scheffelte, normalen Menschen jedoch Angst einjagte. Die Wissenschaft bestätigte das. Sie hatte gelesen, dass Menschen sowohl den eigenen Partner als auch die Qualität der Beziehung schlechter bewerteten, wenn sie zuvor eine romantische

Komödie gesehen hatten. Denn mit der frei erfundenen Idee von der »ewigen Liebe« konnte keine reale Beziehung mithalten.

Sie selbst hatte sich weder als Erwachsene noch in ihrer Jugend jemals zugehörig gefühlt. Mit Ausnahme der kurzen Zeit, die sie mit ihrer Tochter verbracht hatte. Der Mann jedoch, mit dem sie mal zusammengelebt hatte, rief alles andere als herzliche Gefühle in ihr hervor. Nein, von Zugehörigkeit hatte auch da keine Rede sein können. Sie kam in ihrem Leben einfach nicht vor.

Außer …

Mit ihm.

Dem Mentalisten.

Aber das war jetzt lange her.

Auf Facebook hatte sie Werbung für Vincents neue Show gesehen. Beinahe hätte sie sich eine Karte gekauft. Doch dann hatte sie es bleiben lassen. Sie wusste nicht, wie sie reagieren würde, wenn sie ihn auf der Bühne sah. Was, wenn er sie im Zuschauersaal nicht bemerkte?

Und was, wenn doch?

Sie runzelte die Stirn. Sie hielt lieber Abstand. Zur Sicherheit. Schließlich hatte er sich kein einziges Mal bei ihr gemeldet. Sie verstand natürlich, wieso nicht. Erstens hatte er eine Familie. Seiner Frau wäre es nicht zu verübeln gewesen, wenn sie sich gefragt hätte, was er und Mina da vor bald zwei Jahren eigentlich getrieben hatten. Vincent hatte ihr erzählt, dass Maria unglaublich eifersüchtig war. Und die Ereignisse auf der Insel hatten das Ganze nicht besser gemacht. Mina und Vincent wären fast gestorben. Zusammen. Es lag nahe, dass Vincents Frau Mina seitdem hasste. Nicht, dass sie schuld an der Sache gewesen wäre. Aber sie war immerhin Polizistin.

Außerdem hatte sie und Vincent etwas verbunden, das man Außenstehenden nicht erklären konnte. Und der Vorfall auf Lidö hatte sie noch enger zusammengeschweißt.

Gleichzeitig hatte genau diese Verbindung einen normalen

Kontakt erschwert. Sie waren sich extrem nah gekommen. Näher, als sie ertragen konnte. Und daher war es besser so, wie es war. Wenn sie allein war, konnte ihr niemand etwas anhaben. Dann war sie sicher. Und er empfand es vermutlich genauso.

Aber dennoch.

D enken Sie daran«, sagte Vincent, »dass das, was Sie jetzt zu sehen bekommen, nicht real ist. Ich demonstriere Ihnen nur, wie man übernatürliche Fähigkeiten vorweist, ohne welche zu besitzen. Denn glauben Sie mir, das tue ich wirklich nicht.«

Er zog eine Augenbraue hoch, als fragte er stumm: *oder doch?* Ungefähr die Hälfte des Publikums lachte. Es war jedoch kein entspanntes Lachen. Eher ein unsicheres. Und genauso sollte es sein.

Die Cruselhalle in Linköping war ausgebucht, obwohl es ein ganz gewöhnlicher Mittwochabend war. 1200 Begeisterte aus Linköping und Umgebung hatten sich auf den Weg gemacht, um den Meistermentalisten zu sehen. Eigentlich war das Publikum für seinen Geschmack etwas zu groß, aber seine Mitarbeit bei den Ermittlungen in diesem Mordfall vor fast zwei Jahren hatte ein großes Medieninteresse nach sich gezogen. Sofern er nicht vorher auch schon eine Person des öffentlichen Lebens gewesen war, war er es spätestens seit diesem Zeitpunkt auf jeden Fall. Natürlich nicht er selbst. Wer Vincent war, wusste niemand. Aber den Meistermentalisten liebten die Medien. Und das Publikum auch. Seit bekannt war, dass er beinahe in einem Wassertank ertrunken wäre, hatte sich der Ticketverkauf verdoppelt.

Vincents persönliche Verwicklung in den Fall hatte Umberto jedoch irgendwie vor der Presse geheim halten können. Und das war auch der Grund, wieso Vincent noch Erfolg hatte. Hätte die Öffentlichkeit gewusst, dass er indirekt der Grund für drei Morde gewesen war, hätte sie ihn wahrscheinlich mit anderen Augen gesehen. Vincent war natürlich unschuldig. Zumindest, was die Morde betraf. Aber Unschuld war für die Presse immer ein relativer Begriff. Und daher hatten er und sein Agent getan, was sie konnten, um die Öffentlichkeit über

15

Janes Motiv und ihre Identität im Dunkeln zu lassen. Dass Jane und Kenneth vom Erdboden verschluckt zu sein schienen, machte die Sache natürlich einfacher.

Der *Expressen* hatte zwar einen Anlauf unternommen, die alte Geschichte über seine Mutter wieder auszugraben, aber als Umberto davon erfuhr, hatte er der Zeitung die Hölle heißgemacht. Nie wieder Exklusivmeldungen oder Interviews mit den von ihm vertretenen Künstlern, hatte er dem *Expressen* gedroht. Und wollte das Boulevardblatt für eine schmuddelige Story wirklich diesen Draht zur Hälfte der schwedischen Prominenz aufs Spiel setzen? Die Antwort hatte, wie vermutet, Nein gelautet. Vincent nahm an, dass Umbertos italienisches Temperament das Seine dazugetan hatte.

Ein Ermittlungsdetail hatte sich allerdings doch herumgesprochen. Mithilfe der Tatzeitpunkte hatte der Mörder seinen Namen buchstabiert. Die Story war einfach zu gut, um kein Eigenleben zu entwickeln.

Seitdem schickten die Leute Vincent Rätsel, Rebusse und andere Denksportaufgaben, ohne sich auch nur die geringsten Gedanken darüber zu machen, wie unsensibel das eigentlich war. Doch wenn Menschen leicht zu verstehen gewesen wären, hätte er ja auch kein Mentalist zu werden brauchen.

»Was ich jetzt tun werde, mag Ihnen wie ein Relikt aus dem vorvorigen Jahrhundert erscheinen«, fuhr er fort. »Aber die Gründer von Religionen und Sekten setzen bis heute noch die gleichen Methoden ein.«

Die Bühne war wie ein Salon aus dem neunzehnten Jahrhundert gestaltet, und Vincent trug passende Kleidung. Zwei voluminöse Ledersessel standen sich schräg gegenüber. Auf einem saß ein offensichtlich aufgeregter Mann.

Vincent hatte zuvor gefragt, ob im Publikum jemand sei, der Medizin studiert habe oder zumindest einer Person den Puls messen könne. Dieser Mann hatte sich gemeldet. Als Vincent ihn bat, auf die Bühne zu kommen, war er vollkommen ruhig gewesen. Er hatte sogar gelacht. Doch nachdem Vincent ihn aufgefordert hatte, ein Dokument zu unterschreiben, das den Mann von jeglicher medizinischen oder juristischen Verantwortung für die bevorstehenden Ereignisse freisprach und besagte, dass Vincent die volle Verantwortung für alle seine Handlungen übernehme, war der Mann deutlich nervöser geworden. Und nicht nur er, sondern das gesamte Publikum. Vincent liebte diesen Effekt. Mit der schriftlichen Vereinbarung ließ sich auf einfache Art Dramatik erzeugen. Andererseits wurde ihm jedes Mal, wenn er eine Unterschrift verlangte, wieder bewusst, dass diese Nummer auch tatsächlich richtig schiefgehen konnte.

»So, Adrian.« Er setzte sich dem Mann gegenüber. »Wir werden jetzt versuchen, mit der anderen Seite in Kontakt zu treten. Mit den Toten, besser gesagt. Hast du verstorbene Verwandte, mit denen du gern Verbindung aufnehmen würdest? Ich spüre, dass du jemanden vermisst, aber nicht deine Großmutter … denn die ist noch am Leben, das kann ich fühlen … aber vielleicht deinen Großvater. Vermisst du ihn?«

Der Mann lachte verkrampft und wand sich.

»Stimmt, Elsa lebt noch«, sagte er. »Aber Arvid ist vor zehn Jahren gestorben. Also, mein Großvater.«

Es war ein simpler Trick, den jede dahergelaufene Jahrmarktwahrsagerin hätte ausführen können. Er basierte auf einer naheliegenden Schlussfolgerung. Der Mann war dem Aussehen nach um die dreißig. Seine Eltern mussten folglich zwischen fünfzig und sechzig sein. Und ihre eigenen Eltern wiederum zwischen achtzig und neunzig. Da Frauen statistisch eine längere Lebenszeit als Männer hatten, war es wahrscheinlicher, dass die Großmutter des Mannes noch lebte. In jedem anderen Kontext hätte sich Vincent für den Bluff geschämt, vor allem, da ihm durchaus auffiel, wie sehr das Thema den Mann berührte. Aber bei dieser Nummer ging es nun einmal darum, zu demonstrieren, wie man andere einwickelte und sich zuerst ihr Vertrauen und dann ihr Geld erschlich. Zu diesem Zweck war jedes Mittel erlaubt.

»Dann versuchen wir jetzt, Ihren Großvater zu finden«, sagte Vincent.

Er wandte sich ans Publikum.

»Noch mal zur Erinnerung, das hier ist nicht real.«

Mit ernstem Gesicht drehte er sich wieder zu dem Mann um.

»Ich werde jetzt Kontakt zur anderen Seite aufnehmen«, sagte er. »Aber dafür muss ich als Erstes selbst … die Seite wechseln.«

Gut sichtbar hielt er einen Gürtel hoch. Dann legte er ihn sich wie eine Schlinge um den Hals und zog das Ende durch die Schnalle. Er hielt dem zunehmend blassen Mann seinen linken Unterarm hin.

»Fühlen Sie meinen Puls«, sagte er. »Und stampfen Sie ihn gleichzeitig mit dem Fuß, damit das Publikum ihn auch hören kann.«

Der Mann umfasste sein Handgelenk und tastete eine Weile mit Zeige- und Mittelfinger nach der richtigen Stelle. Dann stampfte er zu Vincents Pulsschlag. Vincent sah ihm in die Augen.

»Wir sehen uns, wenn ich wieder da bin«, sagte er. »Hoffentlich. Sie begleiten meinen Puls die ganze Zeit mit dem Fuß.«

Dann zog er den Gürtel straff. Das schmerzverzerrte Gesicht brauchte er nicht vorzutäuschen, denn es tat wirklich weh. Adrian stampfte den Rhythmus mit, doch nach einer Weile wurde das Stampfen langsamer.

Vincent schloss die Augen und ließ den Kopf hängen, hielt den Gürtel aber immer noch festgezurrt. Adrian stampfte noch ein paar Male zögerlich mit dem Fuß auf, dann stand er still. Ein schockiertes Zischen ging durch die Halle. Adrian hielt immer noch sein Handgelenk umfasst, bewegte jedoch den Fuß nicht mehr. Das Signal war eindeutig. Vincent hatte keinen Puls mehr. Er hatte sich selbst soeben stranguliert.

Vincent wartete, bis er die Leute mit den Stühlen scharren

hörte. Das war das Zeichen, dass sie richtig Angst bekamen. Langsam hob er den Kopf und ließ den Gürtel los. Dann drehte er sich zu Adrian um und sah ihn verschlafen an.

»Adrian«, murmelte er.

Adrian zuckte zusammen.

»Es ist ein Geist im Raum, der sich Arvid nennt«, fuhr Vincent mit belegter Stimme fort. »Lassen Sie uns prüfen, ob es sich wirklich um Ihren Großvater handelt. Stellen Sie ihm eine Frage, die nur er beantworten kann. Vielleicht eine, die mit Ihrer Kindheit zu tun hat. Arvid sagt … Arvid sagt, er hätte Ihnen das Fahrradfahren beigebracht. Wollen Sie da einhaken?«

Adrian nickte verwirrt.

»Fragen Sie ihn, wo ich mir wehgetan habe«, sagte er.

Vincent schwieg eine Weile, als lauschte er einer Stimme, die nur er hören konnte.

»Sie haben sich das Knie aufgeschürft«, sagte er. »Und dann haben Sie beide beschlossen, Ihrer Mutter nichts davon zu sagen. Die Narbe haben Sie immer noch.«

Adrian ließ Vincents Arm los. Er war sichtlich geschockt. Tatsächlich erinnerten sich die meisten Menschen an aufgeschürfte Knie in ihrer Kindheit. Der Rest war ein Schuss ins Blaue gewesen. Doch Erinnerungen waren eine formbare Angelegenheit. Falls sich das Ereignis nicht genau so zugetragen haben sollte, tat es das jetzt, in Adrians Kopf.

»Arvid möchte Ihnen etwas mitteilen«, fuhr Vincent fort. »Er sagt … er sagt, Sie sollen durchhalten und an sich glauben. Irgendwann werden Sie es schaffen, es dauert nur etwas länger, als Sie anfangs dachten. Aber Sie dürfen die Hoffnung nicht aufgeben. Verstehen Sie, was das heißt?«

Adrian nickte stumm.

»Er meint meine Firma«, sagte er. »Das war das Letzte, worüber wir geredet haben, bevor er starb. Ich habe sie immer noch nicht gegründet.«

»Er sagt, was passiert sei, tue ihm leid. Was meint er damit?«

»Wir haben in den letzten Jahren nicht viel miteinander geredet«, sagte Adrian leise. »Wir hatten Streit.«

»Ja, das bereut er jetzt. Er sagt, er habe Sie trotzdem lieb gehabt und liebe Sie noch immer.«

Nun liefen Adrian Tränen über das Gesicht. Dieser Teil der Show war wichtig für die Botschaft, die Vincent vermitteln wollte, aber es war ihm ein Graus, dass er den Leuten immer so naheging. Er hatte nichts anderes getan, als sich den sogenannten Barnum-Effekt zunutze zu machen, indem er scheinbar persönliche Aussagen machte, die auf die meisten Menschen zutrafen. Und auch, dass er Adrian animiert hatte, die Aussagen des »Geistes« selbst zu deuten, war ein klassischer Trick, den alle Medien verwendeten. Auf diese Weise lag das Medium niemals falsch, und wenn doch, konnte es immer noch dem Klienten die Schuld geben.

»Die Verbindung wird schwächer«, ächzte er. »Möchten Sie noch etwas sagen, bevor es zu spät ist?«

»Nein, nur … Danke«, flüsterte Adrian. »Danke für alles.«

Vincent streckte den Arm aus und ließ wie bewusstlos den Kopf hängen. Im Saal herrschte Stille. Unsicher griff Adrian nach seinem Handgelenk und ertastete Vincents Puls. Nach einer Weile begann er, leise zu stampfen. Zunächst noch langsam und unregelmäßig, dann immer kräftiger und rhythmischer, bis sich Vincents Puls normalisiert hatte.

Vincent öffnete die Augen. Mit einem zaghaften Lächeln griff er nach Adrians Hand. Beifallsstürme rief diese Nummer nie hervor. Dafür war das Publikum zu durcheinander. Die Leute waren sich unsicher, was sie da gerade miterlebt hatten. Aber er wusste genau, dass sie noch monatelang darüber sprechen würden.

»Denken Sie daran«, sagte er ans Publikum gewandt und wiederholte damit, allerdings in sehr viel sanfterem Tonfall, die Worte, mit denen er begonnen hatte.

Die Zuschauer waren jetzt verletzlich. Damit musste er respektvoll umgehen.

»Ich kann nicht mit Geistern in Kontakt treten. Ich glaube auch nicht, dass irgendjemand anders es kann, weil ich nicht glaube, dass Geister existieren. Genau wie überzeugende Medien kann ich jedoch den Anschein erwecken, ich wäre dazu in der Lage. Es werden heute noch genau die gleichen psychologischen und verbalen Techniken wie vor hundertfünfzig Jahren angewendet, wenn jemand für viel Geld so tut, als könnte er Kontakt zu Ihren verstorbenen Angehörigen aufnehmen. Und wie immer gilt: Erscheint etwas zu schön, um wahr zu sein, dann ist es das meistens auch. Vielen Dank.«

Er ging von der Bühne ab, bevor der Applaus einsetzte. Diesmal wollte er sie nachdenklich zurücklassen.

Sein Hals schmerzte. Dieser verdammte Gürtel. Er musste vorsichtiger sein. Und außerdem hatte er seinen Puls heute viel zu lange zum Stillstand gebracht. Der Jenseitskontakt war zwar vorgetäuscht, aber das Aussetzen des Pulses war echt. Auch wenn er es nicht mit dem Gürtel, sondern mit einer anderen Methode herbeiführte, und auch nur im Arm und nicht im ganzen Körper. Dass es Techniken gab, mit denen sich in einzelnen Teilen des Körpers der Puls zum Stillstand bringen ließ, war eins der bestgehüteten Geheimnisse der Mentalistenzunft, und Vincent hatte noch nie jemandem verraten, wie er das machte. Es spielte jedoch keine Rolle, dass es nur den Arm betroffen hatte. Nach dreißig Sekunden wurde es trotzdem gefährlich. Meistens ließen die Leute seinen Arm los, sobald der Puls ausblieb, aber Adrian hatte die Hand nicht weggenommen. Daher war Vincent nichts anderes übrig geblieben, als durchzuhalten. Er würde unheimlich erleichtert sein, wenn er die Tournee hinter sich hatte. Die Durchblutung einzelner Körperteile so oft und lange zu unterbrechen, war nicht gesund.

Er ging hinunter in den Warteraum hinter der Bühne und sah die Mineralwasserflaschen der Marke Loka auf dem Tisch stehen. Drei Stück. Er biss die Zähne zusammen. Der Anblick der drei Flaschen war wie ein schriller Missklang. Schnell öffnete er den Kühlschrank und stellte eine vierte dazu. Erst jetzt entspannte sich seine Kiefermuskulatur. Dann ließ er sich am Handwaschbecken ein Glas Leitungswasser einlaufen, setzte sich aufs Sofa und atmete auf.

Draußen wurde immer noch geklatscht, aber er reagierte nicht. Es wäre zu einfach gewesen, breit grinsend auf die Bühne zurückzugehen und dem, was die Zuschauer vorhin erlebt hatten, die Spitze zu nehmen. Sollten sie ruhig noch ein wenig grübeln.

Ein Augenblick Ruhe, dann würde er sich umziehen. Er gewöhnte sich gerade ab, sich nach der Vorstellung auf dem Fußboden auszustrecken. Manchmal schaffte er es, der Versuchung zu widerstehen. Meistens nicht. Er griff zum Handy. Sains Bergander, Vincents Freund, der Illusionen baute und ihnen geholfen hatte, die Morde an Tuva und den anderen aufzuklären, hatte im Publikum gesessen. Vincent war gespannt, was er von der neuen Show hielt. Tatsächlich hatte Sains ihm eine Nachricht geschickt. Offenbar hatte er sie in der Sekunde, in der Vincent von der Bühne ging, versendet. Doch Sains' Nachricht musste warten. Möglicherweise hatten sich noch mehr Leute gemeldet.

Oder, besser gesagt, eine ganz bestimmte Person.

Vincent öffnete die Liste der ungelesenen Nachrichten. Es waren einige, aber die, auf die er wartete, war nicht dabei. Von der Person, die sein Leben verändert hatte, als sie ein Teil davon geworden war. Der er sein Innerstes anvertraut hatte. Und die dann ebenso plötzlich verschwand, wie sie aufgetaucht war.

Als er sie zuletzt gesehen hatte, war es Oktober gewesen. Dann war der Winter gekommen. Und dann Frühling, Sommer, Herbst und nun wieder Sommer. Seit über anderthalb Jahren hatte er nicht mit ihr gesprochen. Fast zwei. Nicht dass er selbst sich gemeldet hätte, so gern er das auch getan hätte. Aber er und Maria hatten mit einer Paartherapie begonnen, und er wollte es nach Möglichkeit vermeiden, einen unnötigen Eifersuchtsanfall seiner Frau auszulösen.

Da die Therapie nicht den erhofften Erfolg mit sich brachte, hatten sie sie inzwischen wieder abgebrochen, und nun war natürlich noch mehr Zeit vergangen. Nach monatelangem Schweigen wollte er sich nicht aufdrängen. Sie legte großen Wert auf ihre Privatsphäre, und er musste das respektieren. Auch wenn er die Nähe zu ihr vermisste.

Außerdem hatte sie gar keinen Grund, sich bei ihm zu melden. Sie hatte einen unmissverständlichen Schlussstrich gezogen. Er hatte keine Ahnung, wie ihr Leben mittlerweile aussah. Vielleicht war sie verheiratet. Vielleicht hatte sie jetzt Familie. Oder war ins Ausland gegangen.

Er konnte jedoch nichts dagegen tun. Nach einer Vorstellung hatte er sie zum ersten Mal gesehen. Und seitdem hielt er jedes Mal, wenn er von der Bühne ging, Ausschau nach ihr. Doch die Liste der ungelesenen Nachrichten räumte auch den letzten Zweifel aus.

Mina hatte sich auch an diesem Abend nicht gemeldet.

Sie nahm die Sonnenbrille ab und lächelte ihn an. Dann schlug sie die Beine übereinander und beugte sich vor. Sie saßen sich gegenüber, ohne einen Tisch zwischen sich zu haben. Anfangs hatte Ruben sich extrem unwohl gefühlt. Ausgeliefert. Aber er hatte sich daran gewöhnt. Mittlerweile unternahm er nicht einmal mehr den Versuch, ihr in den Ausschnitt zu gucken. Und dabei war Amanda alles andere als unattraktiv.

»Wollen Sie damit sagen, dass ich fertig bin?« Ruben sah auf die Uhr.

Er war erst seit einer halben Stunde hier. Aber Amanda schien die Sitzung bereits beenden zu wollen.

»Fertig ist man wahrscheinlich nie«, sagte sie. »Aber wenn nichts Neues auftaucht, sehe ich eigentlich keinen triftigen Grund für Sie, weiter herzukommen. Wobei ich das eigentlich nicht beurteilen kann. Wie ist denn Ihr Gefühl?«

Ruben sah Amanda an, die Psychotherapeutin, zu der er seit über einem Jahr an jedem zweiten Donnerstag ging. Die Frage nach seinem Gefühl fand er immer noch furchtbar, aber er ärgerte sich nicht mehr gar so sehr darüber wie am Anfang.

»Meine Gefühle überlasse ich Sigmund Freud«, sagte er. »Wenn ich eins gelernt habe, dann, dass meine Gefühle nicht unbedingt das sind, wofür ich sie halte. Und daher habe ich mich entschieden, mein Handeln nicht mehr nach meinen Gefühlen auszurichten, sondern auf rationales Denken zu gründen. Und daher war ich auch ein halbes Jahr lang sexuell enthaltsam. So gern meine Hormone auch ficken würden.«

Amanda zog fragend eine Augenbraue hoch.

»Nein, es ist nicht so, als wäre ich überhaupt nicht auf der Jagd gewesen«, erklärte er. »Das hatten wir ja besprochen. Genau das meine ich. Ich werde nicht ganz damit aufhören, schließlich bin ich ein Mann in den besten Jahren. Aber seitdem mir bewusst ist, welche Bedürfnisse mein Verhalten erfüllen sollte, spielt das alles nicht mehr so eine große Rolle.«

»Und was waren das für Bedürfnisse?«

Ruben seufzte. Da waren sie wieder. Diese beschissenen Gefühle.

»Frauen rumzukriegen gab mir ein Gefühl von Macht. Aber es erfüllte auch ein tieferes Bedürfnis nach …«

Wieder seufzte er.

»Nach Nähe«, sagte er gequält. »Zufrieden?«

Nähe. Nie im Leben hätte er geglaubt, dass er dieses Wort mal in den Mund nehmen würde. Es klang unerträglich schwul. Doch auch dieser Gedanke war ein Abwehrmechanismus, hatte er gelernt. Scheiße. Gunnar und die anderen Kollegen aus der Spezialeinheit hätten sich ausgeschüttet vor Lachen, wenn sie gewusst hätten, dass er zu einer Psychotherapeutin ging. Gunnar attestierte sich selbst nordschwedische Unerschütterlichkeit. Seiner Ansicht nach bestand die Lösung aller Probleme darin, mit einem Eimer Selbstgebranntem in den Wald zu gehen. Die Männer hätten seinen Helm rosa angemalt, wenn sie gewusst hätten, dass er hier bei Amanda saß. Wieder warf er einen Blick auf die Wanduhr. Kurz nach halb neun. Er hätte längst am Arbeitsplatz sein müssen. Bevor irgendjemand sich zu fragen begann, was er eigentlich jeden zweiten Donnerstagmorgen trieb. Die übliche Ausrede, er hätte sich erst die Frau vom Hals schaffen müssen, die er am Abend zuvor abgeschleppt hätte, zog nicht unendlich oft.

Abschleppen, tja. Um ehrlich zu sein, wusste er kaum noch, wie das ging. Natürlich hatte er bei der ersten Sitzung auch versucht, Amanda zu verführen. Mit mäßigem Erfolg.

»Es gibt nur noch eine Sache, die ich tun muss«, sagte er. »Ich will Ellinor treffen.«

»Ruben«, sagte Amanda in warnendem Ton. »Vergiss nicht, was wir über das Loslassen gesagt haben. Ellinor hat dein Leben all die Jahre überschattet. Dein Verhalten war eine Reaktion darauf. Du bist erst fertig, wenn du dich von diesem Schatten befreit hast.«

»Ich weiß. Und genau deshalb will ich mich ja mit ihr treffen. Um mit der Vergangenheit abzuschließen. Ich schwöre, ich will nur mal Hallo sagen. Um sie von dem Sockel zu holen, auf den ich sie gestellt habe.«

»Das klingt … überraschend vernünftig.« Amanda kniff die Augen zusammen. »Sind Sie sicher?«

»Das Schlimmste, was mir passieren kann, wären doch ein paar Therapiestunden mehr«, sagte er lachend.

Er war sich hundertprozentig sicher. Er war jetzt ein besserer Ruben als noch vor einem Jahr. Gunnar sollte die Schnauze halten.

Sie standen auf und gaben sich die Hand. Zum fünfzigsten Mal widerstand er der Versuchung, sie auf einen Drink einzuladen. Der Gedanke an sich war einfach nur ein Gedanke, solange keine Taten folgten. Er war schließlich immer noch Ruben. Und außerdem hatte er Wichtigeres zu tun. Er hatte bereits herausgefunden, wo Ellinor wohnte. Nur mal kurz Hallo sagen. Schauen, wie es ihr ging. Und sie um Verzeihung bitten. Dann war er fertig.

Vincent holte tief Luft, bevor er in die Küche ging, um Frühstück zu machen. Seine Frau Maria hielt sich bereits seit einer Stunde in der Küche auf. Er wusste, dass der Geruch, der ihm mittlerweile entgegenschlagen würde, nicht nur penetrant, sondern überwältigend war. Und tatsächlich. Verschiedenste Duftkerzen, Kräutersäckchen, Seifen und Raumsprays bildeten eine Wolke aus Aromaschwaden, die sich um ihn legte wie eine feuchte Wolldecke.

»Liebling, wie lange werden wir das ganze Zeug denn noch hier haben?« Er griff sich irgendeinen Becher aus dem Küchenschrank und erwischte den mit der Aufschrift *Ich bin nicht unreif, du bist kacka*. Als er sich Kaffee eingeschenkt hatte, setzte er sich an den Küchentisch.

»Hast du denn alles vergessen, was wir in der Paartherapie besprochen haben?«, fragte Maria, die mit dem Rücken zu ihm auf dem Fußboden hockte. »Es ist wichtig, dass du mich bei meiner Unternehmensgründung unterstützt.«

Seine Frau drehte sich nicht einmal zu ihm um, sondern packte seelenruhig kleine Keramikengel in einen Karton.

»Doch, das weiß ich natürlich noch. Und du weißt, dass ich dich in jeder Hinsicht unterstütze. Diesen Onlineshop, den du eröffnet hast, finde ich wirklich, äh, interessant. Es wäre nur möglicherweise besser, wenn du dein Lager in, tja … Lagerräumen einrichten würdest?«

Maria seufzte tief. Sie wandte ihm noch immer ausschließlich ihre Rückseite zu.

»Wie Kevin schon gesagt hat, sind Lagerräume teuer«, sagte sie. »Und da deine neue Show noch immer nicht die Produktionskosten eingespielt hat, werde ich wohl die Erwachsene in der Familie sein und Geld verdienen müssen.«

Vincent starrte sie an. Das war das vernünftigste Argument, das er seit Jahren von seiner Frau gehört hatte. All die Existenzgründungsseminare, die sie besucht hatte, waren vielleicht doch keine Zeitverschwendung gewesen. Auch wenn ihm Seminarleiter Kevin, den sie in jedem zweiten Satz zitierte, mittlerweile ziemlich auf die Nerven ging. Aber Maria war nun mal eine Suchende. Sich an Vorbildern zu orientieren, lag in ihrer Natur. Dass ihr aktueller Guru jedoch ein Gründungsberater war, hatte ihn, gelinde gesagt, verblüfft.

»Geld verdienen?« Wie immer in letzter Zeit kam Rebecka mit versteinerter Miene in die Küche. »Mit dem Zeug machst du doch nie ein Plus. Wer kauft denn so einen Scheiß?«

Angewidert hielt sie ein weißes Holzschild hoch.

»*Leben Lachen Lieben*. Nicht dein Ernst, oder? Sterben Heulen Hassen trifft es eher.«

»Seid doch mal nett«, sagte Vincent.

Insgeheim musste er seiner Tochter jedoch recht geben.

»Kevin sagt, ich hätte einen unschlagbaren Riecher für kommerzielle Produkte.« Maria warf ihrer Bonustochter einen erbosten Blick zu.

Rebecka ging ungerührt zum Kühlschrank.

»Was zum Teufel? Aston!«

Aus dem Wohnzimmer wurde prompt zurückgebrüllt.

»Was ist?«

»Hast du etwa den letzten Rest Milch für dein Müsli verbraucht und die leere Packung in den Kühlschrank gestellt?«

»Die ist gar nicht leer, da ist noch was drin!«

Astons Stimme hallte schrill von den Wänden wider. Rebecka sah Vincent herausfordernd an, während sie die Packung umdrehte. Drei Tropfen klatschten träge auf den Küchenfußboden.

»Was machst du?« Maria stand auf. »Wisch das sofort weg.«

Der Engel, den sie noch auf dem Schoß gehabt hatte, zersprang in tausend Scherben. Besonders robust war das Material offenbar nicht.

»Oh, nein! Siehst du, was du wieder angerichtet hast?«

»Ich?«, zischte der Teenager. »Du hast dich wie üblich selber blöd angestellt. Und hinterher gibst du mir die Schuld. Typisch. Und du, Papa, nimmst mich nie in Schutz. Egal, wie scheiße sie mich behandelt. Hier kann man es echt nicht aushalten. Ich gehe zu Denis.«

Vincent öffnete den Mund, um etwas zu sagen, aber es war schon zu spät. Rebecka war bereits an der Haustür.

»Spätestens um acht bist du zu Hause!«, rief Maria ihr hinterher. »Es ist Donnerstag.«

»Es sind Sommerferien!« Rebecka schnappte sich ihre dünne Sommerjacke und knallte die Tür hinter sich zu.

»Aha. Dann vielen Dank für deine Hilfe!« Maria verschränkte die Arme vor der Brust. »Würdest du Aston jetzt bitte zur Ferienbetreuung bringen. Ihr seid spät dran.«

Vincent machte den Mund wieder zu. Es war besser, jetzt den Mund zu halten. Er hatte noch immer nicht die geringste Ahnung, wie er mit diesen Gefühlsstürmen umgehen sollte. Was immer er dazu sagte, war sowieso meistens falsch. Daher hatte er sich angewöhnt, möglichst nichts zu sagen.

Er durchforstete sein Gedächtnis nach irgendeinem nützlichen Ratschlag des Paartherapeuten. Es fiel ihm nicht leicht, Hilfe auf einem Gebiet anzunehmen, von dem er selbst viel mehr verstand. Doch Vincent hatte sich wirklich um Demut bemüht.

Anfangs war im Gespräch gewesen, ob er nicht zusätzlich eine Einzeltherapie machen sollte, um das zu verarbeiten, was in seiner Kindheit mit seiner Mutter passiert war. Ein Ereignis, das er vierzig Jahre lang verdrängt hatte. Doch darauf hatte er sich nicht eingelassen. In ihm lebte ein Schatten, der sein Innerstes streng bewachte, und es gab niemanden, dem er genug vertraute, um ihn bis an diesen Ort vordringen zu lassen.

Vincent hätte sich gewünscht, die Paartherapie wäre eine Art Wunderkur, die ihn und Maria vereinte, indem sie ihm wieder Verständnis für ihre Art zu denken vermittelte. Und sie von der krankhaften Eifersucht befreite, die sie befiel, sobald er in einer anderen Stadt war. Da sein Beruf häufiges Reisen mit sich brachte, war diese Eifersucht ungeheuer belastend für beide. Und sie hatten sich wirklich Mühe gegeben. Vor allem Maria.

Der Therapeut hatte zur Sprache gebracht, was ohnehin auf der Hand lag. Die Eifersucht war in Marias mangelndem Selbstwertgefühl begründet. Und möglicherweise auch in den Umständen, unter denen er und Maria zusammengekommen waren. Denn er hatte seine damalige Ehefrau Ulrika für deren jüngere Schwester Maria verlassen.

Vincent wusste jedoch, dass es nicht ganz so einfach war. Maria hatte noch etwas anderes an sich, das weder sie selbst noch der Therapeut zu fassen bekamen, und dieses Etwas ging zum Angriff über, sobald er seine Aufmerksamkeit auf etwas anderes oder jemand anderen als ihr Zuhause und die Familie richtete. Er wusste, dass es eigentlich nicht Marias Schuld war, dass sie so reagierte. Sie handelte aus purem Instinkt. Und deswegen sah sie ihn jetzt auch an wie ein Ufo. Und wie schon so oft wünschte er, er hätte gewusst, was sie von ihm wollte.

Am Anfang war es so einfach gewesen. Als die Verliebtheit sie dazu trieb, sich über alles und alle hinwegzusetzen, die ihrer Liebe im Weg standen. Er erinnerte sich noch gut an das Gefühl. Irgendwo tief in seinem Innern hatte er es sich bewahrt. Er wusste noch genau, wie es gewesen war, als sie seine Sätze beendete, und sie eigentlich auch ohne Worte hatten kommunizieren können. Doch mit den Jahren war ihnen die gemeinsame Sprache allmählich abhandengekommen. Als ob sie sich immer weniger in den anderen einfühlen könnten, obwohl es genau umgekehrt hätte sein müssen. Er wollte es nicht so. Er wusste nur nicht, wie er wieder an sie herankommen sollte. Was er tun musste, um ihr Wir wiederzufinden.

Ganz offensichtlich erwartete sie von ihm, dass er etwas sagte. Und ein kleines bisschen war ja bei einer der Therapiesitzungen vielleicht doch hängen geblieben. Der Therapeut hatte vorgeschlagen, dass Vincent sich Maria freundlich zuwandte, wenn sie sich aufregte, selbst wenn er sich ungerecht behandelt fühlte. Auf diese Weise konnte er ihr vielleicht ein

Gefühl von Sicherheit vermitteln. Und auf der Grundlage dieser Sicherheit konnte Maria ihre Gefühle vielleicht auf konstruktivere Weise ausdrücken, bevor sie sich in Wut verwandelten. Meistens funktionierte es nicht. Aber einen Versuch war es trotzdem wert.

»Liebling, ich merke, dass du dich ärgerst«, sagte er in bewusst sanftem und ruhigem Ton. »Aber die Wut tut deinem Körper nicht gut. Du spürst doch sicher, dass du deine Muskeln anspannst. Dadurch werden deine Gefäße schlechter durchblutet, und sowohl dein Nervensystem als auch dein kardiovaskuläres und hormonelles Gleichgewicht geraten durcheinander. Mit deinem Blutdruck schießen sowohl dein Puls als auch der Testosterongehalt in die Höhe, und ein Überschuss an Gallenflüssigkeit belastet Regionen deines Körpers, in denen diese nichts zu suchen hat.«

Maria sah ihn mit hochgezogenen Augenbrauen an. Der Rat des Therapeuten funktionierte anscheinend.

»Außerdem verändert sich die Aktivität deines Gehirns, wenn du wütend bist«, fuhr er fort. »Vor allem im Frontal- und Temporallappen. Wie gesagt. Wut ist nicht gut für dich. Könntest du nicht vielleicht auf konstruktivere Weise mit Rebecka kommunizieren?«

Er riskierte ein zaghaftes Lächeln. Maria starrte ihn an. Dann verzog sie das Gesicht, als ob sie in eine Zitrone gebissen hätte, und verließ wortlos die Küche.

Vor lauter Wiedersehensfreude kamen Julia fast die Tränen. Nie im Leben hätte sie es für möglich gehalten, dass man sich so danach sehnen konnte, das im Grunde ziemlich hässliche Präsidium in Kungsholmen zu betreten. In dem es zur Feier des Tages auch noch so heiß wie in einem Backofen war. Pünktlich zum heißesten Sommer, den Stockholm je erlebt hatte, war die Klimaanlage zusammengebrochen. Sie fächelte sich mit einem Blatt Papier Luft zu, während sie in den Konferenzraum ging. Für ihre Kollegen war es möglicherweise ein ganz normaler Donnerstag. Für sie war es der Himmel auf Erden.

Zumindest, solange sie den anderen noch nicht gesagt hatte, warum sie hier waren.

»Julia!« Ein Mann mit Bart strahlte sie an.

Sie machte große Augen, als sie Peder wiedererkannte.

»Das ist kein Hipsterbart, sondern ein Papabart«, antwortete er auf ihren fragenden Blick.

»Natürlich ist das ein Hipsterbart«, brummte Ruben, der kurz nach ihr hereinkam. »Zum Glück ist es zu heiß für diese kleine Mütze, die du das ganze Frühjahr aufhattest.«

Offenbar hatte sich nichts verändert. Und wenn sie nicht alles täuschte, waren sogar Mina und Christer erfreut, sie zu sehen.

»Herzlichen Glückwunsch nachträglich«, murmelte Christer.

Der hechelnde Golden Retriever Bosse lag an derselben Stelle wie vor einem halben Jahr zu seinen Füßen, konnte sich aufgrund der Hitze jedoch zu keiner stürmischen Begrüßung aufraffen, warf ihr aber zumindest ein fröhliches Bellen zu.

»Ja, Glückwunsch!«, sagte Mina, während sie ängstlich Julias Jackett beäugte.

Julia warf einen Blick auf den Fleck auf ihrer linken Schulter, den Mina ins Visier genommen hatte, und stieß einen Fluch aus.

»Verdammt, kann man denn kein einziges Mal ohne diese beschissenen Kotzflecken aus dem Haus gehen?«

Sie zog das Jackett aus und wollte es gerade über den Stuhl legen, als sie sich Mina zuliebe eines Besseren besann und es stattdessen an einen Haken neben der Tür hängte.

»Noch wird ja nur Brei erbrochen«, sagte Peder mit verständnisvoller Miene. »Den bekommt man leicht weg. Wenn sie erst Banane und Bœuf Stroganoff aus dem Gläschen essen, hilft nur noch Vanish Oxi. Du weißt schon, die pinken Dosen. Alles einweichen, natürlich bei neunzig Grad waschen und viel Bleichmittel dazutun. Eigentlich dürfte man ja am Anfang nur weiße Sachen tragen …«

»Ich behalte das im Hinterkopf.« Julia signalisierte mit erhobener Hand, dass es jetzt reichte. »Guten Morgen.«

Sie hatte schon genug mit der Sisyphusarbeit zu tun, die ein sechs Monate altes Baby mit sich brachte. Mit den Ärgernissen zukünftiger Entwicklungsphasen würde sie sich beschäftigen, wenn es so weit war.

»So. Schön, wieder da zu sein. Wie wunderbar, euch alle zu sehen. Ich habe eure Arbeit während meiner Abwesenheit natürlich genau verfolgt und bin stolz auf euch. Großes Lob, Mina, für deine Führungsqualitäten. Aber jetzt bin ich froh, wieder hier zu sein, und kann es kaum erwarten, mich in die Arbeit zu stürzen. Ausgeschlafen bin ich zwar nicht, aber man kann eben nicht alles haben.«

Sie gab ein halbherziges Lachen von sich. Ein Teil von ihr hätte gern von den Streitigkeiten erzählt, die der Grund dafür gewesen waren, dass sie heute ins Präsidium zurückgekehrt war. Streitigkeiten, die ihr bewusst gemacht hatten, dass die gleichberechtigte Beziehung, in der sie zu leben geglaubt hatte, nichts als eine Illusion gewesen war. Eine Illusion, die nur deshalb so lange Bestand gehabt hatte, weil sie bisher nicht von den Widernissen der Kinderbetreuung auf die Probe gestellt worden war. Die Argumente, die ihr an den Kopf geknallt worden waren, hatten ihr früher immer nur ein müdes Seufzen entlockt, wenn sie sie aus dem Mund ihrer Freundinnen gehört hatte. Sie sei eben aus biologischen Gründen geeigneter dafür, ein Baby zu versorgen. Und dass Torkel in seiner Firma unentbehrlich war. Ohne ihn würde nicht nur sie, sondern das gesamte schwedische Bruttosozialprodukt zusammenbrechen, der Euro abstürzen und eine globale Wirtschaftskrise den unausweichlichen und sofortigen Weltuntergang auslösen.

Am meisten regte sie auf, dass sie eine Abmachung gehabt hatten. Sie sollte das erste halbe Jahr übernehmen und er das zweite. Beide hatten Elternzeit beantragt und bewilligt bekommen. Nicht klar gewesen war ihr, dass Torkel es damit zu keinem Zeitpunkt ernst gewesen war. Und er wäre im Leben nicht auf den Gedanken gekommen, sie könnte wirklich glauben, dass er sich die Elternzeit mit ihr teilen würde. Sie hatte noch vor Augen, wie entsetzt er sie angestarrt hatte, als sie ihn in der vergangenen Woche daran erinnerte, dass sie an diesem Donnerstag wieder anfangen würde zu arbeiten.

Torkel hatte offenbar geglaubt, dass sie, Zitat, »selber merken würde, dass sie viiiel lieber mit Harry zu Hause blieb und gar nicht wieder arbeiten *wollte*«.

Anschließend hatten sie tagelang nicht miteinander geredet.

Als sie sich vor einer guten Stunde auf den Weg gemacht hatte, schien ein Fremder vor ihr zu stehen. Panisch, wütend und unfrisiert hatte er etwas von »Bindung« und »biologischen Grundlagen« gefaselt. Außerdem müsse er dringend mit seinem Chef sprechen. Am Ende seines Sermons hatte sie ihm Harry wortlos überreicht und eilig das Haus verlassen. Seitdem wagte sie nicht mehr, auf ihr Handy zu sehen.

»Willkommen zurück.« Ruben grinste hinterlistig.

Julia ignorierte, so gut es ging, die Tatsache, dass er den Blick kaum von ihren Brüsten losreißen konnte. Sie hatte vor einer Woche aufgehört zu stillen, aber ihre Brüste schienen davon noch nichts mitbekommen zu haben. Wie so vieles andere, hatte sie auch ihre B-Körbchen schmerzlich vermisst. Mit den E-Körbchen war sie nie so richtig warm geworden.

»Falls du noch ein bisschen erschöpft bist, weiß ich eine perfekte Methode, um dich aufzumuntern.« Gut gelaunt fischte Peder sein Telefon aus der Tasche.

»Nicht schon wieder«, stöhnten Mina, Christer und Ruben wie aus einem Mund.

Peder achtete gar nicht auf sie. Er drückte Julia das Handy in die Hand und startete das Video.

»Das sind die Drillinge«, juchzte er. »Sie singen den ESC-Hit von Anis Don Demina mit. So unglaublich süß!!!«

Julia sah drei Babys in Windeln begeistert vor einem großen Fernseher wippen. Sie nahm an, dass sie wahnsinnig niedlich waren, aber von Kindern hatte sie heute die Nase voll.

»Moment, ich stelle den Ton lauter«, sagte Peder. »Sie singen auch.«

Seine Kollegen stöhnten auf.

»Danke, ich hab's verstanden.« Sie gab ihm das Handy zurück. »Wirklich goldig. Wie dem auch sei. Ich schlage vor, wir fangen sofort an. Gestern Nachmittag wurde die Entführung eines Kindes namens Ossian Walthersson gemeldet. Fünf Jahre alt. Aufgrund eines Versehens hat der Fall nicht sofort die höchste Dringlichkeitsstufe erhalten. Das ist leider erst heute Morgen aufgefallen.«

»Oh, mein Gott«, rief Peder. »So was darf nicht passieren!«

»Stimmt, ist es aber. Jedenfalls hat die Leitung uns mit dem Fall betraut. Er hat höchste Priorität.«

Mina nickte und trank einen großen Schluck Wasser. Als sie ihre Flasche wieder abstellte, bemühte sie sich, sie so weit entfernt wie möglich von Peders Bart zu platzieren. Als Bosse das bemerkte, trottete er hechelnd auf sie zu.

»Christer!«, sagte Mina. »Wenn der Hund sich in diesem Raum aufhält, musst du ihm auch etwas zu trinken geben. Sollte er sich meiner Wasserflasche noch weiter nähern, kaufst du mir eine neue.«

»Reg dich nicht so auf«, seufzte Christer. »Hundezungen sind erstaunlich sauber. Aber in Anbetracht der Zeit, die wir hier voraussichtlich verbringen werden, sollte ich ihm wirklich eine Schale Wasser hinstellen. Für Bosse ist das auch kein Vergnügen.«

Er winkte den Hund zu sich zurück, der Mina einen beleidigten Blick zuwarf, bevor er sich wieder neben sein Herrchen legte. Julia überlegte, ob sie Christer erklären sollte, dass die Zungen von Hunden alles andere als sauber waren. Ihr Belag wies eine vollkommen andere Bakterienzusammensetzung auf als die von Menschen und konnte teilweise sogar gesundheitsgefährdend sein, aber als sie bemerkte, wie liebevoll Christer das Tier ansah, ließ sie es bleiben.

»Ich hatte ganz vergessen, was für eine Kita das hier ist«, sagte sie. »Wir sollten uns jetzt konzentrieren und schnellstens an die Arbeit machen. Unsere Gruppe bekommt Verstärkung von einer Person, die mit ähnlichen Fällen Erfahrung hat. Er kommt von den Verhandlern … aus der Verhandlungsgruppe … also, es ist ein bisschen schwierig, sich für eine Bezeichnung zu entscheiden. Ihr wisst schon, was ich meine.«

Sie schwieg einen Moment und sah in die erstaunten Gesichter.

»Wieso hat die Abteilung eigentlich keinen Namen?«, fragte Peder.

»Reine Psychologie«, sagte Julia. »Solange sie keinen Namen hat, gibt es sie auch nicht. Und dann kann man auch nicht auf ihr herumhacken.«

»Wow.« Peder zog die Augenbrauen hoch.

»Aber, wie gesagt, er gehört jetzt nicht mehr zu den Verhandlern, sondern ist ein willkommener Zuwachs zu unserer kleinen Schar. Er hat sich auch schon ein paar Gedanken über den Fall Ossian gemacht und müsste jeden Augenblick hier sein.«

»Brauchen wir wirklich noch mehr Leute?« Mina runzelte die Stirn.

»Du meinst, wir reichen dir vollauf?« Christer lachte grunzend und stieß andeutungsweise einen Ellbogen in Minas Richtung.

Offenbar kannte er seine Kollegin gut genug, um zu wissen,

dass Körperkontakt nach Möglichkeit vermieden werden musste. Julia hatte Minas Reaktion bereits vorhergesehen. Veränderungen waren Mina Dabiri ein Gräuel. Vor allem dann, wenn sie zwischenmenschliche Kontakte mit sich brachten. Wobei gerade diese ihr guttun würden. Seit die Zusammenarbeit mit Vincent im Herbst vor zwei Jahren abgeschlossen war, hatte Julia sie mit niemandem außer den Kollegen reden sehen. Und während ihrer Elternzeit war Mina wahrscheinlich auch nicht geselliger geworden. Ihren Bekanntenkreis zu erweitern, konnte also nicht schaden.

»Das haben die Chefs bestimmt aus politischen Gründen entschieden«, sagte Christer.

Er kraulte Bosse den Nacken und erntete einen zärtlichen Blick.

»Gleichberechtigung und Vielfalt sind ja unheimlich in, und da wir bereits zwei Frauenzimmer im Team haben, werden wir diesmal entweder einen Schwulen oder Importware dazubekommen.«

»Christer!« Peder sah den älteren Kollegen tadelnd an. »Wegen genau solcher Bemerkungen bist du hierher versetzt worden. Haben all die teuren Seminare, die dir die Polizeibehörde spendiert hat, um dich aus der Steinzeit abzuholen, denn gar nichts gebracht?«

Seufzend streichelte Christer Bosse hinter dem Ohr.

»Ach, das war doch nur ein Witz«, sagte er verlegen. »Die Leute sind heutzutage alle so dünnhäutig. Außerdem enthielt meine Aussage keinerlei Wertung, was dir auch aufgefallen wäre, wenn du dieselben Seminare besucht hättest wie ich.«

»Manchmal verbirgt sich die Wertung in der Wortwahl …«

Ein diskretes Klopfen unterbrach Peder. Alle sahen zur Tür.

»Du kommst wie gerufen.« Julia deutete auf den Neuankömmling. »Darf ich euch unser neues Gruppenmitglied vorstellen? Das ist Adam Balondemu Blom.«

»Beeindruckende Aussprache.« Der Mann trat ein. »Aber Adam Blom reicht vollkommen.«

*D*ie komische Tante ist richtig, richtig doof. Sie sagt, sie hat
     Welpen, aber sie hat gar keine. Dafür ist ihr Auto ein rich-
tiges Rennauto. Es sieht genauso aus wie ihre Spielzeugautos, ist
aber ein normales Auto. Als sie gestern in die Kita kam, hat sie
mich gefragt, ob ich mal ausprobieren wollte, wie es ist, in einem
Rennauto zu sitzen, und das wollte ich gerne. Aber dann sind
wir losgefahren. Sie hat gesagt, wir würden nach einer Minute
oder so umkehren und nur ein bisschen fahren, damit ich merke,
wie schnell das Rennauto ist. Wir sind aber nicht umgekehrt.

Da habe ich Angst bekommen. Große Angst.

Mein Bauch hat sich angefühlt wie der Strudel, wenn das
Wasser aus der Badewanne fließt. Als würde alles in einem Wirbel nach unten gesaugt.

Das habe ich ihr auch gesagt, aber sie hat nicht geantwortet.

Dann sind wir ganz lange gefahren. Jetzt sind wir bei ihr. Ich
will nach Hause zu Mama und Papa. Ich will hier nicht sein. Die
Tante sagt »bald«. Immer sagt sie »bald«. Und dann sagt sie, ich
soll aufhören zu weinen.

Es sind auch noch andere hier. Andere Erwachsene. Ich weiß
nicht, wer sie sind. Ich habe Angst vor ihnen. Sie kommen und gehen. Sie sagen, ich darf Roblox spielen, soviel ich will, aber ich will
gar nicht. Es ist komisch hier, und es riecht anders als zu Hause.

Nachts gucke ich die ganze Nacht an die Decke. Es ist stock-
dunkel. Überhaupt kein Licht.

Ich rufe nach Papa. Und dann nach Mama. Keiner kommt.

»Ossian, du musst nur noch ein bisschen hierbleiben«, sagt die
Tante am Morgen. »Einen Tag oder so. Dann darfst du nach Hause.«

Sie geben mir was zu essen, aber das Essen ist eklig, und ich
will sowieso nichts essen. Ich frage, warum ich hier bin. Sie antwortet nicht. Niemand antwortet. Sie sagen nur, dass ich aufhören soll zu weinen. Dass alles gut wird.

Sie klingen nett. Aber ihre Augen sind nicht nett.

Neugierig, aber diskret beäugte Mina den Neuzugang der Gruppe. So zurückhaltend waren nicht alle. Ruben zum Beispiel starrte ihn ungeniert und nicht ohne eine gewisse Feindseligkeit an. Mina überraschte seine Reaktion nicht. Adam Blom war mit seinem wohlgeformten Bizeps und dem unter dem engen weißen T-Shirt deutlich sichtbaren Sixpack physisch betrachtet ein Prachtexemplar von einem Mann. Ihr entging auch nicht, dass Ruben sich unbewusst streckte und den Bauch einzog.

Sie selbst machten Muskelpakete überhaupt nicht an. Langgliedrige und schlanke Männerkörper mit eleganter, stolzer Haltung waren ihr viel lieber als kräftige. Am besten im schicken Anzug … Mina zuckte verärgert zusammen. Ihre Gedanken wanderten manchmal in seltsame Richtungen. Sie mahnte sich im Stillen, sich auf Julias Ausführungen zu konzentrieren. Julia stand mit ernster Miene vor dem Whiteboard und wollte offenbar gerade etwas Wichtiges sagen.

»Wie schon erwähnt, sind wir für das Verschwinden des kleinen Ossian Walthersson zuständig.«

»Fünf Jahre alt«, sagte Peder gequält.

Mina konnte ihn verstehen. Ein vermisstes Kind war der Albtraum aller Eltern und ließ nicht einmal gestandene Polizisten kalt. Zudem hatte Peder selbst kleine Kinder. Bei ihr lag diese Zeit zwar lange zurück, aber sie hatte keine Schwierigkeiten, sich in seine Lage zu versetzen.

»Ja, genau. Ossian ist vermutlich gestern aus seiner Kita auf Södermalm entführt worden. Natürlich müssen wir so bald wie möglich mit allen sprechen, die etwas dazu sagen können. Es gibt jedoch auch Parallelen zu einem älteren Fall. Die Leitung hat darum gebeten, dass wir uns die Sache genauer ansehen.«

Julia wandte sich an das neue Gruppenmitglied.

»Adam, du kannst das vielleicht besser erklären.«

Er räusperte sich. Julia setzte sich und nickte Adam zu. Selbstbewusst stellte er sich vor das Whiteboard. Mina beneidete ihn um die Leichtigkeit, mit der er vor diese wildfremden und vermutlich skeptischen Menschen trat. Sie selbst fühlte sich in solchen Situationen immer unwohl.

»Ich erzähle erst mal, wer ich bin und wo ich herkomme.«

Julia warf Christer einen eindringlichen Blick zu. Falls er es wagte zu fragen, ob Adam aus Kenia oder Gambia stammte, würde sie den Alten eigenhändig rauswerfen. Mit seinem Hund.

»Ich komme aus der Verhandlungsgruppe«, sagte Adam. »Wir sind schon früh mit dem Fall Lilly Meyer letztes Jahr betraut worden. Es gab Grund zu der Annahme, dass ihr Verschwinden mit dem extrem eskalierten Sorgerechtsstreit zwischen ihren Eltern zusammenhing und Lilly von einem Familienmitglied entführt worden sein könnte. Für den Fall, dass mit dem Kidnapper Verhandlungen geführt werden müssten, hatte man mich hinzugezogen.«

»War sie nicht das Mädchen, das tot aufgefunden wurde?«, fragte Peder tonlos.

Mina erinnerte sich gut, obwohl das tragische Ereignis bereits ein Jahr zurücklag. Der Fall hatte eingeschlagen wie eine Bombe. Das Mädchen war wenige Meter von einem gut besuchten Eiscafé unter einer Plane auf einem Bootssteg in Hammarby sjöstad aufgefunden worden. Die Medien hatten die zuständigen Ermittler geschlachtet, weil sie keinen Verdächtigen präsentieren konnten, obwohl das Kind sofort identifiziert worden war. Die Eltern hatten sich öffentlich geäußert. Der Fall galt immer noch als hochexplosiv. Und gelöst war er auch noch nicht.

Bosse schien Peders Stimmung zu spüren. Der Hund kroch unter dem Tisch zu ihm hinüber und legte die Schnauze auf seinen Schenkel. Mina beobachtete angewidert, dass sie dort einen feuchten Fleck hinterließ.

»Das ist korrekt. Lilly ist im Frühsommer verschwunden und tot aufgefunden worden. Die Leiche lag auf dem Ausflugssteg Lugnets terrass in Hammarby sjöstad, also direkt gegenüber von Norra Hammarbyhamnen.«

»Ich denke, die Entführung hing mit dem Sorgerechtsstreit zusammen«, sagte Ruben in verächtlichem Ton. »Das hast du doch selbst gesagt. Und wieso brauchen wir Verstärkung aus der Verhandlungsgruppe?«

Mina sah, dass er immer noch den Bauch einzog. Diese Haltung musste extrem unbequem sein.

»Ja und nein. Einen Täter haben wir nicht. Die einzigen Verdächtigen, die sich in der Nähe aufgehalten haben sollen, waren ein älteres Paar, aber deren Beschreibung stammt von einer gestressten Kindergärtnerin, die nicht so genau hingesehen hat. Und der Verdacht gegen Familienmitglieder besteht nach wie vor. Aber. Ich glaube nicht, dass diese Sache etwas mit der Familie zu tun hat. Vor allem, da wir es bei Ossians Entführung mit einer fast identischen Vorgehensweise zu tun haben.«

»Was meinst du mit identisch?«, hakte Mina gedehnt nach.

»Von einer fremden Person, die niemand gesehen hat, aus der Kita entführt«, sagte Adam. »So etwas passiert viel seltener, als es uns die Krimiserien im Fernsehen vorgaukeln. Hinter realen Entführungen stecken meistens Familienmitglieder. Mal soll ein Kind ins Heimatland zurückgebracht werden. Mal will ein Elternteil das Kind im Zuge eines Sorgerechtsstreits für sich allein beanspruchen. Aber so was hier? Mit einem Täter, der sowohl der Polizei als auch dem Kitapersonal unbekannt ist? Kommt in der Realität so gut wie nie vor. Und nun ist es gleich zweimal passiert. Daher ist die Leitung der Meinung, dass mein Vorwissen aus dem Fall Lilly für euch von Nutzen sein könnte. Wir haben nicht viel Zeit. Ich kann euch schnell und effektiv mit allen Informationen versorgen, über die ich verfüge. Und zwar nicht nur mit dem Zeug, das man sich anlesen kann, sondern auch mit allem, was zwischen den Zeilen steht.«

»Ich stimme der Leitung zu. Adam ist eine wertvolle Ergänzung für unser Ermittlungsteam.« Julia fixierte Ruben. »Können wir jetzt weitermachen?«

Ruben nickte brummelnd.

»Lilly wurde nach drei Tagen gefunden, oder?« Christer fuhr sich mit dem Hemdsärmel über die schweißnasse Stirn.

Im Besprechungsraum herrschte drückende Hitze. Mina versuchte, ihr Unbehagen zu unterdrücken.

»Wenn Ossian also gestern verschwunden ist und es sich um die gleiche Vorgehensweise handelt, haben wir vermutlich nicht mehr viel Zeit, ihn zu finden«, fuhr Christer fort.

»Warte mal«, sagte Peder. »Nehmen wir denn an, dass wieder dieselbe Person zugeschlagen hat?«

»Im Moment gehen wir nicht von dieser Hypothese aus.« Julia räusperte sich. »Aber, wie schon gesagt, die Vorgehensweise ist gleich. Und daher arbeiten wir auf der Grundlage der Vermutung, dass wir wenig Zeit haben. Ich bin sogar aufgefordert worden, schon heute Abend eine Pressekonferenz abzuhalten. Bis dahin befragen Adam und Ruben bitte das Kitapersonal. Und Mina und Peder vernehmen die Eltern von Ossian.«

»Könnte Adam nicht mit Christer zusammen die Kita übernehmen?« Ruben sah auf die Uhr. »Ich muss gleich noch wohin.«

»Christer muss die Kartei mit den Sexualstraftätern durchgehen«, sagte Julia. »Ich will eine Liste aller bekannten Täter haben, die im Laufe des vergangenen Jahres auf freiem Fuß waren. Nur zur Sicherheit. Und Ruben, wenn mich nicht alles täuscht, bist du Polizist. Momentan ist dieser Fall deine wichtigste Aufgabe.«

»Klingt, als ob deine Tinderdates warten müssten«, bemerkte Mina.

»Aha«, seufzte Christer. »Die Kartei mal wieder.«

»Ich bin nicht bei Tinder.« Ruben rümpfte die Nase. »Das habe ich gar nicht nötig. Im Gegensatz zu Mina, unserer alten Jungfer, die am liebsten ins Kloster gehen würde.«

Mina zog ihr Handy aus der Tasche und hielt es Ruben vors Gesicht. Dann öffnete sie demonstrativ den App-Store und lud sich die Tinder-App herunter.

»Fühlst du dich jetzt besser?«, fragte sie. »Wenn du bezüglich meines Wohlbefindens jetzt beruhigt bist, kannst du vielleicht endlich anfangen zu arbeiten.«

Sie würde die App nach dem Meeting sofort wieder löschen.

»Ruhe jetzt«, sagte Julia laut. »An die Arbeit, Leute. Wir haben keine Zeit zu verlieren.«

Adam stand neben ihr und schien nicht so recht zu wissen, was er mit sich anfangen sollte.

»Wie du siehst«, seufzend drehte sich Julia zu ihm um, »sind wir nicht gerade die disziplinierteste Gruppe im Haus. Aber wir sind gut. Jedenfalls meistens.«

»Da bin ich aber froh.« Adam sah sie eindringlich an. »Denn du hast recht. Es ist schon ein Tag vergangen. Und uns bleibt vielleicht nicht mehr viel Zeit.«

Da Christer in seinem aufgeheizten Zimmer unmöglich arbeiten konnte, hatte er sich mit dem Laptop ins Großraumbüro gesetzt. Er griff zum Telefon und starrte auf die vierundsechzig schwarzen und weißen Quadrate auf dem Bildschirm. Die Partie war eigentlich längst vorbei, aber es fiel ihm schwer, sich damit abzufinden.

Er war immer der Meinung gewesen, ein relativ guter Schachspieler zu sein. Nicht, weil er in seinem Leben so oft Schach gespielt hätte, sondern weil er fand, dass es sich so gehörte. Es passte irgendwie zu den anderen Dingen, die ihn kennzeichneten. Zum Whisky. Zur Einsamkeit. Und dem Jazz. Ganz so einsam war er zwar nicht mehr, seit der Hund an seiner Seite war, aber auch der Hund passte ins Bild.

An dem Tag, als er das kostenlose Online-Schach entdeckte, war sein Selbstbild ins Wanken geraten. Seitdem spielte er fast täglich auf dem Computer oder dem Handy Schach. Das tat er zwar schon fast seit einem halben Jahr, aber er spielte nach wie vor auf Anfängerniveau. Und hatte noch immer keine einzige Partie gewonnen. Seufzend legte er das Telefon zur Seite. Er musste sich endlich an die Arbeit machen.

Mina setzte sich mit einem zweiten Laptop neben ihn.

»Ich kann dir helfen«, sagte sie. »Wollen wir anfangen? Wir dürfen keine Zeit verlieren.«

»Ja, stimmt«, seufzte er. »Okay. Die Sexualstraftäterkartei. Hurra.«

Kraftlos starrte er in seinen Kaffeebecher. Kalt. Natürlich. Außerdem schien der Kaffee schon etwas zu lange in der Thermoskanne gestanden zu haben. Erneut seufzte er so tief, dass Bosse besorgt den Kopf schief legte.

»Leg dich hin, mein Guter. Papa muss ein bisschen am Computer arbeiten. Du hast dein Wasser. Und dein Körbchen.«

Er kraulte den Hund hinter den Ohren. Der drehte sich vor Freude dreimal um sich selbst und ließ sich dann gemütlich nieder.

»So.« Christer öffnete das Programm. »Dann wollen wir uns die Ekelpakete mal ansehen.«

Wie immer widmete er sich der Arbeit mit gemischten Gefühlen. Stundenlang würde er sich durch eine Seite nach der anderen klicken. Und nach der Nadel im Heuhaufen suchen. Es war eine ebenso trostlose wie undankbare Aufgabe, die sie ihm wieder und wieder aufbürdeten. Ja, klar, diesmal hatte Mina ihre Hilfe angeboten. Aber meistens musste er das allein machen.

Nie wurde er aufgefordert, wenn es darum ging, die Verbrecher draußen im realen Leben zu jagen. Nicht, dass er das gewollt hätte. Aber es wäre nett gewesen, zumindest hin und wieder gefragt zu werden. Wenigstens der Höflichkeit halber. Als Anerkennung seiner umfassenden Erfahrung und all den Jahren bei der Funkstreife. Es war zwar angenehm, nicht mehr ausrücken zu müssen, aber trotzdem.

»Ich kann mal nachsehen, ob im Zusammenhang mit dem Fall Lilly eine Fahndung ausgeschrieben wurde«, sagte Mina. »Falls wir es tatsächlich mit einem Wiederholungstäter zu tun haben. Und du könntest vielleicht mal die aktuellen Fahndungen gegenchecken.«

»Klingt vernünftig.« Er fing an zu scrollen.

Seitenweise Pack. Wenn die Bevölkerung gewusst hätte, wie viele widerliche Individuen da draußen unterwegs waren, hätte sich niemand mehr vor die Tür gewagt. Und die rechtsnationale Partei *Schwedens Zukunft* hatte den Menschen eingeredet, sie bräuchten sich nur vor Personen namens Ahmed oder Mohammed in Acht zu nehmen. Aber er hatte es schwarz auf weiß vor sich. Sven Westin, Karl-Erik Johansson oder Peter Lundberg hießen die Kerle. Ihre Haut war weiß. Und lieb zu Kindern waren sie auch. Über jeden von ihnen wurde hinterher gesagt, er habe doch so nett ausgesehen. »So was hätte ich nie von ihm gedacht.« Oder: »Das muss ein Missverständnis sein, zu meinen Kindern war er immer nett.«

Bosse winselte im Schlaf und streckte seine Pfoten, als würde er zum Sprung ansetzen. Christer fragte sich, wen er wohl jagte. Einen Pädophilen wahrscheinlich nicht. Auch wenn das gut gewesen wäre. Verfluchte Scheiße. Hoffentlich irrte sich Julia, und diese Männer auf seinem Monitor hatten mit Ossians Verschwinden nichts zu tun. Das Elend auf der Welt war schon groß genug.

Christer ließ seinen Blick durch das Großraumbüro schweifen. Es war leerer als sonst. Urlaubszeit. Viele Kollegen schütteten auf irgendeinem Segelboot in Sandhamn Bier in sich hinein, fotografierten die Kalksteinsäulen auf Gotland und werkelten an ihren Sommerhäuschen herum.

Mina stand auf.

»Ich brauche Kaffee«, sagte sie. »Egal, wie heiß es hier drinnen ist. Soll ich dir einen mitbringen? Lange kann ich dir nicht helfen, weil Peder und ich nachher zu Ossians Eltern fahren.«

Er nickte finster. Sie mussten Ossians Entführer so schnell wie möglich finden. Die Uhr tickte. Und er würde sich stundenlang durch das Register der widerlichsten Straftäter pflügen müssen. Mehr Koffein war definitiv vonnöten.

S ind wir wirklich die Richtigen für diese Aufgabe?« Peder
schluckte.

Mina begriff, dass er nicht »wir«, sondern »ich« meinte.
Wie in »ich als Person, die selbst Kinder hat«.

»Wenn du dir das nicht zutraust, bleib ruhig hier«, sagte sie
sanft. »Dann mache ich das allein. Kein Problem für mich.«

Peder schüttelte den Kopf.

»Nein, nein, das gehört genauso zu unserem Job, das weiß
ich ja. Bringen wir es hinter uns.«

Sie gingen zu einem der Dienstwagen in der Tiefgarage. Sie
überließ ihm das Steuer. Solange er sich aufs Fahren konzentrierte, konnte er nicht über die bevorstehende Aufgabe nachdenken. Sicherheitshalber lenkte sie das Gespräch auch noch
auf seine Kinder. Dieses Ablenkungsmanöver funktionierte
immer. Sie sah aus dem Fenster und hing ihren Gedanken
nach, während Peder an ihrer Seite unausgesetzt plapperte.

»… und heute Morgen hat Meja plötzlich *Haferbrei* gesagt.«
Den Anfang hatte sie offenbar verpasst. »Ist dir klar, wie intelligent das Kind sein muss? Sie ist erst drei Jahre alt, und die
meisten Dreijährigen würden einfach *Brei* sagen. Ich glaube
wirklich, dass sie in eine Schule für Hochbegabte muss. Hochbegabte Kinder stellen ihre Eltern anscheinend vor genauso
große Herausforderungen wie ein Kind mit Behinderungen,
aber damit werden wir uns beschäftigen, wenn es so weit ist,
finden Anette und ich. Und außerdem haben wir ja noch Maj-
ken, die unserer Ansicht nach Sportlerin wird. Du solltest mal
sehen, wie sie das Klettergerüst in der Kita hochklettert. Dieses Gleichgewichtsgefühl und ihre Kraft deuten auf Leistungs-
sport hin, und wir bereiten uns innerlich bereits darauf vor, sie
ständig zum Training und zu Wettbewerben kutschieren zu
müssen. Und Molly? Die hat ein unglaubliches Händchen für
Tiere. Neulich hat sie einen Vogel mit verletztem Flügel nach

Hause gebracht. Wir mussten ihn in einen mit Watte ausge-
polsterten Schuhkarton legen, und dann hat sie wie eine echte
Vogelmama über ihn gewacht. Er ist zwar leider gestorben,
aber ihre Tierliebe ist wirklich beeindruckend. Man hat fast
das Gefühl, sie könnte mit den Tieren sprechen. Sie wird bestimmt mal Tierärztin, das sage ich dir. Ich sehe sie schon im
Kolmården Tierpark oder im Parken Zoo vor mir und glaube …«

Mina schaute wieder aus dem Fenster. Peders Begeisterung
ging zum einen Ohr rein und zum anderen wieder raus. Auf
dem Stureplan drängten sich Menschen mit teuren Sonnen-
brillen, schicker Kleidung und makelloser Bräune. Alle Tische
vor dem Sturehof waren besetzt, in den Weingläsern schimmerte der Rosé. Sie beneidete die Leute, die alle Zeit der Welt
zu haben schienen, um die unbeschwerten Momente in der
Sonne. Ihr Herz hingegen war schwer. Sie würde gleich mit
den verzweifelten Eltern eines vermissten Fünfjährigen sprechen müssen. Und die Zeit lief ihnen davon. Genau, wie sie
Lilly davongelaufen war.

Tom sah unglücklicher aus, als Ruben es bei einem erwachsenen Mann für möglich gehalten hätte. In dem kleinen Personalraum der Kita Backen saßen auch Toms Kollegin Jenya sowie die Leiterin Mathilda. Zusammen mit Ruben und Adam wurde es in dem Raum viel zu eng. Die Fenster standen sperrangelweit offen. Wobei das nichts nützte, wie Ruben feststellte. Der Schweiß auf Toms Stirn war kurz davor, ihm auf Nase und Wangen zu tropfen.

Ruben musste sich erst mal sammeln. Als Julia die morgendliche Besprechung eröffnet hatte, war er in Gedanken schon bei Ellinor gewesen. Hatte sich zurechtgelegt, was er sagen wollte. Er hatte geglaubt, es würde nur eine kurze Teamsitzung anlässlich Julias Rückkehr geben, und hatte direkt im Anschluss ins Auto steigen wollen. Stattdessen hatten sie den Fall Ossian auf den Tisch bekommen. Der erforderte seine gesamte Aufmerksamkeit. Jetzt an die Frau zu denken, die seit zehn Jahren in seinem Kopf herumspukte, kam nicht infrage. Wenn sie mit dieser Sache hier fertig waren, konnte er sich ausgiebig mit Ellinor beschäftigen. Aber Ossian brauchte ihn jetzt. Ossian war darauf angewiesen, dass er, Ruben, seine Arbeit machte.

Er schob Ellinor gedanklich beiseite und sah die anderen an, die sich in den winzigen Personalraum gezwängt hatten, doch bevor er den Mund aufmachen konnte, ergriff Adam das Wort.

»So«, sagte sein neuer Kollege, »der Vorfall gestern. Wieso hat niemand gemerkt, dass Ossian weg war?«

Um Himmels willen! Viel plumper hätte man die Sache kaum angehen können. War Adam nicht angeblich Verhandlungsexperte? Sogar Ruben wusste, dass man Befragungen nicht mit Vorwürfen einleitete. Diese Menschen sahen ohnehin so aus, als würden sie damit rechnen, umgehend ins Gefängnis zu kommen. Wenn Adam und er sie unter Druck setzten, würden sie kein Wort sagen. Ruben studierte die Zeichnungen an den Wänden. Mit unterschiedlichem Erfolg hatten die Kinder ihre Erzieher porträtiert, falls ihn nicht alles täuschte.

»Wir möchten nur wissen, wo Sie sich zum Zeitpunkt von Ossians Entführung befanden«, sagte Ruben so freundlich wie möglich.

Tom machte ein Gesicht, als wollte er im Boden versinken. Er zog ein Taschentuch aus einer Pappschachtel auf dem Tisch und trocknete seine Augen.

»Oben im Skinnarvikspark verliert man leicht den Überblick«, gab er schließlich zu. »Es sind ganz schön viele Kinder, da sieht man nicht alle die ganze Zeit. Und die größeren Kinder müssen ja auch nicht so intensiv beaufsichtigt werden wie die jüngeren. Sie wissen aber, dass sie den Park nicht verlassen dürfen, ohne Bescheid zu sagen, und wir schauen in regelmäßigen Abständen nach ihnen. Dass ich Ossian minutenlang nicht gesehen hatte, war nichts Ungewöhnliches.«

Wieder warf Ruben einen Blick auf die Kinderzeichnungen. Auf einer war eine erstaunlich detaillierte männliche Gestalt zu sehen, um die ein Herz herumgemalt worden war. Auf dem T-Shirt des Mannes stand ein großes T. In die Ecke des Bildes hatte jemand den Namen des Künstlers geschrieben. Ossian. Ruben hatte plötzlich einen Kloß im Hals und musste sich räuspern.

»Ihre Welt …«, sagte Tom mit belegter Stimme, »unsere Welt hier ist normalerweise ein sicherer Ort.«

»Das ist uns bewusst«, sagte Adam. »Trotzdem konnten Sie keine hundertprozentige Sicherheit gewährleisten.«

Was zum Teufel sollte das? Allmählich wurde Ruben klar, weshalb Adam in der Verhandlungsgruppe nicht mehr erwünscht war. Tom liefen jetzt sogar Tränen übers Gesicht.

»Was vollkommen menschlich ist«, fuhr Adam fort. »Ich stelle das ganz wertfrei fest. Sie müssen auf diese Reaktion gefasst sein. Nicht zuletzt von den Eltern. Je mehr wir über die Ereignisse an dem Tag wissen, desto besser können wir Sie dabei unterstützen, die Haltung Ihnen gegenüber in eine empathische zu verwandeln.«

Adam wandte sich von Tom ab und sah Mathilda, der Kitaleiterin, in die Augen.

»Was angesichts der wenigen Kinder, die heute gekommen sind, auch in Ihrem Sinne sein dürfte«, fügte er hinzu.

Okay. Adam war nicht blöd. Aber sie führten hier keine Verhandlung, sondern ein Gespräch, und damit hatte der Kollege mit seinem Sixpack und der stattlichen Größe von einem Meter neunzig anscheinend nicht viel Erfahrung, dachte Ruben mit einem Anflug von Befriedigung. Letztendlich kam es hier auf Rubens Fingerspitzengefühl an.

»Wir fragen uns«, sagte er, »ob Ihnen vielleicht etwas Ungewöhnliches aufgefallen ist, das uns bei der Suche weiterhelfen könnte. Kennen Sie beispielsweise die Frau, die ihn abgeholt hat?«

Jenya schüttelte den Kopf. Obwohl sie ein Kopftuch trug, war sie bei Weitem nicht so verschwitzt wie Tom. Ruben widerstand der Versuchung, sich bei ihr zu erkundigen, ob es unter dem Hidschab nicht furchtbar heiß sei. Er nahm an, dass sie die Frage nicht mehr hören konnte.

»Wir haben mit allen Kindern gesprochen«, sagte Jenya. »Erstaunlicherweise kennen die meisten von ihnen die Eltern und großen Geschwister der anderen Kinder genau. Diese Frau hatten sie noch nie gesehen.«

Adam stand auf und stellte sich ans Fenster, das auf den Hügel hinausging, von dem Ossian verschwunden war. Er schien nachzudenken. Nach einer Weile kehrte er wieder an den Tisch zurück.

»Womit wir wieder von vorne anfangen können«, sagte Adam. »Warum hat, im Gegensatz zu den Kindern, keiner von Ihnen die Frau gesehen? Ist das nicht ein bisschen merkwürdig?«

»Wollen Sie damit andeuten, das Kitapersonal hätte etwas mit der Sache zu tun?« Mathilda riss die Augen auf. »Und würde etwas verschweigen? Tom und Jenya gehören zu den besten Erziehern, mit denen ich je zusammengearbeitet habe. Ich stehe uneingeschränkt hinter ihnen. Wenn Sie uns Vorwürfe machen wollen, sollten wir das Gespräch vielleicht nicht ohne Rechtsbeistand fortsetzen.«

Ruben hob beschwichtigend die Hände. Auch das noch. Rechtsanwälte. Die hatten ihnen gerade noch gefehlt. Er hatte zwar nichts dagegen, wenn Adam sich selbst ein Bein stellte, aber momentan stand zu befürchten, dass seine plumpe Art auch auf Ruben abfärbte.

»Wir nehmen an, dass sie nicht gesehen werden wollte«, sagte Ruben ruhig. »Daher wird sie einen geeigneten Moment abgepasst haben. Sie hat nichts dem Zufall überlassen. Niemand macht Ihnen Vorwürfe.«

Mathilda schien sich wieder ein wenig gefasst zu haben.

»Eine letzte Frage noch«, sagte Adam. »Eins verstehe ich nicht ganz. Wieso ist Ossian freiwillig mitgegangen? Schließlich war die Frau eine Fremde für ihn.«

»Er hat eine Schwäche für Rennautos«, sagte Tom leise. »Lamborghini, Koenigsegg, Porsche. Er kennt alle Marken und Modelle. Es spielt keine Rolle, ob sie echt sind oder aus Pappe. Solange sie schnell aussehen. Am liebsten mag er rote.«

»Und diese Frau hatte Autos, wenn ich das richtig verstanden habe.« Adam nickte nachdenklich.

»Das hat sie jedenfalls zu Felicia gesagt. Autos und Welpen. Wieso sollte Felicia sich das ausgedacht haben? Es fragt sich natürlich, ob es die Welpen wirklich gab. Felicia hat sie ja nie zu Gesicht bekommen.«

»Und niemand kannte diese Frau vom Sehen.« Ruben warf einen Blick auf seine Notizen. »Was nicht heißen muss, dass Ossian sie nicht kannte. War er in letzter Zeit anders als sonst? Oder haben sich möglicherweise seine Eltern anders als sonst verhalten?«

Tom schüttelte den Kopf.

»Es war alles wie immer. Eine ganz normale Sommerwoche. Bis … gestern.«

»Na dann.« Adam stand auf. »Danke für Ihre Hilfe. Das war es erst mal.«

Mathilda begleitete sie zur Tür. Ruben war beeindruckt von ihr. Normalerweise waren die Leute ziemlich kleinlaut, wenn sie es mit der Polizei zu tun bekamen. Nicht so Mathilda. Sie hatte sich wie eine Löwin vor Tom und Jenya gestellt. Außerdem sah sie nicht schlecht aus. Ob sie im Bett wohl genauso dominant war? Vor nicht allzu langer Zeit hätte er alles darangesetzt, es herauszufinden. Nun musste er sich mit seinen Fantasien begnügen. Amanda, diese verdammte Psychotante.

»Es wird natürlich auch eine umfassende interne Untersuchung geben.« Mathilda gab ihm die Hand. »Aber gegenwärtig wissen wir nicht mehr als das, was wir Ihnen gesagt haben. Ich wäre Ihnen sehr verbunden, wenn Sie uns auf dem Laufenden halten könnten. Wir sind uns unserer Verantwortung bewusst, das können Sie uns glauben.«

Ruben und Adam gaben allen dreien die Hand. Toms Finger fühlten sich schlaff an, und er sah aus, als hätte er soeben dem Tod ins Auge gesehen. Es würde vermutlich eine Weile dauern, bis er wieder arbeitsfähig sein würde.

»Ziemlich schlau von dir«, sagte Adam, während sie sich von der Kita entfernten. »Die *good cop, bad cop*-Nummer. So haben wir ganz schnell alles erfahren, was sie wissen. Und Schnelligkeit ist im Moment am wichtigsten.«

Ruben starrte ihn an. Fühlten sich Verhandlungsexperten immer wie in einem Film? Soweit Ruben wusste, waren sie eigentlich darauf geeicht, Vertrauen aufzubauen. Adam hatte das Gegenteil getan. Andererseits musste Ruben zugeben, dass sie tatsächlich alles Wissenswerte in Erfahrung gebracht hatten.

»Aber beim nächsten Mal«, sagte Adam, »bin ich der Gute.«

Vincent sah aus einem der Bürofenster von ShowLife Productions im Strandvägen. Die Nachmittagssonne stand hoch am Himmel, und ihre Strahlen glitzerten auf dem Wasser, doch dafür hatte er jetzt keinen Sinn. Er war nämlich vollauf damit beschäftigt, sich vorzustellen, wie es wäre, wenn er selbst von einem Katapult durch die Luft geschleudert worden wäre oder durch eine Kammer voller Insekten robben müsste. In hautengen Sportsachen. Vincent lief ein Schauer über den Rücken. Die Bilder in seinem Kopf waren alles andere als ansprechend.

»Jetzt sei doch nicht so störrisch«, sagte Umberto. »Es wird deinem Image guttun. Die Leute wollen auch … deine menschliche Seite sehen.«

Vincent setzte sich. Diesmal standen auf dem Schreibtisch seines Agenten keine selbst gebackenen Kekse. Möglicherweise bedeutete das, dass ihr Verhältnis persönlicher und weniger förmlich geworden war. Vielleicht hatte Umberto aber auch die Nase voll von ihm. Die vier grünen Punschrollen ließen jedoch vermuten, dass er noch nicht völlig in Ungnade gefallen war.

»Aber ausgerechnet Fort Boyard?«, fragte Vincent skeptisch und nahm sich eine Punschrolle, als er sah, dass Umberto ebenfalls die Hand nach dem Gebäck ausstreckte.

Nun lagen noch zwei Röllchen auf dem Teller. Ordnung musste schließlich sein.

»Es wird doch wohl noch Formate geben, die besser zu mir passen«, sagte er. »Wenn es schon unbedingt Fernsehen sein muss.«

Seufzend beugte Umberto sich vor.

»Jetzt hör mir mal zu, amico mio. Es ist mein Job, dafür zu sorgen, dass so viele Leute wie möglich Tickets für deine Auftritte und Shows kaufen. Denn was passiert sonst?«

»Dann verdienst du nichts«, sagte Vincent.

»Genau. Aber vor allem verdienst *du* dann nichts. Es ist ganz einfach, Grundkenntnisse in Betriebswirtschaft reichen völlig aus. Da unsere Ausgaben gestiegen sind, müssen wir mehr Tickets verkaufen, wenn du weiterhin von deiner Arbeit leben können möchtest. Und ja, ich weiß, dank Jane gingen die Tickets eine Zeit lang weg wie geschnitten Brot, aber der Hype wird nicht ewig anhalten. Und deswegen müssen sich wieder mehr Leute daran erinnern und vor allem dafür interessieren, dass es dich gibt. Und deshalb musst du dich eben hin und wieder im Fernsehen von einer Kanone in die Luft jagen lassen.«

Vincent versuchte, sich nicht anmerken zu lassen, wie sehr ihn das Ganze stresste. *Fort Boyard* also. Die Buchstaben, die im Alphabet den sechsten und den zweiten Platz einnahmen. 62. Als Benjamin noch klein gewesen war, hatte ihm Vincent eine Schachtel mit gemischten Legosteinen geschenkt. Wenn man sich ernsthaft über die Bausätze von Lego unterhielt, was Vincent damals oft mit Benjamin getan hatte und mittlerweile mit Aston tat, dann kannte man auch die Artikelnummer, da es möglicherweise mehrere Modelle der gleichen Sache gab. Er war sich so gut wie sicher, dass die Artikelnummer der Schachtel mit den gemischten Steinen mit 62 angefangen hatte. Was natürlich Zufall war. Andererseits standen die Buchstaben L E G O im Alphabet auf den Positionen 12, 5, 7 und 15. Und #125715 war der hexadezimale Farbcode für dunkles Moosgrün. Ungefähr die gleiche Farbe hatte das Wasser im Burggraben von Fort Boyard. Zumindest bei Ebbe. Alles hängt zusammen. Wenn man will.

»Vincent«, sagte Umberto in scharfem Ton. »Wo bist du mit deinen Gedanken?«

Vincent hörte am Tonfall, dass Umberto seinen Namen bereits mehrmals wiederholt hatte.

»Bei Lego«, antwortete er.

Umberto schüttelte den Kopf.

»Du musst das machen«, sagte Umberto.

Vincent nickte langsam. Wie war er nur in die Lage geraten, einen solchen Vorschlag überhaupt in Erwägung zu ziehen? Andererseits hatte Umberto vermutlich recht. Ihm blieb nichts anderes übrig, als hart zu trainieren. Fort Boyard würde ihm mehr abverlangen, als er momentan zu bieten hatte. Außerdem war Fitnesstraining eine gute Methode, seine Gedanken den Sommer über davon abzuhalten, auf Abwege zu geraten.

Wie zum Beispiel zu der Frage, wie es Mina ging.

Umberto nahm sich die vorletzte Punschrolle. Vincent seufzte. Er hatte schon die erste nicht essen wollen, aber ihm blieb nichts anderes übrig. Eine einzelne Punschrolle auf dem Teller wirkte geradezu obszön. Während er sich die letzte der vier Punschrollen in den Mund steckte, bemerkte er das Grinsen, das den Mundwinkel seines Agenten umspielte. Dieser Hund. Das hatte er mit Absicht gemacht.

»Na gut, dann sagen wir eben zu.« Er seufzte. »Fort Boyard. Wann wird gedreht?«

»In gut vier Wochen.«

Vincent verschluckte sich vor Schreck. Ein Monat. Gleich heute würde er sich einen Personal Trainer suchen.

*S*ie sagen, er bräuchte keine Angst zu haben. Das ist seltsam. Wieso sollte er keine Angst haben? Er darf doch Mama und Papa nicht fragen. Und wo Mama und Papa sind, wollen sie ihm auch nicht sagen. Vielleicht ist Mama und Papa was passiert.

Die Mama von Ebba ist gestorben. Ebbas Großeltern haben sie von der Kita abgeholt. Ihre Mama war an einer Krankheit gestorben, die Krebs heißt.

Was, wenn Mama und Papa auch Krebs haben.

Und gestorben sind.

Deshalb ist er von der Kita abgeholt worden. Aber warum haben ihn dann nicht seine Großeltern abgeholt? Er rollt sich auf der Matratze zusammen. Sie riecht seltsam. Alles riecht seltsam.

Eigentlich lutscht er schon lange nicht mehr am Daumen. Er ist ein großer Junge. Große Jungs lutschen nicht am Daumen. Außerdem bekommt man davon schiefe Zähne, hat Oma gesagt. Aber jetzt braucht er den Daumen.

Sein Körper ist müde und schwer. Er hat die ganze Nacht nicht geschlafen. Hat immer nur an Mama und Papa und Krebs gedacht. Weit entfernt hat er Stimmen gehört. Fremde Stimmen.

Er schließt die Augen.

Vielleicht sind sie da, wenn er wieder aufwacht.

Die Wohnung in der Bellmansgatan war klein, aber gemütlich. Es war nicht zu übersehen, dass hier ein Kind wohnte. Zwischen den Schuhen hinter der Tür stand eine Einkaufstüte mit einem ungeöffneten Legokarton darin. Ein Rennauto. Überall im Flur lagen Spielsachen herum. Am Kühlschrank hingen Kinderzeichnungen und Urlaubsfotos. Auf dem Esstisch stand noch das Schälchen mit den eingetrockneten Frühstücksflocken.

»Entschuldigen Sie die Unordnung, wir …«

Ossians Mutter Josefin brachte den Satz nicht zu Ende. Sie wirkte abwesend, und Mina vermutete, dass sie ein starkes Beruhigungsmittel eingenommen hatte. Der Blick von Fredrik, Ossians Vater, jedoch war klar und ruhig. Nur ein leichtes Zittern der Hand, mit der er auf die weißen Ikeasofas zeigte, verriet seine innere Bewegtheit.

»Komm, Liebling. Komm.«

Fürsorglich berührte er Josefin am Arm und führte sie zum Sofa. Sie ließ sich kraftlos in die Polster fallen und strich mit der flachen Hand über einen großen Fleck auf dem hellen Stoff.

»Ein weißes Sofa zu kaufen, war keine gute Idee, … mit einem Baby. Aber wir dachten … wir dachten … es wäre alles ganz einfach, wie in den Elternzeitschriften und im Fernsehen. Da sind die Babys so süß und schlafen eigentlich die ganze Zeit. Wir dachten … wir würden alles problemlos hinkriegen. Aber dann … kam er …«

»Josefin, wir müssen nicht …«

Fredrik legte ihr eine Hand auf den Arm, aber sie schüttelte sie schluchzend ab.

»Er kam und hat die ganze Zeit nur geschrien. Immer. Rund um die Uhr. Er war so wütend. Und ich konnte einfach nicht verstehen, warum er immer so wütend war. Er schien alles zu hassen. Uns auch. Manchmal wünschte ich … wir hätten ihn nie bekommen, und es wäre wieder so wie vorher gewesen. Nur wir zwei. Ich weiß, es ist nicht okay, so was zu sagen. Man darf nicht bereuen, dass man sich für ein Kind entschieden hat. Aber wir hatten es so gut zusammen. Weißt du noch, Fredrik, wie gut wir es zusammen hatten?«

Sie wandte das Gesicht ihrem Mann zu. Er nickte.

»Aber ja, ich erinnere mich. Josefin, du stehst unter Schock. Du hast Schuldgefühle und suchst nach einer Erklärung«, sagte er. »Tu das nicht.«

Wieder legte er die Hand auf ihren Arm, und diesmal ließ sie ihn gewähren.

»Ich weiß noch, wie anstrengend es am Anfang war«, sagte er. »Da hast du recht. Aber wir haben es überstanden. Oder? Gemeinsam. Irgendwann war er nicht mehr so wütend. Er ist ein fröhlicher Junge. Oppa Gangnam Style, das passt zu ihm. Natürlich hat er manchmal schlechte Laune, aber meistens ist er gut gelaunt. Und er baut so konzentriert Lego. Findest du nicht, Liebling?«

Josefin nickte stumm, ohne ihn anzusehen.

»Ja. Er ist ein fröhlicher Junge. Aber denk doch mal an die vielen Momente, in denen ich ihn zum Teufel gewünscht habe. Das ist doch schlechtes Karma. Vielleicht hat mich jemand gehört und gedacht, ich würde es ernst meinen, und jetzt holt uns das wieder ein.«

Fredrik verzog das Gesicht. Er ließ ihren Arm los und starrte auf den weißen Teppich.

»Das stimmt nicht, und das weißt du auch. Er kommt zurück. Da bin ich ganz sicher. Er ist nur … eine Weile weg.«

Er sah auf die Uhr. Dann blickte er auf und sah Mina an.

»Das stimmt doch? Dass im Prinzip alle wieder auftauchen? Es sind ja erst vierundzwanzig Stunden vergangen. Er müsste also bald wieder da sein, oder?«

Mina schluckte. Niemand wusste besser als sie, dass Menschen verschwinden konnten. Und nie wieder auftauchten.

Aber sie war aus freien Stücken verschwunden. Bei Ossian war es anders.

»Die meisten sind nach wenigen Stunden wieder da«, sagte Mina. »Ossian ist jetzt seit vierundzwanzig Stunden abgängig. Das ist etwas länger als üblich, aber noch gibt es keinen Grund zu der Annahme, dass er nicht bald wiedergefunden wird. Die Suche nach ihm hat für uns momentan höchste Priorität.«

Sie behielt für sich, dass sich die Kinder, die nach ein paar Stunden wieder auftauchten, meistens nur verlaufen hatten oder zu einem Freund gegangen waren. Sie waren normaler weise nicht von Frauen in Autos voller Spielsachen gelockt und entführt worden.

Doch sie spürte die Beunruhigung wegen Ossians Verschwinden in jeder Zelle ihres Körpers.

»Erzählen Sie uns von dem Morgen, als er verschwand«, sagte Peder.

Die Aufforderung war an beide Elternteile gerichtet.

»War irgendetwas anders als sonst? Ist Ihnen nichts aufgefallen, als Sie Ossian in den Kindergarten gebracht haben? Irgendeine Person vielleicht, die Sie in der Umgebung noch nie gesehen haben?«

»Ich habe ihn gebracht.« Josefin strich immer noch über den Fleck auf dem Sofa. »Sie wissen, dass die Werbung lügt, oder? Die Werbung für Waschmittel, mit denen man angeblich jeden Fleck wegbekommt. Ich habe jedes Produkt auf dem Markt ausprobiert, habe mit Fleckentfernern vorbehandelt … und den Bezug sogar bei neunzig Grad gewaschen. Aber der Fleck geht nicht raus. Ich glaube, es ist Schokolade. Wir hatten ihm erlaubt, auf dem Sofa ein Überraschungsei zu essen, aber er interessierte sich nur für das Spielzeug und legte die beiden Schokoladenhälften neben sich. Weißt du noch, Fredrik? Ich glaube, es war ein kleiner Roboter, der aus fünf Einzelteilen zusammengebaut werden musste. Er gab sich nicht zufrieden, bevor …«

Ihre Stimme verklang im Leeren.

»Liebling«, sagte Fredrik. Mina sah ihm an, wie sehr er sich zusammenreißen musste. »Liebling. Konzentrier dich. Die Polizei hat dich gefragt, ob dir gestern etwas Ungewöhnliches aufgefallen ist. Jedes Detail könnte helfen, die Person zu finden, die Ossian entführt hat.«

»Nein. Ich habe nichts gesehen. Es war alles wie immer. Eltern. Kinder. Ich bin diejenige, die sich nie die Namen der anderen Eltern merken kann. Geschweige denn wüsste, wer mit wem zusammengehört.«

»Josefin …«

Fredrik streichelte ihren Arm. Sie schüttelte sich.

»Ich bin auch die Mutter, die jeden Elternabend und jeden Ausflug vergisst. Oder diese Projekttage, wie gestern. Eigentlich hätte er ein Lunchpaket dabeihaben sollen. Aber ich habe es vergessen. Wie üblich. Kalte Pfannkuchen mag er so gerne. Gerollt. Wäre alles anders gekommen, wenn ich ihm welche mitgegeben hätte? Würde er dann …«

Josefin verstummte.

»Es tut mir leid, dass wir Ihnen nicht weiterhelfen können«, sagte Fredrik.

»Eine Sache könnten Sie für uns tun«, sagte Mina.

»Sofern Sie zustimmen, möchten wir die Öffentlichkeit in wenigen Stunden im Rahmen einer Pressekonferenz über die Suche nach Ossian informieren. Die Bevölkerung könnte von großem Nutzen sein.«

Fredrik sah seine Frau an, die wieder auf das Sofa starrte. Sie nickte stumm.

»Wir würden alles tun«, sagte er.

Er stand auf, ging zum Kühlschrank und nahm einige der Fotos ab, die mit bunten Magneten daran befestigt waren.

»Hier sind ein paar Fotos von Ossian«, sagte er. »Ich nehme an, die brauchen Sie.«

Mina fiel auf, dass er die Oberseite der Bilder bewusst von seiner Frau wegdrehte. Josefin unterdrückte ein Schluchzen.

»Danke«, sagte Peder. »Diese Pressekonferenz dient einer

guten Sache. Trotzdem sollten Sie in den nächsten Tagen vielleicht einen Bogen um Reporter von Zeitungen und Fernsehsendern machen.«

»Eine letzte Frage noch«, sagte Mina. »Gibt es in Ihrem Umfeld irgendjemanden, der Ihnen oder Ossian möglicherweise schaden wollte? Oder einen Grund hätte, Ihnen Ossian wegzunehmen?«

Fredrik überlegte, schüttelte dann aber heftig den Kopf.

»Wenn uns auch nur die winzigste Einzelheit eingefallen wäre, die für Sie von Interesse sein könnte, hätten wir es gesagt. Aber wir sind … wir sind völlig durchschnittlich. Ich arbeite in einer Werbeagentur, Josefin ist Lektorin in einem Verlag. Wir sind … ganz normal aufgewachsen, haben normale Familien, normale Freunde. Unser ganzes Leben ist normal. Oder war es, besser gesagt.«

Mina sah, dass seine beherrschte Fassade kurz vorm Einstürzen war. Sie warf Peder einen Blick zu und stand auf.

»Wir können Sie gut verstehen«, sagte sie. »Peder hat drei Dreijährige zu Hause und ich, ich habe …«

Gerade noch rechtzeitig verstummte sie und hielt die Luft an. Sie merkte, dass Peder sie fragend von der Seite ansah, ging aber nicht darauf ein.

»Wir werden alles tun, um Ossian zu finden«, sagte sie und wandte sich zum Gehen.

Josefin blieb auf dem Sofa sitzen, ihren Blick auf Mina geheftet.

»Kaufen Sie sich nie ein weißes Sofa«, sagte sie.

Mina nickte. Während sie durch den Flur gingen, sah sie absichtlich an den Kinderschuhen vorbei.

Julias Brüste spannten schon, als sie sich der Wohnungstür näherte. Diese bedingten Reflexe waren eine lustige Sache. Julia holte tief Luft, bevor sie die Klinke hinunterdrückte. In der Wohnung hörte sie Harry schreien.

»Hallo?«, rief sie betont fröhlich und unbeschwert, bekam aber keine Antwort. Auch nach dem zweiten Rufen nicht. Außer dem lauten Geschrei eines ungeheuer unzufriedenen Babys.

Auf dem Weg zum Schlafzimmer kam sie an der Küche vorbei. Dort sah es aus, als ob eine Bombe eingeschlagen hätte. Leere Babygläschen, schmutzige Teller, Bananenschalen, benutztes Küchenpapier und endlos viele halb volle Kaffeebecher. Ein aufschlussreicher Anblick. Als sie mit Harry zu Hause gewesen war, hatte Torkel sich nie eine spitze Bemerkung verkniffen, wenn es so ausgesehen hatte. Und er hatte keine Gelegenheit ausgelassen, sie zu fragen, was sie zu Hause eigentlich den ganzen Tag machte.

Behutsam öffnete sie die Schlafzimmertür.

Harry lag mit hochrotem Kopf im Gitterbett. Er brachte sein gesamtes Stimmvolumen zum Einsatz, und das war beträchtlich. Torkel lag angezogen daneben auf dem Doppelbett und schnarchte laut.

Julia warf einen Blick auf die Uhr. Verdammt. Eigentlich hatte sie gar keine Zeit gehabt, nach Hause zu fahren, aber für die Pressekonferenz musste sie sich dringend umziehen. Die Sachen, die sie anhatte, waren mehr als durchgeschwitzt. Außerdem wollte sie einen Kuss auf Harrys speckige Wange drücken. Und nicht zuletzt hatten die SMS-Salven, die Torkel im Laufe des Tages versendet hatte, am Ende doch ihren Zweck erfüllt und ihr ein schlechtes Gewissen gemacht. Obwohl sie wusste, dass sie keins zu haben brauchte.

Sie nahm Harry hoch. Auf ihrem Arm wurde er sofort ruhig, während sie nun roch, warum er so geschrien hatte. Sie ging mit ihm zum Wickeltisch im Bad.

Nachdem sie seinen Po gesäubert hatte, gab er ausgelassene Gurgellaute von sich und streckte die Hände nach dem Mobile aus. Die beliebten Babblarna-Figuren schienen für Babys die reinste Droge zu sein.

»Komm, Schätzchen. Mama geht sich jetzt umziehen, da kannst du sie begleiten, aber danach müssen wir Papa wecken, weil Mama weiterarbeiten muss. Es gibt nämlich irgendwo da draußen noch einen kleinen Jungen, und der ist traurig und hat Angst. Er kann es kaum erwarten, dass seine Mama ihn wiederfindet.«

Gurgelnd zog Harry an ihrem Haar. Seine kleinen Wurstfinger hatten ein unnachahmliches Talent, die Haare direkt vor dem Ohr zu schnappen und dann mit verblüffender Kraft daran zu ziehen.

»Au, au, au, nicht Mama wehtun.« Sie verzog das Gesicht und bog Harry Fäuste vorsichtig auseinander.

Zum Umziehen setzte sie ihn in die Babywippe. Zuerst eine Katzenwäsche – beziehungsweise eine Ladung Deo, ohne sich vorher zu waschen – und dann eine saubere Bluse und eine saubere Hose. Nun war sie bereit, weiterzuarbeiten. Wenn nötig, open end.

Sie bohrte ihre Nase zwischen die Speckfalten in Harrys Nacken und sog seinen Geruch ein. Er lachte laut und ruderte mit den Armen. Sie spürte, wie sich in ihr etwas löste und ihr warm ums Herz wurde.

Bislang war es ihr gelungen, die beiden Dinge auseinanderzuhalten. Das Verschwinden eines Kindes. Und ihre eigene Elternschaft. Jetzt vermengten sich in ihrem Kopf die Bilder von Ossian und Harry.

Sie war es Harry schuldig, so schnell wie möglich zurück zur Arbeit zu fahren. Der Tag war noch nicht zu Ende. Sie drückte ihren Sohn fester an sich, spürte sein weiches Händchen am Hals. Julia holte tief Luft. Dann ging sie ins Schlafzimmer. Dort legte sie Harry neben Torkel und rüttelte ihn vorsichtig. Torkel zuckte zusammen und sah sich verschlafen um.

»Hä? Was? Was ist los?«

»Ich bin es. Ich habe mich kurz umgezogen und muss auch gleich wieder los. Harry hat eine frische Windel, aber jetzt bekommt er langsam Hunger, glaube ich.«

Torkel sprang auf und sah sie mit zornig funkelnden Augen an.

»Wie bitte? Wieder los? Und was ist mit mir? Ich habe mich den ganzen Tag um ihn gekümmert. Ich dachte, du wärst wenigstens abends zu Hause. Du hast dich nicht einmal dazu bequemt, auf meine SMS zu antworten. So geht das nicht, Julia. Meine Kollegen haben angerufen, ich habe tausend Mails und …«

Während Torkel sie mit seinen Beschwerden torpedierte, verließ Julia schnell den Raum. Sie sah Ossians Gesicht vor sich.

Und darüber das von Harry.

Sie schnappte sich ihre Handtasche und ging zur Tür. Torkels Wortschwall prallte von ihr ab.

Das Notebook auf Vincents Schoß war fast vollständig geladen. Er wollte auf keinen Fall etwas verpassen. Ein Timer zeigte an, in wie vielen Minuten und Sekunden es siebzehn Uhr war und die Livesendung auf der Homepage der Polizei begann. In der Pressemitteilung war nur Julias Name genannt worden, da sie die Pressekonferenz leitete. Vincent wusste nicht einmal, ob Mina der Gruppe noch angehörte. Aber die Hoffnung starb bekanntlich zuletzt.

Wenn er Glück hatte, würde er sie sehen.

Wenn er Glück hatte.

Sein innerer Schatten regte sich. Er hatte ihn von klein auf begleitet, seit das alles mit seiner Mutter passiert war. Damals war er in ihn eingezogen und hatte rasch gelernt, ihn in Schach zu halten, indem er Dinge zählte oder Zusammenhänge entdeckte. Es war natürlich nicht immer leicht, zwischen wirklichen und von ihm nur imaginierten Mustern zu unterscheiden, aber manchmal war das auch gar nicht so wichtig. Wie jetzt gerade zum Beispiel, als ihm aufgefallen war, dass seine Frau eine Plastikflasche zur Wespenfalle auf dem Fensterbrett umfunktioniert hatte, während er selbst auf die Pressekonferenz wartete. Und aus MINA DABIRI konnte man mit etwas gutem Willen BIeNe in MARINADe machen. Solange sein logisches, analytisches Denken aktiv war, hatten die dunklen Gefühle nicht viel Platz.

Zuletzt war er so gut darin geworden, den Schatten zu ignorieren, dass er ihn beinahe vergaß. Seine Familie war dabei eine große Hilfe. Wenn er Aston Schulbrote schmierte oder sich besorgt fragte, ob Rebeckas Freunde womöglich schlechte Gesellschaft für sie waren, hatte er schlicht und ergreifend keine Zeit für die dunklen Ecken seiner Seele. Und als er dann Mina kennenlernte, war diese Dunkelheit ganz verschwunden. Mit ihr hatte er sich endlich normal gefühlt.

Doch dann war es vorbei gewesen.

Er und Mina hatten sich seitdem nicht wiedergesehen.

Und der Schatten war zurückgekehrt, mächtiger als je zuvor. Die Taten seiner Schwester hatten ihn wieder zum Leben erweckt, und diesmal reichte seine Familie nicht aus, um ihn zu vertreiben. Immerhin hatte er keine Angst, dass der Schatten ganz von ihm Besitz ergreifen könnte, denn dafür war er schon zu lange ein Teil von ihm. Der Schatten war eher so etwas wie ein blinder Passagier. Oder schlechte Gesellschaft. Die sich allerdings immer nachdrücklicher bemerkbar machte.

Die Vorstellung, Mina könnte auf der Pressekonferenz erscheinen, hatte die Dunkelheit jedoch vorübergehend vertrieben. Der Timer auf dem Bildschirm erlosch, und ein Saal war zu sehen. In der Mitte stand ein Rednerpult, aber bislang hatte niemand es in Beschlag genommen. Stimmengewirr und permanentes Rascheln waren zu hören. Wahrscheinlich rührte beides von den Journalisten, die nicht im Bild zu sehen waren. Fünf schmale Mikrofone ragten in Erwartung des Redners auf dem Pult in die Höhe. Er seufzte. Offenbar herrschte nicht einmal bei der Polizei Ordnung. Er nahm einen Stift und lehnte ihn so an den Bildschirm, dass es aussah, als ob es sechs Mikrofone wären.

Viel besser so.

Nach einer weiteren Minute kam Julia ins Bild und stellte sich ans Pult. Kameras blitzten, und das Gemurmel verstummte.

»Danke, dass Sie gekommen sind«, sagte sie. »Ich komme sofort zur Sache. Gestern Nachmittag zwischen fünfzehn und sechzehn Uhr verschwand der fünfjährige Ossian Walthersson aus der Kita Backen am Zinkensdamm im Stockholmer Stadtteil Södermalm.«

Von der restlichen Polizeigruppe war niemand zu sehen. Vincent hatte so sehr gehofft, Mina zu sehen, dass er vor Enttäuschung Schmerzen in der Brust bekam. Vielleicht würde sie ja noch kommen. Er musste sich beruhigen.

Ossian.

Fängt mit O an.

Omega im griechischen Alphabet. Da es sich um den letzten der vierundzwanzig griechischen Buchstaben handelte, hatte er eine zusätzliche symbolische Bedeutung. Im Christentum war Omega das Ende von allem. Der Weltuntergang. Und wie hätte man diesen besser einleiten können als mit einer Kindesentführung. Vincent stellte fest, dass seine Atmung ganz und gar nicht ruhiger geworden war.

»Es gibt Anzeichen für eine Entführung«, fuhr Julia fort. »Wir suchen daher nicht nur nach Ossian, sondern auch nach einer Frau mittleren Alters, die sich zum betreffenden Zeitpunkt in einem Auto in der Nähe des Tatorts befunden haben soll. Leider liegt uns keine Personenbeschreibung vor. Wir wissen nur, dass es sich vermutlich um einen Sportwagen handelt. Eventuell hatte sie Hundewelpen bei sich. Die Rasse ist uns jedoch nicht bekannt.«

Sie zog ein Foto von Ossian aus ihrem Hefter. Es schien im Vergnügungspark Gröna Lund aufgenommen worden zu sein. Ossian hatte darauf lange sommerblonde Locken und strahlte hinter einer riesigen Zuckerwatte glücklich in die Kamera. Vincent wandte sich vom Bildschirm ab und warf einen Blick auf Astons Zimmertür, hinter der sein jüngster Sohn spielte. Ihn dazu zu bringen, sich allein zu beschäftigen, hatte eine halbstündige Auseinandersetzung erfordert. Aston kam natürlich generell besser mit seiner Mutter zurecht, aber heute war der Konflikt eskaliert. Doch so heftig sie sich auch stritten, Vincent liebte seinen Sohn heiß und innig. Die Vorstellung, Aston könnte plötzlich verschwinden, war grauenhaft. Schon bei dem Gedanken wurde ihm übel. Was Ossians Eltern durchmachten, mochte er sich gar nicht erst ausmalen.

»Dieses Foto haben Sie alle per Mail bekommen«, sagte Julia zur versammelten Presse. »Sämtliche Informationen über den Aufenthaltsort von Ossian und der genannten Frau sind uns willkommen. Ich brauche nicht zu erwähnen, wie sehr die Zeit drängt.«

Wieder feuerten die Kameras ein Blitzlichtgewitter ab.

»Was sagen die Eltern?«, rief jemand, der nicht im Bild zu sehen war.

»Ossians Eltern sind Ihnen dankbar für Ihre Mithilfe«, sagte Julia. »Sie sind momentan zu angegriffen, um selbst ins Licht der Öffentlichkeit zu treten, und bitten dafür um Verständnis, haben jedoch eine Mitteilung an Sie verfasst.«

Das Foto von Ossian nahm nun fast seinen gesamten Monitor ein. Darüber wurde ein Text eingeblendet.

*Das hier ist Ossian. Er singt und tanzt so gern. Ossian ist unser Ein und Alles. Bitte helfen Sie uns, ihn zu finden, damit bei uns zu Hause bald wieder seine Stimme erklingt.*

Darunter standen eine Telefonnummer und die Adressen verschiedener sozialer Medien.

»Jeder Hinweis kann Gold wert sein«, sagte Julia. »Kontaktieren Sie die Polizei auf Facebook und Instagram. Anrufen oder mailen können Sie natürlich auch. Und geben Sie bitte auch immer Ihre eigenen Kontaktdaten an, wenn Sie über den Fall schreiben. Manche Mitbürger rufen eher den *Expressen* an als bei der Polizei.«

»Haben Sie schon eine Tathypothese?«, fragte jemand.

Julia sah lange in die Richtung, aus der die Frage gekommen war. Ihr Gesicht wirkte angespannt. Vincent kam der Gedanke, dass er ihr vielleicht einen Schnellkurs im bewussten Einsatz ihrer Körpersprache angedeihen lassen sollte. Vielleicht war es gar keine schlechte Idee, der Polizei ein Training anzubieten. Dann würde Mina möglicherweise auch kommen. Nicht, dass sie auf diesem Gebiet Nachhilfe gebraucht hätte, ihre Körpersprache war immer ein Muster an Unmissverständlichkeit gewesen. Eine Erinnerung an Minas Art, sich zu bewegen, ging ihm durch den Kopf, und in seinem Bauch regte sich ein leichtes Flattern. Er musste die kleine Sequenz bewusst beiseiteschieben, wozu er eigentlich gar keine Lust hatte, aber er wollte auch nichts von der Pressekonferenz verpassen. Auf dem Bildschirm war jetzt wieder Julia zu sehen, die etwas gelöster wirkte und ihre Rückenmuskulatur entspannt hatte.

»Ehrlich gesagt, nein«, antwortete sie auf eine Frage.

Ihr Tonfall machte deutlich, dass die Pressekonferenz beendet war. Die Journalisten sollten diesmal anscheinend einen Großteil der Arbeit selbst machen. Mina würde offenbar nicht mehr auftauchen. Vielleicht war das auch besser so, denn er hatte keine Ahnung, wie er reagiert hätte, wenn sie auf einmal da gewesen wäre.

Die Haustür wurde geöffnet, und Maria kam herein. Schnaufend hängte sie ihre Jacke auf und ließ sich dann neben Vincent auf das Sofa fallen.

»Versteh mich bitte nicht falsch, ich bin ja ungemein dankbar, dass er sich meiner annimmt«, sie streckte sich ausgiebig, »aber jetzt bin ich vollkommen am Ende.«

Nach dem letzten Existenzgründungsseminar hatte Kevin ihr angeboten, in Einzelstunden mit ihr weiterzuarbeiten. Vincent war nicht ganz klar, was er ihr noch alles beibringen wollte. Es ging doch letztendlich nur um einen Onlineshop, in dem man Keramikengel und Seife bestellen konnte. Sie hatte schließlich nicht vor, mit Amazon zu konkurrieren. Er sah diskret auf die Uhr. Sie war drei Stunden weg gewesen.

»Brauchst du denn all diese Beratungsstunden wirklich?«, fragte er. »Ihr trefft euch fast jeden Abend. Aston fragt ständig nach dir.«

Vincent biss sich auf die Zunge. Eigentlich wollte er großzügig sein und hinter ihr stehen. Maria brauchte etwas, das nur ihr eigenes Ding war. Etwas, wo sie glänzen und sich weiterentwickeln konnte. Und das hatte sie nun gefunden. Er selbst bekam in seinem Beruf viel Aufmerksamkeit. Er hatte ein Publikum, stand in der Öffentlichkeit und wurde von einer anonymen Masse bejubelt. Maria hatte nichts von alledem. Wenn er mit sich ins Gericht ging, musste er zugeben, dass er ihr wahrscheinlich auch nicht die Aufmerksamkeit schenkte, die sie verdiente. Er wollte etwas sagen, blieb aber stumm. Ohne Anleitung war er hilflos.

S ie steckte den Schlüssel ins Schloss und öffnete die Tür, die ein klein wenig klemmte und ihr aus heiterem Himmel eine andere Wohnung ins Gedächtnis rief. Einen Moment lang sah sie deren Eingangsbereich vor sich, und nicht den Flur in Årsta, in dem sie sich befand. Sie versuchte, den Gedanken beiseitezuschieben. In all den Jahren hatte sie es bewusst vermieden, sich mit ihren Erinnerungen zu beschäftigen. Und die Tür hatte doch immer schon ein wenig geklemmt. Warum also musste sie ausgerechnet heute an diese vergangene Zeit denken, das andere Leben? Nachdem der Gedanke sich einmal eingenistet hatte, war es gar nicht so einfach, ihn wieder abzuschütteln.

Die Wohnung damals in Vasastan war kleiner gewesen als ihre jetzige. Aber sie hatten genug Platz gehabt. Sie und ihr Mann.

Und Nathalie.

Nathalie war noch klein gewesen, und sie hatten zusammen in einem Bett geschlafen, alle drei. Die Erinnerung, die plötzlich in ihrem Inneren aufgetaucht war, tat so weh, dass sie nach Luft schnappte. Die blaue Lieblingsdecke. Nathalie war immer untröstlich gewesen, wenn die Decke in die Waschmaschine und sie eine andere nehmen musste. Schließlich hatten sie noch drei dieser blauen Bettdecken dazugekauft.

*Hör auf, daran zu denken, lass es nicht an dich heran.*

Nicht an das denken, was sie kaputtgemacht hatte. Oder, besser gesagt, ihre Sucht. Andererseits hatte sie bei den Anonymen Alkoholikern angefangen, sich selbst zu verzeihen. Sie hatte doch nicht ahnen können, dass die Schmerztabletten, die man ihr nach der Operation im Anschluss an die Entbindung gegeben hatte, eine Lawine auslösen würden. Eine Lawine, unter der sie jahrelang begraben gewesen war. Kleine weiße Pillen, die in ihrer Hand so unschuldig ausgesehen, ihr aber alles genommen hatten, was ihr wichtig war.

Sie hatte viel zu viel Zeit damit verbracht, sich zu fragen, warum ausgerechnet sie abhängig geworden war und welcher Gendefekt dafür gesorgt hatte, dass sie so schnell in die Abhängigkeit gerutscht war. Wenn sie an ihre Mutter dachte, brauchte sie sich eigentlich nicht zu wundern. Sie hatten unterschiedliche Drogen bevorzugt, waren ihnen aber gleich schnell verfallen. Und hatten gleich viel dafür aufgegeben.

Nachdem Mina ihre Schuhe auf der Fußmatte abgestellt hatte, bemerkte sie ein Schottersteinchen auf dem Boden. Dabei hatte sie die Schuhe draußen vor dem Hauseingang gründlich abgestreift. Sie hob den winzigen Stein mit spitzen Fingern auf und warf ihn schnell aus der Wohnung. Dann schloss sie ihre Tür ab, ging ins Bad und wusch sich die Hände. Sie hatte sowohl einen Schlüssel als auch einen Stein angefasst. Daher musste sie sich zweimal waschen. Dann zog sie sich aus, warf ihre Sachen in den Wäschekorb und duschte eiskalt. Es war ein langer Tag gewesen. Normalerweise hätte sie heiß geduscht, um sämtliche Schmutzpartikel restlos von ihrem Körper zu entfernen, aber in der Wohnung war es so warm, dass sie zu schwitzen begann, sobald sie aus der Duschkabine stieg, und daher kühlte sie sich lieber ab, um das Schwitzen noch ein wenig hinauszuzögern.

Währenddessen versuchte sie die ganze Zeit, sich die Erinnerungen vom Leib zu halten. Aber das war schwierig. Zwei Stockwerke unter der Wohnung in Vastastan hatte sich ein griechisches Restaurant befunden. Sie war seit fünfzehn Jahren nicht mehr dort gewesen, konnte sich den Geruch nach Oliven, Knoblauch und gegrilltem Fleisch aber immer noch mühelos ins Gedächtnis rufen.

Sie machte eine neue Zehnerpackung Slips auf und öffnete eine Packung Unterhemden. Dann ging sie in Unterwäsche ins Wohnzimmer und setzte sich auf das Sofa.

An manchen Tagen gelang es ihr, die Vergangenheit von sich fernzuhalten, aber nicht immer. Daher ließ sie niemanden in ihre Nähe. Weder in ihre vier Wände noch gefühlsmäßig. Es war schon eng genug.

Das Schlimmste daran war, dass sie selbst die Entscheidung getroffen hatte. Sie war gegangen. Damals hatte sie diesen Schritt für selbstlos gehalten. Wie hatte sie nur so naiv sein können? Und so egoistisch.

Sie legte sich die Fingerkuppen auf die geschlossenen Lider, um die Tränen zurückzuhalten. Tränen waren schmutzig, und sie wollte vermeiden, ihre Wangen mit Desinfektionsgel einreiben zu müssen. Das hatte beim letzten Mal so gebrannt.

Sie war furchtbar jung gewesen. Und sie hatte nicht so werden wollen wie ihre Mutter. Danach hatte sie ihren Ex-Mann jahrelang gehasst, weil er sie zu der Entscheidung gezwungen hatte. Doch das hatte er gar nicht. Er hatte nur dafür gesorgt, dass sie ihr Versprechen hielt.

Und das hatte sie auch. Bis auf eine Ausnahme.

Abgesehen von dieser kurzen Begegnung im Kungsträdgården, bei der sie sich Nathalie gegenüber nicht zu erkennen gegeben hatte, war sie auf Distanz geblieben. Hatte nie Kontakt aufgenommen. Nur aus der Ferne geschaut. Aber sie hatte unzählige Abende damit zugebracht, den Punkt in der Tracking-App zu verfolgen, die mit dem Peilsender in Nathalies Rucksack verbunden war.

Mina ging zum Schreibtisch und betrachtete das Foto ihrer Tochter. Sie zog die Schublade auf und las die handschriftliche Nachricht, die Vincent ihr in jenem Sommer hinterlassen hatte.

*Ich werde keine Fragen stellen. Aber wenn du reden möchtest, werde ich dir zuhören.*

*PS: Sorry wegen des Würfels.*

Sie machte die Schublade wieder zu. »Wenn du reden möchtest.« Das würde nie passieren.

Sie überprüfte noch einmal, ob die Wohnungstür abgeschlossen war. Es durfte niemand reinkommen.

Vincent fühlte sich wie zerschlagen. Bereits heute Abend hatte er den nächsten Auftritt. Normalerweise funktionierten im Sommer nur Freilichttheater, aber die Nachfrage nach seiner Show war so groß gewesen, dass die Tournee verlängert worden war. Umberto war hocherfreut über die zusätzlichen Einnahmen, während er selbst die Entscheidung allmählich bereute. Andererseits waren es jetzt nur noch zwei Wochen, und dann würde er sich eine Weile ausruhen können. Vielleicht mit der Familie in den Urlaub fahren. Falls es ihm gelang, seine Familie bis dahin zusammenzuhalten.

Als er in die Küche kam, hatte Benjamin sein Frühstück schon halb aufgegessen. Er aß immer das Gleiche: zwei Scheiben getoastetes Weißbrot mit Butter, die unbedingt geschmolzen sein musste, bevor die Brotscheiben zusammengeklappt wurden, und dazwischen eine Scheibe gekochter Schinken. Seit Neuestem trank er Kaffee dazu. Nachdem Vincent in eine Kapselmaschine investiert hatte, war der Kaffeekonsum zu Hause rasant gestiegen.

Während Vincent zwei Kapseln aus der Dose nahm und die Maschine mit der einen befüllte, warf er einen Blick auf die alte Kaffeemaschine, die früher um diese Uhrzeit vor sich hin geblubbert hatte. Sie stand noch neben dem Toaster, aber es hatte sich bereits eine Staubschicht darauf angesammelt. Es kam ihm vor, als wäre etwas verloren gegangen. Vincent drückte auf Start, brummte seinem ältesten Sohn ein Guten Morgen zu und näherte sich Astons Zimmertür.

»Frühstück!« Er steckte den Kopf ins Zimmer.

Der Neunjährige zog sich die Decke über den Kopf.

»Ich will nicht in den Hort.«

»Nein, wer will das schon? Aber heute ist Freitag, und morgen ist Wochenende, und da kannst du ausschlafen. Komm jetzt frühstücken.«

Aston streckte einen Fuß unter der Bettdecke hervor, als wollte er die Außenwelt prüfen. Dann zog er ihn wieder zurück.

»Drei Minuten«, sagte Vincent.

In der Küche steckte er die zweite Kapsel in die Maschine. Morgens brauchte er immer die doppelte Dosis. Außerdem nahmen nur Verrückte eine ungerade Anzahl von Kapseln.

Maria stellte Müslischalen auf den Tisch.

»Du hättest ja auch für alle decken können«, maulte sie Benjamin an.

»Sorry, keine Zeit, ich muss auf der Matte stehen, sobald sie öffnen.«

»Aber die Börse macht doch erst um neun auf.« Vincent warf Benjamin einen vielsagenden Blick zu. »Sei ehrlich, dir mangelt es doch nur an Empathie für deine Familie.«

Maria stellte mit lautem Knall ihren Teebecher ab.

»Ich finde es gar nicht gut, dass du Daytrading betreibst«, sagte sie zu Benjamin. »Es erscheint mir höchst unmoralisch, Geld mit Spekulation zu verdienen. Seit wann bist du eigentlich so ein Kapitalist?«

Vincent verkniff sich den Hinweis auf Marias abgebrochenes Sozialpädagogikstudium. Stattdessen hatte sie eine Ausbildung zur Unternehmerin gemacht und einen Onlineshop eröffnet. Die Verachtung, mit der seine Frau auf Benjamins Hobby hinabsah, beruhte wahrscheinlich eher auf seinem ansehnlichen Gewinn. Er verdiente jetzt schon mehr, als Maria mit ihren Engeln, Duftkerzen und Sprüchetafeln in den nächsten Jahren einnehmen würde.

»Komm jetzt, Aston!«, rief er. »Wir haben neue Cornflakes!«

»Nein«, rief Aston aus seinem Zimmer. Und nach einer Weile: »Na gut. Haben wir Marmelade?«

Seit ein paar Monaten aß er keine Apfelstückchen mehr zu seinem Joghurt. Etwa genauso lange verweigerte er eigentlich alles außer Brot und Weißmehlprodukten. Er ernährte sich von Hamburgern, Pizza und Hotdogs. Statt des Obstes schüttete er sich jetzt Cheerios in den Joghurt. Normalerweise einen so großen Berg, dass die Hälfte danebenging.

Gähnend kam Aston aus seinem Zimmer. Er setzte sich an den Tisch und türmte wie üblich eine beträchtliche Pyramide in seiner Schale auf. Maria sah demonstrativ aus dem Fenster.

»Ja, also, ihr kennt doch *Fort Boyard* …«, begann Vincent zögerlich.

»Hat jemand Rebecka gesehen?«, fiel Maria ihm ins Wort. »Ist sie wach?«

Seine Frau hatte offensichtlich nicht bemerkt, dass er etwas sagen wollte. Und vielleicht war es auch besser so. Vincent in hautengen Leggings war kein geeignetes Gesprächsthema für den Frühstückstisch.

»Sie hat nicht zu Hause übernachtet«, sagte Benjamin und schlürfte einen Schluck Kaffee. »Hat sie Papa nicht eine SMS geschickt?«

Vincent, der gerade nach der Cornflakes-Packung greifen wollte, hielt mitten in der Bewegung inne.

»Ich habe keine SMS bekommen«, sagte er.

»Doch, ich glaube schon«, erwiderte Benjamin. »Aber dein Handy hängt ja noch am Ladekabel. Du hast wahrscheinlich noch gar nicht nachgesehen.«

»Ist sie bei diesem Dennis?« Vincent schnappte Aston die Packung weg, bevor sie ganz leer war.

»Papa!«, schrie Aston.

»Er heißt Denis«, seufzte Benjamin. »Er ist aus Frankreich. Du kriegst auch gar nichts mit.«

»*Oui, monsieur*«, sagte Vincent mit übertriebenem Akzent und stellte die Packung außerhalb von Astons Reichweite ab.

Er kam immer noch nicht darüber hinweg, dass seine siebzehnjährige Tochter zunehmend machte, was sie wollte. Er hatte ihr zwar erklärt, solange sie unter diesem Dach lebe, würden die Erwachsenen die Regeln bestimmen, aber er hatte den Verdacht, keine Autorität mehr für sie zu sein. Was möglicherweise dem natürlichen Lauf der Dinge entsprach. Witzigerweise machte Maria sich nicht halb so viele Sorgen um Rebecka wie er. Sie schien vielmehr froh zu sein, wenn Rebecka nicht zu Hause war.

»*Denis, l'homme mystérieux.*« Er bleckte die Zähne, zog die Schultern hoch und breitete theatralisch die Arme aus. »Wann bekommen wir ihn endlisch zu sehen? Gibt es ihn überhaupt? Ist er réel?«

»Genau deswegen bringt sie ihn nicht mit zu uns.« Seufzend stand Benjamin auf.

»Solange sie verhütet.« Maria spülte ihren Becher aus.

Vincent bekam einen Hustenanfall. Maria schien ihre Prüderie vorübergehend abgelegt zu haben. Er nahm sich vor, seine Frau bei Gelegenheit zu fragen, was sie eigentlich mit siebzehn gemacht hatte.

»Bekommt sie ein Hormonpflaster?«, fragte Aston mit vollem Mund. Ein paar Frühstücksflocken landeten auf dem Fußboden.

»Nein, sie nicht, aber dieser Denis«, sagte Maria. »Lass dir das von deinem Vater erklären.«

Vincent bedeckte das Gesicht mit den Händen. Hatte sich die Tageszeit schon nicht für Fort Boyard angeboten, war es für ein Gespräch über Bienchen und Blümchen definitiv zu früh.

»Ich will jedenfalls nicht in die Schule«, sagte Aston, und diesmal war Vincent ihm dankbar für den Themenwechsel.

»Du sollst ja auch nicht in die Schule gehen, sondern in den Hort«, antwortete er. »Und zwar nur noch ein paar Tage. Und dann hast du wirklich Sommerferien.«

»Mein Gott, ist das heiß heute.« Maria öffnete das Fenster. »Und dabei ist es noch nicht mal neun. Ich habe eine neue Sonnencreme für Aston gekauft.«

Während Maria ins Bad ging, wischte Vincent die matschigen Frühstücksflocken vom Boden auf. Gleichzeitig fuhr er sich mit dem Ärmel übers Gesicht, weil ihm jetzt schon die ersten Schweißtropfen des Tages auf der Stirn standen. Vor seinem inneren Auge erschien ein kühler, luftiger Raum. Die Wände waren in zartem Hellgrau gestrichen, es war alles perfekt geordnet, und es klebte weder Joghurt auf dem Fußboden, noch hingen potenzielle Missverständnisse in der Luft.

Minas Wohnung.

Er war nur zweimal dort gewesen. Und keiner seiner Besuche war unproblematisch gewesen. Beim ersten Mal war Mina nach einer Begegnung mit Nathalie am Boden zerstört gewesen. Beim zweiten Mal hatte sie ihn im Grunde des Mordes beschuldigt. Doch das spielte jetzt keine Rolle, er hatte einfach Sehnsucht nach ihrer aufgeräumten Wohnung. Seine ehemalige Kollegin wusste gar nicht, in welchem Luxus sie lebte.

S ie sah die Frau definitiv nicht zum ersten Mal. Ihr wollte zwar nicht einfallen, woher, aber sie kannte sie auf jeden Fall. Nathalie warf einen Blick über die Schulter. Sie hatte bei einer Freundin übernachtet und musste als Einzige zurück in die Innenstadt. Ihre Freunde waren alle auf die andere Bahnsteigseite gegangen.

»Hallo.«

Nathalie zuckte zusammen. Die Frau hatte sie angesprochen. Sie überlegte, ob sie reagieren sollte. Sie war zwischen all den Ermahnungen ihrer Eltern, nicht mit Fremden zu sprechen, und den Ermahnungen zu Höflichkeit hin- und hergerissen. Und die Frau sah überhaupt nicht gefährlich aus. Im Gegenteil. Außerdem war sie für eine Frau ihres Alters richtig schön. Langes blondes Haar, das sie zu einem schlichten Pferdeschwanz zusammengebunden trug. Sie war ungeschminkt, hatte aber lange dichte Wimpern, die ihre strahlend blauen Augen umrahmten, und kaum Falten. Nathalie konnte das Alter der Frau schlecht schätzen. Das fiel ihr bei älteren Menschen grundsätzlich schwer. Um die sechzig?

»Hi«, sagte Nathalie vorsichtig, während die U-Bahn einfuhr.

Die Frau stieg nach ihr ein. Nathalie setzte sich auf eine von zwei gegenüberliegenden Bänken. Obwohl es Freitagmorgen war, waren viele Plätze frei. Die meisten Pendler hatten Sommerferien.

Die Frau setzte sich ihr gegenüber. Nathalie sah aus dem Fenster. Die Situation war seltsam. Die U-Bahn fuhr ab und nahm rasch Fahrt auf. Nathalie fuhr sich über die feuchte Stirn und warf der Frau dabei einen verstohlenen Blick zu. Sie selbst war von dem kurzen Spaziergang zum U-Bahnhof völlig durchgeschwitzt, die Hitze draußen fühlte sich wie eine Wand an, und der klimatisierte Zug bot eine willkommene Atempause. Der kühl und entspannt aussehenden Frau jedoch war die Wärme nicht anzumerken, ihre weiße Bluse und der weiße Rock saßen tadellos.

Die Frau sah ihr in die Augen. Nathalie wandte sich verlegen ab. Man durfte Fremde nicht anstarren. Aber sie kam ihr so bekannt vor. Fieberhaft durchforstete Nathalie jeden Winkel ihres Gedächtnisses. Ganz, ganz langsam begann sich etwas zu regen, als würde es ans Licht drängen. Dennoch befand es sich außerhalb ihrer Reichweite, und sie bekam es einfach nicht zu fassen.

Vielleicht war die Erklärung dafür ganz simpel. Vielleicht hatte sie die Frau schon einmal im Fernsehen gesehen und empfand deshalb dieses trügerische Gefühl von Vertrautheit, das Prominente manchmal auszustrahlen schienen, obwohl man ihnen noch nie begegnet war. Nathalies Vater grüßten in der Stadt jeden Tag viele Leute, die anschließend beschämt zur Seite blickten, weil sie ihn nur aus den Nachrichten kannten.

Aus dem Lautsprecher erklangen ein heller Glockenton und eine Frauenstimme, die melodisch die nächste Station ansagte.

»Gullmarsplan.«

Die Frau stand auf. Nathalie bemühte sich, aus dem Fenster zu sehen, aber irgendetwas an der Frau zog sie magnetisch an.

»Du brauchst keine Angst vor mir zu haben, Nathalie«, sagte die Frau sanft. »Ich bin deine Großmutter. Erkennst du mich wirklich nicht wieder?«

Plötzlich passte alles zusammen. Soweit sie sich erinnern konnte, hatte Nathalie ihre Großmutter nie kennengelernt. Sie wusste nicht einmal, dass sie eine hatte, doch sie wusste, was sie gesehen hatte: In dem freundlichen Gesicht hatte sie etwas von sich selbst wiedererkannt. Es war ein überwältigendes Gefühl. Als würde sie einen Teil von sich kennenlernen, von dem sie nichts geahnt hatte. Und zusammen mit diesem Gefühl überkam sie die Überzeugung, dass es wahr wäre.

Das hier war tatsächlich ihre Großmutter.

Nathalie betrachtete die ausgestreckte Hand. Die Frau hatte

ein blaues Gummiband am Handgelenk, das etwas zu eng zu sitzen schien und einen roten Abdruck in der Haut hinterlassen hatte. Von einer älteren Frau mit einem Gummiband am Handgelenk fühlte man sich nicht bedroht.

»Komm mit, meine Liebe.« Die Frau winkte ihr. »Ich will dir was zeigen. Ich warte schon so lange auf eine Gelegenheit.«

*Wenn ich aufwache, setze ich mich hin und lehne mich mit dem Rücken an die Wand. Dann sehe ich gleich, wenn jemand kommt und was Blödes machen will. Ich glaube nämlich nicht, dass sie lieb sind. Auch wenn es zum Abendessen Eis gab und ich den Legofilm gucken durfte.*

*Ich glaube der blöden Tante nicht. Ich glaube nicht, dass ich noch mal nach Hause darf. Ich hasse den Legofilm.*

*Ich bin jetzt schon ewig hier. Hundert Tage. Obwohl ich eigentlich weiß, dass es nur zwei Tage waren.*

*Tränen habe ich kaum noch übrig. Ich habe mehrmals gefragt, ob Mama und Papa an Krebs gestorben sind. Aber sie antworten nicht. Ich will einfach nur nach Hause.*

*Das habe ich ihnen gestern gesagt. Immer wieder habe ich gesagt, dass sie mich nach Hause fahren soll. Am Ende konnte ich vor lauter Bauchschmerzen nichts mehr sagen.*

*Ich muss in die Kita. Ich war gestern nicht da. Und am Tag davor auch nicht. Wir wollten Raketen für das Weltraumprojekt bauen. Meine sollte eine Ferrari werden. Ich wollte den anderen zeigen, wie man Gangnam Style tanzt. Nun ging das nicht. Und daran ist die blöde Tante schuld.*

*Eine Weile später kommt die Tante wieder und sagt, ich dürfte noch mehr Eis essen, aber ich antworte nicht. Ich denke mir die Tante weg.*

*Den Raum hier ist gar nicht da.*

*Die blöden Erwachsenen sind nicht da.*

*Nichts ist da.*

*Ich bin nicht da.*


»Guten Morgen«, sagte Julia.

Mina winkte ihr halbherzig. Julia stand vorne am Whiteboard und sah ziemlich müde aus.

»Nach der Pressekonferenz gestern sind jede Menge Hinweise eingegangen«, fuhr Julia fort. »Ein verschwundenes Kind wühlt auf. Die Telefone haben keine Sekunde stillgestanden. Wir dürfen aber nicht vergessen, dass heute Nachmittag achtundvierzig Stunden seit Ossians Verschwinden vergangen sein werden. Also lasst uns den Tag sinnvoll nutzen. Mit jeder Stunde verringern sich die Chancen, ihn zu finden.«

Bosse gab ein kurzes Kläffen von sich. Der Hund hatte sich vorübergehend von seinem Herrchen entfernt und sich auf Peders Füße gelegt. Das sah sehr warm aus, aber Peder machte keine Anstalten, den Hund wegzuschieben. Mina hatte den Verdacht, dass er sich nicht traute. Aus Angst, sich einen bösen Blick von Christer einzufangen. Niemand erteilte Christers Liebling ungestraft eine Abfuhr. Immerhin hatte das schrille Bellen Mina einen klaren Kopf verschafft.

»Die Hinweise entsprechen der üblichen Mischung«, sagte Julia. »Ein paar Knallköpfe rufen immer an und geben Rachedurst, Spekulationen und Wunschdenken zum Besten. Ossian ist von Kiruna bis Ystad fast überall gesehen worden, angeblich sogar in Norwegen und Dänemark. Wollten wir hier die Spreu vom Weizen trennen, müssten wir uns auf die Suche nach der berühmten Nadel im Heuhaufen machen, um mal zwei Redewendungen zu kombinieren. Aber mit solchen Situationen sind wir nicht zum ersten Mal konfrontiert. Christer hat bereits begonnen, die Sexualstraftäter durchzugehen, die momentan auf freiem Fuß sind, und außerdem haben wir Sara aus der Datenanalyse-Abteilung mit im Team.«

Sara nickte der Gruppe kurz zu. Sie hatte ihnen unschätzbare Dienste geleistet, als im Fall von Vincents Schwester Jane Mobilfunkdaten analysiert werden mussten, und war generell eine große Hilfe beim Sortieren von digitalen Informationen.

Mina fiel auf, dass Ruben es vermied, in Saras Richtung zu sehen. Interessant. Wo er Frauen doch sonst mit seinem bohrenden Blick regelrecht auszog. Beim ersten Treffen waren die beiden auch schon auffällig kühl miteinander umgegangen. Mina fragte sich unwillkürlich, ob zwischen ihnen etwas gewesen war. Bei Ruben war das mehr als wahrscheinlich. Im Laufe des vergangenen Jahres schien er sich jedoch ein wenig gemäßigt zu haben. Er schwang immer noch großspurige Reden, aber seine Haltung hatte sich verändert.

»Peder, du bist doch ein Meister im Durchackern von Listen. Geh du bitte mit Sara alle eingegangenen Hinweise systematisch durch und ordne sie nach bestimmten Kategorien. Wir brauchen einen Nein-Stapel, einen Vielleicht-Stapel und einen mit vielversprechenden Tipps. Sei bei der Einteilung nicht zu penibel. Dass ein wertvoller Hinweis versehentlich auf dem Nein-Stapel landet, können wir uns nicht erlauben.«

Mina mochte Sara, sie hatte einen scharfen Verstand. Peder wirkte auch zufrieden. Er freute sich wahrscheinlich, mit jemandem zusammenarbeiten zu dürfen, der genauso ein Pedant war wie er selbst. Vorsichtig bewegte er seine Füße, doch Bosse winselte im Schlaf und schmiegte sich noch fester an seine Beine.

»Ruben, du tust dich mit Christer zusammen und überlegst, ob wir irgendeiner Sache besondere Aufmerksamkeit schenken sollten.«

»Alles klar.« Ruben nickte.

»Okay«, fuhr Julia fort. »Jetzt arbeiten wir weiter. Behaltet im Hinterkopf, dass Ossian nicht in das typische Schema für Kinder passt, die über einen längeren Zeitraum vermisst werden. Die meisten Kindesentführer sind Elternteile oder Verwandte des Kindes. Normalerweise kennen sie den Täter beziehungsweise die Täterin. Diesmal deutet rein gar nichts auf einen möglichen Täter hin. Wir können uns lediglich an den Übereinstimmungen mit dem Mord an Lilly Meyer orientieren. Damals vergingen zwischen der Entführung und dem Auffinden der Leiche drei Tage. So Gott will, haben die beiden Fälle nicht so große Ähnlichkeit, wie wir befürchten. Aber wir dürfen es nicht drauf ankommen lassen. Ossian ist seit zwei Tagen verschwunden. Wir müssen ihn finden. Heute. Eine andere Möglichkeit gibt es nicht.«

Ruben rieb sich seufzend das Gesicht.

»Ich verstehe nicht, wieso wir das zu zweit machen müssen«, sagte er.

»Weil es doppelt so schnell geht«, antwortete Christer. »Könnte es jedenfalls, wenn du uns endlich mal einloggen würdest.«

Ruben hatte nicht die geringste Lust, sich mit der Sexualstraftäterkartei auseinanderzusetzen. Dafür war er viel zu unruhig.

Eigentlich hatte er heute zu Ellinor fahren wollen. Doch daraus war nichts geworden. Ihm war natürlich klar, dass Ellinor warten konnte und Ossian nicht. Aber in seinem Inneren war etwas ins Rollen gekommen, und daher war ihm der aufgezwungene Stillstand zuwider. Er brauchte Bewegung.

»Ich sehe mal nach, was Peder und diese Sara machen.« Er stand auf. »Vielleicht haben die was für uns. Auf dem Rückweg bringe ich Kaffee mit.«

Christer schien zunächst Einspruch erheben zu wollen, aber der in Aussicht gestellte Kaffee brachte ihn zum Schweigen.

»Julia wird keine Freude an dir haben«, brummte er. »Nimm wenigstens die größten Becher.«

Ruben ging rüber zu Peders Büro und steckte den Kopf durch die Tür. Peder hatte Kopfhörer auf und notierte die aufgezeichneten Hinweise, während Sara einen Stapel ausgedruckter Mails durchging.

»Zum Glück arbeitet ihr hier und nicht drüben in der Datenanalyse.« Ruben lächelte Sara an.

Er hatte sie erst ein paar Mal kurz getroffen und immer den Eindruck gehabt, sie würde ihn nicht mögen. Er wusste zwar nicht, womit er diese Abneigung verdient hatte, aber er war fest entschlossen, etwas daran zu ändern. Sara sah gut aus und hatte einen wohlgeformten Körper, obwohl sie in seinem Alter und somit eigentlich etwas zu alt für sein früher bevorzugtes Beuteschema war. Amanda hätte das Wort »früher« mit bedeutungsschwangerem Blick wiederholt.

»Ich glaube nicht, dass ich es bei der Hitze überlebt hätte, zu Fuß dorthin zu gehen«, sagte er.

Sara musterte ihn von Kopf bis Fuß.

»Ein bisschen Bewegung kann nie schaden«, sagte sie kühl.

Verdammt. Bei diesen Temperaturen wurden alle so bissig.

»Habt ihr was Interessantes gefunden?«, fragte er sachlich, weil sein Versuch, nett zu sein, zu nichts führte.

Sara reichte ihm einen Stapel Papier.

»Das hier hat unserer Ansicht nach Priorität«, sagte sie. »Hoffentlich entdecken wir noch mehr Nützliches, aber die meisten Hinweise klingen leider ziemlich abwegig. Was nicht heißen muss, dass sie nicht der Wahrheit entsprechen. Wir nehmen uns jedenfalls erst mal der glaubwürdigeren an.«

Es waren nur fünf Seiten. Ossians Entführer waren beeindruckend unauffällig vorgegangen. Bei einem der Hinweise hielt er plötzlich inne. Im Stadtteil Östermalm hatte jemand ein Kind durch eine Wand gehört. Die Information an sich unterschied sich nicht nennenswert von den anderen, aber die Adresse ließ ihn aufhorchen. Die Danderydsgatan. Wieso kam ihm die so bekannt vor?

Er griff zum Handy und schickte Christer eine SMS. *Durchsuch die Sexualstraftäterkartei mal nach der Danderydsgatan. Ich bringe die ganze Kanne mit,* schrieb er.

»Du weißt schon, dass ich nebenan sitze?«, rief Christer über den Flur. »Du kannst ganz normal mit mir reden.«

Sara musste laut lachen, und Peder blickte auf.

»Ruben?« Verwirrt nahm er den Kopfhörer ab. »Brauchst du was?«

»Zu spät«, sagte Ruben im Gehen. »Gut, dass du Unterstützung hast. Danke, Sara.«

Als er zur Kaffeemaschine ging, trat Julia am anderen Ende

des Ganges aus ihrem Büro und eilte in die andere Richtung. Gleichzeitig bekam er eine SMS von Christer: *Kein Suchergebnis. Gibt es auch Whisky zum Kaffee?* Immerhin war der Kerl lernfähig.

Julia hielt sich ihr privates Handy ans Ohr und schien ihn nicht einmal wahrzunehmen. Ihre Haltung verriet, dass es um ihre Laune nicht zum Besten stand. Aber darauf konnte er jetzt keine Rücksicht nehmen. Christers Kaffee musste warten.

»Warte, Julia.« Er holte sie ein. »Du, ich habe da …«

»Du sollst doch auch Up&Go-Windeln nehmen«, fauchte sie ins Telefon. »Wenn du mit den Stoffdingern anfängst, kannst du sie selber waschen.«

Sie legte auf und sah Ruben an.

»Ja?« Schnaufend fächelte sie sich Luft zu.

Im Gang war so gut wie kein Sauerstoff mehr vorhanden.

»Tja, ich … Wie geht es dir denn eigentlich. Ich habe dich zwar nur von hinten gesehen, aber … ist alles in Ordnung?«

Julia kniff die Augen zusammen.

»Von hinten? Falls das eine sexuelle Anspielung sein sollte, habe ich sie nicht verstanden.«

»Nein, ich wollte nur … ach, egal«, sagte er. »Ich habe gerade einen Hinweis aus Östermalm gelesen. Danderydsgatan. Da hat jemand durch die Wand ein Kind weinen hören, obwohl der Nachbar keine Kinder hat.«

»Ja, solche Hinweise bekommen wir leider öfter«, seufzte Julia. »In dieser Stadt haben einige Familien nervöse Nachbarn.«

»Mag sein. Irgendetwas an dem Hinweis hat bei mir trotzdem die Alarmglocken läuten lassen. Christer hat zwar in der Danderydsgatan keinen Sexualstraftäter gefunden, aber mir geht die Straße nicht mehr aus dem Kopf.«

Julia sah ihn mit einer Sorgenfalte zwischen den Augenbrauen an. Er kam nicht umhin, zu registrieren, dass sich nasse Flecken auf ihrem Oberteil abzeichneten. Dabei hatte er sich wirklich Mühe gegeben, nicht auf ihre Brüste zu starren.

»Das passt gar nicht zu dir, Ruben«, sagte sie. »Dich auf deine Intuition zu verlassen.«

»Ich weiß, Julia, aber ich glaube, da ist was dran. Ich kann es nicht erklären. Noch nicht. Aber irgendetwas ist da.«

Julia sah ihn lange an.

»Okay«, sagte sie dann. »Ich gebe dir eine Stunde, es mir zu beweisen. Länger können wir nicht auf dich verzichten. Dafür müssen wir zu viele Hinweise durchgehen.«

Eine Stunde. Ruben war sich sicher, dass er richtiglag. Die Frage war nur, wie er die anderen ohne handfeste Argumente davon überzeugen sollte. Dass er von der Danderydsgatan schon einmal gehört hatte, wusste er genau. Vor Jahren war das gewesen. Die Erinnerung daran spukte wie ein Gespenst in seinem Unterbewusstsein herum, flüchtig und kaum spürbar. Er hatte eine Stunde Zeit. Eine Stunde, um herauszufinden, wie sie Ossian retten konnten.

Du hättest nicht mitkommen müssen. Das ist doch Unsinn.«

Miriam Blom hatte während der gesamten Fahrt von Åkersberga lautstark protestiert, aber Adam ging nicht auf sie ein. Er liebte den Klang ihrer Stimme auch, wenn sie wütend war. Sie hatte seit seiner Kindheit Schwedisch mit ihm gesprochen, aber ihr Suaheli war immer noch herauszuhören und verlieh dem Schwedischen eine noch schönere Melodie.

»Du hast wirklich genug anderes zu tun«, sagte sie. »Du hast jede Menge Arbeit auf dem Schreibtisch und gar keine Zeit, dir freizunehmen.«

Adam fand einen Parkplatz vor der Onkologie des Karolinska-Universitätskrankenhauses. Schweigend quetschte er den Wagen in die schmale Lücke.

»Bleib sitzen, ich helfe dir beim Aussteigen.«

Hastig umrundete er das Auto, weil er wusste, dass sie es sonst allein versucht hätte.

»Meine Güte, wie du um mich herumschwänzelst.«

»Scharwenzelst, meinst du wohl.«

»Du sollst deine Mutter ehren und nicht verbessern.« Sie gab ihm einen scherzhaften Klaps auf den Hinterkopf.

Er duckte sich geschickt. Wenn er als Kind nicht artig gewesen war, hatte sie ihm manchmal eins mit dem Kochlöffel übergezogen. Oder mit ihren Sandalen. Damals war es ihm meistens nicht gelungen, rechtzeitig den Kopf einzuziehen.

»Du solltest allmählich mal um jemand anders herumschwänzeln«, sagte sie. »Wann schaffst du dir endlich eine Freundin an?«

Adam seufzte. Das Thema war altbekannt und ausgelutscht.

»Dafür habe ich im Moment keine Zeit«, entgegnete er. »Zu viel zu tun und …«

»Es ist okay für mich, wenn sie weiß ist«, sagte seine Mutter.

»Solange sie nicht dumm ist. Und breite Hüften muss sie haben, damit sie mir viele Enkelkinder schenken kann.«

Schwer hing sie an seinem Arm.

»Ach, darum geht es also«, lachte er. »Mein Liebesleben ist dir völlig egal. Hauptsache, du wirst Großmutter.«

»Natürlich«, sagte sie. »Ich will jemanden mit Süßigkeiten vollstopfen.«

Sie war immer so groß gewesen. Seit Adam denken konnte. Als Kind hatte er es geliebt, sich in ihre Arme zu kuscheln und von ihrer Wärme einhüllen zu lassen. Miriam war immer Geborgenheit für ihn gewesen. Sein Ruhepol. Dank ihr hatte er festen Boden unter den Füßen und war trotz all der Dinge, die er bei seiner Arbeit zu sehen bekam, fest davon überzeugt, dass die Welt ein guter Ort sei.

»Es gibt doch schon eine Frau in meinem Leben«, sagte er. »Und im Präsidium ist gerade extrem viel los, aber die kommen auch eine Stunde ohne mich zurecht. Ich hingegen würde nicht ohne dich zurechtkommen. Ich verspreche dir, sofort zurück zur Arbeit zu fahren, wenn ich dich zu Hause abgesetzt habe.«

»Unsinn, ich kann ein Taxi nehmen«, sagte Miriam.

»Ein Taxi kannst du dir nicht leisten«, sagte er. »Du liebst deinen Job, aber ich weiß auch, was du beim Jugendamt verdienst. Ich warte hier auf dich und bringe dich nach Hause.«

»Was hat der Junge bloß für einen Dickschädel«, brummte Miriam und wischte sich mit einem Stofftaschentuch den Schweiß von der Stirn.

»Von wem ich den wohl habe.« Adam hielt ihr die Tür auf. »Deine Enkelkinder werden genauso, dass du es nur weißt.«

Er vermied den Blick auf das Schild unter der Decke. Onkologie. Er hatte sich noch nie Gedanken über das Wort gemacht, aber jetzt hasste er es mit jeder Faser seines Körpers.

»Wir haben einen Termin bei Dr. Stjärngren«, sagte er durch die Öffnung in der Scheibe.

»Setzen Sie sich bitte in den Wartebereich, bis Sie aufgerufen werden.« Die ältere Frau am Empfang zeigte auf eine Tür direkt hinter ihnen.

In solchen Umgebungen wurde ihm immer leicht flau. Er rückte Miriam einen Stuhl zurecht und ging zwei Plastikbecher Wasser holen. Zum Glück war der Warteraum klimatisiert, und der Schweiß in seinen Achselhöhlen trocknete allmählich. Adam betrachtete seine Mutter von der Seite, während sie gierig den Becher leer trank. Nachdem sie ihn abgestellt hatte, nahm er ihre Hand. Miriam sah ihn wütend an, entzog ihm die Hand und versetzte ihm damit noch einen leichten Schlag auf den Kopf.

»*Simama!*«

»Wieso darf man seiner Mutter denn nicht zeigen, dass man sie lieb hat?«

Er lachte.

Miriam rümpfte die Nase.

»Davon bekomme ich noch mehr Angst. *Simama!*«

Wieder umfasste er ihre Hand. Diesmal ließ sie es zu.

Mina saß mit Christer an seinem Rechner. Auf dem Bildschirm rauschte ein Gesicht nach dem anderen vorüber. Raubtiere waren das. Unfassbar, wie viele Männer es gab, die für einen kleinen Machtrausch oder ein bisschen sexuelle Befriedigung die Zerstörung einer Kinderseele in Kauf nahmen. Mina wusste, dass Sexualstraftäter nicht rational handelten, dass die meisten von ihnen psychisch krank waren und sich nicht kontrollieren konnten. Trotzdem hielt sie bei manchen Verbrechen die Todesstrafe für gerechtfertigt.

Ruben stand mit vor der Brust verschränkten Armen neben ihr, während Christer auf Rubens Wunsch ein weiteres Mal die Kartei durchging. Ruben behauptete steif und fest, er hätte einen Anhaltspunkt entdeckt. Trotz der verschränkten Arme waren die Achselschweißränder auf seinem Hemd deutlich zu sehen. Mina schüttelte sich innerlich, und Christer reichte ihm einen kleinen batteriebetriebenen Ventilator. Er hatte einen Laden entdeckt, in dem Ventilatoren für zehn Euro das Stück verkauft wurden, und der Größe der Ansammlung davon auf seinem Schreibtisch nach zu urteilen, hatte er mindestens fünfzig gekauft.

Christer sah Mina fragend an, doch die schüttelte nur den Kopf. Rubens und Christers Schweißpartikel aufzuwirbeln, war das Letzte, was sie wollte. Garantiert hatten sie sich gleichmäßig im ganzen Raum verteilt und auch auf ihr Gesicht gelegt. Da ertrug sie lieber die Hitze.

Christer hatte das Ende der Kartei erreicht.

»Keiner von den in Stockholm registrierten wohnt auch nur in der Nähe der Danderydsgatan«, seufzte er. »Das hatten wir doch schon festgestellt. Und wir haben auch schon alle Personen, die in der Danderydsgatan gemeldet sind, mit unserer Kartei abgeglichen. Ohne Ergebnis. Sollten wir uns nicht langsam mal mit den anderen Hinweisen beschäftigen?«

»Nein.« Ruben schüttelte entschieden den Kopf. »Das ist die Adresse. Könnte es sein, dass die Entführer im Rahmen des Zeugenschutzprogramms eine neue Identität haben und deshalb nicht im Register stehen?«

»Jetzt greifst du aber wirklich nach einem Strohhalm. Pädophile bekämen nur dann eine neue Identität, wenn Leib und Leben bedroht würde. Solche Fälle sind mir aber aus der heutigen Zeit nicht bekannt, vor allem nicht bei Täterinnen. Und wir wissen, dass Ossian von einer Frau entführt wurde.«

»Das heißt aber nicht, dass er immer noch bei ihr ist«, widersprach Ruben.

Mina griff zum Telefon und wischte es mit einem Feuchttuch ab. Dann öffnete sie Google Maps und zoomte die Danderydsgatan heran. Als das Satellitenbild erschien, sah sie sich die Umgebung der Adresse von allen Seiten an.

»Habt ihr auch die Mieter in der Danderydsgatan 10 und 14 überprüft?«, fragte sie.

»Nein, wieso sollten wir?« Christer blickte vom Monitor auf.

»Weil Nummer 12 mitten in einem Häuserblock liegt. Je nachdem, auf welcher Seite der Anrufer wohnt, könnte die Nachbarwohnung ebenfalls in der Nummer 12 oder auch in Nummer 10 oder 14 sein.«

Sie hielt den beiden anderen ihr Handydisplay hin. Christer gab die Adressen seufzend ins Melderegister ein.

»Danderydsgatan 14«, sagte er. »Hier wohnen Mats Palm, Ingrid Börjesson, Gerhard Frisk. Der Rest sind Firmen. Kommt euch einer der Namen bekannt vor?«

Ruben schüttelte den Kopf.

»Und jetzt die Danderydsgatan 10«, fuhr Christer fort. »Hier gibt es auch nicht viele Privatwohnungen. Andreas Wilander, Lenore Silver, Matti …«

»Stopp!«, rief Ruben. »Die! Lenore, verdammt. Hast du ein Foto von ihr?«

Schnell gab Christer den Namen bei Google ein.

»Seltsam«, sagte er. »Sie nutzt so gut wie keine sozialen Medien. Sie ist bei Facebook, hat da aber seit fünf Jahren nichts gepostet. Da hat sie ihr Profilbild aktualisiert.«

»Fünf Jahre.« Ruben ging näher an den Monitor heran. »Das würde passen.«

Er studierte das Profil und deutete auf das jüngste Foto von Lenore.

»Verdammt, das ist sie«, sagte er. »Neue Haarfarbe, neue Frisur, kleinere … äh, Brüste. Aber sie ist es.«

Mina hatte keine Ahnung, wovon Ruben sprach.

»Ihr wisst, dass ich nie ein Gesicht vergesse«, sagte er. »Eine meiner vielen Superkräfte. Bei Adressen bin ich nicht ganz so gut, aber so was hier vergisst man nicht. Jedenfalls, wenn man so tickt wie ich.«

»Bekanntlich tun das ja nicht alle«, bemerkte Christer geduldig. »Würdest du uns Ahnungslosen vielleicht mit deiner Brillanz erleuchten?«

»Mit dem größten Vergnügen. Ihr erinnert euch an diesen großen Fall von Menschenhandel vor fünf Jahren. Zehn Personen wurden wegen Freiheitsberaubung und Menschenhandel verurteilt. Sie waren mitten in Stockholm aktiv gewesen, und niemand hatte etwas bemerkt.«

Mina konnte sich gut an den Fall erinnern. In Anbetracht des Alters der Kinder hatte das Gericht verhältnismäßig harte Urteile gefällt. Alle Beteiligten hatten Gefängnisstrafen zwischen vier und zehn Jahren erhalten. Mina wäre es lieber gewesen, wenn die Strafen noch härter ausgefallen wären.

»Der mutmaßliche Anführer des Netzwerks war ein gewisser Kaspar Silver«, sagte Ruben. »Seine Schwester sagte jedoch zu seinen Gunsten aus. Sie beteuerte seine Unschuld und behauptete steif und fest, jemand anders stecke hinter der ganzen Sache. Einen Namen hatte sie jedoch nicht anzubieten, als man da nachbohrte.«

»Und genützt hat es auch nichts.« Christer nickte. »Kaspar bekam die höchste Strafe von allen.«

»Die Schwester tauchte nach dem Medienspektakel unter.«
Ruben zeigte auf den Monitor. »Sie veränderte ihr Aussehen
und zog sich aus den sozialen Medien zurück. Mich täuscht sie
trotzdem nicht. Darf ich vorstellen: Lenore, die Schwester von
Kaspar Silver. Die Frau, die behauptete, jemand anders habe
den Kindesraub initiiert. Zum Beispiel … sie selbst. Ich glaube, Lenore hat genau da weitergemacht, wo sie aufgehört hat.«

Plötzlich gab Christers Ventilator einen Knall von sich und
blieb stehen. Er warf ihn zu den anderen, die bereits den Geist
aufgegeben hatten.

»Ich spreche sofort mit Julia«, sagte Mina. »Ruben, du
alarmierst die Einsatzkräfte. Wir müssen so schnell wie möglich in die Danderydsgatan 10.«

Während Vincent das gelbe Papier faltete und versuchte, sich an die Anleitung zu erinnern, betrachtete er die Fische im Aquarium. Die heutige Abendvorstellung fand ausnahmsweise in Stockholm statt, daher hatte er noch ein paar Stunden Zeit, bis er losmusste.

Als die Kinder klein gewesen waren, hatten sie sich ein »richtiges« Haustier gewünscht, womit in ihrem Kosmos eins gemeint war, das sie streicheln konnten. Sie hatten hoch und heilig versprochen, sich darum zu kümmern, aber er hatte gewusst, dass sie sich etwa eine Woche lang an ihre Versprechen halten würden.

Daher hatten sie sich für Fische entschieden, und er war auf den Amerikanischen Hundsfisch gestoßen. Aus irgendeinem Grund fand Aston den Namen der Art immer noch entsetzlich komisch, und außerdem fraßen einem diese Fische aus der Hand, wenn man sie fütterte. Das war natürlich nicht das Gleiche, wie einen Hund zu streicheln, aber immerhin.

Alle in der Familie, er selbst mitgerechnet, waren erstaunt gewesen, dass Vincent die Fische wirklich ins Herz schloss. An manchen Tagen hatte er das Gefühl, sie wären seine einzigen Freunde. Das waren die Tage, an denen die Schatten überhandnahmen. In letzter Zeit kamen sie häufiger vor. Dann hatte er das Gefühl, das, was Astronomen als Kernschatten bezeichneten, würde auf ihm lasten. Ein Ort, den nie das Licht erreichte. Die Mutter aller Schatten.

Wer die Mutter seines Schattens war, wusste er.

Er legte das fertig gefaltete Papier auf den Tisch und begann mit dem nächsten. Seine Mutter hatte heute Geburtstag. Dem Rest der Familie hatte er das aber nicht gesagt. Je weniger sie ihn nach seiner Vergangenheit fragten, desto besser. Er fuhr die letzten Falze nach und setzte die beiden Teile zu einem Tier zusammen. Das Modell war zu kompliziert, um aus nur einem Blatt Papier gefaltet zu werden. Jetzt fehlten nur noch die Flecken. Dann war die Origamiversion eines Leoparden fertig. Letztes Jahr hatte er ihr auch einen zum Geburtstag geschenkt, und er wollte diese Tradition von nun an fortsetzen. Als kleine Hommage an ihr Kleid am letzten Geburtstag, den sie zusammen gefeiert hatten. Das Problem war nur, dass ihn der Leopard auch an Jane erinnerte. Und mit ihr wollte er sich momentan nicht beschäftigen.

Er konzentrierte sich lieber auf die Hundsfische, die zur Familie der *Umbridae* gehörten. Mit den Buchstaben ließen sich die Worte Dubai, Radium oder Burma bilden, doch sosehr er sich auch bemühte, ein vollständiges Anagramm aller Buchstaben konnte er nicht daraus bilden, und ihm wollte auch beim besten Willen kein sinnvoller Bezug einfallen.

Er schüttelte den Kopf. An manchen Tagen erkannte er einfach keine Muster. Und manchmal schien es nur ihn und die Fische zu geben. Wenn das Haus, so wie jetzt, leer war, stellte er sich ab und zu vor, seine Familie wäre nur ausgedacht. Er hätte sie sich herbeifantasiert. Erst wenn Rebecka mit dem Handy vor dem Gesicht hereinkam oder Aston die Haustür aufriss und mit Schuhen auf die Toilette rannte, entspannte er sich.

Andererseits, wenn sie zu Hause waren, musste er sich bemühen, ihre Erwartungen an einen akzeptablen Vater und Ehemann zu erfüllen. Er hatte den Verdacht, dass er einiges zu wünschen übrig ließ.

Er schüttete sich ein wenig Fischfutter in die Hand.

Aber mit Mina.

Mit Mina war er immer er selbst gewesen.

Da hatte er sich nie bemüht, Erwartungen zu erfüllen.

Er war schon öfter bei diesen Gedanken verweilt. Auch wenn sie nicht konstruktiv waren. Denn Mina war Vergangenheit. Das musste er endlich akzeptieren. Mina war damals, nicht jetzt. Nicht einmal auf der gestrigen Pressekonferenz hatte er sie gesehen. Vermutlich lebte sie einfach ihr Leben.

Nicht leugnen ließ sich jedoch, wie gut es ihm mit Mina gegangen war. Ausschließlich gut.

Während ihn die Fische kitzelten, überlegte er, was das zu bedeuten hatte.

Warum habe ich dich noch nie getroffen? Hatte Papa was dagegen? Oder du?«

Neugierig betrachtete Nathalie ihre Großmutter. Eine Großmutter, von der sie nichts gewusst hatte. Ihr war natürlich klar gewesen, dass sie eine gehabt hatte. Genau wie sie eine Mutter gehabt hatte. Aber sie war wohl einfach davon ausgegangen, sie wäre gestorben. Wie ihre Mutter. Über diesen Teil ihrer Familie hatte Papa nie gesprochen. Nicht einmal, wenn sie Fragen stellte. Der naheliegendste Grund dafür war der, dass sie auf der mütterlichen Seite keine Verwandten mehr hatte. Vielleicht hatte sie es sich auch selbst so erklärt. Es war schon schwer genug gewesen, sich nach einer Mutter zu sehnen, an die sie sich kaum erinnern konnte. Noch mehr Menschen zu vermissen, hätte zu viel Kraft gekostet. Aber jetzt war sie da. Ihre Großmutter. Ines. Und nun stellte Nathalie alles infrage, was sie für gesichert gehalten hatte.

»Zu gegebener Zeit werde ich all deine Fragen beantworten«, sagte die Frau.

»Wo sind wir hier?«, fragte Nathalie neugierig.

Sie waren vom Gullmarsplan zur Slussen und von dort aus mit dem Bus bis nach Värmdö hinausgefahren. Die Stadt hatten sie weit hinter sich gelassen. Rings um den Schotterweg, den sie nun entlanggingen, gab es nur noch üppiges Grün, Weiden, auf denen Schafe grasten, und vereinzelte Häuser.

»Hier bin ich zu Hause«, sagte Großmutter.

Nathalie drehte den Tragegurt ihrer Schultertasche, weil er auf der Brust drückte. In ihrer Hosentasche vibrierte das Handy. Schon wieder. Vermutlich war es Papa. Er rief seit einer Stunde ständig an. Sie hatte schließlich gesagt, sie würde sofort nach Hause kommen. Aber es geschah ihm recht, dass er sich Sorgen machte. Vor Wut, dass er ihr die ganze Zeit nichts von Großmutter gesagt hatte, biss sie die Zähne zusammen. Er hatte ihr gesamtes Leben unter Kontrolle. Um sie zu schützen, hatte er gesagt. In Wirklichkeit hatte er sie eingesperrt. Wo immer sie hinging, die Bodyguards waren nie weit entfernt. Sie sah sie zwar nicht immer, aber sie spürte sie. Und da fragte Papa noch, warum es ihr so schwerfiel, Freunde zu finden! Idiot.

Als sie den Entschluss fasste, mit Großmutter mitzugehen, hatte sie ihm eine SMS geschickt.

*Bin bei Oma,* schrieb sie. *Du weißt schon, bei OMA! Komme nicht zum Abendessen.*

Dann hatte sie einen ausgestreckten Mittelfinger hinzugefügt. Sie hatte ein flaues Gefühl im Bauch, wenn sie daran dachte. So trotzig war sie ihm gegenüber noch nie gewesen. Ein Teil von ihr verstand, warum er so überbehütend war. Sie waren immer zu zweit gewesen. Nach dem Unglück, das Mama geschehen war, war es ja kein Wunder, dass er besonders gut auf seine Tochter aufpasste.

Nur dass sie gar nicht allein gewesen waren. Sie hatte sich immer nach einer größeren Familie gesehnt. Nach jemandem, der ihr von ihrer Mutter erzählen konnte, an die sie sich nur noch schemenhaft erinnerte. Und Großmutter war die ganze Zeit da gewesen. Aber Papa hatte es ihr nicht gesagt. Das hatte er jetzt davon.

»Nur noch den Hügel rauf, dann sind wir da.«

Auf der Kuppe stand ein Schild: *Epicura.*

»Was ist das? Der Name klingt nach einem Konferenzhotel. Wohnst du da?«

Nathalie runzelte die Stirn, doch als sie den Hügel ein Stück weiter hinaufgegangen waren und das stattliche Gebäude vor ihnen auftauchte, hellte sich ihr Gesicht auf.

»Wow …«

»Schön, nicht wahr«, sagte Großmutter stolz. »Und ja, hier wohne ich, aber Konferenzen veranstalten wir nicht.«

»Was ist es denn dann für ein Haus?«

Nathalies T-Shirt war am Rücken klitschnass geschwitzt.

»Du bekommst eine Führung. Es ist einfacher so, dir alles zu zeigen.«

Oben angekommen, schnappte Nathalie nach Luft. Sie merkte selbst, dass sie stärker ins Keuchen gekommen war als Großmutter, die für ihr Alter einen erstaunlich fitten und durchtrainierten Eindruck machte.

Das Haus mit den beiden länglichen Nebengebäuden blitzte in der Sonne. Es war strahlend weiß und modern.

»Wow«, sagte sie noch einmal. »Wie cool wäre es, die Sommerferien hier zu verbringen und nicht mit Papa in der Stadt.«

Großmutter lächelte. Dann zupfte sie an dem blauen Gummiband. Als es gegen ihr Handgelenk klatschte, kniff sie für den Bruchteil einer Sekunde die Augen zu.

»Tut das nicht weh?«, fragte Nathalie verblüfft.

»Das ist eigentlich der Sinn der Sache«, sagte Großmutter. »Ich erkläre es dir später. Sieh dich erst mal um. Spürst du die Energie? Hier gibt es nur positive Energie. Hier kann man atmen. Merkst du das?«

Großmutter schloss die Augen und atmete sichtbar in den Bauch. Nathalie kam sich etwas albern vor, wollte sich aber der älteren Frau aus irgendeinem Grund nicht widersetzen und machte es daher genauso. Als sie die Augen schloss, verschwand alles andere. Sie hörte nur noch ihre eigenen Atemzüge und das Blut, das in ihren Adern pulsierte. Die Luft in ihrer Lunge war sauber und rein. Der Wind rauschte in den Bäumen.

Und ihr wurde eines klar. Hinter den Baumstämmen versteckten sich keine Männer mit Headsets. Es war niemand hier, der sie wieder nach Hause brachte. Aus irgendeinem Grund waren die Bodyguards nicht mitgekommen. Papa musste sie also veranlasst haben, sie in Ruhe zu lassen. Mit anderen Worten, er kannte Großmutter. Da er sie nie erwähnt hatte, fiel es ihr natürlich schwer zu glauben, dass er so großes Vertrauen zu ihr hatte, aber eine andere Erklärung gab es nicht. Wobei ihr der Grund eigentlich herzlich egal war.

Hauptsache, sie waren weg. Und sie war zum ersten Mal im Leben frei.

Nathalie spürte eine Hand in ihrer.

»Komm. Ich zeige dir mein Zuhause.«

Vom Großmutters Hand ging Wärme aus, die sich in ihrem ganzen Körper ausbreitete. Wieder vibrierte das Handy in ihrer Hosentasche. Sie ignorierte es.

Der Einsatzwagen parkte nicht direkt vor Lenore Silvers Tür, sondern in der Engelbrektsgatan. Sie brauchte ja nicht gleich Verdacht zu schöpfen. Vor allem, da sie keine handfesten Beweise in der Hand hatten, sondern nur Indizien. Und Rubens felsenfeste Überzeugung natürlich. Adam hatte gehofft, Ruben würde nicht im Mannschaftswagen mitfahren. Ihr jüngster gemeinsamer Einsatz, der Besuch von Ossians Kita, war nicht ganz reibungslos verlaufen. Andererseits war jede Unterstützung willkommen. Die Polizei hatte sich bereits in der gesamten Stadt verteilt. Man ging so vielen Hinweisen auf Ossians Verbleib wie möglich nach.

»Lenore Silver, alles klar.« Gunnar lachte glucksend.

Im Bus hatte Ruben ihm die anderen Kollegen kurz vorgestellt und ihm zugeraunt, dass es sich nur um Minuten handeln könne, bis Gunnar erwähnte, dass er aus norrländischem Holz geschnitzt sei.

»Verdammt, an die erinnere ich mich«, fuhr Gunnar fort. »Vor allem an ihre Melonen. Donnerwetter.«

Er hielt sich die gewölbten Hände vor den Brustkorb, damit auch niemandem entging, was er meinte. Die anderen im Bus schüttelten tadelnd die Köpfe, doch ihre zuckenden Mundwinkel verrieten, dass sie im Grunde Gefallen an dem Anblick fanden, den Gunnar ihnen vor Augen gerufen hatte. Adam seufzte. Anscheinend musste in jeder Gruppe einer wie Gunnar dabei sein.

»Und du sagst, sie wären kleiner geworden? Jammerschade um das schöne Holz vor der Hütte. Ich hätte mich gerne mal zum Hacken angeboten.«

Gunnar blinzelte Ruben zu.

»Mit der Plauze hättest du bei ihr sowieso keine Chance gehabt.« Ruben tätschelte Gunnars Bauch. »Aber die Uniform zieht natürlich. Glaub mir, ich weiß, wovon ich rede.«

Ruben ließ den Satz im Raum stehen, bis jeder im Bus die Anspielung begriffen hatte. Adam glaubte zwar keine Sekunde, dass Ruben auch nur in Lenores Nähe gekommen war, aber Gunnar lachte laut und klopfte Ruben auf den Rücken.

»Das hätte ich mir denken können«, gluckste er. »Du bist ja hinter jeder her, die nicht bei drei auf den Bäumen ist.«

Adam fing Rubens Blick auf. Was er sah, erstaunte ihn. In Rubens Blick war so etwas wie Schmerz zu erkennen. Aber für diese Art von Gespräch hatten sie jetzt keine Zeit.

»Konzentration«, sagte Adam. »Vergegenwärtigt euch noch mal, warum wir hier sind. Wir wissen nicht mit hundertprozentiger Sicherheit, ob Lenore Ossian in ihrer Gewalt hat – und ob möglicherweise noch jemand vor Ort ist. Bevor wir eingreifen, müssen wir uns einen Überblick über die Situation verschaffen. Wir dürfen keine Risiken eingehen. Wir sind so viele, weil Ossian hier sein könnte, aber wir dürfen sie auch nicht in die Flucht schlagen. Das ist also eine heikle Sache. Julia ist bis jetzt Einsatzchefin gewesen, verfolgt aber momentan eine andere Spur. Daher übernehme ich hier das Kommando.«

Von Gunnar war ein missbilligendes Grunzen zu hören, das Adam geflissentlich überging. Er hatte nicht die geringste Lust, sich zu fragen, ob die Missbilligung seine Hautfarbe betraf, die weibliche Einsatzleiterin oder die Tatsache, dass er nicht über Gunnars Kommentar zu Lenores Brüsten gelacht hatte.

»Julia hat dankenswerterweise auch Kollegen in Zivil auf der anderen Straßenseite platziert«, sagte er. »Laut Hausmeister ist der vordere Hauseingang der einzige. Es gibt zwar eine Tür zum Hinterhof, aber von dem aus kommt man nicht zur Straße. Trotzdem beobachten wir den Hinterhof sicherheitshalber.«

»Und wie lautet der Plan?«, fragte Gunnar. »Stürmen wir die Wohnung?«

»Nein, ich gehe rein und rede mit ihr.«

»Wie, du redest mit ihr?«, gab Ruben zurück. »Willst du

etwa verhandeln? Ich weiß, dass du dieses Mal den *good cop* spielen willst, aber das ist wirklich nicht der richtige Moment.«

Adam fixierte Ruben. Einen Schwanzvergleich konnte er nicht gebrauchen. Weder jetzt noch irgendwann sonst.

»Mit Menschen wie Lenore verhandle ich nicht«, sagte er trocken. »Aber ich bin durchaus in der Lage, mich für jemand anderen auszugeben. Wenn sie sich in Sicherheit wiegt, kann ich mir ein Bild von der Situation machen. Falls wir uns in der Wohnung getäuscht haben, möchte ich nicht versehentlich die wahren Täter warnen, die sich möglicherweise in einer anderen Wohnung hier im Haus befinden. Du weißt schon, dass das mein Fachgebiet ist? Dass ich täglich solche Verhandlungen durchführe und speziell dafür ausgebildet bin? Aber vielleicht magst du es ja mal ausprobieren, wenn du meinst, du könntest es besser.«

Rubens Augen blitzten auf, und seine Gesichtsmuskulatur entspannte sich. Adam hatte ihn absichtlich provoziert, weil er vermutet hatte, dass Ruben diese Sprache verstand. Und tatsächlich schien er sich Rubens Respekt erarbeitet zu haben.

»Die Bühne gehört dir«, sagte Ruben.

Adam nickte. Er zog sich ein Polohemd über, das auf der Brust mit dem Schriftzug TryggBo Immobilien bestickt war, und stieg mit einem schwarzen Klemmbrett und einem Kugelschreiber aus dem Einsatzwagen. Schnellen Schrittes ging er die Straße entlang und um die Ecke. Der Hausmeister erwartete ihn bereits am Hauseingang. Nachdem die Zivilbeamten auf der anderen Straßenseite ihr Okay gegeben hatten, kam das Einsatzkommando in voller Montur angerannt. Je weniger sie zu sehen waren, desto besser. Im Hauseingang verteilten sich die Polizisten leise auf den unteren Treppenstufen. Adam ging hinauf in den ersten Stock und fand auf Anhieb Lenores Wohnungstür.

Er schloss die Augen.

Adrenalin pulsierte in seinen Adern. Ein bisschen Adrenalin war gut, aber wenn es zu viel wurde, konnte er seine Arbeit nicht vernünftig machen. Er atmete durch die Nase ein und durch den Mund wieder aus, während er für den Fall, dass er durch den Spion beobachtet wurde, am Klemmbrett hantierte.

Noch ein tiefer Atemzug.

Durch die Nase ein und durch den Mund aus.

Dann klingelte er.

Lenore öffnete nach sieben Sekunden. Das war relativ schnell, hätte ihr aber trotzdem genügend Zeit gelassen, etwas zu verstecken. Oder jemanden. Er sah sofort, dass ihr Gesicht mit dem Profilfoto bei Facebook übereinstimmte. Sie trug Shorts und Top und war barfuß. Keine geeignete Fluchtkleidung. Sie war nicht auf seinen Besuch vorbereitet.

Adam setzte ein unwiderstehliches Lächeln auf.

»Hallo«, sagte er freundlich. »Ich bin von der Hausverwaltung. Wie Sie vielleicht wissen, überprüfen wir gerade den Wasserrohrbruch im dritten Stock.«

Er unternahm keinen Versuch, einen Blick in die Wohnung zu werfen, um sich nicht zu verraten. Stattdessen sah er ihr in die Augen und lächelte, was das Zeug hielt. »Wie Sie vielleicht wissen«, hatte er gesagt, um sie zum Nachdenken zu zwingen.

»Davon weiß ich nichts.« Lenore runzelte die Stirn.

Ihre Lider flatterten nervös. Genau darauf hatte er gewartet. Er sah ihr immer noch in die Augen, richtete seinen Blick jedoch ein kleines Stück weiter nach rechts, sodass er auch den Raum hinter ihr wahrnahm. Lenore stand in einem längeren Flur. Dahinter war eine Küche, in der er zumindest einen Smeg-Toaster und einen an der Wand montierten Weinkühlschrank erkennen konnte. Ansonsten nichts Ungewöhnliches.

Er senkte den Kopf und tat, als würde er sich seinen Unterlagen zuwenden. In Wahrheit suchte er den Fußboden im Flur nach Kinderschuhen ab. Drei Paar hochhackige Schuhe der Marke Jimmy Choo standen aufgereiht da, aber nichts, was einem Kind gepasst hätte. Er hob den Blick wieder. Sah einige Mäntel und Jacken an der Garderobe. Der Spiegel hätte mal geputzt werden müssen. Aber das war alles.

Das Ganze hatte höchstens drei Sekunden gedauert.

Und noch gab es keinen Anhaltspunkt für die Anwesenheit eines Kindes in der Wohnung. Er musste weiter vordringen.

»Hm, Sie müssten eigentlich eine Mail bekommen haben«, sagte er. »Aber das ist im Augenblick nicht wichtig. Im dritten Stock gab es vor zwei Tagen einen größeren Wasserrohrbruch, und wir sind momentan damit beschäftigt, die Schäden im übrigen Gebäude aufzunehmen. Auf der Basis unseres Schadensprotokolls können Sie dann eine Meldung bei Ihrer Versicherung machen. Dürfte ich mir mal Ihr Badezimmer ansehen?«

Er beugte sich einen Tick nach vorn. Gleich einen Schritt vorzutreten, wäre zu aufdringlich gewesen.

»Das … passt gerade nicht so gut.« Lenore warf schnell einen Blick über die Schulter. »Ich … ich wollte gerade gehen.«

Mist. Ihr waren Zweifel gekommen. Oder sie wollte etwas verbergen. Er konnte sich kaum vorstellen, dass sie vorgehabt hatte, barfuß die Wohnung zu verlassen. Die Frage war nur, was sie vor ihm verbarg. Herausfinden würde er es jetzt jedenfalls nicht. Er musste sich komplett zurückziehen, um das Misstrauen, das in ihren Augen aufgeblitzt war, im Keim zu ersticken.

»Kein Problem.« Lächelnd schob er den Kugelschreiber in die Brusttasche. »Wir überprüfen das Gebäude heute und morgen. Sie werden mich hier sicher noch erwischen. Also sagen Sie einfach Bescheid, wenn es bei Ihnen passt. Ich würde Ihnen allerdings raten, selbst auch mal einen Blick ins Bad zu werfen. Bis dann.«

Winkend wich er einen Schritt zurück, bevor sie etwas sagen konnte. Das Letzte, was er sah, bevor sie die Wohnungstür zuzog, war der schmutzige Garderobenspiegel. Er war mit länglichen Fettflecken bedeckt. Dann war die Tür zu.

Fünf länglichen Flecken.

Fünf Stück direkt nebeneinander.

Wie von …

Wie von Kinderfingern.

Eigentlich reichte das bei Weitem nicht aus.

Doch was, wenn.

Wenn.

Er rannte mehrere Stufen auf einmal hinunter. Kaum, dass er unten angekommen war, gab er das Kommando.

Fünf neue Nachrichten von Torkel ploppten auf ihrem Telefon auf. Julia überlegte ernsthaft, ihn zu blockieren. Aber das war ausgeschlossen. Man konnte schließlich nicht seinen Ehemann blocken. Den Vater seines Kindes.

Oder?

Tatsache war, dass er sie bei der Arbeit störte. Jedes Mal, wenn sich die Anzahl der ungelesenen SMS erhöhte, geriet sie aus dem Gleichgewicht. Sie fragte sich, was er wohl diesmal wollte oder ob es vielleicht wichtig war. Was es dann aber nie war. Torkels nervtötende Fragen stahlen ihr nur Zeit und rissen sie aus der dringend benötigten Konzentration. Und ihr Arbeitstag war noch längst nicht zu Ende. Möglicherweise musste sie sich ein Handy mit neuer Nummer besorgen, die nur Torkel hatte. Und dieses Handy würde sie dann ganz unten in ihrer Handtasche verstauen.

Während sie sich aus reiner Neugier durch die Einstellungen klickte, um herauszufinden, wie man eine Nummer blockierte, klingelte das Telefon. Adam war dran.

Sie hörte ihm aufmerksam zu. Stellte eine Frage. Dann legte sie auf und ging schnell ins Großraumbüro hinüber, wo Mina, Peder und Christer nebeneinandersaßen und den letzten Hinweisen nachgingen. Keiner von ihnen hielt es bei der Hitze im eigenen Büro aus. Die Luft im Großraumbüro war allerdings auch nicht viel besser. Wenigstens hatte Christer jeden mit einem batteriebetriebenen Ventilator versorgt. Auch Mina hatte einen in die Hand gedrückt bekommen, hielt ihn jedoch mit angewiderter Miene weit weg von ihrem Gesicht.

»Wie läuft es bei euch?«, fragte Julia.

»Nicht so gut.« Mina zog ein Feuchttuch aus der Packung und wischte die Maus damit ab. »Bis jetzt kamen alle halbwegs vernünftigen Hinweise von Kleinkindeltern aus Mietshäusern mit zu dünnen Wänden. Und wie läuft der Einsatz?«

Mina warf das benutzte Feuchttuch in den Papierkorb, wo sich bereits ein Berg dieser Tücher auftürmte.

»Adam hat gerade angerufen«, sagte Julia. »Sie haben ein etwa fünfjähriges Kind in der Danderydsgatan 10 aufgefunden. Es deutet alles auf Freiheitsberaubung hin. Rubens Bauchgefühl hat vermutlich einen Orden verdient.«

Mina, Peder und Christer starrten sie fassungslos an.

»Gott sei Dank, es ist vorbei.« Peder schien vor Erleichterung fast in Tränen auszubrechen. »Wir haben ihn. Jetzt kann ich nachts endlich wieder schlafen.«

Doch Julia schüttelte den Kopf.

»Da muss ich dich enttäuschen«, sagte Julia. »Sie haben nicht Ossian gefunden. Sondern ein Mädchen.«

Oh, so früh schon zu Hause? Es ist doch erst vier«, sagte Anette. »Hat dieser gut aussehende Mann vielleicht Lust auf einen kuscheligen Freitagabend mit seiner besseren Hälfte?«

»Nichts lieber als das«, sagte Peder zu seiner Frau, »aber ich muss gleich wieder los.«

Er nahm Anette fest in die Arme und sog ihren Geruch ein, eine Mischung aus ihrem Lieblingsparfum von Chloé und … frischem Gebäck? Er stutzte, als er die benutzte Backschüssel sah.

»Habt ihr etwa schon gebacken?«, fragte er. »Seid ihr nicht eben erst nach Hause gekommen?«

»Sie waren nicht zu bremsen«, sagte Anette. »Anscheinend haben sie in der Kita eine neue Erzieherin, die unwahrscheinlich gut backen kann. Da habe ich auf dem Heimweg schnell noch Streusel gekauft.«

»Du bist meine Superwoman.« Peder schüttelte den Kopf. »Aber mit dieser Erzieherin muss ich mich wohl mal über unrealistische Erwartungen unterhalten. Wo sind die Mädchen?«

»Die habe ich vor dem Fernseher geparkt.«

»Gibt es eine neue Staffel Winx Club?«

»Nein, sie gucken immer die gleiche, aber sag ihnen das bloß nicht. Sie ängstigen sich schon genug, weil Bloom wieder in der Klemme sitzt.«

»Hat sie was in Brand gesteckt?«

Anette kniff die Augen zusammen.

»Ich weiß nicht, ob ich es sexy oder besorgniserregend finden soll, dass du dich so gut mit Zeichentrickserien über Feen auskennst«, meinte sie.

»Ich gebe mir wirklich Mühe.« Peder ging ins Wohnzimmer. »Wie wäre es mit besorgniserregend sexy!«

Er tat sein Bestes, um die heitere Tonlage zu halten, hörte aber selbst, dass er nicht sonderlich überzeugend klang.

Vorsichtig stieg er über das Minenfeld aus Spielsachen. Er

hatte ein schlechtes Gewissen. Die Tage, die er im Prinzip nur mit Arbeit verbrachte, waren hart für Anette. Sie musste nicht nur den Alltag mit drei Zweieinhalbjährigen, sondern auch ihren Job als Oberstufenlehrerin wuppen. Er schwor sich, sie das ganze Wochenende schlafen zu lassen.

»Papa!«

Drei süße Stimmchen ertönten, als die Drillinge vom Boden aufsprangen. Dass sie sich seinetwegen so leichten Herzens von den magischen Abenteuern der Fee Bloom losgerissen hatten, war ein gutes Zeichen.

Drei Ärmchenpaare klammerten sich an seinen Hals. Er schluckte schwer, um nicht zu weinen. Ihre warmen Körper riefen ihm in Erinnerung, warum er sich von ihnen trennen musste. Hatte sich Ossian genauso warm und weich angefühlt, als er seine Eltern zum letzten Mal umarmt hatte?

»Ich muss gleich wieder los.« Er drückte sie an sich. »Ich wollte nur mal kurz meine kleinen Prinzessinnen in den Arm nehmen.«

»Mensch, Papa! Wir sind keine Prinzessinnen. Wir sind Feen. Wie in Winx Club.«

»Entschuldigt bitte, das hatte ich ganz vergessen. Natürlich. Nun ist es aber leider so, dass ich … Feen fresse!«

Brüllend schnappte er mit dem Mund nach ihnen, und die Drillinge kreischten entzückt. Dann spielte sich auf dem Bildschirm etwas noch Dramatischeres ab, die Mädchen setzten sich wieder vor den Fernseher und verfolgten wie gebannt das Geschehen.

Er blieb noch eine Weile stehen und ließ seinen Blick auf ihnen ruhen, dann ging er zu Anette in die Küche. Eigentlich hatte er nur schnell duschen und sich umziehen wollen, aber er brauchte auch eine Atempause. Und wenn sie noch so kurz war. Obwohl es bei ihnen zu Hause meistens chaotisch war, schöpfte er hier neue Energie. Energie, die er brauchte, um das Grauen zu ertragen, das sein Beruf bisweilen mit sich brachte.

»Kommt ihr voran?«

Anette sah ihn prüfend an, während sie die Küche einer Grundreinigung unterzog. Nach der Backaktion war das ganz offensichtlich keine leichte Aufgabe. Peder zögerte. Dann erzählte er ihr von dem Mädchen, das sie am Vormittag gefunden hatten. Es verstieß zwar gegen die Regeln der Polizei, solche internen Informationen weiterzugeben, aber wenn er sich nicht wenigstens mit Anette austauschen konnte, dann würde er überhaupt nicht damit fertigwerden. Sie war sein Ventil. Manchmal fragte er sich, ob es ungerecht war, sie in diese Abgründe mit hineinzuziehen. Aber sie beklagte sich nie. Und er brauchte sie wirklich.

»Ihr wisst also immer noch nicht, wo der Junge ist?« Sie füllte die vielen klebrigen Schüsseln im Spülbecken mit Wasser und Spülmittel. »Möchtest du einen?«

Sie zeigte auf die bunt verzierten Muffins.

»Nein, danke dir, ich esse im Präsidium.« Er griff nach dem Schwammtuch, um ihr beim Putzen zu helfen.

»Lass, ich mach das schon.«

Anette nahm ihm den Lappen aus der Hand, und er erhob keinen Einspruch. Stattdessen verschränkte er die Arme vor der Brust und lehnte sich an die Arbeitsplatte.

»Um deine Frage zu beantworten: Nein, wir haben ihn nicht gefunden. Und die Zeit läuft uns davon. Falls es nicht schon zu spät ist.«

»Ihr tut, was ihr könnt. Mehr kann man nicht von euch verlangen.«

Energisch fegte Anette die Streusel zusammen und wischte die Zuckergussreste von der großen Mücheninsel.

»Bist du dir da sicher?« Er seufzte. »Ich weiß nicht. Keiner von uns hat auch nur die geringste Ahnung, wo wir suchen sollen. Unsere einzige Spur hat zu etwas völlig anderem geführt. Wir tappen im Dunkeln, und morgen um diese Zeit könnte sich herausstellen, dass wir auf dem Holzweg waren.«

»Ihr tut, was ihr könnt«, wiederholte Anette. »Und du sagst doch selbst, ihr habt ein Mädchen gefunden.«

Sie spülte den Lappen aus, trocknete sich die Hände ab und legte die Arme um ihn.

»Komm nicht zu spät nach Hause.« Sie vergrub das Gesicht an seinem Hals. »Der kuschelige Freitagabend wird nur bis Mitternacht angeboten.«

Sie musste niesen und sah ihn streng an.

»Und wenn das alles vorbei ist«, sagte sie, »dann müssen wir uns mal über diesen Bart unterhalten.«

D as ist ja ein irres Haus!« Nathalie sah sich mit großen Augen um. »Wohnst du hier?«

Sie waren durch den Eingangsbereich ins Hauptgebäude gelangt, wo alle Wände aus Glas waren.

»Ja. Hier wohne ich.«

»Cool. Aber fliegen keine Vögel an die Scheiben?«

Ihre Großmutter lächelte.

»Doch, das kommt vor. Nicht oft.«

Nathalie nickte. Ihr war schwindlig, weil innerhalb von wenigen Stunden so viel passiert war. Sie hatte ihre Großmutter kennengelernt. Sie war an diesem Ort, mitten im Nirgendwo. Sie hatte, zumindest für eine Weile, ihre Fesseln abgelegt.

»Soll ich dich herumführen?«, fragte Großmutter.

Nathalie nickte eifrig. Es war so still und friedlich hier. Obwohl sie mehrere Personen gesehen hatte und daher wusste, dass der Ort nicht völlig menschenleer war, hörte sie niemanden. Alle schienen gelernt zu haben, sich lautlos zu bewegen. Es hatte auch noch niemand etwas zu ihr gesagt. Die Leute nickten nur und strahlten übers ganze Gesicht. Als wären sie die glücklichsten Menschen auf der Welt.

»Was macht ihr hier?«, fragte sie.

Großmutter ging voraus. Nathalie lehnte ihren Rucksack an eine Wand, bevor sie ihr hinterherging. Sie konnte sich nicht vorstellen, dass hier jemand klaute.

»Wir machen Managemententwicklung. Hauptsächlich. Nova, also unsere Geschäftsführerin und Firmenbesitzerin, gehört zu den größten Anbietern auf diesem Gebiet. Sie coacht einige der wichtigsten Führungspersönlichkeiten im Land. Und was weiß ich, wie viele Vorstände. Wir geben auch Kurse in persönlicher Entwicklung, Stressbewältigung, Trauerarbeit und sogar Sektenentwöhnung. Nova ist eine der wenigen in Schweden, die sich damit auskennen. Sie wird auch international gebucht.«

Nathalies Augen wurden noch größer.

»Wow ... Stress und Sekten, das klingt ... cool!«, war das Einzige, was ihr dazu einfiel.

Dann schämte sie sich für den typischen Teenagerkommentar. Großmutter sollte sie nicht für vollkommen verblödet halten. Doch ihr fehlten tatsächlich die Worte.

Ein derartiges Haus hatte sie noch nie gesehen. Es war so weiß, so sauber, so ... durchsichtig. Es stand wirklich im Kontrast zu dem üppigen Grün, von dem es umgeben war.

»Das Haus ist in den Sechzigerjahren erbaut worden«, sagte Großmutter, als hätte sie Nathalies Gedanken gelesen. »Von Novas Großvater. Er besaß mehrere Hotels in ganz Schweden, und dieses hier war als Konferenzhotel gedacht. Als er starb, hat Nova es geerbt. Seitdem drückt er dem Betrieb und dem Angebot hier seinen persönlichen Stempel auf.«

Nathalie blieb vor dem Porträt eines Mannes mit Vollbart und freundlichen Augen stehen.

»Ist er das?«, fragte sie.

»Ja, das ist Baltzar Wennhagen.«

Großmutter stellte sich neben sie und betrachtete das Porträt ebenfalls.

»Nova war sein Augenstern. Novas Vater war sein einziges Kind, sie sein einziges Enkelkind. Baltzar hat sie übrigens auch den Epikureismus gelehrt, die Philosophie, die Nova ihrer gesamten Arbeit zugrunde gelegt hat.«

»Epiku... was?«

Nathalie ging im Geiste ihre Schulbücher und die vielen Stunden durch, die sie in verschiedenen Klassenzimmern verbracht hatte, aber das Wort sagte ihr absolut nichts. Sie konnte sich nicht erinnern, es je gehört zu haben.

»Komm, wir gehen in den Garten und trinken in Ruhe Kaffee, dann erzähle ich dir alles.«

Großmutter nahm sie an der Hand. Nathalie verspürte den Impuls, ihre Hand wegzuziehen. Sie war es nicht gewohnt, angefasst zu werden. Sie wusste, dass ihr Vater sie lieb hatte, aber er war nicht der Typ, der andere in den Arm nahm. Geschweige denn Händchen hielt. Zärtlichkeiten hatte es in ihrer Kindheit kaum gegeben. Wie ihre Mutter gewesen war, wusste sie nicht mehr, da sie bei deren Tod erst fünf Jahre alt gewesen war.

Aber. Jetzt konnte sie ihre Großmutter fragen. Wie ihre Mutter gewesen war. Nathalie ließ Großmutter ihre Hand und folgte ihr durch einen hellen Gang, der in einen großen Garten führte. Sie waren nicht allein dort. Doch die anderen waren kaum zu sehen. Der Unterschied zum Leben in der Stadt hätte nicht größer sein können. Die Leute redeten zwar miteinander, doch ihre leisen Stimmen übertönten nicht die Laute der Natur. Sie hörte den Wind in den Baumkronen rauschen, die Vögel zwitschern und Bienen in einem Rosenbusch vor der weißen Mauer summen.

»Es gibt frisch gebackene Kekse«, sagte Großmutter. »Bediene dich einfach. Trinkst du Kaffee? Oder lieber Saft?«

Sie deutete auf das Büfett.

»Gerne Saft. Und ein paar Kekse.«

Großmutter nahm sich einen Kaffee, schenkte Nathalie ein Glas Saft ein, setzte sich an einen Tisch und beobachtete von ihrem Platz aus, wie Nathalie sich Kekse aussuchte. Als Nathalie etwas gegessen hatte, fing Großmutter an zu erzählen.

»Baltzar, Novas Großvater, hatte in seiner Jugend griechische Philosophie studiert und begeisterte sich, wie schon gesagt, für den Epikureismus. Das ist eine antike Philosophie, die besonderen Wert auf Seelenruhe legt.«

»Seelenruhe.« Nathalie ließ sich das Wort auf der Zunge zergehen.

Es schmeckte erwachsen. Und genauso sprach Großmutter mit ihr. Wie mit einer Erwachsenen. Auch wenn das Thema langweilig war.

»Im Epikureismus strebt man Ataraxie an, Seelenruhe oder auch Ausgeglichenheit von Körper und Geist, indem man die Angst vor dem Tod überwindet. Ein weiteres Ziel ist Aponie, die völlige Abwesenheit von Schmerzen.«

Nathalie trank einen Schluck Saft. Der süße Erdbeersirup schmeckte gut und selbst gemacht.

»Der Epikureismus baut auf vier Eckpfeilern auf«, fuhr Großmutter fort. »An diese Regeln sollte man sich halten, um das zu erreichen, was wir als Ziel des Lebens erachten. Nämlich Seelenruhe und Glück. Und zu diesem Zweck vermeidet man am besten alles, was einen aus der Ruhe bringt. Wie zum Beispiel Politik. Aber auch ein entspanntes Leben unter Freunden ist wichtig. So wie hier bei uns. Man soll auch Lustgewinn anstreben, aber keine kurzzeitige Befriedigung suchen, sondern sich Dingen widmen, die zu dauerhaftem Glück führen. Der vierte Eckpfeiler des Epikureismus ist der einfachste und zugleich der schwerste. Er besagt, dass die Abwesenheit von Schmerz das höchste Gut ist.«

»Die Abwesenheit von Schmerz …« Nathalie formte auch diese Worte mit den Lippen. »Und dein Gummiband? Das tut doch weh.«

Großmutter nickte. Dann zog sie an dem Band und ließ es wieder mit dem gleichen schnalzenden Geräusch wie beim letzten Mal gegen ihre Haut schnellen. Sie verzog kurz das Gesicht, als es auf ihr Handgelenk traf, aber Nathalie sah auch ein kleines Lächeln in ihren Mundwinkeln zucken.

»Du hast vollkommen recht«, sagte Großmutter. »Es tut weh. Aber nur eine Sekunde. Manchmal müssen wir uns einer Sache aussetzen, um sie loszuwerden. Außerdem wäre es wohl vermessen, wenn ich glauben würde, ich hätte das höchste Gut schon erlangt.«

Nathalie nickte. Sie verstand nicht einmal die Hälfte von dem, was Großmutter gerade gesagt hatte. Trotzdem wünschte sie, das Gespräch würde ewig so weitergehen. Großmutter war so schön und ihre Stimme so warmherzig. Der Garten umgab sie mit herrlichen Düften und Klängen. Und der Zucker in den Keksen schmeckte himmlisch. Alle lächelten sie freundlich an.

Und niemand, absolut *niemand* beaufsichtigte sie.

Da es vermutlich trotzdem nur eine Frage der Zeit war, wann Papa auftauchte, um sie abzuholen, wollte sie jeden Moment auskosten.

»Großmutter«, sagte sie eifrig. »Kann ich … hierbleiben? Nur bis morgen?«

Großmutter sah sie mit ihren blauen Augen liebevoll an. Die tief stehende Sonne umgab ihr helles Haar mit einem Glorienschein. Sie nickte.

»Ich werde sehen, was ich tun kann. Aber dann musst du heute Abend ein Weilchen allein zurechtkommen. Nova und ich haben nämlich einen Fernsehauftritt.«

Mina fiel auf, dass Peder seine Frische verloren hatte und wieder fast so müde wirkte wie in der ersten Zeit mit den Drillingen. Mit aufgestütztem Kopf saß er am Konferenztisch und öffnete mit lang gezogenem Zischen eine Dose Nocco, sein favorisierter Energydrink.

Ruben und Adam lehnten an der Wand und sahen ebenfalls müde aus. Das Adrenalin, das sie während des Einsatzes bei Lenore Silver ausgeschüttet hatten, war offensichtlich abgebaut, die Angelegenheit war vom Tisch. Um das aufgefundene Kind kümmerte sich eine andere Einheit, während Julias Gruppe sich wieder auf die Suche nach Ossian konzentrierte.

Auf dem Tisch lag ein regelrechter Berg in Papier eingeschlagener Sandwiches. Das war zwar ein dürftiger Ersatz für ein richtiges Mittagessen, aber andererseits schien keiner von ihnen besonders großen Hunger zu haben.

Die Ringe unter Julias Augen waren fast schwarz, aber angesichts der verbissenen Miene, mit der ihre Chefin die Nachrichten ignorierte, die am laufenden Band auf ihrem lautlos gestellten Handy eingingen, nahm Mina an, dass die Erschöpfung nicht nur berufliche Gründe hatte. Jedes Mal, wenn eine Nachricht kam, sah Mina den Absender aufleuchten, dem Julia offensichtlich den Namen »Nervensäge« gegeben hatte.

Der Einzige, der nicht müde wirkte, war Christer. Dafür war seine Stirn umwölkt. Mit finsterer Miene mampfte er ein Sandwich. Bosse blickte besorgt zu seinem Herrchen auf.

»Fassen wir die Lage zusammen«, sagte Julia. »Erst einmal sollt ihr wissen, dass ihr euch in den letzten Tagen unheimlich gut geschlagen habt. Ihr seid jedem Hinweis nachgegangen und habt sogar einen Einsatz initiiert, bei dem ein entführtes Mädchen aufgefunden wurde.«

»Wissen wir, wer sie ist?« Adam drückte den Rücken durch.

»Noch nicht«, gähnte Peder. »Die Kollegen sind noch dabei,

die Vermisstenmeldungen der letzten zwei Monate durchzugehen. Nicht nur die aus Stockholm, sondern aus ganz Schweden. Bei Interpol haben wir auch angefragt, falls sie im Ausland entführt wurde. Sie werden sie finden, es ist nur eine Frage der Zeit. Lenore hat keine Chance.«

»Pack«, brummte Christer und wischte sich den Mund ab. »Wie kann man Kindern so was antun? Ich fasse es nicht.«

Bosse kläffte, als wollte er seinem Herrchen zustimmen.

»Lenore ins Visier zu nehmen, war sehr scharfsinnig von dir, Ruben«, sagte Julia.

Ruben machte Anstalten, sein nicht jugendfreies Lächeln aufzusetzen, schien es sich aber in letzter Sekunde anders zu überlegen. Offenbar war es auch für ihn ein harter Tag gewesen.

»Leider sind wir Ossian noch keinen Schritt nähergekommen«, sagte Julia. »Seine Entführer sind wie vom Erdboden verschluckt.«

»Das ist einfach nicht hinnehmbar.« Peder stellte die leere Dose auf den Tisch.

Er sprach viel schneller als sonst.

»Morgen ist Samstag«, sagte er. »Dann sind drei Tage um. Wenn es diesmal auch so ist wie im Fall Lilly …«

Er brauchte den Satz nicht zu beenden. Mina wusste genau, was er meinte, und die anderen taten das auch. Falls es so war wie bei Lilly, würden sie Ossian am nächsten Tag tot auffinden, wenn sie nicht schnell etwas unternahmen. Die Frage war nur, was. Mina zog ein Fläschchen Desinfektionsgel aus der Tasche und rieb sich die Hände ein. Nicht, weil es nötig gewesen wäre, denn sie hatte sich die Hände gerade erst gewaschen. Aber sie musste irgendetwas tun. Egal was.

»Ich habe ja schon mehrmals darauf hingewiesen«, sagte Julia, »dass nichts auf einen Zusammenhang zwischen den beiden Fällen hindeutet. Wir haben es mit allerhöchster Wahrscheinlichkeit mit zwei verschiedenen Tätern zu tun. Trotzdem besteht natürlich, rein theoretisch, die Möglichkeit, dass jemand den Fall Lilly nachahmt. Ausschließen dürfen wir nichts. Und daher stimme ich dir zu, Peder. Es ist nicht hinnehmbar. Ich habe nur keine zündende Idee.«

Wie schon so oft im Laufe des vergangenen Jahres fragte sich Mina, ob es einen Unterschied gemacht hätte, wenn Vincent da gewesen wäre. Ob er ihnen hätte helfen können. Vermutlich nicht. Sie hatten keine Anhaltspunkte, auf deren Grundlage man ein psychologisches Profil hätte erstellen können, es gab keine Ähnlichkeiten mit Zauberkunststücken oder Illusionen und auch keine komplizierten Muster. Nur ein entführtes Kind. Das sie noch immer nicht gerettet hatten.

»Wir müssen darauf hoffen, dass die Bevölkerung etwas gesehen hat«, endete Julia. »Ihr habt heute euer Bestes gegeben. Die Tipps, die im Laufe des Abends und in der Nacht hereinkommen, werden andere Kollegen im Haus bearbeiten. Es sind zwar nicht mehr so viele Hinweise wie am Anfang, aber wir gehen selbstverständlich allen nach. Sara assistiert den Kollegen und hält mich auf dem Laufenden. Jetzt geht nach Hause und versucht, ein bisschen zu schlafen.«

»Wie zum Teufel soll das gehen?«, brummte Christer. »Bosse und ich bleiben noch eine Weile.«

»Ich auch«, sagte Peder. »Ich kann Sara helfen.«

Julia machte eine resignierte Geste. Die Stärke, die sie normalerweise ausstrahlte, war verschwunden. Stattdessen erinnerte sie Mina eher an einen Ballon, dem die Luft ausgegangen war. Eine weitere SMS ging auf Julias Handy ein.

»Das darf ja wohl nicht wahr …« Wütend starrte sie auf das Telefon. »Ja, ja. Macht doch, was ihr wollt. Ich kann euch nicht zwingen. Wer weiß, vielleicht bleibe ich auch noch ein bisschen. Peder, hol dir Sara dazu und überprüfe alle, mit denen Lenore Silver Kontakt hatte. Möglicherweise haben wir Glück. Als umtriebige Geschäftsfrau könnte sie vielleicht doch etwas mit der Sache zu tun haben. Adam, du kennst dich am besten mit dem Fall Lilly aus. Geh alle Einzelheiten der Entführung durch und untersuche sie auf Parallelen zum Fall Ossian. Alle eventuell denkbaren Schlussfolgerungen will ich sofort auf meinem Schreibtisch haben. Mina und Ruben, ihr geht die Vernehmungsprotokolle von Ossians Eltern und vom Kitapersonal durch. Jedes Detail könnte ein Hinweis sein. Christer, du checkst unsere einschlägig bekannten Sexualstraftäter doppelt und dreifach. Ich weiß, das habt ihr alles schon gemacht. Macht es noch mal. Trotzdem müsst ihr morgen früh wieder fit sein. Falls nötig, verteilt Peder Energydrinks. Wir haben nämlich keine Ahnung, was morgen passiert.«

Auf dem Fernsehschirm an der Wand interviewte Moderatorin Tilde de Paula Eby eine Person, die offenbar größere Bekanntheit genoss. Vincent hatte keine Ahnung, um wen es sich handelte. Obwohl er selbst ein Prominenter war, kannte er andere schwedische Prominente, selbst wenn sie viel berühmter waren als er, meistens nicht. Das hatte ihn im Laufe der Jahre schon oft in unangenehme Situationen gebracht, weil er häufig Persönlichkeiten des öffentlichen Lebens vorgestellt wurde, deren Bekanntheit vorausgesetzt wurde, er in Wahrheit aber keinen blassen Schimmer hatte, wer vor ihm stand.

Nach einem besonders peinlichen Vorfall, bei dem er Kajsa Bergqvist mit einer Regisseurin verwechselt hatte, mit der er einmal zusammengearbeitet hatte, musste Vincent seiner Frau versprechen, endlich auch regelmäßig Klatschblätter zu lesen. Aber weit war er damit nicht gekommen. Es war nicht so, dass er sich nicht für Menschen interessiert hätte, er brachte nur nicht viel Begeisterung für Prominenz auf.

Er hatte einen Werbetrailer für diese Sendung gesehen und dabei festgestellt, dass eine Kollegin von ihm mitmachte. Den Sendetermin hatte er verpasst, weil er zu der Zeit selbst auf der Bühne gestanden hatte, aber sobald er zu Hause war, hatte er TV4 Play eingeschaltet. Er hoffte, wenigstens seine Kollegin zu erkennen – die ohnehin so berühmt war, dass man in Schweden nur ihren Vornamen zu nennen brauchte, und schon wussten viele, wer gemeint war.

Tilde de Paula Eby lächelte in die Kamera.

»Meinen nächsten Gast hier auf dem Sofa brauche ich Ihnen vermutlich nicht vorzustellen«, sagte sie und fasste damit Vincents Gedanken in Worte. »Jedenfalls nicht, wenn Sie in den sozialen Medien unterwegs sind. Oder in diesem Jahr schon eine Zeitschrift aufgeschlagen haben. Herzlich willkommen, Nova! Und Ines Johansson heißen wir natürlich auch ganz herzlich willkommen!«

Zwei Frauen saßen auf dem Sofa im Studio. Die eine, Nova, hatte dunkelbraunes Haar und ein Aussehen, das in den Medien gern als exotisch bezeichnet wurde. Womit im Grunde gemeint war, dass sie abgesehen von ihrer Schönheit von überallher hätte stammen können. Sie war um die vierzig, während die Frau namens Ines, die neben ihr saß, mindestens zwanzig Jahre älter als sie zu sein schien.

Die ältere Frau wirkte mit ihrem weißblonden Haar, das zu einem strengen Knoten zusammengesteckt war, und ihrem fast durchscheinenden Teint sehr elegant. Nova war Vincent im Laufe seiner Karriere des Öfteren über den Weg gelaufen und hatte immer etwas Interessantes zu erzählen gehabt. Ines jedoch verschlug ihm den Atem. Abgesehen davon, dass sie die strahlend helle Ausstrahlung einer Märchenfigur hatte, sah sie genau aus wie Mina. Die gleichen Gesichtszüge, die gleichen Augen. Nur in einer etwas älteren Version. Und hellblond.

Möglicherweise bildete er es sich auch nur ein.

Als er genauer hinschaute, verflüchtigte sich die Ähnlichkeit. In diesem Moment ordnete sie ihre Frisur. Er schüttelte beschämt den Kopf. Zum Glück starrte Maria wie gebannt auf ihr Handy und bekam gar nicht mit, wie er rot anlief. Offenbar hatte er mehr Hoffnung gehabt, Mina bei der gestrigen Pressekonferenz zu sehen, als er sich eingestanden hatte. Sogar so viel Hoffnung, dass sein Gehirn jetzt jede Gelegenheit nutzte, ihm Mina zu präsentieren. Auch wenn diese Frau hier viel älter war. Und die falsche Haarfarbe hatte. Ein normales Gehirn hätte nach fast zwei Jahren wahrscheinlich das genaue Gegenteil getan und seine Neigung, eine Assoziation zu der Polizistin herzustellen, abgeschwächt. Anstatt sie zu verstärken. Er seufzte. Seit zwanzig Monaten schwirrte sie ganz vorne in seinen Frontallappen herum. Das war ein bisschen viel.

»Fangen wir mit Ihnen an, Nova.« Tilde wandte sich an die

dunkelhaarige Frau. »Sie sind ein Phänomen auf Instagram und anderen sozialen Medien, wo Sie aufwendig produzierte Videos mit Botschaften und konkreten Tipps für eine sinnvolle Lebensführung posten. Sie halten viele Vorträge, und man sieht Ihr Gesicht mittlerweile ständig in der Zeitung und im Fernsehen. Ich habe gelesen, Sie hätten seit fünf Jahren jede Woche mindestens einen Beitrag veröffentlicht. Das sind … wirklich viele Videos. Aber Sie haben ja auch über eine Million Follower, und zwar nicht nur hier bei uns, sondern auch im Ausland. Drei Prozent Ihrer Follower sollen aus Brasilien stammen.«

»Eine Million?« Nova lächelte verlegen. »Wirklich so viele? Na, wenn Sie es sagen.«

Vincent kannte Nova nicht persönlich, aber sie war immer nett und außerdem kompetent. Ihre Vorträge hatte er immer sehr geschätzt. Vermutlich hatte sie es verdient, auf diesem Sofa in der Freitagabendshow zu sitzen. Das Einzige, was er an Nova anstrengend fand, war ihre Vorliebe für Umarmungen. Sie umarmte sogar Fremde, anstatt sie mit einem Händedruck zu begrüßen.

»Sie sind aber nicht gekommen, um über Ihren Instagram Account zu sprechen.« Tilde hielt ein Buch in die Kamera. »Wir wollen nämlich über Ihr neues Buch mit dem vielsagenden Titel ›Episch‹ sprechen. Wenn ich das richtig verstanden habe, ist es ein wichtiger Schritt einer Reise, die Sie bereits als junge Frau angetreten haben, als Sie einen Autounfall miterlebten?«

Maria blickte von ihrem Handy auf und sah zum Fernseher. »Ist das nicht alles Blabla?«

Vincent öffnete den Mund, um etwas darauf zu erwidern, machte ihn aber schnell wieder zu, weil ihm eigentlich nichts dazu einfiel, dass ausgerechnet Maria mit ihren Engeln, der Ratgeberliteratur und den zahllosen Kursen Novas Lebensphilosophie als Blabla bezeichnete.

Maria zuckte mit den Schultern und wandte sich wieder ihrem Handy zu. Nun schien sie einen Artikel über Guerillamarketing zu lesen. Den hatte ihr natürlich Kevin geschickt. Vincent hielt diese Art der Vermarktung zwar nicht für die beste Taktik, um Marias Keramikfiguren zu verkaufen, aber er wollte sich nicht einmischen. Er wünschte seiner Frau den Erfolg von Herzen, war sich nur nicht sicher, ob sie sich für das richtige Marktsegment entschieden hatte. Auf ihrem Handybildschirm leuchtete der Absender auf, den sie offenbar in »Guru-Kevin« umbenannt hatte. Ein Lächeln huschte über Marias Gesicht. Vincent wandte sich wieder der Fernsehsendung zu. In seiner Magengegend hatte sich ein mulmiges Gefühl eingenistet, das er geflissentlich ignorierte.

»Sie haben immer noch chronische Schmerzen«, fuhr Tilde de Paula Eby fort. »Der Autounfall hat Sie aber nicht nur körperlich fürs Leben gezeichnet, sondern Sie auch zur Vollwaise gemacht.«

Vincent erinnerte sich an die Überschriften, obwohl es schon so lange zurücklag. Novas Vater, der John geheißen hatte, wenn ihn nicht alles täuschte, hatte einen großen Bauernhof besessen, auf dem es eines Tages brannte. Alle Tiere fielen dem Feuer zum Opfer. Auf der Flucht vor den Flammen kam Novas Vater mit dem Auto von der Fahrbahn ab und verunglückte tödlich. Nur Nova überlebte schwer verletzt. Die Operation verlief jedoch nicht wie geplant. Nova war dazu verdammt, für den Rest ihres Lebens Schmerzmittel einzunehmen. Die Geschichte war im Laufe der Jahre mehrmals von den Medien aufgegriffen worden.

»Wissen Sie, Tilda, ich glaube, dass wir alle chronischen Schmerz mit uns herumtragen«, sagte Nova ernst. »Wenn er nicht körperlicher Natur ist, dann leiden wir seelisch. Aber mein Vater sagte immer: Alles ist Leiden, Schmerz reinigt. Es klingt paradox, aber manchmal sind Schicksalsschläge gut für uns und machen unser Leben letztendlich leichter. Es ist nicht nur ein Buch, sondern eine Philosophie und ein Lebensstil, von dem viele Menschen profitieren können. Fast alles, was ich in den sozialen Medien poste, hat damit zu tun. Und mit meinem Buch gebe ich nun allen Menschen die Möglichkeit an die Hand, den Epikureismus in ihr Leben zu integrieren.«

»Apropos Schmerz, wie schaffen Sie es eigentlich, nicht verbittert zu sein, weil den Ärzten nach dem Unfall die Operation nicht gelungen ist.«

»Hamiltonpfade«, sagte Nova lächelnd.

In ihren Augen war jedoch auch Traurigkeit zu sehen.

»Das ist ein mathematischer Begriff«, erläuterte sie, als sie Tildes ratlosen Gesichtsausdruck bemerkte. »Es geht darum, verschiedene Punkte in einer geometrischen Form so zu verbinden, dass jeder Punkt nur einmal berührt wird. Ich versuche, mein Leben auf die gleiche Weise zu leben. Jedes Mal, wenn wir uns den Kopf über Vergangenes zerbrechen, kommen wir an einen Punkt, an dem wir schon mal gewesen sind. Vollkommen unnötig. Wenn man die Wahl zwischen einer Wiederholung der Vergangenheit und neuen Erfahrungen hat, ist es viel gesünder, sich für Letzteres zu entscheiden.«

Tilde nickte, aber ihre leicht gerunzelte Stirn verriet, dass ihr Novas Gedanke nicht ganz so einleuchtend erschien, wie er im ersten Moment geklungen hatte. Sie bohrte trotzdem nicht nach. Vermutlich ging die Sendezeit zur Neige, und bislang war nur Nova zu Wort gekommen.

»Nun ist es aber höchste Zeit, Sie ins Gespräch einzubinden, Ines.« Tilde wandte sich an die Blonde. »Wenn mich nicht alles täuscht, haben Sie und Nova eine Organisation ins Leben gerufen?«

»Genau«, sagte Ines mit tiefer und kräftiger Stimme. »Ich bin zuerst bei Nova in die Lehre gegangen, aber nun arbeiten wir zusammen. Wir bieten maßgeschneiderte Führungs- und Managementkurse auf dem Gebiet des Epikureismus an, die von Menschen aus der ganzen Welt besucht werden. Und das Wissen, das wir vermitteln, kann nicht nur in Unternehmen, sondern in jedem Lebensbereich zum Einsatz kommen.«

»Bla, bla, bla«, sagte Maria, ohne den Blick vom Handy zu lösen. »Widerlich.«

Vincent stimmte ihr nur teilweise zu. Der Epikureismus war eine anerkannte Richtung der Philosophie, der er viel abgewinnen konnte. Manchmal jedoch kam es gar nicht auf die philosophische Ausrichtung selbst an, sondern auf den Umgang damit. Er hatte genügend Kurse in Persönlichkeitsentwicklung besucht, dass die Euphorie, die dort vermittelt wurde, an religiösen Eifer grenzen konnte. Doch selbst wenn die Teilnehmer fest davon überzeugt waren, ihr Leben hätte sich für immer verändert, waren diese Gefühle meist eine Viertelstunde nach Kursende wieder verpufft.

Trotzdem war der Epikureismus um einiges vernünftiger als manch andere selbst gestrickte Methode, die moderne Selbsthilfegurus den hungrigen Suchenden für teures Geld verkauften, und daher war die Investition in eins von Novas Büchern oder ihre Kurse eine vergleichsweise gute Idee. Nova hatte einiges drauf. Und war in seinen Augen seriös, was man bei Weitem nicht von allen in ihrer Branche behaupten konnte.

»Dann bedanken wir uns jetzt bei Nova und Ines«, sagte Tilde zum Abschluss. »Und zu Novas Buch ›Episch‹, für das es schon Tausende von Vorbestellungen gibt, gratulieren wir im Voraus.«

Maria blickte auf und sah Vincent eindringlich an.

»Siehst du? Man kann viel mehr Bücher verkaufen, als du denkst. Wenn du auf mich hören und endlich mal was leichter Verdauliches schreiben würdest, könntest du auch erfolgreich sein. Wie wäre es denn mit einem Krimi?«

Vincent seufzte. Ausgedachte Kriminalfälle standen bei ihm nicht hoch im Kurs. Ihm reichten die echten.

Sie läuft die Strecke heute in einer passablen Zeit. Die Durchschnittsgeschwindigkeit liegt bei sechseinhalb Minuten pro Kilometer. Besser als gestern. An diesem Samstagmorgen ist es nicht ganz so heiß wie am Vortag, und am Wasser weht sogar eine leichte Brise.

Trotzdem ist ihre Zeit schlechter als vor einem Jahr. Die Scheidung hat ihr nicht nur seelisch, sondern auch körperlich zugesetzt. Zu der langen Liste von Dingen, die er ihr genommen hat, gehört auch ihre Fitness.

Wie dumm sie gewesen ist. Sie hätte es wissen müssen.

Sie ist nachweislich intelligent, hat nicht nur einen Studienabschluss, sondern auch einen hohen Posten in einer der größten Banken Schwedens, und kann fast alle Fragen beantworten, wenn sie »Wer wird Millionär« im Fernsehen sieht. Und trotzdem hat sie es nicht kapiert. Obwohl jedes Warnsignal aus den Handbüchern für betrogene Ehefrauen erkennbar war. Roter Porsche, check. Plötzliches Interesse an Fitness, check. Haartönung, check. Überstunden, check. Neuer Kleidungsstil, check.

Check, check, check.

Natürlich hatte sie all das bemerkt, sie war schließlich nicht vollkommen bescheuert. Sie hatte ihm jedoch eine Midlifecrisis unterstellt und das Ganze auf seinen fünfzigsten Geburtstag geschoben.

In gewisser Weise hatte sie damit richtiggelegen. Allerdings war ihr entgangen, dass er sich in eine Prinzessin verliebt hatte, die auf seinem Fünfzigsten zu Gast gewesen war. Der schwedische Botschafter in Nigeria hatte sie mitgebracht. Nobel ging die Welt zugrunde. Typisch Rolf.

Was sie im Nachhinein am meisten wurmte, war ihre Bereitschaft, bezüglich seiner Untreue fünfe gerade sein zu lassen. Selbst als die Affäre mit der nigerianischen Prinzessin bis zu ihr durchgesickert war. Er jedoch hatte sie nur erstaunt angesehen, als sie ihm großherzig anbot, das Ganze zu vergeben, zu vergessen und weiterzumachen wie gewohnt.

»Es ist mir ernst«, hatte er gesagt. »Vollkommen ernst!«

Als ob ihre zwanzig gemeinsamen Jahre nur ein Witz gewesen wären. Eine Art Warteschleife vor der großen Liebe.

Sie rennt an den vertäuten Fähren entlang. Normalerweise herrscht auf der Insel Skeppsholmen dichtes Gedränge. Sie ist bei Weitem nicht die Einzige, die hier morgens eine Runde joggt. Im Sommer, wenn die Stockholmer verreist sind, kommen ihr hier jedoch um diese Uhrzeit nur einzelne Touristen mit Kleinkindern entgegen. Müde sehen sie aus. Und zum Joggen ist es eigentlich sowieso zu heiß.

Sie erreicht die Südspitze der kleinen Insel, läuft an der Brücke nach Kastellholmen vorbei und nimmt wieder Kurs in Richtung Norden.

Erst an der af Chapman, dem schönen dreimastigen Segelschiff, in dem die berühmte Jugendherberge untergebracht ist, bleibt sie stehen. Eigentlich hatte sie die gesamte Strecke ohne Unterbrechung laufen wollen, aber sie braucht jetzt schon etwas zu trinken und zieht eine Wasserflasche aus dem leichten Rucksack, den sie beim Joggen immer aufhat. Ihre Finger sind steif und taub, der Schraubverschluss sitzt bombenfest. Keine Chance. Ein Spaziergänger sieht sie fragend an, aber sie weicht seinem Blick aus. Sie wird doch keinen Mann um Hilfe bitten. Einen Augenblick lang überlegt sie, auf die Flasche zu pfeifen, die ja doch nur eins der vielen kleinen Hindernisse darstellt, die das Leben ihr massenhaft in den Weg zu legen scheint. Früher oder später wird ein Tropfen das Fass zum Überlaufen bringen. Wie das Minzblatt in Monty Pythons »Sinn des Lebens«.

Doch dafür ist sie zu durstig. Schließlich schafft sie es, den Deckel abzudrehen, und trinkt in großen Schlucken. Währenddessen betrachtet sie die af Chapman. Sie hat irgendwo gelesen, dass das Segelschiff Ende des neunzehnten Jahrhunderts gebaut worden ist und eigentlich in Australien genutzt werden sollte. Stattdessen ist es hier gelandet. Eine Jugendherberge, denkt sie naserümpfend. Rolf weiß mit Sicherheit noch nicht einmal, was das ist. Sie selbst hat wenigstens Interrail gemacht und ist immerhin bis nach Berlin gekommen. Mit neunzehn.

Das Gras unter der Gangway zwischen Insel und Schiff liegt im Schatten, aber irgendetwas sieht dort merkwürdig aus. Sie kneift die Augen zusammen. Vielleicht hat sie sich getäuscht. Doch dicht an der Kaimauer scheint tatsächlich etwas unter dem Steg zu liegen. Sie geht näher heran und schirmt das grelle Sonnenlicht mit ihrem eigenen Körper ab, um besser zu sehen.

Es ist ein Kinderschuh.

Wahrscheinlich hat irgendeiner der Touristen, der mit quengelndem Kleinkind im Buggy unterwegs war, nicht bemerkt, dass sein Nachwuchs einen Schuh vom Fuß geschleudert hat. Die Vorstellung, so etwas könnte ihr passieren, hat ihr immer einen kalten Schauer den Rücken hinuntergejagt. Wie oft hat sie sich darüber mit Rolf gestritten, als ihre eigenen Kinder klein waren.

Sie geht in die Hocke, um den Schuh unter der Gangway hervorzuziehen. Wenn sie ihn gut sichtbar auf dem Spazierweg platziert, haben die Eltern eine größere Chance, ihn wiederzufinden. Aber der Schuh hängt fest. Sie zieht kräftiger und hält ihn schließlich in der Hand.

Erst da entdeckt sie den kleinen Fuß und das Beinchen unter der Gangway.

Vincent ging auf dem gepflasterten Weg durch den Friedwald. Der Rest der Familie hatte noch geschlafen, als er aufgebrochen war. Es hätte keinen Sinn gehabt, sie in aller Herrgottsfrühe zu wecken. Es ist schließlich Wochenende. Und außerdem hatten die Kinder Sommerferien.

Ein Jahr nach den Ereignissen auf Lidön hat Vincent einen Antrag gestellt, Jane und Kenneth für tot erklären zu lassen. Nicht aus Rache, sondern um seiner Schwester in gewisser Weise einen würdigen Abschluss zuteilwerden zu lassen. Sie hatte ihr Leben im Verborgenen gelebt, und ihrem Tod Beachtung zu schenken, war das Mindeste, was er für sie tun konnte. Janes Leiche war allerdings nie aufgefunden worden. Er wusste jedoch, dass sie nicht mehr lebte. Auch wenn er es nicht in Worte fassen konnte, er wusste es einfach.

Da es keinen Leichenfund gab, konnten Jane und Kenneth erst ein Jahr nach ihrem Verschwinden offiziell für tot erklärt werden. Folglich hatte Vincent den Antrag genau ein Jahr nach ihrer letzten Begegnung gestellt. Man musste begründen, warum der Tod der betreffenden Person »höchst wahrscheinlich« sei, und ein solcher Grund lag zweifellos vor. Auch ohne seine feste Überzeugung, dass die beiden nicht mehr unter den Lebenden weilten, konnten Jane und Kenneth sich eigentlich nicht unbemerkt von der Insel entfernt und so lange versteckt gehalten haben. Und selbst wenn ihnen die Flucht gelungen wäre, hätte weder Kenneths noch Janes Gesundheit es ihnen möglich gemacht, längere Zeit in der Einsamkeit zu überleben. Das Finanzamt hatte das zunächst anders gesehen. Im ersten Bescheid hatte man Vincent nahegelegt, weitere vier Jahre zu warten, bis die beiden offiziell als verstorben galten.

Obwohl Jane versucht hatte, ihn und Mina zu ermorden, war er ernüchtert gewesen. Seine Schwester hatte einen eindeutigen Schlusspunkt verdient. Ihr Leben war instabil genug gewesen.

Dann hatte das Finanzamt seine Meinung aus irgendeinem Grund geändert. Jane und Kenneth waren für tot erklärt worden, um die praktischen Dinge musste Vincent sich selbst kümmern. Er erreichte das Grab. Seine Mutter lag auf dem Friedhof in Kvibille. Nach ihrem Tod hatte die Kirchengemeinde vergeblich versucht, seinen Vater Erik zu erreichen. Schließlich war sie an dem Ort beigesetzt worden, wo sie gestorben war. Er hatte Jane jedoch nicht in dasselbe Grab wie ihre Mutter legen wollen, er wollte seine Schwester in seiner Nähe haben. Sie hatte nicht um das Leben gebeten, das sie von Grund auf verändert und mit Hass erfüllt hatte. Außerdem war sie trotz allem seine Schwester. Daher hatte er sich für den Urnenhain bei der Tyresö-Kirche entschieden.

Vor einer Steinplatte, die flach auf dem Erdboden lag, blieb er stehen. *Jane Boman und Kenneth Bengtsson* war in den Stein eingraviert. Die Geburtsjahre. Und das Todesjahr. Mehr nicht. Jedes weitere Wort wäre eine Lüge gewesen. Er strich über die glatte, warme Oberfläche. Jane hatte vier Buchstaben. Das war gut. Kenneth hingegen hatte sieben. Kein Wunder, dass Vincent ihn nie gemocht hatte.

Eine kleine Spinne krabbelte mit ihren acht Beinen über das J. Vincent stellte sich die Welt aus ihrer Perspektive vor. Im Moment bestand sie nur aus einer sanft geschwungenen Senke, in der das Tier vor der heißen Sonne geschützt war. Hinter der Vertiefung kam ein Hindernis. Hatte die Spinne es überwunden, gelangte sie auf eine glatt polierte Fläche, wo sie Wind und Raubtieren ausgesetzt war. Dahinter ein ganzes Labyrinth aus Tälern. Das A.

Die Spinne würde jedoch keine Ahnung davon haben, dass die Vertiefungen eine Bedeutung hatten und Teil eines sehr viel größeren Musters waren. Geschweige denn, dass dieses Muster ein Name war, hinter dem sich eine Person verbarg, die einst am Leben gewesen war. Daher stand dieser Name nun für alles, was die Person erlebt und selbst bewirkt hatte. Für die Spinne existierten solcherlei Zusammenhänge nicht. Für sie gab es nur vorübergehende Veränderungen der Umgebung. Veränderungen, an die sie sich anpassen musste, um zu überleben. Und die sie bereits vergessen hatte, wenn sie vor der nächsten Herausforderung stand.

Da ihm allmählich die Knie wehtaten, stand Vincent auf. Manchmal fragte er sich, ob sein Leben im Grunde so war wie das der Spinne. Ob das, was er erlebte, eigentlich Teil von etwas Größerem war. Etwas, das so groß war, dass er verrückt geworden wäre, wenn er es zufällig gesehen hätte.

Es war nicht verwunderlich, dass Menschen gläubig oder sogar tiefreligiös wurden. Er selbst glaubte nicht an ein allwissendes Wesen, das nicht nur alles erschaffen, sondern auch einen Plan hatte, von dem die menschlichen Handlungen nur ein winziger Bestandteil waren. Etwas Derartiges war gar nicht nötig, um die Wirklichkeit zu erklären. Ockhams Rasiermesser, hätte Benjamin gesagt.

Die Spinne hatte die Buchstaben hinter sich gelassen und war auf dem Weg ins Gras. Wieder eine totale Veränderung der Wirklichkeit für das Tier. Vincent kannte das Gefühl.

A dam starrte auf die kurzen nackten Beine unter der Gangway. Dort, wo der Körper im Dunkeln verschwand, war noch ein Stück von einer Shorts mit Ninja-Turtles-Muster zu erkennen.

»Das ist höchstens Schuhgröße 30«, mutmaßte Mina. »Mehr brauche ich nicht zu sehen, um zu befürchten, dass wir Ossian gefunden haben. Genau das hätte nicht passieren dürfen.«

Mit einem Kloß im Hals wandte Adam sich ab. Er hatte Geiselnahmen mit tragischem Ausgang miterlebt. Hatte tatenlos aus der Nähe mit ansehen müssen, wie Unschuldige zu Tode kamen. Manchmal gewaltsam. Dagegen lagen die Beine unter der Gangway geradezu friedlich da.

Aber sie gehörten einem Kind.

Er, nein, sie hatten versagt. Sie hatten nicht alles getan, was sie hätten tun müssen, hatten nicht schnell genug und auch nicht klug genug gehandelt. Trotz all der harten Arbeit in den vergangenen Tagen war es ihnen nicht gelungen, Ossians Entführer rechtzeitig zu finden. Und Ossian hatte mit dem Leben dafür bezahlt. Das war eine Katastrophe und ein unverzeihlicher Fehler.

Die Kriminaltechniker hatten bereits mit der Dokumentation begonnen. Alle Beweismittel mussten gesichert werden. Die Gerichtsmedizinerin würde die Körpertemperatur des Opfers messen und die Wasserstoffionenkonzentration im Glaskörper des Auges bestimmen, bevor die Leiche schließlich in einem Sack verstaut und in die Rechtsmedizin transportiert werden würde.

Die Fahrer waren oft schrullige Typen, die sich gut mit den Kriminaltechnikern verstanden und im Rahmen des Transports manchmal Indizien entdeckten, die den Technikern entgangen waren.

Adam konzentrierte sich bewusst wieder auf den kleinen Jungen. Die Abwehrmechanismen seines Gehirns taten alles, um ihn von dem toten Kind abzulenken. Er holte tief Luft und sammelte so viele Eindrücke wie möglich.

Die Leiche war weder sorgfältig versteckt noch achtlos abgelegt worden, und es hatte besondere Aufmerksamkeit erfordert, sie zu entdecken. Die morgendliche Joggerin hatte zunächst versucht, das Kind unter der Gangway hervorzuziehen, hatte sich aber beim Anblick der Leichenflecke eines Besseren besonnen und die Polizei gerufen. Da ihre DNA mit Sicherheit auf der Leiche zu finden war, hatte man ihre Fingerabdrücke bereits dokumentiert.

Adam hielt sich die Hand vor den Mund. Er wusste einfach nicht, wie er jetzt weitermachen sollte. Sein Spezialgebiet waren Verhandlungen. Er konnte mit bewaffneten Personen umgehen und sogar Geiselnahmen zu einem guten Ende bringen, ohne dass jemand zu Schaden kam. Doch dabei ging es immer ums Reden. Das hier war etwas ganz anderes.

Zum Glück hatte er selbst keine Kinder. Sonst hätte er hier nicht stehen können. Seine Schwester hatte jedoch ein Kind. Fünf Jahre alt. Genau wie Ossian. Die beiden hätten in dieselbe Kita gehen können.

Die Techniker hatten einen Großteil von Skeppsholmen abgesperrt. Sie konnten keine Schaulustigen gebrauchen, die auf die Idee kamen, Fotos in den sozialen Medien zu posten. Vorsichtig wurde die Gangway angehoben.

Adam erkannte Ossians Gesicht von den Fotos seiner Eltern sofort wieder. Der Junge sah aus, als schliefe er. Nur der Hautton stimmte nicht. Grau. Und fleckig. Der Unterkiefer war abgesackt. Verdammt.

»Hier liegt noch was.« Einer der Techniker deutete neben die Leiche.

Dort lag ein Kinderrucksack mit einem Emblem von My little Pony, genauso schmutzig wie Ossian.

Der Rucksack war beinahe das Schlimmste. Adam konnte

sich einreden, bei der Leiche handle es sich um eine Puppe oder eine Requisite aus einer Krimiserie im Fernsehen, aber der kleine Rucksack ließ das Ganze viel echter wirken. Ossian hatte seine Wasserflasche darin gehabt. Eine Brotbox, wenn er mit der Kita einen Ausflug machte. Sein Neffe bekam immer ein Brot mit Nutella.

Das Seitenfach war bestimmt voller Steine für die Steinsammlung, die jeder Fünfjährige zu besitzen schien. Wahrscheinlich schlummerte auf dem Grund des Rucksacks auch noch ein altes Kuscheltier. Sein Neffe schleppte immer eine Giraffe mit sich herum. Plötzlich begann Adam, hemmungslos zu weinen. Er musste sich von der kleinen Leiche und dem Rucksack abwenden und den Blick übers Wasser schweifen lassen, während er sich mit dem Handrücken die Tränen vom Gesicht wischte. Die Aussicht wirkte auf groteske Weise schön. Auf den sanften Wellen, in denen sich die glitzernde Morgensonne spiegelte, tuckerten Boote. Direkt gegenüber lag die Altstadt Gamla stan mit ihren grünen Kupferdächern.

»Dieser Ort mit dem großen Schiff und dem Kai erinnert mich an etwas«, sagte Mina. »Ich nehme an, du hast nicht vergessen, wie Lilly aufgefunden wurde?«

Er hatte sie gar nicht kommen gehört.

»Auf einem Bootssteg.« Er nickte. »Ich weiß. Es gibt viel zu viele Parallelen. Und genau wie damals hatten wir drei Tage Zeit. Drei Tage, die wir verschwendet haben.«

Sie nickte und blickte ebenfalls aufs Wasser.

Ruben gesellte sich zu ihnen.

»Kommst du?«, fragte Ruben an Adam gewandt. »Wir müssen mit dem Personal an Bord sprechen. Und die Rucksackreisenden wach rütteln, die hier genächtigt haben. Vielleicht hat einer von ihnen was gesehen, falls sie nicht alle viel zu besoffen oder zu high waren.«

Adam nickte dankbar. Endlich hatte er eine Aufgabe. Er durfte etwas tun, was er gut konnte. Und im besten Fall würde er sogar etwas bewirken.

»Wir werden den Täter finden«, sagte Mina zu ihm, bevor er Ruben folgte. »Das sind wir Lilly und Ossian schuldig. Und ihren Eltern. Und wir müssen eine dritte Entführung verhindern.«

Er hielt inne und sah Mina erschrocken an.

»Glaubst du, der Täter oder die Täterin könnte wieder zuschlagen?«

»Ich glaube eigentlich gar nichts.« Sie fuhr sich mit einem Feuchttuch über die Stirn.

Die Brise, die am frühen Morgen geweht hatte, war vollständig abgeflaut, und die Hitze schlug mit voller Kraft zu. Er nahm einen leichten Zitronenduft wahr und überlegte kurz, ob er ihr sagen sollte, dass Feuchttücher die Haut noch stärker austrockneten, ließ es aber bleiben.

»Ich weiß nur, dass diese Hitze die Menschen verrückt macht«, sagte sie. »Eine amerikanische Untersuchung hat ergeben, dass bei Temperaturen über 29 Grad Celsius fast sechs Prozent mehr Gewaltverbrechen vorkommen.«

Adam warf einen Blick auf seine Smartwatch. Im Moment waren es sogar 32 Grad.

»Und der Sommer hat gerade erst angefangen«, sagte er.

Ihr wisst alle, was passiert ist«, sagte Julia.

Die Gruppe schwieg. Nur das Rasseln der Klimaanlage, die angesichts der brütenden Hitze buchstäblich aus dem letzten Loch pfiff, und Bosses leises Schlabbern aus seinem neuen Trinknapf waren zu hören. Sogar Torkel ließ sie heute Morgen in Ruhe.

»Ossian ist vor zweieinhalb Stunden aufgefunden worden«, fuhr Julia fort. »Er ist zwar noch nicht identifiziert worden, aber es gibt eigentlich keinen Zweifel, dass er es ist. Adam und Ruben sind noch auf Skeppsholmen und befragen die Personen in der Jugendherberge af Chapman und den umliegenden Gebäuden. Wenn wir Glück haben, hat einer von den hundert Gästen auf dem Schiff etwas gesehen, aber wir müssen uns beeilen, denn in Jugendherbergen wird ja oft nur einmal übernachtet. Mina und Peder waren am Donnerstag bei Ossians Eltern, und daher wären sie unter normalen Umständen prädestiniert, die beiden zu benachrichtigen, aber ich glaube nicht ...«

Sie warf einen Blick in Peders Richtung, der mit den Tränen kämpfte. Wenn es sich vermeiden ließ, wollte sie ihm ein weiteres Zusammentreffen mit Ossians Eltern ersparen. Das war vermutlich unprofessionell, aber das war ihr in diesem Fall egal.

Seufzend verschränkte Christer die Arme vor der Brust.

»Typisch«, sagte er. »Alles, was mit dem Tod zu tun hat, wird mir aufs Auge gedrückt. Denkt ihr eigentlich, ich hätte einen besonders guten Draht zum Sensenmann? Aber klar, irgendjemand muss es ja machen. Ich verstehe das schon. Und ich glaube auch, dass Peder lieber die Überwachungskameras auf Skeppsholmen, und was es rund um die Insel sonst noch so für Sicherheitsmaßnahmen gibt, checken sollte.«

Ihr entging nicht, dass Christer und Peder einen Blick

wechselten. Der Älteste in der Gruppe war vielleicht ein Griesgram, aber wenn es darauf ankam, hatte er das Herz am rechten Fleck.

»Genau das wollte ich vorschlagen«, sagte sie. »Als Dank bekommst du für Bosse ein ganz besonderes Trockenfutter.«

»Und einen Fressnapf hier im Besprechungsraum?«

»Und einen Fressnapf für hier.« Julia nickte.

Die Klimaanlage knackte einmal laut und verstummte dann völlig. Sofort lief ein Schweißtropfen zwischen ihren Brüsten hinunter. Sie konnte es kaum erwarten, nach Hause zu kommen. Nicht nur, weil sie sich auf eine kühle Dusche freute. Vor allem wollte sie Harry ganz nah bei sich haben. Wollte seinen Geruch einatmen und seinen kleinen warmen Körper spüren. Wollte sich mit eigenen Augen davon überzeugen, dass er lebte. Dass es ihm gut ging. Torkel konnte ruhig ausgehen und ein paar Freunde treffen.

Peder räusperte sich.

»Nur eins noch«, sagte er. »Ich nehme an, wir halten die Ähnlichkeiten mit dem Fall Lilly nicht mehr für Zufall. Wir müssen also herausfinden, ob Ossians tragischer Tod auf Nachahmung zurückzuführen ist. Vielleicht hat jemand etwas über den Mord an Lilly in der Zeitung gelesen. Oder die Tat ist tatsächlich vom selben Täter ausgeführt worden. Solange wir keine Antworten auf diese Fragen haben, ist kein Kind in dieser Stadt sicher.«

Julia nickte.

»Mina, du fährst so bald wie möglich zu Milda und erkundigst dich nach der Obduktion von Lilly«, sagte sie. »Ich werde sie bitten, das Protokoll herauszusuchen.«

Peder hatte eine Tür geöffnet, um die sie seit Tagen einen Bogen machte, weil sie sich nicht hatte eingestehen wollen, dass möglicherweise ein und dieselbe Person erneut zugeschlagen hatte. Wenn es so war, dann war Ossians Tod ihre Schuld. Denn sie hatten diese Person nach dem Mord an Lilly nicht gefasst.

Milda Hjort fragte sich manchmal, ob es eine riesige Waagschale gab, die für das Gleichgewicht im Leben sorgte. Die aufpasste, dass die Glücksportionen nicht zu groß wurden. Glück immer mit der entsprechenden Menge Pech aufwog. In ihrem Leben schien sich immer sofort ein neues Problem zu ergeben, wenn sie eins gelöst hatte.

Ihr Sohn Conrad war endlich wieder auf die Beine gekommen. Er bereitete sich auf seinen Schulabschluss vor, hatte eine Freundin und schien, wenn sie sich nicht irrte, alles andere hinter sich gelassen zu haben. Und schon hatte sich ihr Bruder Adi wieder gemeldet.

»Nähst du zu? Ich bin fertig.«

Sie deutete auf eine Leiche. Fünfundzwanzig Jahre alt. Selbstmord. Sie hatte Spuren von weiteren Versuchen am Körper festgestellt, aber diesmal hatte es geklappt. Erhängt. Von der eigenen Mutter im Keller aufgefunden. Ein Anblick, der nie wieder von der Netzhaut der Frau verschwinden würde. Gemeinsam mit den Erinnerungen an die ersten Schritte, den ersten herausgefallenen Zahn und den ersten Schultag würde er für immer abgespeichert sein. Alles, was für Leben stand, war nun für immer mit der Erinnerung an den Tod verbunden.

Und nun stand Milda an einem sonnigen und scheinbar sorglosen Samstagnachmittag vor einer Frau, deren physischer Leib bald auch nicht mehr existieren würde.

Milda zog die Gummihandschuhe aus und warf sie weg. Das Zunähen der Leiche übernahm ihr Assistent Loke. Obwohl das zu seinen Aufgaben gehörte, machte sie es normalerweise lieber selbst, doch im Moment rasten ihr zu viele Gedanken durch den Kopf, als dass sie sich hätte konzentrieren können, und außerdem konnte er besser nähen. Genauigkeit war eine seiner Stärken, wobei man ihn durchaus auch als krankhaft pingelig bezeichnen konnte.

Nach dem üblichen Reinigungsritual ging Milda sommerlich gekleidet zu ihrem Büro. Die Hitze in dem stickigen Raum schlug ihr wie eine Dampfwalze entgegen. Im ersten Moment wich sie erschrocken zurück, dann holte sie tief Luft und trat ein. Der Stuhl klebte, sobald sie sich gesetzt hatte, und die Pflanzen auf der Fensterbank brauchten dringend Wasser. Milda konnte es ihnen nachfühlen.

Im Grunde war der Anruf von Adi nicht wirklich überraschend gekommen. Dass sie trotzdem so geschockt war, machte sie vor allem wütend auf sich selbst. Mit Adi war es schon immer so gewesen wie in der Fabel von dem Skorpion, der sich von einem Frosch über den Fluss tragen lässt. Mitten auf dem Fluss versetzt der Skorpion dem Frosch einen tödlichen Stich, der beide Tiere zum Ertrinken verurteilt. Als der Frosch fragt, warum der Skorpion das getan hat, antwortet der Skorpion trocken, es liege eben in seiner Natur.

Genau so war es bei Adi auch. Schon in ihrer Kindheit hatte ihr Bruder immer nur seine eigenen Bedürfnisse im Blick gehabt. Die Bedürfnisse anderer Menschen schien er nicht einmal wahrzunehmen. Ebenso wenig deren Rechte. Es drehte sich alles nur um ihn. Die Bemühungen ihrer Eltern, Adi den Unterschied zwischen Richtig und Falsch oder Mein und Dein zu vermitteln, hatten alle nicht gefruchtet. Daher war sie erstaunt gewesen, als er ihr nach ihrer Scheidung zugestanden hatte, mit den Kindern ins Elternhaus zu ziehen, das ihnen seit dem Tod ihrer Eltern gemeinsam gehörte. Noch dazu hatte er darauf verzichtet, sich auszahlen zu lassen.

Sie hatte sich eingeredet, er hätte sich weiterentwickelt und wäre reifer geworden. Mögliche Konflikte hatte sie verdrängt und darauf vertraut, dass alles für immer so bleiben würde, wie es war. Der Status quo war ihr immer am liebsten gewesen. Doch gestern hatte er sich gemeldet. Sachlich und kühl. Emotionen waren aus Adis Stimme ohnehin selten herauszuhören. Es sei denn, er war wütend oder gekränkt.

Er wollte seinen Anteil am Haus. Sofort. Zwei Jahre zuvor

hatte er es schon einmal versucht. Da hatte sie einen Brief von Adis »Anwalt« bekommen. Damals hatte er sie vor die Wahl gestellt, entweder auszuziehen, Adi auszuzahlen oder ihm ihre Hälfte des Hauses von Großvater Mykolas abzutreten, wenn dieser starb. Sie nahm an, er wollte sie unter Druck setzen, damit sie nicht mehr rational denken konnte.

Stattdessen war sie mit dem Brief zu ihren Kollegen bei der Polizei gegangen. Es kam ihr so merkwürdig vor, eine Vereinbarung über das Erbe des Großvaters zu unterzeichnen, solange der noch gar nicht tot war. Und sie hatte mit ihrem Bauchgefühl richtiggelegen. Adi hatte kein Recht, das Erbe von Großvater Mykolas im Voraus zu regeln. Die Polizei hätte den Brief als versuchte Erpressung eingestuft, wenn Adi seine Forderung nicht zurückgezogen hätte. Als zudem noch ans Licht kam, dass Adis sogenannter Anwalt gar keinen Abschluss hatte und sich daher unrechtmäßig als solchen bezeichnete, zog ihr Bruder endgültig den Schwanz ein.

In der Sache jedoch hatte Adi recht gehabt. Das Haus, in dem sie wohnte, gehörte ihnen beiden. Er konnte mit Fug und Recht von ihr verlangen, ihm seinen Anteil auszuzahlen, wenn sie darin wohnen blieb. Was sie ja auch getan hatte. Sie hatte versucht, ihm zu erklären, dass sie gar nicht über die nötigen Mittel verfügte und er das Geld ihres Wissens nach gar nicht bräuchte. Adi hatte immer gut verdient. Sie wäre ihm wirklich dankbar gewesen, wenn er noch ein paar Jahre gewartet hätte. Wenigstens, bis die Kinder ausgezogen waren. Der flehentliche Unterton ihrer Stimme war ihr selbst ein Gräuel gewesen. Genau wie die Wirkung, die er von Kindesbeinen an auf sie gehabt hatte. In seiner Gegenwart machte sie sich nicht nur klein, sondern unsichtbar. Seine Antwort war ihr klar gewesen, bevor er sie ausgesprochen hatte. Sie hätte sich selbst in den Hintern treten können, weil sie verdrängt hatte, dass sie der Frosch war. Und er der Skorpion.

Ein Klopfen an der Tür ließ sie zusammenzucken.

»Herein«, rief sie mit brüchiger Stimme und räusperte sich.

»Störe ich?«

Mina sah sie fragend an.

»Ich würde gerne noch mal über Lilly Meyer sprechen. Und über das Obduktionsprotokoll.«

Milda schüttelte den Kopf.

»Du störst überhaupt nicht. Willkommen in meiner Sauna.«

Sorgenvoll betrachtete Mina die Topfpflanzen auf Mildas Fensterbank. Die drückende Hitze in dem kleinen Raum hatte ihnen offenbar den Rest gegeben. Milda selbst schien noch stärker zu schwitzen als sie. Irgendwo hatte Mina gelesen, dass Schweiß nicht nur die Körpertemperatur regulierte, sondern die Haut auch von Schmutz und Aussonderungen reinigte. Sie schüttelte sich schon bei dem Gedanken. Mühsam unterdrückte sie den Impuls, sich auf der Stelle die Kleider vom Leib zu reißen. Was hätte sie jetzt für eine Dusche gegeben.

»Ich habe sie gegossen, aber das Wasser verdunstet sofort.« Mit finsterem Blick deutete Milda auf die ausgedorrten Pflanzen.

Mina wandte sich ihr zu. Irgendetwas stimmte nicht mit der Rechtsmedizinerin. Sie überlegte, ob sie sich auf dem Besucherstuhl vor dem Schreibtisch niederlassen sollte, aber der Plastiksitz sah heiß und klebrig aus, und auf der glatten Fläche gediehen Bakterien vermutlich prächtig.

»Ich habe dir die Akte schon rausgesucht.« Milda nahm einen Hefter aus der Schreibtischschublade. »Julia hat vorhin angerufen. Sie sagte, ihr würdet alle das Wochenende durcharbeiten.«

Bevor sie Mina den Hefter reichte, wischte Milda ihn mit einem Feuchttuch ab.

Mina warf ihr einen dankbaren Blick zu.

Sämtliche Obduktionsergebnisse von Lillys Leichnam waren fein säuberlich beschrieben und systematisch geordnet.

»Du bist ein Schatz.« Mina meinte das ernst. »Hast du eigentlich nie frei?«

Normalerweise war Milda die Ruhe selbst. Eine zuverlässige, sachliche, kompetente und in jeder Situation gefasste Rechtsmedizinerin. Ja, das Wort gefasst war wohl für gewöhnlich das Wort, das Milda am treffendsten charakterisierte. Aber im Moment wirkte sie überhaupt nicht gefasst.

Mina überlegte, ob sie Milda eine persönliche Frage stellen sollte, wusste aber nicht genau, welche. Über private Themen sprachen sie nie. Außerdem war sie sich bei der Wortwahl unsicher. Plötzlich begriff sie, wie Vincent sich fühlen musste. Jedenfalls in den meisten Situationen.

»Lies dir alles in Ruhe durch«, sagte Milda. »Wenn du Fragen hast, weißt du ja, wo du mich findest. Aber glaubst du wirklich, dass der Fall etwas mit dem Jungen zu tun hat, den ihr aufgefunden habt?«

»Ich weiß es nicht.« Mina nahm den Hefter an sich. »Aber Adam Blom scheint davon überzeugt zu sein.«

Ihr Top klebte am Körper. Sie musste dringend duschen und sich umziehen. Für einen Moment wurde es still. Milda wirkte bedrückt und unausgeglichen, so als habe sie etwas auf dem Herzen. Etwas, das nur darauf wartete, aus ihr herauszubrechen. Mina öffnete den Mund. Dann machte sie ihn wieder zu und verließ mit einem kurzen Danke den Raum.

E r parkte ganz in der Nähe des Mariatorget in der Horns-gatan. Direkt vor dem Haus wäre der Streifenwagen zu auffällig gewesen, und außerdem konnte er auf dem kurzen Spaziergang zur Bellmansgatan seine Gedanken sortieren.

Christer machte Julia nicht zum Vorwurf, dass sie ihn geschickt hatte. Manchmal mussten Polizisten ihre Gefühle abblocken. Ein guter Polizist war jedoch auch in der Lage, sie zuzulassen, wenn sie überhandnahmen. Und daher war das Los wieder auf ihn gefallen. Wenigstens brauchte er nicht die Nachricht zu überbringen. Eine Kollegin in Uniform und eine Pastorin waren bereits dort gewesen.

Er klingelte an der Haustür, ging die Treppe hinauf und fand die Wohnungstür offen. Im Türrahmen stand eine Frau mit verschränkten Armen. Sie musste Ossians Mutter sein. Ihre Haltung wirkte trotzig, auch wenn sie die Schultern hängen ließ.

»Ich verstehe nicht, wozu das gut sein soll«, sagte sie. »Der Junge, den Sie gefunden haben, kann nicht Ossian sein. Auf Skeppsholmen hatte er überhaupt nichts verloren.«

»Genau das wollen wir ja überprüfen«, erwiderte Christer verständnisvoll. »Wir haben übrigens gestern telefoniert. Mein Name ist Christer, vielleicht erinnern Sie sich.«

Abgesehen von den dunklen Ringen unter ihren Augen war das Gesicht von Ossians Mutter aschfahl. Vermutlich hatte sie nicht geschlafen, seit Ossian am Mittwoch verschwunden war. Und nun befand sie sich in der Phase der Verleugnung, dem ersten von fünf Stadien der Trauer, das in nicht allzu langer Zeit in Wut übergehen würde. Dann würden Ossians Eltern ihm und der gesamten Polizei vorwerfen, ihre Arbeit nicht gut gemacht zu haben. Vielleicht würden sie sogar damit drohen, die Polizei zu verklagen oder sich an die Presse zu wenden. Menschen gingen unterschiedlich mit solchen Situationen um. Doch wie auch immer Fredrik und Josefin ihre Wut zum Ausdruck bringen würden, sie wären im Recht. Christer würde ihnen zustimmen. Die Polizei hatte ihre Arbeit nicht gut gemacht. Er hatte seine Arbeit nicht gut gemacht. Die Chance, Ossian zu finden, war minimal gewesen, und sie hatten ihr Bestes gegeben, aber trotzdem.

Noch war Josefin damit beschäftigt, die Tatsache zu akzeptieren, dass ihr Sohn nicht mehr da war. Manche Hinterbliebenen überwanden dieses Stadium nie.

Ossians Vater kam dazu.

»Sollen wir nicht mitkommen?«, fragte er. »Damit wir ganz sicher sagen können, ob es wirklich Ossian ist?«

Christer konnte den Wunsch nachvollziehen. Solange Fredrik und Josefin ihr Kind nicht mit eigenen Augen gesehen hatten, ging ihnen der Gedanke, es könnte ein anderer Junge sein, nicht aus dem Kopf. Vielleicht handelte es sich um einen Irrtum. Solche Grübeleien konnten die Betroffenen auch in den Wahnsinn treiben. Doch so unmenschlich es auch war, musste er sie bitten, sich zu gedulden.

»Sie können ihn bald sehen«, sagte er. »Aber erst muss er von der Rechtsmedizin freigegeben werden.«

Es war unnötig, ins Detail zu gehen. Ossian würde obduziert, das hieß, ihr Kind würde aufgeschnitten werden. Er wollte das Prozedere so weit wie möglich von Fredrik und Josefin fernhalten. Doch sie schienen trotzdem zu begreifen, worum es ging. Josefin wurde, sofern das überhaupt möglich war, noch blasser und schlug sich die Hände vors Gesicht. Sie schwankte. Fredrik nahm sie in die Arme, schien sich aber selbst kaum auf den Beinen halten zu können.

»Falls Ossian einen elektronischen Pass hat, können wir ihn anhand seiner Fingerabdrücke identifizieren«, erläuterte Christer. »Andernfalls können wir auch die DNA auf seiner Zahnbürste verwenden.«

»Ich hole seine Zahnbürste.« Fredrik wirkte fast erleichtert, eine Aufgabe zu haben.

»Seine Kleidung und der Rucksack werden ebenfalls untersucht«, sagte Christer. »Das verstehen Sie hoffentlich.«

»Sein Rucksack?«, fragte Josefin verwirrt. »Wofür brauchen
Sie den?«

Sie zeigte auf einen gelben Rucksack zwischen den Schuhen
im Flur. Ein kleiner von Fjällräven.

»Am Mittwoch sollte er eigentlich ein Lunchpaket mitbringen …« Josefin konnte nicht weitersprechen. »Ich habe ausnahmsweise dran gedacht, ihm eins einzupacken. Und dann
habe ich den Rucksack liegen gelassen.«

Christer vermied es, den Rucksack länger als nötig anzuschauen. Er hatte einen Kloß im Hals.

»Und er hat nicht vielleicht noch einen?«, fragte er. »Einen
von My Little Pony?«

Josefins Blick ruhte noch immer auf dem gelben Fjällräven.
Sie schien ihn gar nicht mehr zu hören.

»Was für eine merkwürdige Frage«, sagte Fredrik, der mit
einer kleinen Zahnbürste in einem Plastikbeutel zurückkam.
»Nein. So einen besitzen wir nicht.«

Christer runzelte die Stirn. Ossian war mit einem Rucksack
aufgefunden worden. Doch wenn das nicht seiner war, wem
gehörte er dann? Irgendetwas stimmte hier nicht.

In Mildas Büro in der Rechtsmedizin war es extrem heiß gewesen. Im Präsidium war es jedoch keinen Deut kühler. Offenbar war noch niemand gekommen, um die Klimaanlage zu reparieren. Manche Arbeitnehmer hatten am Wochenende anscheinend auch mal frei. Ihr blieb nichts anderes übrig, als sich nach draußen zu flüchten und sich ein schattiges Plätzchen zu suchen.

Mit dem Hefter unter dem Arm ging Mina durch den Haupteingang und umrundete die Ecke. Am Boden lag ein Haufen Zigarettenkippen. Offenbar war hier der Treffpunkt der heimlichen Raucher unter ihren Kollegen. Die meisten hatten wahrscheinlich Partner, die Stein und Bein geschworen hätten, ihre Lebensgefährten seien Nichtraucher. Es faszinierte Mina, wie wenig die Leute bisweilen voneinander wussten, obwohl sie zusammenlebten. Manchmal fragte sie sich, ob es überhaupt möglich war, einen anderen Menschen zu kennen, oder ob jeder letztendlich einen eigenen Mikrokosmos bildete, der sein wahres Ich niemals vollständig offenbarte. Sie nahm an, dass Vincent zu dieser Frage einiges zu sagen gehabt hätte.

Sich hinzusetzen widerstrebte ihr zwar, aber im Sitzen blätterte es sich besser in dem Hefter. Daher zog sie ihre Utensilien aus der Tasche: Feuchttücher, ein antibakterielles Spray und das Desinfektionsgel. Sorgfältig wischte sie die kleine Bank ab, die strategisch günstig neben einem übervollen Mülleimer platziert war, um den einige Wespen herumschwirrten. Sie versuchte, nicht hinzusehen. Vor Wespen hatte sie allerdings keine Angst. Sie stellten ja eine sichtbare Gefahr dar. Die unsichtbaren Gefahren waren viel beängstigender.

Als sie fertig war, setzte sie sich auf die Bank und legte die Heftmappe neben sich. Im Schatten war die Temperatur erträglich, und es wehte sogar eine leichte Brise, die ihren Schweiß trocknete. Sie atmete ein paar Mal tief durch. Lungenbläschen und Atemwege schienen sich zu weiten.

Vollgetankt mit Sauerstoff, schlug sie den Hefter auf. Der Obduktionsbericht lag zuoberst. Sie hatte gewusst, dass ihr keine leichte Aufgabe bevorstand. Lilly war erst fünf Jahre alt gewesen. Ausnahmsweise hatte die Wirklichkeit mit dem Krimiklischee übereingestimmt. Ein Mann mit Hund hatte die Leiche unter einer Plane entdeckt.

Mina zwang sich, die Fotos neben sich auszubreiten. Das Mädchen hatte lange dunkle Locken gehabt, die wie ein Fächer auf dem blanken Metall lagen. Sie sah so friedlich aus. Als würde sie schlafen.

Die Todesursache hatte Ersticken gelautet, so viel hatte sie mitbekommen. Da sie jedoch nicht für den Fall zuständig gewesen war, hatte sie von den Einzelheiten keine Ahnung. Sie nahm sich das Obduktionsprotokoll vor und begann langsam zu lesen. Sie wollte auf keinen Fall etwas übersehen. Bei Mordfällen waren oft winzige Details entscheidend.

Eine Wespe ließ sich mitten auf dem Blatt Papier nieder. Sie verscheuchte sie mit einer Handbewegung, aber das Tier ließ sich von ihrer Überlegenheit nicht davon abhalten, sich wieder auf genau die gleiche Stelle zu setzen. Die Unerschrockenheit der Wespe imponierte ihr. Die meisten Tiere hatten einen angeborenen Respekt vor Arten, die größer waren als sie selbst. Wespen nicht. Sie verfügten über eine Art Hybris und schienen zu glauben, dank ihres Stachels allen anderen überlegen zu sein. Sie erinnerten Mina an bestimmte Männer, denen sie im Laufe ihres Lebens begegnet war.

Sie wedelte die Wespe erneut weg. Diesmal verstand das Tier den buchstäblichen Wink und widmete sich einem Eispapier im Mülleimer.

Mildas Bericht war wie immer gut strukturiert und verständlich geschrieben, doch die Informationen, die er enthielt, waren schwer verdaulich. Die Todesursache klang trügerisch simpel. Ersticken. Hypoxie. Wenn das Gehirn nicht mehr mit Sauerstoff versorgt wird, stellt es die Funktion ein, und nach und nach kommen auch alle anderen Körperfunktionen zum

Erliegen. Mina las weiter. Es war kein Gegenstand in die Atemwege geraten, der das Ersticken ausgelöst haben könnte. Nur Stoffpartikel waren darin zu finden gewesen. Es war auch kein Wasser in der Lunge gewesen, sodass der Tod durch Ertrinken ausgeschlossen werden konnte. Milda hatte jedoch geschrieben, an den Lungenflügeln seien Abdrücke zu sehen gewesen, die darauf hindeuteten, dass die Rippen fest dagegen gepresst worden waren. Mina runzelte die Stirn. Wodurch mochte so starker Druck ausgelöst worden sein?

Sie wusste, dass Leichen in großer Tiefe ähnliche Verletzungen aufwiesen, aber Wasser war ja in der Lunge nicht gefunden worden.

War das Kind geschlagen worden? Milda hatte diese Möglichkeit ausgeschlossen, las sie, weil Schläge unter der Haut Blutungen verursacht hätten, und die gab es hier nicht.

Ein Sturz? Sie hatte unzählige Leichen gesehen, die aus großer Höhe in die Tiefe gefallen waren, wobei es sich um Unfälle und Suizide handelte. Sie wiesen jedoch großflächige Verletzungen und nicht nur Druckstellen am Brustkorb auf, was Milda so auch im Protokoll vermerkt hatte. Laut Milda war der Tod wahrscheinlich durch großen Druck verursacht worden. Wobei dieser Druck allerdings nicht schnell und kräftig ausgeübt worden war, weil es sonst ebenfalls zu subkutanen Blutungen gekommen wäre. Stattdessen musste über einen längeren Zeitraum ein gleichmäßiger Druck auf den Körper eingewirkt haben. Mina kratzte sich nachdenklich am Kopf. Sie wurde einfach nicht schlau aus diesem Befund.

Tod durch Kompression?

Auch der Todeszeitpunkt war von äußerster Relevanz, vor allem im Hinblick auf den Fall Ossian. Wie Christer ganz richtig bemerkt hatte, waren bei Lilly zwischen dem Verschwinden und dem Auffinden der Leiche genau drei Tage vergangen. Mildas Einschätzung nach hatte sie in diesen drei Tagen gelebt und war keinerlei Gewalt ausgesetzt gewesen. Vielmehr wies ihr Mageninhalt darauf hin, dass die Kidnapper sie gut versorgt hatten. Immerhin etwas. Lilly war erst kurz vor ihrem Auffinden getötet worden.

Mina wandte sich wieder dem Protokoll zu und fügte alle Informationen, die sie von Milda bekommen hatte, mit den Ergebnissen der kriminaltechnischen Untersuchung zusammen. Die Kriminaltechniker hatten Stoffpartikel in der rechten Achselhöhle gefunden. Anscheinend stimmten sie mit den Partikeln aus der Luftröhre überein. Wollfasern.

Die Wespe kam zurück. Falls es dieselbe war. Wieder setzte sie sich auf den Text, den Mina gerade las, aber diesmal riss ihr Geduldsfaden. Sie nahm ein Feuchttuch aus ihrer Handtasche, zielte sorgfältig und zerquetschte die Wespe. Sie zog das Feuchttuch auseinander und betrachtete die Wespe. Die Todesursache stand zweifelsfrei fest. Quetschungen. Sie warf das Tuch in den Mülleimer.

Nachdem sie den Obduktionsbericht gelesen hatte, blieben nur noch die Fotos von Lillys Kleidung und den Gegenständen, die sie bei sich gehabt hatte. Laut Aussage der Eltern fehlte nichts, und sie war auch noch genauso angezogen wie bei ihrem Verschwinden. Auf den Bildern waren die kleinen Schätze aus ihren Taschen zu sehen. Ein glatter weißer Stein, ein glitzerndes Lesezeichen, ein Gummitroll mit Kulleraugen und ein lila Katzenradiergummi. Mina lächelte, obwohl sie aus den Augenwinkeln immer noch das Mädchen auf dem Obduktionstisch liegen sah. Fünfjährige hatten so eine unverhohlene Freude an allem Niedlichen und begeisterten sich für Glitzer, Pferde, Welpen, Rosa, Federn, Flamingos, Kätzchen und Pailletten.

Sorgsam legte sie alle Unterlagen wieder in der ursprünglichen Reihenfolge in den Hefter und holte tief Luft, bevor sie wieder in die Hitze hineinging. Sie sah auf die Uhr. Der Tag war fast zu Ende. Sie wusste zwar mehr als vorher, hatte aber auch mehr Fragen im Kopf. Einen Hinweis auf die Mörder von Ossian und Lilly hatte sie nicht entdeckt. Noch tappte sie im Dunkeln. Und der Mörder lief immer noch frei herum.

Vincent saß in seinem Arbeitszimmer. Maria war noch mal zu Kevin gefahren, um an ihrer Verkaufsstrategie zu feilen. Vincent und sie hatten sich die Klinke in die Hand gegeben, als er vom Friedhof nach Hause kam. Kevin hatte offenbar eine gute Idee gehabt, die er ihr unverzüglich mitteilen musste. Rebecka war mit Aston im Kino. Noch vor einem Monat wäre so etwas undenkbar gewesen, doch seit Kurzem vergötterte Aston seine große Schwester, und Rebecka hatte anscheinend nichts dagegen, mit ihrem sieben Jahre jüngeren Bruder abzuhängen. Und das, obwohl sie einen Freund hatte. Wahrscheinlich war allen die Hitze zu Kopf gestiegen, aber insofern war ja ein klimatisiertes Kino mitten am Tag gar keine schlechte Entscheidung.

Benjamin war in seinem Zimmer und machte, was Einundzwanzigjährige so machten, wenn sie sich in ihre Zimmer zurückzogen. Vincent hoffte, dass er Immoscout nach geeigneten Wohnungen durchforstete.

Den Samstagnachmittag hatte er jedenfalls ganz für sich.

Früher war es kein Problem für ihn gewesen, mit seinen Gedanken allein zu sein. Doch seit Jane die ganze Vergangenheit, die mit seiner Mutter zusammenhing, wieder hochgeholt hatte, war das anders. Nun musste er sich ablenken, um seine Gedanken in Schach zu halten. Ihnen freien Lauf zu lassen, war viel zu gefährlich.

Er nahm den Zauberwürfel aus dem Regal hinter dem Schreibtisch und betrachtete ihn von allen Seiten. Mina hatte ihm den Würfel geschenkt. Er hatte schon einmal versucht, das Rätsel zu lösen, aber die Einzelteile saßen zu locker, als dass er gewagt hätte, sie zu verdrehen. Wieder fragte er sich, was sie eigentlich mit dem Würfel angestellt hatte. Es sah fast so aus, als wäre er komplett auseinandergefallen und wieder zusammengesetzt worden. Der Würfel weckte Erinnerungen, mit denen er nicht umgehen konnte. Minas Wohnzimmer mit dem Würfel auf dem Schreibtisch. Er spürte ein Stechen in der Brust und merkte, dass seine Gedanken auf dem besten Weg waren, an genau den Ort zu wandern, dem er nach Kräften auswich. Er zog die Schreibtischschublade heraus, um den Würfel aus seinem Blickfeld zu verbannen. Da sah er den Umschlag mit dem Weihnachtsmannsticker in der Schublade liegen. Nach kurzem Zögern nahm er das Kuvert heraus.

Die Weihnachtskarte hatte er gute zwei Monate nach Beendigung seiner Zusammenarbeit mit der Polizei erhalten. Die Karte war nur eins von zahllosen selbst gebastelten Rätseln und Puzzleteilen, die ihm verschiedenste Privatpersonen aus der Bevölkerung nach Bekanntwerden seiner persönlichen Rolle in dem Fall geschickt hatten.

Wenn er ehrlich war, hatte es ihm sogar Spaß gemacht, einige der Rätsel zu knacken, nachdem er sich davon überzeugt hatte, dass es sich nicht um versteckte Morddrohungen handelte. Einige waren recht simpel gestrickt, andere weitaus komplizierter. Manche waren vollkommen unbegreiflich. Wie zum Beispiel diese Weihnachtskarte. Im Umschlag steckten, abgesehen von der nicht beschrifteten Standardkarte aus dem Supermarkt, bunte Papierschnipsel, die an Tetris erinnerten.

Er schüttete sie über seinem Schreibtisch aus und wurde sofort wieder vom selben Gefühl wie beim ersten Mal übermannt. Dass dieses Puzzle anders war, hatte er sofort gespürt. Er konnte es nicht rational begründen, aber der Anblick der rechtwinkligen Teile hatte ihn mit einem undefinierbaren Unbehagen erfüllt, und dieses Gefühl hatte nichts von seiner Intensität eingebüßt.

Auf jedem Stück Papier standen einige Buchstaben, und man musste die Teile ganz offensichtlich zusammenlegen, um die Botschaft lesen zu können. Der Absender hatte ihn jedoch zunächst in eine Falle gelockt. Vincent grinste in sich hinein. Das gelang nicht vielen, und er wusste diese Leistung durchaus zu schätzen. Da die Form der Teile die Assoziation mit dem

Computerspiel Tetris weckte, hatte er zuerst versucht, die Kanten direkt aneinanderzulegen. So, wie man es bei dem Spiel machte. Es kam jedoch keine lesbare Nachricht dabei heraus.

Am Ende war ihm klar geworden, dass die Ähnlichkeit mit Tetris eine falsche Fährte war. Die vertrauten Formen hatten ihn automatisch dazu verleitet, in gewohnten Bahnen zu denken. Und dadurch verriet der Absender, dass er sich durchaus mit Vincents Vergangenheit als Zauberer beschäftigt hatte. Die Aufmerksamkeit des Publikums auf die falsche Sache zu lenken, war nämlich ein Tragpfeiler aller Zaubertricks. *Misdirection* nannte man das in der Magiersprache.

Gleichzeitig hieß das, dass er dieses Puzzle von jemandem erhalten hatte, der Recherchen über ihn angestellt hatte. Was kein besonders angenehmer Gedanke war. Nachdem er seinen Irrtum bemerkt hatte, war es ihm innerhalb von Sekunden gelungen, die Botschaft zu entschlüsseln. Dafür hatte er sich lediglich auf den Text konzentrieren müssen. Und es gab nur eine Lösung.

Er legte die Papierteile so zusammen wie schon viele Male zuvor. Der Text war immer noch unbegreiflich. *Und also, gieriger Tim!* Beim ersten Lesen war er beleidigt gewesen – er war nicht gierig, und er hieß auch nicht Tim. Dann hatte er begriffen, dass sich vermutlich ein Code dahinter verbarg. Die Frage war nur, was für einer.

Er hatte nach Unregelmäßigkeiten in der Handschrift gesucht, aber alle Buchstaben waren so wohlgeformt, dass sie völlig gleich aussahen. Damit war der Bacon-Chiffre schon mal ausgeschlossen, denn bei dem wurden zwei verschiedene Arten von Buchstaben verwendet. Er versuchte es auch mit dem ROT13-Code und weiteren, relativ weitverbreiteten Verschiebungen, bei denen jeder Buchstabe des Alphabets einem bestimmten anderen entsprach, aber bei diesen Methoden kamen selten so vollständige Wörter wie in der Nachricht heraus. Das Gleiche galt für alle Varianten, bei denen Buchstaben ausgetauscht wurden.

Er ging ins Wohnzimmer und legte das Album »Pollen« von AES Dana auf. Wie immer roch er zuerst am Vinyl, bevor er die Platte auf den Plattenteller legte.

Der Rest der Familie verdrehte über seine Vorliebe für physische Medien die Augen. Aber gebundene Bücher und Vinylscheiben hatten einen eigenen Geruch, der Abenteuer und überraschende Entdeckungen versprach. Streamingdienste waren praktisch, aber sie rochen nach nichts. Genau wie bei Kapselkaffeemaschinen wusste er die praktischen Vorteile zu schätzen, aber er fand, dass dabei immer ein Teil des Erlebnisses verloren ging.

Als die ersten Töne aus den Lautsprechern erklangen, drehte er die Lautstärke voll auf, weil er die Musik im Arbeitszimmer hören wollte. Man konnte über die Franzosen sagen, was man wollte, aber mit elektronischer Musik kannten sie sich aus. Vielleicht hatte Rebecka mit Denis doch keinen so schlechten Fang gemacht.

Er ging zurück zum Schreibtisch und betrachtete die kryptische Nachricht. Sie musste eine tiefere Ebene enthalten, die ihm bis jetzt entgangen war. Die einzige noch verbleibende Lösung war, dass es sich um ein Anagramm handelte, bei dem sowohl Groß- und Kleinschreibung als auch Zeichensetzung ignoriert werden und die Buchstaben in eine neue Reihenfolge gebracht werden mussten. Doch bei achtzehn Buchstaben ergaben sich Millionen von möglichen Kombinationen. Ohne bestimmten Anhaltspunkt brauchte er gar nicht erst anzufangen.

Seufzend steckte er die Papierteile wieder in den Umschlag. Es konnte natürlich auch sein, dass das Puzzle überhaupt keinen Sinn ergab. Vielleicht hatte er den Absender maßlos überschätzt. Es wäre nicht das erste Mal gewesen, Nonsens bekam er öfter zugeschickt. Zwei Dinge sprachen jedoch dagegen. Zunächst einmal das anhaltende Unbehagen, das ihn vom ersten Moment an beim Anblick des Puzzles erfüllt hatte.

Und zweitens hatte er vor einem halben Jahr wieder so eine Weihnachtskarte erhalten. Mit neuen Puzzleteilen.

Mina hatte die ganze Nacht Albträume gehabt, konnte sich aber nicht mehr erinnern, worum es darin gegangen war. Beim Aufwachen war sie jedoch so verschwitzt gewesen, dass sie im Badezimmer doppelt so lange gebraucht hatte wie sonst. Und deshalb zu spät ins Präsidium gekommen war. Julia würde gleich mit der Lagebesprechung beginnen. Was an diesem Sonntag zu tun war, hing von dem ab, was die anderen im Laufe des Vortages herausgefunden hatten. Mina hoffte, dass im Gegensatz zu ihr einer von den anderen eine vielversprechendere Spur entdeckt hatte.

Sie trat aus dem Haus und blieb abrupt stehen. Ein großes schwarzes und blank poliertes Auto parkte direkt vor der Tür, und sie wusste sofort, wer das war. Ihr Herz begann zu flattern wie ein Kolibri. Warum nahm er Kontakt zu ihr auf? Ausgerechnet jetzt? Es kam ihr fast so vor, als hätte sie sein Kommen heraufbeschworen, indem sie vor einigen Tagen an die Wohnung in Vasastan gedacht hatte. Sie rannte zum Auto und riss eine Hintertür auf.

»Was ist passiert?«

»Hinsetzen«, sagte er tonlos.

Dieses eine Wort reichte aus, und wie auf Knopfdruck kamen alle Erinnerungen wieder hoch. Er war immer kurz angebunden gewesen, und was er sagte, hatte, milde ausgedrückt, autoritär geklungen. Er sprach im Befehlston. Was ihm in seiner Position durchaus zugutekam. Nicht einmal zu Beginn, als sie zusammenwohnten und er gerade die ersten Sprossen der Karriereleiter erklomm, war er anders gewesen. Grundsätzlich schien es ihm immer darum zu gehen, über andere zu bestimmen.

Sie stieg ein, nachdem sie die Sitze inspiziert hatte. Alles blitzsauber. Natürlich. Er hatte mit Sicherheit Leute, deren einzige Aufgabe darin bestand, sein Auto sauber zu halten.

»Ist was passiert?« Sie wiederholte die Frage mit einem verstohlenen Blick auf den Fahrer.

Es war ein merkwürdiges Gefühl, sich zu unterhalten, während ein wildfremder Mann mit ihnen im Auto saß, aber die verspiegelte Sonnenbrille des Chauffeurs sah sie im Rückspiegel ausdruckslos an. Der Mann starrte ungerührt geradeaus.

Es gehörte zu seinem Job, in bestimmten Situationen blind und taub zu sein.

Sie wandte sich dem Mann neben ihr zu. Ihr Herz klopfte noch immer wie wild. Warum saß sie hier in seinem alles andere als diskreten Wagen?

Er wollte sie nicht in seinem Leben haben. In seinem und Nathalies Leben. Dafür hatte sie Verständnis. Und sie akzeptierte seinen Wunsch. Es war seine Bedingung gewesen. Wenn sie die beiden verließ, würde die Verbindung komplett gekappt werden, das war der Deal. Und so war es jetzt seit vielen Jahren. Er näherte sich ihr nicht, und sie näherte sich ihm nicht. Ganz einfach. Unkompliziert. Bis sie im Sommer vor zwei Jahren erwischt worden war. Sie hatte seitdem nichts von ihm gehört, und sie hatte sorgsam darauf geachtet, Abstand zu halten. Hatte nicht mehr auf dem U-Bahnsteig in Blåsut gestanden und geschaut. Sich keine heimlichen Kaffeetreffen im Kungsträdgården herausgenommen. Aber jetzt. Jetzt war er plötzlich hier.

Noch dazu vor ihrer Wohnung.

Sie konzentrierte sich auf einen kleinen Fleck an der Rückseite des Fahrersitzes. Eine winzige Unebenheit in dem ansonsten makellosen Lederbezug.

Atmen.

Atmen.

Dann drehte sie sich wieder zu ihm. Er sah ihr in die Augen. Unerschütterlich. Trotzdem bemerkte sie einen Hauch von Nervosität in seinen strahlend blauen Augen. Die so viel Ähnlichkeit mit einem anderen Augenpaar hatten. Sie fühlte einen Stich in der Brust.

»Sie hat Kontakt aufgenommen«, sagte er. »Du solltest sie doch in Schach halten.«

Mina brauchte nicht zu fragen, wen er meinte.

»Ich habe schon lange nicht mehr mit meiner Mutter gesprochen«, sagte sie.

»Nathalie ist bei ihr. Seit Freitag. Meine Leute haben natürlich beobachtet, wie sie sich ihr genähert hat, aber ich habe sie angewiesen, nicht einzugreifen.«

Mina dachte an den Nachmittag im Sommer vor zwei Jahren, als sie es sich nicht hatte verkneifen können, unerlaubterweise einen Kaffee mit Nathalie zu trinken. Damals war ihre Tochter von den Bodyguards weggeschleift worden, kaum dass sie sich gesetzt hatte.

»Du hast doch sonst kein Problem damit, sofort einzugreifen.«

»Ich weiß«, sagte er. »Aber das hat das Verhältnis zwischen mir und Nathalie ziemlich … strapaziert. Ich möchte es nicht unnötig belasten. Es ist ja nicht so, als wüsste ich nicht, wo dieser Gutshof liegt. Und außerdem ist sie jetzt älter als … damals. Wie auch immer. Zuerst hat Nathalie mir gesimst, sie hätte ihre Großmutter kennengelernt. Und später am Abend schrieb sie, sie wolle bei ihr übernachten. Das war am Freitag. Seitdem geht sie nicht mehr ans Telefon und antwortet auch nicht auf meine Nachrichten. Heute ist Sonntag. Störrische Teenager in allen Ehren, aber es gibt Grenzen.«

Mina biss sich auf die Zunge. Sie hatte es sich zur Gewohnheit gemacht, Nathalie mithilfe einer App hinterherzuspionieren. Der winzige GPS-Sender, den sie ihrer Tochter heimlich in den Rucksack gesteckt hatte, war anscheinend in einem Fach gelandet, das Nathalie nie benutzte, denn ganz offensichtlich hatte sie ihn noch nicht bemerkt. In den vergangenen Tagen war Mina jedoch so mit dem Fall Ossian beschäftigt gewesen, dass sie sich die Wege, die Nathalie seit Mittwochmorgen zurückgelegt hatte, noch gar nicht angesehen hatte. Mina schämte sich. Warum hatte sie nicht besser auf ihre Tochter aufgepasst?

»Warum holst du sie nicht einfach ab?«, fragte sie. »Du weißt doch, bei wem sie ist.«

Mina registrierte die leichte Unsicherheit in seinem Gesicht. Sie fiel ihr nicht zum ersten Mal auf. Sie hielt zwar immer nur kurz an, und zwar so kurz, dass sie sich im Nachhinein fragte, ob sie sich vielleicht getäuscht hatte, aber nun gab es keinen Zweifel.

»Ich weiß nicht«, sagte er. »Wir haben ja eine Abmachung, und die lautet: kein Kontakt. Andererseits ist sie ihre Großmutter. Und es ist so viele Jahre her ... Ich weiß nicht, was ich machen soll.«

Seine Worte hallten eine Weile nach. Wortlos warf sie einen Blick in den Rückspiegel. Der Fahrer mit der verspiegelten Sonnenbrille starrte noch immer reglos geradeaus.

Mina konnte sich vorstellen, in welchem Dilemma Nathalies Vater steckte. Er hatte Angst vor dem Eindruck, den es in den Medien machen würde, wenn es herauskam, dass er seine Tochter von ihren nächsten Verwandten fernhielt.

»Ich nehme an, ich soll etwas unternehmen?«

Er schüttelte den Kopf, als suchte er nach den passenden Worten. Dass er sich niemals übereilt oder unbedacht äußerte, hatte ihn immer gekennzeichnet, dachte Mina. Ohne diese Eigenschaft hätte er seine heutige Position vermutlich nicht erreicht.

Einige Passanten warfen unverhohlene Blicke auf das auffällige Auto vor dem gewöhnlichen Mietshaus. Die getönten Scheiben weckten erst recht Neugier.

»Sprich mit deiner Mutter«, sagte er. »Ohne dass Nathalie davon erfährt. Auf mich würde deine Mutter nicht hören, aber vielleicht hört sie ja auf dich. Wir müssen die Sache diskret regeln.«

Mina zwang sich, gleichmäßig zu atmen, um sich zu beruhigen. Sie war hin- und hergerissen. Erinnerungen und Augenblicke kamen hoch, die sie mit aller Kraft verdrängt hatte. All das, worauf sie zu verzichten gelernt hatte.

»Ich stecke mitten in einem brisanten Fall«, sagte sie.

»Das verschwundene Kind.« Er nickte. »Ich habe die Pressekonferenz verfolgt. Meinen Informanten zufolge habt ihr den Jungen gestern früh tot aufgefunden.«

»Gut, dann wirst du ja verstehen, dass ich im Moment andere Dinge zu tun habe. Um Nathalie mache ich mir keine Sorgen.«

Wieder sah er ihr in die Augen.

»Nein, aber du solltest dir vielleicht wegen der Dinge, die sie möglicherweise zu hören bekommt, Sorgen machen.«

Angst packte sie. Er hatte natürlich recht. Sie und er hatten eine Abmachung, die jedoch auf keinem stabilen Fundament fußte. Mit jeder Sekunde, die Nathalie bei ihrer Großmutter verbrachte, wuchs die Gefahr, dass es einstürzte wie ein Kartenhaus. Und wenn das passierte, würde es nicht nur Mina, sondern auch ihre Tochter unter sich begraben.

»Ich kann es versuchen«, sagte sie leise.

Er streckte die Hand nach vorn, und der Fahrer reichte ihm Block und Stift. Schnell warf er in seiner ihr mehr als vertrauten Handschrift ein paar Zeilen aufs Papier, riss das Blatt ab und gab es ihr. Die Unsicherheit in seinem Gesicht war wie weggeblasen. Nun war er gefasst, beherrscht und ruhig.

Mina öffnete den Mund, um etwas zu sagen. So vieles war unausgesprochen. So viele Fragen hätte sie gern gestellt. Trotzdem machte sie den Mund wieder zu und stieß die Tür auf. Sie hatte sich bewusst gegen das Recht entschieden, Fragen zu stellen.

Sie sah dem schwarzen Auto hinterher, bis es um die Ecke verschwunden war. Dann las sie, was auf dem Zettel stand. Sie griff zum Telefon und tippte die Nummer ein. Hätte sie es nicht sofort getan, würde sie nie wieder den Mut aufbringen. Ein Anrufbeantworter ertönte. Nach einem tiefen Atemzug sprach sie eine Nachricht aufs Band. Dann ging sie zurück zur Haustür, gab mechanisch den Code ein und nahm die Treppen zu ihrer Wohnung. Erst nachdem sie die Wohnungstür hinter sich zugemacht hatte, erlaubte sie sich, laut zu schreien.

Auf den Dächern der Reihenhaussiedlung in Vallentuna schimmerte die sonntägliche Vormittagssonne. Als er hier gewohnt hatte, waren die Häuser braun gewesen, aber irgendwann waren sie alle in verschiedenen Farben gestrichen worden. Ruben hatte schon vor einigen Tagen kommen wollen, aber die Suche nach Ossian war vorgegangen. Am Samstag hatte er alle Personen auf der af Chapman sowie die Angestellten des Nationalmuseums und der Königlichen Kunstschule befragt, die beide ganz in der Nähe lagen. Niemand hatte etwas gesehen. Klar. Adam hatte angeboten, am Sonntag mit den übrigen Anwohnern auf der Insel zu sprechen. Falls der Mörder mit einem Boot gekommen war, bestand natürlich die Möglichkeit, dass das von anderen Booten aus bemerkt worden war. Ruben hatte gesagt, er müsse noch etwas erledigen, würde aber später dazustoßen. Nun wünschte er plötzlich, er wäre direkt nach Skeppsholmen gegangen. Aber nein. Er würde jetzt tun, was er sich vorgenommen hatte.

Der Fall Ossian hatte ihn aus dem Gleichgewicht gebracht. Er brauchte dringend das Gefühl, irgendwo dazuzugehören. Oder es zumindest mal getan zu haben. Das freundschaftliche Verhältnis zu Gunnar und den anderen Männern war nicht das Gleiche, denn in ihrer Art von Gemeinschaft ging es immer auch um Konkurrenz. Wer hatte die beste Geschichte zu erzählen? Am Wochenende die größten Brüste gesehen, böse Jungs zur Strecke gebracht. Rustikales Schulterklopfen. Wenn's drauf ankam, vertraute er ihnen blind, aber jetzt brauchte er etwas anderes.

Ellinor war leicht zu finden gewesen. Sie wohnte immer noch in dem Haus, in dem sie zusammengelebt hatten. Er saß im Auto und sah zu den Häusern hinüber. Das gelbe gehörte Ellinor. Ruben stieg aus und ging den schmalen Fußweg zur Siedlung hinunter. Auf dem kleinen Spielplatz in der Mitte spielten Kinder.

Kinder.

Auf den Gedanken war er gar nicht gekommen. Was, wenn sie verheiratet war und Kinder hatte? Es war ja Sonntag, und da war wahrscheinlich die ganze Familie zu Hause. Falls ihr Mann die Tür aufmachte, würde er sagen, er hätte sich in der Hausnummer geirrt.

Als er auf das gelbe Haus zuging, sah er tatsächlich ein Kinderrad auf dem Rasen liegen. Als ob er es mit seinen Gedanken heraufbeschworen hätte. Es war nicht eins von den kleinen mit Stützrädern, sondern ein größeres. Ellinor hatte schon seit einer ganzen Weile Familie. Er hatte mehr und mehr das Gefühl, dass es überhaupt keine gute Idee war, bei ihr vorbeizuschauen, aber nun konnte er es auch einfach zu Ende bringen. Denn sonst würde er nie aufhören zu grübeln.

Er stieg die wenigen Stufen hinauf und klingelte. Als er hinter der Tür Schritte hörte, wich er instinktiv ein Stück zurück, um nicht aufdringlich zu wirken.

Ellinor machte auf.

»Ja?«

Als Erstes fiel ihm auf, wie viel schöner sie geworden war. Als sie ihn verlassen hatte, war sie zwar auch schon eine Schönheit gewesen, aber nun war sie zehn Jahre älter. Zehn Jahre mehr Weisheit, zehn Jahre mehr Erfahrung, zehn Jahre mehr Leben. Sie war Mutter geworden. Hatte ihr eigenes Leben gelebt. All das war ihr auf den ersten Blick anzusehen. Und verschlug ihm den Atem. Es dauerte ein paar Sekunden, bis sie ihn erkannt hatte. Dann zog sie die Augenbrauen hoch.

»Ruben Höök«, sagte sie. »Was machst du denn hier?«

Das klang nicht wie: »Schön, dich nach all den Jahren wiederzusehen.« Eher im Gegenteil. Hau ab, bevor ich meinen Mann hole.

»Hallo«, sagte er so freundlich wie möglich. »Entschuldige bitte, dass ich hier einfach so aufkreuze, aber ich dachte … können wir reden?«

Hinter ihr bewegte sich jemand. Er versuchte auszumachen, wer es war, aber Ellinor versperrte ihm den Blick.

»Es ist nichts, Astrid«, sagte sie. »Ich komme gleich.«

An Ellinors Mimik konnte er genau ablesen, wie weh er ihr getan hatte und wie gering ihr Bedürfnis war, sich damit zu beschäftigen.

»Astrid?«, fragte er vorsichtig.

»Du hast hier nichts verloren«, sagte sie. »Geh, bevor ich die Polizei rufe.«

Er riskierte ein Grinsen.

»Aber Ellie«, sagte er. »Ich *bin* die Polizei.«

»Du weißt, was ich meine. Und nenn mich nicht so. Komm nie wieder her.«

Plötzlich zwängte sich jemand zwischen sie und den Türrahmen.

»Guten Tag! Ich heiße Astrid. Wie heißt du?«

»Er geht jetzt, Astrid«, sagte Ellinor barsch. »Tschüss.«

Ellinor schob das Mädchen zurück ins Haus und knallte ihm die Tür vor der Nase zu. Dann schloss sie von innen ab. Er wich noch ein paar Schritte zurück und blieb auf dem Rasen stehen, weil er nicht wusste, was er jetzt tun sollte. Hier konnte er jedoch nicht bleiben. Die Nachbarn würden argwöhnische Blicke herüberwerfen. Nicht, dass ihm das etwas ausgemacht hätte. Aber ihr war es vielleicht nicht egal.

Langsam ging er zum Auto. Verdammte Scheiße. Psycho-Amanda hatte doch recht gehabt. Das hier war eine der blödesten Ideen, die er je gehabt hatte. Die Ellinor, die er geliebt hatte, mit der er zusammengelebt und die er enttäuscht hatte, die gab es nicht mehr. Übrig waren nur noch ein paar unliebsame Erinnerungen an ihn. Sie hatte einen Schlussstrich gezogen. Hatte eine Familie gegründet. Es war nicht ihre Schuld, dass er es nicht genauso gemacht hatte.

Er stieg ins Auto und blieb eine Weile lang einfach sitzen, bevor er den Motor anließ. Ellinor mit Kind war ein merkwürdiger Anblick. Ellinors Tochter hatte die Augen ihrer Mutter, aber den Mund von jemand anderem. Ellinor hatte immer volle und weiche Lippen gehabt, die im Sommer, wenn sie schwitzte, nach Salz schmeckten. Er zwang sich, an etwas anderes zu denken als Ellinors Lippen. Er konnte es sich nicht noch einmal erlauben, in seinen Erinnerungen unterzugehen.

Das Mädchen hieß Astrid. Wie Rubens Großmutter. Ellinor hatte seine Großmutter geliebt, und die hatte die Liebe erwidert und fragte immer noch oft nach der süßen Verlobten, die er mal gehabt hatte. Leider hatte er ihre Fragen nie beantworten können. Doch schon morgen würde er wieder Gelegenheit dazu haben, denn montags trafen sie sich immer zum Kaffeetrinken. Diese Gewohnheit pflegten sie, seit sie in das Heim gezogen war, das zum Glück nur fünf Minuten vom Präsidium entfernt war. Morgen konnte er seiner Großmutter erzählen, dass es Ellinor gut zu gehen schien, und dass sie eine Tochter hatte, die denselben Namen trug wie sie. Das würde sie freuen.

Er holte tief Luft und trat aufs Gaspedal. Nun hatte er es hinter sich. Jetzt war die Sache abgeschlossen. Amanda würde stolz auf ihn sein.

I n Lillys Obduktionsprotokoll stehen noch mehr unge-
wöhnliche Dinge«, sagte Mina ins Telefon.

Ihr tat immer noch der Hals weh vom Schreien.

»Aber nichts, was uns bei Ossian weiterhelfen würde. Wir
müssen wohl seine Obduktion abwarten.«

Sie hörte Julia am anderen Ende der Leitung seufzen.

»Adams und Rubens Befragungen haben noch nichts ergeben«, sagte ihre Chefin. »Und Peder konnte an den Spazierwegen keine Überwachungskameras entdecken.«

»Wie sieht es denn mit der Brücke aus, die nach Skeppsholmen rüber? Und auf der af Chapman müsste es doch auch eine
geben?«

»Das Nationalmuseum hat gleich hinter der Brücke eine
Kamera, aber die hat nur einen kleinen Bildausschnitt. Und
wenn der Täter mit einem Boot gekommen ist, brauchte er die
Brücke gar nicht zu benutzen. Man sollte zwar annehmen,
dass die af Chapman eine Kamera an der Gangway hat, aber
dort wird nur das Innere des Schiffes überwacht. Wir haben
also rein gar nichts in der Hand. Ich dachte, du wüsstest schon
mehr.«

»Leider nicht. Wie gesagt, im Obduktionsbericht stehen interessante Dinge, aber nichts, was uns im Fall Ossian nützlich
wäre. Allerdings stimme ich Adam zu. Wir sollten den Fall Lilly noch einmal unter die Lupe nehmen.«

Wieder seufzte Julia.

»Dann werde ich mich jetzt noch unbeliebter bei Peders
Frau machen, als ich es ohnehin schon bin, indem ich ihn wieder herbestelle«, sagte sie. »Mit ein wenig Glück erwischen wir
Lillys Mutter heute noch. Der Vater ist verreist, das weiß ich.
Aber du kannst heute sowieso nichts mehr tun. Melde dich,
wenn dir noch was einfällt. Ansonsten sehen wir uns morgen.«

»Klar.«

Mina legte auf. Die unerwartete Begegnung mit Nathalies Vater hatte sie so aufgewühlt, dass sie nicht zu Julias Lagebesprechung gegangen war. Sie hatte das Gefühl gehabt, jeden Augenblick zusammenzubrechen, und falls es wirklich so weit kam, sollte es wenigstens nicht im Präsidium passieren. Zu Julia hatte sie gesagt, sie habe Halsschmerzen und wolle die anderen nicht anstecken, was angesichts der Tatsache, dass sie sich vor Kurzem heiser geschrien hatte, wenigstens zur Hälfte der Wahrheit entsprach.

Rastlos ging sie durch die Wohnung. Julia hatte ihr einige Aufgaben erteilt, die sie von zu Hause aus erledigen konnte, aber damit war sie bereits fertig, und daher brach sich ihr Gefühl, zu weit entfernt vom Mittelpunkt des Geschehens zu sein, ungehindert Bahn. Plötzlich fühlte sie sich in ihren gewohnten vier Wänden nicht mehr wohl. Sie brauchte Ablenkung. Sowohl Nathalie als auch Ossian gingen ihr die ganze Zeit durch den Kopf und hielten sie davon ab, konstruktiv zu denken.

Sie hatten Ossian nicht rechtzeitig gefunden. Damit mussten sie sich abfinden. Und Mina hatte nicht den geringsten Anhaltspunkt. Doch Grübeln brachte auch nichts, das wusste sie. Gleichzeitig war sie froh, dass Julia nicht von ihr verlangt hatte, ins Präsidium zu kommen, weil sie immer noch viel zu durcheinander war.

Als ob es nicht gereicht hätte, dass in ihrem Kopf pausenlos der Fall Ossian abgespult wurde, gesellten sich jetzt auch noch ihre eigene Tochter und deren Großmutter dazu. Minas Mutter. Ines war noch immer nicht ans Telefon gegangen, obwohl die Nummer, die Nathalies Vater ihr auf den Zettel geschrieben hatte, garantiert stimmte. Es wäre natürlich ein Leichtes gewesen, mithilfe des GPS-Senders herauszufinden, wo sich Nathalie befand, und in ihrer Eigenschaft als Polizistin einfach hinzufahren, aber das hätte die Sache nicht besser gemacht. Ihr blieb nichts anderes übrig, als abzuwarten. Und sich bang zu fragen, was Ines ihrer Tochter alles erzählen würde. Wenn sie ehrlich war, erfüllte dieser Gedanke sie mit lähmendem Entsetzen. Es gab Geheimnisse, die nie ans Licht kommen sollten. Geheimnisse, die nicht ans Licht kommen *durften*. Sie bildeten das Fundament, auf dem alles andere aufbaute. Ohne sie würde das Ganze einstürzen und Chaos ausbrechen. Und das würde keiner von ihnen unbeschadet überstehen. Aber im Moment konnte sie nichts dagegen machen. Nathalie war bei Ines, und sie musste einfach abwarten.

Warten war nicht gerade ihre Stärke, sie musste sich irgendwie ablenken. Sie griff zum Handy und scrollte durch die Apps. Sie hatte bereits alle Mails und die wenigen Textnachrichten beantwortet, die sie heute bekommen hatte. Vielleicht gab es noch etwas anderes zu lesen, einen wichtigen Artikel oder … Bei einem Flammensymbol vor orange-rotem Hintergrund hielt sie inne. Tinder. Dieser verdammte Ruben. Warum hatte er sie bloß dazu überredet, sich diese App herunterzuladen. Wobei, eigentlich hatte er das gar nicht, wenn sie ganz ehrlich war. Sie hatte die App nur heruntergeladen, um ihn zum Schweigen zu bringen. Aber jetzt war er nicht hier und konnte sie auch nicht zwingen, die App zu öffnen. Andererseits war sie vielleicht die geeignetste von allen hirnlosen Ablenkungen. Und wer sagte eigentlich, dass sie sich *nicht* mal auf Tinder umsehen durfte. Moderne Menschen machten das ja heutzutage offenbar täglich. Ganz gewöhnliche Menschen. Und sie war schließlich keine alte Jungfer. Außerdem konnten die Männer in der App nicht sehen, dass man sich ihre Profile ansah. Das machte das Ganze leichter.

Hoffte sie jedenfalls.

Sie fuhr den Computer hoch und las zuerst ein paar Artikel aus dem Netz, quasi als Vorbereitung. Männern wurde anscheinend empfohlen, Fotos hochzuladen, auf denen sie mit ihren Haustieren, ihren Freunden oder – noch besser – mit ihren Familien zu sehen und aktiv waren. Denn solche Dinge machten Frauen angeblich an. Mina konnte die psychologischen Hintergründe natürlich verstehen. Männer, die fürsorglich und empathisch wirkten und nicht nur ein soziales Netz, sondern auch eigene Interessen hatten, kamen mit Sicherheit besser an.

Das Problem war natürlich, dass Hunderttausende dieselben Artikel lasen wie sie. Die Authentizität, die die Fotos verströmen sollten, wurde dadurch schon im Keim erstickt.

Sie holte tief Luft, desinfizierte ihren Handybildschirm und registrierte sich bei Tinder.

Der erste Mann, der ihr präsentiert wurde, hielt stolz – Minas Meinung nach *zu* stolz – einen Fisch in die Höhe, den er höchstwahrscheinlich selbst gefangen hatte. Damit hatte sie nicht gerechnet. Sie wusste nicht, wie sie die Information einordnen sollte. War der Fisch als Haustier, als Hobby oder als Beweis seiner Leistungsfähigkeit zu verstehen? Oder vielleicht als Familienmitglied? Vermutlich symbolisierte er Männlichkeit. Die Fähigkeit, zu jagen und die Nahrung auch zu töten. Da der Mann auf dem Foto eine Sonnenbrille trug, konnte sie seine Persönlichkeit nur anhand des Fisches beurteilen.

Und der Tatsache, dass er keine Handschuhe trug.

Ihr lief ein Schauer über den Rücken.

Welche Frau im Vollbesitz ihrer geistigen Kräfte hätte sich von einem Mann anfassen lassen, der kürzlich voller Stolz eine große glibbrige Brasse hochgehalten hatte? Mina wurde schon bei der Vorstellung speiübel. Vorsichtshalber sprühte sie ihren Bildschirm noch einmal mit Desinfektionsmittel ein. Sie roch an ihren Fingern. Den Fischgeruch konnte sie fast schon erahnen.

Schnell wischte sie weiter.

Auf den nächsten Mann warf sie nur einen kurzen Blick, bevor sie die Bewegung wiederholte.

Nachdem sie etwa zehnmal gewischt hatte, stand zweifelsohne fest, dass alle Männer dieselben Artikel wie sie gelesen hatten. Sie wusste schon gar nicht mehr, wie viele Bilder von Männern-mit-Großvätern, Männern-mit-ungewöhnlichen-Haustieren, Männern-beim-Krafttraining und sogar Männern-mit-Ku-schelkissen sie gesehen hatte. Ganz zu schweigen von den völlig überproportional vertretenen Fotos von Männern-mit-Fischen. Wie zum Teufel kamen sie auf die Idee, ausgerechnet mit einem Fisch besonders attraktiv zu wirken. Noch so ein dicker Fang, und sie würde sogar ihre Augen desinfizieren müssen.

Sollte Ruben sie ruhig auslachen, jetzt reichte es.

Doch dann verharrte ihr Zeigefinger plötzlich reglos über dem Handybildschirm. Ein Mann mit dunklen Locken, lose zusammengesteckt zu einem Knoten. Kein richtiger Man Bun, aber fast. Dreitagebart. Er sah gut aus, aber nicht übertrieben gut. Sogar ein bisschen müde. Irgendwie … echt. Das Foto war kein professionelles Porträt, sondern ein nebenbei aufgenommenes Selfie. Trotzdem ein gelungenes Bild. Aber eben unprätentiös. Auf dem nächsten Foto saß er am Schreibtisch, den Kopf aufgestützt. Sein Blick war nicht in die Kamera, sondern auf jemanden gerichtet, der nicht zu sehen war. Weißes Hemd. Hochgekrempelte Ärmel. Vielleicht war er bei der Arbeit. Mehr Fotos gab es nicht. Kein Fitnessstudio. Kein Fisch. Sie atmete aus und las den Text.

»Ich heiße Amir und bin Jurist«, schrieb er. »Deswegen habe ich bisher auch nicht viele Hobbys oder private Interessen, aber das würde ich gerne ändern. Wollen wir das vielleicht zusammen machen?«

Ein Jurist. Ohne private Interessen. Aber er sah nett aus. Und im Gegensatz zu den anderen wirkte er nicht so … affig. Ein besseres Wort fiel ihr nicht ein. Ruben würde sich wundern. Sie wollte Kontakt zu Amir aufnehmen. Natürlich nicht, um sich mit ihm zu treffen, es gab schließlich Grenzen. Sie musste auch an Ossian denken. Aber in Zukunft würde sie sich nicht mehr anhören müssen, sie sei eine Sozialphobikerin und eine alte Jungfer. Sie legte den Zeigefinger auf den Bildschirm und zögerte eine Sekunde. Dann wischte sie schnell nach rechts, bevor sie es sich anders überlegen konnte.

I ch habe Anette versprochen, mich heute Nachmittag um die Drillinge zu kümmern«, sagte Peder. »Sie trifft sich mit ein paar Freundinnen auf einen Sonntagsdrink.«

Er und Julia mussten ihre Ellbogen einsetzen, um sich durch Horden von Touristen zu drängen, die nicht gelernt zu hatten schienen, wie man sich auf überfüllten Gehwegen vorwärtsbewegte.

»Richte deiner Frau aus, dass sie damit warten muss, bis wir Ossians Mörder gefunden haben«, sagte Julia gereizt.

Sie bereute sofort, dass sie so harsch geklungen hatte. Eigentlich war sie immer noch wütend auf Torkel.

»Äh, entschuldige bitte«, sagte sie. »Das war nicht so gemeint.«

Peder nickte nur.

»Immerhin wohnt Lillys Mutter nicht weit vom Präsidium«, sagte sie. »Es dauert wahrscheinlich nicht lange. Danach kannst du gleich nach Hause fahren. Dann schafft Anette es auch noch pünktlich zu ihrem Drink. Ich bin die Letzte, die einer Mutter ein bisschen Zeit für sich nicht gönnen würde, glaub mir.«

Sie zog ihr Handy aus der Tasche und scrollte durch die Textnachrichten. Von Torkel waren zwei neue dabei. Sie löschte sie, ohne sie gelesen zu haben.

»Lillys Mutter wohnt in der … Garvagatan 7«, las sie vor. »Auf der anderen Seite vom Kungsholms torg. Wir sind gleich da. Hoffentlich ist sie zu Hause.«

Plötzlich blieb Peder vor einem Mann in Shorts, Socken und Sandalen sowie einem T-Shirt mit der Aufschrift »I love Hjo« stehen. Der augenscheinlich orientierungslose Mann stand mitten im Weg und rührte sich nicht von der Stelle.

»Touristen.« Peder verdrehte die Augen. »Das Prinzip ›rechts stehen, links gehen‹ hat sich wohl nicht bis nach Hjo rumgesprochen.«

»Mensch, Peder.« Julia grinste verwundert. »Sagst du nicht immer, seit du Vater von Drillingen bist, hättest du eine Engelsgeduld? Oder ist die nur für die Kinder reserviert?«

»Doch, eigentlich habe ich die auch«, sagte er. »Ich bin wahrscheinlich nur neidisch auf die Leute, die überhaupt keine Sorgen zu haben scheinen.«

Bevor sie das Handy wieder einstecken konnte, erschien eine dritte Nachricht auf dem Display.

»Falls ich zu spät nach Hause komme, kann ich Anette mit einem Aperol Spritz bestechen, während sie sich schick macht«, sagte er. »Da haben wir beide was davon. Sie ist supersexy, wenn sie in Unterwäsche Alkohol trinkt.«

»Keine weiteren Details, bitte.« Julia eilte weiter.

Ein Teil von ihr hätte ihn am liebsten geschlagen. Es war so ungerecht. Torkel hätte ihr nicht mal ein Glas Leitungswasser mit einem Schuss Himbeersirup gemixt, wenn sie ihn am Abend mit Harry allein gelassen hätte. Und dabei ging sie nicht mal aus, sondern musste meistens arbeiten. Schicke Drinks kamen in ihrem Leben gar nicht mehr vor, weder sonntags noch an irgendeinem anderen Tag. Sie hatten sich genauso verflüchtigt wie das Gefühl, für Torkel auch nur ansatzweise sexuell attraktiv zu sein.

»Jetzt konzentrieren wir uns auf Lillys Eltern«, sagte sie. »Soweit ich weiß, ist die Mutter immer noch krankgeschrieben. Lillys Verschwinden hat sie natürlich schwer getroffen. Aber nach allem zu urteilen, was ich über den Sorgerechtsstreit gelesen habe, war sie vorher wohl auch nicht besonders umgänglich. Wir müssen also behutsam vorgehen.«

Die Garvagatan war schattig. Sie verlangsamten das Tempo und genossen die angenehme Temperatur, bevor sie an der Hausnummer 7 klingelten. Ein Fahrstuhl brachte sie hinauf zur Wohnung von Jenny und Anders Holmgren. Ein Mann um die fünfunddreißig machte ihnen die Tür auf und schob gleichzeitig mit einem Fuß den aufgeregt bellenden Chihuahua zur Seite.

»Guten Tag, mein Name ist Julia Hammarsten. Wir haben telefoniert.« Sie gab ihm die Hand.

Die von Anders war schweißnass.

»Kommen Sie rein! Und beachten Sie Mollberg gar nicht, die tut nur so. Sie hält sich für einen Schäferhund. Jenny ist im Wohnzimmer.«

Mit der kläffenden Mollberg im Schlepptau ging er voraus. Sie gelangten in eine große gemütliche Wohnküche. Alle Fenster standen offen, und wenn man den Kopf hinaussteckte, konnte man ein Stückchen vom Riddarfjärden in der Sonne blitzen sehen.

»Setzen Sie sich. Möchten Sie einen Eistee?«

Peder nickte genauso dankbar wie sie selbst, und Anders ging in die Küche. Lillys Mutter saß mit leerem Blick auf dem Sofa. Sie war furchtbar schmal, wirkte nervös und trommelte mit einem Fuß in schnellem Rhythmus auf den Boden.

»Ich nehme an, Sie sind wegen des verschwundenen Jungen gekommen?« Sie zündete sich eine Zigarette an.

»Wir hatten doch besprochen, dass du nicht hier drinnen rauchst.«

Während Anders Eiswürfel aus dem Tiefkühlfach nahm, drehte er sich mit tief gerunzelter Stirn um. Jenny antwortete nicht. Sie nahm nur einen tiefen Lungenzug und ließ bedächtig ein paar Rauchringe aufsteigen.

»Das stimmt«, sagte Peder an Jenny gewandt. »Er heißt Ossian Walthersson.«

Jenny zog noch einige Male an der Zigarette. Anders klirrte mit den Gläsern.

»Lillys Vater und ich haben uns seit der Beerdigung nicht gesehen. Wussten Sie das? Mauro heißt ihr Vater. Das wissen Sie natürlich. Weder gesehen noch telefoniert. Warum sollten wir auch, er hat seinen Willen ja bekommen. Er wollte mir immer meine Tochter wegnehmen.«

Aggressiv drückte sie die Zigarette auf einem Teller aus.

»Liebling, darüber haben wir auch gesprochen. Mauro

wollte sie jede zweite Woche bei sich haben«, sagte Anders, schien aber im nächsten Moment zu bereuen, dass er den Mund aufgemacht hatte.

»Jede zweite Woche!«, kreischte Jenny. »Dann hätte ich ja ihr halbes Leben verpasst. Obwohl er derjenige gewesen war, der sich gegen sie entschieden hatte! Er hat seine Familie und vor allem Lilly ja für irgendeine blonde Tussi verlassen!«

»Cecilia ist brünett«, sagte Anders leise.

»Ich schwöre, Mauro hat sie umgebracht«, fuhr Jenny fort. »Er und seine gestörte Familie. Die hätten alles getan, um sie mir wegzunehmen und Lilly die eigene Mutter. Stattdessen durfte diese verdammte Tussi Vater-Mutter-Kind spielen. Mit meiner Tochter!«

Julia hatte den richterlichen Beschluss gelesen. Beinahe wäre Jenny nicht einmal jede zweite Woche zugestanden worden. Sie war als zu labil eingestuft worden, um für ihr Kind zu sorgen. Das Urteil hatte Julia verblüfft. Bei Umgangsstreitigkeiten waren die Familiengerichte so gut wie immer auf der Seite der Mütter. Ganz egal, wie die Situation wirklich aussah. Das Sorgerecht war wahrscheinlich das einzige Gebiet, auf dem Männer die Arschkarte gezogen hatten. Dass das Gericht gegenüber der aggressiven Frau auf dem Sofa Vorbehalte gehabt hatte, konnte sie allerdings nachvollziehen.

»Zwischen dem Verschwinden Ihrer Tochter und Ossians Verschwinden am Mittwoch gibt es einige Parallelen«, sagte sie ruhig und sachlich. »Deswegen wollten wir noch einmal mit Ihnen sprechen. Es tut uns leid, wenn wir dadurch alte Wunden aufreißen.«

Dankbar nahm sie das Glas entgegen, das Anders ihr reichte. In der goldgelben Flüssigkeit schwammen große Eiswürfel, das Getränk roch süß und erfrischend. Sie trank einen großen Schluck. Anders' selbst gemachter Eistee war köstlich. Peder hatte sein Glas bereits geleert.

»Die Kripo ist allen Mutmaßungen, es könnte ein Familienmitglied hinter Lillys Entführung stecken, umfassend nachgegangen.« Peder räusperte sich. »Auch den Vorwürfen, die Sie Mauro gegenüber vor Gericht geäußert haben. Es wurden jedoch keine Belege …«

Jenny schnaubte verächtlich. »Beweise waren das Einzige, was Sie interessiert hat!«

Anders schenkte Peders Glas noch einmal voll und setzte sich zu seiner Frau auf das Sofa. Der Hund sprang auf und legte seinen Kopf auf Anders' Schoß. Die Anwesenheit von Julia und Peder schien er akzeptiert zu haben. Zumindest war er still.

»Das weißt du doch auch«, sagte Jenny zu ihrem Mann. »Sie war jedes Mal rot zwischen den Beinen, wenn sie von Mauro zurückkam! Ich bin mehrmals mit ihr zum Arzt gegangen, aber die Ärzte haben ja alle Schiss, Fehler zu machen. Angeblich wären ihre Unterhosen zu klein gewesen und hätten gescheuert. Nicht zu fassen!«

Das lange dunkle Haar fiel ihr ins Gesicht, und Julia hatte den Eindruck, dass sie eine schöne Frau gewesen war, bevor die Verbitterung ihr Gesicht in eine Maske des Zorns verwandelt hatte.

»Jenny«, sagte Anders fürsorglich. »Du weißt, dass das nicht stimmt. Mauro hätte Lilly niemals wehgetan. Er hat sie genauso geliebt wie du.«

Den Blick starr aus dem Fenster gerichtet, zündete sich Jenny eine Zigarette an.

»Heute ist kein guter Tag«, sagte Anders zu Julia und Peder, ohne seine Frau aus den Augen zu lassen.

»Sie haben keine weiteren Erinnerungen an den Tag, an dem sie verschwand?«, fragte Peder.

Jenny schüttelte heftig den Kopf.

»Ich wusste sofort, dass Mauro sie geholt hat. Und sie irgendwo versteckt hielt.«

»Aber die Erzieherinnen in der Kita sagten, Lilly sei nicht von ihrem Vater abgeholt worden«, sagte Julia mit Nachdruck. »Sondern von einem älteren Paar.«

»Man kann Mauro vieles nachsagen«, zischte Jenny. »Aber dumm ist er nicht. Natürlich hat er sie nicht selbst abgeholt. Er hat jemanden geschickt. Wahrscheinlich Verwandte von ihm. Seine Eltern sind tot, aber in der Sippe gibt es ja noch andere Alte. Die sind alle vollkommen gestört. Psychos!«

Ihre Stimme überschlug sich. Der Hund hob den Kopf.

»Du weißt, dass solche Gedanken nicht hilfreich sind«, sagte Anders. »Hast du heute wirklich deine Medikamente genommen?«

»Hilfreich.« Jenny äffte seinen Tonfall mit quengeliger Stimme nach. »Mein Kind ist tot. Und vorher ist sie durch die Hölle gegangen. Ich habe alles getan, um sie vor ihm zu retten, vor diesem verfluchten … Monster. Und trotzdem … trotzdem ist sie gestorben …«

Jenny bebte, so aufgebracht war sie. Sie rauchte ihre Zigarette bis zum Filter und zündete sich an dem Stummel die nächste an.

»Nun haben wir mit einem anderen Fall zu tun«, sagte Julia langsam und deutlich. »Das Opfer ist unter ähnlichen Umständen wie Lilly verschwunden. Und daher …«

»Er hält sich für schlau«, fiel Jenny ihr ins Wort.

Sie klopfte sich mit den Knöcheln an die Stirn und wiegte sich vor und zurück.

»Wahrscheinlich hat er immer noch Angst, dass Sie ihn wegen Lilly einbuchten. Was macht er? Er versucht natürlich, von sich selbst und Lilly abzulenken. Und Ihnen vorzugaukeln, es wäre einer dieser …«

Sie schnipste mit den Fingern.

»Serienmörder gewesen.«

»Glauben Sie das wirklich?«, fragte Anders ruhig und strich Mollberg über den Rücken.

Bevor Peder antwortete, warf er Julia einen fragenden Blick zu, doch sie deutete ein Kopfschütteln an.

»Zum gegenwärtigen Zeitpunkt können wir leider nicht viel sagen«, sagte er. »Wir ermitteln in alle Richtungen. Deswegen sind wir ja auch hier.«

Jenny verdrehte die Augen. Sie zeigte mit der Zigarette auf Peder, glühende Asche fiel herunter und brannte ein Loch in den hellen Teppich. Julia sah, wie Anders den Weg der Asche verfolgte und bei deren Landung kurz die Augen zusammenkniff. Er sagte nichts und massierte Mollbergs Rücken noch kräftiger.

»Sie sind letztes Mal auf die Scheiße hereingefallen, die er Ihnen erzählt hat, und Sie werden es wieder tun. Ich weiß es. Mauro ist ein Monster, aber er ist nicht dumm. Und jetzt will ich nicht mehr darüber reden.«

Abrupt erhob sich Jenny, ging auf den Balkon und wandte ihnen den Rücken zu.

»Gehen Sie ruhig zu Mauro, Sie werden schon sehen. Mehr sage ich nicht. Er und seine verfluchte Sippe. Alles Psychos.«

Julia und Peder standen auf, und Anders begleitete sie wortlos zur Tür. Als sie gegangen waren, begann Mollberg wieder zu bellen.

H allo!«
Nathalie zuckte zusammen. Eine schöne Frau mit dunklen Haaren kam strahlend auf sie zu. Nathalie wusste sofort, wer die Frau war.

»Darf ich mich setzen?«

Nova nahm Platz, ohne Nathalies Antwort abzuwarten. Nathalie zuckte mit den Schultern. Großmutter hatte sie beim Mittagessen allein gelassen, nachdem ihr jemand etwas ins Ohr geflüstert hatte. Es hatte Suppe mit dem köstlichsten frisch gebackenen Brot gegeben, das Nathalie jemals gegessen hatte. Am Essen war wirklich nichts auszusetzen, auch wenn sie jetzt nichts gegen einen Cheeseburger mit Pommes frites gehabt hätte. Die Portionen im Epicura waren nicht gerade üppig.

Ständig wollten die Leute etwas von ihrer Großmutter. In gewisser Weise erfüllte sie das mit Stolz. Großmutter Ines war offensichtlich eine wichtige Person. Sie durfte sogar ins Fernsehen. Aber manchmal fühlte Nathalie sich etwas verloren. Und sie hatte noch immer nicht auf all ihre Fragen eine Antwort bekommen. »Geduld«, sagte Großmutter nur.

Großmutter war nicht zurückgekommen, und nun wurde es langsam Abend. Nicht dass es Nathalie unangenehm gewesen wäre, allein im Epicura zu sein. Sie wünschte nur, sie hätte etwas Essbares gefunden. Sie hatte sogar schon nach den Keksen gesucht, die es vorgestern bei ihrer Ankunft gegeben hatte, aber die waren wie vom Erdboden verschluckt.

»Wie geht es dir bei uns?« Nova nickte einer Frau zu, die ihr eine Tasse Tee hinstellte.

Aber keine Kekse.

»Fühlst du dich wohl, oder kommt dir alles etwas seltsam vor?«, fragte Nova mit entwaffnender Direktheit.

»Sowohl als auch«, antwortete Nathalie ehrlich.

»Das verstehe ich«, sagte Nova. »Wir versuchen, alte Muster

zu durchbrechen und auf eine Art zu leben, die in der modernen Gesellschaft in Vergessenheit geraten ist. Da kommt einem mit Sicherheit manches merkwürdig vor. Aber eigentlich ist es so, wie wir es hier machen, natürlicher.«

»Großmutter hat gesagt, du hast das alles von deinem Großvater.«

»Ja, das stimmt. Großvater war ein sehr belesener und kluger Mann, der sich nicht gescheut hat, schwierige Fragen zu stellen. Man könnte vielleicht sagen, er hat nach dem Sinn des Lebens gesucht, wenn das nicht zu sehr nach Blabla klingt.«

»Ehrlich gesagt, klingt alles hier nach Blabla.«

Nova lachte laut auf. Ihr Lachen klang warmherzig.

»Weißt du was«, sagte sie. »Da hast du vollkommen recht. Aber viele haben hier Sinn gefunden. Manche in ihrem eigenen Leben, manche eher im großen Ganzen.«

»Waren deine Eltern auch so wie dein Großvater?«

»Zumindest mein Vater. Er war ein Suchender, genau wie sein Vater. Manchmal kreuzten sich ihre Wege. Manchmal nicht. Aber er konnte gut schreiben. Viele der Zitate an den Wänden hier stammen von ihm. Lange Zeit hat er sich auch mit dem Epikureismus beschäftigt. Dann musste er sich auf die Suche nach persönlichen Antworten begeben. Das war einige Jahre, bevor er …«

Sie verstummte, und ihre Miene verfinsterte sich.

»Bevor was?«

Novas Lider flatterten.

»Bevor er von uns gegangen ist«, sagte sie. »Du bist natürlich zu jung, um die Geschichte zu kennen. Und ich glaube, wir sparen sie uns lieber für ein andermal auf.«

»Meine Mutter ist auch gestorben, als ich klein war«, sagte Nathalie finster.

»Wie alt warst du da?«, fragte Nova.

Nathalie zögerte. »Das Merkwürdige ist, dass ich das nicht genau weiß. Wenn ich Papa danach frage, sagt er immer nur, es sei passiert, als ich klein war. Aber ein richtig kleines Kind kann ich nicht gewesen sein. Ich kann mich nämlich an sie erinnern. Oder, besser gesagt, an eine Person. Ich erinnere mich an ihren Geruch und an ein bestimmtes Gefühl, ich sehe ihren Umriss im Türrahmen, ich höre ein Lachen, ich erinnere mich … aber vielleicht habe ich das alles auch nur geträumt.« Nathalie räusperte sich. »Ich weiß also, wie es ist, nach Antworten zu suchen. Es wäre super, mal welche zu bekommen. Aber niemand gibt mir welche. Papa nicht und Großmutter jetzt auch nicht. Es ist echt nett hier, aber wahrscheinlich wird mein Vater bald mit seinem dicken schwarzen Auto kommen und mich abholen, ob ich will oder nicht. Und bevor das passiert, will ich wenigstens die Tiere sehen.«

Sie merkte selbst, wie pampig sie geklungen hatte, und bereute es sofort. Sie wollte sich wirklich nicht wie ein trotziges Kleinkind aufführen. Alle hier waren nett zu ihr gewesen. Sie konnte jederzeit nach Hause fahren, schließlich war sie aus eigenen Stücken geblieben.

Nova stand auf. Sie schien es ihr zum Glück nicht übel zu nehmen.

»Ich werde mit deiner Großmutter reden«, sagte sie. »Ich weiß, dass sie etwas Besonderes für dich plant. Was es ist, weiß ich selbst nicht. Aber natürlich sollst du die Tiere sehen. Meinst du, du könntest deinen Vater anrufen und ihm sagen, dass du noch eine Weile bleibst? Ich habe jetzt ein Meeting in der Stadt, aber ich würde dich auch gerne ein bisschen besser kennenlernen.«

Nathalie nickte.

Nova verabschiedete sich lächelnd. Nathalie sah auf ihr Handy. Natürlich würde sie Papa nicht anrufen, sondern eine SMS schicken, aber da ihre letzte nicht besonders freundlich gewesen war, war sie sich unsicher, was sie jetzt schreiben sollte, ohne das Ganze noch schlimmer zu machen. Seufzend steckte sie das Handy wieder ein. Sie würde ihm die Nachricht bald schicken. Nur nicht jetzt. Einen Tag länger konnte sie bestimmt problemlos bleiben.

Mina starrte auf den Computerbildschirm und versuchte, sich zu konzentrieren, aber ihre Gedanken schweiften immer wieder ab. Sie hatte am Abend zuvor nicht gut einschlafen können, weil die Begegnung mit Nathalies Vater sie den ganzen Tag nicht losgelassen hatte. Am Morgen hatte sie sich wie gerädert gefühlt.

Im Fahrstuhl des Präsidiums hatte jemand einen Zettel aufgehängt:

*It's Monday! Time to SHAKE IT UP!*

Dieser Zettel lag nun zusammengeknüllt in Minas Papierkorb.

Sie blickte auf ihre leicht zitternden Hände. Unendlich viel Zeit und Energie hatte sie investiert, um die Vergangenheit hinter sich zu lassen. Unendlich viele Erinnerungen hatte sie in den hintersten Winkel ihres Gedächtnisses verbannt und gehofft, sie würden nie wieder zurückkommen. Doch irgendwie rettete das Leben die Vergangenheit immer wieder in die Gegenwart hinüber. Eine einzige Begegnung mit Nathalies Vater hatte ausgereicht, um die letzten zehn Jahre, sogar *mehr* als zehn Jahre, korrigierte sie sich selbst, auszulöschen. Im Geiste war sie wieder mittendrin in allem, was damals passiert war. Obwohl sie sich bombensicher gewesen war, mit alldem abgeschlossen zu haben. Sie hatten doch eine Abmachung. Und sie hatte einen hohen Preis dafür gezahlt.

Am Vortag hatte sie mehrmals versucht, ihre Mutter zu erreichen, aber es war immer nur der Anrufbeantworter angesprungen. Im Grunde kreisten ihre Gedanken nur um die Frage, was ihre Mutter Nathalie alles erzählt hatte. Und was sie verschwiegen hatte.

Sie griff zum Handy und aktivierte die Tracking-App, um ihre Tochter wenigstens aus der Ferne zu sehen, aber die App hatte Schwierigkeiten, den GPS-Sender zu lokalisieren. Das war in letzter Zeit öfter passiert. Vielleicht ging die Batterie im

Sender zur Neige. Er lag ja auch schon ziemlich lange in ihrem Rucksack.

Plötzlich gab das Handy in ihrer Hand ein Ping von sich. Der Empfang meldete Besuch für sie. Hatte ihre Mutter etwa doch getan, worum sie sie gebeten hatte, und war hergekommen?

Als sie den unbekannten Namen der Besucherin sah, stutzte sie. Das war nicht ihre Mutter. Trotz allem war sie erleichtert. Sie war sich nicht sicher, ob sie wirklich schon bereit war für ein Treffen.

Sie wischte das Telefon mit einem Desinfektionstuch ab. Dann fuhr sie mit dem Fahrstuhl hinunter zum Empfang.

Dort erwartete sie eine elegant gekleidete Frau. Mina konnte gerade noch den Gedanken fassen, dass sie die Frau noch nie gesehen hatte, bevor diese die Arme ausbreitete und sie an sich drückte.

»Mina!«, rief sie. »Wie schön, dich endlich kennenzulernen!«

Die Synapsen in Minas Gehirn veranstalteten ein Feuerwerk. Tausend Gedanken gleichzeitig gingen ihr durch den Kopf. Hatte die Frau sich gewaschen? Wo war sie gewesen, wen hatte sie angefasst …? Sie spürte eine Million Bakterien über ihren Körper kriechen, und die Frau, die sie umschlungen hielt, kam ihr vor wie ein Wirtstier, das nun all seine Parasiten auf sie übertrug. Mina wollte sich losreißen, war aber gleichzeitig wie gelähmt. Sie konnte sich weder bewegen noch einen Ton herausbekommen.

Schließlich wich die Frau einen Schritt zurück. Mina unterdrückte den Impuls, sich die kontaminierte Kleidung vom Leib zu reißen und kreischend zur nächsten Dusche zu rasen.

»Ich glaube nicht, dass wir uns …«, begann sie.

»Deine Mutter hat mir schon viel von dir erzählt!«, fiel die Frau ihr ins Wort und strahlte übers ganze Gesicht, als wäre sie es gewohnt, für Fotos zu posieren.

Mitten im blanken Entsetzen wurde Mina bewusst, wie

schön die Frau war. Volles dunkles Haar fiel ihr wogend über die weiße Seidenbluse. Ein passender weißer Seidenrock schmiegte sich eng an die langen schlanken Beine. Große blaue Augen kontrastierten effektvoll mit dem olivfarbenen Teint. Das kaum vorhandene Make-up war so gut wie unsichtbar, aber perfekt. Sie war eine auffällige Erscheinung. Und ganz offensichtlich eine Person, die andere gerne umarmte.

Mina wurde noch etwas klar. Sie hatte sich geirrt. Dieses Lächeln kannte sie. Sie wusste ganz genau, wer die Frau war.

»Meine Mutter?« Mina sah sich diskret um. »Wir gehen besser nach oben.«

Sie ließ die Frau durch die Sicherheitssperre und ging mit ihr zum Fahrstuhl.

»Entschuldige, ich dachte, sie hätte dir vielleicht erzählt, dass ich komme«, sagte die Frau, während sie hinauffuhren. »Ich heiße Nova. Ich arbeite mit deiner Mutter zusammen. Oder, besser gesagt, sie arbeitet mit mir zusammen. Wir zwei sind uns jedenfalls noch nie begegnet.«

»Stimmt, daran hätte ich mich erinnert«, sagte Mina. »Aber ich weiß, wer du bist. Vor ein paar Jahren hast du in meiner ehemaligen Abteilung einen Vortrag gehalten. Du hast von deinem Verein und diesem Philosophen erzählt, wie hieß er noch mal? Epson?«

»Epikur.«

»Ah. Komm mit, wir gehen in den Besprechungsraum.«

Eilig durchquerte sie den Gang, um Nova so schnell wie möglich außer Sichtweite ihrer Kollegen zu bringen.

»Du fragst dich zu Recht, warum ich gekommen bin«, sagte Nova. »Und nicht deine Mutter.«

Hinter sich hörte Mina Novas Absätze klackern.

»Ja. Schließlich habe ich sie angerufen«, sagte Mina trocken und öffnete die Glastür.

Nova setzte sich und griff nach der Packung Feuchttücher auf dem Tisch.

»Darf ich? Es ist so unfassbar heiß draußen.«

Mina nickte. Und nahm sich vor, die Packung später wegzuwerfen, weil Nova sie angefasst hatte. Nicht, dass das noch viel gebracht hätte, sie war bereits mit allem besiedelt, was Nova angeschleppt hatte. Menschen, die andere umarmten, hasste sie wirklich von ganzem Herzen.

Nova zog ein Tuch heraus und fuhr sich damit den Hals entlang, um sich abzukühlen. Dann wischte sie sich die Hände ab, bevor sie das Tuch zusammenknüllte und geschickt in den nächsten Papierkorb warf.

»So, worum geht's?«, sagte Mina kühl. »Wo ist meine Mutter? Und wo ist Nathalie?«

Sie hatte eigentlich keine Zeit für dieses Gespräch, und dass sie sich nichts sehnlicher wünschte, als gründlich zu duschen oder sich am besten gleich sandstrahlen zu lassen, machte die Situation fast unerträglich.

»Sie hat mir alles erzählt.« Nova lächelte wieder auf ihre typische Art. »Über dich. Über euch. Über Nathalie. Du kannst auch mit mir reden. Deine Mutter steckt mitten in einem Entwicklungsprozess. Sie hat gerade ein Enkelkind bekommen. Sie ist noch nicht bereit, mit dir zu sprechen.«

Mina spürte Wut, altbekannte Wut, in sich aufsteigen. Das Gefühl war so stark und so intensiv, dass ihr die Tränen kamen.

»Ihr sogenannter Entwicklungsprozess interessiert mich nicht. Mich interessiert Nathalie. Und das gilt auch für ihren Vater. Ich nehme an, du weißt, wer das ist?«

Nova nickte.

»Ja, ich weiß, wer Nathalies Vater ist. Richte ihm aus, dass kein Grund zur Sorge besteht. Aber Heilungsprozesse sind fragil. Es wäre nicht gut für Nathalie, wenn sich jetzt jemand von euch einmischen und diesen Prozess unterbrechen würde. Wie gesagt, die beiden haben gerade erst angefangen.«

»Soll das eine Drohung sein? Ernsthaft? Du weißt schon, dass ich Polizistin bin, oder?«

Nova schüttelte seufzend den Kopf. Dann lächelte sie wieder.

»Was auch immer du davon hältst, deine Mutter hat sich auf eine ganz persönliche Reise begeben«, sagte sie langsam. »Sie hat ihr Leben zwar schon vor langer Zeit geändert, aber vieles aus früheren Zeiten ist noch immer nicht bearbeitet. Alles ist Leiden, Schmerz reinigt, wie mein Vater zu sagen pflegte. Nathalie ist ein Teil dieser Reise. Genau wie du.«

»Nathalie ist noch nicht volljährig«, sagte Mina. »Hältst du es wirklich für legitim, dass meine Mutter sich ihr ohne elterliches Einverständnis nähert? Ich bin kurz davor, euch wegen Kindesentführung anzuzeigen.«

Sie zwang sich, ruhig zu atmen. Sich aufzuregen konnte sie sich nicht leisten. Es hätte Türen geöffnet, die sie nicht öffnen wollte. Ruhig. Und kontrolliert. So blieb eine wichtige Tür verschlossen.

»Kindesentführung«, wiederholte Nova. »Aha. Ich verstehe ja, dass dir der Fall mit dem verschwundenen Kind an die Nieren gegangen ist. Da ist es nachvollziehbar, wenn du die Welt noch eine Weile durch diesen Filter wahrnimmst. Und vielleicht hast du recht und es hätte tatsächlich ein Elternteil kontaktiert werden müssen. Aber deine Mutter trifft ihre eigenen Entscheidungen. Darüber habe ich nicht zu bestimmen. Auch wenn ich möglicherweise anderer Meinung bin. Aber sie ist und bleibt nun mal Nathalies Großmutter. Und es wurde kein Zwang ausgeübt. Die beiden lernen sich nur kennen. Nathalie kann jederzeit gehen, aber sie möchte eben noch ein paar Tage bleiben. Ich bin hier, um dich zu bitten, nicht zu intervenieren. Die beiden brauchen einander. Du bist die Einzige, die Nathalies Vater davon abbringen kann, ihr diese Chance zu verwehren. Ich kann ihn nicht anrufen. Das kannst nur du. Ich bin persönlich gekommen, weil ich dir in die Augen sehen wollte, wenn ich dir sage, dass ihr diesen Prozess zulassen müsst. Glaubst du, das wäre möglich?«

Mina sah Nova zweifelnd an. Sie war wütend und enttäuscht, weil ihre Mutter zu feige gewesen war, selbst zu kommen. Und sie empfand nichts als Abscheu vor dieser eleganten

Frau, der die Hitze nicht das Geringste auszumachen schien. Mina hatte den Verdacht, dass sie die Geste mit dem Feuchttuch bewusst eingesetzt hatte. Nova saß da und war … unantastbar. Sie ging Mina auf die Nerven.

Andererseits musste sie zumindest die Möglichkeit in Erwägung ziehen, dass sich zwischen ihrer Mutter und ihrer Tochter vielleicht etwas Positives entwickelte. Auch wenn es wehtat, davon ausgeschlossen zu sein. Aber vielleicht würde sich das ja irgendwann ändern. Und außerdem hatte sie immer noch den GPS-Sender. Sie seufzte.

»Ich möchte eins klarstellen«, sagte sie. »Von den Dingen, mit denen du dich beschäftigst, halte ich überhaupt nichts. Persönlichkeitsentwicklung. Selbsthilfe. Heilung, Voodoo und der ganze Quatsch. Das sind alles nur Schmusedecken für Leute, die nicht mit ihrem Leben klarkommen. Wenn du mich fragst, seid ihr keinen Deut besser als eine Sekte.«

Zufrieden registrierte sie, dass das Lächeln aus Novas Gesicht verschwand.

»Du ahnst nicht, wie falsch du liegst«, sagte Nova. »Sektenentwöhnung ist ein Schwerpunkt unserer Arbeit. Ich habe angefangen, mich für das Thema zu interessieren, als einer unserer Seminarteilnehmer von seiner Zeit in Knutby erzählte. Er war einer der ersten Aussteiger. Das war noch, bevor dort die Hölle los war. Mir wurde damals klar, dass wir eine wichtige Funktion erfüllen könnten. Unsere Philosophie eignet sich sehr gut, um Sektenaussteigern den Wiedereinstieg in ein einigermaßen normales Leben zu ermöglichen.«

»Oder nur einen Anbieterwechsel.«

»Ich meine es ernst. Wir neigen dazu, auf Sektenmitglieder hinabzuschauen. Wir halten diese Menschen für schwach. Und manipulierbar. Aber damit vereinfacht man die Sache zu sehr. Meistens geht es um Zugehörigkeit. Wer mit destruktiven Eltern aufgewachsen ist, hat später ein schiefes Bild von Beziehungen. Dann erwartet man geradezu, dass man unterdrückt wird. Genau das machen sich Sekten zunutze. Es kann aber auch umgekehrt sein. Manchmal glauben Menschen, die sicher und geborgen aufgewachsen sind, alle anderen wären nett. Ihnen fehlen die Schutzmechanismen. Das gilt ja nicht nur für Sekten. Ihr habt wahrscheinlich täglich mit solchen Phänomenen zu tun.«

»In Schweden gibt es doch gar keine Sekten«, sagte Mina. »Abgesehen von Knutby, aber das ist ja keine …«

»Es gibt etwa dreihundert bis vierhundert sektenähnliche Vereine in Schweden«, fiel Nova ihr ins Wort. »Dreißig bis vierzig davon werden als destruktiv beurteilt. Die Polizei sollte das wirklich besser im Auge haben.«

Mina wusste nicht, was sie darauf erwidern sollte. Sie streckte die Hand nach den Feuchttüchern aus, ließ sie aber wieder sinken, als ihr einfiel, dass Nova die Packung angefasst hatte. Stattdessen zog sie ein Fläschchen Desinfektionsgel aus der Tasche.

Nova lächelte sie an. Schon wieder.

»Und was Selbsthilfe betrifft, du gehst doch selbst zu den AA«, sagte sie. »Deine Mutter hat mir erzählt, dass du die zwölf Schritte absolviert hast. Glaubst du, das Programm hätte dir nicht geholfen? Und du wärst alleine besser zurechtgekommen?«

Mina runzelte die Stirn. Punkt für Nova. Die Meetings hätten Mina zwar beinahe das Leben gekostet, aber die Anonymen Alkoholiker konnten nichts dafür, dass Kenneth und Jane sie zufällig dort ausfindig gemacht hatten. Die AA waren ihre Rettung gewesen. Regelmäßig zu den Meetings zu gehen und dort auf andere zu treffen, die mit den gleichen Herausforderungen zu kämpfen hatten, war eine Hilfe gewesen. Allein hätte sie es nicht geschafft.

»Du hast mich überzeugt«, sagte Mina. »Ich werde mit Nathalies Vater reden. Unter einer Bedingung. Ines hat nicht meine Erlaubnis, Nathalie alles zu erzählen. Bestimmte Geheimnisse lässt sie ruhen.«

Nova nickte kurz.

»Ich werde sehen, was ich tun kann. Und ich entschuldige mich für die Umarmung. Mir war nicht klar, wie unangemessen diese Geste in Anbetracht deiner … persönlichen Vorlieben war.«

Nova warf einen vielsagenden Blick auf die Feuchttücher und das Gel. Mina seufzte. Warum konnte sie nicht etwas normaler sein? Und ein gewisses Maß an Schmutz tolerieren, so wie andere Leute auch. Andererseits waren die vermutlich ständig krank.

»Ich finde allein raus, du hast sicher viel zu tun.« Nova stand auf. »Ich rede mit deiner Mutter und du mit Nathalies Vater?«

Auf dieses Gespräch freute sich Mina nicht im Geringsten.

»Ich muss mit runtergehen und dich rauslassen«, sagte sie. »Allein kommst du nicht durch die Sperre.«

Das stimmte zwar, aber sie kaufte sich damit auch einige Minuten Galgenfrist bis zu dem Anruf bei Nathalies Vater. Sie fuhren mit dem Fahrstuhl hinunter.

»Eine Sache noch«, sagte Mina, nachdem Nova durch die Sicherheitssperre gegangen war. »Nächstes Mal will ich mit meiner Mutter sprechen. Und nicht mit dir.«

Als Mina wieder oben im Besprechungsraum war, zog sie sich ihren Ärmel über die Handfläche und warf die Packung mit den Feuchttüchern in den Papierkorb. Dann griff sie zum Telefon. Aber sie rief nicht Nathalies Vater an, sondern wählte eine andere Nummer. Auf diese Gelegenheit hatte sie seit zwei Jahren gewartet.

Hallo Vincent, ich bin's.«

Er blieb stumm. Er hatte die Sekunden, Stunden, Tage und schließlich Monate gezählt, seit er diese Stimme zuletzt gehört hatte. Und jetzt war er plötzlich nicht bereit dafür. Er hatte das Bedürfnis, sich ordentlich anzuziehen und die Haare zu kämmen. Sich die Zähne zu putzen. Obwohl sie ihn nicht einmal sehen konnte.

Er kniff die Augen zusammen und spürte ein Kribbeln am ganzen Körper.

»Hallo, Mina«, sagte er leise und ging ins Arbeitszimmer.

Maria hörte und sah ihn besser nicht. Er wusste, dass er tiefrot angelaufen war.

»Wie läuft's bei dir?«, fragte sie.

Er merkte an ihrer gepressten Stimme, dass die Höflichkeitsfloskel nur eine Formalität war. Eigentlich wollte Mina über etwas anderes reden.

»Danke, mein Wagen fährt tadellos, und ich schlafe immer noch einmal im Monat mit meiner Frau«, sagte er.

»Vincent!«

»Ich weiß doch, dass du was Wichtiges auf dem Herzen hast. Also schieß los.«

»Okay.« Mina klang schon viel entspannter. »Könntest du am frühen Nachmittag im Präsidium vorbeikommen? Ich möchte unter vier Augen mit dir sprechen.«

Vincent ließ sich auf seinen Bürostuhl fallen, sein Hals war auf einmal so trocken. Unter vier Augen. Am frühen Nachmittag. Das war schon bald. Er hatte zwar heute keine Termine mehr, denn an Montagen war meistens nicht viel los, aber … heute? Jetzt?

Minas Augen.

Er war nicht bereit dafür. Sein Herz klopfte, als wollte es sich als Drummer in einer Rockband bewerben. Er hatte

Sehnsucht gehabt und gleichzeitig versucht, keine Sehnsucht zu haben. Sich keine Hoffnungen zu machen. Und dann plötzlich … *heute?*

Minas Augen.

*Jetzt?*

»Klar«, sagte er so ungerührt wie möglich. »Ich muss mal in meinen Kalender schauen, aber ich glaube, es müsste gehen.«

Ruben ging wie jeden Montag ins Café um die Ecke vom Präsidium und kaufte sich das übliche Lunchpaket, bestehend aus einem Sandwich und Orangensaft. Er hatte den Vormittag damit verbracht, seine handschriftlichen Notizen von den vielen Befragungen am Wochenende in den Rechner einzugeben. An jedem anderen Tag hätte er vermutlich am Schreibtisch gegessen, aber es war Montag. Und Montage waren besonders. Daher aß er sein Sandwich auf dem Spaziergang zu seiner Großmutter. Das war ihr gemeinsames Wochenritual. Er war der Einzige, den sie noch hatte, und sie war immer für ihn da gewesen. Nun war er an der Reihe. Der Fall Lilly Meyer konnte noch fünfundvierzig Minuten warten. Im Hauseingang trank er den letzten Schluck Saft. Großmutter Astrid erwartete ihn wie immer in ihrem Zimmer.

»Hallo, Großmutter!«

»Hallo, mein Herz!«

Wie immer strahlte sie, als sie ihn sah. Sie hielt ihm eine Wange hin, damit er einen Kuss auf ihre faltige Haut drücken konnte. Sie roch genauso, wie sie immer gerochen hatte. Nach frisch gewaschener Baumwolle, Lavendel und einem Hauch Mandel. Das kam von den Mandelplätzchen, die sie in ihrer Nachttischschublade versteckte.

»Ich habe uns was Süßes mitgebracht.« Er hielt eine Papiertüte in die Höhe.

Großmutters Lieblingsgebäck. Vanillekrapfen.

»Du mästest mich. Ich werde viel zu dick.« Lächelnd strich sie sich über den flachen Bauch.

Er musste lachen. Großmutter bestand nur noch aus Haut und Knochen, und sie wussten beide, dass sie nicht mehr zulegen würde. Doch solange sie noch Appetit auf ihre heimlichen Mandelplätzchen hatte, machte er sich nicht allzu viel Sorgen.

Er setzte sich zu ihr auf die Bettkante. Die einzige Sitzgelegenheit im Raum war ein abgenutzter Sessel in der Ecke, aber er wollte ihr nah sein. Er wollte ihren Geruch einatmen und sich an ihre gemeinsame Zeit in dem Häuschen in Älvsjö erinnern. Dort hatte es in der Küche immer nach frisch gebackenen Pfannkuchen und selbst gemachter Erdbeermarmelade gerochen. Wie oft hatte er ganze Sommer und andere Ferien bei seiner Großmutter verbracht. Sie waren zu zweit gewesen. Wenn seine Mutter wieder mal einen neuen Mann gehabt hatte, mit dem sie allein in den Urlaub fahren wollte. Ohne Kind am Rockzipfel. Bei seiner Großmutter war immer Platz für ihn gewesen.

»Soll ich uns einen durchschneiden?«

Er zeigte fragend auf einen Krapfen, aber seine Großmutter schüttelte den Kopf.

»Das Leben ist zu kurz für halbe Krapfen.« Sie lächelte.

Sie hatte noch immer schöne, gesunde Zähne. Auf die war sie ihr Leben lang stolz gewesen. Kein einziges Loch, hatte sie immer gesagt, und auf ihr makelloses Gebiss gezeigt.

Sie legte ihm ihre runzlige Hand auf den Oberschenkel.

»Jetzt erzähl mal, Ruben. Wie geht es dir denn?«

Diese Frage stellte sie ihm jede Woche. Sie fragte ihn nie nach der Arbeit, was ihn davor bewahrte, sie in die schrecklichen Seiten der Welt einweihen zu müssen. Stattdessen erkundigte sie sich nach anderen Dingen. Und er erzählte Märchen aus seinem erfüllten und ereignisreichen Leben. Dass er log, wussten sie beide.

Doch heute wollte er nicht lügen. Er erzählte von seinem Besuch bei Ellinor. Seine Großmutter tätschelte ihm das Bein.

»Du kennst ja meine Meinung. Es war dumm von dir, das Mädchen laufen zu lassen. Sie war nicht nur hübsch anzusehen, sondern auch von innen schön. Aber du warst jung und dumm. Jungen Kerlen passiert so was öfter.«

»Tja, das habe ich wohl von Papa.« Wie immer, wenn er von seinem Vater sprach, hatte seine Stimme einen verbitterten Unterton.

Sein Vater hatte ihn und seine Mutter verlassen, als Ruben klein war. Er war zu einer Konferenz gefahren und nicht wieder zurückgekehrt. Er lebte noch, das wusste Ruben dank Facebook. Aber keiner von beiden hatte je versucht, Kontakt zum anderen aufzunehmen.

Großmutter Astrid ging nicht auf die Bemerkung ein. Sie versuchte schon lange nicht mehr, das Verhalten ihres Sohnes zu rechtfertigen. Er hatte seine Entscheidung getroffen. Und sie hatte all ihre Liebe auf seinen Sohn fokussiert.

»Hattest du den Eindruck, dass es Ellinor gut geht?«, fragte seine Großmutter neugierig. »Ist sie verheiratet? Vielleicht ist es noch nicht zu spät …«

Ruben biss schmunzelnd in seinen Krapfen. Die sahnige Füllung schmeckte köstlich. Genau wie in seiner Kindheit, bestand der Genuss mindestens zur Hälfte darin, sich die Cremefüllung von den Zähnen zu lecken.

»Ob sie verheiratet ist, weiß ich nicht. Wahrscheinlich schon. Sie hat jedenfalls ein Kind. Ihre Tochter kam an die Tür und hat Guten Tag gesagt. Und weißt du was, Großmutter, sie heißt auch Astrid. Du und Ellinor habt euch doch immer so gut verstanden, und daher glaube ich, dass sie ihre Tochter nach dir benannt hat.«

»Ach, du meine Güte, da bin ich aber gerührt«, rief seine Großmutter entzückt aus. »Ist sie noch klein?«

»Nein, ungefähr zehn Jahre alt. Unheimlich süß. Sie hat die gleichen Augen wie Ellinor.«

In Astrids Augen blitzte es. Sie zwinkerte Ruben zu.

»Du hast nicht zufällig ein Bild von ihr? In diesem Facebook vielleicht?«

»Was bist du neugierig.« Lachend griff Ruben zum Handy.

Er brauchte nicht lange zu suchen. Ellinor war immer noch unter ihrem Mädchennamen zu finden. Sie hatte jede Menge Fotos von ihrer Tochter gepostet. Ruben klickte eins an, auf dem sie einen Blumenkranz trug und übers ganze Gesicht strahlte.

»Das ist sie. Ist es nicht verblüffend, wie ähnlich sie Ellinor sieht? Aber nur teilweise, wie du siehst. Ich weiß ja nicht, wer ihr Vater ist, aber einige Gesichtszüge scheint sie auch von ihm geerbt zu haben.«

Stirnrunzelnd betrachtete Ruben mit Astrid zusammen das Bild. Oder kannte er den Vater doch? Das Mädchen kam ihm irgendwie so bekannt vor. An seinen Zähnen klebte immer noch ein bisschen Vanillecreme. Er löste sie mit dem Zeigefinger und leckte ihn ab.

Seine Großmutter lachte. Dann setzte sie sich bedächtig auf und schüttelte den Kopf.

»Also, Ruben. Du bist doch sonst nicht auf den Kopf gefallen.«

Gebückt ging sie zu ihrem Sekretär mit dem Spitzendeckchen hinüber, einem der wenigen Möbelstücke, die sie mit ins Altenheim genommen hatte. Auf dem Deckchen standen mehrere gerahmte Fotos, hauptsächlich von Ruben. Sie nahm einen der Bilderrahmen in die Hand und kehrte wieder zum Bett zurück. Dann hielt sie das Foto neben das Bild von dem Mädchen.

Ruben riss die Augen auf. Jetzt wusste er, warum ihm das Mädchen so bekannt vorgekommen war.

Mina war allein im Besprechungsraum. Seit ihrer letzten Begegnung mit Vincent hatte sich die Wand vor ihr mehrmals mit Bildern, Dokumenten und Notizen in ihrer unleserlichen Handschrift gefüllt und wieder geleert. Immer ging es um Mordopfer. Schicksale. Die Fotos von den selbst gezimmerten Illusionen waren weggepackt und vergessen. Der Fall war so weit weg, als hätte er sich in einem anderen Leben ereignet.

Damals war es am Ende schwer gewesen, eine Grenze zwischen dem Fall und Vincent zu ziehen. Das Ganze hatte einfach zu eng mit ihm persönlich zusammengehangen. Doch diesmal war es anders.

Zwei Kinder waren ermordet worden.

Ein dunkler Abgrund tat sich auf, vor dem man erschrocken zurückwich. Nicht, dass ihr das Leid vieler Kinder fremd gewesen wäre, im Gegenteil. Leider erlebte sie so etwas in ihrem Beruf viel zu oft. Kinder, die missbraucht wurden. Kinder, die unter Zuständen litten, die für eine hoch entwickelte Gesellschaft eine Schande waren.

Aber Mord. Mord an Kindern kam selten vor. Und deshalb wusste die Öffentlichkeit über die Fälle, die gelöst worden waren, gut Bescheid. Über Helén zum Beispiel, die von Ulf Olsson ermordet worden war. Über Engla, die Anders Eklund ermordet hatte. Und Bobby, der von seinem Stiefvater und seiner Mutter umgebracht worden war. All diese Fälle und noch viele mehr hatten sich für immer in die Seele des schwedischen Volkes gebrannt.

Die ewige Frage war nur, wie Menschen dazu fähig waren, etwas so Böses zu tun.

Mina war sich nicht sicher, ob sie die Antwort wissen wollte. Diejenigen, die so etwas machten, waren Monster, sonst nichts. Sie brauchte sie nicht zu verstehen, sie musste sie nur finden. Aber jetzt hatten sie es mit zwei Morden zu tun, die auf die gleiche Weise verübt worden waren. Das deutete auf ein Muster hin, von dem sie sich lieber komplett ferngehalten hätte.

Mina fragte sich, wie Vincent reagieren würde, wenn er von dem Fall erfuhr. Nicht, dass sie vorgehabt hätte, ihn um seine Unterstützung bei den Ermittlungen zu bitten, sie hatte ihn aus anderen Gründen angerufen. Aber er würde natürlich wissen wollen, woran sie gerade arbeitete, und sie würde es ihm erzählen. Obwohl er Familie hatte und Vater war. Sie glaubte nicht, dass Menschen, die selbst Kinder hatten, die Bilder von Lilly und Ossian ertragen konnten. Vincent mochte von sich selbst behaupten, was er wollte, aber sie wusste, dass er seine Gefühle längst nicht so gut unter Kontrolle hatte, wie er vorgab. In der kurzen Zeit, die sie miteinander verbracht hatten, waren Dinge zum Vorschein gekommen, die eher auf das Gegenteil hindeuteten. Sie hatte Abgründe erahnt.

Sie konnte es nicht genau benennen. Es war, als würde man etwas aus den Augenwinkeln wahrnehmen, das verschwand, sobald man den Blick direkt darauf richtete. Genauso war es bei Vincent. Man bekam ihn nicht zu fassen.

Nicht, dass sie ihn hätte festhalten wollen. Sie wollte niemanden festhalten. Dass Tinder verkündet hatte, »it's a match«, nachdem sie Amir nach rechts gewischt hatte, war eine Überraschung für sie gewesen. Und dass sie sogar Kontakt zu ihm aufgenommen hatte, war reine Verhaltenstherapie gewesen, sonst nichts. Doch Vincent entglitt ihr jedes Mal, wenn sie geglaubt hatte, ihn entschlüsselt zu haben. Und jetzt, nachdem sie ihn fast zwei Jahre nicht gesehen hatte, wirkten seine Konturen verschwommener denn je.

Ein Teil von ihr protestierte vehement gegen das, was sie losgetreten hatte. Es wäre besser gewesen, Vincent von sich fernzuhalten. Doch ein anderer Teil von ihr, der viel stärker war, wünschte sich nichts sehnlicher, als ihn in ihrer Nähe zu haben.

Und jetzt war er auf dem Weg.

Das Handy auf dem Tisch vibrierte. In wenigen Minuten würde ihr Besucher eintreffen, meldete die Kalenderfunktion. Mina stand auf und ging dem Mentalisten entgegen.

Kaum saß er im Taxi, begann er zu schwitzen. Dabei war die Klimaanlage auf fünfzehn Grad eingestellt. Sogar ein Pinguin hätte sich in dem Auto wohlgefühlt. Vincent wusste jedoch, dass ihm der Schweiß nicht aufgrund der Temperaturen ausgebrochen war. Er war nervös. Der Gedanke an Mina hatte einen ganzen Schwarm Schmetterlinge in seinem Bauch zum Leben erweckt.

Er musste an etwas anderes denken, sonst war er ein Wrack, wenn er ankam. Das Taxi bog mit etwas zu hoher Geschwindigkeit in den Tyresövägen ein, und Vincent sah vor sich, wie Mina ihn im Krankenhaus besuchte.

Autounfall.

Hatte ihm nicht neulich jemand von einem Autounfall erzählt? Das Taxi überholte einen Linienbus, dessen Seite mit Werbung für Schmerztabletten beklebt war. Die tiefgründige Aufschrift lautete: *Aua!*

Schmerz.

Da war doch auch was mit Schmerz gewesen. Wer hatte denn das … Ach ja. *Alles ist Leiden, Schmerz reinigt.* Nova hatte diese Worte am Freitag im Fernsehen zitiert. Nova, die ihren Vater bei einem Autounfall verloren hatte. Ihren Vater, der sich auch mit dem Epikureismus beschäftigt hatte.

Das Thema würde ihn ablenken. Er zog sein Handy aus der Tasche und ging auf die Homepage von Epicura. Sie sah schick und modern aus, die Schrift war businessmäßig.

Er scrollte an einigen Videos vorbei, in denen Nova sich anscheinend zu verschiedenen Themen äußerte, und gelangte dann zu einer Art philosophischen Programmatik.

Epikurs Richtschnur für die neue Zeit ist dieselbe wie eh und je. Erlaubt sei der Verdruss, der Kometen passiert wie ein Stern. Schnell und unbemerkt. Es ist das stille Leben, das reinigt. Vermeide sorgsam jede Art von Schmerz und begehre nichts, denn ein Leben ohne Begehren ist ein Leben, das von jeglichem Leiden befreit ist. Und genieße deinen Erfolg, denn so erreichst du Alles

John Wennhagen

John Wennhagen. Novas Vater. Den Namen hatte Vincent sich gemerkt. Er nahm an, dass die etwas verschwurbelte Lebensphilosophie auf der ansonsten so eleganten Webseite als Huldigung an Novas Vater zu verstehen war. Er las den poetischen Text noch zweimal, ohne viel schlauer daraus zu werden.

»Da sind wir, mein Herr«, sagte der Taxifahrer übertrieben höflich und warf einen verstohlenen Blick in den Rückspiegel.

Vincent begriff, dass das Auto schon eine ganze Weile stand. Vor lauter Nervosität bezahlte er, ohne auf den Taxameter zu schauen, und stieg aus. Da die Sonne direkt auf die Fassade des Präsidiums schien, konnte er nicht durch die großen Fenster ins Innere des Gebäudes sehen. Er wusste trotzdem, dass sie dort irgendwo stand. Und auf ihn wartete. Er *spürte,* dass sie da war. Wobei, das tat er natürlich nicht. Vielmehr stand er noch immer unter dem Einfluss des Hormoncocktails aus Serotonin, Dopamin, Kortisol und Adrenalin, den er bei Minas Anruf ausgeschüttet hatte. Dadurch wurde die Tendenz, innere Gefühlszustände mit der äußeren Realität zu verwechseln, verstärkt. Trotz all seiner psychologischen Kenntnisse verstand er nicht, wieso sie eine solche Wirkung auf ihn ausübte. Aber ein Teil von ihm wünschte, er hätte die gleiche Wirkung auf sie gehabt.

Viele Phänomene ließen sich wissenschaftlich erklären, aber in diesem Fall war das Gefühl trotzdem größer als die Summe aller einzelnen Faktoren. Alles, was mit Mina und seinen Gefühlen für sie zusammenhing, war rational nicht zu erklären. Jedenfalls nicht vollständig. Und jetzt war er hier. Gleich würde er sie wiedersehen.

Er räusperte sich, weil sein Hals plötzlich so trocken war,

strich sein Jackett glatt und zupfte ein Haar von Maria ab. Wieso war er bloß im Anzug gekommen? Er stieg die Stufen zum Eingang hinauf und öffnete die Tür. Mina stand direkt dahinter.

»Hallo«, sagte sie. »Lange nicht gesehen.«

»Hallo.« Mehr konnte er nicht sagen.

Das schwarze Haar, länger als damals, zu einem Pferdeschwanz zusammengebunden. Die dunklen Augen und die von Natur aus roten und vollen Lippen. Das weiße Top, das sie gegen einen Rollkragenpullover tauschen würde, sobald das Wetter es zuließ. Und die kleine Sorgenfalte zwischen ihren Augenbrauen. Aber vor allem. Ihr Blick. Vincent war ein wenig schwindlig.

Sie war zwar keine fiktive Figur mehr für ihn, die er in den Himmel hob, sie war wieder ein Mensch aus Fleisch und Blut, aber das machte das Ganze noch schlimmer.

Er hatte geglaubt, sein Leben ginge ganz wunderbar seinen Gang. Hatte geglaubt, all die Erinnerungen seien sicher in einer mentalen Kiste verstaut, und er hätte damit abgeschlossen. Wie sehr er sich getäuscht hatte. Die Augen, die ihn jetzt prüfend ansahen, hatten ihn die ganze Zeit begleitet. Jeden Tag und bei jedem seiner Gedankengänge. Immer im Hintergrund. Und nun stand sie in ganzer Gestalt vor ihm.

»Wie … wie ist es dir ergangen?«, bekam er schließlich heraus.

Er zeigte auf ihre weißen Gummihandschuhe.

»Die sind neu. Ist es schlimmer geworden?«

Großartig. Was war er für ein Idiot. Denn *darüber* wollte sie ja ganz bestimmt reden. Aber Mina lachte nur.

»Nein, nein, ich habe mit Fotos gearbeitet«, sagte sie. »Ich wollte keine Fingerabdrücke darauf hinterlassen. Ich hoffe, es war kein Problem für dich, herzukommen. Schicker Anzug übrigens, aber ist dir nicht viel zu warm?«

Vincent lief knallrot an und zog sich das Jackett aus. Mina wusste gar nicht, wie recht sie hatte.

»Ich glaube, Maria war froh, mich los zu sein«, sagte er. »Sie eröffnet gerade einen Onlineshop und hat zu Hause alle Hände voll zu tun.«

Er verstummte. Sie sahen sich an. Wenn er nur gewusst hätte, was sie dachte. Einerseits fühlte es sich genauso an wie damals, andererseits überhaupt nicht. Innerhalb von zwanzig Monaten konnten Menschen heiraten, Kinder bekommen und sich wieder scheiden lassen. Er hatte sich verändert. Mina garantiert auch.

Und trotzdem.

Mina blickte zur Seite. Dann in die andere Richtung. Als ob sie nach etwas suchte. Nach einem Gedankenblitz vielleicht oder den richtigen Worten.

»Tja … wollen wir nach oben fahren, in den Besprechungsraum?«, fragte sie.

Mina ließ ihn durch die vertraute Sicherheitssperre, und sie traten in den Fahrstuhl. Beim Betreten des Aufzugs meinte er, es in ihren Augen blitzen zu sehen, als wäre sie kurz davor gewesen, ein ganz bestimmtes Erlebnis zu erwähnen, das sie zusammen im Fahrstuhl gehabt hatten, aber sie sagte nichts.

»Ich habe übrigens trainiert«, sagte er.

Dann wurde ihm klar, dass sie den Satz möglicherweise falsch verstehen konnte.

»Also Fahrstuhlfahren, nicht … im Fitnessstudio oder so, das hätte ich dir wahrscheinlich nicht gleich auf die Nase gebunden, auch wenn es … müssen wir hier nicht aussteigen?«

Die Fahrstuhltüren öffneten sich und retteten ihn vor der totalen Blamage. Er hustete laut und eilte voraus, damit Mina sein puterrotes Gesicht nicht sah.

Im Besprechungsraum hatte Mina alle Fotos und Dokumente in zwei Reihen auf dem Tisch ausgelegt. Jede Reihe war mit einem Namen markiert. Lilly und Ossian.

»Ich habe die Pressekonferenz gesehen.« Er zeigte auf die Bilder von Ossian.

»Ja.« Sie nickte. »Kennst du dich mit dem Verschwinden von Kindern aus?«

»Ich weiß nur, dass in Schweden jährlich Hunderte von Kindern verschwinden.«

»Stimmt«, sagte sie. »In den Medien wird oft über unbegleitete Kinder berichtet, aber tatsächlich verschwinden aus geflüchteten Familien noch viel öfter Kinder. Es ist ein Rätsel.«

»Menschenhandel?«

»Häufig. Furchtbar. Allerdings tauchen die meisten vermisst gemeldeten Kinder wieder auf, oft schon nach Stunden.«

Sie deutete auf den Tisch.

»Ossian ist also wieder da?«

Mina schüttelte den Kopf. Sie hatte eine tiefe Sorgenfalte auf der Stirn. Plötzlich musste Vincent an Aston denken, und sein Magen krampfte.

»Ossian ist am Samstag gefunden worden«, sagte sie leise. »Er war schon seit einigen Stunden tot. Genauso war es letzten Sommer bei Lilly. Zwei Kinder innerhalb eines Jahres. Statistisch gesehen völlig unnormal. Daher untersuchen wir jetzt, ob es einen Zusammenhang zwischen den beiden Fällen gibt.«

Mit zusammengekniffenen Augen betrachtete er die Fotos auf dem Tisch. Lilly. Ossian. Es hätte auch Aston vor ein paar Jahren gewesen sein können. Auf einmal bekam Vincent schlecht Luft, als wäre der Sauerstoff aus dem Raum abgesaugt worden. Er wollte nach der Heftmappe greifen, aber Mina legte die Hand darauf.

»Glaub mir«, sagte sie. »Du willst das nicht sehen.«

Er wusste noch immer nicht, wie er eine Unterhaltung beginnen sollte. Irgendwie fand er nicht den richtigen Einstieg. Er wollte auch nicht voreilig wirken und wagte nicht davon auszugehen, dass alles so wäre wie früher. Der Fall bot zumindest ein neutrales Gesprächsthema.

»Und wie kann ich euch helfen?«, fragte er. »Ich helfe natürlich gern. Ich freue mich schon auf die schlaflosen und bangen Nächte. Um ehrlich zu sein, habe ich sie regelrecht vermisst.«

Er lächelte schief, aber Mina wirkte verwirrt. Und machte ein etwas unglückliches Gesicht.

»Nein, entschuldige«, sagte sie. »Es geht nicht um … ich meine, wir brauchen dich nicht … jedenfalls nicht bei den Ermittlungen. Es gäbe hier nichts für dich zu tun. Eigentlich dürftest du wahrscheinlich gar nicht hier sein. Ich wollte nur meine Sachen holen.«

Sie nahm ein Handy und ein Schlüsselbund vom Tisch. Die Fotos und die Hefter ließ sie neben einem aufgeklappten Laptop liegen – ein Zeichen, dass sie den Raum nur für kurze Zeit verlassen wollte. Beim Hinausgehen hielt er ihr die Tür auf und tat sein Möglichstes, um sich seine Enttäuschung nicht anmerken zu lassen. Er war selbstverständlich davon ausgegangen, das Ermittlungsmaterial wäre der Grund, warum er hier war. Dass er wieder in ihre Welt eingebunden werden würde. Doch das Treffen war offensichtlich schon wieder vorbei, bevor es richtig angefangen hatte.

»Ich muss etwas anderes mit dir besprechen«, sagte Mina. »Etwas Privates.«

Vincents Herzschlag setzte wieder ein.

Sie blieb stehen, sah ihm in die Augen und senkte dann den Blick. Worum auch immer es ging, es fiel ihr anscheinend nicht ganz leicht, davon zu erzählen.

»Es geht um meine Tochter«, sagte sie zögerlich. »Sie heißt Nathalie. Ich glaube, du hast mal ein Foto von ihr auf meinem Schreibtisch gesehen. Wollen wir spazieren gehen?«

Hat dir mein Vortrag gefallen?«

Nathalie scharrte mit dem Fuß. Sie wollte nicht unhöflich sein, aber sie hatte im Konferenzsaal gar nicht richtig zugehört. Es war nett von Nova gewesen, sie zu dem Vortrag einzuladen, für den Firmen viel Geld bezahlten. Nathalie hatte eigentlich vor allem zugesagt, um sich die Zeit zu vertreiben, während sie auf Großmutter wartete. Sie nestelte am Gurt ihres Rucksacks herum, um nicht antworten zu müssen.

»Schon okay, du brauchst nichts zu sagen.« Nova lachte. »Ich kann verstehen, dass das Thema für Teenager sterbenslangweilig ist. Vor allem, wenn man noch nicht viele schmerzhafte Dinge erlebt hat.«

»Wieso, hältst du mich etwa für ein verwöhntes Gör, das immer nur mit Samthandschuhen angefasst wurde?«, fragte Nathalie.

Sie bereute ihre Bemerkung sofort.

»Sorry«, murmelte sie, während sie sich bemühte, mit Nova Schritt zu halten, die auf ein großes Gebäude ein Stück hinter dem Hauptgebäude zueilte.

Nathalie hatte diesen Trakt bisher nur von Weitem gesehen. Auch die Pferde auf der Weide davor hatte sie gesehen. Ihr Vater hatte nie erlaubt zu reiten, soviel sie als Kind auch gebeten und gebettelt hatte. Reiten war in seinen Augen teuer, zeitraubend, gefährlich und elitär. Letzteres war in Anbetracht seiner gesellschaftlichen Stellung natürlich ein Scherz. Stattdessen hatte er ihr einen Zwerghamster geschenkt. Sie taufte ihn auf den Namen Lisa und verfiel in tiefe Trauer, als sie ihn keine drei Wochen später tot unter einem kleinen Heuhaufen auffand.

»Mir tut es auch leid. Ich war ungerecht«, sagte Nova verständnisvoll und wandte den Kopf in Nathalies Richtung, während sie weiter auf den Stall zusteuerte.

»Wie meinst du das?«

Nathalie stolperte beinahe über eine Wurzel, die aus der Erde ragte.

»Du hast mit Sicherheit belastende Dinge erlebt. Und Trauer. Ich weiß, dass du deine Mutter verloren hast. Das ist etwas, was ich nachfühlen kann.«

Nathalie nickte nur. Sie war es nicht gewohnt, über ihre Mutter zu sprechen. Niemand hatte jemals mit ihr über sie geredet. Am allerwenigsten ihr Vater.

»Hier ist Ines ja!«, rief Nova erfreut.

Nathalies Großmutter kam mit weit geöffneten Armen strahlend auf sie zu. Falls Nathalie sich geärgert hatte, weil sie so lange weg gewesen war, verflogen diese Gefühle jetzt. Sie konnte nicht anders, als sich in die Arme schließen zu lassen und ebenfalls über das ganze Gesicht zu lächeln.

»Hallo Nathalie!«, sagte Großmutter. »Entschuldige bitte, dass ich so beschäftigt war. Ich hoffe, das hier ist ein geeignetes Trostpflaster.«

Nova legte Ines eine Hand auf die Schulter und ging zurück zum Hauptgebäude, während Ines mit Nathalie ihren Weg fortsetzte. Plötzlich blieb Großmutter stehen. Als Nathalie begriff, warum, tat ihr Herz einen Sprung. Auf einer Koppel standen sechs Pferde und grasten in aller Ruhe. Pferde hatte sie immer geliebt. Sie waren schön, wild, mutig, frei. Alles, was sie nicht war.

»Komm.«

Großmutter nahm sie an der Hand und zog sie im Laufschritt mit sich. Die Pferde hoben die Köpfe, legten die Ohren an und schnupperten. Dann drehten sich alle zu Ines und Nathalie um und näherten sich dem Gatter. Eifrig streckten sie ihre Köpfe vor, schoben und stupsten sich gegenseitig zur Seite, bis Ines alle begrüßt hatte, indem sie über die weichen Mäuler strich.

»Möchtest du mit hinein?« Sie deutete auf ein Tor im Zaun.

Nathalie hatte Herzklopfen. Sie war es nicht gewohnt, Pferden so nah zu kommen. Bis jetzt hatte sie sie nur aus der Ferne bewundert. Ein Funken Angst vor der Größe der Tiere ließ sie einen Moment zögern, doch dann nickte sie eifrig. Sie vertraute ihrer Großmutter.

»Natürlich komme ich mit rein.«

Sie gingen durch das Tor und wurden sofort von vorwitzigen und stupsenden Mäulern umringt.

»Ganz ruhig!« Lachend zog Ines Karotten und Apfelstücke aus ihren Jackentaschen.

»Hier.« Sie gab Nathalie davon ab. »Bestechung ist die beste Methode, um ihre Herzen zu erobern.«

Nathalie verteilte die Karotten und Äpfel so gerecht wie möglich unter den Pferden. Eins der Pferde war kleiner als die anderen, kompensierte das aber, indem es sich frech vordrängelte und den anderen die Leckereien wegschnappte. Nathalie musste grinsen, obwohl ihr das Pferd fast ein wenig unheimlich war. Aus der Nähe sahen seine Zähne riesig aus.

»Das ist Maskottchen. Unser kleiner Bandit.«

Nathalie kraulte das Pferd, das sich dankbar an sie schmiegte. Plötzlich kamen alle Gefühle auf einmal hoch. All die Tränen, die sie nie geweint hatte, flossen in Strömen. Als wäre ein Damm gebrochen. Und die Pferde schienen zu verstehen, was los war. Sie drückten ihre warmen Leiber an sie, stupsten sie mit ihren samtweichen Mäulern an, schenkten ihr Nähe und Geborgenheit und erlaubten ihr, alles zu fühlen, was sie sich selbst immer versagt hatte.

Sie weinte vor Sehnsucht, vor Wut, vor Traurigkeit und vor Frust. Sie beweinte die unausgesprochenen Fragen und die Türen, die sie nie hatte öffnen können. Fragen nach ihrer Mutter. Ihrer Großmutter. Und nach ihrer eigenen Identität.

Und da fühlte sie plötzlich auch Ines' Arme. Es war ein seltsames Gefühl, so dazustehen und mitten in einer Pferdeherde von einer fremden Frau umschlungen zu werden. Oder nein, eigentlich nicht seltsam, korrigierte sie sich, während Maskottchen sein trockenes Maul an ihrer Wange rieb. Im Gegenteil. Es fühlte sich an, als wäre sie zu Hause angekommen.

Nach einer gefühlten Ewigkeit ließ Ines sie los.

»Müssen wir schon zurück?«, fragte Nathalie. Sie wollte bei den Pferden bleiben.

»Nein, wir gehen nicht zurück«, sagte Ines. »Wir zwei gehen weiter.«

Ihre Stimme klang auf einmal so komisch. Der warmherzige Tonfall, an den Nathalie sich gewöhnt hatte, war weg.

»Wir gehen an einen Ort, zu dem nur der innerste Kreis Zutritt hat«, erklärte Großmutter.

Sie zog an ihrem blauen Gummiband und ließ es gegen den tiefen Abdruck an ihrem Handgelenk schnalzen, während sie Nathalie in die Augen sah.

»Nimm alle deine Sachen mit. Ich weiß nicht, ob wir noch mal hierher zurückkommen.«

Trotz der Hitze und trotz der Geborgenheit, die sie inmitten der Pferde empfand, wurde Nathalie plötzlich kalt.

Sie spazierten durch den Rålambshovsparken. Als sie das letzte Mal zusammen hier gewesen waren, hatte Schnee gelegen, und Vincent hatte ihr erklärt, was *Bullet catch* war. Jetzt knallte die Sonne vom Himmel. Im Schatten der Bäume picknickten Leute.

Unten an den Bootsstegen, die damals leer gewesen waren, lagen die Boote nun dicht an dicht. Mina fragte sich, ob Vincent auch eins hatte. Wenn, dann war es sicher ein Motorboot. Sie konnte sich nicht vorstellen, wie er geduldig gegen den Wind kreuzte und die Segel einholte. Ihr wurde bewusst, dass er immer noch nicht nach Nathalie gefragt hatte. Offensichtlich wartete er ab, bis sie so weit war. Es gab so viele Fragen, die sie ihm gerne gestellt hätte. Über Dinge, die gar nichts mit Nathalie zu tun hatten. Warum er sich nicht gemeldet hatte zum Beispiel. Wie es ihm ergangen war. Sie wollte ihm auch erzählen, wie es ihr ergangen war. Aber sie wusste nicht, wo sie anfangen sollte. Daher holte sie tief Luft und begann, von Nathalie zu berichten, bevor sie der Mut ganz verließ.

»Gestern Morgen hat sich Nathalies Vater bei mir gemeldet«, sagte sie. »Sie lebt bei ihm. Weder ich noch meine Mutter haben Kontakt zu den beiden. Aber am Samstag hat meine Mutter Nathalie angesprochen, und seitdem ist sie bei ihrer Großmutter.«

»Und das erzählst du mir, weil …?«

»Ich nehme an, du weißt, wer Nova ist?«, fragte sie.

Vincent zog die Augenbrauen hoch und nickte.

»Sehr gut sogar«, sagte er. »Sie war nämlich …«

»Ich habe heute Morgen mit ihr gesprochen«, fiel Mina ihm ins Wort. »Meine Mutter lebt in einem Seminarhaus, das Nova betreibt, anscheinend arbeiten die beiden zusammen. Dort ist Nathalie jetzt. Ihr Vater war außer sich, als sie plötzlich weg war, und ich sollte ihn beruhigen. Allerdings weiß ich nicht, ob ich mir nicht auch Sorgen machen müsste.«

Vincent lachte auf. Sie runzelte die Stirn. Mit dieser Reaktion hatte sie nicht gerechnet. Gleichzeitig tat Lachen immer gut. Und war ihr viel lieber als das Gegenteil.

»Nova war letzten Freitag im Fernsehen«, sagte er. »Im Taxi habe ich vorhin was über Epicura gelesen. Und jetzt sprichst du auch noch über diese Leute. Das ist doch ein unglaublicher Zufall.«

»Wie hoch die Wahrscheinlichkeit dafür war, kannst du als Meistermentalist sicher am besten selbst ausrechnen«, sagte sie. »Möglicherweise liegt es aber auch nur daran, dass diese Nova gerade überall aufkreuzt. Ganz egal, ob sie willkommen ist oder nicht.«

»Nathalies Großmutter also«, fuhr Vincent fort. »Dann habe ich mich letzten Freitag ja doch nicht getäuscht. Ich hatte gleich das Gefühl, dass sie dir ähnlich sieht, aber ich dachte, meine Fantasie würde mir einen Streich spielen. Deine Mutter heißt also Ines? Sie war auch im Fernsehen.«

Mina wurde warm ums Herz. Warum auch immer er sich nicht gemeldet hatte, vergessen hatte er sie jedenfalls nicht. Und erst vor wenigen Tagen hatte er an sie gedacht.

»Du denkst also beim Fernsehen an mich?«, fragte sie.

Vincent musste husten.

»Äh, also …«, stammelte er. »Das klingt ja sehr … ich meine, wenn du es so sagst … ich wollte wirklich nicht …«

Da war er. Der Vincent, den sie in Erinnerung hatte. Immer in Sorge, er könnte einen Fauxpas begehen, weil zwischenmenschliche Beziehungen im Grunde ein Buch mit sieben Siegeln für ihn waren.

»Beruhige dich«, sagte sie. »Ich habe nur einen Witz gemacht.«

Vincent sah sie perplex an.

»Bevor die Überwachungskamera in deiner Wohnung kaputtging, habe ich dich noch viel öfter auf meinem Fernsehbildschirm gehabt.«

»Igitt, Vincent. Das ist creepy.«

Der Mentalist sah höchst zufrieden aus.

»Wie auch immer«, sagte sie. »Meine Mutter. Ich persönlich bekomme von solchen Institutionen ja Ausschlag. Persönlichkeitsentwicklung auf einem einsamen Gutshof … für mich klingt das nach Sekte. Das habe ich Nova auch gesagt.«

»Und was hat sie geantwortet?«

»Sie hat natürlich behauptet, sie seien keine Sekte. Aber mich interessiert viel mehr, wie du darüber denkst. Denn ich nehme mal an, du kennst sie. Zumindest als Kollegin. Ihr haltet doch über ähnliche Themen Vorträge. Muss ich mir Sorgen um Nathalie machen?«

Vincent schien eine Weile nachzudenken, bevor er antwortete. Der Spazierweg machte eine scharfe Kurve, und sie gelangten zum großen Amphitheater im Park.

»Wie du sagst, ist mir Nova bei verschiedenen Vortragsevents über den Weg gelaufen«, sagte er. »Sie hat einen interessanten und ganz persönlichen Ansatz, finde ich. Es werden ja heutzutage nicht mehr viele Vorträge über Philosophie gehalten. Ich würde aber nicht behaupten, dass wir uns gut kennen. Und über Epicura weiß ich noch weniger.«

»Okay, aber du verstehst etwas von der menschlichen Psyche. Und zwar mehr als jeder andere, den ich kenne. Wird Nathalie das alles guttun?«

»Soweit ich weiß, veranstaltet Epicura vor allem Seminare für Führungskräfte. Und abgesehen davon, dass die Gründerin Charakterzüge eines Gurus hat, treffen die klassischen Kriterien für eine Sekte hier nicht zu. Zunächst einmal bieten sie sogar Sektenentwöhnung an. Und Selbsthilfe ist manchmal einfach nur Selbsthilfe. Nathalie hat noch Kontakt zu anderen Leuten, hoffe ich? Kann sie jederzeit nach Hause fahren? Musste sie ihre Sachen abgeben? Verweist sie immer auf Novas Standpunkte, wenn sie nach ihrer Meinung gefragt wird? Wirkt sie gestresst und erschöpft? Müde und labil?«

»Woher soll ich das wissen? Hast du überhaupt zugehört,

als ich dir erzählt habe, dass sie bei ihrem Vater lebt? Ich habe nicht die geringste Ahnung, weil wir keinen Kontakt haben. Aber grundsätzlich sprechen wir hier von einem Teenager, und bei denen ist gestresst und erschöpft der Normalzustand, nehme ich an.«

Im Amphitheater setzte sich Vincent auf eine der Steinbänke. Dann nahm er zwei Wasserflaschen aus seiner Tasche. Sie bekam die eine. Eine Zeit lang starrte sie auf die Flasche. Sie versuchte, nicht an die vielen Hände zu denken, die die Flasche berührt hatten, bevor sie in Vincents Tasche gelandet war. Die Öffnung an die Lippen zu setzen, war vermutlich so, als würde man zwanzig verschiedenen Menschen die Handflächen ablecken.

Vincent wühlte in seiner Tasche und holte eine Packung Trinkhalme heraus. Sie atmete erleichtert auf. Er erinnerte sich noch.

Dankbar schraubte sie die Flasche auf, steckte den Trinkhalm hinein und trank das kühle Wasser. Am liebsten hätte sie es sich über das Gesicht laufen lassen, um sich zumindest vorübergehend ein wenig abzukühlen.

»Wie alle Selbsthilfebewegungen ist sicherlich auch Epicura etwas extrem«, sagte Vincent, nachdem er einen großen Schluck getrunken hatte. »Aber wenn Nathalie eine Suchende ist, dann hätte sie es auch schlechter treffen können. Entweder der Epikureismus ist was für sie, oder sie hat bald genug davon. Ich kann jedenfalls nichts Schädliches an den Ideen erkennen. Allerdings ist sie meiner Meinung nach ein bisschen zu jung für so eine Bewegung. Deine Mutter meint es bestimmt nur gut. Aber vielleicht wäre es keine schlechte Idee, mal mit ihr zu reden. Fahr einfach hin. Und sieh es dir an.«

»Das geht nicht.« Mina blickte in ihre Wasserflasche. »Bis zum Wochenende wusste Nathalie nicht mal, dass sie eine Großmutter hat. Und dass sie eine Mutter hat, weiß sie immer noch nicht.«

Sie fühlte sich auf einmal so schwach, dass sie am liebsten

den Kopf an Vincents Schulter gelehnt hätte. Sie sehnte sich rein physisch nach Halt, aber so weit waren sie und Vincent noch nicht. Möglicherweise würde sich das entwickeln, sie wusste es nicht. Und außerdem hatte sie keine Ahnung, wie er das, was sie ihm eben erzählt hatte, aufgenommen hatte.

Vincent stand auf und sah sich um.

»Übrigens, eine Sache sollte man über Nova wissen. Sie ist eine von denen, die gerne ihre Mitmenschen umarmen. Nur dass du vorgewarnt bist.«

»Herzlichen Dank. Die Information hätte ich vor einigen Stunden gebrauchen können.«

Sie fragte sich manchmal, ob sie sich »Nicht anfassen!« auf ein T-Shirt drucken lassen sollte. Warum war es für manche Menschen so schwer zu begreifen, dass es nicht okay war, andere Leute ungefragt zu umarmen. Oder sich zu dicht neben sie zu stellen.

»Ich glaube, ich rieche immer noch nach ihrem Parfum«, sagte sie.

Vincent beugte sich vor, als wollte er an ihr schnuppern, schien sich dann aber eines Besseren zu besinnen und wich stattdessen einen Schritt zurück.

»Ich mag diesen Park wirklich«, sagte er plötzlich. »Wusstest du, dass er einer der ersten funktionalistischen Parks in Stockholm war? Er wurde von Anfang an im Hinblick auf die Nutzung konzipiert und nicht vorrangig nach ästhetischen Kriterien. Nach und nach wurden dann alle Parks so gestaltet, und in Architekturkreisen entwickelte sich sogar der Begriff Stockholmstil. Erik Glemme und Holger Blom legten in den Dreißigerjahren diesen Park an, sie waren die Ersten. Ein Freilichttheater aus Beton. Spazierwege genau dort, wo sie sich auch von selbst gebildet hätten. Und vollkommen eben. Schau mal da.«

»Und was hat das alles mit Epikur zu tun?«, fragte sie, während sie in die Richtung sah, in die er zeigte.

Ein Stück von ihnen entfernt spielten Jugendliche mit nackten Oberkörpern Fußball.

214

»Das da drüben wäre nicht möglich gewesen, wenn hier lauter Bäume, Büsche und Hügel rumgestanden hätten«, sagte Vincent zufrieden.

Das Thema Epicura war offensichtlich vorübergehend vergessen. Wie schon so oft, hatte sich der Mentalist in einer eigenen Gedankenschleife verfangen. Sie konnte sich ein Schmunzeln nicht verkneifen. Auch an diesen Vincent erinnerte sie sich gut. Den Mann, der manchmal nicht merkte, dass es auch zu viele Informationen sein konnten. Sie sah ihn ohne die geringste Absicht an, ihn zu unterbrechen.

»Wer hat behauptet, dass Parks nicht praktisch sein dürfen?«, fuhr Vincent fort. »Außerdem gibt es hier einige verrückte Statuen.«

»Jetzt bist du innerhalb von zehn Sekunden von Nova zu Parkarchitektur und dann zu Statuen gesprungen«, sagte sie. »Nur dass du es weißt. Das müsste auch für dich ein Rekord sein. Welche Statuen?«

»Komm.«

Vincent ging auf die Fußballspieler zu. Ihr blieb nichts anderes übrig, als ihm zu folgen.

Auf der Rasenfläche stand tatsächlich eine große Bronzestatue. Sie war mindestens drei Meter hoch. Trotzdem war sie ihr noch nie aufgefallen. Mina kniff die Augen zusammen, um die Statue im Ganzen zu betrachten. Sie sah aus wie eine spitze Schere, die in der Erde steckte. Anstelle von Griffen befand sich am oberen Ende eine Axt. Oder vielleicht war es auch eine stark stilisierte Gestalt auf zwei Beinen mit einer Axt als Kopf.

»Es gibt mehrere in dieser Art, aber die hier mag ich am liebsten«, sagte Vincent. »Sie heißt ›Monument eines Axtmanns‹. Der Künstler, Eric Grate, scheint ziemlich eigen gewesen zu sein. Für das Karolinska-Universitätskrankenhaus hat er auch eine Skulptur gefertigt. Das Kunstwerk war so umstritten, dass sie es dort zunächst gar nicht aufstellen wollten, aber jetzt steht es am Haupteingang. Das hier ist immer noch ein Rätsel. Niemand weiß genau, was er dem Betrachter damit sagen will, aber gewissen Theorien zufolge handelt es sich um eine Anspielung auf heidnischen Lebensstil. Siehst du den Phallus in der Mitte? Manche glauben, die Statue wäre eine Art Anbetung der Fruchtbarkeitsgöttin.«

Vincent blickte zum Axtkopf hinauf und schien in der Betrachtung der Lichtreflexe zu versinken. Mina sah ihm an, dass er noch nicht fertig war. Doch allmählich wurde das Ganze auch für Vincents Verhältnisse zu wirr. Mina hatte den Verdacht, dass er eigentlich etwas ganz anderes sagen wollte. Etwas, wofür er noch nicht die richtigen Worte gefunden hatte. Sie wartete. Aber es kam nichts.

»Die Fruchtbarkeitsgöttin. Aha«, sagte sie schließlich.

Vincent nickte, ohne den Blick von der Statue abzuwenden.

»Ich glaube, Maria hat eine Affäre«, sagte er dann.

Sie wusste nicht, was sie erwartet hatte, aber das jedenfalls nicht.

»Mit Kevin«, fuhr er fort. »Ein Mann, der sie bei der Unternehmensgründung berät.«

Ein kurzes Lachen, das fast wie ein Bellen klang, entfuhr Mina, bevor sie es unterdrücken konnte.

»Entschuldige«, sagte sie. »Kevin? Das klingt nach Tennistrainer.«

Vincent lächelte nicht.

»Soll ich ihn mir mal ansehen?«, fragte sie. »Ich weiß nicht genau, was ich tun kann, aber …«

»Auf keinen Fall.« Vincent sah sie mit weit aufgerissenen Augen an. »Ich will nichts wissen. Sind wir fertig mit der Statue?«

Mina nickte, und sie gingen langsam weiter.

»Warum willst du nichts über ihn wissen?« Sie saugte am Trinkhalm.

Vincent zuckte mit den Schultern. Trotz der sengenden Sonne fand sie es schön, mit ihm durch den Park zu schlendern. Sie konnten einfach so tun, als wären sie aus erfreulichen Gründen hier und nicht, weil ihr über zehn Jahre sorgfältig errichtetes Kartenhaus im Begriff war einzustürzen und Vincent seine Frau zu verlieren drohte.

»Wenn sie eine Affäre hat, könnte das zwei mögliche Konsequenzen haben«, sagte er. »Entweder ist die Affäre ein Sprungbrett, dann verlässt sie mich seinetwegen. Und dann werde ich noch früh genug von der Affäre erfahren. Ich werde natürlich enttäuscht sein und mich hintergangen fühlen, aber diese Gefühle würden noch viel länger andauern, wenn ich schon vorher davon wissen würde. Es gibt keinen Grund, einer Sache vorzugreifen, die sowieso passieren wird. Oder sie braucht diese Affäre im Moment einfach, aber sie wird letztendlich wieder zu mir zurückkommen. Dann ist es besser, wenn ich erst gar nicht davon weiß. Dann stärkt die Affäre aus ihrer Sicht vielleicht sogar die Beziehung. Wenn ich jedoch von der Affäre weiß, könnte es sein, dass sie mir nicht mehr aus dem Kopf geht. Und dann besteht die Gefahr, dass ich unsere Beziehung zerstöre, obwohl sie eine echte Chance gehabt hätte.«

Schweigend gingen sie weiter. Sie war sich nicht sicher, ob das, was Vincent ihr gerade erläutert hatte, das Vernünftigste war, was sie seit Langem gehört hatte, oder ob er emotional noch zurückgebliebener war, als sie geahnt hatte. Dass sie selbst nur ungern Menschen an sich heranließ, war eine Sache. Aber Vincent klang, als ob ihn seine Frau emotional überhaupt nicht berührte. Konnte man wirklich so rational sein, wie er behauptete? Und was wurde dann aus der Liebe?

»Bitte verzeih, wenn ich mich in etwas einmische, das mich nichts angeht«, sagte sie. »Aber möchtest du nicht wenigstens wissen, ob sie zu den Menschen gehört, die Affären haben?«

Sie hatten die Lilla Västerbron fast erreicht. Der Skaterpark unter der Brücke war voll. Das Scharren der Rollen auf dem Beton vermischte sich mit dem Hip-Hop, der aus diversen scheppernden Lautsprechern schallte. Sie verzogen die Gesichter und gingen zurück in den Bereich des Parks, aus dem sie gekommen waren.

»Weißt du«, sagte Vincent. »Ich glaube, die meisten Menschen sind zu fast allem fähig. Es kommt nur auf den Zeitpunkt und die Umstände an. Wir sind keine statischen Wesen. Die meisten Zellen werden regelmäßig ausgetauscht. Noch vor drei Wochen war deine äußerste Hautschicht eine vollkommen andere, dein Gehirn bildet neue Nervenzellen. Physisch betrachtet, bist du nicht mehr dieselbe wie vor fünf Jahren. Das Gleiche gilt für deine Ansichten, Meinungen und Gedanken. Die Mina von heute kann Dinge tun, zu denen die Mina von vor fünf Jahren gar nicht in der Lage gewesen wäre.«

Wie zum Beispiel in einen Container voller Nerze zu springen, dachte sie bei sich. Nicht, dass sie vorgehabt hätte, diese Heldentat jemals zu wiederholen. Aber sie verstand, was er meinte.

»Wahrscheinlich ist mindestens eine der vielen Versionen von Maria, mit denen ich im Laufe meines Lebens verheiratet sein werde, in der Lage, mich zu betrügen«, fuhr er fort. »Ich habe aber nichts davon, wenn ich weiß, ob sie es im Moment ist. Denn die nächste Version von Maria ist es vielleicht nicht. Möglicherweise würde sie es jetzt nicht tun, aber die nächste Maria entscheidet sich für einen anderen. Verstehst du? Nur über die jetzige Maria kann ich etwas wissen, aber da ich für den Rest meines Lebens mit zukünftigen Versionen von ihr verheiratet sein werde, bringt mir das nichts.«

»Das ist … speziell«, sagte Mina. »Und du bist dir sicher, dass du dir das alles nicht nur einredest, weil du im Grunde ganz froh wärst, wenn sie dich mit diesem Kevin betrügt, weil du vor zwei Jahren im Gondolen das Gleiche mit deiner Ex-Frau Ulrika gemacht hast?«

Vincent wurde blass.

»Ich wünsche Maria wirklich, dass ihre eventuelle Affäre weniger hasserfüllt sein wird. Aber klar, ich bin im Minus.«

Sie hatten den Ausgang des Parks erreicht und schlugen die Richtung zum Präsidium ein. Mina hatte ihre Wasserflasche ausgetrunken und warf sie in einen Papierkorb. Wenn Vincent schon so ehrlich über Maria sprach, sollte sie ihm vielleicht von Amir erzählen. Sie wurde zwar schon bei dem Gedanken nervös, aber sie wollte, dass er von Amir wusste.

»Apropos Veränderung.« Sie räusperte sich. »Du wirst es nicht glauben. Ich habe ein Date.«

Sie spürte, wie er erstarrte. Nur für einen Moment.

»Wer ist denn der Glückliche?«, fragte er nach einer Pause.

»Er heißt Amir. Er ist Jurist. Mehr weiß ich eigentlich nicht. Wir haben gechattet und dann … keine Ahnung, wie es passiert ist, aber wir sind verabredet.«

Auf der Straße war es wärmer als im Park. Zwischen den Häuserwänden staute sich die Hitze, und über dem Asphalt vibrierte die Luft.

»Du kennst doch die Fovea centralis, den Bereich des schärfsten Sehens«, sagte Vincent. »Diese sogenannte Sehgrube nimmt nur ein begrenztes Gebiet wahr. Um zum Beispiel die Häuser auf der anderen Straßenseite scharf zu sehen, muss sich dein Fokus permanent verschieben. Als würdest du dir bei einem Puzzle jedes Teil einzeln ansehen. Im Gehirn wird das Puzzle dann zusammengesetzt. Dein Auge jedoch sieht nie alle Teile, und daher malt das Gehirn die Lücken selbstständig aus. Einen Teil dessen, was du siehst, hat sich dein Gehirn also aufgrund von Vorannahmen erschlossen.«

Wieder einmal hatte Vincents Geist einen völlig unerwarteten Sprung gemacht. In gewisser Weise hatte Mina Verständnis für Maria. Es war vermutlich viel unkomplizierter, mit diesem Kevin zu reden. Aber auch viel langweiliger.

»Hast du schon wieder das Thema gewechselt?«, fragte sie. »Clever, Vincent. Aber hatten wir nicht besprochen, dass du soziales Verhalten üben musst?«

»Wieso, ich spreche doch von deinem Date«, sagte er. »Wenn wir jemandem ins Gesicht schauen, ist es genauso. Unser Fokus wandert im Dreieck zwischen Augen und Nasenspitze hin und her. Aber wenn wir jemanden anziehend finden, dann interessieren wir uns auch für, äh, wie soll ich es sagen … geschwollene und feuchte Körperteile, du weißt schon …«

Verstohlen betrachtete sie den Mentalisten von der Seite, der sich plötzlich eingehend mit dem unsichtbaren Dreck unter seinen Fingernägeln beschäftigte.

»Bist du etwa rot geworden, Vincent?«

»Wie auch immer.« Er räusperte sich. »Lippen zum Beispiel. Vor allem, wenn sie so rot sind wie deine. Also … Amir fand dich doch wahrscheinlich attraktiv, oder? Du merkst es jedenfalls daran, dass sein Blick von den Augen bis hinunter zum Mund wandert und nicht nur bis zur Nase. Der Mund ist erotisch, weil er …«

»Keine weiteren Details, bitte!« In gespielter Entrüstung wich sie einen Schritt zurück. »Außerdem ist es gar kein richtiges Date. Wir treffen uns nur im Mittelmeermuseum. Tagsüber.«

Sie näherten sich dem Präsidium. Drinnen erwarteten sie die Fotos von Lilly und Ossian, doch mit den Ermittlungen würde sie keinen Schritt weiterkommen. Sie wünschte, sie hätte mit Vincent im Park bleiben und sich weiter über Statuen unterhalten können.

Vincent rief per App ein Taxi und wurde direkt vor dem Haupteingang abgeholt. Schweigend sah sie ihm zu, während er die hintere Tür öffnete. Sie hatten seit zwei Jahren keinen Kontakt gehabt, nicht einmal per SMS. Und nun war es, als wären all die Monate ohne ihn nie passiert und sie beide immer verbunden gewesen. Sie war froh, dass er wieder da war. Sehr, sehr froh sogar. Und trotzdem verabschiedete er sich schon wieder. Er hatte ihre Fragen beantwortet, und sie musste weiterarbeiten. Sie wollte aber nicht, dass es schon vorbei war. Noch nicht. Verzweifelt suchte sie nach einem Grund, ihn aufzuhalten, aber ihr fiel keiner ein.

»Ich kann mich ein wenig über Epicura schlaumachen, wenn du möchtest«, sagte er. »Das kann ja nicht schaden. Und du solltest wahrscheinlich mal mit Nathalie reden. Ich glaube

nicht, dass diese Führungsseminare auf Jugendliche zugeschnitten sind. Aber eins noch, Mina.«

Er drehte sich zu ihr um und zog eine Augenbraue hoch.

»*Fovea centralis*«, sagte er. »Denk dran.«

»Musst du nicht nach Hause?« Sie verschränkte die Arme.

Vincent lachte, stieg ein und zog die Tür zu. Sie sah dem
Taxi nach, bis es um die Ecke gebogen war. Ein Teil von ihr
verschwand mit ihm. Sie hätte ihn bitten sollen zu bleiben.
Ohne besonderen Grund.

Einfach nur zu bleiben.

Doch das hatte sie nicht getan. Was Nathalie betraf, hatte er
natürlich recht. Wenn ihre Tochter bis zum Wochenende nicht
aus diesem Tagungszentrum zurückkehrte, würde Mina hinfahren und sie abholen. Den Ärger von Nathalies Vater musste
sie in Kauf nehmen. Und wenn er ein Problem damit hatte,
sollte er eben vorher selbst hinfahren. Nathalie hatte schließlich Sommerferien, und Mina hatte genügend Vertrauen zu
ihrer Mutter, um die beiden noch ein paar Tage in Ruhe zu
lassen. Sie hatte andere Dinge zu tun.

»*Fovea centralis*.« Ihr lief ein Schauer über den Rücken.

Dates. Was für eine widerliche Erfindung.

Am Ende des Tages war die Stimmung im Konferenzraum keinen Deut besser als am Wochenende. Außerdem schien es in dem Raum noch heißer geworden zu sein.

Minas Gedanken kreisten immer noch um das Treffen mit Vincent, das sie mit einem vertrauten, aber auch etwas zwiespältigen Gefühl zurückgelassen hatte. Sie war davon ausgegangen, dass er ganz der Alte sein würde, aber er hatte ihr ja selbst erläutert, wie sehr sich Menschen permanent veränderten. Vielleicht verstand der neue Vincent sie gar nicht mehr so gut? Oder war er vielleicht jemand geworden, in den sie sich nicht mehr so gut hineinversetzen konnte? Es war ihr nicht so vorgekommen. Es hatte sich alles genauso angefühlt wie früher. Jedenfalls fast. Hoffentlich empfand er es genauso.

»Hört mal.« Julia fächelte sich mit den Händen Luft zu. »Ich weiß, ihr seid müde. Die Ereignisse am Wochenende haben uns allen einen Schlag versetzt, und ich habe den ganzen Tag damit verbracht, uns die Medien vom Hals zu halten. Im Moment haben sie alle Hände voll damit zu tun, über das Mädchen zu berichten, das wir glorreicherweise letzten Freitag aufgefunden haben. Aber sie sind wie Bluthunde und haben auch schon Witterung aufgenommen. Außerdem besagt die goldene Regel des Journalismus, dass alles, was in den Himmel gelobt wird, auch kritisiert werden muss. Sie bauen ein Konstrukt auf, um es später zum Einsturz zu bringen. Es ist nur eine Frage der Zeit, wann sie mitbekommen, dass wir Ossian tot aufgefunden haben – und nicht den geringsten Anhaltspunkt haben. Wenn die Medien im Fall Lilly ihren Willen durchgesetzt hätten, wären bei der Polizei einige Köpfe gerollt. Aber zum Glück haben die Medien das nicht zu entscheiden.«

Bosse fraß gierig aus einer nagelneuen Metallschüssel in der Ecke. Julia hatte ihr Versprechen gehalten. Mina tat ihr Möglichstes, um die fleischige Zunge zu ignorieren, mit der das

Tier sein Futter umrührte, und nicht auf die vielen Haare zu achten, die sich aus seinem Fell gelöst hatten und durch die stehende Luft segelten. Bald würde Christer wahrscheinlich ein Körbchen aufstellen.

»Und daher können wir uns keine Fehler erlauben. Diesmal müssen wir den oder die Täter finden. Solange wir auf den Obduktionsbericht warten, können wir alle Aussagen zum Tod von Lilly Meyer noch einmal durchgehen. Wir beginnen mit den engsten Angehörigen. Die haben zwar mit Sicherheit die Nase voll von der Kripo, aber es bleibt uns nichts anderes übrig. Peder und ich haben bereits mit der Mutter gesprochen. Es war … ein Erlebnis. Sie hält immer noch an derselben Story fest wie bei der Verhandlung und behauptet steif und fest, Lillys Vater Mauro habe das Mädchen umgebracht. Mina und Ruben, ihr redet mit ihm. Er war übers Wochenende verreist, kommt aber heute Abend wieder zurück. Geht bitte am Dienstag als Erstes zu ihm, also gleich morgen früh.«

»Und ich?«, fragte Christer.

»Du gehst natürlich die Kartei durch«, sagte Julia schnell. »Nein, okay, wir müssen die Beschreibung von Lillys Entführern überprüfen. Das ältere Paar, das jemand in der Nähe ihrer Kita gesehen haben will. Das ist deine Aufgabe. Aber anschließend gehst du die Kartei durch. Irgendjemand muss es schließlich tun.«

Christers Miene hatte sich aufgehellt, verfinsterte sich aber sofort wieder.

»Ich glaube, dieser Raum hier könnte ein paar Endorphine vertragen«, sagte Peder. »Damit wir unsere Arbeit besser machen.«

Aus seinem Handy ertönte eine fröhliche Melodie.

»Das sind meine Drillinge …«

»Das wissen wir!« Ruben schlug auf den Tisch. »Der ESC ist fünf Monate her, verdammt. Fünf. Monate. So lange müssen wir dieses Video schon ertragen. Wann gibst du endlich Ruhe?«

Peder senkte beschämt den Blick.

»Ich wollte euch nur ein bisschen aufmuntern«, sagte er leise.

»Ein vorbildlicher Ansatz«, sagte Julia. »Alles, was uns die Arbeit erleichtert, ist willkommen. Nur keine Dinge, die hier unnötig den Stresspegel erhöhen. Was hältst du davon, wenn wir uns die Drillinge für Momente aufsparen, in denen wir sie wirklich nötig haben?«

Peder nickte besänftigt.

»Wo war ich stehen geblieben?«, fragte Julia. »Ach ja. Abgesehen davon, dass wir uns den Fall Lilly Meyer noch einmal genauer anschauen sollten, sollten wir auch unseren potenziellen Täterkreis erweitern. Da die Täterbeschreibungen so stark voneinander abweichen, könnte man leicht auf die Idee kommen, die Fälle hätten nichts miteinander zu tun. Meiner Ansicht nach gibt es dafür jedoch zu viele Parallelen. Adam hat von Anfang an darauf hingewiesen, und seit gestern bin ich geneigt, ihm zuzustimmen. Die Kinder waren etwa gleich alt, beide wurden am helllichten Tag von jemandem mitgenommen, ohne dass es auffiel, beide waren drei Tage lang verschwunden und wurden dann ohne sichtbare Verletzungen tot aufgefunden. Das kann kein Zufall sein. Die Vermutung jedoch, dass dann mindestens drei Personen hinter den Entführungen stecken müssen, wirft neue Fragen auf. Wer sind diese Leute, und was ist ihr Motiv? Ich kann mich an keinen ähnlichen Fall erinnern. Wir müssen jedenfalls mehr über sie herausfinden. Adam?«

Adam räusperte sich, und alle sahen ihn an.

»Wie ihr vielleicht wisst, haben wir hier im Haus momentan keinen Kriminalpsychologen«, sagte er. »Seit Jan Bergsvik uns verlassen hat ...«

»... gehen musste«, warf Ruben hüstelnd ein.

»... sich entschied zu kündigen«, fuhr Adam mit einem ironischen Zucken im Mundwinkel fort. »Und daher habe ich mir erlaubt, eine Expertin für extreme Verhaltensweisen zurate zu ziehen. Denn ganz gleich, ob wir es mit einem oder mehreren Tätern zu tun haben, kann man das Verhalten nicht anders beschreiben. Es ist extrem. Wenn wir Glück haben, hilft sie uns zu verstehen, wie solche Leute ticken.«

»Warum rufen wir nicht einfach Vincent an?«, schlug Mina eifrig vor. »Wenn wir schon jemanden von außen dazuholen?«

Adam konnte doch nicht einfach irgendjemanden ins Boot holen, wenn auch Vincent zur Verfügung stand.

»Wen?« Adam wirkte verwirrt.

»Vincent Walder«, sagte Julia. »Er hat uns vor einer Weile bei einem Fall unterstützt, in den, wie sich herausstellte, seine Schwester involviert war.«

Adam pfiff durch die Zähne.

»Ach, der. Ja, ich erinnere mich.«

»Um deine Frage zu beantworten, Mina«, sagte Julia. »Adam hat die Expertin bereits kontaktiert. Was hältst du davon, wenn wir uns erst mal anhören, was sie zu sagen hat, bevor wir uns an Walder wenden. Vincent ist gut, aber wenn er dabei ist, wird es immer so … speziell.«

Mina nickte, obwohl sie anderer Meinung war. Sie hatte sich gerade erst von Vincent verabschiedet und vermisste ihn jetzt schon. Außerdem hatte er ihr das Leben gerettet. Das konnte man von der Person, die Adam herbestellt hatte, mit Sicherheit nicht behaupten.

»Die Frau, die ich zurate gezogen habe, ist übrigens auch Expertin für das Verhalten von Gruppen, und zwar vor allem, wie gesagt, wenn es extreme Formen annimmt.«

»Das Verhalten von Gruppen?«, fragte Peder.

»Ja, das ist ein ganz neuer Ansatz«, erklärte Adam, »aber ich würde ihn gerne mal an euch ausprobieren. Bis jetzt sind wir davon ausgegangen, Ossian wäre entweder vom selben Täter wie Lilly ermordet worden oder von einem Trittbrettfahrer. Ich habe jedoch noch einen dritten Vorschlag, der erklären würde, warum die Täterbeschreibungen so stark voneinander abweichen, während die Morde nahezu identisch sind.«

Adam schwieg einen Moment und sah die anderen an. Nur Bosses Hecheln war zu hören.

»Wir könnten es mit einer Gruppe zu tun haben«, sagte Adam. »Ich glaube, unsere Entführer kennen sich.«

Keiner sagte etwas. Der Gedanke war furchtbar. Und trotzdem ließe sich damit, genau wie Adam sagte, einiges erklären.

»Wie ich schon mehrfach betont habe«, sagte Julia, »dürfen wir nichts ausschließen. Und dieser Ansatz klingt zweifelsohne interessant.«

»Ich wollte es nur schon mal erwähnt haben, damit wir meine Expertin danach fragen können«, sagte Adam. »Sie war in letzter Zeit medial ziemlich präsent, von daher kennen die meisten von euch sie wahrscheinlich. Ich hatte Glück, dass sie überhaupt Zeit hat. Sie stößt Mittwochvormittag zu uns. Ihr Name ist Jessica Wennhagen, aber bekannt ist sie unter dem Namen Nova.«

Mina starrte Adam an. Das konnte nicht wahr sein.

Nathalie wusste nicht, wo sie hinfuhren. Ohne weitere Erklärungen abzugeben, hatte Großmutter sie zu einem Auto hinter der Pferdekoppel mitgenommen. Sie hatte geglaubt, der Ort, den Großmutter erwähnt hatte, wäre in der Nähe, aber nun waren sie schon mindestens eine halbe Stunde unterwegs. Der Mann am Steuer hieß Karl. Er war groß und blond, hatte ein makelloses Lächeln und strahlte die gleiche Ruhe aus wie alle anderen Menschen, die sie bei Epicura gesehen hatte. Diese Ruhe machte sie neidisch.

Sie wäre auch gerne so zufrieden gewesen. Ohne den überbehütenden Vater, die Großmutter, von der sie nichts gewusst hatte, und die Freundinnen, die immer nur darüber nachdachten, was andere wohl über sie dachten.

Das Leben von diesem Karl konnte doch auch nicht völlig frei von Sorgen und Ärgernissen sein. Aber anmerken ließ er es sich jedenfalls nicht. Und sie musste zugeben, dass die Stimmung bei Epicura trotz des Hungers auf sie abgefärbt hatte. In den vergangenen Tagen war sie so entspannt und gut gelaunt wie schon lange nicht mehr gewesen.

»Was ist denn das für ein innerer Kreis?«, fragte sie ihre Großmutter, die auf dem Beifahrersitz saß.

Bevor Großmutter etwas sagen konnte, antwortete die Frau neben Nathalie auf der Rückbank.

»Was Nova bei Epicura lehrt, ist nur der erste Schritt«, sagte sie. »Denjenigen, die ihre Seminare besuchen, genügt das auch. Aber wenn man John Wennhagens Vermächtnis wirklich verstehen will, darf man sich nicht damit zufriedengeben. Aus Liebe macht Ines dir das große Geschenk, dich jetzt schon einzuweihen. Normalerweise dauert es viele Jahre, bis man zum innersten Kreis vordringt. Ich heiß übrigens Monica.«

»John Wennhagen?«, fragte Nathalie. »Das verstehe ich nicht. Ich dachte, Novas Großvater hieß Baltzar.«

Ines drehte sich zu Nathalie um. Ihr Blick war voller Geheimnisse, aber auch voller Versprechen.

»John war Novas Vater«, sagte sie. »Der Einzige, der es wirklich verstanden hat. Wir haben seine Nachfolge angetreten.«

Sie bogen in einen Waldweg ein. Bäume sausten vorbei, und zwischen den Baumstämmen tanzten zittrige Sonnenstrahlen. Ein Stück weiter erblickte Nathalie ein größeres Gebäude. Plötzlich wurde ihr klar, dass niemand wusste, wo sie war. Sie selbst nicht. Und nicht einmal ihr Vater.

»Alles ist Leiden, Schmerz reinigt«, rezitierte ihre Großmutter auf dem Beifahrersitz und ließ das Gummiband schnalzen.

»Alles ist Leiden, Schmerz reinigt«, murmelten Karl und Monica im Chor.

Haben Sie … Haben Sie neue Erkenntnisse? Über Lilly?«
Die Leiterin der Kita Marienkäfer suchte ängstlich seinen Blick.

»Sie sind doch bestimmt deswegen gekommen. Ich weiß, es ist ein ganzes Jahr vergangen, aber ich dachte … Wir haben die Hoffnung auf Antworten noch nicht aufgegeben. Oder … sind Sie wegen des Jungen hier?«

Christer zögerte. Dass er Menschen nicht die Antworten geben konnte, die sie so dringend brauchten, gehörte zu den schwierigen Seiten seines Berufs. Lillys Verschwinden war für die Kita immer noch eine offene Wunde, unter der nicht nur das Personal, sondern auch die Kinder litten. Und die Eltern. Er konnte es verstehen. Der Fall hatte alle erschüttert, alle wollten wissen, was passiert war. Aber das konnte er ihnen auch nicht sagen. Stattdessen hatte er noch mehr Fragen.

»Während laufender Ermittlungen darf ich gar nichts sagen.« Das stimmte zwar, war aber eine feige Ausflucht. »Können wir uns unter vier Augen unterhalten?«

So lautete die Standardantwort. Steif, unpersönlich und distanziert.

»Wir können ruhig hier draußen reden. Die Kinder sind beschäftigt, sie hören uns nicht. Außerdem werde ich als Aufsichtsperson gebraucht. Wir müssen alle mithelfen, die Kinder im Auge zu behalten.«

Mit Argusaugen behielt Kitaleiterin Johanna die vielen Kinder im Blick.

»Ist der Junge von denselben Entführern gekidnappt worden wie Lilly?«, fragte sie.

»Das kann ich nicht …«

Christer beendete den Satz nicht. Bosse sprang wie ein ausgelassener Welpe zwischen den fröhlichen Kindern herum. Anfangs hatte Christer ihn draußen vor dem Tor angebunden, aber als die Kinder sich neugierig an den Zaun gedrängt hatten, hatte ein Erzieher gefragt, ob man den Hund nicht hereinholen könnte. Bosses Freude war grenzenlos gewesen. Er liebte alle Menschen, vor allem aber Kinder.

»Wie ich schon sagte, würde ich gerne mit den Lehrerinnen und Lehrern sprechen, die an dem Tag, als Lilly verschwand, gearbeitet haben. Manchmal sind Erinnerungen seltsam. Manche verschwimmen mit der Zeit, aber manche werden auch klarer. Wir … wir möchten nichts dem Zufall überlassen.«

»Ich hole sie.« Johanna nickte ihm zu und stand von der Bank auf. »Aber man sagt nicht Lehrer, sondern Erzieher.«

»Leopold! Aysha!«

Ein junger Mann und eine ältere Frau drehten sich um und kamen auf sie zu. Ihre angespannte Haltung verriet, dass sie wussten, worum es ging. Eins der Kinder heulte vor Wut und bewarf ein anderes mit Sand. Schnell war eine Erzieherin bei den beiden und rettete die Situation. Als Leopold und Aysha vor ihnen standen, war der Streit längst beigelegt, und die Kinder spielten einträchtig weiter.

Wenn es in seiner Welt doch auch so einfach wäre.

Christer gab den beiden die Hand und setzte sich mit ihnen auf eine Bank. Leiterin Johanna ließ sie allein.

»Geht es um Lilly?«, fragte die ältere Frau.

»Ist der Junge von demselben Paar entführt worden?«, fragte der junge Mann, ohne die spielenden Kinder aus den Augen zu lassen.

»Dazu darf ich mich nicht äußern«, sagte Christer zum zweiten Mal innerhalb von kurzer Zeit.

Bosse kam, um die beiden zu begrüßen, und ließ sich kurz von Christer hinter den Ohren kraulen, bevor er hechelnd zu seinen neuen Freunden zurückrannte.

»Ihr Hund ist der Knaller.« Aysha lächelte.

Ein Mädchen ließ sich den Sonnenhut zurechtrücken.

»Sie müssen abends völlig am Ende sein.« Christer betrachtete die riesige Schar von Kindern, die alle in verschiedene Richtungen zu laufen schienen und einen Geräuschpegel verursachten, bei dem sich die Trommelfelle bogen.

»Sowohl als auch. Die Arbeit ist intensiv, aber schön.« Leopold lehnte sich zurück.

»Was ist Ihnen von dem Tag, an dem Lilly verschwand, in Erinnerung geblieben?«

Christer beendete den Small Talk und kam zur Sache. Er konnte es sich nicht erlauben, Zeit zu verschwenden.

»Es war ein Tag wie immer. Uns fiel nichts Ungewöhnliches auf. Aysha und ich haben beide das Paar vorbeigehen sehen, dachten uns aber nichts dabei. Die zwei sahen ganz gewöhnlich aus.«

»Ja, es war ein völlig durchschnittliches älteres Paar.« Aysha nickte. »Beide grauhaarig. Er hatte kurzes Haar und sie so einen trendigen Pagenkopf, wenn Sie wissen, was ich meine.«

»Und eine Brille«, fügte Leopold hinzu.

Ein kleiner Junge in zu weiten Shorts fiel direkt vor Christer auf die Nase. Leopold sprang auf, half ihm wieder auf die Beine und tröstete ihn.

»Nichts Ungewöhnliches?«, fragte Christer.

Bis jetzt hatte er nichts gehört, was nicht auch im Bericht gestanden hätte.

»Nein, es werden ja oft Kinder von ihren Großeltern abgeholt. Und die Entführung selbst haben wir nicht mitbekommen. Ein paar Kinder sagten später, ein alter Mann und eine alte Frau hätten Lilly mitgenommen.«

»Woher wussten Sie, dass die Kinder das Paar meinten, das Sie eine Weile zuvor gesehen hatten?«

»Die Kinder sagten, die Frau hätte einen lila Mantel angehabt«, sagte Aysha. »Und den hatten Leopold und ich ja auch gesehen. Die Farbe ist ja eher selten.«

»Und Sie haben diese Leute weder mit Lilly noch mit einem anderen Kind oder überhaupt jemals hier in der Gegend gesehen?«

Beide schüttelten den Kopf.

»Ich kann das natürlich nicht mit hundertprozentiger Sicherheit sagen«, sagte Leopold, »aber soweit ich mich erinnere, nicht.«

»Ich auch nicht«, sagte Aysha.

Christer dachte nach. Einen Versuch war es wert gewesen, aber Aysha, Leopold und das übrige Kitapersonal waren, genau wie die Kinder, damals eingehend befragt worden.

»Dann will ich Sie nicht länger stören.« Er erhob sich.

Seine Gelenke knackten, und an den Oberschenkeln klebte ihm der durchgeschwitzte Hosenstoff an den Beinen. Er pfiff nach Bosse, der ihn zunächst ignorierte, aber nach einigen weiteren Pfiffen und einer scharfen Zurechtweisung widerwillig angetrabt kam. Ein Rudel Kinder rannte ihm hinterher.

»Der Wauwau soll nicht gehen«, sagte ein kleines Mädchen mit blonden Rattenschwänzen und einer Prinzessin in einem Wirbel aus Schneeflocken auf dem T-Shirt.

»Der Wauwau muss aber zur Arbeit.« Christer nahm Bosse an die Leine.

Der Hund wollte sich zuerst nicht vom Fleck rühren, vier Kinder hielten ihn umschlungen. Bosse sah Christer flehentlich an.

»Nein, wir müssen jetzt gehen.«

Christer zog an der Leine, Bosse bewegte sich widerstrebend auf den Ausgang zu, aber die Kinder klammerten sich immer noch an ihn.

»Jetzt müsst ihr den Wauwau loslassen, Kinder«, versuchte Christer es noch einmal.

Aus den Augenwinkeln sah er, dass Leopold und Aysha ihn amüsiert beobachteten. Er zerrte fortwährend an der Hundeleine, und als Bosse endlich schneller wurde, mussten die Kinder von ihm ablassen. Am Tor sah Bosse sich ein letztes Mal sehnsüchtig um, bevor er ins Auto sprang.

H allo?«, sagte Mina fragend.
Der Anrufer unterdrückte seine Nummer. Mina war in der Hoffnung ans Telefon gegangen, es wäre doch nicht die Person in der Leitung, mit der sie gerechnet hatte.

»Ich bin es«, sagte eine männliche Stimme.

Seufzte. Natürlich war er es. Wer sonst rief sie am Abend an?

»Hast du sie erreicht?«, fragte Nathalies Vater. »Und was brummt da so?«

»Das ist die Klimaanlage. Und ich habe sie angerufen, aber noch nicht mit ihr gesprochen.«

»Dann ist die Sache entschieden. Es ist jetzt Montagabend. Sie ist immer noch nicht zu Hause. Ich schicke jemanden hin, der sie abholt. So geht das einfach nicht.«

Mina zwang sich, ruhig durchzuatmen, bevor sie antwortete.

»Tu das bitte nicht.« Sie bemühte sich, gelassener zu klingen, als sie in Wirklichkeit war.

Einen Augenblick lang hatte sie das Gefühl, er wäre bei ihr, in ihrer Wohnung. Als würde er in die saubere Oase eindringen, die sie geschaffen hatte. Die Wohnung war ihr Schutzschild, ihr sicherer Rückzugsort, ihre Festung, aber er kam überall rein, wenn er wollte. So war es immer gewesen.

Er schwieg. Wartete auf eine Begründung.

Was sollte sie sagen? Dass Nathalie ihr mehr als alles andere auf der Welt bedeutete? Dass der Gedanke an Nathalie sie selbst in den schlimmsten Zeiten ihrer Krankheit aufrecht gehalten hatte? Dass die Abmachung, die Familie Nathalie zuliebe zu verlassen, sie beinahe umgebracht hätte? Worte nützten nichts, das wusste sie. Sie war erwachsen und selbst für ihre Handlungen verantwortlich. Aber sie war krank gewesen, verdammt. Wenn er wenigstens das verstanden hätte.

»Ich kann dir nicht vorschreiben, was du zu tun hast.« Sie senkte die Stimme. »Oder wie du mit der Situation umgehst. Ich weiß, dass ich dazu kein Recht mehr habe. Aber diesmal bist du zu mir gekommen. Du hast mich um Hilfe gebeten. Also gib mir ein bisschen Zeit. Ich glaube, es könnte großen Schaden anrichten, jetzt einfach dazwischenzugehen. Außerdem hat Nathalie das Recht, Fragen zu stellen. Es ist verständlich, dass sie mehr wissen will. Sie braucht Zeit. Wir sind diejenigen, die ihr die Wahrheit vorenthalten haben. Es war nicht ihre Entscheidung, mit einer Lüge zu leben. Also handle bitte nicht voreilig. Gib mir die Chance, die Sache in Ordnung zu bringen. Mag sein, dass du mir nicht vertraust, aber vielleicht vertraust du Nathalie.«

Er atmete schwer. Das tat er immer, wenn er intensiv nachdachte. Sie wusste, dass er im Kopf zwei Listen aufstellte. Eine pro. Und eine kontra. An den schweren Atemzügen war zu erkennen, wie sorgfältig er sie gegeneinander abwog. Sie war selbst erstaunt, wie gut sie ihn immer noch kannte. Und wie vertraut ihr auch die ungesagten Dinge waren.

»Du bekommst deinen Willen«, sagte er schließlich. »Ich warte ab.«

»Danke.«

Erleichtert lehnte Mina sich an die Sofakissen.

Er schwieg. Sie überlegte, ob sie noch etwas sagen sollte. Ihre Schuldgefühle drängten sie dazu, irgendetwas zu sagen, das um Verständnis geworben hätte. Auch wenn es zu spät war. Doch der Augenblick verstrich. Er legte auf.

Stirnrunzelnd heftete sie ihren Blick auf den Fernseher und versuchte, sich wieder auf die Sendung zu konzentrieren, die sie verfolgt hatte, bevor das Telefon geklingelt hatte. Nicht, dass sie bei dem Lärm, den ihre zwei neuen Klimaanlagen verursachten, den Ton verstanden hätte. Eine stand im Wohnzimmer und eine im Schlafzimmer. Die Geräte bliesen kalte Luft in die Räume und leiteten warme Luft durch Schläuche, die sie durch die Fensterspalte gesteckt hatte, nach draußen.

Ihre Wohnung war nun der einzige Ort, an dem sie nicht schwitzte. Sie fand es herrlich. Allerdings verstand sie ihr eigenes Wort nicht mehr.

Die Teilnehmer, die paarweise herumrannten und nervös in die Kamera grinsten, interessierten sie nicht die Bohne. Sie waren von Experten zusammengebracht worden und hatten sich vor dem Traualtar kennengelernt.

Die Gesellschaft hatte offenbar das zwanghafte Bedürfnis, aus Menschen Paare zu machen. Als ob das Dasein als Einzelwesen um jeden Preis ausgerottet werden müsste. War die Bibel verantwortlich dafür, dass Zweisamkeit die Norm war? Hatte das Ganze mit Adam und Eva angefangen, oder als immer zwei Tiere jeder Art auf Noahs Arche Schutz gesucht hatten? Die Arche der Menschen von heute hieß Tinder. Menschen klammerten sich verzweifelt an Apps, die ihnen die Hoffnung vermittelten, nicht in ihrer eigenen Einsamkeit zu ertrinken. Als ob Einsamkeit gefährlich wäre.

Schon die Geschichte von Adam und Eva hatte natürlich auch die Schattenseiten der Zweisamkeit gezeigt. Im Paradies gab es immer eine Schlange. Sie fragte sich, wie viele Paare in der Sendung wohl bis zum Ende der Dreharbeiten zusammengeblieben waren. Kein einziges, der eisigen Stimmung zwischen den meisten Teilnehmerinnen und Teilnehmern zu urteilen. Es gab keinen mathematischen Liebescode. Das war eins der wenigen Dinge, die sie über die Liebe wusste.

Sie fragte sich, was Vincent dazu sagen würde. Vermutlich so einiges, garniert mit dem einen oder anderen Diagramm. Es wäre ihr lieber gewesen, wenn die Gruppe ihn als externen Berater mit ins Boot geholt hätte und nicht Nova. Vor allem in Anbetracht der Sache mit Nathalie. Es konnte kompliziert werden. Und außerdem spielte Nova für Minas Geschmack schon eine viel zu große Rolle in ihrem Leben.

Sie hätten Vincent nehmen sollen.

Sie schaltete um zu einem Wissensquiz mit Prominenten, die gegeneinander antraten. Schon besser.

Vincent.

Auch er war in ihre Festung eingedrungen. Aber das war anders gewesen. Sie hatte ihn hereingelassen. Es war ihre Entscheidung gewesen. Und er hatte Verständnis gehabt. Bei ihm konnte sie so sein, wie sie war. Es hatte sich ... gut angefühlt, als Vincent da gewesen war. Und der Spaziergang im Park hatte sich auch gut angefühlt. Vielleicht etwas *zu* gut. Sie wusste ja, was passieren konnte. Da war die Einsamkeit besser. In ihrer Festung.

Einsamkeit war Stärke.

Vincent stützte sich mit einer Hand am Baum ab. In der anderen hielt er einen Stock, den er vom Boden aufgehoben hatte. Damit versuchte er, den Lehm von seinem Schuh abzukratzen. Wenn man bedachte, dass es seit Wochen nicht geregnet hatte, hätte der Wald bei der Hitze staubtrocken sein müssen. Es herrschte sogar Waldbrandgefahr. Aber Vincent hatte natürlich die einzige matschige Stelle weit und breit gefunden und war mitten hineingetreten.

Zum Glück trug er Sneakers und nicht seine üblichen Lederschuhe, die diesen Fehltritt bestimmt nicht überlebt hätten. Nur schade, dass es weiße Sneaker waren.

Der Plan war, morgens einen Waldspaziergang zu machen, um ein bisschen frische Luft zu tanken und die Gedanken schweifen zu lassen. Dafür, dass er praktisch mitten im Wald wohnte, verbrachte er absurd wenig Zeit darin. Aber es war ja nie zu spät für neue Gewohnheiten. Im Wald konnte er zwar keine Menschen beobachten, wie er es auf seinen Spaziergängen in der Stadt so gern tat, aber wissenschaftliche Forschungen belegten, dass Naturerlebnisse Stresshormone abbauten und den Blutdruck senkten. Mittlerweile gab es sogar eine Waldtherapie. Und wenn er seit gestern etwas brauchte, dann war das Entspannung. Irgendwie musste er schließlich wieder Herr der Lage werden.

Und deshalb stand er dort, an einen Baum gelehnt, und gab dem Wald eine Chance. Es war wirklich schön. Richtig angenehm sogar. Er konnte sich nur nicht konzentrieren.

Weil er Mina getroffen hatte.

Erst gestern.

Mina mit dem schwarzen Haar, Mina mit dem Blick, der verriet, dass sie viel mehr begriff, als sie sich anmerken lassen wollte, Mina, die sich lieber an den Rändern der Welt aufhielt und ihre Tochter liebte.

Nach all der langen Zeit, in der er gewartet hatte, war sie diejenige gewesen, die angerufen hatte. Die mit ihm reden wollte. Im Nachhinein schämte er sich, dass er sich nicht gemeldet hatte. Was hatte er denn gedacht? Dass sie anders geworden wäre? Dass sie nicht mit ihm reden wollte? Er hätte sie längst anrufen können. Er hätte sie anrufen *sollen*.

Allerdings war es vielleicht überflüssig gewesen, ihr von Kevin zu erzählen. Der brauchte sie nicht zu interessieren. Andererseits hatte sie sich ihm auch anvertraut und von ihrer Familie erzählt, und da wollte er es ihr gleichtun.

Und dann waren sie auseinandergegangen.

Ohne »bis bald« zu sagen.

Er hatte zwar noch schnell versprochen, sich über Epicura schlauzumachen, aber er glaubte nicht, dass er etwas finden würde. Und ohne neue Erkenntnisse gab es keinen Grund, sich bei ihr zu melden. Scheiße.

Er kratzte das letzte bisschen Lehm vom Schuh und richtete sich auf. In was für eine dunkle Gedankenschleife war er bloß geraten. Jetzt reichte es aber. Er würde nicht noch einmal den gleichen Fehler machen. Nur weil sie keine feste Verabredung hatten, musste ja nicht wieder totale Funkstille herrschen. Sie waren doch, verdammt noch mal, Freunde. Und Freunde riefen sich gegenseitig an. Er zog sein Handy aus der Tasche und rief Minas Nummer auf.

Während es klingelte, kam ein Eichhörnchen in seine Richtung gelaufen und blieb stehen, als es ihn bemerkte. Es musterte ihn von Kopf bis Fuß und überlegte wohl, ob er eine Bedrohung darstellte oder nicht. Dann fasste es sich offenbar ein Herz und raste dicht neben ihm den Baum hinauf, doch die Nervosität war dem zitternden Tier deutlich anzumerken. Er wusste genau, wie das Eichhörnchen sich fühlte.

M ina hielt das Handy so, dass Ruben nicht auf den Bildschirm schauen konnte. Er brauchte nicht zu wissen, wer anrief.

»Willst du nicht rangehen?«, fragte Ruben, der am Steuer saß. »Ich komme noch von der Fahrbahn ab, wenn das ewig so weiterklingelt. Stell wenigstens den Ton ab.«

Er bog in eine Reihenhaussiedlung in Upplands Väsby ein.

»Moment.« Sie steckte sich ein sorgfältig abgewischtes Headset in die Ohren.

»Ja, hier ist Mina«, sagte sie so neutral wie möglich.

»Hallo, Mina, hier ist Vincent.«

Stille. Trotz des lauten Motorengeräuschs meinte sie im Hintergrund Vogelgezwitscher zu hören.

»Ich wollte nur …« Er verstummte erneut. »Alles in Ordnung? Mit der Sache, über die wir geredet haben?«

Sie hätte ihn gerne gefragt, was er meinte. Die Ermittlungen, mit denen sie nicht weiterkamen? Oder dass Nathalie nicht von ihrer Großmutter zurückgekommen war und Mina sich gar nicht auszumalen wagte, was Nathalie dort alles erfahren haben mochte?

Es war nicht alles in Ordnung, aber sie war zumindest ein bisschen zuversichtlicher. Nur konnte sie das natürlich nicht sagen. Wenn jemand anders mit im Auto saß.

Ruben parkte vor einem weißen Reihenhaus und sah Mina fragend an. Sie nickte und zeigte auf ihr Handy.

»Ich kann gerade nicht richtig reden«, sagte sie ins Telefon. »Wir sind gleich bei einem Angehörigen, aber ich würde das Thema gerne … ausführlicher besprechen. Kann ich später zurückrufen?«

Vincent verstand hoffentlich, warum sie sich so förmlich ausdrückte. Und dass es nichts mit ihm zu tun hatte. Er schwieg eine Weile.

»Ich wollte eigentlich nur Hallo sagen.« Seine Stimme klang, als würde er lächeln. »Ich fand es … schön … dich gestern zu sehen.«

Sie musste husten, während Vincent auflegte. Ruben war zum Glück schon ausgestiegen.

Als sie ihn erreicht hatte, kam Mauro Meyer gerade aus der Tür seines Reihenhauses.

»Guten Tag.« Er gab beiden die Hand. »Ich weiß, dass Sie schon mit Lillys Mutter gesprochen haben, und kann mir vorstellen, was sie Ihnen über mich erzählt hat. Aber glauben Sie mir, mich in eine andere Frau zu verlieben, ist das einzige Verbrechen, das ich jemals begangen habe.«

Er schob mit dem Fuß ein Dreirad zur Seite, damit sie ungehindert eintreten konnten. Es war nicht zu übersehen, dass in dem Haus eine Familie mit kleinen Kindern lebte. Im Flur stand eine Vitrine voller Pokale und Trophäen.

»In meiner Jugend war ich unheimlich aktiv«, sagte Mauro, als er Minas interessierten Blick bemerkte. »Von Reiten bis Fechten habe ich fast jeden Sport betrieben. Aber das war, bevor ich Jenny kennenlernte. Sie hielt mich vor allem für einen Snob. Und wahrscheinlich hatte sie recht. Kommen Sie, wir setzen uns hinten auf die Terrasse.«

Er führte sie durch das Haus auf eine hübsche Terrasse mit Blick auf einen kleinen gepflegten Garten. Neben einem Jungen, der in einem Planschbecken spielte, saß eine hochschwangere Frau und hielt die Füße in eine Wanne mit Wasser. Mauro stellte ihnen seine Frau Cecilia vor.

Mina und Ruben setzten sich in den Schatten unter die Markise und nahmen das Angebot an, einen Kaffee zu trinken, obwohl Mina ein kaltes Getränk lieber gewesen wäre.

»Verzeihen Sie, dass ich nicht rüberkomme«, rief Cecilia, »aber wenn ich meine Füße nicht kühle, explodieren sie.«

»Das kennen wir gut.« Ruben lächelte. »Ein Kollege von uns hat vor drei Jahren Drillinge bekommen.«

»Drillinge, ach du Schreck«, sagte Mauro, der mit einer Packung Hafermilch aus der Küche kam und sich zu ihnen setzte. »Wie überlebt man das?«

»Ich nehme an, er ist gestorben und nur noch ein Zombie«, sagte Ruben. »Aber mit zwei Kindern so kurz hintereinander ist es wahrscheinlich auch nicht einfach …«

Mina merkte, dass sie Ruben anstarrte.

Er war nicht nur nett, er redete über Kinder. Noch dazu ganz selbstverständlich. Die Tatsache, dass Cecilia im Bikini dasaß, hätte ihn eigentlich aus der Fassung bringen müssen, obwohl sie schwanger war, aber er schien es gar nicht zu bemerken. Mina hoffte nur, dass er nicht krank wurde. Im Moment war jeder Mitarbeiter der Gruppe absolut unentbehrlich.

»Zwei, sagen Sie?« Mauro lachte. »Das ist erst die Hälfte, wir haben nämlich noch zwei. Cecilia hat zwei Kinder aus einer früheren Beziehung, sieben und fünf Jahre alt, aber die sind zum Spielen zu den Nachbarn gegangen.«

»Wollen wir jetzt über den Grund unseres Kommens sprechen?«, schlug Mina vor.

Es war ja schön und gut, dass Ruben so etwas wie einen persönlichen Draht zu Lillys Vater und ihrer Stiefmutter aufbauen wollte, aber allmählich ging ihr das Gerede über Kinder auf die Nerven.

»Ich habe mich über Ihren Anruf etwas gewundert. Was möchten Sie denn wissen?«

Mauro machte eine ratlose Geste und warf seiner Frau einen kurzen Blick zu.

»Zwei Kollegen von uns haben gestern mit Ihrer Ex-Frau gesprochen. Sie hält immer noch an der Behauptung fest, Sie hätten etwas mit dem Tod Ihrer Tochter zu tun.«

»Sie kommen ja wirklich gleich zur Sache.« Mauro trank einen Schluck Kaffee. »Aber das stimmt«, fuhr er fort. »Jenny hat es sich zur Lebensaufgabe gemacht, mich zu bestrafen. Ja, ich hatte schon was mit Cecilia, als Jenny und ich noch verheiratet waren. Das gebe ich zu. Ich habe eine Baufirma, und Cecilia hat bei mir im Büro gearbeitet. Das tut sie immer noch. Jenny und mir ging es schon seit Längerem nicht gut zusammen. Sie hat … so ihre Probleme. Die eigentlich nichts mit mir zu tun haben. Aber für sie war es immer am einfachsten, mich zum Sündenbock zu machen. Deshalb habe ich mich irgendwann in Cecilia verliebt. Und das konnte mir Jenny nicht verzeihen. Daher hat sie mich dort getroffen, wo es am meisten wehtut. Sie hat unser Kind benutzt.«

»Sie hat uns vom ersten Tag an die Hölle heißgemacht.« Cecilia strich sich über den Bauch. »Sie hasst Mauro und seine ganze Familie.«

»Warum denn gleich Ihre ganze Familie und nicht nur Sie?« Ruben goss sich Hafermilch in den Kaffee.

Mina wusste, dass Ruben seinen Kaffee ohne Milch trank. Jetzt übertrieb er es wirklich.

»In meiner Familie stehen wir uns sehr nah. Keiner in meiner Familie hat Jenny gemocht. Sie alle haben sie von Anfang an für einen Fehler gehalten. Cecilia dagegen haben sie vom ersten Moment an geliebt, und das haben sie wohl etwas zu deutlich gezeigt. Mittlerweile gibt es ja Facebook und Instagram …«

»Das Schlimmste waren ihre Vorwürfe vor Gericht«, meinte Cecilia mit zitternder Stimme.

Mina begriff, dass die Wunden noch nicht verheilt waren.

»Zum Glück hat ihr niemand geglaubt. Es gab ja auch keine Beweise. Nur Behauptungen. Und Worte, die sie Lilly im Nachhinein in den Mund gelegt hat.«

»Ich wollte ihr Lilly nie wegnehmen.« Mauro strich sich eine Haarsträhne aus dem Gesicht. »Ich habe das Wechselmodell vorgeschlagen. Jede zweite Woche. Aber für Jenny hat es immer nur alles oder nichts gegeben. Außerdem hat sie Lilly als ihr Eigentum betrachtet.«

»Sie zerstört unser Leben«, sagte Cecilia hasserfüllt und ballte die Fäuste.

»Ich wünsche mir nichts mehr, als endlich zu erfahren, wer

uns Lilly genommen hat«, stieß Mauro angespannt hervor. »Denn ich war es nicht.«

»Das denken wir auch nicht«, sagte Mina. »Und genau darüber wollen wir mit Ihnen sprechen. Sie haben vielleicht gehört, dass vergangene Woche ein Junge im selben Alter wie Lilly unter den gleichen Umständen verschwunden ist wie sie. Wir versuchen herauszufinden, ob es einen Zusammenhang gibt. Haben Sie wirklich keine Ahnung, wer sie entführt haben könnte?«

»Wir haben schon beim ersten Mal alles gesagt.« Mauro senkte den Blick. »Ich wollte sie von der Kita abholen. Sie war nicht da. Drei Tage später …«

Die Haarsträhne fiel ihm wieder in die Stirn.

»Und mit der Familie des Jungen haben Sie nichts zu tun? Kennen Sie die Eltern des Jungen?« Auf ihrem Handy zeigte sie ihm ein Foto von Ossians Eltern und nannte auch ihre Namen. Er sah sich das Bild lange an, schüttelte dann aber langsam den Kopf.

»Nein, da klingelt nichts. Hundertprozentig sicher bin ich mir da zwar nicht, weil ich praktisch gesichtsblind bin, aber spontan würde ich sagen, nein, diese Leute habe ich noch nie gesehen.«

Mina nickte und zeigte das Foto Cecilia, die ebenfalls den Kopf schüttelte. Enttäuscht steckte Mina ihr Handy wieder ein. Sie kamen so nicht weiter.

»Könntest du mir noch mehr Eiswürfel holen, Liebling?«, fragte Cecilia ihren Mann, der sofort aufsprang.

»Natürlich.«

»Keinerlei Vermutung, wer das ältere Paar sein könnte?«, fragte Ruben.

Cecilia runzelte die Stirn und schien zu überlegen.

»Ach so«, sagte sie dann. »Nein, soweit wir wissen, sind die beiden auch gar nicht in Lillys Nähe, sondern nur in der Nähe der Kita gesehen worden. Wahrscheinlich waren das Passanten. Wer Mauros Tochter entführt hat, ist noch immer ein Rätsel. Ich könnte es mir leicht machen und sagen, dass es wahrscheinlich Jenny war, aber … nein. Ehrlich gesagt, glaube ich das nicht.«

»Und es gab keine älteren Verwandten, die emotional in den Sorgerechtsstreit involviert waren? In Jennys Familie vielleicht? Oder in Ihrer?«, fragte Ruben, aber Cecilia schüttelte nur den Kopf.

»Nein, nichts dergleichen. Jennys Eltern sind tot, und unsere, tja, die sind alt und gebrechlich. Ich kann Ihnen natürlich ihre Adresse geben, wenn Sie selbst mit ihnen sprechen wollen.«

»Die schreibe ich mir gerne auf«, sagte Ruben, während Minas Bauchgefühl ihr sagte, dass Cecilias Auskunft der Wahrheit entsprach.

Es war zum Verrücktwerden. All ihre Bemühungen endeten in Sackgassen. Morgen war Mittwoch, und seit Ossians Verschwinden war eine ganze Woche vergangen, aber sie waren kein bisschen schlauer geworden. Im Grunde hatte sie sogar das Gefühl, noch weniger zu wissen als vor einer Woche. Wie konnte das sein? Sie waren doch gut. Und trotzdem fischten sie im Trüben.

Mauro kramte im Tiefkühlschrank und kam mit einem Behälter voller Eiswürfel zurück. Er ging zu Cecilia, klopfte gegen den Behälter und schüttete alle Eiswürfel auf einmal in die Wanne.

»Ah … herrlich …« Wohlig schloss sie die Augen.

Er küsste sie auf den Mund und strich ihr über den Kopf. Ihre Liebe war nicht zu übersehen. Mina verspürte einen Hauch von Neid. Mauro würde niemals mit einem großen Fisch posieren müssen, um Cecilias Aufmerksamkeit auf sich zu ziehen. Was sie füreinander empfanden, war echt.

»Wir wollen nicht länger stören.« Mina stand auf.

Sie wollte Vincent anrufen. Sie wollte unbedingt seine Stimme hören, ohne ihm mittendrin das Wort abschneiden zu müssen. Sollte er ruhig eine seiner viel zu langen Ausführungen zu einem Thema abgeben, das niemanden interessierte.

Einsamkeit hatte für sie nichts mit Stärke zu tun, so gerne sie das auch gewollt hätte.

Als sie aus Upplands Väsby ins Präsidium zurückkamen, zog Ruben sich schnell ein frisches weißes Hemd an, das er sich extra von zu Hause mitgebracht hatte. Er hatte sich am Morgen absichtlich nicht rasiert, weil er wusste, dass ihm die unrasierten Wangen in Kombination mit seinem Beruf eine spannende und, ja, irgendwie gefährliche Ausstrahlung verliehen. Und auch wenn er zurzeit nicht aktiv flirtete, war es nie verkehrt, einen guten Eindruck zu machen. Die Vereinbarung mit seiner Therapeutin Amanda besagte ja nur, dass *er* nicht auf die Jagd gehen durfte. Was erlaubt war, wenn eine Frau *ihn* anbaggerte, hatten sie nicht besprochen. Er konnte schließlich nichts dafür, wenn er der betreffenden Frau ganz beiläufig einen Stupser in die richtige Richtung gegeben hatte.

Seine Gedanken wanderten die ganze Zeit zu der Erkenntnis, zu der er bei Großmutter gekommen war. Astrid musste seine Tochter sein. Doch wie zum Teufel sollte er mit dieser Neuigkeit umgehen?

Vorerst musste das sowieso warten, denn bald würde Adams Expertin für extremes Gruppenverhalten eintreffen. Bald würde Nova kommen. Bei ihrem guten Aussehen war sie es vermutlich gewohnt, viel Aufmerksamkeit zu bekommen. Ihr goldener Teint hätte auch auf eine Herkunft aus Brasilien oder Asien hindeuten können, und ihr selbstbewusstes Lächeln strahlte Freundlichkeit aus. Sie hatte sogar Grübchen. Mit ihrer Eleganz mitzuhalten, war das Mindeste, was er tun konnte.

Und hoffen, dass sie sich nicht an ihn erinnerte.

Bei der Vortragsreihe für Polizisten, die sie vor einigen Jahren gehalten hatte, hatten Hunderte seiner Kollegen zugehört. Die Wahrscheinlichkeit, dass sie sich an ihn erinnerte, war verschwindend gering. Obwohl er an zwei Abenden mit ihr ausgegangen war. Und dann im Kopierraum versucht hatte, sie zu verführen. Aber so was passierte einer Frau wie Nova wahrscheinlich täglich.

Allerdings ging hier jetzt schon alles schief, obwohl sie noch gar nicht da war. Während Adam zum Empfang hinunterging, um sie zu begrüßen, türmte Peder Plundergebäck auf. Aber eine Frau wie Nova lud man nicht zu klebrigen Blätterteigteilchen ein, der bot man ein Glas Cava an. Und dazu vielleicht vegane Energiekugeln.

»Die Vanillecreme wird in deinem Bart hängen bleiben«, brummte er in Peders Richtung und setzte sich an den Tisch.

Ruben hatte seinen Duft von Montblanc extra ein wenig früher aufgelegt, damit er sich mit seinem Körpergeruch vermischte, bevor das Meeting begann. Sprühte man sich zu spät ein, roch man frisch parfümiert, ein typischer Anfängerfehler. Verging jedoch zu viel Zeit, war der Duft kaum noch wahrnehmbar. Was dauerte jetzt so lange? Und warum starrte Mina ihn so an?

»Was willst du?«, zischte er mürrischer als beabsichtigt.

Mina zuckte zusammen.

»Kann es sein, dass du ein bisschen nervös bist?«, meinte sie. »Ist was passiert?«

»Nervös? Ich?« Er lachte verkrampft. »Nervös war ich zuletzt, als mir eine Minderjährige an die Wäsche wollte.«

»Ruben!«, sagte Julia mit scharfem Unterton. »Wir haben das doch schon tausendmal besprochen … Ah, da seid ihr ja!«

Adam und Nova kamen herein und machten der Unterhaltung damit ein Ende. Perfektes Timing. Rubens Aftershave und sein Körpergeruch waren eine harmonische Verbindung eingegangen, und Mina gegenüber brauchte er sich nicht mehr zu erklären. Seit einem Jahr musste er sich jedes Mal, wenn er mit Gunnar und den anderen aus der Spezialeinheit Mittag essen ging, Frauengeschichten aus den Fingern saugen. Er war so daran gewöhnt, sich welche auszudenken, dass sie ihm automatisch über die Lippen kamen, manchmal auch zum falschen Zeitpunkt. So wie jetzt. Es war vermutlich nur eine Frage der Zeit, wann man ihn enttarnen würde. Ihm ging langsam der Stoff aus.

Nicht, dass Mina sich noch für ihn zu interessieren schien. Als Nova den Raum betrat, hatte sich ihr Blick verfinstert. Ein typischer Fall von weiblicher Eifersucht. Auf ihre strenge Art war Mina zwar hübsch, jedenfalls wenn man über ihre schuppigen Hände hinwegsah, aber zu glauben, sie könnte sich mit Novas mondäner Eleganz messen, war lächerlich. Frauen, wie gesagt. Er unterdrückte einen Seufzer und setzte sich aufrecht hin.

»Hallo, ich heiße Julia Hammarsten und leite diese Gruppe.« Sie gab Nova die Hand. »Adam haben Sie ja schon kennengelernt. Und dann haben wir hier noch Ruben, Mina, Christer und Peder.«

Ruben kniff die Augen zusammen und nickte kaum merklich, während er Nova anlächelte. Das war eine erprobte Technik, die er normalerweise bei Vernehmungen anwendete. Sie vermittelte dem Gesprächspartner das Gefühl, verstanden zu werden. Die meisten Menschen entspannten sich daraufhin. Nova hingegen nickte höflich zurück, dann ließ sie ihren Blick zu Peder hinüberwandern und schenkte ihm ein warmherziges Lächeln. Rubens Charme war offensichtlich etwas eingerostet. Aber immerhin schien sie ihn nicht wiederzuerkennen. Und als sie ihn nicht mehr ansah, konnte er in aller Ruhe feststellen, dass die beiden oberen Knöpfe ihrer weißen Bluse geöffnet waren. Leider war ihr Rock sehr weit, da konnte man die Form des Hinterns nicht so gut erkennen. Auf der anderen Seite ließen solche Röcke viel Spielraum für Fantasie. Manchmal trugen Frauen unter dem Rock keinen Slip. Amanda sollte sich nicht so haben, Gedanken waren schließlich frei.

Novas Lächeln erstarb, als ihr Blick auf Mina fiel, die ihr nicht die Hand reichte. Andererseits tat sie das nie. Wann lernte sie endlich, sich zu benehmen? Oder Handschuhe zu tragen?

»Wie Adam Ihnen ja schon gesagt hat, ermitteln wir in einem Fall von Kindesentführung. Der Junge heißt Ossian«, berichtete Julia, nachdem Nova auch von Christer begrüßt worden war. »Derartige Entführungen sind extrem selten. Und außerdem sind die Kidnapper im Prinzip genauso vorgegangen wie in einem anderen Fall von vor einem Jahr. Daher vermuten wir, dass es eine Verbindung gibt.«

»Was genau heißt extrem selten?« Nova setzte sich.

Sie hatte den Platz genau gegenüber von Ruben eingenommen. Ihm war das mehr als recht. Allerdings hätte sie für seinen Geschmack noch einen Blusenknopf öffnen können. Peder schob ihr den Teller mit den Plunderteilchen hinüber, und sie nahm sich tatsächlich eins. Als sie hineinbiss, blieben ein paar Blätterteigkrümel an ihren Lippen hängen, und Ruben beobachtete aufmerksam, wie sie sich die Lippen ableckte.

Plötzlich hielt sie inne und starrte Ruben mit aufgerissenen Augen an. Oh, nein. Sie hatte den Vorfall doch nicht vergessen.

»Ich glaube, wir sind uns schon mal begegnet«, sagte sie kühl. »Brauchst du immer noch Assistenz beim Ausdrucken?«

Rubens Wangen glühten.

»Nein, das schaffe ich mittlerweile ohne Unterstützung.«

Als er merkte, wie der Satz klang, wurde er knallrot. »Lassen wir das.«

Der Rest der Gruppe betrachtete ihn verwundert, während in Novas Augen ein amüsiertes Leuchten aufblitzte. Eins zu null für sie.

»Um deine Frage zu beantworten, Nova – du hast hoffentlich nichts dagegen, wenn ich dich in das kollegiale Du in dieser Gruppe einbeziehe«, er warf Julia einen fragenden Blick zu, doch die schien nichts dagegen zu haben. »Es werden jedes Jahr Hunderte von Kindern von besorgten Eltern vermisst gemeldet. Die meisten tauchen innerhalb weniger Stunden wieder auf. Im Normalfall sind sie zu Freunden gegangen und haben beim Spielen die Zeit vergessen. Was in *diesen* beiden Fällen hier passiert ist, nämlich dass Kinder tatsächlich entführt und getötet wurden, ist eins der gefürchtetsten Verbrechen, kommt aber fast nie vor. Fast.«

»Getötet?« Entsetzt legte Nova ihr Gebäckstück zurück auf den Teller.

Julia nickte und zeigte auf die Kaffeekanne. Nova schüttelte den Kopf.

»Lilly Meyer wurde letzten Sommer auf einem Bootssteg in Hammarby Sjöstad aufgefunden«, erläuterte Christer. »Unter einer Plane. Und Ossian ist letzten Samstag tot unter einer Gangway aufgefunden worden. Es ist zum Verzweifeln.«

»Du kannst dir vorstellen, dass der Fall für die Medien ein gefundenes Fressen ist«, sagte Ruben. »Die Nachrichten ähneln einem HBO-Thriller für den Durchschnittsschweden zu Hause auf seinem Sofa. Und jeder ist froh, dass es nicht um das eigene Kind geht.«

Nova senkte den Blick.

»Das Mädchen, das letztes Jahr verschwand, wurde nach drei Tagen tot aufgefunden«, sagte Julia. »Und bei Ossian ist genau das Gleiche passiert. Er wurde bei der af Chapman auf Skeppsholmen aufgefunden, nachdem er drei Tage lang verschwunden gewesen war. Bis jetzt ist es uns gelungen, den Leichenfund nicht an die Medien durchsickern zu lassen, aber sie werden vermutlich jeden Augenblick Wind davon bekommen. Die Parallelen können natürlich Zufall sein, aber möglicherweise haben wir es mit denselben Tätern zu tun.«

Nova starrte sie an.

»Verzeihung«, sagte sie, »aber welche Rolle spiele ich dabei? Ich weiß wirklich nicht, wie ich euch helfen kann, so gerne ich das tun würde. Aber ich habe keine Ahnung von … Mördern.«

»Die Entführungsmethode ist identisch«, erläuterte Adam. »Aber die Täter sind es nicht. Uns liegen in beiden Fällen Täterbeschreibungen vor. Lilly wurde von einem älteren Paar entführt, Ossian von einer Frau um die dreißig. Also hat Ossians Entführerin entweder etwas über Lillys Entführung gelesen und die Tat kopiert, oder …«

»Oder die Täter kennen sich«, fügte Nova hinzu. »Was bedeuten würde, dass eine Gruppe dahintersteckt, auch wenn es eine kleine ist, die kein Problem damit hat, extreme Handlungen auszuführen. Jetzt verstehe ich.«

»Ja, und an dieser Stelle kommst du als Expertin ins Bild«, sagte Julia. »Wir müssen verstehen, wie solche Menschen denken.«

Nova ergriff das Wort. »Ich habe im Laufe der Jahre viel Erfahrung mit extremen Gruppen gesammelt. Die gängige Bezeichnung lautet Sekte. Es begann alles mit einer Frau, die widerwillig zu uns gekommen war. Ihre Eltern hatten lange vergeblich versucht, sie aus einer sektenähnlichen Gruppierung herauszuholen. Mit unserer Hilfe konnte sie sich endlich befreien, und heute arbeitet sie sogar für uns. Ich habe aus dem Prozess unheimlich viel gelernt. Allmählich sprach sich herum, dass wir ihr beim Sektenausstieg geholfen hatten, und wir bekamen immer mehr Anfragen. Sektenentwöhnung umfasst zwar nicht den größten, aber einen wichtigen Teil unserer Tätigkeit. Ich hoffe wirklich, dass ich euch mit meinen Erfahrungen irgendwie bei eurer Arbeit weiterhelfen kann.«

Ruben stellte sie sich mit offener Bluse vor. Vielleicht sollte er sie doch fragen, ob sie nicht Lust hätte, mit ihm im Kopierraum zu verschwinden.

»Jeder kann in die Fänge einer Organisation oder Sekte geraten und vorher nicht für möglich gehaltene Dinge tun«, fuhr Nova fort. »Die Menschen suchen nur nach Zugehörigkeit.«

»Wie bei Charles Manson und seiner Manson-Family?«, fragte Christer nachdenklich.

»Ja, oder wie bei der Braut Christi und ihrer Gemeinde in Knutby. Ich habe übrigens zwei ehemalige Gemeindemitglieder von Åsa Waldaus bei Epicura«, sagte Nova.

»Ich habe gehört, dass Åsa selbst mittlerweile mit ihrem alten Vater ein abgeschiedenes und ärmliches Dasein fristet«, brummte Christer. »Ihre narzisstischen Träume von Macht und Reichtum musste sie offenbar begraben. Geschieht ihr recht.«

»Entschuldigung, aber wieso glauben wir plötzlich, es wür- de eine Sekte dahinterstecken?« Peder rieb sich den Bart. »Drei Verrückte, die sich zufällig kennen, sind doch nicht gleich eine Sekte. Und ist eine Sekte nicht eine religiöse Be- kenntnisgemeinschaft? Seit wann haben Kidnapper religiöse Motive?«

»Wir glauben gar nichts.« Julia wedelte mit einem Kunst- stoffhefter. »Wir sind für alle Ermittlungsansätze offen. Du musst allerdings zugeben, dass wir es nicht oft mit Gruppen zu tun haben, die solche Taten gemeinsam begehen. Noch dazu im Abstand von einem Jahr. Ich glaube nicht, dass sie verrückt sind. Dafür sind die Taten zu gut geplant. Und somit wären wir wieder bei Novas Kenntnissen über extremes Verhalten.«

»Das mit den Sekten und der Religion ist ein Missverständ- nis«, warf Nova ein.

Ruben sah ihr an, dass sie jetzt vollständig in den Arbeits- modus übergegangen war. Das mit dem Kopierraum konnte er wahrscheinlich vergessen.

»Bei Sekten kann es um alles Mögliche gehen«, fuhr sie fort. »Es gibt wissenschaftliche Untersuchungen über die Ähnlich- keiten von religiösen Sekten, politischen Bewegungen und to- talitären Ideen im Allgemeinen. Allen gemein sind bestimmte extremistische Gedankenmuster. Natürlich wird in einer Sekte immer eine Form von Anbetung praktiziert, aber die kann sich auch auf einen vergötterten Präsidenten richten. Ganz egal, ob Donald Trump oder Fundamentalismus, Menschen lassen sich von fast allem überzeugen. Und *falls* sich eure Kid- napper kennen, dann verbindet sie vermutlich eine starke Überzeugung. Ansonsten wären sie zu so furchtbaren Morden nicht in der Lage. Ist Mord die richtige Bezeichnung?«

Christer nickte grimmig und kraulte Bosse hinter dem Ohr.

»Die Morde an Lilly Meyer und Ossian Walthersson«, sagte er. »Beide fünf Jahre alt.«

Bosse sah sein Herrchen wimmernd an.

»Es muss keine religiöse Überzeugung zugrunde liegen«,

sagte Nova. »Um Leute dazu zu bringen, Kinder zu entführen, braucht man nur eine starke Führungsperson.«

Ruben rümpfte innerlich die Nase. *Wissenschaftliche Untersuchungen,* dass er nicht lachte. Sie klang fast wie Vincent. Aber Nova war natürlich eine deutliche Verbesserung. Auch wenn sie ihre Aufmerksamkeit größtenteils auf Peder richtete. Vielleicht hatte Ruben die magische Anziehungskraft dieses Hipsterbarts doch unterschätzt. In einem Punkt hatte Julia jedenfalls recht. Es war ein ungewöhnlicher Fall, und daher mussten sie in ungewöhnlichen Bahnen denken. Und wenn Nova zu diesem Zweck öfter herkommen musste, hatte er nichts dagegen einzuwenden.

»Eine Führungsperson?«, fragte Julia.

»Ja. Wenn eine Gruppe von Menschen extremes Verhalten an den Tag legt, das stark von geltenden Normen und Gesetzen abweicht, steht fast immer eine starke Führungsperson dahinter. Jemand, der manipulativ, mächtig oder Furcht einflößend genug ist, um die anderen zu überzeugen.«

»Nehmen wir mal an, wir haben es mit einer solchen Gruppe zu tun«, sagte Julia. »Rein theoretisch. Welche Rückschlüsse lassen sich dann aus den Morden auf die Gruppe ziehen? Wer sind diese Leute?«

Nova dachte nach.

»Okay«, sagte sie dann. »Sekten, ganz egal, ob sie politisch, religiös oder anders ausgerichtet sind, mögen Rituale. Rituale definieren die Bewegung. Und was ihr mir erzählt habt, weist eindeutig auf rituelle Züge hin. Vielleicht sogar auf Symbolhandlungen. Sowohl Lilly als auch Ossian sind drei Tage lang verschwunden, bevor sie aufgefunden werden. Die Drei ist, wie ihr sicher wisst, die heiligste aller Zahlen. Schon Pythagoras im antiken Griechenland hielt sie für die perfekte Zahl. Sie kann Geburt, Leben und Tod symbolisieren. Anfang, Mitte, Ende. Die Dreieinigkeit im Christentum. Gemäß dem psychologischen Modell von Exposition, Etablierung und Veränderung geschieht im Märchen alles dreimal. Das Problem ist nur, dass die Drei so vieles bedeuten kann. Schwer zu sagen, was sie hier zu bedeuten hat. Die Platzierung der Leichen ist auch interessant.«

Ruben seufzte. Nun erinnerte sie ihn *zu* sehr an Vincent. Eigentlich war es merkwürdig, dass sie nicht gleich Vincent um Hilfe gebeten hatten. Aber vielleicht kannten sich Mentalisten nicht mit Sekten aus. Irgendwie freute es Ruben auch, dass sogar Vincent Lücken hatte.

»Wie meinst du das?«, fragte Julia.

»Lilly und Ossian wurden beide in Wassernähe aufgefunden. Sind sie ertrunken?«

»Nein«, sagte Mina. »Lilly ist durch Ersticken zu Tode gekommen. Ossians Todesursache ist noch nicht festgestellt worden. Aber als wir ihn auffanden, war er trocken.«

Ruben fiel auf, dass dies Minas erste Wortmeldung heute gewesen war.

»Warum also waren sie am Wasser?«, hakte Nova nach. »Wasser hat eine ungeheuer starke, geradezu göttliche Symbolkraft.«

»Wir jagen also Wasser anbetende Fanatiker mit einer Vorliebe für die Zahl Drei«, sagte Mina spitz. »Klingt wirklich viel naheliegender, als dass ein Pädophilenring oder zwei Fälle von missglücktem Menschenhandel dahinterstecken. Ihr wisst schon, diese Dinge, die in der realen Welt manchmal vorkommen.«

Nova zuckte mit den Schultern.

»Ich gebe dir recht«, sagte sie. »Die Sektentheorie ist eher unwahrscheinlich. Aber vielleicht sollten wir uns nicht an dem Wort Sekte aufhängen. Denn ganz unabhängig davon, wie wir die Taten einordnen, weisen sie eindeutig rituelle und symbolhafte Züge auf. Es wäre verwunderlich, wenn es da *keinen* Zusammenhang gäbe. Und angesichts der unterschiedlichen Täterbeschreibungen würde ich vermuten, dass noch mehr Personen involviert sind. Ein älteres Paar und eine jüngere Frau? Irgendjemand hat sie zusammengeführt und dazu gebracht, diese Taten zu begehen.«

»Warum kann denn nicht einer der Kidnapper der Anführer sein?«, fragte Mina. »Ich verstehe nicht, wieso es mehr Leute sein sollen.«

Nova nickte.

»Es ist durchaus möglich, dass sie nur zu dritt sind. Aber der Anführer einer extremistischen Gruppierung hat immer einen Plan. Die Entführungen selbst in die Tat umzusetzen, hätte ein viel zu hohes Risiko mit sich gebracht, erwischt zu werden, und somit wäre der gesamte Plan hinfällig gewesen. Daher glaube ich, dass es in diesem Fall noch mehr Akteure gibt.«

Nova wandte sich an Julia.

»Ich habe zwar keine Ahnung von Ermittlungsarbeit«, sagte sie. »Aber ich wage zu behaupten, dass in Schweden niemand so viel Erfahrung mit extremen Bewegungen hat wie ich. Nach allem, was ihr mir erzählt habt, bin ich überzeugt, dass es sich um rituelle Handlungen einer hierarchisch organisierten Gruppierung mit einer Führungsperson an der Spitze handelt. Derartige Taten erfordern, wie gesagt, starke Überzeugungen. Natürlich kann es auch ganz andere Erklärungen geben, von denen ihr viel mehr versteht als ich. Ich kann nur über das sprechen, was ich sehe.«

»Täter mit einer Vorliebe für Wasser«, brummte Christer. »Zum Glück ist Stockholm eine Stadt, in der Wasser überall in Reichweite ist. Wäre ja auch zu schön gewesen, mal auf etwas zu stoßen, das uns die Arbeit erleichtert.«

»Ich habe nicht gesagt, dass Wasser wirklich wichtig ist«, sagte Nova. »Ich wollte nur auf die aus meiner Sicht größten Gemeinsamkeiten hinweisen.«

»Fällt dir noch was ein, Nova?«, wollte Julia mit einem Blick auf die Uhr wissen. »Ansonsten machen wir hier Schluss. Ich würde gerne bei Gelegenheit wieder Kontakt zu dir aufnehmen.«

Nova schien einen Augenblick nachzudenken, dann schüttelte sie den Kopf. Dabei fiel ihr das dunkle Haar ins Gesicht.

Ruben merkte, wie gern er es berührt hätte. Verdammt. Die Sache mit dem Zölibat war nicht sonderlich gut durchdacht.

»Ach, doch, eine Sache noch«, sagte Nova, als Julia aufstand. »Falls ihr es wirklich mit einer Sekte zu tun habt, dürft ihr eins nicht vergessen. Es nützt überhaupt nichts, die Entführer hinter Gitter zu bringen. Sie sind vermutlich nur unbedeutende Mitglieder, und die lassen sich immer ersetzen. Die einzige Möglichkeit, die Gruppierung zu stoppen, besteht darin, ihren Anführer zu finden. Denjenigen, der die … Morde angeordnet hat. Den müsst ihr kriegen.«

»Du willst damit sagen, dass die Gruppierung sonst so lange weitermacht, bis sie den erwähnten Plan zu Ende gebracht hat«, murmelte Peder. »Und das wiederum könnte bedeuten, dass wir noch mehr tote Kinder zu sehen bekommen. Und noch mehr zerstörte Familien.«

Es wurde still im Raum. Nova sah Peder lange an. Ruben spürte einen wachsenden Kloß im Hals. Er wollte nicht der Erste sein, der etwas sagte.

»Ich fürchte, du hast den Nagel auf den Kopf getroffen«, sagte Nova.

Kann das Zufall sein?« Stirnrunzelnd musterte Peder die aufgebrochene Tür.

»Möglich ist alles«, sagte Adam. »Aber lass uns mal davon ausgehen, dass es kein Zufall ist. Sind die Eltern beide zu Hause?«

Er nickte einem der Techniker zu, der Familie Waltherssons Wohnung in der Bellmansgatan betrat.

Der Anruf war kurz nach dem Meeting mit Nova bei der Polizei eingegangen. Adam war gerade unterwegs gewesen, um Essen für die Mittagspause zu holen, und als er zurückkam, war Peder schon weg. Als Adam in der Bellmansgatan eintraf, war Peder schon in der Wohnung gewesen.

»Josefin und Fredrik sind da«, sagte Peder. »Sie haben den Einbruch bemerkt, als sie von einem Besuch bei Josefins Eltern nach Hause kamen. Als ob es nicht schon genug wäre, dass sie ihren Sohn verloren haben.«

»Ich würde gerne mit ihnen reden.«

Zögernd betrat Adam die Wohnung, und Peder heftete sich an seine Fersen. Sie passten beide auf, wo sie hintraten. Dies war zwar kein Tatort, aber falls der Einbruch irgendetwas mit Ossians Tod zu tun hatte, war genauso viel Vorsicht wie bei einem Mordfall geboten. Sie wollten auf keinen Fall die Arbeit der Kriminaltechniker untergraben.

»Sie sind da drinnen.« Peder brachte Adam zur Küche. »Die Küche sah unberührt aus, daher dachte ich, sie halten sich am besten dort auf.«

Fredrik machte Anstalten, vom Tisch aufzustehen, nahm aber sofort wieder Platz.

»Waren das die Entführer von Ossian?«, fragte er. »Was wollen Sie denn jetzt noch von uns?«

Sein Blick war panisch, aber auch unendlich müde.

Josefin starrte mit leerem Blick vor sich hin. Als ob nichts sie noch hätte erschüttern können. Und als ob das alles sie nichts mehr anging. Adam nahm an, dass sie ein starkes Beruhigungsmittel bekommen hatte.

»Das wissen wir noch nicht«, sagte er. »Aber wir werden eine gründliche Untersuchung der Wohnung durchführen und sämtliche Spuren sichern.«

»Ich verstehe das nicht«, sagte Fredrik. »Wir haben keine Feinde. Weder in unserem jetzigen Leben noch in unserer Vergangenheit gibt es irgendeinen Grund, uns schaden zu wollen. Das habe ich Ihnen schon bei Ihrem ersten Besuch gesagt. Wir dachten, sie hätten Ossian zufällig ausgewählt, aber warum haben sie dann …«

Fredrik sprach abgehackt, brachte den Satz nicht zu Ende und schlug sich die Hände vor das Gesicht. Adam setzte sich ihm gegenüber. Peder ging zur Kaffeemaschine und befüllte sie mit Wasser und Kaffeepulver, ohne vorher zu fragen. Adam nickte ihm anerkennend zu. Schwarzer Kaffee war in Situationen wie dieser die wichtigste Waffe der Polizei.

»Wie lange waren Sie denn weg?« Er legte die gefalteten Hände auf die Tischplatte.

Auf der Fläche waren Striche von Filzstiften zu sehen, gelbe, rote, grüne. Überall in der Küche hatte Ossian Spuren hinterlassen. Am Kühlschrank waren mit bunten Magneten selbst gemalte Bilder befestigt. Auf dem Abtropfgestell stand noch ein Kinderteller mit einem Automotiv, neben der Kaffeemaschine eine offene Tüte Buchstabenkekse. Adam schluckte schwer und wandte sich ab.

»Wir sind gestern Abend zu Josefins Eltern gefahren«, sagte Fredrik. »Wir haben dort übernachtet. Josefin musste mal raus hier, habe ich gemerkt. Nein, eigentlich brauchten wir beide einen Tapetenwechsel. Ihre Eltern haben in Täby ein Haus, da konnten wir im Gästezimmer schlafen. Vor etwa einer Stunde sind wir nach Hause gekommen.«

»Und da haben Sie bemerkt, dass die Tür aufgebrochen wurde?«

Adam war sich im Klaren, dass er nach ganz offensichtlichen Dingen fragte. Aber wenn man mit Menschen sprach, die unter Schock standen, von ihrer Trauer überwältigt wurden oder einfach aufgewühlt waren, hatten solche einfachen Fragen eine beruhigende Wirkung. In einer Welt, die kopfstand, waren sie zumindest verständlich.

Peder versorgte jeden mit einer Tasse heißem Kaffee.

»Milch?«

»Danke, Josefin trinkt ihren Kaffee mit Milch.« Fredrik strich seiner Frau über den Arm.

Sie starrte immer noch ins Leere. Peder nickte, ging zum Kühlschrank und holte die offene Milchpackung, nachdem er einen Blick auf das Mindesthaltbarkeitsdatum geworfen hatte. Er stellte die Packung auf den Tisch, und Fredrik goss Josefin einen Schluck Milch in den Kaffee.

»Hier, Liebling.«

Sie schickte sich nicht an, den Kaffee umzurühren.

»Ja, die Tür stand einen Spalt offen, da wusste ich gleich, dass etwas nicht stimmt.« Fredrik sah Adam an. »Ich war mir sicher, dass ich sie zugemacht und abgeschlossen hatte. Dann sind mir die Kerben in der Tür aufgefallen. Und drinnen haben wir natürlich sofort das Chaos bemerkt.«

»Haben Sie schon überprüft, ob etwas fehlt?« Peder setzte sich neben Adam und trank von dem Kaffee.

»Nur Kleinigkeiten. Josefins Ehering und ein paar andere Schmuckstücke. Ohrringe und ein goldenes Armband. Und eine Uhr, die Allan, mein Vater, mal zu einem runden Geburtstag bekommen hat. Dinge, an denen wir hängen, aber nichts von größerem materiellen Wert.«

»Okay. Wir müssen Sie bitten, alles aufzulisten, was Ihnen einfällt«, sagte Peder. »Manchmal merkt man erst später, was fehlt.«

»Wir … wir schaffen das nicht auch noch.« Fredrik griff nach Josefins Hand, die völlig schlaff blieb. Ihre Miene war so reglos, als wäre sie ganz woanders als hier in dieser Wirklichkeit, in der ihr Kind nicht mehr am Leben war. Adam hoffte, dass es ihr dort, wohin sie sich gedanklich geflüchtet hatte, wenigstens etwas besser ging.

»Es muss kein Zusammenhang bestehen«, sagte er. »Glauben Sie mir, mit Wohnungseinbrüchen haben wir öfter zu tun, und dieser hier sieht kein bisschen ungewöhnlich aus.«

Fredrik nickte, schien ihm aber nicht zu glauben, und Adam machte ihm das nicht zum Vorwurf. Wie wahrscheinlich war es, dass der Einbruch tatsächlich Zufall war?

Sie hörten die Techniker mit ihren Gerätschaften hantieren. Normalerweise übernahmen die örtlichen Tatortermittler die Untersuchung. Sie waren kompetent und sicherten nicht nur alle Spuren, die die Einbrecher hinterlassen hatten, sondern betreuten auch die Opfer. Die breite Öffentlichkeit schien zu glauben, dass die Kripo Einbrüche nicht ernst nahm, aber das Gegenteil war der Fall. Die örtlichen Ermittler leisteten gründliche Arbeit, aber da die meisten Einbrüche mittlerweile von organisierten Banden aus dem Ausland verübt wurden, war die Aufklärungsquote trotzdem niedrig. Falls dieser Einbruch etwas mit Ossian zu tun hatte, brauchten sie die kriminaltechnische Abteilung. Der kleinste Anhaltspunkt konnte entscheidend sein. Adam erhob sich.

»Melden Sie sich, falls Ihnen noch etwas einfällt. Und wenn es nur ein winziges Detail ist«, sagte er. »Und fangen Sie gleich mit der Liste an. Sie können uns jederzeit anrufen.«

Fredrik nickte.

Josefin schwieg.

Nachdem er ein paar Worte mit dem Team gewechselt hatte, verließ Adam die Wohnung und atmete tief durch. Peder legte ihm eine Hand auf die Schulter.

»Man lernt nie, damit umzugehen.«

»Das stimmt wahrscheinlich.«

Er drehte sich zu Peder um.

»Weißt du was? Ich könnte jetzt dieses Video gebrauchen. Als Kontrastprogramm.«

»Welches Video?«

»Man munkelt, es gebe ein Video von den Drillingen. Und dem ESC.«

»Ah, das kann ich dir zeigen.« Peder grinste.

Dann zog er sein Handy aus der Jackentasche.

Der Kellner stellte ihm noch ein Bier hin, und Ruben murmelte Danke. Seit die kleine Kneipe vor fünf Jahren eröffnet hatte, aß er hier fast immer zu Mittag, wenn er freihatte. Zumindest an den freien Tagen, an denen er nicht doch etwas am Schreibtisch erledigen musste. Und montags natürlich auch nie, denn da ging er ja zu Großmutter. Manchmal kam er auch abends hierher. Für sich allein zu kochen, hatte irgendwie keinen Sinn. Nicht dass er kein guter Koch gewesen wäre, er konnte besser kochen als die meisten Männer in seinem Bekanntenkreis, wobei seine Spezialität das Grillen war. Aber wenn niemand mitaß, kam es ihm wie Zeitverschwendung vor.

An den Wochenenden frühstückte er sogar hin und wieder hier. Das Brunchbüfett eignete sich hervorragend, um die Zeit totzuschlagen, bis sein Fang vom Vorabend die Wohnung verlassen hatte. Daher hatte er seit dem Winter nicht mehr auswärts gefrühstückt. Aber wenn er Amanda und sich selbst gegenüber ehrlich war, ging es ihm so gut wie schon lange nicht mehr.

Die kleine Kneipe war sein zweites Zuhause geworden. Dass er die Mitarbeiter beim Namen kannte und diese wiederum mit seinen Gewohnheiten vertraut waren, vermittelte ihm ein Gefühl von Geborgenheit. Sie wussten zum Beispiel, dass er immer ein Bier vor dem Essen und eins zum Essen und danach keinen Kaffee trank. Heute jedoch hatte er das zweite Bier schon vor dem Essen bestellt, und Kellner Mikael warf ihm einen fragenden Blick zu.

»Alles okay?«, fragte er.

»Mir geht nur gerade sehr viel durch den Kopf.« Ruben trank einen Schluck Bier. »Wird sich alles klären.«

»Überarbeiten Sie sich nicht. Es ist erst Mittwoch.« Mikael nickte ihm freundlich zu und ließ ihn in Ruhe.

So war es Ruben am liebsten, und Mikael wusste das. Small Talk war nicht sein Ding. Und es stimmte ja auch, dass er ein bisschen viel um die Ohren hatte. Ossian war das eine, der Fall war wirklich furchtbar. Er wusste, dass alle Kollegen, die mit dem Fall zu tun hatten, so dachten. Nichts ging ihnen so nah wie tote Kinder. Nichts. Und es erfüllte ihn plötzlich mit Angst und Schrecken, dass er, Ruben Höök, eine Tochter hatte. Er wusste es seit drei Tagen, hatte es aber noch immer nicht richtig begriffen. Eine *Tochter,* Himmelherrgott. Ein Mensch, der verloren gehen konnte. Er schob diesen Gedanken beiseite und wandte sich den praktischen Seiten dieser Entdeckung zu. Ihrem Namen zum Beispiel.

Astrid.

Astrid Höök.

Nicht Höök, korrigierte er sich. Sie hatte ja denselben Nachnamen wie ihre Mutter. Aber trotzdem. Was war der nächste Schritt? Ellinor hatte unmissverständlich signalisiert, dass er nicht erwünscht war. Doch da hatte er noch nicht gewusst, dass er eine Tochter hatte.

»Bitte schön.«

Flanksteak mit Pommes frites. Nach Rubens Meinung der Höhepunkt aller gastronomischen Errungenschaften. Ein paar grüne Bohnen fürs Auge, mehr begehrte sein Herz nicht. Er schnitt ein Stück von dem zarten Fleisch ab, konnte sich aber nicht richtig auf das Essen konzentrieren. Stattdessen versuchte er, sich vorzustellen, wie Astrid in den verschiedenen Altersstufen ausgesehen haben mochte. All den Altersstufen, die er verpasst hatte.

Er schob den Teller von sich weg. Bevor er nichts unternommen hatte, würde er nicht essen können. Er lachte in sich hinein. Jetzt benahm er sich schon wie das reinste Nervenbündel. Sollte er vielleicht mit Amanda darüber reden? Sie konnte ihm bestimmt helfen. Die Tatsache, dass er dies wirklich für eine gute Idee hielt, überraschte ihn. Gunnar hätte sich kaputtgelacht, wenn er Ruben jetzt gesehen hätte.

Nein, so konnte es nicht weitergehen. Er wusste schon, was Amanda dazu sagen würde, aber er sah die Sache anders. Er musste das Risiko eingehen.

Er griff zum Handy, machte einen Screenshot des Fotos von Astrid, das er auf Ellinors Facebookseite entdeckt hatte, und schickte ihn an Ellinor.

*Es gibt da etwas, worüber wir reden sollten,* schrieb er.

Dann stellte er das Handy auf lautlos und trank einen großen Schluck Bier. In seinem Bauch tanzten Schmetterlinge Cha-Cha-Cha. Er wollte nicht wissen, ob Ellinor geantwortet oder *was* sie geantwortet hatte, bevor er das Geflatter unter einer großen Ladung Fleisch und Pommes frites begraben hatte.

Er hatte ein Kind.

Eine *Tochter.*

Jemanden, den er vor allem Bösen auf der Welt beschützen wollte.

Verärgert sah Julia auf die Uhr, während sie viel zu fest auf die Fernbedienung des Fernsehers im Besprechungsraum drückte.

»Wo bleibt Ruben?«, wollte sie wissen.

»Er müsste um fünf wieder vom Essen zurück sein. Er beeilt sich, hat er gesagt.« Zögernd hob Peder den Daumen. Laut Peder und Adam waren bei Waltherssons ganz gewöhnliche Einbrecher gewesen.

Julia nickte und drückte weiter auf der Fernbedienung herum, fand aber nicht den Kanal, der das Signal des angeschlossenen Computers anzeigte. In ihr stieg Wut auf, die sie vorübergehend auf die Fernbedienung richtete, weil das wahre Objekt ihrer Wut sowohl vage als auch unerreichbar war. Mit am meisten ärgerte sie, dass die Polizei mal wieder alles andere als dichtgehalten hatte. Sie hatten versucht, Ossians Tod vor der Öffentlichkeit geheim zu halten, aber wie üblich hatte irgendjemand die Möglichkeit gewittert, seine Urlaubskasse aufzubessern, und den Medien einen kleinen Gefallen getan.

Sie war kurz davor, die Fernbedienung gegen die Wand zu schleudern.

»Gib mal her«, sagte Adam und nahm sie ihr aus der Hand.

Er fand den richtigen Kanal auf Anhieb, und sofort war Julias Computerbildschirm auf dem großen Fernseher zu sehen. Sie war gerade auf der Homepage des *Aftonbladet* und verfolgte die live übertragene Pressekonferenz, die in wenigen Augenblicken beginnen sollte. Auf dem Standbild war ein Stehpult mit zwei Mikrofonen zu sehen. Der Lauftext am unteren Bildrand kündigte den Beginn der Sendung an. In drei Minuten.

»Worum geht es?« Mina warf einen irritierten Blick auf die Fernbedienung in Adams Hand.

Julia fragte sich, ob Mina über die Anzahl der Personen

Buch führte, die das Gerät angefasst hatten, seit es vor drei Jahren für den Besprechungsraum angeschafft worden war. Julia wusste, dass es kein sehr freundlicher Gedanke war, aber angesichts der Miene, mit der Mina vor Adam und der Fernbedienung zurückwich, schien er naheliegend.

»Die drei Minuten wirst du noch abwarten müssen«, sagte Julia. »Wir wissen auch nicht, was sie vorhaben.«

Sie merkte selbst, wie aggressiv sie klang. Schlafmangel, Stress bei der Arbeit, Stress zu Hause, Sehnsucht nach Harry und ein Gefühl von Unzulänglichkeit – all das brachte das Fass beinahe zum Überlaufen, und der Anruf von der Direktion hätte zu keinem ungünstigeren Zeitpunkt kommen können. Der Vorsitzende von *Schwedens Zukunft,* der politischen Partei, die aktuellen Umfragen zufolge momentan von zwanzig Prozent der schwedischen Bevölkerung gewählt werden würde, hatte die Pressekonferenz anlässlich der »Kindermorde« einberufen. Unter normalen Umständen hätten die Medien sich nicht dafür interessiert, da hätte Ted Hansson im parteieigenen Youtube-Kanal herumkrakeelen können, soviel er wollte. Doch mittlerweile war nichts mehr normal. Und das hatte die Medien auf den Plan gerufen. In der Hoffnung, dass Ted etwas wusste.

Julia hatte die Pressemitteilung gelesen, aus der nicht hervorging, was er zu sagen hatte. Bei Ted Hansson verhieß das nichts Gutes. Seine Arbeit als Parteichef war von Opportunismus und Eigennutz geprägt. Julia war sich sicher, dass er mit dem Fernsehauftritt nichts anderes bezweckte, als Hass und Verunsicherung zu schüren, garniert mit einer großen Portion Misstrauen gegenüber der Polizei. Mit der Strategie punktete man immer.

Bis jetzt deutete in den Ermittlungen zwar nichts auf die Beteiligung von Personen mit Migrationshintergrund, aber das war für Ted Hansson und seine Gefährten kein Hindernis. Wenn im Supermarkt bei Ted um die Ecke die Butter teurer wurde, waren die Kurden schuld. Wenn Postnord sein Paket nicht rechtzeitig lieferte, lag es an den Aushilfskräften aus Somalia. Viel zu vielen Schweden gefiel diese Art von einfachen

Erklärungen. Vorsichtig entspannte sich Julia wieder, nachdem sie beim Gedanken an Ted Hansson unwillkürlich die Zähne zusammengebissen hatte.

»Ich bin jetzt da!«, rief Ruben und stürmte in den Raum. Sein Hemd war durchgeschwitzt. »Geht es schon los?«

Er setzte sich neben Mina, die schnell ein Stück von ihm abrückte. In dem stickigen Besprechungsraum schwitzte jeder, aber Ruben lief der Schweiß in Strömen hinunter. Außerdem roch er ein wenig nach Pommes frites. Julia wünschte, Christer hätte noch mehr Einwegventilatoren gekauft.

»Eine Minute noch.« Mit grimmigem Gesicht setzte sie sich vor den Fernseher.

Die Anweisungen von oben waren deutlich gewesen. Die Polizei konnte sich keine Kritik mehr erlauben. Ergebnisse mussten präsentiert werden. Die Pressekonferenz bewies, dass die toten Kinder sich zu einem politischen Thema entwickelt hatten. Und sobald Politik mit im Spiel war, stellte sie den größtmöglichen Störfaktor ihrer Arbeit dar.

Auf dem Bildschirm traten zwei Personen an die Mikrofone auf dem Podium. Die Menge verstummte. Alle größeren Medien und auch einige kleine waren vertreten.

Der Vorsitzende von *Schwedens Zukunft* räusperte sich. Es verwunderte Julia immer wieder, wie sich hinter einem so nichtssagenden Aussehen so viel Hass verbergen konnte. Sein Haar war grau meliert, die Frisur zeitlos. Brille mit Metallgestell, schmale Lippen und fliehendes Kinn. Bei förmlichen Anlässen trug Ted Hansson dunkle Anzüge, ansonsten beige Chinos und lässig geschnittene Oberhemden in Weiß oder Hellblau. Heute hatte er sich für Letzteres entschieden. Auffällig war nur, dass er keine Schweißflecke auf dem Hemd hatte.

Peder schnappte nach Luft. Vermutlich hatte er die Frau neben Ted Hansson zwei Sekunden später erkannt als Julia. Die Mutter von Lilly Meyer. Ihr Gesicht spiegelte puren Zorn wider. Ted hatte den Arm um die Schultern der Frau gelegt, die am ganzen Körper zu zittern schien.

Als Ted das Wort ergriff, nahm er den Arm von Jennys Schultern. Er gestikulierte gerne und setzte mit Vorliebe die geballten Fäuste ein, um seine Botschaften zu unterstreichen. Julia seufzte. Wieso merkten die Leute nicht, dass er nur ein Clown war, wenn auch ein gefährlicher Clown?

»Schweden ist ein gesetzloses Land geworden«, begann der Parteivorsitzende von *Schwedens Zukunft*. »Die Kriminalität ist sprunghaft angestiegen, aber die Polizeipräsenz nimmt ab. Unsere Polizei steht dem Verbrechen ratlos gegenüber, das unsere Vorgänger in ihrer buchstäblich grenzenlosen Naivität ins Land geholt haben. Aber heute soll es nicht um Politik gehen. Heute stehe ich nicht als Chef der am schnellsten wachsenden Partei Schwedens vor Ihnen. Ich stehe als Vater vor Ihnen. Kinder verschwinden. In Schweden. Kinder werden ermordet. In Schweden. Und unsere Polizei verfügt weder über die Mittel noch über den Willen, die Schuldigen dingfest zu machen. Vor einem Jahr ist uns Lilly Meyer genommen worden. Wie soll ich Lillys Mutter noch in die Augen sehen? Was soll ich ihr sagen, wenn ich nicht sagen kann, dass die schwedische Polizei alles in ihrer Macht Stehende getan hat, um herauszufinden, was ihrer kleinen Tochter zugestoßen ist?«

Tränen liefen Ted über die Wangen, während er sich im Blitzlichtgewitter zu Jenny Holmgren umdrehte. Die Presse liebte so was. Die Fotos würden morgen jede Titelseite zieren. Nur schade, dass Julia mit Ted zur Schule gegangen war. Er war schon als Gymnasiast für den Partytrick bekannt gewesen, auf Kommando losheulen zu können. Jenny und ihre Tochter interessierten ihn nicht die Bohne. Aber die Medien fraßen ihm aus der Hand.

»Und die Eltern von Ossian Walthersson«, fuhr Ted fort und wischte sich die Tränen fort, »Fredrik und Josefin, haben ebenfalls ein Recht, die Wahrheit zu erfahren. Sie haben Gerechtigkeit verdient, und nicht diese Inkompetenz und Ratlosigkeit.«

Ted wurde lauter und hob die geballten Fäuste. Jetzt kam er in Fahrt.

»In diesem Schweden sind unsere Kinder nicht mehr sicher. In diesem Schweden können wir unsere Kinder keinen Moment mehr aus den Augen lassen. Die Gefahr lauert hinter jeder Ecke. Und wir haben diese Leute selbst hierhergeholt. Früher war Schweden hell, schön und sicher. Aber nun ist es draußen auf den Straßen dunkel.«

Er hielt inne. Dann trat er einen Schritt zur Seite und ließ Jenny Holmgren ans Rednerpult. Lillys Mutter holte tief Luft. Julia betrachtete ihren angespannten Gesichtsausdruck mit gemischten Gefühlen. Sie konnte die Wut und die Verzweiflung der Eltern zwar nachvollziehen, aber es widerte sie an, wie Jennys Trauer für andere Zwecke ausgenutzt wurde. Ihre Arbeit würde dadurch nur erschwert und Ressentiments gegenüber der Polizei gestärkt werden. Und das, obwohl sie auf die Mithilfe der Bevölkerung dringend angewiesen waren.

»Vollpfosten.« Christer schüttelte den Kopf. »Nicht die Frau natürlich, sondern dieser schleimige Widerling.«

»Er ist gewählt worden«, stellte Adam trocken fest, ohne den Blick vom Bildschirm abzuwenden. »Die Leute, die ihm ihre Stimme gegeben haben, sollen ihn ruhig noch eine Weile ertragen. Damit sie merken, was sie angerichtet haben.«

Lillys Mutter ergriff das Wort.

»Ein Jahr. Ein Jahr ohne meine Tochter. Und niemand findet heraus, wer sie getötet hat. Jetzt ist ein zweites Kind gestorben. Und die Polizei tut nichts!«

»Nichts.« Ruben biss die Zähne zusammen. »Ganz genau. Wir tun nichts. Wir sitzen hier und drehen Däumchen.«

»Pscht.« Julia wollte weiter zuhören.

Im gleichen Ton ging die Pressekonferenz noch eine Viertelstunde weiter. Sie bekam Bauchschmerzen davon. Nach Jenny ergriff Ted Hansson wieder das Wort und verlieh seiner Befürchtung Ausdruck, Schweden befände sich im Krieg mit dunklen Mächten aus dem Ausland. Dann war Zeit für Fragen. Die anwesenden Journalisten waren Julias Meinung nach viel zu unkritisch. Teds Tränen hatten ganze Arbeit geleistet.

Außerdem machte es sich natürlich immer gut, auf der Polizei herumzuhacken. Wer über deren Inkompetenz schrieb, verkaufte mehr Exemplare am Kiosk, das war immer schon so gewesen.

»Aha, die alte Leier.« Adam machte den Fernseher aus. »Nichts Neues unter der Sonne.«

Julia saß eine Weile schweigend da. Adam war derjenige von ihnen, den die Tiraden von *Schwedens Zukunft* am härtesten trafen. Sie fragte sich, was es mit einer Person machte, wenn sie sich ständig anhören musste, dass sie nicht willkommen war. Sie konnte es sich nicht vorstellen.

Julia drehte sich zu ihrem Team um.

»Wir wissen alle, dass das, was wir da eben zu hören bekommen haben, Blödsinn ist. Wir werden diesen Dreck ignorieren und einfach unsere Arbeit machen. Vielleicht sollten wir eine Zeit lang gar keine Zeitungen lesen. Überlassen wir das Thema der Direktion und konzentrieren uns auf unsere Aufgabe.«

»Klingt nach einem guten Plan«, sagte Mina.

Julia nickte.

»Ja. Und vergesst nicht, dass wir die Besten sind. Lasst euch von niemandem etwas anderes einreden.«

Niemand widersprach, aber Adam klopfte ihr beim Hinausgehen auf die Schulter. Sie blieb noch eine Weile im Besprechungsraum sitzen. In ihrer Tasche vibrierte das Handy. Selbst während der Pressekonferenz waren ständig Nachrichten eingegangen. Sie hatte sie bislang ignoriert und wollte auch noch eine Weile damit weitermachen. Mittlerweile konnte Torkel sie definitiv am Arsch lecken.

Sie gab etwas Desinfektionsgel auf ein Papierhandtuch und wischte die Hefter ab, die sie soeben auf Julias Schreibtisch abgelegt hatte.

»Was kann ich jetzt noch tun?«, fragte sie.

»Geh nach Hause, Mina.« Julia griff nach einem Hefter.

»Das geht nicht«, antwortete sie. »Wir stecken doch mitten im Fall. Und der Vormittag mit Nova war reine Zeitverschwendung. Wasser und die Zahl Drei. Und sie will die hochrangigste Expertin Schwedens auf diesem Gebiet sein? Ich habe gleich gesagt, wir sollten lieber Vincent anrufen. Denn selbst wenn sich Nova mit Sekten auskennt, hat sie von Zusammenhängen keine Ahnung. Und genau die sind Vincents Stärke. Nova stellt nur wilde Spekulationen an.«

Julia klappte den Hefter zu und sah sie an.

»Ich fand es interessant«, entgegnete Julia. »Und die Hypothese, dass unsere Entführer sich kennen, ist nicht schlechter als jede andere. Ich werde die Gruppentheorie noch nicht ad acta legen.«

Mina schwieg resigniert. Menschen wie Nova waren ihr immer suspekt gewesen, und das Meeting hatte sie in ihren Vorbehalten bestätigt. Dass Nova vielen geholfen hatte, änderte nichts daran.

»Aber du siehst genauso müde aus, wie ich mich fühle«, sagte Julia. »Wenn nicht noch müder. Das liegt an dieser verdammten Bruchbude hier. Und an der Hitze. Wir tun, was wir können. Wenn ich dir jetzt noch mehr abverlange, besteht die Gefahr, dass du Fehler machst. Und das wäre noch schlimmer, als gar nichts zu tun. Hattest du nicht ohnehin schon Pläne für heute Nachmittag?«

Während des Mittagessens hatte Mina beiläufig erwähnt, dass sie später eventuell noch etwas vorhätte. Was, hatte sie nicht gesagt. Aber es war typisch für Julia, sich so etwas zu merken.

Schon im gestrigen Gespräch mit Vincent war es ihr nahezu undenkbar erschienen, es tatsächlich zu tun. Und jetzt kam es ihr vollkommen unmöglich vor. Sollte Ruben doch über sie sagen, was er wollte. Julia brauchte sie hier vor Ort. Es gab bestimmt noch irgendetwas zu tun. Etwas, das ihre Anwesenheit erforderte.

Eigentlich müsste sie Vincent anrufen, das hatte sie angekündigt, aber sie war noch immer nicht dazu gekommen. Sie wollte ihn jedoch nicht vom Präsidium aus anrufen.

»Ich kann die Straftäter noch mal durchgehen, die sich Christer angesehen hat«, begann sie.

»Mina.« Julia fixierte sie. »Geh nach Hause. Schau einen Film. Iss ein Eis. Trink eine Flasche Wein. Tu, was du dir vorgenommen hattest. Oder schlaf einfach. Mir ist das völlig egal, aber hier will ich dich mindestens sieben Stunden lang nicht mehr sehen. Wenn ihr rund um die Uhr arbeitet, kann ich nichts mit euch anfangen. Nimm dir ein paar Stunden frei und komm ausgeruht und mit neuem Elan zurück.«

Mina seufzte. Es wäre alles so viel einfacher gewesen, wenn sie bei Tinder nicht nach rechts gewischt hätte. Und Amir nicht umgehend geantwortet hätte. Nun blieb ihr nichts anderes übrig. Noch eine Stunde bis zum Date. Scheiße.

Nathalie durchwühlte ihren Rucksack, obwohl sie wusste, dass es zwecklos war. Sie hatte meistens genug Wechselwäsche dabei, um spontan ein- oder auch zweimal bei Freundinnen übernachten zu können, aber nun waren alle sauberen Sachen längst getragen. Karl hatte ihr genauso ein weißes T-Shirt und eine weiße Leinenhose gegeben, wie sie auch Ines und Monica trugen, und das war bei der Hitze ganz angenehm, aber sie hätte auch gerne etwas Eigenes gehabt. Von der Unterwäsche gar nicht zu reden. Sie zog ein Ramones-Shirt aus dem Rucksack und roch daran. Tigerkäfig.

Wieder knurrte ihr der Magen. Es war nett, dass sie kostenlos verpflegt wurde, aber die Portionen waren viel zu klein. Ihr Magen hatte schon am Samstag protestiert, und nun war sie nahezu ausgehungert. Sie konnte kaum noch denken.

Ines und die anderen waren superlieb, und Nathalie war wirklich froh, ihre Großmutter kennengelernt zu haben, aber jetzt wurde es auch allmählich Zeit, wieder nach Hause zu fahren. Mit ihrem Vater hatte sie seit ihrer letzten SMS keinen Kontakt gehabt, irgendwann war ihr Akku leer gewesen, und hier gab es natürlich weit und breit kein Ladegerät. Ihr Vater fand jedoch immer Mittel und Wege, das wusste sie. Vermutlich würde jeden Augenblick eine schwarze Limousine mit getönten Scheiben um die Ecke kommen und sie abholen.

»Bist du auf dem Sprung?«

Sie blickte vom Rucksack auf. Karl stand in der Tür.

»Ja, ich muss nach Hause«, sagte sie. »Bevor mein Vater durchdreht. Hast du meine Großmutter gesehen? Ich möchte mich gerne noch von ihr verabschieden.«

»Ines hat noch etwas zu erledigen«, sagte Karl. »Sie kommt frühestens in einer Stunde wieder.«

Er drückte den Rücken durch und trat in den Schlafsaal, den sie mit den anderen teilte. Er war ausgesprochen groß.

Und sah nicht schlecht aus, stellte Nathalie fest. Es war merkwürdig, aber da sie alle gleich angezogen waren, hatte sie fast das Gefühl, sie wären eine große Familie.

»Würdest du mir vielleicht bis dahin zur Hand gehen?«, sagte er. »Wir bauen um, und ich könnte deine Hilfe gut gebrauchen.«

»Aber … ich verstehe gar nichts davon …«, begann sie.

Sie wollte gerade sagen, dass sie seit dem Werkunterricht in der Mittelstufe nichts mehr gebaut, und dass sie auch dort nur bescheidene Ergebnisse erzielt hatte, aber Karl brachte sie lachend zum Schweigen. Sein lautes Lachen klang nett, und wenn sie nicht so einen Hunger gehabt hätte, wäre ihr geradezu warm ums Herz geworden.

»Allerdings muss ich wirklich nach Hause«, wiederholte sie.

»Ich nehme an, du hast zumindest mal ein Foto von jemandem gesehen, der einen Hammer in der Hand hält«, sagte Karl und überging ihren Einwand. »Das reicht. Dein Vater kann noch ein bisschen warten.«

Er hatte natürlich recht. Sich für die Gastfreundschaft erkenntlich zu zeigen, war das Mindeste. Sie waren schließlich fast so etwas wie eine Familie. Sie legte sich eine Hand auf den Bauch, damit Karl das Knurren nicht hörte, und ging mit ihm nach draußen.

Ringsherum wurde fieberhaft gearbeitet. Mina wusste, dass sie sich guten Gewissens absentieren konnte. Auch die anderen wechselten sich ab, um ihre Kräfte zu schonen. Es war am besten so, da hatte Julia recht. Und Mina hatte nichts dagegen, den schwitzigen Dunstkreisen ihrer Kollegen für eine Weile zu entkommen. Doch obwohl sie das Präsidium innerhalb der nächsten fünf Minuten verlassen musste, wenn sie nicht zu spät bei Amir eintreffen wollte, fiel es ihr schwer, sich loszureißen.

Sie starrte die Materialien über Lilly und Ossian an, als könnte sie die beiden auf diese Weise zum Sprechen bringen. Mina hatte alles ausgedruckt, was vorhanden war, und auf ihrem Schreibtisch ausgebreitet. Sie konnte besser denken, wenn sie die Dinge direkt vor sich liegen hatte und in den Unterlagen blättern und Passagen oder Einzelheiten unterstreichen oder ausschneiden konnte. Diese Arbeitsphase gehörte zu den seltenen Gelegenheiten, bei denen sie sich selbst Unordnung gestattete. John Cleese hatte recht mit der Behauptung, dass man am Bildschirm nicht kreativ arbeiten konnte. Und Mina musste zumindest einen winzigen Anhaltspunkt finden. Denn irgendetwas stimmte nicht.

Bei allem Hin- und Herüberlegen kehrte sie doch immer wieder zu der Tatsache zurück, dass Lilly und Ossian zusammenhingen. Auch wenn sie mit ihren Vermutungen bezüglich des *Wie* nicht ganz so weit wie Nova gehen würde. Sie musste eine andere Verbindung finden. Eine, die sie bislang übersehen hatten.

Sie ging das Material noch einmal durch.

Auch Ossians My-Little-Pony-Rucksack lag auf ihrem Schreibtisch. Julia hatte ihren Zauberstab geschwungen und beim NFZ, dem Nationalen Forensischen Zentrum in Linköping, einen Aufschub erwirkt. Übers Wochenende durften sie den Rucksack behalten. Es war ein relativ neues Modell und völlig leer. Keine besonderen Merkmale.

Abgesehen davon, dass Christer gesagt hatte, der Rucksack gehöre gar nicht Ossian. Fredrik und Josefin, die Eltern von Ossian, hatten zu Protokoll gegeben, Ossian würde keinen derartigen besitzen. Christer hatte ihnen sicherheitshalber ein Foto geschickt, aber sie hatten diesen Rucksack wirklich noch nie gesehen. In der Kita hatte Ossian sich ihn auch nicht ausgeliehen. Ruben hatte extra angerufen, aber dort kannte niemand diesen Rucksack. Die Techniker hatten weder DNA noch Fingerabdrücke darauf sichern können. Und trotzdem war Mina überzeugt, dass jemand den Rucksack absichtlich neben der Leiche platziert hatte.

Aber warum?

In ihrem Hinterkopf regte sich etwas. Es war noch zu vage, um es als Gedanken zu bezeichnen. Doch der Rucksack erinnerte sie an etwas. Denn hatte es bei den Ermittlungen zu Lilly nicht auch Unregelmäßigkeiten gegeben? Vor einem Jahr hatte es sich um eine Bagatelle gehandelt, die angesichts der erbitterten Streitigkeiten zwischen den Eltern in den Hintergrund geraten war.

Mina breitete die Fotos aus Lillys Hefter vor sich aus und betrachtete sie zum wahrscheinlich hundertsten Mal. Las das Protokoll. Als Lilly aufgefunden worden war, hatte sie lauter Spielsachen, Haargummis und ein Poesiebild in den Hosentaschen gehabt. Die Eltern hatten alle Gegenstände Lilly zugeordnet.

Bis auf das Poesiebild.

Man war einfach davon ausgegangen, dass Lilly es von einer Freundin in der Kita geschenkt bekommen hatte. Aber welche Kinder sammelten heutzutage noch Poesiebilder? Mina bezweifelte stark, dass Fünfjährige überhaupt wussten, was das war. Sie selbst hatte seit einem Zahnarztbesuch in ihrer Kindheit keins mehr gesehen. Die Motive hatten bei den Poesiebildern keine Rolle gespielt, es war nur auf möglichst viel Glitzer angekommen. Das Problem war, dass die Glitzerpartikel an den Fingern kleben geblieben waren. Bei der Erinnerung daran lief ihr ein Schauer über den Rücken. Sie hatte ihr Bildchen immer in einem kleinen Beutel mitbekommen. Und zu Hause hatte ihre Mutter es in ein Poesiealbum geklebt. Sie selbst hatte die Bilder darin nie berührt. Aus Angst, mit Glitzer bestäubt zu werden, hatte sie nicht einmal in dem Album geblättert. Trotzdem hatte sie immer Bilder mit Glitzer gewollt.

Sie nahm das Foto von den Gegenständen aus Lillys Taschen in die Hand. Der Gummitroll. Der Stein. Das Poesiebild. Alles lag ordentlich aufgereiht neben einem Zettel mit einer Nummer. Was Lillys Poesiebild darstellte, war nicht genau zu erkennen, aber es glitzerte jedenfalls nicht.

Irgendetwas an dem Bildchen war seltsam.

Auf dem Foto waren kaum Details zu erkennen, doch das Bildchen sah zu … glatt aus. Ein Stück Papier, das in der Hosentasche eines Kitakinds gewesen war, hätte zerknittert und leicht verdreckt sein müssen. Nicht sauber und intakt.

Es sah aus, als hätte jemand das Bildchen später dazugelegt. Genau wie Ossians Rucksack.

Mina loggte sich ins System ein, suchte im digitalen Archiv nach den Dokumenten über Lilly und holte sich das Foto, das auf ihrem Schreibtisch lag, auch auf den Bildschirm. Dann zoomte sie das Sammelbildchen so nah wie möglich heran.

Sie schnappte nach Luft. Studierte Ossians Rucksack. Ließ ihren Blick wieder zu dem Bildchen auf dem Monitor wandern. Noch mal zurück. Nein. Das konnte nicht sein. Der Gedanke war absurd. Vermutlich ging ihre Fantasie mit ihr durch, weil sie so verzweifelt nach einem Zusammenhang gesucht hatte. Dieser hier war mehr als vage. Und außerdem völlig rätselhaft.

Doch was, wenn es nicht so war? Wenn der Zusammenhang doch nicht so vage war?

Allmählich begriff sie, wie Vincent sich fühlte.

Mit dem Foto in der Hand rannte Mina auf den Flur und hastete zu Christers Büro.

Die schwarzen und weißen Quadrate auf dem Monitor schienen Christer zu verhöhnen. Diesmal hätte er fast gewonnen. Er war so nah dran gewesen. Bis sein vorprogrammierter Gegner einen überraschenden Zug gemacht und ihn schachmatt gesetzt hatte.

»Christer, hast du …«, rief Mina, die plötzlich hereingestürmt kam und schlagartig verstummte.

Gutes Benehmen und Respekt waren anscheinend ausgestorben. Zu seiner Zeit hatte man angeklopft und gewartet, bis man hereingebeten wurde.

»Was machst du da?« Neugierig sah sie auf seinen Bildschirm.

»Ich erniedrige mich.« Christer schloss das Schachprogramm. »Brauchst du was von mir?«

»Ja. Mir ist bei Lilly Meyer etwas aufgefallen. Oder auch nicht. Ich weiß nicht genau. Schau mal.«

Sie reichte ihm das Foto. Stirnrunzelnd nahm er es in die Hand. Zuerst hielt er die abgebildeten Gegenstände für Abfall. Dann begriff er, dass es vermutlich Lillys Besitztümer waren.

»Dieses Poesiebild da.« Mina zeigte auf das Foto. »Das gehörte nicht Lilly. Die Eltern dachten, sie hätte es in der Kita geschenkt bekommen. Ich muss wissen, ob es tatsächlich so war. Du bist bei solchen Gesprächen von uns allen am geschicktesten. Wärst du so nett, bei der Kita und auch bei den Eltern der Kinder, die vor einem Jahr noch in Lillys Kita waren, anzurufen und zu fragen, ob eins der Kinder damals Poesiebildchen gesammelt hat?«

Mit einem Seufzer legte er das Foto beiseite und rieb sich das Gesicht. Heute würde er nicht mehr zum Schachspielen kommen. Und in den nächsten Tagen vermutlich auch nicht.

»Weißt du überhaupt, um wie viele Telefonate es sich dabei dreht?«, fragte er. »Wie viele Kinder gehen in eine Kita? Dreißig? Fünfzig?«

Er kramte in seinem Gedächtnis nach einer Szene aus einem seiner Lieblingskrimis, in der sich ein Kommissar tagelang mit jungen Eltern über Spielsachen unterhalten musste, aber ihm fiel keine ein. Weil das in guten Büchern eben nicht vorkam. Dafür waren seine Helden allesamt richtig gute Schachspieler. Trotz Jazz und Bosse hatte ihm Harry Bosch also immer noch einiges voraus.

»Das Poesiebild könnte wichtig sein, glaube ich«, sagte Mina. »Ich kann es dir noch nicht erklären, du musst mir einfach vertrauen. Die Nummer der Kita steht auf der Rückseite des Fotos.«

Er seufzte noch einmal und drehte das Bild um.

»Dir ist auch klar, dass sie es gefunden haben könnte?«, fragte er.

»Irgendwo müssen wir ja anfangen.«

Mina schickte sich an zu gehen, drehte sich aber im Türrahmen noch einmal um.

»Danke, Christer.«

»Und was machst du?«, fragte er.

Sie ließ einige Sekunden verstreichen, bevor sie antwortete.

»Ich werde Vincent anrufen«, sagte sie.

Mina machte ein überraschtes Gesicht, als hätte sie selbst bis zu dem Moment, in dem die Worte aus ihrem Mund kamen, nicht gewusst, was sie sagen würde. Dann schmunzelte sie versonnen und wiederholte den Satz langsam und mit Nachdruck.

»Ja, ich werde Vincent anrufen. Es ist wirklich an der Zeit, ihn ins Boot zu holen, findest du nicht?«

Christer wusste nicht, was er darauf antworten sollte.

»Es gibt da etwas, das er sich meiner Ansicht nach gleich morgen früh ansehen sollte«, fuhr sie fort. »Aber jetzt muss ich los und … ja.«

Das Lächeln verschwand aus ihrem Gesicht. Christer nickte, obwohl er ihr nicht ganz folgen konnte, und scheuchte sie mit einer Handbewegung aus seinem Büro. Vincent also. Was immer Mina da entdeckt haben mochte, wenn dieser Mentalist wieder mitmischte, würde alles nur noch tausendmal schlimmer werden, das stand fest.

Die Frage war nur, was die größere Demütigung war. Von einem Computerprogramm im Schach besiegt zu werden oder in einem Kindergarten auf die Jagd nach Poesiebildchen zu gehen. Er stöhnte auf. Sein Beruf war auch nicht mehr das, was er mal gewesen war.

V incent versuchte, nicht so viel an das Telefongespräch zu denken, was er gerade mit Mina geführt hatte. Versuchte, nicht so überdreht wie ein Kleinkind zu sein. Sie wollte ihn schon ab morgen wieder dabeihaben, um ein Detail des aktuellen Falles mit ihm zu besprechen. Morgen war Freitag, und von ihm aus hätte er sich sofort ins Auto setzen können. Aber das wäre allerdings etwas übertrieben gewesen. Außerdem hatte er am Abend eine Vorstellung, und daher versuchte er, sich abzulenken.

Zum Beispiel mit den beiden Umschlägen mit den Weihnachtsmannstickern vor ihm auf dem Schreibtisch.

Die Weihnachtsmänner sahen böse aus, fand er. Die tetrisartigen Papierschnipsel hatte er bereits auf zwei Häufchen aufgeteilt. Die Botschaften darauf kannte er auswendig. Er ließ sich jeden Buchstaben auf der Zunge zergehen, während er ihn aussprach, als könne er ihm auf diese Weise seine Bedeutung abluchsen. Diesmal würde er den Code knacken. Dann konnte er Mina morgen eine richtig gute Geschichte erzählen.

Oder auch nicht. Irgendetwas an dem Puzzle löste das Gefühl in ihm aus, die Lösung noch eine Weile für sich behalten zu wollen. Wie ein Geheimnis.

Er hatte bereits versucht, die Teile zu einem großen Puzzle zusammenzusetzen, aber das war unmöglich. Jeder Schnipsel enthielt die Hälfte oder ein Drittel eines Wortes, und man konnte jeweils nur ein bestimmtes Wort mit ihnen bilden. Verständlicher Text kam nur dann heraus, wenn man jedes Puzzle einzeln zusammensetzte. Und genau das tat er jetzt, wie er es schon Dutzende Male getan hatte.

*Und also, gieriger Tim!*
*Mist, die Maria in Gold.*

Ihm war nicht entgangen, dass die zweite Botschaft, ebenso wie die erste, exakt achtzehn Buchstaben enthielt. Außerdem waren es dieselben Buchstaben. Die Frage war nur, wo genau die Bedeutung zu finden war. Im Anagramm an sich? Oder in der Anzahl der Zeichen? Oder sollte er sich nur auf die Großbuchstaben konzentrieren? War es Zufall, dass seine Frau vorkam, oder war es wichtig?

Aus der Küche war ein etwas zu lautes, wenn nicht gar gekünsteltes Lachen zu hören. Offenbar telefonierte Maria mit Kevin. Heute Vormittag hatte sie Vincent erzählt, dass sie und Kevin kurz davor waren, in eine neue Phase überzugehen. Vincent hoffte, dass sich das auf Marias Firma und nicht auf ihre Beziehung bezog, aber er hatte nicht gewagt zu fragen.

Er stand auf und stellte sich seitlich neben den Schreibtisch, um die Puzzleteile aus einer anderen Perspektive zu betrachten. Im Bücherregal hatte er Rätsel aufgereiht, die er von Fans geschickt bekommen und auch gelöst hatte. Nur zu gerne hätte er auch dieses dort platziert, aber das mulmige Gefühl im Bauch sagte ihm, dass das hier etwas anderes war. Hinter den unspektakulären, fast dilettantischen Tetriselementen verbarg sich … mehr.

Versuchsweise sah er die Schnipsel mit zusammengekniffenen Augen an, aber sie verspotteten ihn noch immer. Tim und Maria. Zwei Namen, die aber vermutlich nichts zu bedeuten hatten. Bis jetzt war er davon ausgegangen, das Ganze wäre ein Code. Doch vielleicht war es gar nicht so kompliziert.

Sah er seit Monaten den Wald vor lauter Bäumen nicht? Möglicherweise war der Text uninteressant. Vielleicht bestand seine einzige Funktion darin, ihn dazu zu bringen, die Schnipsel zu einer bestimmten Formation zusammenzulegen. Einer Form, auf die er von allein nicht gekommen wäre, die vielleicht aber eine wichtige Rolle spielte. Anders, als er vermutet hatte, als er an Tetris gedacht hatte?

Entschlossen legte er beide Puzzles auf ein Blatt Papier und zeichnete mit einem Filzstift die Konturen nach. Plötzlich besserte sich seine Laune. Er spürte, dass er auf der richtigen Fährte war.

In der Küche lachte Maria jetzt noch lauter. So hatte sie nicht mehr gelacht, seit sie und er frisch verliebt gewesen waren. Ihrer Firma schien es gut zu gehen. Das mulmige Gefühl meldete sich zurück, aber auch diesmal schob er es beiseite.

Nachdem er die Umrisse auf das Blatt gezeichnet hatte, fuhr er mit dem Stift auch an den Kanten entlang, die sich berührten. Anschließend wischte er die Teile zur Seite und betrachtete das Ergebnis.

Asymmetrische Vierecke.

Nichts.

Es ergab noch immer keinen Sinn. Aber das Gefühl, dass er hier etwas vor sich liegen hatte, was nur er erkennen konnte, war geblieben. Und das mulmige Gefühl auch. Es wurde sogar stärker. Nur hatte es jetzt nichts mehr mit Maria und Kevin zu tun.

Mina holte tief Luft. Während sie durch die Innenstadt spazierte, versuchte sie, nicht an das zu denken, was sie vielleicht gerade entdeckt hatte. Nicht daran zu denken, dass sie Vincent morgen früh wiedersehen würde. Und vor allem nicht an seinen Geruch. Sie bemühte sich, nicht an Ossian und Lilly zu denken, und nicht an das, was passieren würde, wenn sich ihre Mutter im Beisein von Nathalie verplapperte. Versuchte, nicht daran zu denken, dass ihre gesamte Welt jederzeit einstürzen konnte. Wie viel würde ihre Mutter erzählen? Würde sie die Tabletten erwähnen? Oder würde sie es so darstellen, dass sich Mina einfach aus dem Staub gemacht hatte? Was immer Ines sagen würde, von ihrer eigenen Tochter würde Mina hinterher vermutlich gehasst werden. Ihr Magen verkrampfte sich, und sie musste stehen bleiben.

Nein.

Jetzt nicht daran denken.

Sie würde sich stattdessen darauf konzentrieren, mit einem Mann einen netten Nachmittag zu verbringen. Sonst nichts. Sie würde Spaß haben, ohne voreingenommen zu sein.

Es klappte nicht besonders.

Sie versuchte, die Mundwinkel hochzuziehen, aber auch das gelang ihr nicht so recht. Amir wartete vor dem Eingang des Mittelmeermuseums auf sie. Er sah genau wie auf den Tinderfotos aus. Immerhin etwas. Oft lagen zwischen Bild und Wirklichkeit einige Jahre. Ganz zu schweigen von den Kilos und den Geheimratsecken. Nicht, dass sie gegen Letztere unbedingt etwas einzuwenden gehabt hätte, aber sie mochte keine Überraschungen.

Amir trug seine dunklen Locken, genau wie auf den Fotos, lose im Nacken zusammengebunden. Sie verspürte den Impuls, ihm ein Haarnetz für die wilde Mähne vorzuschlagen. Sein weißes Hemd war gebügelt, aber nicht gemangelt. Als sie auch nach genauerem Hinsehen keine Haare darauf entdeckte, sanken ihre Schultern einen Millimeter.

»Hallo. Tut mir leid, dass ich zu spät bin«, sagte sie. »Ich komme direkt von der Arbeit.«

»Ich auch«, sagte er. »Und nicht zugeben zu müssen, dass ich selbst etwas zu spät gekommen bin, hat meinem Aussehen nur gutgetan.«

Er sah zum Museumseingang und den Ausstellungsplakaten hinüber. Sie interessierte sich eigentlich nicht für die Objekte im Museum. Den Ort hatte sie nur deshalb ausgewählt, weil er eine exzellente Klimaanlage hatte. In die Stadt zu gehen und gemeinsam mit einem Fremden zu schwitzen, kam nicht infrage.

»Wir gehen also ins Museum?«, fragte Amir. »Ich wollte schon Karten kaufen, aber der Eintritt ist offenbar kostenlos.«

Mina runzelte die Stirn. Der Gedanke, dass er für sie bezahlte, gefiel ihr nicht.

»Mach nicht so ein Gesicht.« Er lachte. »Du warst spät dran, und ich wollte Zeit sparen.«

Sie schenkte ihm ein kleines Lächeln. Es stimmte ja, sie hatte sich verspätet, und er war nur ihretwegen hierhergekommen. Sie warf einen Blick auf die Uhr. Falls nötig, war sie in zwanzig Minuten zurück im Präsidium.

Sie gingen durch den Eingangsbereich und weiter zur Hauptausstellung.

»Für so was interessierst du dich?« Amir las von einer kleinen Informationstafel ab. »Zypern im Lauf der Zeit.«

»Du etwa nicht?«, fragte sie.

»Nein. Nicht im Geringsten. Könnte ich aber. Ich habe dir ja geschrieben, dass ich lernen muss, weniger zu arbeiten und mich auch mit anderen Dingen zu beschäftigen. Ich bin mir nur noch nicht sicher, ob es unbedingt Terrakottaskulpturen sein müssen.«

Die größte Attraktion der Ausstellung war eine Vitrine mit unzähligen Skulpturen im Miniaturformat. Sie boten vermutlich den perfekten Anlass, um die Art von Fragen zu stellen, die in den Artikeln über Tinder empfohlen worden waren. Mit welcher Skulptur kannst du dich am ehesten identifizieren und warum? Wenn er diese Frage stellte oder sie gar fragte, welchen Pizzabelag sie bevorzugte, war sie raus.

Verstohlen musterte sie Amir, der näher an die Vitrine herangegangen war. Er schien sich wirklich für die Skulpturen zu interessieren. Hauptsache, er war kein Unihockeytyp. Aber das war unwahrscheinlich. Jemand wie Amir hatte bestimmt genug Stil, um Padel-Tennis zu spielen.

»Du wirst ja wohl kaum rund um die Uhr arbeiten«, sagte sie.

Amir drehte sich lachend zu ihr um.

»Klar. Ich bin schließlich Jurist. Ich gebe dir einen Tipp. Alle deine Vorurteile stimmen.«

»Sag nicht, du … spielst Golf?«

Amir griff sich an die Brust, als ob er angeschossen worden wäre, wankte stöhnend rückwärts und schaffte es, dabei sowohl peinlich berührt als auch beschämt auszusehen. Wieder konnte sie sich ein Grinsen nicht verkneifen.

»Volltreffer beim ersten Versuch«, sagte er. »Um die Wahrheit zu sagen, habe ich schon in der Schulzeit gegolft. Da wusste ich natürlich noch nicht, dass ich Jurist werden würde. Meine Kollegen spielen auch, aber hauptsächlich, weil es zum guten Ton gehört. In meinem Fall frage ich mich eher, ob es nicht andersherum war. Vielleicht bin ich durch den Golfsport zur Juristerei gekommen.«

»Es gibt ja auch nicht viele andere Berufe, die für Golfspieler infrage kommen«, meinte sie. »Da hattest du wohl keine andere Wahl. Du Ärmster.«

Er grinste zurück, und dann gingen sie gemeinsam durch die Ausstellung. Sie konnte sich jedoch nicht gut konzentrieren, während sie Amir zuhörte. Das lag bestimmt nur daran, dass alle anderen Objekte bei Weitem nicht so beeindruckend waren wie die große Vitrine zu Beginn. So musste es sein.

»Aber jetzt zu dir«, sagte er. »Du bist Kriminalpolizistin und arbeitest auch viel. Und darüber hinaus?«

»Darüber hinaus ist da nicht viel«, sagte sie.

»Ach, du meine Güte.« Er blieb stehen und machte ein ernstes Gesicht. »Das müssen wir ändern.«

Einen Moment lang hatte sie keine Ahnung, was sie darauf erwidern sollte.

»Erzähl mir mehr vom Golfen«, forderte sie ihn auf, um sich nicht länger fragen zu müssen, ob er gerade mit ihr geflirtet hatte.

»Was möchtest du wissen?« Er klang sowohl verwundert als auch leicht amüsiert.

Vermutlich liefen seine Dates für gewöhnlich sehr viel reibungsloser ab.

»Ist Golf nicht eine ziemlich mathematische Angelegenheit?«, fragte sie. »Man berechnet die Höhe des Schlages im Verhältnis zur Entfernung zum Loch und all das. Wie machst du das? Gibt es eine grundsätzlich geltende Formel, oder muss man jeden Schlag auf der Grundlage der örtlichen Gegebenheiten individuell berechnen?«

Wenn man bedachte, wie viele Menschen vom Golfen geradezu besessen waren, steckte wahrscheinlich eine ganze Wissenschaft dahinter. Wenn Vincent jetzt hier gewesen wäre, hätte er vermutlich gleich angefangen, Vektoren an die Wände zu zeichnen, um es ihr zu erklären. Sie nahm zwar nicht an, dass Vincent jemals Golf gespielt hatte, aber über die relevanten Gleichungen hatte er mit Sicherheit eine Menge unnützes Wissen parat.

Amir wirkte verwirrt.

»Also, ich kann dir auf den Zentimeter genau sagen, wie lang die Schläger sind«, sagte er. »Ganz unabhängig von den Windverhältnissen, den Höhenunterschieden und so weiter. Die rechne ich nicht bewusst mit ein, und ich wüsste auch gar nicht, wie das ginge. Ich … spiele einfach. Mein Körper hat eben gelernt, was er zu tun hat. Ich denke nicht darüber nach.«

Sie betrachtete Amir. Er war aufmerksam und nett und wirkte überhaupt nicht berechnend, sondern sehr natürlich. Er hörte ihr zu und war nicht ungeduldig. Er schien ein interessantes, aber nicht zu interessantes Leben zu führen. Er war witzig. Er sah gut aus. Er war einer dieser seltenen Männer, mit denen eine Frau nicht nur Kinder machen, sondern auch welche haben wollte. Und überflüssige Formeln interessierten ihn nicht die Bohne.

Es würde niemals funktionieren.

D a bist du ja! Ich habe nicht gedacht, dass du kommst.«
Mina gähnte hinter vorgehaltener Hand und setzte sich
an den Tisch in der Ecke des Ritorno in der Odengatan, ohne
Ines in die Augen zu sehen. Es war sieben Uhr morgens, und
sie gehörten zu den ersten Gästen.

Mina hatte vorgeschlagen, sich möglichst früh zu treffen,
damit sie nicht gleich wieder loshetzen musste, falls Ines wider
Erwarten etwas wirklich Interessantes zu berichten hatte. Ines
hatte keine Einwände erhoben, obwohl ihre Anfahrt recht weit
gewesen sein musste.

Mina wusste nicht, wie sie sich Ines gegenüber verhalten
sollte. Ihre Beziehung hatte in einer anderen Zeit existiert, als
sie noch ein anderes Leben gelebt hatte.

Auch wenn Ines physisch anwesend gewesen war, hatte sie
ihre Familie im Stich gelassen. Aufgrund von Ines' Alkohol-
sucht war Mina mehr bei ihrer Großmutter Ellen als zu Hause
gewesen. Als Mina fünfzehn war, starb Ellen, und Mina verbrachte einige Jahre mit Ines in dem Einfamilienhaus. Oder
besser gesagt, mit ihrem Schatten, denn ihre Mutter war fast
nie zu Hause. Und wenn, dann war sie meistens betrunken.

Mina war so schnell wie möglich zu Hause ausgezogen und
hatte sich geschworen, nie wieder ein Wort mit ihrer Mutter
zu reden, doch bei Nathalies Geburt meldete sich Ines und
wollte sich versöhnen. Sie sei nüchtern, sagte sie, und wolle
gerne Oma sein. Doch zu diesem Zeitpunkt war Mina selbst
tablettenabhängig geworden.

Als sie Nathalie bei ihrem Vater zurückließ, untersagte sie
Ines den Kontakt zur Enkeltochter. Minas Tochter sollte ganz
ohne Süchtige aufwachsen.

Seitdem hatte Mina höchstens einmal im Jahr von ihrer
Mutter gehört. Meistens in der Weihnachtszeit. Doch auch das
war jetzt einige Jahre her. Mina war inzwischen ein anderer

Mensch geworden, und Ines hatte sich sicherlich auch verändert. Sie waren zwar Mutter und Tochter, aber sie waren auch Fremde füreinander. Zumindest, was Mina betraf.

Sogar über Amir, mit dem sie nur zwei Stunden verbracht hatte, wusste sie mehr als über ihre eigene Mutter. Amir, der feinfühlig genug gewesen war, sie nicht zu fragen, ob sie sich wiedersehen würden, ihr aber mit traurigen Hundeaugen hinterhergeblickt hatte, als sie sich vor dem Museum verabschiedet hatte. Sie war kurz davor gewesen, »es liegt nicht an dir, sondern an mir«, zu sagen, aber für die Verwendung von Klischees gab es schließlich Grenzen.

»Ich wünsche dir auch einen guten Morgen«, sagte Ines und riss sie aus ihren Gedanken. »Das hier war dein Lieblingscafé, als du klein warst, erinnerst du dich noch? Du hast damals immer …«

Sie schnippte mit den Fingern, während sie zum Tresen hinübersah.

Ärger stieg in Mina auf. Sie hatte sich getäuscht. Ines war keine Fremde, im Gegenteil, sie kannte sie viel zu gut. Ines weckte zu viele Erinnerungen, und Mina hatte viel Zeit investiert, um diese Erinnerungen zu verdrängen.

»Schweinsohren«, sagte sie, als sie wieder im Jetzt angekommen war. »Und ich war immer mit Oma hier. Nicht mit dir.«

»Schweinsohren!«, Ines klatschte entzückt in die Hände. »Genau. Du irrst dich, wir zwei waren auch zusammen hier.«

Mina sagte nichts dazu. Sie wusste aus bitterer Erfahrung, dass Süchtige ein selektives Gedächtnis hatten. Die Fähigkeit, Dinge bei Bedarf zu verdrängen, zu verklären oder zu redigieren, hatte sie mit der Muttermilch eingesogen. Sie war darauf angewiesen gewesen, um zu überleben.

»Möchtest du auch etwas?«

Mina stand auf und ging in Richtung Tresen.

»Eine Tasse hätte ich gerne«, sagte Ines. Mina nickte. »Egal, welche Sorte.«

Tee. Das war neu. In Minas Erinnerung war das Dasein ihrer Mutter mit eimerweise Kaffee verbunden. Und einer Zigarette dazu.

Sie bestellte einen Earl Grey für Ines und einen Espresso. Im Pappbecher. Während sie wartete, warf sie einen Blick auf das Gebäck in der Vitrine. Es gab hier immer noch Schweinsohren aber sie wusste weder, wie alt sie waren, noch, wie viele Leute sie angefasst hatten. Daher verzichtete sie darauf. Sie öffnete ein Tütchen mit einem einzelnen Erfrischungstuch und wischte damit den Rand des Pappbechers ab, bevor sie zurück an den Tisch ging. Ines brauchte das nicht zu sehen.

»Ich habe nicht viel Zeit«, sagte sie, nachdem sie sich gesetzt hatte. »Wir stecken mitten in einem Fall.«

Sie ertappte sich dabei, wie sie ihre rissigen, geröteten Hände unter dem Tisch verbarg, und spürte Wut in sich aufsteigen. Wieso sollte sie sich schämen? Nach all der Zeit? Nein, jetzt legte sie die Hände demonstrativ auf den Tisch. Unterdrückte den Impuls, die Platte vorher mit einem Feuchttuch abzuwischen.

»Du wolltest über Nathalie reden«, sagte Ines sanft.

Sie schien Minas Hände nicht zu bemerken.

»Ja, ihr Vater macht sich, gelinde gesagt, Sorgen. Ich kann ihn nicht mehr lange davon abhalten, zu euch rauszufahren und sie mit Gewalt zurückzuholen. Um ehrlich zu sein, halte ich das allmählich auch für eine gute Idee. Du kannst hier nicht einfach so aufkreuzen. Aus dem Nichts. Und dann hältst du Nathalie da draußen … im Wald … auch noch fest. Sie ist seit fast einer Woche bei euch. Ich habe kein gutes Gefühl dabei.«

Ines lachte herzlich. Rings um ihre Augen bildeten sich kleine Lachfältchen, und Mina musste sich widerwillig eingestehen, wie schön ihre Mutter war. Und wie gesund sie aussah. Ganz anders als bei ihrem letzten Treffen. Sie wusste schon gar nicht mehr, wann das stattgefunden hatte.

»Ich habe es ja immer gesagt.« Ines lächelte. »Du hast einfach einen Hang, Dinge zu dramatisieren. Ich halte Nathalie nirgendwo fest. Meine Güte, sie ist ja nicht im Gefängnis. Und sie hat Sommerferien. Was gibt es da Besseres, als in der Natur zu sein?«

Mina winkte verärgert ab.

»Du weißt schon, was ich meine«, sagte Mina.

»Doch, das weiß ich. Ich wollte mich nicht über dich lustig machen.«

Ines wurde wieder ernst und nippte an ihrem heißen Tee.

»Ich kann verstehen, dass ihr euch Sorgen macht«, sagte sie. »Aber gib mir und Nathalie noch ein paar Tage. Wir lernen uns gerade erst kennen. Und ich verspreche dir, dass das Geheimnis bei mir sicher ist. Nathalie stellt Fragen. Aber ich beantworte sie nur insoweit, als ich damit nichts offenbare.«

»Sicher?«

»Sicher. Ich weiß, dass du Nathalie einen Gefallen tun würdest, wenn du ihren Vater noch eine Weile in Schach halten könntest. Und mir auch. Weißt du, sie fühlt sich wohl bei mir. Wir verstehen uns gut.«

»Okay«, sagte Mina widerwillig.

Nicht zu einem einzigen Schluck von ihrem Espresso hatte sie sich überwinden können. Ruckartig stand sie auf.

»Ich muss jetzt zur Arbeit. Aber ich tue mein Möglichstes, um euch noch ein paar Tage Aufschub zu verschaffen. Nathalie zuliebe. Allerdings nur, wenn du mich nicht hintergehst. Deinen Vertrauensvorschuss hast du komplett verspielt. Meine gesamte Kindheit und Jugend waren eine einzige Enttäuschung. Du hast mich jedes Mal, wenn du den Alkohol deiner Familie vorgezogen hast, im Stich gelassen. Also enttäusch mich nicht noch einmal.«

»Ich weiß«, sagte Ines in diesem milden Tonfall, der Mina langsam auf die Nerven ging.

Mina nickte, kehrte ihr den Rücken und verließ das Café. Den Pappbecher ließ sie stehen.

Ich dachte, du würdest dich nicht mehr mit dieser Polizistin treffen.«

Wütend blickte Maria von einem geöffneten Pappkarton auf dem Küchentisch auf. Sie hatte Probedrucke von Werbebroschüren erhalten, die sie ihren zukünftigen Lieferungen beilegen wollte. Jetzt Newsletter abonnieren und 15 % Rabatt auf die nächste Bestellung erhalten! Vincent brauchte gar nicht erst zu fragen, wessen Idee das gewesen war. Rebecka und Aston kamen lauthals singend zur Tür herein.

»All we hear is …«, schmetterte Rebecka.

»Radio ga ga!«, sang Aston, und dann grölten beide aus voller Kehle: »Radio goo goo, radio ga ga!«

Im Laufe des Frühjahrs hatte sich Rebecka mit dem gesamten Repertoire von Queen vertraut gemacht. Vincent war, um es milde auszudrücken, verblüfft gewesen. Welche Siebzehnjährige kannte denn in den Zeiten des aalglatten K-Pops noch so alte Bands wie Queen und wusste sie zudem auch zu schätzen? Natürlich hatte er nichts dagegen. Er liebte es, von den eigenen Kindern überrascht zu werden. Auch wenn es ihm manchmal unheimlich war. Und in Anbetracht der Zuneigung, die Aston zurzeit seiner großen Schwester entgegenbrachte, war es nicht verwunderlich, dass er auch auf den Zug aufgesprungen war. »Radio Ga Ga« war mittlerweile sein absolutes Lieblingslied. Dass Rebecka ihren kleinen Bruder nicht nur akzeptierte, sondern aktiv inspirierte, rührte Vincent. Er schätzte allerdings, dass die Geschwisterliebe nur noch bis zum Monatsende anhalten würde. Wenn es hochkam. Dann würden die Streitereien wieder einsetzen. Aber im Moment waren sie richtig süß zusammen.

Rebecka und Aston verstummten, als sie Maria und Vincent erblickten.

»Oops, ist das hier eisig«, sagte Rebecka. »Komm, Aston,

wir gehen wieder. Wollen wir uns ein Eis holen? Es sind schließlich Sommerferien. Oder wir gehen Milch kaufen, ich glaube, du hast heute Morgen die letzte ausgetrunken.«

»Moment mal«, sagte Vincent. »Wann bist du mit Benjamin wieder bei Mama? Sie wollte doch etwas an der Regelung ändern, aber ich habe noch nichts von ihr gehört.«

»Hat sie dir nicht getextet?«

Vincents und Ulrikas Verhältnis war schon vor dem Vorfall im Gondolen vor zwei Jahren unterkühlt gewesen. Seitdem kommunizierten sie nur noch per SMS, und das auch nur, wenn es unbedingt nötig war. Seit die Kinder größer waren, mussten sie gar nicht mehr viel besprechen, was Ulrika vermutlich genauso entgegenkam wie ihm. Es führte jedoch zu einer gewissen Verwirrung, was den Aufenthaltsort der Kinder anging. Bei der Scheidung hatten sie einen wöchentlichen Wechsel vereinbart, aber an den hatten sie sich nur ein paar Jahre gehalten. Seit einiger Zeit machten die Kinder, was sie wollten, und damit hatte er trotz seines Kontrollzwangs witzigerweise kein Problem. Das lag möglicherweise aber auch daran, dass er sich gar nicht mehr erinnern konnte, wann sie zuletzt über einen längeren Zeitraum bei Ulrika gewesen waren. Er hatte es gern, wenn sie bei ihm zu Hause waren. Vor allem in Phasen, in denen er viel reiste. Seine Familie erdete ihn.

»Ich wollte eigentlich noch ein paar Wochen hierbleiben«, sagte Rebecka, nachdem er nur den Kopf geschüttelt hatte. »Es sind doch Sommerferien. Was mit Benjamin ist, weiß ich nicht. Zieht er nicht sowieso bald aus? Ich würde gerne sein Zimmer übernehmen. Nachdem du es mit einem Flammenwerfer desinfiziert hast. Komm jetzt, Aston.«

»Du kannst Milch trinken«, rief Aston. »Ich will das größte Eis.«

Maria starrte auf die Tür, nachdem Rebecka diese hinter sich und ihrem kleinen Bruder zugemacht hatte, und wandte sich dann Vincent zu.

»Wir sprachen über diese Polizistin. Weißt du noch, was die Therapeutin gesagt hat? Wir sollen nichts tun, was uns schadet. Und trotzdem fängst du wieder damit an.«

»Was meinst du denn überhaupt … okay.«

Vincent biss sich auf die Zunge. Er hatte die Worte der Therapeutin noch im Ohr. Sie hatten sich auf Marias krankhafte Eifersucht bezogen. Und tatsächlich hatte die Eifersucht nach der Therapie eine Zeit lang nachgelassen. Er hatte sogar Hoffnung geschöpft, sie würde ganz verschwinden.

Doch seit Mina sich wieder gemeldet hatte, sahen die Dinge anders aus.

»Mina und ich haben seit der Sache mit Jane nicht miteinander gesprochen«, sagte er. »Ich war genauso erstaunt wie du, als sie am Montag anrief. Sie hat sich nach einer Kollegin von mir erkundigt, weil sie dachte, dass ich sie persönlich kenne. Mina macht sich Sorgen um ihre Tochter, das ist alles.«

Maria klappte schnaubend den Karton zu.

»Und dass deine Boxershorts plötzlich nach Parfum riechen, hat natürlich nichts mit ihr zu tun«, bemerkte sie in scharfem Ton. »Oder mit der Tatsache, dass ihr euch heute schon wieder trefft.«

»Erstens ist deine Behauptung über meine Boxershorts nicht wahr«, sagte er. »Und zweitens habe ich diese Woche die Wäsche gemacht. Du hättest einen ungewöhnlichen Geruch meiner Unterwäsche also selbst dann nicht feststellen können, wenn er vorhanden gewesen wäre. Aber es stimmt, dass ich demnächst ins Präsidium fahre. Anscheinend brauchen sie bei den laufenden Ermittlungen meine Hilfe.«

Maria gab sich noch nicht geschlagen, das sah er ihr an, bevor sie den Mund aufmachte.

»Ich habe mich gleich gewundert, dass du es mit dem Waschen so eilig hattest«, sagte sie. »Aber es war wohl das Beste, mit dem Parfum auch gleich die Flecken auszuwaschen. Hast du sie auf dem Schreibtisch gefickt?«

Mit diesen Worten war ein Jahr Therapie wie weggeblasen.

Er wusste, dass er dem Impuls nicht nachgeben durfte, aber das Adrenalin rauschte bereits durch seine Adern, und er war machtlos dagegen. Die Worte strömten einfach so aus seinem Mund.

»Wir tun nichts, was Kevin und du nicht auch tun würdet«, sagte er. »Er hat dir übrigens in den letzten fünfzehn Minuten drei Nachrichten geschickt.«

Er stand auf und ging aus der Küche, bevor Maria etwas sagen konnte. Er hatte zu große Angst, es zu hören.

Die Klimaanlage im Eingangsbereich des Präsidiums funktionierte normalerweise besser als die im Rest des Gebäudes, aber nun konnte nicht einmal mehr sie etwas gegen die sommerliche Hitze ausrichten. Dafür waren die Fenster einfach zu groß. In der Eingangshalle stand man wie unter einem Vergrößerungsglas. Mina bildete sich ein, die Scheiben würden allmählich schmelzen. Feuchttücher hatte sie auch nicht mehr. Sie wischte sich die Stirn mit einem gewöhnlichen Papiertaschentuch ab und warf es angewidert in den nächsten Papierkorb. Eine Minute gab sie ihm noch. Höchstens.

Eine Sekunde, nachdem ihr dieser Gedanke gekommen war, tauchte hinter der Scheibe ein blonder Schopf auf.

Vincent kam herein und meldete sich an der Pforte an.

»Entschuldige bitte die Verspätung«, sagte er, als sie sich an der Sperre trafen. »Maria und ich haben uns gestritten und … den Rest willst du nicht wissen.«

»Wie du meinst.« Sie ließ ihn durch.

Da es viel zu heiß war, um die Treppen hochzusteigen, gingen sie direkt zu den Aufzügen. Beim letzten Mal hatte es ja gut geklappt.

»Wie ist es mit der Sache gelaufen, über die wir gesprochen haben?«, fragte er.

»Nathalies Großmutter ist auf einmal ihre beste Freundin«, sagte sie. »Ihrem Vater gefällt es zwar nicht, dass sie so lange von zu Hause weg ist, aber das ist sein Problem. Er ist nur auf sein Image bedacht. Ich habe vor allem Angst, dass Nathalie enttäuscht werden könnte.«

So viel hatte sie noch nie über Nathalies Vater erzählt. Vincent sah aus, als hätte er gerne noch mehr Fragen gestellt, aber er hielt sich zurück. Ein wenig Fingerspitzengefühl hatte er also mittlerweile.

»Bin ich diesmal offiziell hier oder nicht?«, fragte er statt-dessen.

Vielleicht bildete sie es sich nur ein, aber er klang beinahe ein bisschen gekränkt.

»Zunächst einmal war das nicht meine Idee«, sagte sie. »Ich war von Anfang an der Meinung, wir sollten dich ins Boot ho-len.«

»Was war nicht deine Idee?«

»Die anderen haben … äh, sie haben sich entschieden, Nova als eine Art Beraterin zu engagieren. Als ob ich nicht schon genug mit ihr zu tun hätte.«

Vincent zog die Augenbrauen hoch.

»Ich habe sofort bezweifelt, dass sie uns viel nützt«, sagte sie. »Und ihr Besuch hat mich nicht eines Besseren belehrt. Allerdings hat sie in einem Punkt wahrscheinlich recht: Die beiden Morde weisen bestimmte Muster auf. Wir scheinen es mit einem Mörder zu tun zu haben, der gewisse Regeln be-folgt. Auch wenn Nova sie lieber als Rituale bezeichnen wür-de. Wir brauchen aber keinen Selbsthilfeguru, der uns was über Gruppenverhalten erzählt. Wir brauchen jemanden, der was von der menschlichen Psyche versteht und die Handlun-gen des Mörders deuten kann. Wir brauchen einen Vincent.«

»Ich verstehe«, sagte er. »Ansonsten ist Nova allerdings durchaus sehr kompetent, jedenfalls auf ihrem Gebiet. Und schön ist sie auch. Sie könnte die Ermittlungen gut in der Öf-fentlichkeit repräsentieren.«

Sie musste sich zusammenreißen, um nicht abrupt stehen zu bleiben. Den letzten Satz hätte er ruhig für sich behalten können. Wobei es ihr natürlich egal war, was er über Novas Aussehen dachte. Vollkommen egal.

»Nova ist übrigens hier«, sagte sie, während sie in den Fahr-stuhl trat. »Schon wieder. Sie hat heute ein Gespräch mit Julia.«

»Ich würde mich freuen, kurz Hallo zu sagen.« Vincent überließ es Mina, den richtigen Knopf zu drücken.

»Mal sehen, ob wir dafür Zeit haben«, entgegnete sie.

Sie hatte plötzlich keine Lust mehr, sich zu unterhalten. Schweigend fuhren sie hinauf.

»Du«, sagte er, kurz bevor die Fahrstuhltür aufging. »Es ist schön, dich wiederzusehen.«

Sie drehte sich zu ihm um und sah ihm in die Augen. Er hatte das Gefühl, sie könnte in sein Inneres schauen. Doch sie sah nicht den Meistermentalisten. Sie sah stattdessen das, was ihn ausmachte. All das, was er sonst niemandem zeigte, aber ihr und nur ihr offenbart hatte. Sie verlor beinahe das Gleichgewicht.

»Das geht mir auch so, Vincent«, sagte sie leise.

Die Fahrstuhltür öffnete sich, und sie traten in den Flur. Sie zeigte auf eine Tür.

»Ich weiß noch, wo dein Büro ist«, sagte er.

»Natürlich tust du das«, sagte sie. »Aber jetzt bitte keine numerologische Deutung der Quadratmeterzahl. Wir haben wichtigere Dinge zu besprechen.«

»Wie könnte ich?«, sagte er mit scherzhaft beleidigter Miene.

Mina öffnete ihre Bürotür. Auf dem Fußboden standen zwei Ventilatoren, die sich mit höchster Geschwindigkeit drehten, ohne das geringste bisschen Abkühlung zu bewirken. Sie wirbelten lediglich den Staub auf, den sie mittlerweile vermutlich größtenteils eingeatmet hatte. Aber es nützte nichts. Wenn sie das Fenster öffnete, kamen Schmutz und Abgase herein, was noch viel schlimmer war. Vincent trug diesmal ein kurzärmliges Hemd und keinen Anzug, aber sie sah, dass er genauso stark schwitzte wie sie.

»Du hast gefragt, ob du offiziell hier bist.« Sie zeigte auf den Schreibtisch. »Um die Wahrheit zu sagen, mal sehen. Genau deshalb bist du hier. Damit wir mal sehen.«

Sie klang viel autoritärer und schroffer als beabsichtigt.

»Hilf mir, Vincent«, sagte sie in freundlicherem Ton. »Hilf mir, klar zu sehen. Oder mach mir klar, ob ich mir nur etwas einbilde. Ich brauche dich.«

Auf der einen Hälfte des Schreibtisches lagen Ossians Rucksack, die Fotos, die sie von Josefin und Fredrik bekommen hatten, und ein Protokoll der laufenden Ermittlungen. Auf der anderen Hälfte lagen die vergrößerten Bilder der Gegenstände aus Lillys Hosentasche sowie der entsprechende Bericht und weitere Fotos. Mina hatte die Dinge bewusst so platziert, dass keins exponierter wirkte als das andere. Sicher waren auf dem Tisch Hunderte von Informationen zu finden, die sich auf Tausende Arten kombinieren ließen. Es wäre verheerend gewesen, Vincent gleich in eine bestimmte Richtung zu lenken. Sie wollte schließlich wissen, worauf er von sich aus kam.

»Das hier ist alles, was mir über die beiden Fälle vorliegt, von denen ich dir letztes Mal erzählt habe«, sagte sie. »Was siehst du?«

Vincent trat an den Schreibtisch und rieb sich das Kinn. Vielleicht täuschte sie sich, aber es klang, als hätte er einen wohligen Seufzer ausgestoßen.

»Ich nehme an, du willst von mir wissen, ob es einen Zusammenhang gibt. Darf ich?«

»Das ist natürlich alles vertraulich. Aber anfassen darfst du die Sachen schon.«

Als Erstes studierte er die Porträtfotos von Ossian und Lilly. Sie vermutete, dass er nach Ähnlichkeiten suchte. Er blätterte im Bericht und blickte dann wieder auf die Fotos. Diesmal schien er die Kleidung zu fokussieren.

»Ähnliches Vorgehen, aber andere Entführer …«, murmelte er. »Unwahrscheinlich, aber nicht unmöglich. Hm.«

Er deutete auf die Gegenstände.

»Und das hier hatten Ossian und Lilly bei sich, als sie aufgefunden wurden?«

Sie nickte.

»Dieses Poesiebild.« Er zeigte auf das Sammelbildchen. »Das ist ganz neu. Angesichts des Zustands der anderen Gegenstände aus Lillys Hosentaschen gehörte es wahrscheinlich nicht ihr. Und dieser Rucksack gehört laut Aussage der Eltern nicht Ossian, ist also nachträglich dazugelegt worden.«

Es war ihm sofort aufgefallen. Vincent nahm den Rucksack in die Hand. Mina hielt den Atem an.

Rings um den Schriftzug »My little Pony« waren sieben Ponys mit großen Augen abgebildet. Sie waren alle bunt und lachten fröhlich. Das Pony ganz hinten hatte sogar Flügel.

Lillys Poesiebild war zwar auch gemalt, wirkte aber realistischer. Es war eine stürmische See darauf zu sehen, und genau dort, wo sich die Wellen brachen, bäumte sich ein Vollblutaraber auf.

»Pferde«, sagte er. »Zweimal Pferde.«

Sie atmete auf. Er hätte so viele andere Zusammenhänge nennen können, aber ihm war genau das Gleiche aufgefallen wie ihr. Der Polizei jedoch hatten die Beweisstücke aus dem Fall Lilly ein ganzes Jahr vorgelegen. Vincent hatte knapp neunzig Sekunden gebraucht.

»Das war auch mein Gedanke«, sagte sie. »Aber ist das ein Muster?«

»Das lässt sich so nicht sagen.« Er öffnete den Rucksack. »Wahrscheinlich eher Zufall. Abgesehen davon, dass beide Gegenstände später hinzugefügt wurden. Was sagt denn Nova?«

»Über die Pferde? Nichts. Die habe nur ich gesehen. Und du. Nova hat die bescheuerte Theorie, für den Mörder hätte Wasser eine symbolische Bedeutung. Und die Zahl Drei. Sie glaubt, die Morde wurden von einer Gruppe mit einem im Hintergrund agierenden Anführer verübt.«

»Die Morde sollen also geplant gewesen sein?« Vincent runzelte die Stirn. »Seht ihr das auch so?«

Er war auf ihrer Seite. Sie hätte ihn küssen können. Im übertragenen Sinne, natürlich. Sie hatte es sich nur vorgestellt. Nicht bildlich vielleicht, aber … eigentlich doch. Wenn sie ehrlich war, sah sie es sogar ziemlich klar vor sich. Was war bloß los mit ihr? Sie musste sich am Riemen reißen, bevor Vincent etwas merkte.

»Konzentrieren wir uns lieber auf das, was wir beide hier entdeckt haben«, schlug Vincent vor. »Um das Vorliegen eines

Musters mit Sicherheit festzustellen, brauchen wir drei vergleichbare Informationsträger. Das gilt für unsere Pferde genauso wie für Novas Wassertheorie. Wir haben erst zwei Elemente. Das dritte würde das Ganze stabilisieren. So ähnlich, wie wenn du Punkt A und Punkt C verbindest. Um ganz sicher zu sein, dass die Linie gerade ist, brauchst du noch einen Punkt B zwischen den beiden.«

»Wovon redest du?«

Er legte den Rucksack wieder auf den Tisch und zog ein Taschentuch aus der Hosentasche. Er wischte sich damit über das Gesicht, um seinen Schweiß zu trocknen, und steckte es anschließend wieder ein.

»Sei unbesorgt«, sagte er, als er ihren Blick bemerkte. »Ich weiche sie zu Hause in Chlor ein. Falls du das nicht lieber selbst …?«

Er zog das Taschentuch ein Stück heraus und sah sie dabei bedeutungsvoll an.

»Möglicherweise ist deine Mitarbeit bei der Polizei gleich beendet«, sagte sie.

Er schob das Taschentuch wieder hinein und rieb sich zu ihrer Erleichterung die Hände mit dem Desinfektionsgel ein, das auf dem Tisch stand.

»Nun zu Lilly und Ossian«, sagte er. »Muster oder nicht? Die Frage ist scheußlich, aber … gibt es nur die zwei? Keine weiteren toten Kinder in diesem Zeitraum?«

»Ich finde zwei schon viel zu viel.« Sie schüttelte den Kopf. »Hätte es noch einen Fall gegeben, wüssten wir davon.«

Sie setzte sich an den Rechner und loggte sich ein.

»Ich kann natürlich sicherheitshalber checken, ob es nicht doch noch andere Kindsmorde gibt, aber wie gesagt, wir hätten davon …«

Sie starrte auf den Monitor.

»Verdammt.«

Sie drehte den Bildschirm in Vincents Richtung. Er zeigte einen sechs Monate alten Fall.

»Letzten Winter gab es tatsächlich einen toten Vierjährigen«, sagte sie. »Wir waren nicht für die Ermittlungen zuständig. Aber die Umstände waren völlig andere. Es war keine Entführung. Das Kind, ein William Carlsson, wurde auf Beckholmen aufgefunden, der kleinen Insel vor Gröna Lund. Du weißt schon, da ist doch eine alte Werft. Er lag im Trockendock, als ob er hinuntergefallen und beim Sturz zu Tode gekommen wäre. In der Familie war es immer wieder zu Gewalt gekommen. Die Nachbarn hatten den Vater vorsorglich angezeigt, und die Leiche wies eindeutige Spuren von früheren Misshandlungen auf. Die ermittelnden Kollegen von der Kriminalpolizei waren überzeugt, dass der Sturz nur herbeigeführt worden war, um die Verletzungen zu vertuschen. Der Vater wurde wegen Mordverdachts in Untersuchungshaft genommen. Ein ziemlich eindeutiger Fall, bei dem keine Fragen offenblieben. Er hat nichts mit Lilly und Ossian zu tun, aber ein weiteres totes Kind ist es trotzdem.«

Vincent verzog das Gesicht und beugte sich über ihre Schulter, um näher am Bildschirm zu sein. Er roch leicht nach Gewürzen. Sie konnte nicht anders, als sich instinktiv einen Millimeter zurückzulehnen, um ihm näher zu sein.

»Wie sicher ist sich das Ermittlungsteam, dass der Vater das Kind getötet hat?«, fragte er.

»Sehr sicher.« Sie zeigte auf eine Passage im Bericht. »Der Fall wurde in Rekordgeschwindigkeit vor Gericht verhandelt. Der Vater sitzt jetzt in der JVA Hall und hat, wie du siehst, die Misshandlungen größtenteils gestanden. Das Einzige, was er nicht gestanden hat, ist der Totschlag. Er hat aber zumindest einmal nachweislich Drogen konsumiert. Es stellt sich also die Frage, ob er nüchtern war, als es passierte. Das Ganze ist wirklich furchtbar.«

Gemeinsam lasen sie den Bericht über William Carlsson, der bei klirrender Kälte bekleidet mit einem grauen T-Shirt und einer langen Unterhose aufgefunden worden war. Er hatte keinen Rucksack und keine seltsamen kleinen Gegenstände mit oder ohne Pferdeabbildung bei sich gehabt. Nur große blaue Flecken und sein tragisches Schicksal.

»Aber *wissen* könnt ihr es nicht«, sagte Vincent. »Der Vater hat kein Geständnis abgelegt. Und außerdem …«

Er zeigte auf ein Foto vom Fundort der Leiche. Auf der kleinen Insel gab es drei Trockendocks, aber nur eins davon war in Gebrauch. William war zwischen zwei Booten aufgefunden worden. Nur das polizeiliche Absperrband ließ erkennen, was sich in dem Dock Schreckliches ereignet hatte.

»Wasser ist in der Nähe«, sagte Mina. »Das spricht für Novas Theorie.«

Vincent nickte, sah aber nicht sonderlich zufrieden aus.

»Möglich«, sagte Vincent. »Zum Glück war kein Wasser im Dock, sonst hättet ihr den Jungen nie gefunden. Aber ich finde, wir sollten hinfahren. Dass die Polizei dort nicht mehr entdeckt hat, muss ja nicht unbedingt heißen, dass es nicht mehr zu finden gibt.«

»Willst du damit sagen, dass wir nicht ordentlich arbeiten?« Sie stieß ihm scherzhaft den Ellbogen in die Rippen.

»Auf keinen Fall. Aber die Kriminaltechniker, die den Fundort untersucht haben, hatten keinen Grund, nach seltsamen Details zu suchen. Die Chance, dort noch etwas zu finden, falls es jemals etwas zu finden gab, ist winzig. Deine Kollegen sind höchstwahrscheinlich zum richtigen Schluss gekommen und William ist wirklich von seinem Vater getötet worden. Dieser Strohhalm, an den ich mich klammere, fliegt bestimmt beim ersten Windhauch davon. Trotzdem müssen wir ganz sichergehen, dass dieser Fall nichts mit Ossian und Lilly zu tun hat. Denn wenn *doch* …«

Anstatt den Satz zu beenden, zog er erneut sein Taschentuch aus der Hosentasche. Nach einem kurzen Blick in ihre Richtung steckte er es wieder ein.

Mina heftete ihren Blick auf den Bildschirm und fror plötzlich trotz der Hitze.

»Wir müssen das mit der Gruppe und Julia besprechen«,

sagte sie. »Vielleicht kann ich jetzt gleich ein Meeting einberufen. Eigentlich müssten alle im Haus sein.«

»Wir?« Verwundert sah er sie an.

»Willkommen zurück, Vincent.«

Die Gruppe war größer geworden, seit Vincent zuletzt dabei gewesen war. Er gab Adam die Hand.

»Hallo, ich bin Vincent.«

Adam schüttelte sie so fest, dass der Kaffeebecher in Vincents linker Hand beinahe überschwappte, hielt Augenkontakt und beugte den Oberkörper leicht nach vorn.

»Adam. Ich habe schon von dir gehört.«

Dann sah Vincent zu den anderen hinüber. Christer und Peder nickten ihm erfreut zu, während Ruben ihn mit einem genervten Blick und verschränkten Armen begrüßte.

»Ruben, ich habe mich noch nicht für das bedankt, was du mir geschickt hast«, sagte er. »Es bedeutet mir viel. Entschuldige, könntest du kurz meinen Kaffeebecher halten?«

Er drückte ihn dem verblüfften Ruben einfach in die Hand. Vincent hatte damit gerechnet, dass Ruben reflexartig reagieren würde, bevor er sich überlegen konnte, ob er Vincents Becher wirklich halten wollte. Doch nun war es zu spät, um Nein zu sagen.

Eigentlich war es ihm nur darum gegangen, Ruben zu einer offeneren Körperhaltung zu bewegen, damit er aufnahmefähiger für das wurde, was Vincent und Mina zu sagen hatten.

Vincent hatte jedoch einen triftigen Grund, sich bei Ruben zu bedanken. Kurz nachdem sie sich zuletzt gesehen hatten, im Oktober vor fast zwei Jahren, war mit der Post ein Umschlag von Ruben gekommen. Er enthielt einen Zeitungsartikel über den Tod von Vincents Mutter. Es war der Artikel, den Ruben den anderen zum Beweis präsentiert hatte, dass Vincent tatsächlich in ihren damals aktuellen Mordfall verwickelt gewesen war.

*Ich weiß immer noch nicht, wer mir den geschickt hat*, hatte Ruben auf einen Zettel geschrieben, den er mit einer Büroklammer am Artikel befestigt hatte. *Aber ich brauche ihn nicht.*

*Ich glaube, niemand braucht ihn jemals wieder zu Gesicht zu bekommen. Verbrenn ihn oder mach damit, was du willst.*

Vincent war geradezu gerührt gewesen. Doch der Ruben, der ihm den Artikel geschickt hatte, schien beim heutigen Meeting nicht anwesend zu sein. Er zuckte nur mit den Schultern und gab ihm den Kaffeebecher zurück. Vincent würde diesmal vermutlich keine große Rolle bei den Ermittlungen spielen, sie hatten ja schließlich auch Nova engagiert. Da konnte er über das Verhalten einiger in der Gruppe wohl hinwegsehen.

»Schön, dich wiederzusehen, Vincent«, sagte Julia. »Ich habe gehört, dass Mina und du euch schon ein bisschen über den Fall ausgetauscht habt. Natürlich hätte ich es auch gerne gesehen, wenn ihr die üblichen Kanäle genutzt hättet, um mich zumindest zu informieren.«

»Ich wusste ja nicht mal, wo das hinführt«, wandte Mina entschuldigend ein. »Ich wollte mir zuerst sicher sein. Und das bin ich mir noch immer nicht. Aber wir wollen uns den Fall William Carlsson noch genauer anschauen und mit dem Fundort der Leiche anfangen.«

»Der Junge, der letzten Winter von seinem Vater umgebracht worden ist?« Ruben drückte den Rücken durch. »Was hat der damit zu tun?«

»Ich darf vielleicht einflechten«, sagte Adam, »dass der Vater, Jörgen Carlsson, zwar nach einem außerordentlich kurzen Gerichtsverfahren wegen Mordes verurteilt wurde, den Mord aber nie gestanden hat, was ein wenig merkwürdig war, nachdem er alle anderen Körperverletzungen ausnahmslos zugegeben hatte. Ich weiß nicht, ob er sich davon ein milderes Urteil erhofft hat. Und außerdem gab es, wenn ich mich recht entsinne, eine etwas ältere Zeugin, die in einer Wohnung mit Blick auf den Spielplatz im Innenhof wohnte, und die behauptete, sie hätte William mit einem anderen Mann als Jörgen davongehen sehen. Aber da Jörgen für diesen Zeitpunkt kein Alibi hatte und das Sehvermögen der älteren Dame einiges zu wünschen übrig ließ, wurde dieser Spur nicht weiter nachgegangen.«

»Angesichts von Ossian und Lilly war das vielleicht ein Fehler«, sagte Julia. »Vielleicht ist Jörgen doch nicht der Täter. Möglicherweise ist er unschuldig.«

Ruben verschränkte die Arme wieder vor der Brust und verzog missmutig das Gesicht.

»Jörgen Carlsson ist ein Dreckschwein sondergleichen und sitzt genau da, wo er hingehört«, schnaubte er.

»Da stimme ich dir zu«, sagte Peder. »Ich weiß noch, der Junge hatte verheilte Verletzungen verschiedenster Schweregrade an praktisch jedem Körperteil. Er muss im Laufe seiner kurzen Kindheit so viel Prügel bekommen haben, dass es an ein Wunder grenzte, dass er nicht schon eher gestorben ist. Und seine Mutter hat, wenn ich das richtig im Kopf habe, genauso viele Schläge kassiert.«

Bosse winselte und schleckte Peders Hand ab, als könnte das Tier nachempfinden, wie sehr es Peder schmerzte, an Kindesmisshandlung auch nur zu denken.

»In meiner Version herrscht kein Zweifel daran, dass der Alte sein Kind umgebracht hat«, sagte Ruben. »Ich bin selbst bei einigen Einsätzen in der Familie dabei gewesen, einmal sogar an Heiligabend. Heilige Scheiße. Es war ein Blutbad, als wir ankamen. Jörgen hatte seine Frau Lovis mit dem Gesicht auf den Herd geknallt, und die ganze Küche war voller Blut. Hinter dem Weihnachtsbaum mit Kugeln, Lametta und Geschenken drunter entdeckten wir William. Er muss ungefähr drei Jahre alt gewesen sein, glaube ich. Nein, verdammt noch mal. Jörgen ist nicht unschuldig. Er ist einer von denen, die man am besten für immer einsperrt. Und den Schlüssel gleich wegwirft.«

Es wurde still. Vincent richtete den Blick auf das einzige Bild im Raum, eine große Karte von Stockholm an der Wand gegenüber, und versuchte, sich nicht auszumalen, was Ruben eben beschrieben hatte. Aber es war zu spät. Er starrte auf

Gamla stan, bis ihm die Augen tränten, um die blauen Flecken aus dem Kopf zu bekommen, die er auf den Fotos von Williams Körper gesehen hatte. Ein Körper, der ihn an Aston vor ein paar Jahren erinnerte.

Christer räusperte sich.

»Ich stimme Ruben zu«, brummte er. »Jörgen Carlsson ist ein Schwein. Zum Glück reicht das, was er gestanden hat, um ihn noch eine Weile hinter Gittern zu behalten. Aber Adam hat genauso recht. Es ist nicht gesagt, dass Jörgen seinen Sohn getötet hat.«

»Adam und Ruben, ihr unterhaltet euch am besten gleich mal mit Lovis, der Mutter von William«, sagte Julia. »Versucht bitte, auch mit der Nachbarin zu sprechen, die William angeblich mit jemandem hat weggehen sehen, und findet heraus, wie schlecht sie wirklich sieht. Es wäre gut, wenn ihr heute beides schaffen würdet. Und am Montag stattet ihr Jörgen einen Besuch in Hall ab. Ich kündige euch in der JVA schon mal an.«

Ruben wandte sich an Adam.

»Diesmal wird keiner von uns den good Cop spielen«, sagte er.

Adam nickte finster. Er schien der gleichen Meinung zu sein. Julia sah Mina und Vincent an.

»Ich weiß zwar nicht, was ihr glaubt, dort finden zu können«, sagte sie. »Aber fahrt ruhig hin und schaut euch um. Peder und seinen Bart nehmt ihr bitte auch mit. Solltet ihr an einem Barbier vorbeikommen, trägt die Polizeibehörde die Kosten. Und jetzt zu dir, Vincent, wenn du schon hier bist. Wir haben eine Frau in der Arrestzelle, mit der du als Erster sprechen solltest. Sie heißt Lenore Silver.«

S eit wann lebst du in Schweden?«
Adam stieß innerlich einen tiefen Seufzer aus. Er überlegte, Rubens Frage zu ignorieren, wusste aber auch, dass Small Talk ein wesentlicher Bestandteil polizeilicher Autofahrten war. Er wünschte nur, ihm wäre endlich einmal eine andere Frage gestellt worden.

»Ich bin hier geboren.«

»Aha. Okay.«

Stille. Immer wieder stellte Adam fest, dass seine Antwort stumme Verwunderung auslöste.

»Und deine Eltern? Wo kommen die her?«, fragte Ruben.

»Uganda.«

»Uganda, aha.«

Wieder Stille.

»Verdammt, ich muss zugeben, dass ich keine Ahnung von Uganda habe.«

»Nein, wieso solltest du auch? Ich weiß auch nicht besonders viel über Uganda.«

Adam verdrehte verstohlen die Augen. Irgendetwas an Ruben provozierte ihn, und das lag nicht nur an seinen tendenziösen Fragen.

»Wann sind sie denn geflüchtet?«

»Sie sind nicht geflüchtet. Meine Mutter hat in Schweden eine Professur bekommen. Als sie hier war, merkte sie, dass sie schwanger war, aber mit meinem Vater wollte sie nie was zu tun haben.«

»Ah, verdammt.« Ruben nickte. »Hast du dich denn nie gefragt, was dein Vater für ein Mensch ist? Nie Kontakt zu ihm aufgenommen?«

»Nein, wieso sollte ich? Ich vertraue auf das Urteil meiner Mutter. Wenn sie ihn nicht für würdig hielt, an meinem Leben teilzuhaben, wird sie gute Gründe dafür gehabt haben.«

»Oh.« Ruben sah bedrückt aus. »Diese Art von Vater.«

Adam warf ihm einen kurzen Blick zu, konzentrierte sich dann aber wieder auf die Fahrbahn. Das Privatleben seiner Kollegen interessierte ihn nicht im Geringsten.

Die Hochhaussiedlung in Rissne, in der Lovis wohnte, ragte vor ihnen auf, und Adam bog zum Parkplatz ab. Ruben saß immer noch schweigend da und wirkte beklommen. Adam überprüfte noch mal die Adresse. Erster Eingang hinter dem Parkplatz. Er sah sich um und zeigte in die Richtung.

»Da drüben. Das muss der Spielplatz sein, auf dem Williams Eltern ihn angeblich zum letzten Mal gesehen haben.«

»Ich bin immer noch felsenfest davon überzeugt, dass der Vater ihn umgebracht hat«, brummte Ruben.

»Ich will jetzt nicht mit dir diskutieren. Lass uns einfach unsere Arbeit machen.«

Er hörte selbst, wie ungeduldig er klang. Aber er hatte die Nase voll von den Kollegen, die sich mit der einfachsten Lösung zufriedengaben.

Sie nahmen die drei Treppen zu Lovis' Wohnung. Vor der Nachbarwohnung stand ein Kinderwagen mit einem schlafenden Baby. Das Kind regte sich und gab ein leises Wimmern von sich, als sie bei Lovis anklopften. Es dauerte lange, bis sich etwas tat, aber schließlich hörten sie schlurfende Schritte hinter der Tür. Stille. Dann wurde der Schlüssel im Schloss umgedreht und die Tür langsam geöffnet. Aber nur einen Spalt.

»Ja?«

Die Stimme klang heiser, und Adam schlug schon durch den Türspalt eine Alkoholfahne entgegen.

»Hier ist die Polizei. Wir möchten über William sprechen.«

»Aha, jetzt wollen Sie also über William sprechen.«

Sie wollte die Tür wieder zuziehen, aber Adam stellte schnell seinen Fuß in den Spalt.

»Lovis. Lassen Sie uns bitte rein. William zuliebe.«

Wieder Stille. Dann ließ sie die Beamten eintreten. Sie

schlurfte voraus in die dunkle Wohnung. Alle Fenster waren mit schwarzen Tüchern verhängt, und es roch nach einer Mischung aus Abfall, verdorbenen Lebensmitteln und Zigarettenrauch. Adam hörte hinter sich Ruben leise husten.

»Sie können sich dort hinsetzen.«

Im Wohnzimmer zeigte Lovis auf ein durchgesessenes Sofa mit zahllosen Flecken und Brandlöchern. Auf dem Tisch standen volle Aschenbecher und leere Wodka- und Weinflaschen. Nur ein paar gerahmte Fotos an den Wänden schmückten den Raum. Lovis mit William. Jörgen und Lovis zusammen. Ein Kind, vielleicht Lovis, mit stolzer Miene auf einem Pferd.

Adam setzte sich, ohne zu zögern, sah aber aus den Augenwinkeln, dass Ruben überlegte, stehen zu bleiben. Er warf ihm einen vielsagenden Blick zu. Sie waren hier, um die Mutter eines ermordeten Kindes zu befragen. Ruben verstand den Wink und nahm ebenfalls Platz.

»Ist es wegen Jörgen? Ist was passiert? Sie wissen ja, er sollte nicht im Knast sitzen. Er hat William nicht umgebracht.«

Mit zitternden Händen zündete sich Lovis eine Zigarette an, nahm einen Lungenzug und sah sie wütend an. Dann zeigte sie aufgeregt mit dem Finger auf sie.

»Dieser Junge, der verschwunden ist! Wegen dem sind Sie hier! Der Mörder von William hat sich ihn jetzt auch geschnappt! Ich habe es doch immer gewusst! Ich habe immer gesagt, dass Jörgen es nicht war!«

»Dazu können wir momentan nichts sagen.« Adam machte eine entschuldigende Geste. »Aber wir nehmen die Umstände seines Todes noch einmal ganz genau unter die Lupe. Und daher würden wir Sie gerne …«

»Raus!«

Lovis starrte sie an.

»Wir müssen Sie fragen …«

Adam räusperte sich. Der Rauch reizte seine Atemwege, und seine Augen tränten.

»Raus!«

Lovis sprang auf und stieß versehentlich eine Flasche Smirnoff um, die über den Boden rollte und dann liegen blieb.

»Gehen Sie endlich! Raus!«

Ruben stand auf, und Adam tat es ihm nach. Vielleicht würden sie noch einmal zurückkommen müssen. Aber im Moment war es besser, Lovis Zeit zu geben, sich wieder zu beruhigen.

Als die Tür krachend hinter ihnen ins Schloss gefallen war, schüttelte Adam seine Enttäuschung ab. Bei dem Gespräch mit Lovis war nicht viel herausgekommen.

Sie mussten noch zwei Besuche machen. Bei der Zeugin. Und bei Jörgen.

Mina kannte die Gänge in- und auswendig, aber Vincent sah sich neugierig um, als Julia sie durch das Untersuchungsgefängnis Kronoberg führte, das praktischerweise direkt neben dem Präsidium lag.

»Sie heißt, wie gesagt, Lenore Silver«, sagte Julia. »Wir haben sie vorläufig wegen Freiheitsberaubung und Menschenhandel mit Minderjährigen verhaftet. Bislang hat sie jegliche Verbindung zum Fall Ossian oder den anderen Kindern abgestritten, aber es kann ja nicht schaden, noch mal nachzufragen. Oder, besser gesagt, dich mit der Befragung zu beauftragen.«

Vincent blieb stirnrunzelnd stehen.

»Ich habe doch schon letztes Mal gesagt …«, begann er.

»Das wissen wir«, fiel Julia ihm ins Wort. »Du bist kein ausgebildeter Kriminalpolizist und kennst dich nicht mit Vernehmungstechniken aus. Diese Art von Verantwortung kannst du nicht übernehmen. Glaub mir, das hat mir bei unserer letzten Zusammenarbeit schlaflose Nächte beschert, aber am Ende hat ja alles geklappt. Und ich möchte nur, dass du … mit ihr redest. Das kannst du gut.«

Sie hatten die Vernehmungszimmer erreicht. Anonyme Türen mit schwarzen Ziffern. Die Frau, die sie hinter einer dieser Türen erwartete, jagte Mina jedes Mal einen Schauer über den Rücken. Sie verkörperte das Gegenteil von Mina. War selbstsicher. Schick angezogen. Gut aussehend. Hatte lange, perfekt manikürte Fingernägel und keine rissigen Fingerkuppen. Und war höchstwahrscheinlich Psychopathin.

»Okay, ich kann es versuchen, aber ich verspreche nichts«, sagte Vincent. »Und ich werde es auf meine Art tun. Hat jemand einen Stift?«

Julia reichte ihm einen Füller.

Sorgfältig malte sich der Mentalist circa einen Zentimeter unter dem Auge einen Punkt auf eine Gesichtshälfte.

»Was soll das?«

»Auf meine Art.«

Julia schüttelte den Kopf.

In ihren Augen lief die Sache jetzt schon aus dem Ruder.

»Mina, übernimm du das«, sagte sie. »Ich muss ein Stockwerk nach oben, um der Leitung unseren nächsten Schritt zu erläutern. Lenore sitzt in Vernehmungsraum 3.«

Julia eilte den Gang hinunter. Mina brach der Schweiß aus. Es hatte nichts mit der Gesprächspartnerin zu tun, die sie erwartete. Es war nur so heiß.

Sie atmete tief durch und öffnete die Tür. Lenore Silver sah trotz der Hitze und der Tatsache, dass sie bereits seit einiger Zeit in Untersuchungshaft saß, wie aus dem Ei gepellt aus. Sie war nicht nur überkorrekt gekleidet, sondern auch perfekt geschminkt. Sie saß auf einem der drei Stühle im Raum, aber ein Tisch fehlte. Vermutlich hatte Julia ihn hinaustragen lassen, um Vincent die Arbeit zu erleichtern.

Lenores Lächeln verflüchtigte sich, als sie den Mentalisten erblickte.

»Was macht der denn hier?«, fragte sie. »Den kenne ich aus dem Fernsehen.«

»Vincent wird Ihnen ein paar Fragen stellen.« Mina setzte sich ihr gegenüber. Auf einmal fühlte sie sich etwas besser. Und nicht mehr so verschwitzt. Vincent setzte sich neben sie.

»Ich werde keine Fragen beantworten.« Lenore verschränkte die Arme. »Nicht ohne meinen Anwalt. Ich bin seit Freitag hier. Heute ist … Mittwoch, oder? Lange können Sie mich sowieso nicht mehr hier festhalten.«

»Da haben Sie recht«, sagte Mina. »Hören Sie mir trotzdem zu, Lenore. Die Identität des Mädchens, das wir bei Ihnen gefunden haben, ist mittlerweile festgestellt worden. Wir wissen jetzt, dass sie aus einer Familie stammt, die erst vor Kurzem in Schweden angekommen ist und im Vorort Midsommarkransen lebt. Wir wissen, dass Sie die Absicht hatten, das Mädchen zu verkaufen. Genau wie vor fünf Jahren. Mitwisser, die auf Strafminderung hoffen, haben bereits gegen Sie ausgesagt.«

Letzteres war eine Lüge, es gab keine Mitwisser. Sie wussten nur, wer das Mädchen war. Die Ermittlungen hatte ein anderes Team übernommen. Doch Mina schien richtig geraten zu haben, denn Lenore umklammerte die Oberarme noch fester mit den manikürten Fingern.

»Kein Anwalt würde Sie auch nur mit der Kneifzange anfassen«, fuhr Mina fort. »Natürlich wird der Staat Ihnen einen zur Verfügung stellen. Aber ich kann mir kaum vorstellen, dass sie Ihnen die hellste Kerze auf der Torte zuteilen. Dies ist Ihre Chance, Ihre Bereitschaft zur Kooperation zu zeigen. Glauben Sie mir, Sie haben es nötig.«

Lenore setzte sich aufrechter hin und legte die Hände auf die Knie.

»Na, was will er denn wissen?«, fragte sie.

»Es ist eher ein kleines Spiel.« Vincent lächelte. »Ich sage ein Wort, und Sie sprechen den ersten Gedanken aus, der Ihnen durch den Kopf geht. Ohne lange nachzudenken. Wollen wir es mal ausprobieren?«

Lenore stieß einen Seufzer aus, aber dann nickte sie.

»Okay«, sagte Vincent. »Dann fangen wir an. Pferd.«

»Sattel.« Lenore sah Vincent in die Augen.

»Wasser«, fuhr Vincent fort.

»Durst.«

»Kinder.«

»Fremde.«

Lenore verschränkte die Arme wieder, durchbohrte den Mentalisten aber noch immer mit ihrem Blick.

»Tod.«

»Leben.«

»Ossian.«

»Irland.«

»Lilly.«

»Hochzeit.«

Vincent runzelte die Stirn.

»In der Stadt gibt es ein Geschäft für Brautmoden, das so heißt«, sagte Lenore.

»Haben Sie vor zu heiraten?«, fragte Mina.

»Das ist meine Angelegenheit. Sind wir fertig?«

»Fast«, sagte Vincent. »William.«

»Spetz.«

»Töten.«

»Fernsehserien.«

»Danke, sehr gut.« Vincent stand auf. »Wir sind fertig. Danke, dass Sie mit uns geredet haben.«

Er streckte die Hand aus, und Lenore griff automatisch danach. Plötzlich hielt er seine linke Hand unter ihr Handgelenk und ließ mit der rechten los. Nun lag ihr ausgestreckter Arm auf seiner Hand. Er begann, mit der Hand eine sanfte Schaukelbewegung zu machen, sodass sich ihr Arm hin- und herbewegte. Gleichzeitig zeigte er auf den Punkt unter seinem Auge.

»Schauen Sie auf den Punkt, Lenore«, sagte er in einem völlig anderen Tonfall.

Vincents Stimme klang jetzt sanft, aber auch autoritär. Mina fiel es schwer, nicht auch auf den Punkt in seinem Gesicht zu schauen. Die Situation war so skurril, dass sie seine Anweisungen schon deshalb gern befolgte, weil sie sie wenigstens verstand. Was auch Sinn der Sache war, nahm sie an.

Lenores Blick verschwamm. Sie schien ihren Arm gar nicht mehr wahrzunehmen.

»Und während Sie den Punkt fixieren«, fuhr Vincent fort, »merken Sie, wie Ihre Gedanken immer diffuser werden, genau wie Ihr Blick, und je undeutlicher alles wird, desto weniger müssen Sie nachdenken und können Ihre Gedanken stattdessen fließen lassen, es fühlt sich an, als würden Sie in einem großen freundlichen Meer versinken, und Sie lassen sich einfach immer weiter in die angenehme Tiefe hinunterziehen … jetzt.«

Er nahm die stützende Hand unter Lenores Arm weg, und

317

der fiel schlaff hinunter. Der Ruck ließ auch ihren Kopf nach vorne fallen. Mina sah, dass sie die Augen geschlossen hatte.

»Wunderbar, weiter so.« Vincent legte Lenore eine Hand in den Nacken, damit sie den Kopf noch weiter nach vorn beugte. »Sinken Sie noch tiefer dorthin, wo Sie sich geborgen fühlen und wo es schön ist. Sind Sie angekommen?«

Lenore nickte langsam. Mina glaubte eigentlich nicht an Hypnose, aber was immer Vincent auch mit Lenore gemacht hatte, sie schien tatsächlich hypnotisiert zu sein. Das war vermutlich gar nicht erlaubt, aber Mina hatte den Verdacht, dass Julia sich insgeheim genau solche Methoden erhofft hatte, als sie Vincents Mitarbeit genehmigt hatte.

»Jetzt werde ich dieselben Fragen noch einmal stellen«, sagte Vincent. »Und diesmal geben Sie die Antworten, die Sie da unten, tief in Ihrem Innersten vorfinden. Einverstanden?«

Wieder nickte Lenore. Das einzige Geräusch im Raum war das Knarren des Stuhls, als Vincent sich vor sie setzte.

»Pferd«, sagte er.

»Penis.«

Lenores Stimme war deutlich zu verstehen und klang ganz anders, als Mina es bei einer hypnotisierten Person vermutet hätte. Es bestand jedoch kein Zweifel daran, dass Lenore sich momentan ganz woanders befand. Jedenfalls hatte Mina nicht den Eindruck, als würde Lenore etwas vortäuschen.

»Wasser«, sagte Vincent.

»Ertrinken.«

»Ossian.«

»Ocean.«

Vincent warf Mina einen Blick zu. Sie nickte auffordernd.

»Kinder.«

»Geld.«

»Tod.«

»Ich.«

»Lilly.«

»Weiße Lilien.«

»William.«

»Wille.«

»Töten.«

»Albträume.«

Vincent griff wieder nach Lenores Arm und streckte ihn nach vorn. Als er ihn losließ, blieb er in dieser Position.

»Während Sie spüren, wie sich Ihr Arm langsam senkt«, sagte er, »lassen Sie zu, dass auch Sie noch tiefer in Ihren Gedanken versinken.«

Langsam bewegte sich der Arm nach unten. Die selbstsichere Frau war verschwunden, Lenores Gesichtsausdruck war entspannt und unbedarft.

»Und wenn Ihre Hand das Knie berührt, öffnen Sie die Tür zu dem Ort, an dem Sie träumen.«

Als die Hand auf dem Knie landete, runzelte Lenore die Stirn.

»Ich möchte noch mal auf meine letzte Frage eingehen«, sagte Vincent. »Meinen Sie, dass Sie vom Töten Albträume bekommen, oder haben Sie Albträume, in denen Sie jemanden töten?«

»Letzteres«, sagte Lenore.

Ihre Stimme klang jetzt viel dunkler und belegter. Als ob sie tief aus ihrer Kehle käme.

»Aber wenn ich es tue, sind es keine Albträume mehr. Dann hört die Dunkelheit auf.«

»Töten Sie das, was in der Dunkelheit ist?«

»Ja.«

»Was ist in der Dunkelheit, Lenore?«

»Ulf. Mein Onkel.«

Vincent machte eine Pause und warf Mina einen Blick zu. Sie sah nicht glücklich aus.

»Ich werde jetzt rückwärts von fünf bis eins zählen«, sagte er zu Lenore. »Bei *fünf* tauchen Sie wieder auf und kommen zurück an die Oberfläche. Bei *vier* sind Sie frisch und erholt. Bei *drei* können Sie sich entscheiden, welche Teile unseres Gespröchs Sie vergessen und an welche Sie sich erinnern wollen. Bei *zwei* holen Sie tief Luft, und bei *eins* öffnen Sie die Augen.«

Lenore öffnete die Augen und sah sich leicht verwirrt um.

»Was war das?«, fragte sie. »Worüber haben wir gerade geredet?«

»Gar nichts.« Vincent stand auf. »Ich habe mich nur bedankt, dass Sie sich Zeit für uns genommen haben. Wir stören Sie nicht länger. Nur eine Frage noch: Wo wohnen Katzen?«

Lenore wirkte noch verwirrter.

»Wie meinen Sie das?«

Er verließ den Raum und ließ Mina keine andere Möglichkeit, als ihm zu folgen. Lenore sah den beiden verwundert hinterher, als Mina die Tür schloss.

»Katzen?«, fragte Mina im Flur.

»Um nach der Hypnose einen Gedächtnisverlust herbeizuführen«, sagte Vincent, »muss man das Gehirn ablenken. Dann denkt es nicht über das nach, was passiert ist.«

»Was hast du denn erfahren?«

»Du hast es doch selbst gehört.« Er sah sie fragend an. »Ich bin natürlich stutzig geworden, als sie Wasser zuerst mit Ertrinken und Ossian dann mit Ocean assoziierte. Zuerst hielt ich es für einen Hinweis. Aber ich glaube, es waren rein sprachliche Assoziationen. Die Worte klingen eben ähnlich. Und da wir bereits über Wasser gesprochen hatten, war es kein Wunder, dass sie es beim nächsten Gedanken noch im Kopf hatte. Und bei Lilly und William kam nichts Brauchbares heraus. Nicht einmal, als ich Pferde erwähnte. Ich glaube nicht, dass sie etwas mit unseren toten Kindern zu tun hat.«

Mina nickte. Zu diesem Schluss war sie auch gekommen. Aber einen Versuch war es wert gewesen.

»Aber«, sagte Vincent und blieb stehen. »Lenore betrachtet Kinder in erster Linie als Mittel, um Geld zu verdienen. Daher nehme ich an, dass sie eine schwere Persönlichkeitsstörung hat. Die könnte auf einem physiologischen Gehirnschaden beruhen, einer Dysfunktion der Amygdala zum Beispiel oder einem Defekt an den Synapsen zwischen Frontallappen und Hippocampus. Ich glaube aber eher an einen psychologischen Abwehrmechanismus. Weiße Lilien? Lenore ist auf den Tod fixiert. Sie ist als Kind von ihrem Onkel missbraucht worden. Von diesem Ulf. Sie hat es natürlich verdrängt, aber er hat die Frau im Raum nebenan geprägt. Ihr solltet mal einen Psychologen zu ihr schicken.«

Mina starrte Vincent an. Abgesehen von den Namen der Kinder hatte er Lenore lediglich nach fünf Begriffen gefragt. Und doch wussten sie jetzt mehr über Lenore Silver, als sie im Laufe einer fast einwöchigen Vernehmung herausgefunden hatten.

»Eine Frage nur«, sagte sie. »Dann müssen wir Peder abholen und nach Beckholmen rausfahren. Aber sie geht mir sonst nicht aus dem Sinn. Wo wohnen Katzen?«

Vincents Mundwinkel zuckten.

»Im Miezhaus«, sagte er.

Dann jaulte er auf, weil sie ihm gegen die Schulter boxte.

Nathalie sammelte die Werkzeuge ein, die sie benutzt hatte, und ging damit langsam zum Schuppen hinüber. Sie war schrecklich müde. Der Hammer musste an seinen Platz gehängt werden, die Säge auch. Karl legte Wert auf Ordnung.

Einige andere Mitglieder des inneren Kreises waren dazugekommen, alle in der gleichen weißen Kleidung, und alle hatten hart gearbeitet. Bei den Renovierungsarbeiten war die weiße Kleidung eigentlich total unpraktisch. Sie war völlig eingestaubt, vor allem, wenn sie Schutt aus dem abgebrannten Gebäude ein Stück entfernt gekarrt hatten. Nathalie hatte gefragt, was für ein Gebäude das früher gewesen war, hatte aber nur Schweigen geerntet.

Sie streckte sich, um ihre schmerzenden Muskeln zu lockern. Die Befriedigung, die mit körperlicher Arbeit einherging, war neu für sie. Sie war solch harte Arbeit jedoch nicht gewohnt und verfügte weder über die erforderliche Kraft noch über die Ausdauer, die von ihr erwartet wurde. Daher schaffte sie es kaum noch, die Tür zum Schuppen zu schließen.

Monica und Karl ließen sie von morgens bis abends schuften. Sie war so erschöpft, dass sie im Stehen eingeschlafen wäre, wenn sie nicht so einen Hunger gehabt hätte. Gleichzeitig war die Stimmung in der Gruppe großartig, und sie wollte wirklich nicht diejenige sein, die sich als Erste beklagte. Aber es waren für sie natürlich völlig andere Sommerferien als sonst.

Sie folgte den anderen in das Gebäude, in dem sie inzwischen wohnte. Sie kannte die Namen der anderen immer noch nicht, obwohl es gar nicht so viele waren. Aber die weiße Kleidung und die ständig grinsenden Gesichter ließen alle täuschend ähnlich aussehen. Als sie auf den Schlafsaal zusteuerte, fielen ihr fast die Augen zu. Es würde herrlich sein, sich endlich auf ihr Feldbett zu legen. Und wahrscheinlich sollte sie sich endlich mal bei Papa melden. Er hatte schließlich schon länger nichts mehr von ihr gehört.

Sie hielt inne.

Wann hatte sie sich eigentlich zuletzt bei ihm gemeldet?

Sie versuchte, an den Fingern abzuzählen, wann sie und Ines sich in der U-Bahn kennengelernt hatten. Vor einer Woche? Oder zwei? Sie bekam Kopfschmerzen, als sie darüber nachdachte. Sie musste sich erst ausruhen. Aber dann. Dann würde sie sich bei ihm melden.

Sie musste nur vorher ihr Handy laden. Falls es hier irgendwo ein Ladegerät gab …

»Nathalie? Nathalie, wo willst du hin?«

Sie war so nah dran. Das Bett war nur noch einen Meter entfernt. Der Stimme ihrer Großmutter war jedoch anzuhören, dass es um etwas Wichtiges ging. Sie drehte sich um, sah ihre Großmutter und zuckte zusammen. Ines war genau wie Nathalie von Kopf bis Fuß in Weiß gekleidet, hatte aber T-Shirt und Hose gegen ein langes Gewand ausgetauscht. Um die Schultern hatte sie sich eine grüne Schärpe gelegt.

»Was ist los?« Etwas anderes fiel Nathalie nicht ein.

»Es wird Zeit für dich, die Bedeutung von Johns Worten zu verstehen«, sagte Ines. »Komm.«

Großmutter nahm sie an der Hand und ging mit ihr zu dem Raum, in dem sie normalerweise aßen. Nathalie war zu müde, um Einspruch zu erheben. Die Tische, an denen sie sonst aßen, waren an die Wände gerückt worden, und mitten im Raum stand ein langes Brett auf Holzböcken. Die anderen aus der Gruppe standen Schulter an Schulter vor dem Brett und hatten die Hände daraufgelegt. Ines wies Nathalie wortlos an, sich zwischen die anderen zu stellen. Nathalie stellte sich neben Karl an das eine Kopfende, während Ines sich am gegenüberliegenden positionierte.

»Alles ist Leiden, Schmerz reinigt«, sagte Ines.

»Alles ist Leiden, Schmerz reinigt«, wiederholte die Gruppe.

»Ihr alle tragt verschiedene Arten von Schmerz in euch«,

fuhr Ines fort. »Schmerz, der euch hilft, die Welt klarer zu sehen. Wir haben heute eine Neue unter uns, mein Enkelkind Nathalie. Ihr Schmerz ist eher seelischer als körperlicher Natur. Heute heißen wir Nathalie unter uns willkommen und rufen uns ins Gedächtnis, dass wir keine Angst vor Schmerz haben. Und dass er uns stattdessen Klarheit schenkt.«

Ines holte eine Reitgerte hervor und wandte sich dem Mann neben ihr zu. Er war um die sechzig mit silbergrauem Haar. Der Mann spannte den gesamten Körper an.

»Alles ist Leiden, Schmerz reinigt«, sagte Großmutter.

»Alles ist Leiden, Schmerz reinigt«, antwortete der Mann leise.

Die Reitgerte sauste zischend durch die Luft und landete mit scharfem Knall auf den Fingern des Mannes. Er zuckte zusammen, als ob er einen Stromstoß erhalten hätte, ließ die Hände aber auf dem Brett liegen. Quer über die Finger verlief ein blutroter Striemen, und die Augen des Mannes füllten sich mit Tränen. Nathalie versuchte zu verstehen, was hier vor sich ging. Wurden die Leute bestraft? Nein, so kam es ihr nicht vor. Ihre Großmutter sah nicht verärgert aus, im Gegenteil. Die Atmosphäre war eher von einer fast religiösen Ehrfurcht erfüllt. Der Mann runzelte vor Anstrengung die Stirn. Dann huschte ein winziges Lächeln über seine Lippen. Er nickte Ines zu, und sie ging weiter zum Nächsten.

»Alles ist Leiden, Schmerz reinigt.« Wieder hob sie die Reitgerte.

Nathalie konnte kaum denken vor Hunger, aber dass sie nicht von Großmutter geschlagen werden wollte, wusste sie. Es sah extrem schmerzhaft aus. Und Schmerzen wollte sie nicht haben.

»Hab keine Angst«, flüsterte Karl ihr zu. »Der Schmerz geht vorüber. Aber er veredelt deinen Scharfsinn ... Ich schwöre dir, du wirst die Welt danach mit völlig anderen Augen sehen.«

Ines ging von einem zum Nächsten. Die fünf Personen, die sie mit der Reitgerte geschlagen hatte, fielen sich abwechselnd lachend und weinend in die Arme. Nathalie wusste nur, dass sie wahrscheinlich vor Müdigkeit umgefallen wäre, wenn sie das Brett losgelassen hätte. Und die anderen wirkten jetzt so glücklich. Sie wollte auch dazugehören.

Die Gerte sauste neben ihr durch die Luft, und kurz bevor sie mit der Lautstärke eines Pistolenschusses auf seine Hände traf, hörte sie ihn nach Luft schnappen. Dann wandte sich Ines ihr zu. Karl ließ den Kopf hängen und atmete schwer. Aus dem roten Streifen auf seinen Fingern sickerte ein Tropfen Blut.

»Hallo, mein Liebling.« Ines strich Nathalie eine Strähne aus dem Gesicht. »Willkommen in der Wahrheit.«

Als die Reitgerte auf ihre Finger traf, explodierte ein Teil ihres Gehirns. Sie schrie. Es fühlte sich an, als ob jemand ihre Hände angezündet oder in ein Wespennest gesteckt hätte. Ines hielt ihre Arme fest, damit sie die Hände auf dem Brett liegen ließ.

»Kämpf nicht dagegen an«, sagte Ines leise. »Erforsche den Schmerz. Umarme ihn. Sieh durch ihn hindurch.«

Nathalie bemühte sich zu tun, was Ines sagte, aber es war alles zu viel für sie. Sie wollte so weit weg wie möglich von dem Bösen.

»Du stehst unter Schock«, flüsterte Ines ihr ins Ohr. »Betrachte den Schmerz einfach als das, was er ist.«

Sie versuchte es noch einmal. Es tat so unglaublich weh. Aber was bedeutete es eigentlich, dass es wehtat? Das waren doch nur Signale in ihrem Gehirn. Sie versuchte, die einzelnen Bestandteile des Schmerzes zu unterscheiden, wie Erwachsene es bei Wein taten. Verschiedene Geschmacksnoten, Aromen und Empfindungen. Und plötzlich war der Schmerz etwas leichter zu ertragen. Es tat immer noch beängstigend weh, aber nicht mehr so schlimm wie am Anfang. Sie sog die Luft durch die Zähne. Und irgendwo war da auch Klarheit, eine Deutlichkeit, die das Adrenalin in ihrem Gehirn erzeugt hatte. Sie konnte erkennen, was wichtig und was unwichtig war. Sie verstand, was Großmutter mit Johns Worten sagen wollte.

Dann hob Ines ihre Hände hoch und steckte sie in eine

Wanne mit eiskaltem Wasser, die jemand auf das Brett gestellt hatte. Das kühlende Wasser war ein Sinneseindruck zu viel, und Nathalie begann, hemmungslos zu weinen. Großmutter hatte recht gehabt. Schmerz reinigt. Und Nathalie schleppte so viel Schmerz mit sich herum. Schmerz, von dem sie selbst nichts geahnt hatte. Großmutter drückte Nathalies Kopf an ihre Brust, und Nathalie heulte Rotz und Wasser.

»So ist gut, ja«, tröstete Großmutter sie. »Wir werden uns alle um dich kümmern. Das verspreche ich dir. Du bist jetzt eine von uns.«

P eder lehnte sich an die raue Wand. Er hatte gehofft, das vier Meter tiefe Trockendock würde ein wenig Schutz vor der Hitze bieten, aber dem war nicht so. Im Dock lagen vier Boote auf Metallgestellen, an denen vermutlich Reparaturen vorgenommen werden mussten.

»Ja, das war eine tragische Geschichte letzten Winter«, sagte der Mann. »Mit dem Jungen, meine ich.«

Der Mann hieß Bengt und war Mitglied in der Dockvereinigung Beckholmen. Er hatte William zwar nicht selbst aufgefunden, aber die Polizei verständigt.

»Hier liegen das ganze Jahr über Boote«, fuhr er fort, »aber die meisten kommen im Sommer und bleiben nur eine Woche. Zu jedem anderen Zeitpunkt wäre die Leiche beim Öffnen des Docks ins Meer gespült worden, aber an dem Schiff, das wir letzten Winter hier hatten, wurde einen ganzen Monat gearbeitet, weil es neue Planken brauchte. Die Besatzung hat ihn gefunden. Grauenhaft. Stellen Sie sich das mal vor, und hinterher ging es mit der Beplankung einfach weiter … wobei sich natürlich unser Zeitplan komplett verschoben hat, weil Ihre Kollegen erst feststellen mussten, ob von der Besatzung jemand verdächtig …«

»Planken?«, unterbrach ihn Peder.

Bengt betrachtete ihn mit einem Blick, den er offensichtlich für die Menschen reserviert hatte, die keine Ahnung von dem Metier hatten.

»Haben Sie schon mal ein Holzschiff gesehen? Die äußere Verkleidung besteht aus Planken.«

Peder nickte. Dann tat er, als ob ihm ein Stück weiter etwas aufgefallen wäre, und floh zu Mina, die sich in eine Ecke zurückgezogen hatte, in die kein Sonnenstrahl drang.

Vincent ging mit auf den Rücken gelegten Händen zwischen den Booten auf und ab und ließ die Anlage auf sich wirken. Obwohl er eine Sonnenbrille trug, sah Peder ihm an, dass er hoch konzentriert war. Seine Sonnenbrille war ein Modell, das zuletzt in den Fünfzigerjahren modern gewesen war, aber ihm stand es merkwürdigerweise ziemlich gut.

Peder hatte sich gewundert, Vincent im Meeting zu sehen. Keiner hatte ihm gesagt, dass sich der Mentalist an den Ermittlungen beteiligte. Es war offensichtlich Minas Idee gewesen, und Julia hatte ihr Einverständnis gegeben. Beim letzten Mal hatte er seine Arbeit gut gemacht, das ließ sich nicht anders sagen. Solange Peder erneute Belehrungen über Schlaf erspart blieben, konnte es nicht schaden, wenn Vincent einen Blick auf die Sache warf.

Nicht, dass Peter nachvollziehen konnte, warum Vincent hier noch irgendetwas zu finden glaubte. Jedes Mal, wenn ein Boot das Dock verließ und einem anderen Platz machte, wurde das Wasser ausgetauscht. Und laut Bengt geschah das einmal pro Woche. Etwaige Spuren waren längst weggespült.

»Suchst du was Bestimmtes?«

Peder kratzte sich am Bart. Noch war der Kampf um den Bart zwischen ihm und Anette nicht ausgefochten. Auf der einen Seite behauptete sie, ihre Haut würde von dem Bart noch stärker jucken als seine, und sie bekäme sogar Ausschlag davon, auf der anderen Seite musste sie zugeben, dass er mit Bart extrem sexy war – jedenfalls auf Fotos.

Vincent schüttelte den Kopf und gesellte sich zu ihm und Mina.

»Ich wollte den Ort nur fühlen«, sagte er. »Falls er selbst ein wichtiger Anhaltspunkt ist. Aber bis jetzt habe ich nichts entdeckt. Vielleicht stimmt Novas Theorie, dass die Morde etwas mit Wasser zu tun haben, ja doch. Mir ist sie nur ein wenig zu … allgemein. Zu vage. In dieser Stadt gibt es überall Wasser. Möglicherweise hat Ruben doch recht, und William hat nichts mit den anderen Fällen zu tun. Sein Vater hat ihn getötet und hier abgelegt, um es nach einem Unfall aussehen zu lassen. Somit wäre William nicht Punkt B, und somit haben wir auch kein Muster.«

»Ruben wäre entzückt«, sagte Mina.

»Und wir stünden wieder ganz am Anfang«, seufzte Peder.

»Wusstest du, dass Frauen laut einer Studie aus Deutschland auf Männer mit Vollbart stehen?«, fragte Vincent.

»Äh, nein, aber es würde erklären …«, begann Peder und ertappte sich schon wieder dabei, sich am Kinn zu kratzen.

»Hatte Amir eigentlich einen Bart?« Vincent sah Mina vielsagend an.

Peder hatte keine Ahnung, worauf Vincent anspielte, aber aus dem giftigen Blick zu schließen, den Mina ihm zuwarf, wusste diese es offenbar genau.

»Andererseits haben die meisten Studien das Gegenteil festgestellt«, fuhr Vincent unbekümmert fort. »Barnaby Dixson aus Neuseeland zum Beispiel hat eine ganze Reihe von Bartstudien durchgeführt, genau wie Nick Neave und Kerry Shields aus England. Sie kamen zu dem Schluss, dass Dreitagebärte funktionieren, aber mehr als das wirkt nicht mehr attraktiv. Das Witzigste daran ist eigentlich die Begründung der Deutschen für ihr entgegengesetztes Ergebnis. Sie vermuten, der Vorteil des Vollbarts liege im Verdecken der Gesichtszüge. So hat die Frau mehr Spielraum, sich das Aussehen des Mannes nach ihren eigenen Vorlieben auszumalen.«

Peder überlegte, ob in Anettes Adern möglicherweise deutsches Blut floss. Das hätte einige Beziehungsmuster und nicht nur ihre Einstellung zu seinem Bart erklärt. Vincent schien nicht aufzufallen, dass er keine Antwort bekam. Er war jetzt in Fahrt und konnte nicht mehr gestoppt werden.

»In deinem Beruf spielt jedoch eventuell eine größere Rolle, dass Vollbärte laut Dixson wütende Gesichtsausdrücke verstärken«, sagte Vincent. »Ich meine, falls du mal gefährlich wirken möchtest. Dann liegst du genau richtig.«

Mina grinste.

»Da hattest du wohl eher Ruben im Sinn.«

Vincent drehte sich zu ihr um und nickte vielsagend, bevor er fortfuhr.

»Es gibt da allerdings auch eine interessante Masterarbeit von der Universität Twente in den Niederlanden, die zu dem Ergebnis kommt, dass Vollbärte bei Vorstellungsgesprächen einen ebenso positiven Effekt haben wie ein glatt rasiertes Gesicht, während alle Bartlängen dazwischen eine eher negative Wirkung zeigen. Der Vollbart wäre also gut, wenn du einen Jobwechsel anstrebst. Vorausgesetzt natürlich, es macht dir nichts aus, dass sich in einem Bart mehr bakterielle Erreger verstecken als in einem richtig verdreckten Hundefell, was einige Radiologen aus der Schweiz schon vor Jahren …«

Vincent verstummte. Mina hatte entsetzt die Augen aufgerissen. Na bravo. Peder wusste, dass er von nun an bei den Meetings nicht mehr neben ihr sitzen durfte. Sie würde mindestens zwei Stühle zwischen ihm und ihr verlangen, bis er sich rasiert hatte. Die Frage war, ob Bosse, Christers Hund, nach diesem Satz noch geduldet wurde. Typisch Vincent. Hoffentlich lenkte er Mina so schnell wie möglich ab, denn sonst würde er auf dem Weg zurück ins Präsidium tatsächlich einen Barbier aufsuchen müssen.

»Ach, übrigens«, sagte er in die Stille, »habe ich euch eigentlich schon das Video gezeigt, in dem meine Drillinge beim ESC mitsingen?«

Er hatte das Handy schon halb aus der Hosentasche gezogen, als er Minas gequältes Gesicht sah. Seufzend steckte er es wieder ein. Über Bärte durfte man also reden, aber nicht über das Video von seinen drei Sonnenscheinen? Das war wieder so typisch für Leute, die selbst keine Kinder hatten. Die kapierten es einfach nicht.

»Du hast uns den Film am Montag zuletzt gezeigt«, sagte Mina. »Und letzte Woche. Und davor auch schon ein paar Mal. Um ehrlich zu sein, hat Ruben nicht übertrieben, als er sagte, wir hätten ihn seit dem ESC letzten Winter, oder wann das war, regelmäßig gezeigt bekommen.«

Na und? An den Drillingen konnte man sich doch gar nicht sattsehen. Trotzdem fügte er sich. Er hatte schließlich viele andere Videos in petto, die mindestens genauso süß waren. Wenigstens hatte Mina aufgehört, angewidert auf seinen Bart zu starren.

Der Mentalist runzelte plötzlich die Stirn, ging zurück zu der Stelle im Trockendock, wo William aufgefunden worden war, und winkte Peder und Mina zu sich heran.

»Was ist denn?«, fragte Mina.

»Mir wird gerade klar, dass alle Fotos, die ihr vom Fundort der Leiche habt, aus diesem Blickwinkel aufgenommen worden sind«, sagte Vincent. »Stell dich mal genau dahin und stell dir vor, du wärst eine Kamera. Was siehst du?«

»Wieso … na gut«, sagte Mina. »Ich sehe … den Beton, auf dem William lag. Eine Felswand ein Stück dahinter. Sie ist circa vier Meter hoch. Autoreifen hängen daran, vermutlich zum Schutz der Schiffe. Oben auf den Klippen sehe ich ein rotes Geländer. Und ein rotes Haus.«

»Und etwas tiefer?«, fragte Vincent. »Unterhalb des Geländers?«

»Okay, das habe ich ungenau beschrieben. Die Felswand ist im oberen Teil aus Beton gegossen. Das ist die obere Kante des Docks. Anscheinend sind Namen draufgeschrieben worden. Altarskär. Sunbeam. Panama. Aphrodite.«

Sie drehte sich zu Vincent um.

»Die Namen der Boote hier im Dock, nehme ich an.«

Er nickte.

»Genau das, was du gerade beschrieben hast, ist auch auf den Fotos der Polizei zu sehen. Und jetzt schauen wir uns mal das Bild an, das wir nicht gesehen haben. Nämlich das, was hinter der Kamera zu sehen war, als William fotografiert wurde.«

»Das verstehe ich nicht«, sagte sie.

»Dreh dich um, Mina. Was siehst du?«

Mina tat, wie ihr geheißen. Peder schaute in dieselbe Richtung. Er war nicht weniger verwirrt als sie.

»Da sieht es genauso aus«, sagte sie. »Betonboden, Felswand, Beton, Graffiti, Geländer. Allerdings kein rotes Haus oben auf den Klippen. Und auch nicht so viele Namen an der Wand.«

»Gut. Nehmen wir an, William liegt hier, direkt vor unseren Füßen. Stell dir vor, du würdest ein Foto von ihm machen. Wie viele Namen würdest du mit draufbekommen?«

Mina schätzte den Bildausschnitt mithilfe von Daumen und Zeigefingern ein.

»Zwei. Jera und irgendwas mit H. Ich kann nur erkennen, dass der Name mit einem O endet, der Rest ist weggespült. Oder nein, warte mal. Jera wäre gar nicht mit drauf. Vermutlich wäre nur der Name, der mit H anfängt, zu sehen.«

Peder lachte auf.

»Was für ein bescheuerter Name für ein Schiff«, sagte er.

Mina und Vincent sahen ihn verständnislos an. Dass Vincent nicht folgen konnte, wunderte ihn nicht, aber von Mina hatte er mehr erwartet.

»Seht ihr denn nicht, was da steht?«, fragte er. »So schwer ist das doch nun wirklich nicht. Es ist der Name eines berüchtigten Militärfahrzeugs. Es wurde in den Siebzigerjahren in Südafrika eingesetzt, weil ihm Landminen nichts anhaben konnten. Eigentlich handelte es sich um ausrangierte britische Militärlaster, die notdürftig verstärkt worden waren. Die Fahrzeuge waren abartig schwer, und man konnte kaum rausgucken. Sie erinnerten eher an Panzer als an Mannschaftswagen, aber sie leisteten treue Dienste. Jedenfalls, solange sie nicht beschossen wurden. Ich hoffe, das Schiff hier war nicht auch so ein Panzer, denn dann wäre es wohl gesunken.«

Mina und Vincent starrten ihn an.

»Was denn? Als ob ihr nicht eure Spezialgebiete hättet. Ich hänge eben nicht nur mit den Drillingen ab, wie ihr seht.«

Letzteres stimmte nicht ganz. Er hatte die Dokumentation über die südafrikanischen Kriege nur deshalb gesehen, weil die Drillinge nach einer Kissenschlacht, die er verloren hatte, auf seinem Bauch eingeschlafen waren. Aus Angst, sie könn-

ten aufwachen, hatte er nicht gewagt, vom Fußboden aufzustehen. Der Fernseher war sowieso gelaufen. Vier Zentimeter
von seinem Gesicht entfernt. Der Dokumentarfilm auf dem
Discovery Channel hatte eine Stunde gedauert. Dann war
Anette nach Hause gekommen und hatte ihn gerettet.

Vincent rief Bengt von der Dockvereinigung zu sich und
deutete auf den unleserlichen Schiffsnamen.

»Wann hat dieses Schiff hier gelegen?«

Bengt kniff die Augen zusammen, nahm die Mütze ab und
schien nachzudenken.

»Wissen Sie«, sagte er zögernd, »ich kann mich zwar nicht
an jeden einzelnen Gast erinnern, aber ein Schiff mit diesem
Namen haben wir hier gar nicht gehabt, glaube ich. Das müssen Jugendliche an die Wand gesprüht haben.«

»Das glaube ich nicht.« Vincent sah Peder an. »Weißt du, ob
das südafrikanische Militär den trojanischen Krieg im Sinn
hatte?«

Verdammt. Hätte er sich nur nicht so großspurig mit seinem Interesse für Militärgeschichte gebrüstet. Die griechische
Antike war in der Dokumentation nicht vorgekommen.

»Troja?«, sagte er nachdenklich, um Zeit zu gewinnen. »Da
haben sie doch dieses hölzerne Ding gebaut, in dem Soldaten
versteckt wurden.«

»Genau. Denn der Name deines Militärfahrzeugs, der
Name, den hier jemand über der Stelle, wo William aufgefun-
den wurde, an die Wand gemalt hat, ist ein griechisches Wort.
Hippo.«

Vincent wartete ab, bis auch Mina die verwaschenen Buchstaben auf dem Beton erkennen konnte.

»Hippo bedeutet Pferd«, sagte er dann.

Ruben querte den Hinterhof. Der Spielplatz, auf dem William zum letzten Mal lebend gesehen worden war, lag verwaist da. Bei der Hitze wagte sich niemand nach draußen. Die Leute waren entweder an einen Badestrand geflüchtet oder hielten sich in der Nähe eines Ventilators auf.

»Müsste die Hitze dir nicht weniger ausmachen?« Ruben wischte sich mit dem kurzen Ärmel seines Uniformhemds den Schweiß von der Stirn.

»Wie kommst du darauf?«, fragte Adam, der ihm vorausging.

Sie näherten sich dem Hauseingang von Lovis' Nachbarin.

»Na, weil … ach, scheiß drauf.«

Ruben hatte Mühe, mit Adam Schritt zu halten. Stellte der sich eigentlich dumm, oder war er wirklich so bescheuert? Die Frage war doch ganz normal. Er und andere schwarze Menschen mussten schließlich in Afrika viel mehr Sonne und ganz andere Temperaturen ertragen, während blasse Nordlichter wie er für lange kalte Winter gemacht waren. Was war daran rassistisch? Reine Biologie.

Eine Frau um die dreißig kam mit einem Kinderwagen auf sie zu. Der kleine Schirm am Wagen spendete dem Kind Schatten, aber die Frau schien stark zu schwitzen. Sie stellte sich ihnen direkt in den Weg, sodass Adam beinahe gegen den Kinderwagen gelaufen wäre.

»Eins muss ich Ihnen mal sagen«, begann die Frau.

»Selbstverständlich gern.« Ruben trat vor. »Worum geht's?«

»In einem Jahr kommt Maximilian in den Kindergarten.« Sie zeigte in den Wagen. »Wir hatten uns darauf gefreut. Aber jetzt freuen wir uns nicht mehr.«

Drohend richtete sie ihren Zeigefinger auf Ruben, als wollte sie ihn aufspießen.

»Kinder werden aus Kindergärten entführt, und Sie tun gar

nichts.« Sie tippte auf das Polizeiabzeichen auf seiner Brust. »Schämen Sie sich nicht? An Ihrer Stelle würde ich den Job wechseln. Oder mich gleich vor einen Zug werfen. Ted Hansson hat recht. Maximilian soll nicht in einer Welt aufwachsen müssen, in der die Polizei tatenlos zusieht, während Einwanderer uns am helllichten Tage die Kinder wegschnappen.«

Sie musterte Adam mit zusammengekniffenen Augen.

»Aber die Gründe liegen natürlich auf der Hand.«

»Es deutet nichts darauf hin, dass ›Einwanderer‹ an den Taten beteiligt gewesen sein könnten«, sagte Ruben eisig.

»Träumen Sie ruhig weiter«, zischte die Frau und marschierte mit ihrem Kinderwagen davon.

»Wenn Ted die Wahl gewinnt, werden Sie und der Schwarze den Job verlieren!«

Ruben warf Adam einen verstohlenen Blick zu, der der Frau hinterhersah, bis sie hinter dem Spielplatz abgebogen war.

»Aufgang B, oder?«, fragte Adam.

Er steuerte auf den Eingang direkt vor ihnen zu.

Ruben nickte.

»Aufgang B, siebter Stock. Aber …«

»Vergiss es«, sagte Adam. »Es ist nicht das erste Mal, und es wird auch nicht das letzte sein.«

»Hast du dich daran gewöhnt?«

»Würdest du das tun?«

Ruben schüttelte den Kopf. Sie betraten das Gebäude, in dem es kein bisschen kühler war als draußen. Im Treppenhaus hing ein Zettel. Der Fahrstuhl war kaputt.

»Mist.« Ruben sah nach oben.

Sieben Treppen. Sieben verdammte Treppen.

»Guter Fitnesstest«, sagte Adam unnötig eifrig und begann, mit großen Schritten die Stufen zu nehmen.

Ruben wurde er dadurch, falls das überhaupt noch möglich war, noch unsympathischer. Er selbst war sieben Stockwerke später dem Herzinfarkt nahe und klitschnass. Seine Lunge klang wie ein löchriger Blasebalg. Doch zu seiner großen Befriedigung war Adam genauso verschwitzt wie er und auch ein wenig außer Atem. Ein kleiner Sieg zwar, aber immerhin. Ein Sieg.

Sie klingelten und hörten nach einer Weile schlurfende Schritte hinter der Tür. Eine winzige und spindeldürre Frau unbestimmbaren Alters machte auf und blinzelte sie hinter vorgelegter Kette an.

»Ja? Ich kaufe nichts. Und ich interessiere mich auch nicht für Jesus, Gottes eingeborenen Sohn, unseren Erlöser.«

»Wir sind von der Polizei.« Adam zeigte seinen Ausweis.

Ruben überlegte, ob er seinen auch zücken sollte, konnte sich aber nicht überwinden. Arme und Beine wollten ihm nach dem anstrengenden Aufstieg nicht mehr gehorchen.

»Polizei? Na gut. Dann kommen Sie mal rein.«

Die alte Frau machte die Tür zu, löste die Sicherheitskette, bevor sie sie wieder öffnete, und ließ die Beamten in den Wohnungsflur eintreten. Rubens Herz tat einen Sprung. In der Wohnung roch es genau wie bei seiner Großmutter. Und die Uhr, die irgendwo tickte, klang genau wie die Uhr, die er seine gesamte Kindheit über gehört hatte. Das Geräusch hatte ihm immer Geborgenheit vermittelt.

»Möchten Sie Kaffee?«

Die alte Frau, die laut ihren Papieren Viola Berg hieß, ging langsam voraus in die Küche. Das Ticken wurde immer lauter, und schließlich stellte sich heraus, dass es von einer schönen Standuhr kam, die typisch für die Stadt Mora war.

»Sind Sie aus Dalarna?«, fragte Ruben. »Meine Großmutter stammt aus Älvdalen.«

»Älvdalen? Dann waren wir praktisch Nachbarn. Aber das ist lange her. Ich bin schon mit neunzehn nach Stockholm gezogen. Aber glaubt nicht, dass ich euch jungen Burschen verraten würde, in welchem Jahr das war.«

Sie zwinkerte ihnen zu und drehte sich zur gurgelnden Kaffeemaschine um.

»Ich nehme an, Sie sind wegen des Jungen hier«, sagte sie, während sie den Kaffee in drei blaue Rörstrandtassen schenkte.

Nachdem sie zu einem Vorratsschrank am anderen Ende der Küche geschlurft war, wurde auch Gebäck aufgetischt. Ruben zögerte. Er musste wirklich an seine Gesundheit denken. Jetzt, wo er sogar Vater war. Er wollte schließlich keinen Schlaganfall bekommen, wenn sie die sieben Treppen wieder hinuntergingen. Doch als Adam sich freimütig bei den Keksen bediente, griff er auch zu. Wenn Adam einen Waschbrettbauch hatte, obwohl er Kekse aß, konnte er sich allemal auch etwas gönnen.

»Wegen des Jungen, ja, das stimmt«, sagte Adam. »Uns ist bewusst, dass Sie schon mehrmals zu dem Fall befragt worden sind. Und dass mittlerweile ziemlich viel Zeit vergangen ist. Trotzdem möchten wir Sie bitten, uns alles, was Sie an dem Tag gesehen haben, als William verschwand, noch einmal zu erzählen.«

»Jetzt glauben Sie also nicht mehr, dass es der Vater war?« Viola kniff die Augen zusammen.

Sie nahm ein Stück Würfelzucker zwischen die Zähne und sog den heißen Kaffee genüsslich durch den Zucker. Genau so hatte Rubens Großmutter es auch immer gemacht. Er schluckte.

»Zu den Ermittlungen dürfen wir uns nicht äußern.« Adam nahm sich noch einen selbst gebackenen Keks.

Ruben nahm auch einen.

»Nein, natürlich«, sagte Viola. »Aber Lovis hat immer gesagt, dass es nicht ihr nutzloser Kerl gewesen ist. Ach, was weiß ich. Wir Nachbarn haben doch alle mitbekommen, wie er sie und den Jungen behandelt hat. Die Wände sind hellhörig, Sie wissen schon. Aber ich habe gesehen, was ich gesehen habe. Auch wenn niemand von der Polizei mir zuhören wollte.«

»An jenem Morgen also …«, sagte Adam, um ihr auf die Sprünge zu helfen.

»Ja, genau. Nun, es war früh am Morgen, und ich sah William allein draußen bei den Schaukeln. Das war nichts Ungewöhnliches, am Wochenende war er immer früh auf und ging mutterseelenallein draußen spielen. War wohl entspannter für ihn, nehme ich an.«

»Wissen Sie vielleicht noch, um welche Uhrzeit Sie ihn gesehen haben?«

»Ich weiß genau, wie spät es war, und das habe ich der Polizei auch jedes Mal gesagt. Ich saß auf dem Balkon und hörte im Radio das Melodierätsel. Das fängt normalerweise gegen zehn an, aber an dem Morgen ging es schon los, als ich das Radio gerade eingeschaltet hatte. Das war genau um halb zehn. Da sah ich ihn auf William zugehen und mit ihm reden.«

»Einen Mann, sagten Sie. War er allein?«

»Ja, er war allein. Jung und adrett. Unauffällig. Dunkles Jackett, kurze blonde Haare. Er war zu weit weg, als dass ich sein Gesicht hätte erkennen können, aber er sah völlig durchschnittlich aus.«

»Ich möchte nicht unhöflich sein«, sagte Ruben, »aber können Sie den Spielplatz von hier aus wirklich gut erkennen?«

»Ach was, mit meinen Augen kann ich wirklich keinen Blumentopf mehr gewinnen.« Viola lachte. »Deswegen habe ich ja das Fernglas. Mit dem kann ich bis in die Wohnungen auf der gegenüberliegenden Seite gucken.«

Ruben lachte und warf Adam einen Blick zu.

»Wie lange hat der Mann mit William geredet?«, fragte er.

Er leckte seine Fingerkuppe an und stippte damit Kekskrümel von der karierten Wachsdecke auf.

»Nicht lange. Eine Minute oder zwei vielleicht. Ich habe mir nichts dabei gedacht. Das Rätsel hatte inzwischen angefangen, und, tja, er sah nicht … gefährlich aus. Er hatte ein hübsches Lächeln, das habe ich erkannt.«

»Und dann?«

Adam beobachtete Viola genau, während er seinen Kaffee trank. Das feine Porzellan wirkte in seiner großen Hand fehl am Platz.

»Dann nahm er William an der Hand, und die beiden gin-

gen weg. Ich nahm an, es hätte alles seine Ordnung. Er wäre
ein Verwandter oder ein guter Freund von Lovis. Jemand, der
seine Hilfe angeboten hatte. Und Gott weiß, dass diese Familie
Hilfe gebraucht hätte. Ich habe mir wohl Hoffnungen gemacht,
Lovis wäre endlich zur Vernunft gekommen.«

»Und dann haben Sie die beiden nicht mehr wiedergesehen? William und den Mann, meine ich?«

»Nein, dann habe ich sie nicht wiedergesehen. Ich habe
schon damals versucht, der Polizei zu sagen, dass es nicht der
Vater des Jungen war. Aber Ihre Kollegen haben mir nicht zugehört.«

Viola schüttelte den Kopf. Sie schob den beiden Männern
den Gebäckteller zu, aber Ruben rieb sich bedauernd den
Bauch.

»Nein danke«, sagte er. »Das muss reichen.«

»Das gilt auch für mich.« Adam stand auf. »Haben Sie vielen Dank.«

»Ich habe zu danken.« Sie begann, das Geschirr abzuräu-
men. »Ich bekomme ja nicht mehr viel Besuch. So ist das eben,
wenn man alt wird.«

Nachdem sie die Wohnungstür hinter ihnen geschlossen
hatte, hörte Ruben immer noch die Standuhr aus Mora ticken.
Er dachte an Violas letzte Worte. Vielleicht sollte er auf dem
Heimweg bei seiner Großmutter vorbeischauen.

## DIE DRITTE WOCHE

Eine neue Woche hatte begonnen. Den Donnerstag und den
Freitag hatten sie damit zugebracht, die neuen Informationen
zu dokumentieren. Obwohl es, ehrlich gesagt, nicht viele waren. Mina hatte sich das Wochenende frei gehalten und versucht, ein wenig auszuspannen. Sie wusste, dass sie dringend
Ruhe brauchte, war aber fast die Wände hochgegangen. Sie
sehnte sich nach Bewegung und nach Arbeit, damit ihre Gedanken nicht woandershin wanderten. Daher genoss sie es am

Montagmorgen in vollen Zügen, wieder bei Milda Hjort in der Rechtsmedizin zu sein, auch wenn Milda sie gebeten hatte, noch abzuwarten, bis sie mit ihrer Arbeit fertig war.

Neugierig beugte sich Mina vor, um besser sehen zu können, was Milda machte. Assistent Loke reichte Milda ein Instrument. Die Leiche auf dem Obduktionstisch war eine Frau um die dreißig. Zart, blond und mit zahlreichen Narben am ganzen Körper. Loke hielt ein Skalpell in der Hand und setzte nun zu einem geraden und tiefen Schnitt vom Hals bis zum Schambein an. Anschließend griff er zur Rippenschere und öffnete den Brustkorb. Nichts an diesem Prozess machte Mina etwas aus. Und sie wusste auch, warum Milda vorgeschlagen hatte, sich hier zu treffen und nicht in ihrem Büro. Nirgendwo fühlte sich Mina so wohl wie in ihrem sterilen Obduktionssaal.

»Woran ist sie gestorben?«, fragte Mina. »Weißt du das schon?«

Milda legte den Kopf schief, eine Antwort, die ja und nein bedeutete. Der Brustkorb war nun offen, und die Organe lagen sichtbar da.

»Als sie ins Krankenhaus kam, behauptete ihr Mann, sie wäre die Treppe runtergefallen«, sagte Milda. »Sie verstarb einige Stunden später, und es deutet einiges darauf hin, dass der Mann nicht die Wahrheit gesagt hat. Unter anderem hatte sie blaue Flecken am Hals. Also werde ich die Halsorgane nun im Ganzen entnehmen.«

Loke war einen Schritt zurückgetreten und ließ Milda an den Tisch. Mina wusste, dass auch das Entnehmen der Halsorgane üblicherweise zu den Aufgaben des Assistenten gehörte, aber vermutlich wollte Milda es heute selbst machen.

»Ich verstehe nicht, wieso du dann zuerst im Brustkorb wühlst?«, fragte Mina. »Wenn du eigentlich den Hals untersuchen willst.«

Milda in Aktion zu sehen, war so, als würde man einem Künstler bei der Arbeit zuschauen. Oder besser gesagt einer Künstlerin, die, wie Mina wusste, bei der Arbeit laute Schlagermusik hörte und aus vollem Hals mitschmetterte, wenn sie allein war.

»Das wirst du gleich sehen.« Milda hantierte mit einem Messer. »Nun löse ich die Muskeln und Bänder, die die Organe an ihren Plätzen halten.«

Milda legte die Hände an den Kopf der Frau.

»Jetzt kommt der schwerste Teil.«

Unendlich vorsichtig führte Milda die Schnitte aus.

»Nun entferne ich die Haut von den Halsmuskeln. Unter anderen. Und versuche dabei natürlich tunlichst zu vermeiden, die Haut zu durchlöchern.«

»Wie kannst du denn überhaupt sehen, was du da machst?«, fragte Mina fasziniert.

»Gar nicht. Ich muss mich einfach auf meine Erfahrung und mein Gefühl verlassen.«

Milda richtete sich auf und streckte sich. Dann legte sie das Messer weg und positionierte ihre rechte Hand unter den Kiefer der Frau. Als sie ihn behutsam hochzog, glitten Zunge und Hals in den Brustkorb, wo sie mit dem Rest der Organe als komplettes Paket entnommen werden konnten.

»Voilà!«

Milda zog mit einem lauten Schnalzer die Gummihandschuhe aus und zeigte auf das intakte Organpaket, das nun neben der Leiche auf der stählernen Oberfläche lag.

»In fünf Minuten mache ich weiter«, sagte sie zu Loke. »Du kannst dir kurz die Beine vertreten, wenn du willst. Ich muss ein paar Dinge mit Mina besprechen.«

Der Assistent verließ den Raum. Milda sah ihm lächelnd hinterher und schüttelte den Kopf.

»Also, ich verstehe ihn nicht«, sagte sie. »Weißt du, dass Loke finanziell unabhängig ist? Obwohl er noch so jung ist? Ich glaube, er hat geerbt oder so. Er könnte den Rest seines Lebens mit Computerspielen verbringen, wenn er Lust hätte. Trotzdem ist er morgens als Erster hier und geht abends als Letzter. Und er ist unglaublich gut. Das nenne ich mal Berufung. Ich bin mir nicht sicher, ob ich es an seiner Stelle genauso gemacht hätte.«

»Wenn du nicht arbeiten würdest, würdest du wahrscheinlich von Obduktionen träumen.« Mina lächelte sie an. »Du bist die Beste, das weißt du.«

»Danke.« Milda deutete auf die Organe. »Was siehst du?«

Mina schaute genau hin.

»Quetschungen?«

»Gutes Auge. Ja, deutliche Quetschungen, und zwar nicht nur am Kehlkopf, sondern auch am Zungenbein und am Schildknorpel. In Kombination mit allen früheren Verletzungen kann ich jetzt schon sagen, dass es für den Ehemann nicht gut aussieht.«

»Furchtbar. Das ist jedoch eine gute Überleitung zu William. Sein Vater sitzt, wie du weißt, wegen Mordes.«

»Ja, unserem Kenntnisstand zufolge wundert mich das nicht.« Milda füllte einen Pappbecher mit Wasser. »Wir müssen auf der Basis der Fakten entscheiden, die uns vorliegen.«

»Niemand macht irgendjemandem einen Vorwurf. Genau wie du sagst, liegen uns jetzt Informationen vor, die ein anderes Licht auf Williams Tod werfen. Hattest du schon Zeit, seinen Obduktionsbericht noch mal durchzugehen?«

Milda trank von dem Wasser und nickte dann.

»Mit Lupe und Läusekamm. Und ich erkenne einige Ähnlichkeiten zwischen den Todesfällen von William, Lilly und Ossian.«

»Welche denn?«, fragte Mina.

»William hat natürlich weitaus mehr äußere Verletzungen als die beiden anderen. Bei einem langjährigen Opfer von körperlichen Misshandlungen sind Quetschungen an der Lunge und eingedrückte Rippen keine Seltenheit. Interessant ist, dass sowohl Lilly als auch Ossian Quetschungen an der Lunge hatten. Leider kann ich mir noch immer nicht erklären, wie sie zustande gekommen sind.«

»Warte mal, was sagst du da? Hatte Ossian etwa auch Quetschungen an der Lunge? Warum hast du das nicht früher gesagt?«

Milda sah sie verwundert an.

»Das steht doch im Obduktionsbericht.«

Mina fluchte innerlich. Obwohl es ein äußerst bedeutsames Detail war, war es ihnen entgangen. *Ihr* war es entgangen. Denn sie hatte den Bericht über Ossian nicht gelesen. Derjenige ihrer Kollegen, der ihn gelesen hatte, hätte sie darauf aufmerksam machen müssen. Aber so war es nun mal. Die Information war von unschätzbarem Wert, auch wenn sie sie früher hätten gebrauchen können.

»Du willst damit also sagen, dass die drei Todesfälle definitiv zusammenhängen?«, fragte Mina.

»Nur auf der Grundlage der inneren Quetschungen hätte ich nicht gewagt, diese Schlussfolgerung zu ziehen«, sagte Milda. »Wie gesagt, bei William waren sie nicht verwunderlich. Aber ...« Schweigend sah sie Mina an.

»Die Fasern«, sagte sie. »William hatte Fasern im Hals. Genau wie Lilly und Ossian. Das ist an sich nichts Ungewöhnliches, du ahnst ja gar nicht, wie viele mikroskopisch kleine Fragmente im Laufe des Lebens in unseren Hälsen landen, aber die drei hatten genau die gleichen Wollfasern im Hals. Das in Kombination mit den Flecken auf den Lungen ...«

Zunächst war das lediglich eine Hypothese. Welche Details tatsächlich Bedeutung hatten, und welche auf purem Zufall beruhten, war schwer zu sagen. Doch Mina spürte es mit jeder Faser ihres Körpers. Milda hatte genau das entdeckt, wonach sie suchten: ein Muster.

Endlich hatten sie etwas in der Hand.

»Wir müssen diese Fasern genauer untersuchen«, sagte Mina und versuchte, ihre Aufregung zu überspielen.

»Ich befürchte, das übersteigt meine Kompetenzen«, sagte Milda. »Aber das NFZ müsste dir weiterhelfen können.«

Loke kam wieder zurück, er roch leicht nach Zigarettenrauch.

»*Undo my sad, undo what hurts so bad*«, summte er beim Händewaschen.

Mina kannte den Song von Sanna Nielsen.

»Das passiert automatisch, wenn man hier arbeitet«, entschuldigte er sich.

Die Pause war vorbei.

»Eine Sache noch, bevor ich gehe«, sagte Mina. »Fällt dir zu William noch etwas ein?«

»Nur, dass manche Leute in dieser Gesellschaft nicht frei herumlaufen dürften«, erwiderte Milda trocken. »Jörgen Carlsson kann meinetwegen in seiner Zelle verschimmeln.«

Sie nahm ein neues Paar Handschuhe aus einem Karton.

»Danke, dann lasse ich euch jetzt in Ruhe weiterarbeiten.« Mina nickte Loke zu, bevor sie ging.

Als die Tür hinter ihr ins Schloss gefallen war, vibrierte es in ihrer Tasche, und sie zog ihr Handy heraus. Nathalies Vater versuchte schon wieder, sie zu erreichen. Der GPS-Sender war immer noch unberechenbar, aber sie ging davon aus, dass Nathalie noch nicht nach Hause gekommen war. Es war vermutlich nur noch eine Frage von Sekunden, wann Nathalies Vater sie mit einem Helikopter abholen würde.

Ruben nahm die Armbanduhr ab und legte sie zusammen mit dem Handy in die graue Kunststoffbox. Nachdem er eine Weile in der Hosentasche gewühlt hatte, bekam er sein Schlüsselbund zu fassen und platzierte es ebenfalls in der Box. Dann gähnte er hinter vorgehaltener Hand. Montags brauchte er immer etwas länger, um in Gang zu kommen. Andererseits hatte er es am Wochenende kaum erwarten können, diesen Besuch hinter sich zu bringen.

»Ja, Magnus hat euch angekündigt«, sagte der Justizbeamte, der die Aufgabe hatte, sie durch die Schleusen der JVA Hall zu lotsen.

»Magnus.«

»Svensson. Der hiesige Kriminalkommissar. Eure Chefin Julia hat am Freitag mit ihm telefoniert. Dienstwaffe? Die müsstest du einschließen.«

Er zeigte auf einen Metallschrank mit großem Vorhängeschloss.

Ruben schüttelte den Kopf. Keine Waffen.

Sie hatten überlegt, in Uniform nach Hall zu fahren, waren aber zu dem Schluss gekommen, dass sich ein Besuch in ziviler Kleidung eher dazu eignete, Jörgen Carlsson dazu zu bringen, sich zu öffnen. Wenn Ruben sich recht erinnerte, war er kein großer Fan des Polizeiapparats.

Ruben und Adam standen zusammen mit dem Justizbeamten in der Schleuse. Auf einem Schrank war aufgelistet, welche Dinge man hier zurücklassen musste. Hall war ein Hochsicherheitsgefängnis, was bedeutete, dass nichts dem Zufall überlassen wurde.

»Mir ist keine technische Ausrüstung gemeldet worden«, sagte der Justizbeamte. »Es muss alles von mir genehmigt werden.«

»Keine Waffen, keine Ausrüstung«, sagte Adam. »Wir wollen nur mit ihm reden.«

Der Justizbeamte nickte und deutete auf den Metalldetektor am anderen Ende des Raumes. Ruben war zuletzt vor einem Flug nach Palma durch einen hindurchgegangen.

»Jeder einzeln«, wurden sie angewiesen. »Carlsson erwartet euch im zweiten Besucherraum rechts.«

»Die schaurigste Pauschalreise des Jahres«, murmelte Adam, während er durch den Detektor schritt.

Ruben folgte ihm, und dann gelangten sie in einen Gang.

»Warum sitzt Jörgen eigentlich ausgerechnet hier ein?«, fragte er, als er zu Adam aufgeschlossen hatte. »Ist Hall nicht speziell auf Häftlinge ausgerichtet, bei denen eine hohe Fluchtgefahr zu befürchten ist? Gangmitglieder und Täter aus der organisierten Kriminalität? Jörgen Carlsson ist die unorganisierteste Person, die mir je begegnet ist.«

Adam zuckte mit den Schultern.

»Jörgen hat mal versucht, aus der U-Haft zu fliehen«, sagte er. »Und nach allem, was ihm vorgeworfen wird, hat wohl niemand Lust, ihm eine weitere Gelegenheit zu geben.«

Sie erreichten den Besucherraum und öffneten die Tür. Jörgen Carlsson saß am Tisch. Er hatte zurückgekämmtes halblanges Haar und den schmalsten Oberlippenbart, den Ruben je gesehen hatte. Seine Arme waren ebenfalls schmal, fast sehnig, und voller Tätowierungen. Ruben konnte sich nur schwer vorstellen, wie eine derart schmächtige Gestalt seine Familie auf die Weise terrorisieren konnte, wie Jörgen es getan hatte. Aber Gewalt hatte anscheinend nicht nur mit Muskeln zu tun.

»Worum geht es?« Jörgen verschränkte die Arme.

»Ich heiße Adam, und das hier ist Ruben.« Adam setzte sich. »Wie Sie wissen, sind wir von der Polizei. Wir wollen mit Ihnen über das Verschwinden Ihres Sohnes sprechen.«

Jörgen setzte sich gerade hin und legte die Hände auf den Tisch.

»Verschwinden?« Er grinste schief. »Das ist aber eine interessante Wortwahl, wenn man mal bedenkt, dass ich ihn angeblich umgebracht haben soll. Nicht dass ich mich beklagen könnte, das Essen hier ist viel besser als der Fraß, den Lovis mir vorgesetzt hat. Ficken konnte sie natürlich. Aber dabei ist eben das Kind rausgekommen.«

Jörgen war noch ekelhafter, als Ruben ihn in Erinnerung hatte. Im Geiste stand er auf und rammte ihm seine Faust in die grinsende Visage. Er musste tief Luft holen, um sich zu beherrschen. Jörgen wusste vermutlich genau, was er tat. Er suchte gezielt nach Triggerpunkten. *Dabei ist ja das Kind rausgekommen.* Ruben hatte nicht die Absicht, Jörgen zu verraten, dass er soeben einen Volltreffer gelandet hatte.

»Die Beweise gegen Sie reichen nicht aus«, sagte Adam. »Daher ermitteln wir in mehrere Richtungen, und wir brauchen Ihre Hilfe.«

Diesmal hatte offensichtlich Adam einen Knopf gedrückt. Jörgen beugte sich mit funkelnden Augen vor.

»Okay, und wenn ich euch helfe, wird mein Urteil revidiert?«, fragte er. »Und ich komme aus diesem Loch hier raus?«

»Hatten Sie nicht gerade gesagt, Sie würden sich hier wohlfühlen?«, gab Ruben eisig zurück.

»Ich habe nur gesagt, dass das Essen nicht schlecht ist, aber ich würde gerne mal wieder scheißen gehen, ohne dass mir jemand zuguckt, wenn ich mir den Hintern abwische.«

Adam nickte und beugte sich ebenfalls vor. Er sprach in fast verschwörerischem Ton, als hätten Jörgen und er ein Geheimnis.

»Wenn Sie kooperieren, fällt die Verurteilung wegen Mordes in sich zusammen«, sagte er leise. »Ich kann Ihnen zwar nichts versprechen, aber Sie werden wahrscheinlich nicht nur auf freien Fuß gesetzt werden, sondern auch ein ordentliches Schmerzensgeld bekommen.«

Ruben grinste innerlich. Adams leise Stimme erzeugte einen unwiderstehlichen Sog. Und das, was er sagte, war nicht gelogen. Jedenfalls nicht direkt. Doch auch wenn das Urteil gegen Jörgen aufgehoben werden würde, hatte er sich so oft nachweislich der schweren Körperverletzung von Frau und Kind schuldig gemacht, dass er noch sehr lange mit Begleitung auf die Toilette gehen würde.

»Dann helfen Sie uns, Ihre Verurteilung wegen Mordes für unrechtmäßig zu erklären.« Adam lehnte sich zurück. »Erzählen Sie uns, wer, wenn nicht Sie, William vom Spielplatz abgeholt hat.«

Jörgen ließ die Arme hängen und lehnte sich genau wie Adam zurück.

»Ich habe keine Ahnung«, sagte er.

»Das reicht nicht«, sagte Ruben. »Aus unserer Sicht könnte auch ein Kumpel von Ihnen William nach Beckholmen gebracht haben, wo Sie ihn dann gemeinsam umgebracht haben. Ich habe Sie für schlauer gehalten.«

Auf Jörgens Oberlippe bildete sich ein Schweißtropfen. Er strich sich mit Zeigefinger und Daumen über den schmalen Schnurrbart. Die Klimaanlage funktionierte auch nicht besser als die im Präsidium. Wenigstens eine Sache auf der Welt ging gerecht zu.

»Ich habe den Kleinen immer nur zu Hause geschlagen, okay?«, erklärte Jörgen. »Ich bin ja nicht vollkommen bescheuert. Aber als William verschwand, war ich nicht dabei, und ich weiß auch nicht, wer ihn mitgenommen hat. Das habe ich alles schon in der Vernehmung gesagt.«

Ruben musste sich an der Tischplatte festhalten. Wie konnte er nur so kaltblütig über die Gewalt sprechen, die er einem kleinen Jungen angetan hatte? Einem Jungen, der seinen Vater vermutlich geliebt hatte. Und er hielt sich offenbar für besonders clever, weil er sein Kind nur in den eigenen vier Wänden misshandelt hatte.

»Das stimmt, und Sie haben auch gesagt … Sie hätten ›auf dem Marktplatz abgehangen‹.« Adam warf Ruben einen Blick zu. »Leider kann das niemand bestätigen. Sonst wären Sie jetzt nicht hier.«

Jörgen sah sich nach beiden Seiten um und fuhr sich durchs

Haar. »Okay«, sagte er leise. »Ihr habt gewonnen. Ich wollte ihr zuliebe nichts sagen, aber ein halbes Jahr hier reicht mir. Ich war bei Sussi. Ich war bei Sussi zu Hause, und wir haben gerammelt wie die Karnickel. Ich wollte sie da aber nicht mit reinziehen, weil Sussi eine Freundin von Lovis ist. Oder, verdammt, mehr als das. Sie ist Lovis' beste Freundin. Aber Sussi würde der Polizei nie was sagen, weil sie weiß, was dann los wäre. Wie auch immer. Dann bin ich wieder nach Hause, ich habe gestunken wie ein Ziegenbock, und William war weg.«

Ruben seufzte. Sogar im Gefängnis war Jörgen noch überzeugt, Macht über andere zu haben. Adam holte seinen Block aus der Tasche und notierte sich Sussis Adresse, aber Ruben hörte gar nicht mehr richtig zu, sondern starrte nur noch auf Jörgens schmalen und mittlerweile nass geschwitzten Oberlippenbart. Am liebsten hätte er ihn ihm aus dem Gesicht gerissen. Adam sagte noch etwas und erhob sich. Ruben stand auch auf.

»Ich glaube, wir haben alles, was wir brauchen«, hörte er Adam sagen, der mit seinem Notizblock winkte.

Ruben wusste bereits, dass Sussi ihnen nicht weiterhelfen würde. Jörgen hatte die Wahrheit gesagt. Er hatte keine Ahnung, wer seinen Sohn mitgenommen hatte.

»Wir melden uns.«

Ruben ging zur Tür. Je eher er aus diesem Raum herauskam, desto besser.

»Eins will ich Ihnen sagen«, rief Jörgen ihnen plötzlich hinterher. »Ich habe William geliebt. Der Kleine war alles für mich.«

Ruben hielt mit der Klinke in der Hand inne. Er hielt es nicht mehr aus. Irgendetwas in ihm explodierte.

Er sah die Fotos von Williams Leiche vor sich.

Blaue Flecke an allen von Kleidung bedeckten Stellen.

Jörgens sehnige, tätowierte Arme, permanent mit Schlägen drohend.

*Der Kleine war alles für mich.*

Das Gesicht von Lovis, angstverzerrt. Vielleicht versuchte sie, den Jungen zu beschützen, doch das war wenig wahrscheinlich.

Und dann plötzlich: Astrid. Seine Astrid.

Nur wenige Jahre älter als William.

*Ich würde gerne mal wieder scheißen gehen, ohne dass mir jemand zuguckt, wenn ich mir den Hintern abwische.*

William.

Die Schläge.

Astrid.

Ruben drehte sich um, ging mit schnellen Schritten auf Jörgen zu und packte ihn am Schopf.

Jörgen schrie auf. »Was zum Teufel soll …«

Der Satz brach ab, weil Ruben Jörgens Gesicht auf den Tisch knallte. Jörgen schrie wie am Spieß. Ruben wischte sich das Haarwachs an der Hose ab und ging zurück zu Adam, der ihn entsetzt ansah.

Wortlos schritt Adam neben ihm durch den Gang. Sie passierten den Metalldetektor und erhielten ihre persönlichen Gegenstände zurück. Adam schwieg noch immer. Ruben nahm Schlüsselbund und Handy an sich.

»Übrigens«, sagte Ruben zu dem Justizbeamten. »Ich nehme an, dass der Besucherraum per Kamera überwacht wird. Wenn Sie sich den Film ansehen, werden Sie bemerken, dass Jörgen Carlsson gestolpert ist und sich die Stirn aufgeschlagen hat, als wir gehen wollten. Falls Sie auch den Ton einschalten, werden Sie verstehen, warum. Möglicherweise braucht er medizinische Versorgung. Aber das eilt wahrscheinlich nicht.«

W ir haben einen Hinweis!«
Mina kam gerade von ihrem Abstecher bei Milda zurück und bekleckerte sich beinahe mit ihrem Cappuccino, als Ruben aus dem Haupteingang des Präsidiums rannte. Sie rettete mit Müh und Not ihren Kaffee, was ein Glück war, weil sie einen ziemlich langen Fußweg zurückgelegt hatte, um ihn bei der einzigen Person zu kaufen, der sie den korrekten Umgang mit Einwegbechern zutraute. Sie trank einen Schluck.

Der Kaffee selbst schmeckte gleich dem um die Ecke, wo Julia einen Rabatt für alle Gruppenmitglieder organisiert hatte, oder sogar noch besser, doch was nützte das, wenn Mina sich schon bei dem Gedanken schüttelte, den Becher in die Hand zu nehmen. Im Espresso House dagegen arbeitete Wille. Er kannte sich mit ihren speziellen Wünschen aus und öffnete jedes Mal, wenn sie kam, eine frische Packung Pappbecher. Wenn er nicht da war, machte sie unverrichteter Dinge kehrt. Bei Einwegbechern durfte man keine Risiken eingehen. Heute jedoch war Wille da gewesen, und deswegen hielt sie jetzt einen dampfenden Cappuccino in der Hand, der beinahe auf ihrer Kleidung gelandet wäre.

»Was schreist du denn so?« Sie eilte ihm hinterher. »Bist du nicht eigentlich mit Adam in Hall?«

Vor dem Eingang stand ein Streifenwagen, und Ruben hatte den Autoschlüssel in der Hand. »Adam schreibt gerade den Bericht. Aber das hier ist wichtiger. Steig ein. Ich erzähle dir alles im Auto.«

Mina zögerte, bevor sie die Beifahrertür öffnete. Da sie sich den Luxus, die Sitze mit Plastikfolie abzudecken, nur in ihrem eigenen Wagen leisten konnte, stellten sie solche Situationen immer auf die Probe. Andererseits war das eben der Preis eines normalen Lebens. Oder zumindest eines einigermaßen normalen Lebens. Hätte sie ihrer Phobie freien Lauf gelassen, wäre Arbeit für sie nicht möglich gewesen. Und sie liebte ihren Beruf.

Sie liebte es auch, ein Gehalt zu bekommen und ihre Miete bezahlen zu können und nicht unter einer Brücke schlafen zu müssen. Doch der Gedanke, dass es auch noch schlimmer hätte kommen können, machte es ihr zumindest leichter, ins Auto einzusteigen.

»Wie gesagt, wir haben einen Hinweis bekommen.« Ruben fuhr los. »Ein Gast von Mauro Meyers Restaurant im Sveavägen hat auf der Toilette Kinderkleidung entdeckt.«

»Kinderkleidung?«

»In Ossians Größe.«

»Klingt abwegig.« Sie trank einen Schluck Kaffee. »Könnte es nicht eher sein, dass jemand sein Kind auf der Toilette umgezogen hat, weil es sich, was weiß ich, bekleckert oder in die Hose gemacht hat?«

Ruben schüttelte den Kopf und schnitt die Kurve. Nach sekundenlangem Überlegen umfasste Mina den Haltegriff über der Tür. Sie zwang sich, tief und langsam zu atmen.

»Wir haben Ossians Eltern ein Foto von den Sachen geschickt«, sagte er. »Sie haben sie wiedererkannt. Außerdem sind einige Kleidungsstücke mit seinem Namen versehen.«

Mina biss die Zähne zusammen. Die Information passte irgendwie nicht zu Ossians Eltern. Allerdings hatte sie in all den Jahren als Polizistin genug gesehen, um zu wissen, dass man von außen nie beurteilen konnte, was im Innern eines Menschen vorging.

Eine Wahrheit, die sich bei jedem Blick in den Spiegel bestätigte.

»Aber wie können es denn die Sachen von Ossian sein?« Sie runzelte die Stirn. »Ossian war doch angezogen, als er aufgefunden wurde.«

»Na ja, ich habe zwar keine Kinder, aber in dem Alter nehmen sie oft Wechselwäsche mit in den Kindergarten«, sagte Ruben in belehrendem Ton. »Josefin und Fredrik wissen nicht mehr, was er am Tag seines Verschwindens dabeihatte, glauben aber, es könnte die Wechselkleidung sein. Und außerdem wurde, wie gesagt, sein Name eingenäht. Das macht man, damit die Kinder sie nicht verwechseln.«

Mina starrte ihn an. Seit wann war Ruben Experte für Kindergartenkinder? Sie biss sich auf die Lippe, um ihm nicht auf die Nase zu binden, dass sie mehr Erfahrung mit Kindern hatte, als er jemals haben würde.

Direkt vor dem Restaurant parkten sie hinter einem anderen Streifenwagen. Alle Gäste waren nach Hause geschickt und die Räumlichkeiten abgesperrt worden. Eine italienische Flagge neben der Tür markierte die kulinarische Ausrichtung, und falls an dieser auch nur der geringste Zweifel bestanden hätte, offenbarte der Duft von Tomaten und Basilikum diesen, sobald man über die Schwelle getreten war. Mina schluckte. Sie wusste genau, wie viele Stockholmer Restaurants jährlich durch die Hygienekontrollen fielen. Es waren viel zu viele, als dass sie sich in Restaurants hätte wohlfühlen können, über deren Hygienestandards sie sich nicht im Vorfeld erkundigte. Zum Glück war sie nicht gekommen, um zu essen.

»Hier entlang«, sagte eine Polizistin in Uniform, die ihnen im Lokal entgegenkam.

Mina und Ruben folgten ihr zu zwei Türen im hinteren Teil. Der Fund war auf der Damentoilette gemacht worden, und sie warfen einen Blick hinein. Ein Techniker war dabei, Fingerabdrücke einzupinseln, und Mina stellte fest, dass der Deckel des Spülkastens entfernt worden war.

»Also dort …?« Sie zeigte auf die Toilette.

»Wenn ich das richtig verstanden habe, hat ein Gast sie in einer Plastiktüte im Spülkasten gefunden«, sagte Ruben.

Mina unterdrückte ein Würgen.

»Wieso um alles in der Welt schaut jemand auf einer Restauranttoilette in den Spülkasten?«, wunderte sie sich. »Um Drogen zu deponieren?«

Allein bei dem Gedanken, irgendeinen Bestandteil der Toilette zu berühren, drehte sich ihr der Magen um. Ruben schüttelte den Kopf.

»Nein, diesmal nicht«, sagte er. »Es war eine etwa siebzigjährige Großmutter, die mit ihrem Enkelkind aufs Klo ging. Ihr fiel auf, dass der Deckel nicht richtig aufgesetzt war, und das wollte sie in Ordnung bringen. Dabei hat sie im Wasser etwas gesehen. Ganz offensichtlich wusste sie auch aus der Zeitung über Mauro und den Mord an Lilly und über Ossian Bescheid und hat deshalb augenblicklich die Polizei gerufen.«

»Eine waschechte Miss Marple sozusagen.« Mina zog eine Augenbraue hoch.

»Nein, ich glaube, sie war Schwedin«, sagte Ruben.

»Miss Marple ist eine Figur, die … ach, vergiss es.«

Mit dem Namen der Autorin hätte er wahrscheinlich sowieso nichts anfangen können.

»Was sagt denn Mauro?«, fragte sie stattdessen und bedeutete Ruben mit einer Kopfbewegung, in den Gastraum zurückzukehren.

»Laut Personal sind er und seine Frau vor einer Stunde zur Entbindung ins Södersjukhuset gefahren. Wir können ihn jederzeit mit einem Wagen abholen.«

»Warten wir lieber noch ein wenig«, sagte Mina. »Aus dem Kreißsaal wird er schon nicht abhauen.«

Sie ging zu einer jungen Frau, die ein Hemd mit dem Logo des Restaurants trug. Sie saß an einem Tisch und verfolgte mit großen Augen das Geschehen.

»Hallo. Mein Name ist Mina Dabiri. Darf ich mich setzen?«

Aus den Augenwinkeln sah sie Ruben zu zwei anderen Mitarbeitern gehen, die vor dem Mitücheneingang standen.

»Klar.« Die junge Frau zuckte mit den Schultern. »Was ist hier eigentlich los?«

Sie war hübsch, aber ihre Lippen wirkten so geschwollen, dass Mina sich fragte, ob sie nicht im Weg waren. Und ob man sie schließen konnte, wusste sie auch nicht. Vielleicht musste

354

die junge Frau immer mit leicht geöffneten Lippen herumlaufen und ein erstauntes Gesicht machen.

»Entschuldigen Sie, darf ich Sie nach Ihrem Namen fragen?«

»Paulina. Paulina Josefsson.«

»Danke. Leider darf ich keine Informationen weitergeben. Aber ich muss Ihnen ein paar Fragen stellen. Geht das?«

»Klar.«

Wieder zuckte Paulina mit den Schultern.

»Wann war Ihr Chef zuletzt hier?«, fragte Mina.

»Mauro? Der war heute Morgen hier. Er ist immer als Erster da. Und er ist ein verdammt guter Chef. Wollte ich nur sagen. Der beste Chef, den ich je hatte. Also, er ist tierisch nett.«

»Das glaube ich gern.« Mina nickte. »Wann ist er gegangen?«

»Ungefähr vor einer Stunde. Seine Frau hat angerufen, weil die Wehen eingesetzt hatten, und er ist nach Hause gefahren. Oder ins Krankenhaus, das weiß ich nicht genau.«

»Die Frage klingt vielleicht abgedroschen, aber ist Ihnen in der letzten Zeit etwas Ungewöhnliches an Mauro aufgefallen? Oder war er so wie immer?«

»Na ja … seit über den verschwundenen Jungen berichtet wird, ist er ein bisschen komisch. Aber das ist ja kein Wunder. Wegen Lilly, meine ich. Das ist schließlich erst ein Jahr her.«

»Und als die Meldung durch die Presse ging, dass der Junge tot aufgefunden wurde? Wie hat er da reagiert?«

»Ich glaube, an dem Tag war er krank. Das ist Mauro sonst nie. Aber auch das ist nachvollziehbar. Er kann einem wegen der Sache mit Lilly unheimlich leidtun. Und seine Ex ist wirklich gestört. Sie kommt in regelmäßigen Abständen her und schreit rum, obwohl Gäste da sind. Vollkommen verrückt ist die.«

Mina nickte. So ähnlich hatten Julia und Peder Jenny auch beschrieben. Andererseits wusste sie, dass Leute, die rumschrien, nicht automatisch im Unrecht waren.

»Wie oft werden die Toiletten geputzt?«, fragte sie, obwohl sie nicht wusste, ob sie die Antwort wissen wollte.

»Jeden Tag. Mauro hat eine Putzfrau, die jeden Tag kommt. Mit Sauberkeit nimmt er es genau.«

Jeden Tag. Das musste jedoch nichts heißen. Nicht einmal die pingeligste Putzfrau machte den Spülkasten von innen sauber. Es konnte jedoch für die Analyse der Fingerabdrücke von Bedeutung sein. Auch wenn Fingerabdrücke öffentlicher Orte, an denen sich viele Menschen aufhielten, meistens ein Albtraum waren.

Ruben gesellte sich zu ihnen und kündigte den Aufbruch an.

»Ich habe mit Julia telefoniert«, sagte er. »Wir nehmen ihn fest.«

»Wen nehmen Sie fest?«, fragte Paulina und wirkte zum ersten Mal beunruhigt. »Doch nicht Mauro, oder?«

»Wie gesagt, ich darf leider keine internen Informationen weitergeben.« Mina stand auf. »Vielen Dank für Ihre Hilfe.«

Vor dem Restaurant hatten sich Schaulustige versammelt. Die menschliche Natur war sich immer gleich. Allerdings standen Polizisten mittlerweile auch immer einer Reihe von filmenden Handykameras gegenüber. Während ihr Blick über die Menge schweifte, erkannte sie plötzlich ein Gesicht. Was zum Teufel machte der *Expressen* hier? Sie registrierte, dass Ruben dieselbe Person aufgefallen war, und hastete im Laufschritt zum Auto. Irgendetwas sagte ihr, dass in Kürze Chaos ausbrechen würde. Das hier war nur die Ruhe vor dem Sturm.

Vincent klopfte an Benjamins Tür und trat ein. Er staunte immer noch, weil das fünfzehn Quadratmeter große Zimmer mittlerweile verhältnismäßig aufgeräumt war. Der Sohn saß hoch konzentriert am Schreibtisch und brütete über Zahlenreihen.

»Ich hätte nie gedacht, dass du mal Börsenkurse liest anstatt Anleitungen mehr für Warhammer.« Vincent grinste. »Wie schaffst du das nur zwischen den Vorlesungen?«

»Ich muss noch ein paar Positionen schließen«, sagte Benjamin, ohne sich vom Bildschirm abzuwenden. »Kannst du noch kurz warten?«

Vincent nickte und sah sich um. Da das Bett noch nicht gemacht war, kam es als Sitzgelegenheit nicht infrage. Er lehnte sich stattdessen an die Wand und wartete, bis Benjamin mit seinen Aktiengeschäften fertig war. Eigentlich war es nicht überraschend, dass sein Sohn sich für Daytrading interessierte. Allerdings fragte sich Vincent, woher Benjamin neben seinem Jurastudium die Zeit dazu nahm. Aber er war schließlich erwachsen und traf seine eigenen Entscheidungen. Vincent verkniff sich weitere Kommentare und hoffte das Beste.

»Wolltest du was Bestimmtes?« Benjamin stand auf.

»Ja. Du erinnerst dich doch noch an den Kriminalfall, in den ich vor fast zwei Jahren verwickelt war. Jetzt helfe ich Mina … ihrer Gruppe, meine ich, bei einem neuen Fall. Ich war den ganzen Tag dort und fahre auch gleich wieder hin.«

Benjamin lachte.

»Wieso? Hast du etwa noch mehr Schwestern?«, fragte er. »Deine Verwandtschaft ist ja komplett verrückt.«

Vincent schüttelte den Kopf, während Benjamin eine Tagesdecke auf das Bett warf, damit sein Vater sich setzen konnte.

»Diesmal keine Geschwister«, sagte er. »Und auch sonst keine Verwandten. Versprochen. Aber genau wie beim letzten

Mal deutet einiges darauf hin, dass ein Code eine Rolle spielt. Oder zumindest ein Muster. Das Problem ist, dass ich nicht weiß, ob es wirklich so ist, oder ob meine Vermutung auf reinem Wunschdenken beruht. Kennst du Nova?«

Benjamin setzte sich wieder auf seinen Schreibtischstuhl und drehte sich hin und her.

»Wer tut das nicht«, sagte er. »Ihre Videos tauchen ständig in meinem Instagram-Feed auf.«

»Aha. Sie scheint der Polizei suggeriert zu haben, eine Sekte oder zumindest eine sektenartig strukturierte Organisation wäre in den Fall verwickelt.«

Es war ihm bislang nicht aufgefallen, aber offenbar waren auch die bemalten Figuren, die auf einem extra Stringregal gestanden hatten, weggeräumt worden. Stattdessen türmten sich dort jetzt dicke Lehrbücher aus Benjamins Jurastudium.

»Wieso glaubt sie, es würde eine Sekte dahinterstecken?«, fragte Benjamin. »Das klingt echt extrem.«

»Vermutlich, weil es sich um extreme Taten handelt, die von verschiedenen Personen begangen worden sind. Das könnte darauf hindeuten, dass jemand den Beteiligten befohlen hat, etwas zu tun, was sie normalerweise nicht tun würden. Und außerdem weist die Ausführung der Morde gewisse rituelle Züge auf. Laut Nova.«

»Also wieder Mord?« Benjamin wurde blass.

Wie dumm von ihm, es zu erwähnen. Wenigstens würde er Benjamin nicht erzählen, dass die Opfer Kinder waren. Diese Information war wirklich nicht für seine Ohren gedacht.

»Ja, ich fürchte schon«, sagte er. »Schlimmstenfalls sind es sogar drei Morde. Drei Personen sind entführt und anschließend getötet worden.«

»Und was denkst du? Glaubst du auch, dass eine Sekte dahintersteckt?«

Vincent dachte nach. Dann schüttelte er den Kopf.

»Die Erklärung wäre unnötig kompliziert«, sagte er. »Du redest doch selbst immer von Ockhams Rasiermesser. Ob ich glaube, dass die Taten von ein und derselben Person verübt worden sind? Ja, das tue ich. Aber dafür braucht man keinen Sektenführer. Dafür reicht eine Person, die überzeugende Argumente vorbringt, um die andere dazu zu bringen, scheinbar unschuldige, aber letztlich verheerende Dinge zu tun. Es ist nicht so wahnsinnig schwierig, Menschen zu manipulieren. Und die Entführer wussten vielleicht gar nicht, dass die Personen, die sie abgeholt haben, sterben würden.«

»Du meinst, sie hielten das Ganze vielleicht für einen Scherz oder so?«, fragte Benjamin.

Vincent nickte achselzuckend.

»Das Beängstigende an Sekten ist, dass sie unfassbare Dinge möglich machen. Als Shoko Asahara, der Anführer der Aum-Sekte, einen Giftgasanschlag auf die Tokioter U-Bahn verübte und zwölf Menschen tötete – dreizehn, wenn man die Person mitzählt, die später im Krankenhaus starb –, glaubte er, die Opfer von ihrem Karma zu erlösen und ihnen damit den Eintritt ins Nirwana zu ermöglichen. So gesehen, hatte er nichts falsch gemacht und war vor allem kein Mörder. Er hatte vielmehr eine gute Tat getan.«

»Die Mitglieder einer solchen Sekte könnten also glauben, sie wären gar nicht böse, sondern würden den Opfern einen Gefallen tun, indem sie sie töten?«, fragte Benjamin mit weit aufgerissenen Augen.

»Ja. Und es gibt viele destruktive Sekten in Schweden. Ich habe aber noch nie von einer gehört, die sich auch Nichtmitgliedern gegenüber destruktiv verhält. Und daher würde ich, bevor wir uns ganz der Sektentheorie verschreiben, gerne noch mal überlegen, wer oder was diese Entführungen noch inszeniert haben könnte, ohne deswegen gleich ein irrer Sektenführer zu sein.«

Benjamin nickte und wandte sich seinem Computer zu.

»Wie lautet denn der Code oder, besser gesagt, dieses Muster?« Er öffnete das tabellenartige Dokument, das sie beim letzten Mal erstellt hatten.

»Genau das ist ja das Ding.« Vincent rutschte hin und her, weil er auf dem zusammengeknüllten Bettzeug unter der Tagesdecke so unbequem saß. »Abgesehen davon, dass diejenigen, die … getötet wurden … drei Tage lang verschwunden waren, gibt es da eigentlich nur zwei Dinge. Zunächst einmal sind die Opfer in unmittelbarer Nähe von Wasser aufgefunden worden. Was in einer Stadt wie Stockholm natürlich nichts Besonderes ist. Nova glaubt, es habe eine symbolische Bedeutung. Vielleicht hat sie recht. Aber ich habe da meine Zweifel. Mir ist aufgefallen, dass den Leichen ein Hinweis auf Pferde beigefügt worden ist.«

Er hatte mit einem Lacher gerechnet, aber Benjamin notierte die Information einfach und blieb sachlich. Vincent musste zugeben, dass es ihn mit Stolz erfüllte, wie konzentriert sein Sohn an der Lösung von Problemen arbeitete.

»Drei Tage, Wasser«, sagte Benjamin. »Und mit Pferden meinst du lebendige oder Spielfiguren?«

»Keins von beidem, wieso? Was für Spielfiguren denn?«

»Na, Schachfiguren zum Beispiel. Der Springer ist eigentlich ein Pferd, weil die Ritter, die das königliche Schloss beschützten, meistens auf Pferden unterwegs waren. Im Schwedischen, Dänischen, Norwegischen und Deutschen zum Beispiel ist die Figur nach ihrer Fortbewegungsart auf dem Brett benannt. Sie springt sozusagen. Aber in vielen anderen Sprachen heißt sie einfach Pferd. Auf Spanisch heißt der Springer *caballo,* auf Italienisch *cavallo.* Auf Russisch ist es auch so, glaub ich. Im Sizilianischen ist es der Esel, wenn ich mich recht erinnere. Eigentlich nur im Englischen gibt es mit *knight,* auf Deutsch Ritter, ein Wort für diese Figur, das nichts mit Pferden zu tun hat.«

Vincent starrte seinen Sohn an.

»Ich habe eine gute Freundin, die mir immer Wikipedia-warnungen erteilt«, sagte er. »So langsam wird mir klar, was sie damit meint. Wieso weißt du das alles?«

»Weil es interessant ist«, gab Benjamin zurück. »Du kennst das doch.«

Vincent nickte. Es ging ihm ja genauso. Und er war unheimlich stolz, dass Benjamin sein Sohn war.

»Du hast recht«, sagte er eifrig. »Mit den Spielfiguren. Es gibt an dieser Stelle schon eine Verbindung zu extremistischen Bewegungen. Das müssen gar keine Sekten sein.«

Benjamin sah ihn verwundert an.

»Jetzt komme ich nicht mehr mit.«

»Weißt du, wer Robert Jay Lifton ist?«

Benjamin runzelte die Stirn.

»Ich glaube schon«, sagte er dann. »Der Psychiater, der sich mit Gehirnwäsche und Fundamentalismus beschäftigt hat?«

Vincent nickte. Sein Sohn mal wieder. Er behielt für sich, dass er in seinen Shows einige der Techniken, mit denen laut Lifton im kommunistischen China die Massen manipuliert wurden, selbst gern anwendete.

»Er hat geschrieben, dass die meisten Mitglieder von fundamentalistischen Bewegungen früher oder später merken, dass die Bewegung doch anders ist, als sie zunächst dachten. Dennoch ist es ihnen aber unmöglich auszusteigen. Sie stecken in der Klemme. Um sich ihre geistige Gesundheit zu erhalten, entscheiden sich dann einige, ihren persönlichen Willen restlos der Bewegung unterzuordnen. Was natürlich mit sich bringt, dass sie sich zu wahren Musterschülern entwickeln, die ihrerseits perfekt geeignet sind, andere zu verraten und zu manipulieren.«

»Ich verstehe nicht, was das mit Pferden und Spielfiguren zu tun hat. Oder mit diesen Morden.«

Benjamin öffnete Spotify und suchte nach einer Playlist. Vincents Zeit mit seinem Sohn ging offenbar dem Ende zu.

»Lifton hat einen Namen für die Strategie, mit Absicht willenlos zu werden«, sagte er. »*The Psychology of the Pawn.* Ein *pawn* oder auch Pfand ist eine Spielfigur, die man opfern kann. Beim Schach zum Beispiel. Wo es, wie du so ausführlich dargelegt hast, auch Pferde gibt.«

Vincent versuchte, alle Assoziationen, die in seinem Kopf

aufploppten, auf einen Nenner zu bringen, aber es war zwecklos. Er würde in sein Arbeitszimmer gehen und sich auf den Teppich legen müssen, um seine Gedanken zu sortieren. Mit etwas Glück würde sich das Puzzle in seinem Unterbewusstsein von allein ordnen.

Benjamin hatte *psychology of the pawn* bereits gegoogelt und zu lesen begonnen.

»Weißt du was?« Benjamin sah mit zusammengekniffenen Augen auf den Bildschirm. »Laut Lifton wird man nicht nur eine Spielfigur, sondern auch richtig gut in dem Spiel. Nehmen wir mal an, es *ist* eine Sekte. Könnte es was mit Mitgliedern zu tun haben, die sich nicht an die Regeln gehalten haben? Oder nicht gut genug waren? Vielleicht sind die Morde und dieses Pferd eine Warnung an die anderen. Eine Aufforderung, sich am Riemen zu reißen, damit ihnen nicht das gleiche Schicksal blüht.«

Vincent schloss die Augen und lehnte sich an die Wand.

»Interessante Theorie, aber leider nicht wahrscheinlich«, sagte er. »Aus zwei Gründen. Erstens waren die Pferde, wie gesagt, keine Spiel- oder Schachfiguren. Und zweitens … zweitens … Benjamin, die Mordopfer können keine Sektenmitglieder gewesen sein.«

»Warum?«

Er war so nah dran gewesen. Aber die Puzzleteile ließen sich noch immer nicht zusammenfügen. Sie waren kein Stück weitergekommen. Und da draußen lief immer noch jemand herum, der keine Hemmungen hatte, das Grauenhafteste zu tun, was Vincent sich vorstellen konnte. Er holte tief Luft.

»Weil sie fünf Jahre alt waren.«

Mina fand es merkwürdig, durch eine Tür zu gehen, auf der »Kreißsaal« stand. Es war wie eine Reminiszenz an längst vergangene Zeiten. Was das Ganze jedoch höchst real wirken ließ, war der Geruch. Plötzlich überschlugen sich in ihrem Gehirn die Erinnerungen an diese Mischung aus Schmerz und Glück, die nichts anderes im Leben zu bieten hatte.

»Hörst du die Schreie?« Ruben schüttelte sich. »Da schreien zwei um die Wette. Müssten die hier keinen besseren Schallschutz haben? Das ist ja das reinste Gruselkabinett. Meine Güte.«

Mina ignorierte seinen Kommentar und ging zur Tür. Nach längerer Diskussion und nachdem sie ihre Dienstausweise gezeigt hatten, wurden sie hereingelassen. Widerwillig gab sie Ruben recht. Es war unheimlich, durch die langen sterilen Gänge mit den geschlossenen Türen zu hasten, während von mehreren Seiten Schreie durch die Wände drangen und sich zu einem merkwürdigen Leidenschor vermischten.

»Welches Zimmer?«, fragte Ruben.

»Fünf.«

»Das ist hier.« Ruben drückte die Klinke hinunter.

Das Zimmer war leer.

»Die können doch noch nicht nach Hause gefahren sein. Das mit der Entbindung, geht das so schnell?«

»Nein, Ruben, so schnell nicht.« Mina verdrehte die Augen. »Messerscharf kombiniert. Sie sind bestimmt Kaffee trinken gegangen.«

»Kann man das hier?«, fragte Ruben verwundert.

»Natürlich. Alle Entbindungsstationen haben ihr eigenes Starbucks. Genau wie Flughäfen.«

»Ehrlich?«

Ruben machte noch größere Augen.

»Mein Gott, du bist ja völlig … Natürlich nicht. Warst du noch nie auf einer Entbindungsstation? Mit klassischem Aufenthaltsraum, wo es Kaffee aus der Thermoskanne und belegte Brote gibt? Du musst doch in all deinen Berufsjahren mal eine Entbindungsstation von innen gesehen haben. Oder etwa nicht?«

»Ich habe noch nie einen Fuß hineingesetzt«, sagte Ruben.

Mina bemerkte plötzlich einen Anflug von Traurigkeit in seinem Gesicht.

»Da.« Sie zeigte auf einen etwas größeren Raum mit einer kleinen Teeküche, mehreren Sofas und einem Fernseher.

Auf einem der Sofas saßen Mauro und Cecilia. Sie hatten einen Kunststoffkasten auf Rädern neben sich stehen.

»Hallo.« Mina trat ein.

Auf einmal fühlte sie sich unwohl. Mauro und Cecilia waren dabei, ein neues Menschenleben willkommen zu heißen. Sie waren wahrscheinlich erschöpft, aber auch überglücklich. Und nun kamen Ruben und sie anmarschiert und zerstörten ihr Glück. Sie warf einen Blick in den Kasten. Eingewickelt in eine Decke schlief ein Säugling auf dem Rücken. Neben ihm lag ein kleiner grauer Elefant aus Plüsch.

»Hallo«, sagte Mauro verwundert. »Was machen Sie denn hier?«

Sie nahm an, dass er mit der Polizei am wenigsten gerechnet hatte. Dann verfinsterte sich seine Miene, und er stand auf.

»Was ist passiert?«, fragte er.

»Können wir kurz mit Ihnen allein sprechen?« Mina warf einen Blick auf Cecilia, die dafür, dass sie gerade ein Kind bekommen hatte, trotz des weißen Flügelhemds unverschämt frisch und munter aussah.

»Nein. Was Sie zu sagen haben, darf Cecilia auch hören.«

Mina wechselte einen Blick mit Ruben, er nickte. Sie öffnete den Mund, doch noch bevor sie zu sprechen begonnen hatte, waren Mauro und Cecilia kreidebleich geworden. Sie starrten auf den Fernsehbildschirm hinter ihr.

Mina drehte sich um. Auf dem Bildschirm war Jenny zu sehen. Sie stand vor Mauros Restaurant und sprach mit dem Reporter vom *Expressen,* den Mina erkannt hatte.

»Lauter!«, schrie Mauro und griff nach der Fernbedienung.

Als er die richtige Taste gefunden hatte, erfüllte Jennys Stimme den Raum. Wütend starrte sie in die Kamera. Ihre schwarzen Augen funkelten zornig, und ihre Stimme war so voller Hass, dass es Mina eisig den Rücken hinunterlief.

»Ich habe die ganze Zeit gewusst, dass er es war.« Sie betonte jede einzelne Silbe. »Ich bin die Einzige, die sich nicht von seiner Fassade täuschen ließ. Ich weiß, was er mit unserer Lilly gemacht hat, und ich hoffe, sie verzeiht mir, dass ich sie nicht vor ihm schützen konnte. Er ist ein böser Mensch, und nun ist ihm eine andere Familie zum Opfer gefallen. Und die ganze Welt wird davon erfahren.«

Triumphierend blickte sie in die Kamera. Sie blinzelte kein einziges Mal. Mina sah, dass Mauro zitterte. Ruben trat zu ihm und fasste ihn am Arm.

»Ich denke, Sie kommen besser mit.«

Das Neugeborene in dem Kasten begann zu wimmern.

Nathalie lag auf ihrem Feldbett und sah an die Deckenbalken. Am Bau dieses Dachs hatte sie mitgearbeitet. Sie hatte das Gefühl, schwerelos zu sein, hinauf zwischen die Balken schweben und sich dort ein Nest bauen zu können. Der ständige Hunger war nicht mehr so schlimm. Nicht dass sie mittlerweile mehr zu essen bekommen hätte, aber sie hatte sich daran gewöhnt. Ihr Magen schmerzte nicht mehr so sehr. Und außerdem fühlte sie sich … leichter. Und wacher. Als hätte das viele Essen, das sie früher in sich hineingestopft hatte, sie schwerfällig gemacht und auf dem Boden gehalten.

Doch jetzt war alles anders.

Jetzt konnte sie schweben.

Es war natürlich schwierig, einen Gedanken zu Ende zu denken, ohne dass er davonflog und sich zu all den anderen Gedanken zwischen den Deckenbalken gesellte. Sie wusste, dass sie eigentlich besser nachdenken konnte. Aber was sollte sie mit komplizierten Gedanken? Sie war bei Ines. Sie war sicher. Mehr brauchte sie nicht zu wissen. Verschlungene Gedankengänge gehörten ihrem früheren Leben und der Welt da draußen an.

Doch die war nicht mehr wichtig. Die Welt da draußen schien gar nicht mehr zu existieren. Es gab nur noch das Hier und Jetzt. Diesen Ort. Diese Menschen. Großmutter.

Sie betrachtete die Mullbinde, die um ihre Finger gewickelt war. Fragte sich, ob immer noch ein roter Striemen darunter zu sehen war. Sie hoffte es. Sonst würde Großmutter ihr vielleicht bald einen neuen verpassen. Vielleicht konnte sie sich wenigstens so ein Gummiband besorgen. Nathalie wollte nicht, dass die anderen schlecht von ihr dachten oder glaubten, sie würde sich keine Mühe geben. Sie gehörte hierher. Und sie schenkten ihr so viel Liebe. Da konnte sie auch etwas zurückgeben.

Sie hatte ihr ganzes Leben im Schutz einer Blase verbracht. Das war nicht die Wirklichkeit gewesen. Es war gar kein Leben gewesen. Sie hatte nur existiert. Hier *lebte* sie. Es flimmerte an den Rändern ihres Gesichtsfelds, als sie sich aufzusetzen versuchte. Ihr wurde schwindlig. Sie sank zurück auf das Bett und ließ ihre Gedanken wieder an die Decke schweben. Sie hatte etwas Bestimmtes tun wollen, aber nun erinnerte sie sich nicht mehr, was es gewesen war. Es spielte auch keine Rolle. Ines würde ihr alles erzählen, was sie wissen musste. Großmutter wusste, was gut für sie war. Großmutter kannte alle Wahrheiten.

Vincent hatte sich erst kurz vor dem Treffen mit Mina und dem Rest der Gruppe angezogen, damit er seine Kleidung nicht durchschwitzte. Während seiner Auftritte am Wochenende war ihm aufgefallen, dass inzwischen nicht einmal mehr seine Kostüme besonders angenehm rochen, und daher hatte er alles in die chemische Reinigung gebracht. Schließlich war Mina viel empfindlicher als das Theaterpublikum. Eine halbe Sekunde lang hatte er sogar überlegt, sich ein wenig Waschpulver in die Taschen zu stecken. Möglicherweise hatte der Geruch eine positive Wirkung. Ihm war jedoch sofort klar geworden, dass er früher oder später versehentlich in seine Taschen greifen würde.

Als Mina ihm im Eingangsbereich des Präsidiums entgegenkam, sah sie so bedrückt aus wie schon lange nicht mehr. Den Waschmittelgeruch hätte sie vermutlich gar nicht bemerkt.

»Hallo, Vincent«, sagte sie angespannt.

»Was ist denn los?«

»Meine Güte.« Sie ließ ihn durch die Sperre. »Kannst du nicht wenigstens kurz den Schein wahren?«

»Entschuldige. Wie läuft's mit dem Padel-Tennis?«

Mina lächelte matt.

»Besser«, sagte sie. »Aber es gibt Neuigkeiten. Wir haben einen Verdächtigen für den Mord an Ossian. Letzten Sommer stand er unter Verdacht, in den Mord an Lilly verwickelt zu sein.«

Vincent warf ihr einen raschen Blick zu, während sie durch den Flur gingen. Er bewunderte ihre Zielstrebigkeit. Sie bewegte sich mit der Effizienz eines Menschen, der nie zögerte. Er nahm an, dass sie lange gebraucht hatte, um sich diese Bewegungsmuster anzugewöhnen.

»Das ist doch wunderbar«, sagte er. »Ein guter Start in die

Woche! Dann hatte Nova also recht, und es steckt tatsächlich eine Organisation dahinter? Habt ihr den Kopf dieser Formation gefunden?«

»Das ist es ja gerade«, sagte Mina. »Es ist alles problematisch. Mauro Meyer hat momentan nicht mal sich selbst richtig unter Kontrolle. Falls er hinter der ganzen Sache steckt, ist er der beste Schauspieler, den ich je gesehen habe. Andererseits sind die Beweise gegen ihn aussagekräftiger als alles, was wir zwei herausgefunden haben. Ich möchte nur, dass du das weißt. Hättest du diesen Zug vor zwei Tagen gemacht, hätten die anderen dir wahrscheinlich zugehört. Jetzt bin ich mir nicht sicher, wie sie reagieren werden. Außerdem hält es die Leitung angeblich für einen Fehler, dass wir Nova engagiert haben. Wir sollen uns jetzt auf Mauro konzentrieren.«

Er war also wieder der verrückte Mentalist mit den abwegigen Theorien. Alles beim Alten. Aber eigentlich hatte er gar nichts dagegen. Im Gegenteil. Es würde ihm nicht das Geringste ausmachen, wenn er sich irrte und sich herausstellte, dass die Verbindungen, die er entdeckt hatte, ein Muster ergaben, das es gar nicht gab.

Aber der Name Mauro Meyer kam ihm bekannt vor. Vincent hatte ihn erst kürzlich gehört. Nein, gelesen. Vor wenigen Tagen. War da nicht noch eine andere Stimme gewesen? Ach ja, Minas. Er und Mina waren … Er riss die Augen auf.

»Also Mauro, der Vater von Lilly?«

»Ich habe doch gesagt, es ist kompliziert. Komm jetzt, die anderen warten schon auf uns. Und vergiss nicht, dir von Christer einen Ventilator geben zu lassen.«

Im Besprechungsraum stand die Luft vor Hitze. Mittags war es am schlimmsten. Mina stand in der Tür und konnte sich kaum überwinden einzutreten. Wenn Vincent nicht da gewesen wäre, hätte sie sich wohl vor dem Meeting gedrückt.

Der batteriebetriebene Ventilator in Christers Hand surrte wie ein Wespenschwarm. Vor ihm auf dem Tisch lag ein Beutel mit einem Dutzend neuer Miniventilatoren. Da die Dinger so schnell kaputtgingen, wurde ständig Nachschub gebraucht. Immerhin brachten sie etwas. Christer drückte Vincent, der mit gequälter Miene den Raum betrat, ein Gerät in die Hand.

Die Schweißflecke unter Rubens Armen hatten gigantische Ausmaße angenommen, und sogar Julia schien zu ächzen.

»Danke, dass ihr im Fall William alle so zügig gearbeitet habt.« Julia wandte sich an Ruben und Adam. »Es war übrigens ein Glück, dass ihr gestern Morgen so früh zu Jörgen Carlsson in die JVA gefahren seid. Offenbar hatte er kurz danach einen kleinen Unfall. Er ist übel gestürzt und musste mit zwei Stichen genäht werden. Ich verstehe nicht ganz, wie das passieren konnte, aber Männer, die Frau und Kinder schlagen, entwickeln im Gefängnis häufig Gleichgewichtsprobleme. Wisst ihr Genaueres dazu?«

Sie sah Ruben und Adam prüfend an. Ruben musste husten, und Adam sah an die Decke.

Mina begriff, dass ihr Moment gekommen war. Ihrer und Vincents.

»Wir haben noch etwas zu berichten«, sagte sie schließlich und sah Vincent von der Seite an. »Mir ist bewusst, dass einiges für Mauro als Täter spricht. Wir haben allerdings nur Indizien. Vincent hat mich darauf hingewiesen, dass das Erkennen von vorhandenen Mustern immer eine Gratwanderung ist, denn möglicherweise erzeugt man sie durch das eigene Wunschdenken selbst. Es ist zwar nicht ganz auszuschließen, dass das, was wir zu sagen haben, Zufall ist, allerdings ist die Wahrscheinlichkeit eher gering.«

»Du sagst immer wir«, warf Ruben ein, »aber meinst du nicht eigentlich Vincent? Das alles hört sich jedenfalls jetzt schon verdammt nach Vincent an, und außerdem hast du uns noch gar nicht erzählt, worum es geht.«

»Wir haben beide das Muster gesehen«, entgegnete Mina. »Aber Vincent hat noch mehr entdeckt. Vincent?«

»Ja.« Der Mentalist räusperte sich. »Ich habe gehört, dass ihr Nova zurate gezogen habt. Sie hat anscheinend die rituellen Aspekte der Morde hervorgehoben, die dreitägigen Intervalle und die verschiedenen Akteure bei den Entführungen, die es wahrscheinlicher machen, dass eine Gruppe hinter den Taten steht und nicht ein einzelner Serientäter. Was wiederum darauf hindeuten könnte, dass das Ganze in irgendeiner Weise organisiert war. Und wir können bei den drei Leichen ein Muster erkennen.«

»Du sprichst von drei Leichen«, sagte Ruben. »Es sind aber zwei. Darf ich dich daran erinnern, dass William noch nicht zu eurem Muster gehört, auch wenn wir noch nicht wissen, wer ihn umgebracht hat? Außerdem wissen wir mit hoher Wahrscheinlichkeit, dass Mauro Ossian und Lilly getötet hat. Zu William hingegen hat er keine Verbindung.«

»Falls das zutrifft, wird das, was ich zu sagen habe, euch entweder bei Mauro weiterhelfen«, sagte Vincent, »oder in eine andere Richtung führen. Je mehr Opfer es werden, desto sicherer können wir uns sein, dass sie zusammengehören. Mina und ich haben noch etwas entdeckt, das nicht nur Ossian und Lilly nicht nur miteinander verbindet, sondern auch mit William. Wir haben es bereits bei Ossian und Lilly gesehen, wagten aber noch nicht, auf unsere Vermutung zu vertrauen. Seit wir am Mittwoch im Trockendock waren, bin ich mir ganz sicher. Peder hat es auch gesehen.«

»Jetzt spuck's schon aus«, sagte Ruben. »Wovon redest du, Mentalist?«

»Pferde.«

Allen in der Gruppe blieb der Mund offen stehen. Dann lachte Ruben aus vollem Hals, Peder kicherte in sich hinein, und Mina seufzte.

»Allerdings keine echten Pferde.« Vincent räusperte sich erneut. »Lilly hatte ein Poesiebild bei sich, das vermutlich später hinzugefügt worden war, und darauf war ein arabisches Vollblut abgebildet. Ossian hatte einen Rucksack von My Little Pony bei sich, der nicht seiner war. Und dort, wo William aufgefunden wurde, hatte jemand das griechische Wort für Pferd, also *hippo* an die Wand geschrieben. Das ist einfach zu merkwürdig, um nur ein Zufall zu sein.«

»Damit will uns jemand sagen, dass die Kinder Pferde sind, oder was?« Ruben schüttete sich aus vor Lachen.

»Oder suchen wir jemanden, der zu sehr auf Pferdebilder steht?«, fragte Peder.

»Tja«, gluckste Christer. »Dann brauchen wir nur jedes zehnjährige Mädchen in der ganzen Stadt zu vernehmen, und schon haben wir unsere Mörderin!«

Ruben hörte plötzlich auf zu lachen.

»Was ist denn das für eine ätzende Generalisierung«, zischte er. »Es sind nicht alle zehnjährigen Mädchen verrückt nach Pferden.«

Christer starrte Ruben verwundert an und merkte nicht einmal, dass der Ventilator in seiner Hand den Geist aufgab. Mina hatte keine Ahnung, wovon Ruben redete. Er war so komisch in letzter Zeit.

»So einfach ist es nicht«, fuhr Vincent fort.

Er nahm einen Stift und schrieb Stichworte auf das Whiteboard.

»Falls Nova mit dem Hinweis auf die rituellen Züge der Morde richtigliegt, können die Pferde für die Täter ein wichtiges Symbol sein. Sekten, die Pferde verehren, gibt es seit der Steinzeit. Das Pferd wurde als göttliches Wesen, König oder Krieger betrachtet. Auch in der griechischen Mythologie kommt die Verehrung von Pferden vor. Der Gott Poseidon soll das erste Pferd erschaffen haben, und wir dürfen auch Loke aus der nordischen Mythologie nicht vergessen, der sich in eine Stute verwandelte und Sleipnir gebar, das vornehmste Pferd von allen. Wie auch immer, irgendetwas daran …«

Vincent verstummte mitten im Satz und fixierte die Karte von Stockholm, die gegenüber von ihm an der Wand hing. Die zentralen Stadtteile passten genau in ein Quadrat. Dann kehrte er wieder zurück ins Hier und Jetzt.

»Pferde werden bis heute angebetet«, sagte er. »Unter anderem im südlichen Asien. Das ist vielleicht auch kein Wunder, denn das Pferd stellt ein universelles Symbol für grenzenlose Freiheit dar.«

Er machte eine Pause und blickte wieder auf die Karte. Eine Falte bildete sich auf seiner Stirn. Vincent benahm sich so anders als sonst. Mina wollte ihm helfen, aber irgendetwas war merkwürdig.

»Aha … Wenn wir also auf dich und Nova hören würden, müssten wir eine Pferde verehrende Wassersekte jagen, die kleine Kinder umbringt«, warf Ruben sarkastisch ein. »Das klingt wirklich viel wahrscheinlicher als Mauro Meyer. Brauchst du vielleicht eine Rolle Alufolie, um diesen Hut da zu verstärken, Vincent? Meine Güte. Wenn du gerne mal auf einen Kaffee vorbeikommen oder mit Mina quatschen willst, dann sag das doch einfach. Anstatt uns was vom Pferd zu erzählen.«

Mina wurde rot. Aber so leicht würde sie sich von Ruben nicht aus dem Konzept bringen lassen.

Sie hob den Kopf, begegnete Adams prüfendem Blick und wurde noch roter.

»Was, nein«, sagte Vincent zerstreut. »Ich glaube nicht, dass es darum geht …«

Wieder verstummte er und sah auf die Karte von Stockholm. Dann fuhr er mit dem Zeigefinger ein imaginäres Kreuz nach.

»Da hast du ausnahmsweise recht«, sagte Ruben. »Darum geht es hier nicht. Wir müssen uns nämlich mit Mauro Meyer beschäftigen, der von seiner Ex-Frau beschuldigt wird, die eigene Tochter getötet zu haben, und nun auch noch in den Mord an Ossian verwickelt zu sein scheint. Die Verbindung zu William existiert nur in deiner Fantasie.«

»Warum habt ihr so lange damit gewartet, uns davon zu erzählen, Mina?«, fragte Julia. »Ihr wart letzten Mittwoch im Trockendock, und heute ist Dienstag. Hast du dir nicht gedacht, dass die Information wichtig sein könnte?«

»Doch, aber ich habe mit dieser Reaktion hier gerechnet«, sagte Mina. »Deshalb wollte ich zuerst mit Milda über Williams Obduktion sprechen. Und dabei ist tatsächlich etwas herausgekommen. Ossian, Lilly und William hatten alle die gleichen Wollfasern im Hals. Und ähnliche Abdrücke auf der Lunge. Noch gibt es weder einen Anhaltspunkt für die Herkunft der Fasern noch eine Erklärung für das Zustandekommen dieser Abdrücke, aber alles in allem sind das so viele Übereinstimmungen, dass die Fälle zusammengehören *müssen*.«

Es wurde still im Raum.

»Scheiße«, sagte Ruben schließlich. »Vielleicht ist William ja doch einer von ihnen. Mauro ist ein Serienmörder.«

»*The Psychology of the Pawn*«, murmelte Vincent vor der Karte. »Wartet mal kurz.«

Der Mentalist ging zurück zum Whiteboard, nahm sich einen Stift und ein langes Lineal. Dann stellte er einen Stuhl an die Wand mit der Karte und stieg hinauf. Mithilfe des Lineals zog er zuerst sieben senkrechte Linien und dann sieben waagerechte auf der Karte.

»Stimmt was nicht mit der Karte?«, fragte Ruben.

Vincent antwortete nicht. Stattdessen stieg er vom Stuhl, trat ein paar Schritte zurück und betrachtete das Gitternetz.

Mina hoffte, dass Vincent keinen Hitzschlag hatte. Es sah tatsächlich so aus, als hätte Vincent den Verstand komplett verloren.

»Wie wäre es mit einer Erklärung, Vincent?«, schlug Julia vor.

Vincent drehte sich um und sah die anderen Gruppenmitglieder so verwirrt an, als hätte er ganz vergessen, dass er nicht allein im Raum war.

»Neulich hat mir ein … guter Freund etwas erzählt. Also, Pferde sind ja Spielfiguren. Genau wie die Mitglieder einer Sekte. Also habe ich mich gefragt, in welchen Spielen es Pferde gibt.«

Ruben verdrehte seufzend die Augen.

»Beim Schach.« Christers Interesse schien plötzlich geweckt zu sein. »Kein ganz so teures Hobby wie Pferderennen, aber noch demütigender.«

Mina begriff plötzlich, was Vincent gemacht hatte. Er hatte Stockholms Innenstadt in achtmal acht gleich große Quadrate unterteilt. Wie ein Schachbrett.

»Ich habe überlegt, ob die Kinder vielleicht Spielfiguren symbolisieren.« Schnell nummerierte er die waagerechten Reihen von unten nach oben mit den Ziffern Eins bis Acht, und schrieb dann die Buchstaben a, b, c, d, e, f, g und h unter die Spalten.

»Warum gibt es dann nicht noch andere Figuren wie zum Beispiel Bauern oder Türme?«, fragte Christer. »Schach spielt man doch nicht nur mit Pferden. Springern, meine ich.«

»Normalerweise hättest du recht, aber …«

Vincent trat an die Karte und suchte den Ort, an dem Lilly gefunden worden war. Er lag unten rechts im Quadrat h1. Er schrieb »Lilly« in das Quadrat. Dann schrieb er »William« auf die Insel Beckholmen im Quadrat g3, dem vorletzten Quadrat in der dritten Reihe von unten. Und schließlich »Ossian« auf die Insel Skeppsholmen, die im Quadrat f4 lag, dem sechsten Quadrat in der vierten Reihe.

»Es gibt ein klassisches Schachproblem, das man heutzutage ›Knight's tour‹ nennt«, sagte er. »Die frühesten Erwähnungen dieses Problems wurden auf Sanskrit verfasst. Da hieß es

Turagapadabandha. Was wörtlich übersetzt ›Anordnung in den Schritten des Pferdes‹ bedeutet.«

Mina hüstelte diskret. Als Vincent sie fragend ansah, schüttelte sie kaum merklich den Kopf. Jetzt, wo ihm endlich alle zuhörten, durfte er die allgemeine Aufmerksamkeit nicht aufs Spiel setzen.

»Ich wollte nur die Verbindung zu Pferden verdeutlichen.« Er sah die anderen entschuldigend an. »Aber ihr findet das vielleicht gar nicht … Wie auch immer. Das Problem läuft jedenfalls darauf hinaus, dass man das Pferd beziehungsweise den Springer so bewegen muss, dass es jedes Feld genau einmal besucht. Es darf also nie ein zweites Mal auf ein Feld springen. Fangen wir doch mal mit dem Fundort von Lilly an. Das ist da unten in der rechten Ecke. Von dort aus hat der Springer nur zwei Möglichkeiten.«

Er tippte mit dem Stift auf zwei Quadrate.

»Eine Möglichkeit wäre g3, wo William ein halbes Jahr später aufgefunden wurde. Von dort aus kommen fünf verschiedene Züge infrage.«

Er malte auf alle fünf möglichen Quadrate einen Punkt.

»Ossian wurde aber in keinem davon gefunden«, sagte Adam.

»Völlig richtig. Aber ihr seht es doch auch, oder?«

Der Mentalist deutete wieder auf die Karte. Als nach einigen Sekunden noch immer keine Reaktion gekommen war, tippte er seufzend auf den Punkt in Quadrat e2. Darin lag der Fatbursparken.

»Das hier ist eins der Felder, das man von William aus erreicht. Und von hier aus kann man direkt zu Ossian in f4 springen. Der Fatbursparken ist im Grunde sogar der einzig sinnvolle Zug von William aus, wenn der Springer sich nicht in eine Sackgasse manövrieren will.«

»Okay, aber deine kleine Theorie ist nicht stichhaltig«, meinte Ruben. »Denn in dem Park ist kein Kind gestorben. Das wäre nämlich sofort aufgefallen, weil der Park stark frequentiert wird. Goldige Idee von dir, die Kinder könnten Spielfiguren auf einem riesigen Schachbrett sein. Und das Poesiebild, den Rucksack und dieses Graffiti mit dem … wie hieß das noch – Knight's day? – zu assoziieren, finde ich ganz schön ambitioniert, aber …«

»*Knight's tour.*«

»Aber ich weiß nicht, wie oft ich es dir noch sagen muss. Wir haben es diesmal nicht mit einem Puzzle zu tun. Wir haben es mit Mauro Meyer zu tun. Und der ist zu so was gar nicht fähig, glaub mir. Der hat alle Hände voll mit Windeln wechseln zu tun«, sagte Ruben genervt.

»An sich gibt es im Fatbursparken ja eine Fontäne«, murmelte Peder. »Apropos Wasser.«

»Ich werde noch verrückt«, brummte Ruben.

»Habt ihr darunter nachgesehen?«, fragte Vincent.

»Nein, wieso hätten wir das tun sollen?«, fragte Ruben. »Denkst du, wir hatten während Mauros Verhaftung nichts Besseres zu tun?«

Bosse, der zu Christers Füßen lag, ließ hechelnd die Zunge heraushängen. Bis jetzt war er so still gewesen, dass Mina seine Anwesenheit gar nicht bemerkt hatte.

»Ich mache mal einen Vorschlag«, sagte Vincent. »Untersucht den Park. Wenn ihr nichts findet, lasse ich euch in Ruhe. Ihr glaubt mir vielleicht nicht, aber ich wäre wirklich erleichtert, wenn Ruben richtigläge und ihr euren Täter schon gefunden hättet und Nova und ich auf dem Holzweg wären. Vielleicht sehen wir Muster, die es nicht gibt. Nichts wäre mir lieber. Aber wenn ihr doch etwas findet, dann stimmt meine Theorie.«

Julia fächelte sich mit einem Hefter Luft zu. Alle sahen in ihre Richtung.

»Das kostet einiges«, sagte sie. »Den Park aufbuddeln, die Fontäne abmontieren. Das macht man nicht mal eben so, nur weil dich dein Bauchgefühl veranlasst hat, ein Gitternetz auf den Stadtplan zu zeichnen. Vor allem dann nicht, wenn man bereits einen Verdächtigen verhaftet hat. Ich zumindest möchte gerne, dass diese Gruppe noch ein Weilchen weiterbesteht. Du musst uns noch mehr Argumente nennen. Und außerdem ...«

Sie zögerte kurz.

»... habe ich unmissverständliche Anweisungen von oben. Die Leitung hält die Sektentheorie für haltlos und bevorzugt weitere Ermittlungen zu Mauro. Wenn wir uns nicht an die Direktive halten, ist der Fortbestand dieser Gruppe gefährdet. Und um ehrlich zu sein, glaube ich ausnahmsweise selbst, dass die Leitung diesmal recht hat. Diese Theorien sind mir einfach zu weit hergeholt.«

Vincent steckte die Kappe auf den Stift. Dann klopfte er damit auf die leeren Quadrate.

»Ich habe gehört, was du gesagt hast. Aber nehmen wir mal an, die Leitung irrt sich. Spielen wir nur mal mit dem Gedanken, Mauro Meyer würde nicht hinter der Sache stecken. Dann ist die schuldige Person noch auf freiem Fuß. Falls Ossian, Lilly und William wirklich der Beginn einer *Knight's tour* sind, stehen noch viele Züge aus. Und jeder Zug könnte ein totes Kind bedeuten. Nach diesen drei Quadraten bleiben noch sechzehn weitere Felder auf dem Schachbrett. Könnt ihr es euch wirklich erlauben, so ein hohes Risiko einzugehen?«

Vincent wartete, bis die anderen den Besprechungsraum verlassen hatten. Peder war im Vorbeigehen etwas aus der Tasche gefallen. Eine flache rote Schachtel. Vincent hob sie auf. Die Pappschachtel erkannte er auf Anhieb. Es war ein Kartenspiel drin, aber nicht irgendeins, sondern ein *Bicycle* von der United States Playing Card Company. Mit roter Rückseite und im Pokerformat, also etwas breiter als die klassischen schwedischen Bridgekarten.

Vincent kannte nur zwei Arten von Menschen, die diese Art von Kartenspiel verwendeten. Pokerspieler und Zauberer. Peder schien keiner der beiden Kategorien anzugehören.

»Warte mal«, rief er Peder hinterher. »Du hast was verloren.«

Peder blieb stehen, drehte sich um und riss die Augen auf, als er sah, was Vincent in der Hand hielt.

»Oh, danke!«

»Pokerspieler laufen normalerweise nicht mit ihren Spielkarten herum.« Vincent ging auf Peder zu. »Warum dann du?«

Peder sah sich im Flur um. Dann winkte er Vincent in einen angrenzenden Raum und machte die Tür hinter ihnen zu.

»Die anderen sollen es nicht hören«, sagte er leise. »Die Drillinge haben einen Cousin. Er heißt Casper. Seine Mutter ist die Schwester meiner Frau Anette. Casper hat in drei Wochen Geburtstag, und nun haben Anette und ihre Schwester beschlossen, dass ich auf der Feier zaubern soll. Casper war außer sich vor Glück. Deshalb versuche ich verzweifelt, mir ein paar Kartentricks beizubringen.«

»Wie alt wird Casper denn?«, fragte Vincent.

»Fünf.«

Vincent legte das Kartenspiel aus der Hand und forderte Peder schweigend auf, sich hinzusetzen. Er selbst setzte sich ebenfalls.

»Da fängst du leider am falschen Ende an«, sagte er. »Für Kinder zu zaubern, ist nämlich am schwierigsten.«

Peder machte ein noch unglücklicheres Gesicht.

»Wieso sind bloß so viele Leute von der Zauberei fasziniert?«, fragte Vincent. »Weil sie die üblichen Gesetze außer Kraft setzt. Wir wissen, dass Menschen nicht fliegen können. Daher fordert es unsere Fantasie und unsere Weltsicht heraus, jemanden über eine Bühne in Las Vegas schweben zu sehen. Kinder haben sich jedoch noch nicht an die Gesetze gewöhnt. Die Welt ist ein unerforschter Ort für sie. Folglich gibt es für sie keinen Grund, nicht an Magie zu glauben.«

»Wie zum Beispiel die Feen im Winx Club«, sagte Peder finster. »In den Augen meiner Drillinge sind deren Abenteuer vollkommen echt.«

»Ich habe zwar keine Ahnung, wovon du redest, aber du hast mit Sicherheit recht. Worauf ich hinauswill: Kinder beeindruckt es nicht, wenn eine Spielkarte den Platz mit einer anderen tauscht. Sie haben gar keinen Grund zu der Annahme, dass es unmöglich ist.«

Peder rieb sich seufzend das Gesicht.

»Soll das heißen, dass man für Kinder gar nicht zaubern kann?«, fragte er. »Na toll. Anettes Schwester wird mich hassen. Darf ich ihr deine Nummer geben?«

»Du hast das missverstanden«, sagte Vincent. »Natürlich kann man für Kinder zaubern. Man kann sie überraschen. Begeistern. Ihnen Gegenstände zum Festhalten geben. Sie zum Lachen bringen. Wenn du das schaffst, wird dein Auftritt ein Erfolg.«

»Überraschen und begeistern. Ich bin am Arsch.«

Vincent hielt das Kartenspiel über den Papierkorb.

»Die kannst du vergessen.« Dann ließ er die Karten los.

Wie ist es denn deiner Ansicht nach gelaufen?«
Nach dem Meeting war Vincent verschwunden, weil er offenbar etwas mit Peder zu besprechen gehabt hatte, aber danach war er zu ihr gekommen. Sie wollte nichts lieber, als alles mit ihm zu diskutieren, aber nicht hier im Präsidium, wo die Wände Ohren hatten. Von den Blicken der Kollegen ganz zu schweigen. Ihr war nicht entgangen, dass Ruben die Augen verdreht hatte, als Vincent der Gruppe seine Theorie dargelegt hatte.

Daher war sie mit Vincent zum Kronobergsparken gegangen, der eigentlich nur ein baumbewachsener Hügel zwischen Präsidium und Fridhemsplan, aber immerhin angenehm schattig war.

»Vielen Dank für die Audienz im Wald, Königin Min«, sagte er, »aber ich wiederhole meine Frage: Halten mich die anderen für verrückt?«

Sie sah ihn mit gespielter Verwunderung an.

»Aber daran hat doch nie ein Zweifel bestanden«, sagte sie. »Wir wissen alle, dass du eine Schraube locker hast.«

»Ach so. Na dann.«

Vincent hob einen Stock auf und kratzte damit die Erde von seinen Schuhsohlen.

»Erinnere mich daran, mir nie wieder Sneakers zu kaufen«, sagte er.

»Ja, ich habe mir schon Sorgen gemacht«, sagte sie. »Ich dachte, du hättest auf deine alten Tage dein Stilbewusstsein verloren.«

Vincent entfernte einen Erdklumpen und drohte ihr mit dem Stock. Sie betrachtete das Stück Holz, als könnte sie es mit ihrem Blick in Brand stecken.

»Solange du mich wenigstens für ein Genie hältst, bin ich zufrieden.« Er ließ den Stock fallen.

»Klar.« Sie stieß ihn mit dem Fuß ins Gebüsch. »Du bist so klug. Und stark. Um nicht zu sagen, geheimnisvoll.«

»Vergiss nicht, dass ich auch kinderlieb bin.«

Warum konnte sie mit Amir nicht so unbeschwert plaudern? Oder mit irgendjemandem sonst? Amir war wirklich in Ordnung. Sie war diejenige, mit der etwas nicht stimmte. So war es immer gewesen.

Bis Vincent kam.

Mit Vincent war sie plötzlich auch in Ordnung.

Und genau das war ein Problem.

»Ehrlich gesagt, war das, was du vorhin gesagt hast …«, begann sie. »Schon sehr extrem. Schachmathematik? Mit Pferden?«

»Ich weiß.«

Vincent drehte sich zu ihr um. Er sah unglücklich aus.

»Seit der ganzen Geschichte mit Jane hat sich was verändert«, sagte er. »Ich kann Muster, die ich eigentlich erkennen müsste, nicht mehr richtig zusammensetzen. Und manchmal sehe ich Muster, die es gar nicht gibt. Es ist, als ob mein Gehirn und ich keine Freunde mehr wären. Ein Teil von mir hofft, dass ihr recht habt. Dass ihr euren Mörder gefunden habt und schon bald alles vorbei ist. Aber andererseits kann das doch nicht alles meiner Fantasie entsprungen sein.«

»Wenn, dann hättest du echt merkwürdige Fantasien.«

Vincent wurde rot und senkte den Blick.

»Warum hast du dich nicht gemeldet?«, fragte er.

Die Frage kam so plötzlich, dass sie eine Weile brauchte, um sie zu überreißen.

»Ich?«, erwiderte sie. »Ich dachte, du wolltest keinen … Du hast dich ja auch nicht gemeldet.«

»Ich weiß. Ich wusste nicht, wie … Der Fall war ja gelöst. Ich habe mir lauter Gründe ausgedacht, dich anzurufen, aber sie wären alle nicht wahr gewesen.«

Er sah noch immer nicht in ihre Richtung.

»Was ist denn die Wahrheit?«, fragte sie.

»Ich fürchte, diese Frage kann ich immer schlechter beantworten«, sagte er und wandte sich ihr endlich wieder zu.

Sie schaute direkt in seine hellblauen Augen. Der Mentalist ließ traurig die Schultern hängen. Normalerweise war seine Haltung stolz und geradlinig. Doch heute nicht. Ganz offensichtlich beunruhigte ihn etwas. Nach allem, was er ihr über Maria erzählt hatte, war das ja auch kein Wunder, aber sie hatte das Gefühl, ihn würde noch etwas bedrücken. Etwas, das ihn tief im Innern berührte. Sie legte ihm eine Hand auf die Schulter.

»Vincent …«

»Dein Date!«, rief er plötzlich aus. »Hat das schon stattgefunden?«

»Die Audienz ist beendet«, sagte sie. »Wo hast du das Stöckchen gelassen, mit dem du vorhin so schön gespielt hast?«

Ruben stand vor dem gelben Reihenhaus und nahm all seinen Mut zusammen. Es war geradezu absurd, wie nervös er war. Das war er doch sonst nie. Aber das hier war keine normale Situation. Und außerdem war es beim letzten Mal eher nicht so gut gelaufen. Er holte tief Luft und klingelte. Die Tür wurde sofort geöffnet, und sie stand vor ihm. Langes braunes Haar, Jeans und T-Shirt. Sie sah genauso aus wie ihre Mutter. Und wie jemand anders. Jemand, den er jeden Morgen im Spiegel sah.

»Hallo, Astrid«, sagte er.

Auf einmal fiel ihm das Schlucken schwer.

»Hallo Ruben«, sagte sie fröhlich.

Sie ging wieder ins Haus, und er folgte ihr. Sollte er Schuhe und Jacke ausziehen, oder wirkte das aufdringlich? Vielleicht war es besser, nichts zu übereilen. Astrid sah ihn erwartungsvoll an, sagte aber nichts.

»Also …«, sagte er. »Wie läuft es denn in der Schule?«

»Ich habe Sommerferien.«

Am liebsten hätte er sich an die Stirn geschlagen. Wie dumm konnte man eigentlich sein? Natürlich hatte sie Sommerferien. Das hätte ein Vater eigentlich wissen müssen.

»Hallo, bist du schon da?«, rief Ellinor aus der Küche. »Ich habe dich gar nicht klingeln gehört.«

Sie sah auf die Uhr und wirkte immer noch nicht erfreut, ihn zu sehen, aber ihr Tonfall war nicht mehr ganz so barsch wie beim letzten Mal.

»Leg doch ab und komm rein.«

Von dem kleinen Flur gelangte man in ein Esszimmer. Der große Holztisch war mit Stiften und Malpapier bedeckt. Das Reihenhaus war leicht und filigran eingerichtet, die Wände waren weiß. Die Helligkeit der Einrichtung brachte die farbenfrohen Bilder an den Wänden noch besser zur Geltung. In ihren gemeinsamen Jahren hatte Ellinor immer davon gesprochen, dass sie malen wollte. Offensichtlich hatte sie dieses Vorhaben in die Tat umgesetzt. Und Talent hatte sie auch, stellte er fest.

Sie setzten sich an den Tisch. Ellinor fragte ihn nicht, ob er etwas trinken wollte, und die Kaffeemaschine in der Küche war ausgeschaltet. Die Signale waren eindeutig. Er sollte nicht länger bleiben als nötig.

»Schön, dich wiederzusehen, Ellinor«, sagte er. »Ich freue mich wirklich, euch beide zu sehen.«

Er hatte sich bei seinem letzten Besuch nicht getäuscht. Ellinor hatte eine unglaubliche Ausstrahlung. Er war ein Trottel gewesen. Doch er würde jetzt bestimmt keine alten Geschichten wiederkäuen. Das hätte alles nur noch schlimmer gemacht.

»Ich muss gestehen, ich war überrascht, von dir zu hören«, sagte Ellinor. »Jetzt weißt du es, gut. Aber dir wieder zu vertrauen, ist was anderes. Wie hast du dir das überhaupt vorgestellt?«

»Ich dachte, Astrid und ich könnten ein bisschen Zeit zusammen verbringen«, sagte er. »Wenn sie möchte. Und Zeit hat. Und du es erlaubst, natürlich.«

Ellinor sah ihn misstrauisch an.

»Du bist nicht gerade die zuverlässigste Person, die ich kenne«, sagte sie. »Es könnte dir durchaus passieren, dass du sie im Riche vergisst.«

»Ob du es glaubst oder nicht, ich bin nicht mehr derselbe wie vor zehn Jahren«, sagte er. »Nicht einmal derselbe wie vor einem Jahr. Du würdest dich wundern.«

»Was meinst du, Astrid?«, fragte sie. »Wir haben zwar schon öfter darüber gesprochen, aber du kannst dich natürlich jederzeit umentscheiden. Dass Ruben dein biologischer Vater ist, spielt keine Rolle. Du musst ihn nicht treffen, wenn du nicht willst. Wie fühlst du dich?«

»Es ist schon irgendwie spannend und auch ein bisschen unheimlich«, meinte sie. »Aber es wird schon gehen. Und ich habe ja mein Handy, Mama.«

»Okay. Zwei Stunden. Für den Anfang. Und zum Abendessen bist du wieder zu Hause.«

Zwei Stunden. Er hatte sich mehr erhofft. Aber es war besser als nichts, und außerdem war ja schon Nachmittag. Er hatte keine Ahnung, was Zehnjährige zu Abend aßen. Oder wann sie ins Bett gingen. Wenn er nicht allzu viel falsch machte, hätten sie beim nächsten Mal vielleicht mehr Zeit.

Im Flur setzte er Astrid die Polizeimütze auf, die er mitgebracht hatte. Sie rutschte ihr über die Ohren. Er war sich nicht sicher, ob sie es witzig finden oder sauer werden würde. Er hatte keine Ahnung, wie man mit kleinen Mädchen umging. Aber er wusste noch, woran er als Zehnjähriger Spaß gehabt hatte. So groß konnte der Unterschied nicht sein.

»Ich dachte, wir könnten mal mit dem Streifenwagen fahren«, sagte er. »Und die Polizeihunde besuchen. Eigentlich arbeite ich nämlich gerade, weißt du? Magst du Hunde?«

Astrid nickte eifrig. Er überlegte, ob sie auch zum Schießstand fahren sollten, aber das war vielleicht zu viel. Sie mussten sich ja auch noch etwas für das nächste Mal aufsparen.

»Ich mag Hunde sehr«, sagte sie. »Aber sind Polizeihunde nicht gefährlich? Beißen sie?«

»Wenn du ein Dieb bist, können sie schon unangenehm werden.« Ruben lachte.

»Gut«, sagte Astrid und schob die Polizeimütze hoch. »Das bin ich nämlich nicht. Ruben und ich fahren jetzt los, Mama.«

Astrid ging nach draußen. Ruben wollte sich ihr anschließen, aber Ellinor griff nach seinem Arm.

»Wenn du es versaust, siehst du sie nie wieder.« Sie sah ihm in die Augen. »Du bekommst eine Chance. Eine.«

Ruben schluckte. Er war es nicht gewohnt, so unsicher zu sein. Wortlos nickte er und ging hinaus. Astrid war schon am Auto. Verdammt. Er hatte Ellinor gar nicht gefragt, ob Astrid Eis essen durfte. Doch das konnte er auch selbst entscheiden. Er war schließlich ihr Vater.

Vincent las die Mail von Umberto noch einmal. Sie war eingetroffen, während er mit Mina im Park gewesen war, aber gesehen hatte er sie erst zu Hause. In der E-Mail-Signatur prangte das rote Logo von TV4 neben dem grinsenden Gesicht, das die Produktionsfirma Jarowskij repräsentierte. Umberto hatte nur geschrieben: »Es ist so weit, amico mio!«, und einen Smiley mit Sonnenbrille angefügt. Den übrigen Text hatte die Produktionsfirma verfasst. Vincent hatte sich auf einen Küchenstuhl gesetzt und starb tausend Tode.

In der Mail wurde seine Reise zu einer kleinen Insel vor der französischen Küste beschrieben. Genauer gesagt, zu der kleinen Insel, auf der Fort Boyard aufgezeichnet wurde. Die Produktionsfirma hatte einige Fotos der Festung beigefügt. Vermutlich wollte man seine Neugier wecken, aber die Bilder des militärischen Gebäudes bewirkten genau das Gegenteil. Dies war wirklich der letzte Ort, den er freiwillig aufgesucht hätte. Wenn er die Fotos vergrößerte, konnte er sogar die Kanone erahnen. Mit Sicherheit würde ihm dieses Schicksal blühen. Er wusste es jetzt schon.

Im Text stand, dass er in gut drei Wochen dort sein würde. Noch fünfundzwanzig Tage. Das war vermutlich genug Zeit, um einen Termin beim Notar zu bekommen und sein Testament zu schreiben. Hauptsache, Umberto und ShowLife bekamen keinen Pfennig, wenn er die Tortur nicht überlebte.

»Was ist das denn?«

Rebecka stand plötzlich hinter ihm und spähte neugierig auf sein Handydisplay.

»Das ist ja Fort Boyard! Aber Papa …«, stammelte sie erschrocken. »Du willst doch da nicht mitmachen, oder?«

Er drehte sich zu seiner Tochter um. Das Käsebrot, das sie in der Hand hielt, schien sie vollkommen vergessen zu haben. Das Entsetzen in ihrem Gesicht war echt.

»Und wenn doch?«, gab er zurück.

»Dann kann ich mich in der Schule nicht mehr blicken lassen. Dann ziehe ich zu Denis und gehe nie wieder vor die Tür.«

»Das kannst du dir gleich abschminken«, sagte er. »Dennis wird mich nämlich als Dolmetscher begleiten, er ist schließlich Franzose. Ich habe schon T-Shirts mit diesem Familienfoto aus dem Vergnügungspark Liseberg bedruckt, wo du in der Achterbahn ganz vorne sitzt und dieses völlig verängstigte Gesicht machst. Dennis und ich werden nichts anderes anziehen.«

Das Entsetzen in den Augen seiner Tochter verwandelte sich in Hass.

»Er heißt Denis«, zischte sie mit französischer Aussprache. »Und wenn dieses Foto auch nur in seine Nähe kommt, bist du tot.«

Ein Legoauto kam in die Küche gefahren, gefolgt von Aston, der einen Song von Queen vor sich hin summte.

»Guck mal, Papa!«, rief Aston. »Die Familie fährt in den Urlaub. Mit dem Auto. Ich spiele Fantasiefamilie. Genau wie du.«

»Ich dachte, du meinst Albtraumfamilie«, sagte Rebecka zu Aston.

»Aston, nur weil Benjamin und Rebecka eine andere Mama haben …« Anstatt den Satz zu beenden, seufzte er laut.

Rebecka sah ihn durchdringend an.

»Hoffentlich schießen Sie dich mit dieser Kanone durch die Luft und vergessen, dich festzubinden«, zischte sie leise und ging aus der Küche.

»Könntest du die Fische füttern?«, fragte er.

»Hoffentlich füttern sie die Fische mit dir!« Sie knallte ihre Tür zu.

Aston hatte nun den Refrain erreicht, den einzigen Teil, den er wirklich beherrschte, und grölte aus vollem Hals:

»The show must go ooon!«

Vincent stimmte voll und ganz zu. Die Show musste weitergehen. Die Frage war nur, wie lange noch.

Mina wurde von einem schrillen Geräusch geweckt. Zunächst konnte sie es nicht recht zuordnen, weil sie noch in einer Traumsequenz über Pferde, Fasern, Milda mit einem Skalpell in der Hand und überdimensionierten Schachfiguren festhing, die sie zu zermalmen drohten, während sie sich über ein gigantisches Schachbrett bewegten.

Verwirrt sah sie sich um. Im Fernsehen lief das sommerliche Unterhaltungsprogramm. Sie war auf dem Sofa eingeschlafen. Das schrille Geräusch ertönte noch einmal, und nun begriff sie, dass es ihr Klingelton war. Das Handy lag auf dem Wohnzimmertisch und leuchtete.

»Hallo …«

Ihre Stimme klang belegt und brüchig. Nachdem sie sich geräuspert hatte, versuchte sie es noch einmal.

»Hallo?«

»Ich werde nicht länger warten, Mina.«

Der Zeitpunkt für diesen Anruf war geradezu beängstigend passend gewählt. Wie immer, wenn sie seine Stimme hörte, überkam sie ein leichtes Angstgefühl. Im Nachhinein konnte sie sich kaum noch an eine Zeit erinnern, in der das einmal anders gewesen war. Er hatte ihr von Anfang an das Gefühl gegeben, unterlegen zu sein. Als ob sie die mit dem Defekt und er der Perfekte gewesen wäre. Er hatte immer gern Sachen repariert. Dinge in Ordnung gebracht. Vielleicht war es bei ihr genauso gewesen. In der Funktion, die er mittlerweile ausübte, verkörperte er diese Rolle jedenfalls perfekt.

»Heute ist Dienstag. Es sind elf Tage vergangen«, sagte er. »Und ich habe nichts gehört. Verantwortungsvolle Eltern hätten sie längst abgeholt.«

Verantwortungsvolle Eltern. Sie wusste genau, auf wen er abzielte.

»Es bringt doch nichts, dorthin zu fahren und alle zu Tode

zu erschrecken.« Sie sah auf die Uhr. »Ich werde morgen in meiner Dienstzeit hinfahren. Wenn ich da in Uniform ankomme, ist Ines bestimmt kooperativ. Ich kann mir kaum vorstellen, dass sie verraten würde, wer ich bin.«

»Warum morgen?«, fragte er ungeduldig. »Warum nicht jetzt?«

»Weil es Viertel nach elf Uhr abends ist«, sagte sie. »Und ich nicht glaube, dass etwas passiert ist. Ich habe vor ein paar Tagen mit Ines gesprochen, und da hat sie mir versichert, es sei alles okay.«

»Und seit wann vertraust du deiner Mutter? Fahr gleich morgen früh hin. Und ruf mich sofort an, wenn ihr zurück seid.«

Er legte auf, ohne ihre Antwort abzuwarten, und sie entspannte sich ein wenig.

Ihr knurrte der Magen. Sie hatte wohl das Abendessen vergessen.

Sie stand auf und ging zum Kühlschrank. Zog eins der Gefrierfächer heraus. Betrachtete die Auswahl eine Weile. Musste sich zwischen Pasta Alfredo und Nasi Goreng entscheiden. Die Wahl fiel auf die Pasta. Sorgfältig untersuchte sie die Verpackung. Sie hielt die Folie unter die Küchenlampe und hielt Ausschau nach winzigen Rissen. Dann zog sie die Folie vorsichtig ab und stellte die Schale in die Mikrowelle. Sie wählte die höchste Temperatur und erhitzte die Pasta etwas länger als nötig. Das machte sie zwar nicht gerade schmackhafter, aber das war ihr immer noch lieber als Keime im Essen.

Beim Herausnehmen verbrannte sie sich die Finger.

»Verdammt!«

Hastig stellte sie die Pasta auf die Arbeitsfläche und pustete Luft auf ihre Finger. Hauptsache, sie bekam keine Brandblasen. Sie sah die großen, mit Flüssigkeit gefüllten Blasen an den Fingerkuppen schon vor sich. Schon bei dem Gedanken musste sie sich beinahe übergeben. Dann lieber amputieren lassen. Eigentlich hätte sie sich das Abendessen auch schenken können. Es war schließlich schon fast Mitternacht. Aber ihr Magen sagte etwas anderes.

Als die Nudeln etwas abgekühlt waren, unternahm sie einen neuen Versuch. Diesmal ging es besser. Sie setzte sich mit ihrem Essen aufs Sofa. Vor den Fernseher. Wie immer. Gründlich wischte sie die Gabel mit einem Feuchttuch ab und holte tief Luft. Es gab eine Firma, die mit lebenden Bakterienkulturen in ihrer Dickmilch warb. Widerlich. Sie hingegen hoffte von Herzen, dass die Pasta vor ihr mausetot war. Im Fernsehen sang Benjamin Ingrosso über verlorene Liebe. Sie machte die Augen zu und schob sich einen Bissen in den Mund.

ir ist bewusst, dass das nicht gerade für deine Theorie spricht, oder?«

Die Fontäne im Fatbursparken war nur einen halben Meter hoch und viel zu flach, um unbemerkt eine Leiche hineinzulegen. Nicht einmal unter dem gewölbten Rand wäre es möglich gewesen. Vincent ging um die Fontäne herum, während Peder die Hand unter den kühlen Wasserstrahl hielt.

»Julia hat dir einen Gefallen getan, als sie mich gebeten hat, dich zu begleiten.« Peder unterdrückte ein morgendliches Gähnen. »Was du uns da aufgetischt hast, war ganz schön harter Tobak. Und einen neuen Stadtplan bist du der Stadt auch schuldig. Wir sind nur hier, damit du begreifst, wie abwegig dein Schachspiel ist. Und ich hoffe, dir wird auch endlich klar, welches Risiko Julia dir zuliebe eingeht. Wenn die Leitung von diesem Ausflug hier erfährt, bekommt sie große Schwierigkeiten. Und dann ist die ganze Gruppe in Schwierigkeiten.«

»Das ist kein Spiel«, murmelte Vincent. »*Knight's tour* ist ein mathematisches Problem. Wie verschiebt man die Figuren so, dass man jeden Punkt nur einmal berührt. Genau wie unser Mörder, der für jedes Opfer einen neuen Ort findet.«

Er ließ seinen Blick über die kleine Parkanlage schweifen.

»Aber du siehst es doch selbst«, sagte Peder. »Abgesehen von der Fontäne gibt es in diesem Park keine einzige Stelle, an der eine Leiche nicht sofort auffallen würde. Dann hätten wir sie längst gefunden. Wenn dem so wäre, hättest du vielleicht recht gehabt. Aber das haben wir nicht. Also hattest du nicht recht. Was sehr schade ist, finde ich. Denn es ist eine spannende Theorie, auch wenn sie sich ein wenig verrückt anhört.«

»Falls die Leiche nicht vergraben worden ist«, sagte Vincent. »Vielleicht solltet ihr hier die Erde aufbuddeln.«

Seufzend trat Peder gegen einen der Steine, die die Fontäne einfassten.

»Das hat Julia dir doch schon erklärt. Wir können nicht einfach eine ganze Parkanlage sperren und den Boden aufreißen, nur weil du ein Faible für Schach hast.« Er spritzte sich kaltes Wasser ins Gesicht. »Wir wissen ja nicht einmal, wo wir mit der Suche anfangen müssten. Nein, da erscheint mir Novas Wassertheorie schon wahrscheinlicher.«

Er stieß einen wohligen Seufzer aus.

Vincent ging langsam um die Fontäne herum.

»Nova ist unheimlich kompetent auf ihrem Gebiet«, sagte er. »Aber ihre Theorie ist nicht anwendbar. Sie bringt euch nur in Verzug. Auch wenn sie zutreffen sollte, gibt es in dieser Stadt ja mehr Orte, die am Wasser liegen, als Orte, die nicht am Wasser liegen. Da sagt die Symbolik des Wassers nicht viel aus. Vielleicht habt ihr es auch mit einem Mörder zu tun, der mit dem Schiff kommt.«

»Und seine Leichen einfach dort ablegt, wo er mit dem Boot anlegen kann?« Peder machte ein nachdenkliches Gesicht. »Das ist gar keine dumme Idee. Und sehr viel simpler als ihre Sekte und dein Schach.«

In seinem üppigen Bart schimmerten noch immer Wassertropfen. Mina hätte vermutlich das eine oder andere zur Sauberkeit des Brunnenwassers zu sagen gehabt, das jetzt von Peders Bart auf sein Hemd tropfte.

»Glaub mir«, sagte Vincent. »Ich wäre froh, wenn ich mich bezüglich des Intelligenzquotienten unseres Mörders täuschen würde. Ein Mann, der zufällig ein kleines Motorboot besitzt, wäre mir deutlich lieber als jemand, der schon mal von der Knigth's tour gehört hat. Ersterer dürfte nämlich viel leichter zu schnappen sein. Leider haben wir ein kleines Problem. William wurde im Trockendock aufgefunden, als es leer war. Die einzigen Boote in seiner Nähe waren die, die sowieso schon im Dock waren.«

»Andererseits kann man in diesem Park hier keine Leiche verstecken«, sagte Peder. »Apropos Schach.«

»Dass wir etwas nicht sehen, muss nicht heißen, dass es nicht existiert«, sagte Vincent nachdenklich.

»Ich habe das Gefühl, wir drehen uns im Kreis«, sagte Peder. »Ich mache dir einen Vorschlag. Ich muss mal kurz zu Hause bei Anette vorbeifahren, weil ich heute Morgen die neuen Windeln im Auto vergessen habe. Du kannst ja noch hierbleiben. Falls du eine Stelle entdeckst, an der eine Leiche versteckt sein könnte, dann werde ich dir helfen, Julia zu überzeugen, dass wir hier graben. Aber nur an der einen Stelle. Und auch nur einmal. Okay?«

Vincent betrachtete den Park mit den Rasenflächen, den Bäumen und den sorgfältig angelegten Wegen.

Den Park, in dem man nichts verstecken konnte, ohne dass es sofort gefunden wurde.

Den Park, in dem nichts gefunden worden war.

»Ich bin mir so gut wie sicher«, sagte Vincent.


Mina fuhr auf den Hof von Epicura. Sie hatte sicherheitshalber am Morgen angerufen, damit Ines und Nova vorbereitet waren und gegenüber Nathalie den Schein wahrten. Mina würde als Polizistin kommen. Trotz der Sache mit Nathalie konnte Nova ihnen bei den Ermittlungen nützlich sein, und Mina wollte das Verhältnis der Gruppe zu Nova nicht wegen persönlicher Angelegenheiten aufs Spiel setzen. Sie durfte die beiden Dinge nicht vermischen.

Als sie Nova auf dem Hof stehen sah, winkte sie. Trotz der frühen Morgenstunde vibrierte die Luft vor Hitze, doch Nova in ihrer weißen Seidenkleidung sah vollkommen entspannt aus. Mina selbst lief der Schweiß den Rücken hinunter, sobald sie ausstieg. Welcher Sadist hatte entschieden, dass Polizeiuniformen schwarz waren? Sie unterdrückte den Impuls, sich wieder ins Auto zu flüchten, die Klimaanlage voll aufzudrehen und das Gespräch hier zu führen.

»Herzlich willkommen.« Nova strahlte.

Sie kam auf Mina zu, machte aber diesmal keine Anstalten, sie zu umarmen. Immerhin etwas.

»Komm, wir gehen rein.« Nova warf einen Blick auf Minas Uniform. »Draußen ist es viel zu heiß.«

Nova ging mit schnellen Schritten voraus. Mina drang der Schweiß jetzt aus jeder Pore. Sie vergewisserte sich, dass sie ihre Feuchttücher dabeihatte, und sah sich neugierig um. Sie wusste zwar nicht, was genau sie erwartet hatte, aber sie hatte jedenfalls nicht damit gerechnet, dass der Hof so … gemütlich wirken würde.

Hinter der schweren Eingangstür war es angenehm kühl. Sie schloss die Augen, und allmählich normalisierte sich ihr Puls. Wenn es so weiterging, sollte sie Vincent vielleicht bitten, ihr ein paar Atemübungen zu zeigen.

Die Atmosphäre im Foyer hatte eine beruhigende Wirkung auf sie. Die Decke war hoch, und die großen Fenster ließen viel Licht herein. Sie erschauerte, als die Schweißtropfen auf ihrer Haut kalt wurden.

»Ist dir kühl? Es ist wirklich nicht besonders warm hier«, sagte Nova entschuldigend.

»Nein, es ist sehr angenehm.« Mina schüttelte den Kopf. »Ich mag Kälte.«

»Wir gehen in mein Büro«, sagte Nova lächelnd. »Dort können wir ungestört reden. Sonst will immer irgendjemand was von mir. Und du möchtest vielleicht auch nicht … auffallen?«

Sie bog links ab in einen langen Gang und öffnete eine der hinteren Türen. Mina folgte ihr in einen Raum, der groß und ebenfalls sehr hell war. Die Einrichtung war puristisch und schlicht, Grünpflanzen waren die einzigen Farbtupfer. Nova ließ sich hinter einem großen Schreibtisch aus transparentem Kunststoff nieder, der nach teurem Designermöbel aussah, und deutete auf einen Besuchersessel davor. Die Wand rechts von Nova war mit einem reich bestückten Bücherregal bedeckt. Abgesehen von Büchern standen darin auch Fotos in silbernen Bilderrahmen.

»Darf ich mal schauen?«

Mina ging zum Regal, um sich die Bilder anzusehen.

»Selbstverständlich.«

Nova stand auf und stellte sich neben sie. Sie zeigte auf ein

Schwarz-Weiß-Foto, auf dem ein eleganter älterer Herr zu sehen war. Neben ihm saß ein junges Mädchen im Rollstuhl. Ihre Beine und der eine Arm waren eingegipst, und um den Hals trug sie eine Stützkrause. Der Gesichtsausdruck des Mädchens war ernst, und Mina brauchte eine Weile, bis sie Nova erkannt hatte.

»Mein Großvater. Und ich. Nach dem Unfall.«

»Was ist denn passiert?«, fragte Mina taktvoll. »Wenn ich fragen darf.«

»Ein Autounfall. Mein Vater starb, und ich habe überlebt, war aber schwer verletzt.«

»Das tut mir leid.«

Nova zuckte mit den Schultern. »Das war vor langer Zeit. In einem anderen Leben. Und ich hatte Glück. Mein Großvater hat sich um mich gekümmert.«

»Hast du dich wieder vollständig von dem Unfall erholt?«

Minas Blick wanderte zu einem anderen Foto. Ein jüngerer Mann war darauf zu sehen. Unbeschwertes und fröhliches Gesicht, Haare bis zu den Schultern und drei offene Hemdknöpfe.

»Ja und nein. Die Wunden sind verheilt, aber die Schmerzen sind geblieben. Ich habe gelernt, sie als Ressource zu betrachten. Der Umgang mit Schmerz ist für unsere Arbeit hier zentral. Man kann ihn in etwas Positives verwandeln. Sowohl körperlichen als auch seelischen Schmerz. Falls es da überhaupt einen Unterschied gibt. Schmerz ist Schmerz, und der Unterschied zwischen Körper und Seele ist viel kleiner, als man denkt.«

Nova setzte sich wieder an den Schreibtisch. Mina blieb stehen und zeigte auf das Foto des Mannes.

»Ist das dein Vater?«

»Ja. Mein Vater.«

Mehr sagte Nova nicht, und Mina spürte, dass sie besser nicht nachbohrte. Sie hatte die Trauer in Novas Stimme wahrgenommen und wollte nicht unnötig in den Gefühlen herumstochern, die abwesende Eltern in Kindern auslösen konnten.

Stattdessen setzte sie sich in einen der beiden Sessel vor Novas Schreibtisch. Nova sah sie mit ihren braunen Augen eindringlich an.

»Wie läuft es denn bei euch? Kommt ihr mit den Ermittlungen voran?«

»Wir verfolgen vielversprechende Spuren«, gab Mina vage zurück.

Nova musterte sie noch immer so durchdringend, dass sie sich unwohl zu fühlen begann.

Nova schien in sie hineinschauen zu können. Der Einzige, der ihr dieses Gefühl bisher vermittelt hatte, war Vincent. Doch während Vincents Blick immer sanft und zurückhaltend gewesen war, durchbohrte Novas sie wie ein Laserstrahl. Man konnte ihr gegenüber gar nicht anders, als hundertprozentig ehrlich zu sein.

»Wir haben noch nichts ausgeschlossen«, sagte Mina. »Auch nicht die Vermutung, es könnte eine Organisation dahinterstecken. Aber unter uns gesagt, klingt diese Theorie ziemlich …«

»Ziemlich unwahrscheinlich«, fügte Nova hinzu. »Ich weiß.«

Sie lächelte. Ihr diesmal etwas schiefes Lächeln schien jedoch eher nach innen als nach außen gerichtet zu sein.

»Genau deshalb können sich Sekten etablieren«, sagte sie. »Niemand glaubt, er würde sich von einer Sekte einwickeln lassen. Niemand glaubt, dass es Sekten wirklich gibt, und schon gar nicht in der unmittelbaren Umgebung. Niemand hält sich selbst für beeinflussbar. Aber wir Menschen sind Herdentiere. Wir folgen der Herde, und die Herde braucht ein Leittier. Eine Sekte tut nichts anderes, als unsere Instinkte und tief verankerte psychologische Konditionierungen auszunutzen.«

»Ich möchte trotzdem glauben, dass Individuen die Möglichkeit haben, selbst zu denken«, sagte Mina.

»Die haben sie natürlich. Sie ist jedoch viel begrenzter, als wir wahrhaben wollen. Menschen sind Schafe. Und solange wir das nicht akzeptieren, können wir auch die Netze nicht erkennen, in die uns böswillige Spinnen eingesponnen haben. In denen wir hängen bleiben. Und wir sind bis in den Tod von unserer eigenen Willenskraft überzeugt.«

Mina sah die Frau auf der anderen Seite des Schreibtisches verwundert an, und Novas ernster Gesichtsausdruck schwand einem warmen Lächeln.

»Stimmt. Ich bitte um Verzeihung. Es klang härter als beabsichtigt. Und hier bei Epicura stärken wir ja auch das Ich. Die Triebfeder, warum sich Menschen Gruppen anschließen, ist meistens Angst. Und im Grunde sind alle Ängste gleich. Die Angst, Neues auszuprobieren, entspringt der Angst vor Beurteilung, die wiederum der Angst entspringt, nicht gemocht zu werden, die von der Angst, ausgeschlossen zu werden, herrührt, denn wer nicht an den Ressourcen einer Gruppe teilhat, geht zugrunde. Im Prinzip geht es immer um die Angst vor dem Tod. Das Ziel des Epikureismus besteht darin, sowohl *ataraxia,* also Ruhe von Körper und Geist, als auch *aponia* zu erlangen, die Abwesenheit von Schmerz – und auf diese Weise die Angst vor dem Tod zu verlieren. Erst wenn du den Tod nicht mehr fürchtest, kannst du als Mensch völlig frei sein. Wir glauben, dass jeder Mensch Glückseligkeit und Seelenfrieden erlangen kann. Aber wer kann das in der heutigen Zeit schon von sich behaupten?«

»Große Worte.« Mina nickte nachdenklich. »Ich habe jedoch keine Ahnung, was sie konkret beinhalten. Ich meine, inwiefern ist eure tägliche Arbeit von dieser Philosophie geprägt? Was lernt man, rein praktisch, in euren Kursen?«

»Ich kann dich gerne für einen anmelden, du bist herzlich willkommen.«

»Ich glaube, es sind schon genug Verwandte von mir hier.«
Nova lachte laut auf.

»Ich werde versuchen, es dir zu erklären«, sagte sie. »Das Zentrum der Tätigkeit, zu der mein Großvater den Grundstein gelegt hat und die ich aus freien Stücken fortsetze, besteht darin, Menschen die Möglichkeit zu geben, ein Leben zu führen, das sich an den Eckpfeilern des Epikureismus orientiert. Hier kann man alle Kümmernisse hinter sich lassen. Politik, Streitigkeiten, Konflikte. Man kann ruhig und einfach leben und lernen, welche Dinge dauerhaftes Glück schenken und nicht nur sofortige Bedürfnisbefriedigung bieten. Nicht jeder Genuss ist gut. Nicht jedes Leid ist schlecht. Kurzfristiger Genuss kann langfristiges Leid bewirken. Und umgekehrt. Aber vor allem bringen wir den Menschen bei, im Jetzt zu leben.«

»Wie lange bleiben die Teilnehmer im Schnitt?«

Mina war unfreiwillig fasziniert. In gewisser Weise beneidete sie Nova um ihre festen Überzeugungen, auch wenn das Ganze in ihren Ohren immer noch vollkommen weltfremd klang.

»Von eintägigen Workshops für Führungskräfte bis zu Auszeiten für Menschen, die länger bleiben wollen, bieten wir alles Mögliche an«, sagte Nova. »Einige sind seit Jahren bei uns. Wie zum Beispiel deine Mutter.«

»Da wir gerade von ihr sprechen«, sagte Mina. »Ich bin auch in eigener Sache hier. Nathalie muss wieder zurück zu ihrem Vater. Ich hoffe, dass diese innere Reise, die du erwähnt hast, sowohl für sie als auch für Ines ein Gewinn war. Aber nun ist damit Schluss. Am besten setzt ihr sie gleich heute Vormittag noch in den Bus. Wenn du willst, kann sie auch mit mir im Streifenwagen mitfahren. Das dürfen Ines und du selbst entscheiden. Falls du nicht möchtest, dass ihr Vater hier mit einer kleinen Militäreinheit anmarschiert und sie mit Gewalt abholt. Er ist mit seiner Geduld wirklich am Ende.«

»Das würde ich gerne tun«, sagte Nova. »Natürlich kann sie nach Hause gehen. Das Problem ist nur, dass ich Nathalie und Ines schon seit einer Woche nicht mehr gesehen habe, wenn nicht noch länger.«

Mina überkam ein ungutes Gefühl. Sie hätte wissen müssen, dass ihrer Mutter nicht zu trauen war.

»Willst du damit sagen, sie sind nicht hier? Wo sind sie dann?«

»Es kommt öfter vor, dass unsere Mitglieder ein paar Tage durch den Wald wandern.« Nova lächelte wieder. »Das ist eine sehr effektive Art, sich kennenzulernen, und außerdem gibt es hier in der Gegend viele Stellen zum Übernachten. Ich nehme an, dass Ines Nathalie auf so eine Wanderung mitgenommen hat. Anders kann ich es mir nicht erklären.«

»Für eine ganze Woche?«

»Bei diesem Wetter kann man problemlos zwei Wochen unterwegs sein mit der richtigen Ausrüstung«, sagte Nova. »Wir machen das oft. Es gibt nichts Besseres, als im Sommer unter dem Sternenhimmel zu schlafen und sich in der Natur das eigene Essen zu sammeln. Solltest du mal ausprobieren.«

Unbedingt. Aber erst, wenn der Wald asphaltiert war. Die Ines, die Mina einst gekannt hatte, hatte nicht einmal gewusst, wie man Wanderstiefel schnürte. Aber ihre Mutter hatte sich verändert, das war ihr bei dem Treffen mit ihr sofort aufgefallen. Sie hatte Ines' »innere Reise« unterschätzt. Natürlich beinhaltete diese auch, sich in der Natur selbst zu finden. Aus ihrer Mutter, die früher eimerweise Kaffee und Alkohol in sich hineingeschüttet und Kette geraucht hatte, war eine Naturliebhaberin geworden. Und warum auch nicht? Das war auch nicht abwegiger als all die anderen Dinge, die passiert waren.

Allerdings gefiel es ihr nicht, dass Nathalie ausgerechnet dann, wenn Mina kam, nicht da war. Das konnte kein Zufall sein.

»Du musst dir keine Sorgen machen, ich schwöre«, sagte sie. »Ines kennt sich gut aus im Wald.«

»Ich werde Nathalies Vater anrufen und es ihm erklären«, sagte Mina. »Und du solltest schleunigst versuchen, Ines zu erreichen. Ich hoffe für sie, dass die beiden sehr viel schneller zurückkommen, als du gesagt hast. Denn sonst hat sie ihr Enkelkind zum ersten und zum letzten Mal gesehen.«

Nach dem Besuch bei Nova fuhr Mina direkt zum Fatbursparken, wo Vincent sie schon erwartete. Sobald sie im Präsidium eintreffen würde, wollte sie die verschwitzte Unterwäsche wechseln. Mittlerweile verbrauchte sie mindestens zwei Höschen pro Tag, wenn ihr besonders heiß war, sogar mehr. Zu den Großpackungen mit den Slips hatten sich mittlerweile stapelweise billige Unterhemden in Fünferpacks gesellt, die ebenfalls nach einmaligem Tragen weggeworfen wurden. Das kleine Lager in ihrem Arbeitszimmer hatte sich mittlerweile zur Größe eines richtigen Warenlagers ausgewachsen. Aber wen störte das schon. Sie bekam sowieso nie Besuch.

Als Vincent ihr im Park entgegenkam, betrachtete sie ihn unauffällig. Sogar in einem weiten weißen T-Shirt sah er elegant aus. Sie selbst sah vermutlich aus wie ein Wrack. Ein verschwitztes Wrack. Dieser verdammte Vincent.

Mit ihm durch Parks zu spazieren, wurde allmählich zur Gewohnheit. Aber für einen wirklichen Spaziergang war der Fatbursparken zu klein. Daher setzten sie sich auf eine Bank und sahen sich um. Mina hatte ihre Unterlage aus Kunststoff mitgebracht und darauf Platz genommen. Dass die Parkbank ihre Kleidung berührte, kam unter keinen Umständen infrage, da mochte sie noch so sauber sein. Desinfizieren wollte sie sie trotzdem nicht. Nicht, wenn Vincent dabei war.

Von dem, was Nova ihr erzählt hatte, sagte sie nichts. Bislang war Vincent der Einzige, der von ihrer Tochter wusste, und er kannte natürlich keine Details. Die Lage bei Epicura hatte Mina allerdings nicht unter Kontrolle. Sie hatte das Gefühl, es könnte jederzeit alles ans Licht kommen und die ganze Welt davon erfahren. Und dann würden ihr Fragen gestellt werden. Fragen, die sie nicht beantworten wollte.

Sie hatte vor allem Nathalie im Sinn. Wie gern hätte sie auch weiterhin verhindert, dass Nathalie die Wahrheit erfuhr. Zumindest sollte sie diejenige sein, die sie ihr mitteilte. Vielleicht konnte sie ihre Tochter dazu bringen, sie zu verstehen. Aber sie hatte ja gar keine Gelegenheit, mit ihr zu sprechen. Auf dieser Wanderung würde Ines ihr garantiert alles erzählen. Was für ein furchtbares Blabla. Im Wald zu sich selbst finden. Wenn Nathalie erfuhr, dass ihre Mutter die ganze Zeit am Leben gewesen war, würde sie von Mina gar nichts mehr wissen wollen.

»Danke, dass du gekommen bist.« Vincent riss sie aus ihren Gedanken. »So kann ich besser denken.«

»Wenn ich dabei bin, meinst du?« Sie wurde rot.

Vincent räusperte sich.

»Wie läuft es denn mit dem Dating?«, fragte er.

»Und wie läuft es mit Ulrika?«, konterte Mina. »Ist es zu weiteren spontanen Treffen im Gondolen gekommen?«

»Autsch.«

Vincent wirkte verletzt.

»Es interessiert mich übrigens wirklich«, sagte er. »Meine Tochter hat einen Freund. Das wird jedenfalls behauptet, gesehen habe ich ihn noch nie. Er heißt Denis. Ganz offensichtlich bin ich der Grund, warum die beiden nie bei uns sind. Ich bin anscheinend zu peinlich. Da ich sie also nicht mit Fragen über ihr Liebesleben nerven kann, muss ich sie stattdessen dir stellen.«

Sie rutschte auf der Unterlage hin und her und versuchte, sich bequemer hinzusetzen. Die Plastikfolie knisterte. Vincent grinste zwar, aber er schien es ernst zu meinen. Doch was sollte sie sagen? Andererseits fühlte sie sich mit niemandem so wohl wie mit Vincent. Außerdem hatte er sich vermutlich bereits an zwei Fingern ausgerechnet, wie ihr Date ausgegangen war.

»Sagen wir mal so. Ich habe herausgefunden, was ich eigentlich will«, sagte sie. »Aber was sagst du nun zum Fatbursparken? Glaubst du wirklich, dass hier irgendwo ein Mordopfer liegt?«

Obwohl der Themenwechsel geradezu beschämend ungeschickt vonstattengegangen war, hatte sie bei Vincent offenbar den richtigen Knopf gedrückt, denn er strahlte.

»Der Fatbursparken ist natürlich einer der ungewöhnliche-ren Parks in Stockholm«, sagte er. »Die südliche Hälfte, die du direkt vor dir siehst, ist ein Halbkreis aus Rasenflächen und Spazierwegen. Der nördliche Teil, in dem wir uns befinden, besteht aus Beton und geraden Linien. Wenn ich mich recht entsinne, wollten die Architekten den Gegensatz von Chaos und Ordnung illustrieren. Yin und Yang. Dionysos versus Apollon.«

Er zeigte auf die Bronzestatue neben ihrer Bank.

»Sag Guten Tag zum griechischen Gott Apollon«, sagte er. »Dionysos steht gegenüber. Er hat allerdings nur ein Trinkge-fäß bekommen. Apollon ist wenigstens ein Mann, wenn auch mit Pferdeschenkeln.«

»Was hast du eigentlich immer mit Statuen in Parks?« Sie lachte. »Diese Fixierung kann nicht gesund sein.«

Vincent zuckte mit den Schultern.

»Öffentliche Statuen stellen viel öfter, als man gemeinhin annimmt, heidnische und sogar okkulte Symbolik dar. Das fasziniert mich. Die Statuen bilden in der Stadt ein Netzwerk, das niemandem auffällt. Wenn ich Mystiker wäre, würde ich davon ausgehen, dass sie die ganze Stadt mit okkulter Energie aufladen. Nun glaube ich zwar nicht daran, aber einen gewis-sen psychologischen Effekt könnten die Statuen schon haben. In manchen Fällen ist er sogar ziemlich offensichtlich.«

Er zeigte auf die kleine Fontäne in der Mitte des Parks. Mina war sich nicht sicher, ob sie eher eine überdimensionierte Vo-geltränke oder einen zweigeteilten Teller mit verbeultem Rand darin sah.

»Um wen konkurrieren Apollon und Dionysos wohl in die-sem Park, na? Um Aphrodite natürlich, die Liebesgöttin. Und da ist sie. Oder, besser gesagt, ihr weit geöffneter Schoß.«

»Vincent!«

Ihr war jedoch sofort klar, was er meinte. Die Fontäne hatte eindeutig erotische Formen, die man jedoch erst sah, wenn man darauf aufmerksam gemacht wurde.

»Diese ganze Symbolik hier beeinflusst unsere Psyche unbewusst«, sagte Vincent. »Was glaubst du, wie viele Leute schon an dieser Fontäne vorbeispaziert sind und plötzlich ein wenig beschämt, erregt oder irritiert waren, ohne zu wissen, warum? Was meinst du, wieso in diesem Park so viel geschmust wird?«

Und tatsächlich lagen im anderen Teil des Parks mehrere eng umschlungene Pärchen, die von ihrer Umwelt überhaupt nichts mitzubekommen schienen.

»Wenn es in diesem Park eine Leiche gibt, liegt sie hoffentlich da drüben unter dem Rasen.« Vincent stand auf. »Der lässt sich viel leichter aufgraben als eine Fläche aus Asphalt und Beton.«

Auch Mina erhob sich. Mit spitzen Fingern hob sie die Sitzunterlage auf und warf sie in den nächsten Abfallkorb. Dann ging sie zur Fontäne. Sie stellte sich so hin, dass Vincent sie nur von vorn sehen konnte, weil sie befürchtete, einen dunklen Fleck auf der Shorts zu haben.

»Du bist ja nur neidisch, weil du nicht im Gras liegen und rumschmusen darfst«, sagte sie und folgte Vincent zur Rasenfläche. Der südliche Halbkreis des Parks hatte einen Durchmesser von höchstens einhundert Metern.

»Wo würdest du hier eine Leiche vergraben?«, fragte er.

Das Liebespaar in ihrer Nähe, ein Mann und eine Frau um die dreißig, die auf einer gelben Decke lagen, zuckten erschrocken zusammen und sahen sie an.

»Vielleicht am Rand eines dieser Spazierwege.« Sie versuchte, genauso ernst wie Vincent auszusehen.

»Der Rasen da lässt sich vermutlich leichter hochnehmen und wieder zurücklegen, ohne dass es auffällt«, meinte er und nickte nachdenklich.

Das Paar packte seine Gläser, die Weinflasche und die Wolldecke zusammen. Dieses Date war definitiv beendet.

»Wie gemein von dir.« Mina pikte ihn in die Seite.

Er zog die Augenbrauen hoch und sah sie treuherzig an.

»Ich weiß gar nicht, was du meinst.«

Dann senkte er die Stimme.

»Was hältst du denn von den Bäumen da drüben? Die stehen so dicht, dass die Leute nicht dazwischen hindurchgehen, und sitzen kann man da auch nicht. Wenn man dort ein Loch graben würde, würde es niemandem auffallen, bis wieder Gras darüber gewachsen ist.«

Sie gingen zu der kleinen Ansammlung von angepflanzten Bäumen hinüber. Plötzlich fasste Vincent sie am Arm und zeigte auf etwas. Er berührte sie nur selten, weil er sie gut genug kannte. Vermutlich merkte er gar nicht, dass er sie festhielt. Außerdem trug sie nur ein ärmelloses Top, und daher berührte Vincent ihren nackten Arm. Seine Haut berührte ihre.

Und sie geriet nicht in Panik.

Jedenfalls noch nicht.

Vincent bückte sich und zupfte ein paar Grashalme heraus.

»Wieso sind die hier wohl dunkler?«, fragte er.

»Weiß nicht, aber mir ist auch aufgefallen, dass das Gras zwischen den Bäumen dunkler ist als die übrige Rasenfläche. Vielleicht, weil die Halme hier nicht so viel Sonne bekommen.«

»Könnte sein. Jedenfalls eindeutig 125715.«

»Wovon redest du?«

»Das ist der Farbcode dieses dunklen Grüntons. In Buchstaben übersetzt ergibt er LEGO. Frag bitte nicht nach, es hat mit Fort Boyard zu tun.«

Sie verstand kein Wort und war sich nicht sicher, ob er sie auf den Arm nahm oder nicht. Vermutlich nicht.

Vincent nahm die Blätter des nächsten Baums in Augenschein und ging dann weiter zum nächsten Baum. Als er zurückkam, hielt er mehrere Blätter in der Hand.

»Hm. Die Blätter hier sind auch grüner als die anderen.

Und es wächst auch mehr Unkraut hier. Was merkwürdig ist, denn normalerweise wird das von der Parkverwaltung sofort entfernt.«

Sie sah ihn wortlos an.

»Hast du einen kleinen Plastikbeutel?«

Er hätte nicht zu fragen brauchen. Sie holte einen kleinen verschließbaren Beutel aus ihrer Tasche, Vincent legte die Blätter und ein paar Grashalme hinein und machte den Beutel zu.

»Hast du jetzt auf Botanik umgeschwenkt?«, fragte sie. »Falls du sie wie mit fünfzehn in einem Buch pressen möchtest, gäbe es hier noch schönere Exemplare. Vielleicht könntest du ja auch Rosen trocknen und an die Wand hängen.«

»Nicht nötig. Maria hat mir dieses Jahr getrocknete Rosen zum Geburtstag geschenkt. Sie hängen über dem Bett.«

Er zog sein Handy aus der Tasche.

»Da ich nicht weiß, wie lange die Blätter und die Halme frisch bleiben, mache ich lieber auch Fotos.«

Er fotografierte den Inhalt des Beutels sowie das Gras zwischen den Bäumen und die Blätter.

»Ich glaube, ich will gar nicht wissen, was du da machst«, sagte sie. »Wollen wir uns mal wieder dem Fall zuwenden? Denkst du wirklich, dass ein manischer Schachspieler hier irgendwo eine Leiche versteckt hat?«

Plötzlich vibrierte ihr Telefon. Vincent hatte ihr alle Fotos geschickt, die er gerade gemacht hatte.

»Vielleicht hat das auch gar nichts zu bedeuten.« Er reichte ihr den Beutel mit den Blättern und den Grashalmen drin. »Ich möchte nichts dazu sagen, bevor ich mir nicht ganz sicher bin. Seit dem Meeting gestern habe ich sowieso keinen guten Stand in der Gruppe. Und heute Abend habe ich eine Vorstellung, auf die ich mich noch vorbereiten muss. An diesem Wochenende finden übrigens die letzten Vorstellungen der Saison statt. Trotzdem halte ich es für eine gute Idee, wenn du Milda die Fotos und den Beutel zeigst. Wenn ich mit meiner Vermutung richtigliege, erfahrt ihr es besser von ihr.«

Für so was hast du keine Zeit!«

Empört verschränkte seine Mutter die Arme vor der Brust. Aber Adam grinste nur.

»Erzähl du mir nicht, wofür ich Zeit habe«, sagte er. »Ich werde meine Mutter ja wohl zum Essen einladen dürfen, wann immer ich Lust dazu habe.«

»Du kennst meine Meinung.« Miriam rümpfte die Nase und sah sich kritisch in der kleinen Kochnische um. »Hier fehlt die ordnende Hand einer Frau.«

»Ich komme wunderbar allein zurecht.«

»Das glaube ich kaum. Sieh mal!«

Vorwurfsvoll zeigte sie auf eine Zimmerpflanze, die mit Sicherheit schon bessere Tage gesehen hatte.

»Und ich glaube, bei dir sollte auch mal wieder eine Frau Hand anlegen«, sagte sie. »Das braucht jeder Mann mal.«

»Hör auf, Mama. Ich werde ja ganz rot.«

»Damit wollte ich doch nur sagen, dass ich nicht ewig für dich da sein werde. Irgendjemand muss sich um dich kümmern.«

Sie verstummten. Die Bedeutung ihrer Worte hing drückend im Raum. Er hatte sich noch nicht nach dem Ergebnis der letzten Untersuchung im Karolinska erkundigt. Er war sich nicht sicher, ob er es überhaupt wissen wollte. Dann räusperte sich Miriam und lächelte verkrampft. Ihm war klar, dass sie ihm zuliebe die Fassade aufrechterhielt, und er war ihr dankbar dafür, aber es machte die Sache nicht gerade leichter.

»Sagtest du nicht, du hättest jetzt neue Kollegen?«, fragte sie. »Ist denn da niemand dabei, der zu dir passt?«

»Doch, eine könnte tatsächlich infrage kommen. Sie ist was Besonderes.«

»Hast du ihr das gesagt?«

»Nein, bist du verrückt? Ich habe mir alle Mühe gegeben,

einen desinteressierten Eindruck zu machen. Ich glaube nicht, dass sie … es würde kompliziert werden. Und außerdem ist hier doch gar kein Platz für eine Frau.«

Adam ließ den Blick durch seine dreißig Quadratmeter große Einzimmerwohnung in Farsta schweifen, während er das Nudelwasser abgoss.

»Pah!« Miriam schlug ihm so fest an den Hinterkopf, dass das heiße Wasser das Spülbecken verfehlte. »Du gibst dir immer nur bei den völlig falschen Dingen Mühe! Habe ich bei deiner Erziehung denn alles falsch gemacht? Und was heißt hier Platz? Hier passen eine Frau und vier Kinder rein. Verglichen mit dem, was dein Vater und ich in Uganda hatten, ist das hier ein Schloss. Wir wohnten nämlich in …«

»Bitte nicht schon wieder. Wenn du davon erzählst, klingt es immer, als ob ihr in einer Hütte mit gestampftem Lehmboden gewohnt hättet.«

»Verwöhnter Junge«, brummte sie und gab ihm noch einen Klaps auf den Hinterkopf.

»Aua! Du weißt, dass es in Schweden verboten ist, seine Kinder zu schlagen, oder?«

»Dummes Zeug. Ich habe dich auf die Welt gebracht und mache mit dir, was ich will. Und glaub bloß nicht, dass ich nicht notfalls den Holzlöffel rausholen würde …«

»Vier Enkelkinder kannst du dir hier also vorstellen«, sagte er. »Ich habe es genau gehört.«

»Für den Anfang jedenfalls. Da musst du dich allerdings beeilen, denn du wirst auch nicht jünger. Und du solltest dringend diese Poster von Ikea abnehmen, denn solange du die an den Wänden hängen hast, wird hier sowieso keine Frau einen Fuß reinsetzen.«

Sie deutete auf ein Schwarz-Weiß-Foto von Bauarbeitern, die auf einem Balken hoch über New York ihr Mittagessen aßen.

»Setz dich.« Lachend stellte Adam den Spaghettitopf auf den Tisch.

Dann holte er die Pfanne mit der Hackfleischsoße.

»Kinderessen«, sagte Miriam, hielt ihn aber nicht davon ab, ihr eine ordentliche Portion auf den Teller zu schöpfen. »In der Küche fehlt offensichtlich auch eine Frau.«

Eine Weile aßen sie schweigend. Dann legte Adam das Besteck aus der Hand.

»Was haben sie denn gesagt?«

Sie wich seinem Blick aus. Dann griff sie nach der Nudelkelle und nahm sich nach.

»Morgen beginnt die Behandlung«, murmelte sie.

In der Stille, die sich in der Küche ausbreitete, klang das Klirren des Bestecks wie Kugelhagel.

Adam schob seinen Teller von sich weg. Er konnte nichts mehr essen.

Wenn Milda ihren Großvater besuchte, verspürte sie jedes Mal ein glückliches Flattern im Herz. Das rote Haus in Enskede stand für so vieles, was in ihrer Kindheit gut gewesen war. Das rote Haus stand für Großvater Mykolas.

Noch bevor sie angeklopft hatte, öffnete er die Tür.

»Guten Morgen«, rief er. »Ich habe Kaffee aufgesetzt!«

Sie durchquerte die Veranda voller prächtiger Geranien und Hortensien und zog sich die Schuhe aus. Während sie ihm in die Küche folgte, verzog sie ein wenig das Gesicht. Seine laute Stimme war Ausdruck seines im letzten Jahr viel schlechter gewordenen Gehörs und führte ihr unerbittlich sein Alter vor Augen. Sie hätte sich so gern die Illusion bewahrt, Großvater würde ewig leben.

»Setz dich, du siehst müde aus.« Großvater stellte einen Becher heißen Kaffee auf den Tisch.

»Du brüllst, Großvater«, sagte sie laut.

Er lachte so herzlich, dass sich die Grübchen in seinen wettergegerbten Wangen abzeichneten.

»Oje. Tja, du weißt ja, mein Gehör ist nicht mehr so toll. Aber es hätte schlimmer kommen können! Es hätten auch die Augen sein können!«

»Ich habe Brötchen mitgebracht.« Sie nahm kleine runde Brötchen aus einer Papiertüte. Ohne Drum und Dran. So mochte Großvater sie am liebsten. Sie schnitt die Brötchen auf und holte Butter und Käse aus dem mittleren Kühlschrankfach. Dann setzte sie sich zu ihm an den Küchentisch.

Großvater verzichtete auf die Butter und biss mit geschlossenen Augen in eine Brötchenhälfte.

»Hm«, machte er genüsslich. »Frisch gebacken. Herrlich.« Dann wurde er ernst. »So. Was ist los? Ich sehe dir doch an, dass du was auf dem Herzen hast.«

»Ach, nichts.« Sie winkte ab, obwohl sie eigentlich wusste, dass es zwecklos war. Er würde nicht lockerlassen.

»Ist es wegen Adi?«

Sie seufzte. Wie immer hatte er mühelos den wunden Punkt getroffen. Sie schmierte sich ein Brot und gab in Kurzform wieder, was Adi von ihr verlangte. Großvater verdrehte die Augen und legte seine runzlige Hand auf ihre.

»Einen faulen Apfel gibt es in jedem Korb«, sagte er. »Aber du bist wunderbar geraten. Wenn du ein Apfel wärst, wärst du ein Mio. Süß und saftig mit einem Hauch Erdbeere. Der Mio ist eine Züchtung mit sowohl englischer als auch schwedischer Herkunft und verbindet das Beste aus zwei Welten. Seine Schönheit hat er von der Muttersorte Worcester Parmäne und den delikaten Geschmack von der väterlichen Sorte Oranie.«

»Ich dachte, der Name hätte mit dem Buch von Astrid Lindgren zu tun.«

Milda lächelte. Mit einem schönen Apfel verglichen zu werden, gefiel ihr.

»Ja, genau!«

Großvaters Augen leuchteten.

»Der goldene Apfel. Ja. Das nimmt man jedenfalls an.«

»Und was für eine Apfelsorte ist Adi?«

Er schnaubte.

»Adi ist kein Apfel. Er ist ein Apfelwickler. Die Larven bohren sich bis ins Kerngehäuse.«

»Aber Großvater, er ist doch auch dein Enkel.«

Wieder rümpfte Großvater Mykolas die Nase.

»Genau. Und so geht man mit seiner Familie nicht um«, brummte er und zog die Augenbrauen zusammen. »Ich werde wohl mal ein ernstes Wort mit diesem Apfelwickler reden müssen.«

Sie warf ihm einen verstohlenen Blick zu. Verärgert hatte sie ihn noch nicht oft erlebt. Aber wenn sie seinen Gesichtsausdruck richtig deutete, würde Adi einiges zu hören bekommen.

Dann lächelte er wieder.

»Aber ich nehme nicht an, dass du deswegen hier bist. Du kommst doch nicht nur, um mit mir über Adi zu sprechen.«

Sie senkte den Blick und schwor sich, ihren Großvater eines Tages auch ohne ein bestimmtes Anliegen zu besuchen. Bald sogar. Und dann würde sie nicht nur Brötchen, sondern auch Vera und Conrad mitbringen. Aber heute war ein anderer Tag.

»Ist schon okay«, sagte Großvater. »Ich bin doch froh, wenn mein Wissen auch außerhalb meines Gewächshauses von Nutzen ist. Hauptsache, du bringst mir nicht wieder einen Beutel Haare vorbei. Die waren ein wenig … speziell.«

Milda schüttelte belustigt den Kopf. Großvater machte es ihr immer leicht. Mit ihm zusammen war nichts schwer. Sie wagte kaum, daran zu denken, wie es ohne ihn sein würde.

Sie schob ihren Teller zur Seite und holte die Fotos und den Beutel von Mina hervor. Die Bilder hatte sie stark vergrößert ausgedruckt, damit er die Details besser erkennen konnte.

»Keine Haare«, sagte sie. »Aber Grashalme. Diese Blätter und die Halme sind aus dem Fatbursparken auf Södermalm. Wie du auf den Fotos siehst, wächst an einer Stelle dunkleres Gras. Die dunkleren Blätter stammen auch von dieser Stelle. Das übrige Gras im Park und die anderen Bäume sind sehr viel heller. Worauf beruht dieser farbliche Unterschied deiner Meinung nach? Könnte es daran liegen, dass die Stelle immer im Schatten liegt?«

Großvater Mykolas fegte die Krümel vom Tisch und breitete die Blätter darauf aus. Er hielt zwei davon ins Licht und betrachtete sie genau. Dann rieb er sie zwischen Daumen und Zeigefinger und roch daran.

»Sonne ist natürlich für alles, was wächst, ein wichtiger Faktor«, sagte er. »Aber noch stärker als von der Sonne werden Pflanzen von dem beeinflusst, was sich unter ihnen befindet. In der Erde. Der Boden ist überall anders. Er enthält unterschiedlich viele Mineralien und Nährstoffe. Mehr oder weniger Feuchtigkeit. Diese Grashalme und Blätter sind dunkler, weil sie mehr Chlorophyll produziert haben. Und das bedeutet, dass sich dort, wo sie wachsen, mehr Stickstoff im Boden befindet. Angesichts des vielen Unkrauts auf den Fotos scheinen insgesamt mehr Nährstoffe vorhanden zu sein.«

»Wir sprechen also von einer lokal begrenzten Veränderung der chemischen Zusammensetzung des Erdreichs«, sagte Milda. »Wodurch könnte der hohe Stickstoffgehalt an der einen Stelle denn verursacht sein? Durch Stromleitungen in der Nähe? Oder Kupferrohre? Temperaturunterschiede?«

»Das weiß ich wirklich nicht«, sagte Großvater. »Um das zu wissen, bräuchte ich eine Bodenprobe.«

Er steckte die Blätter und Grashalme wieder in den Beutel und verschloss ihn sorgfältig.

»Erzähl mir doch erst mal, wieso du dich plötzlich für Fotosynthese interessierst«, sagte er. »Hat Vera ein Schulprojekt?«

Doch Milda hörte ihm gar nicht mehr zu. Ihr war ein schrecklicher Gedanke gekommen. Menschliche Körper enthielten ungefähr zwei Kilo Stickstoff. Der wurde zwar im Laufe des Verwesungsprozesses größtenteils in Ammoniak umgewandelt, was sie bei ihrer Arbeit mit älteren Leichen immer im Hinterkopf haben musste. Denn Ammoniak atmete man lieber nicht ein. Trotzdem enthielt eine menschliche Leiche auch nach diesem Umwandlungsprozess noch so viel Stickstoff, dass der Stickstoffgehalt des Erdreichs, in dem sie vergraben war, etwa fünfzigmal so hoch war wie der Normalwert. Damit ließ sich die erhöhte Chlorophyllproduktion an dieser Stelle problemlos erklären.

Sie starrte auf das stark vergrößerte Bild des grünen Flecks zwischen den Bäumen. Die Stelle war höchstens zwei Quadratmeter groß. Gerade groß genug für ein Kind.

Die Polizeimütze schützte zwar vor der sengenden Sonne, aber andererseits wurde es darunter unerträglich heiß. Julia hatte heute alle aufgefordert, Uniform zu tragen. Sie mussten öffentlich sichtbar sein und der Bevölkerung demonstrieren, dass sie arbeiteten. Mina bereute jedoch, dass sie sich darauf eingelassen hatte. Sie ging in den Schatten unter einen Baum, nahm die Mütze ab und fühlte sich sofort besser.

Vincent gesellte sich zu ihr.

»Wie hat Julia so schnell die Genehmigung bekommen?«, fragte er.

Julia stand neben den Technikern, die mit größter Vorsicht Schicht für Schicht den Boden aushoben.

Die Bodenradar-Experten hatten mithilfe von Funkwellen etwas im Untergrund entdeckt, das möglicherweise eine Leiche war. Bald würden sie es mit Sicherheit wissen.

Vor der Grabung hatten sie Stangen in den Boden gesteckt, um die Konturen und die Tiefe des Objekts zumindest ungefähr zu ermitteln. Die Leiche, falls es wirklich eine war, lag vermutlich ungeschützt im Erdreich. Milda hatte Mina erklärt, dass der Stickstoff nicht in den Boden gelangt wäre, wenn die Leiche zum Beispiel in einem Plastiksack eingepackt gewesen wäre.

»Ich habe Julia übrigens gleich am Dienstag, als du den Park erwähntest, gebeten, die entsprechenden Schritte einzuleiten«, sagte Mina. »Als Milda heute Vormittag anrief und von ihrem Verdacht erzählte, standen alle schon bereit, und das Team konnte innerhalb weniger Stunden mobilisiert werden.«

»Heißt das, Julia hatte die Genehmigung für die Grabung schon beantragt, als wir beide gestern hier waren? Und du hast nichts gesagt?«

»Du hast mir ja auch nicht verraten, dass ich von der Sitzunterlage einen Fleck auf der Hose hatte.«

»Das kann man doch nicht vergleichen. Erstens käme ich nicht auf die Idee, dir auf den Po zu schauen. Und zweitens würde ein Gentleman so etwas selbst dann verschweigen, wenn er es gesehen hätte.«

»Du hast den Fleck also doch gesehen? Und mir auf den Hintern geguckt?«

Er lief puterrot an und musste husten.

»Körpersprache interessiert mich immer. Und übrigens, das da drüben dauert jetzt schon ganz schön lange, oder?«, fragte er. »Ich glaube, ich sollte mal rübergehen.«

Es war vielleicht gemein von ihr, aber Vincent aufzuziehen, hatte sich zu einer ihrer Lieblingsbeschäftigungen entwickelt. Die Rache würde vermutlich fürchterlich sein, aber das war der Spaß wert.

»Ich glaube, die sind auf deine Unterstützung so wenig angewiesen wie ein Architekt auf einen Schwimmlehrer.« Sie grinste. »Du hast natürlich recht. Es ist nicht vergleichbar. Ich habe nichts gesagt, weil ich gehofft habe, dass du dich irrst. Normalerweise wartet man auf so eine Genehmigung Wochen. Aber die Stadt Stockholm ist wahrscheinlich nicht besonders scharf darauf, dass irgendwelche Touristen im Park auf eine Kinderleiche stoßen. Wenn Julia darum gebeten hätte, wären wir sicher alle mit Spaten ausgestattet worden. Ich hoffe übrigens immer noch, dass du dich irrst. Ich hoffe es von ganzem Herzen. Denn die Konsequenzen, wenn du recht hättest ...«

»Ich weiß«, sagte er. »Ich will gar nicht daran denken.«

Plötzlich winkte einer der Techniker.

»Hier!«, rief er. »Ich habe was gefunden.«

Vincent starrte zu dem Techniker hinüber und fasste Mina genauso am Arm, wie er es auch bei ihrem letzten Besuch im Park getan hatte. Und genau wie beim letzten Mal schien er gar nicht zu merken, was er tat. Sie spürte seine Haut auf ihrer. Es störte sie nicht.

Julia, die neben den Technikern stand, beugte sich vor. Ein stechender Ammoniakgeruch breitete sich aus.

Julia schien den Fund zu studieren. Offenbar dauerte es eine Weile, bis sie begriffen hatte, was sie sah. Vielleicht wollte sie es auch nicht verstehen. Dann ging sie zu Mina und Vincent hinüber.

»Das hier wird unliebsame Folgen haben«, sagte sie zu Mina. »Es wirkt vielleicht makaber, unter solchen Umständen über Politik zu sprechen, aber ich muss es tun. Denn die Politik im Präsidium hat Einfluss auf die Existenz unserer Gruppe. Und dieser Fund ist das genaue Gegenteil von dem, was sich die Leitung erhofft hat.«

Sie drehte sich zu dem Mentalisten um.

»Du scheinst recht gehabt zu haben, Vincent. Gratuliere.«

Julia räusperte sich. Es gab eine merkwürdige Diskrepanz zwischen der privaten Beziehung zu Östen, ihrem Vater, und ihrem beruflichen Verhältnis. Was an und für sich vielleicht gar nicht so merkwürdig, sondern eher normal war. Ihr Vater war schließlich Polizeichef.

»Mich erreichen beunruhigende Signale. Hört sich an, als holt ihr euch schon wieder Rat bei diesem … Zauberkünstler?«

»Er ist kein Zauberer, Papa«, seufzte Julia. »Er ist Mentalist.«

Sie merkte an Östens Blick, dass ihm diese Definition keineswegs weiterhalf.

»Wir haben eine höchst glaubwürdige Spur«, sagte er. »Und einen Verdächtigen. Mauro Meyer. Glaub mir, ich habe etwas mehr Erfahrung in diesem Beruf als du. Und meiner Erfahrung nach ist die einfachste Antwort meistens die wahrscheinlichste. Und diese andere Spur … Ich bin kurz davor, dir strikte Anweisung zu geben, sie fallen zu lassen. Ich war schon skeptisch, als ihr Nova als Beraterin engagiert habt. Aber sie ist wenigstens … na ja. Jetzt ist das Ganze aus dem Ruder gelaufen. Sie gegen diesen … diesen …«

Julia atmete in den Bauch. Sie fühlte sich wieder wie eine Siebenjährige, die von ihrem Vater zurechtgewiesen wurde, weil sie vergessen hatte, die Milch wieder in den Kühlschrank zu stellen.

»Ich habe gehört, was du gesagt hast. Aber es lässt sich auch nicht leugnen, dass wir vor wenigen Stunden tatsächlich eine Leiche im Fatbursparken gefunden haben. Und das haben wir Vincent und seinen Theorien zu verdanken. Du kannst also nicht behaupten, Vincents Theorien würden nicht stimmen.«

»Das habe ich auch nicht behauptet«, sagte Östen im gleichen Tonfall, in dem er ihr damals mitgeteilt hatte, der famili-

417

eneigene Schäferhund sei entwischt und habe die vornehme Hundedame der Nachbarn, einen Cavalier King Charles Spaniel, geschwängert, nur weil sie das Gartentor nicht zugemacht habe. »Aber das eine muss ja das andere nicht ausschließen. Nur weil Vincent die richtigen Schlussfolgerungen zieht, muss Meyer nicht unschuldig sein. Konzentriert euch lieber darauf, Meyer zu einem Geständnis zu drängen. Er soll endlich seine Komplizen verraten.«

»Und was ist mit dem Motiv?« Julia rutschte auf ihrem Stuhl hin und her.

»Das wird sich finden. Ein Motiv gibt es immer. Manchmal bekommt man es heraus, manchmal nicht. Man muss aber mit der Tat selbst anfangen. Mit Fakten. Und Beweisen. Dingen, die konkret und greifbar sind. Wie zum Beispiel der Kleidung des Jungen in seinem Restaurant. Wenn ich das richtig sehe, warnt seine Ex-Frau seit Langem vor ihm. Fakten. Und weißt du was? Manchmal würde ich mir wünschen, dass unsere Gesellschaft besser zuhören würde. Aber die Realität sieht eben anders aus.«

Östen schüttelte bedauernd den Kopf, und Julia biss sich auf die Zunge. Sie wusste, dass es zwecklos war. Wenn ihr Vater sich auf sein hohes moralisches Ross geschwungen hatte, kam sie nicht mehr an ihn heran. Er meinte es gut. Er hatte das Herz am rechten Fleck. Aber er gehörte einer im Aussterben begriffenen Generation von Polizisten an, die ungern über den eigenen Tellerrand hinausschauten, auch wenn das zulasten der Wahrheit ging. Julia musste sich zumindest einigermaßen an die Spielregeln halten, denn die wurden immer noch von anderen bestimmt. Sie hatte gewusst, worauf sie sich einließ, als sie diesen Beruf ergriff. Wahrscheinlich sogar besser als die meisten anderen.

»Verschwendet nicht noch mehr Zeit mit diesem Unsinn. Macht lieber echte Polizeiarbeit«, wiegelte Östen ab.

Sie wusste, dass die Audienz inklusive obligatorischer Zurechtweisung beendet war. Plötzlich hellte sich seine Miene auf.

»Wann sehen wir denn den Kleinen endlich mal wieder? Harry zieht doch bestimmt bald aus!«

Er stand auf und legte ihr den Arm um die Schultern. Julia gestattete sich für einen Moment, sich bei ihm anzulehnen. Wie früher. Dann stellte sie sich gerade hin.

»Wir kommen zu Besuch, sobald das alles vorbei ist.« Sie küsste ihn auf die Wange.

»Mach dir keine Sorgen, Julia. Es dauert nicht mehr lange. Ihr habt ihn ja.«

Die Worte ihres Vaters begleiteten sie.

Vincent stand auf der Bühne. Er hatte sowohl an diesem Abend als auch am morgigen Freitag und am Samstag Vorstellung. Dann war er endlich fertig. Die Show näherte sich dem Teil, in dem er sich selbst mit dem Gürtel würgte. Zum Glück würde er diese Nummer nur noch drei Mal vorführen müssen, dann reichte es wirklich. Nach der vorigen Show hatte er die Abdrücke am Hals mit Make-up abdecken müssen. Bei der Nummer ging es jetzt nicht mehr um übernatürliche Kräfte oder den Kontakt zu Verstorbenen. Die Vorführung hatte sich nicht verändert, aber der Rahmen. Vielleicht war das seine Art, mit all dem Unheimlichen umzugehen, das momentan um ihn herum passierte. Doch was immer der Grund sein mochte, die Nummer erzielte jetzt eine noch stärkere Wirkung. Sein neues Thema, das mit Sekten zu tun hatte, war ein voller Erfolg.

Er war drei Stunden vor Vorstellungsbeginn im Oscarsteatern in Stockholm angekommen, um sich gründlich vorzubereiten. Bei den letzten drei Shows wollte er noch mal alles geben. Das Publikum war im Foyer auf seine Assistenten getroffen, die an alle Interessierten kostenlose Kappen verteilt hatten. Das dekorative Muster der Kappen bestand aus schwarzen Punkten auf weißem Stoff.

Nun saßen mindestens fünfzig Personen mit diesen Kappen im Saal. Und als Vincent für den zweiten Akt auf die Bühne zurückkehrte, hatte er sein Hemd gegen ein T-Shirt mit dem gleichen Muster getauscht.

»Es freut mich, dass so viele von Ihnen es gewagt haben, eine Kappe aufzusetzen, deren Bedeutung Sie nicht kennen.« Er breitete die Arme aus und präsentierte sein T-Shirt.

»Ich habe den Beweis, dass Sie alle, und zwar sämtliche 857 Personen im Saal, zum intelligentesten Teil der Bevölkerung gehören. Das lässt sich ganz leicht beweisen: Sie sind hier.«

Der Scherz war ein wenig albern, aber die kleine Schmeichelei schuf im Publikum ein Gemeinschaftsgefühl. Und tatsächlich lächelten die meisten zufrieden. Doch nun würde er das Gemeinschaftsgefühl zerstören.

»Gleichzeitig sind einige von Ihnen schon weiter als die anderen«, sagte er. »Diejenigen, die eine Kappe genommen haben, sind offensichtlich neugieriger als diejenigen, die es nicht getan haben. Ich sage das ohne Wertung, aber es ist so. Ich nehme an, dass die meisten von denen, die sich eine Kappe aufgesetzt haben, interessiert daran sind, sich in die beste Version ihrer selbst zu verwandeln. Sie haben wahrscheinlich Bücher über Persönlichkeitsentwicklung im Regal und möglicherweise sogar einen Kurs zu diesem Thema besucht. Alle, die eine Kappe tragen, haben ein einzigartiges Mindset und sind somit allen anderen um einiges voraus.«

Einige der Kappenträger nickten eifrig, während mehrere Personen ohne Kappen enttäuscht die Arme verschränkten. So einfach war es, eine Gruppe zu spalten. Zu diesem Zweck hatte er sich wieder einmal der Barnum-Aussagen bedient, Formulierungen, die zwar persönlich klangen, aber so allgemein gehalten waren, dass sie auf die allermeisten Menschen zutrafen. Außerdem wählte er einen milderen Tonfall und lächelte öfter, wenn er mit den Kappenträgern sprach. Der Effekt ließ nicht lange auf sich warten.

»Wenn man so aufgeschlossen ist wie Sie«, sagte er, »kann man auch auf einem einzigartigen Niveau kommunizieren. Sie und ich bewegen uns in derselben mentalen Sphäre.«

Noch mehr Schmeichelei. Und kompletter Unsinn. Hätte er mit »mentalen Sphären« angefangen, wäre ihm niemand auf den Leim gegangen. Aber die Sätze, die er direkt davor gesagt hatte, waren psychologisch darauf zugeschnitten, das Publikum darauf vorzubereiten, ihm praktisch alles abzukaufen. Erschreckend war nur, wie schnell es immer wieder ging.

»Ich weiß, es klingt merkwürdig.« Er lächelte entschuldigend. »Aber man kann diese Eigenschaft trainieren. Man muss nur den Körper vom Gehirn entkoppeln. Ich zeige es Ihnen.«

Er wappnete sich innerlich. Jetzt kam der Gürtel. Ein Assistent half einem der Kappenträger auf die Bühne und führte ihn zu einem Stuhl neben Vincent. Vincent legte sich den Gürtel um den Hals und zog ihn straff. Wie immer ging ein Raunen durchs Publikum.

»Ich tue das, um meinen Kopf nicht nur symbolisch, sondern auch im wahrsten Sinne des Wortes vom Körper abzukoppeln«, sagte er mühevoll.

Er streckte die Hand nach dem erschrockenen Mann mit der Kappe aus.

»Seien Sie so nett, meinen Puls zu messen. Und geben Sie ein Zeichen, wenn er sinkt. Ich werde jetzt versuchen, in unser gemeinsames Bewusstsein abzutauchen.«

Der verdammte Gürtel tat genauso weh wie immer. Oder besser gesagt, wie bei den letzten Malen. Der Rest des Ablaufs war ähnlich wie sonst auch. Vincent unterbrach den Puls im Arm und tat, als würde er das Bewusstsein verlieren. Innerhalb von wenigen Minuten gab er dann Kindheitserinnerungen des Mannes, einige Erinnerungen aus dessen späterem Leben und ein oder zwei Geheimnisse wieder, die der Mann noch niemandem erzählt hatte. Es wirkte zweifellos, als ob Vincent und der Mann das Gleiche dächten.

In Wirklichkeit hatte sich Vincent wieder einiger Barnum-Aussagen bedient, teilweise geraten und Rückschlüsse aus der Kleidung, der Ausdrucksweise und der Körpersprache des Mannes gezogen. Seine Behauptungen waren so vage, dass der Mann ihm helfen musste, sie zu »interpretieren«.

Wenn eine von Vincents Aussagen nicht zutraf, behauptete er, sie von einem anderen Mitglied der einzigartigen Gruppe empfangen zu haben. Und jedes Mal schnappte einer der Kappenträger nach Luft und murmelte, er oder sie müsste gemeint sein.

Als Vincent fertig war, lockerte er vorsichtig den Gürtel und aktivierte den Pulsschlag im Arm wieder.

»Danke für Ihre Aufmerksamkeit.« Er wandte sich ausschließlich an die Kappenträger. »Diese Fähigkeit besitzen Sie alle. Auf meinem Seminarhof können Sie lernen, mit unserem gemeinsamen Bewusstsein in Kontakt zu kommen. Wenn Sie zwei Wochen lang bei mir wohnen, trainiere ich Sie. Ich muss Sie allerdings warnen, die Seminare sind sehr teuer. Und es gibt nur zehn Plätze. Wer hat Interesse?«

Fünfundzwanzig Hände gingen sofort in die Luft. Vincent nickte nachdenklich. Er zählte stumm bis zehn, um die Pause so lange wie möglich auszudehnen.

»Und so baut man eine Sekte auf«, sagte er langsam.

Im Saal herrschte Totenstille.

Eine Welle von Emotionen wogte durchs Publikum. Diejenigen, die keine Kappen aufgesetzt hatten, fühlten sich jetzt nicht mehr ausgeschlossen, sondern empfanden Schadenfreude und Genugtuung. Die Kappenträger hingegen fühlten sich nicht mehr auserwählt, sondern verraten. Sie hatten ihm vertraut. Und er hatte ihnen die Hosen heruntergezogen. Er hatte fünf Sekunden Zeit, um das rationale Denken des Publikums zu aktivieren, bevor die Gefühle überhandnahmen. Das Kunststück bestand darin, ihnen die bittere Medizin zu verabreichen, ohne ihren Hass auf sich zu ziehen.

»Verzeihen Sie mir.« Er machte ein beschämtes Gesicht.

Das natürlich auch gespielt war.

»Bevor ich Ihnen erkläre, was gerade passiert ist, möchte ich eins betonen. Ich halte Sie wirklich für intelligente Menschen, jeden Einzelnen von Ihnen. Es gibt jedoch nicht den geringsten Unterschied zwischen denen, die eine Kappe tragen, und denen, die es nicht tun. Keine der beiden Gruppen ist klüger oder dümmer als die andere. Der einzige Unterschied ist, dass einige von Ihnen von einem meiner Assistenten ein Kleidungsstück in die Hand gedrückt bekommen haben. Diese Kappen schufen sofort ein Zusammengehörigkeitsgefühl unter den Trägern. Dieses Gefühl habe ich anschließend verstärkt. Außerdem haben die Kappen Ihre Individualität reduziert, und das ist für Sekten enorm wichtig. Man muss ein Kollektiv erzeugen. Und der Terminus ›geteiltes Bewusstsein‹? Bullshit. Aber jede Sekte braucht ihre eigenen Ausdrücke, denn auch diese stärken das Gemeinschaftsgefühl.«

Die meisten Kappen wurden jetzt abgenommen. Die früheren Träger rutschten beklommen auf ihren Sitzen hin und her.

»Ich wiederhole es«, sagte Vincent. »Jeder hätte eine Kappe bekommen können. Es gibt keinen Unterschied zwischen Ihnen und anderen. Ganz egal, was ich vorhin behauptet habe. Und natürlich gibt es auch keinen Unterschied zwischen Ihnen und mir. Obwohl ich nur psychologische Tricks angewendet habe, konnte ich Sie überzeugen, für viel Geld zu mir zu kommen. Und die Pointe lautet vermutlich: Nehmen Sie sich vor falschen Propheten in Acht.«

Er hatte nicht die Absicht gehabt, eine Vorlesung aus der abendlichen Unterhaltungsshow zu machen. Aber manchmal ließ es sich eben nicht vermeiden. Die nächste Nummer würde dafür besonders heiter werden.

»Hat die Symbolik etwas zu bedeuten?«, rief jemand und wedelte mit seiner Kappe. »Die schwarzen Punkte, meine ich?«

»Oh, die Punkte.« Vincent zwinkerte schelmisch mit einem Auge. »Das ist Brailleschrift. Auf Ihren Köpfen steht ICH GEHORCHE.«

Das gesamte Publikum brach in befreiendes Gelächter aus. Lächelnd schaute Vincent über die vielen Köpfe hinweg. Sollten die Leute ruhig denken, dass er zu weit gegangen war. Aber immerhin gab es nun 857 Personen mehr, die sich nicht so leicht manipulieren ließen.

Beim Lichtwechsel entdeckte er plötzlich ein bekanntes Gesicht. Während der Vorstellung hatte er sie gar nicht bemerkt. Nova saß auf dem Balkon in der ersten Reihe. Sie lachte nicht. Und applaudierte nicht. Sie hatte die Arme vor der Brust verschränkt und sah ihn einfach an.

Dann stand sie auf und ging.

Als Vincent in die Garderobe kam, saß schon jemand auf dem Sofa. Vincent zuckte vor Schreck zusammen. Er hatte nicht damit gerechnet, hier jemanden anzutreffen. Denn eigentlich durfte niemand hier sein.

»Entschuldige bitte, ich wollte dich nicht erschrecken«, sagte Nova. »Aber der Wachmann hat gesagt, ich dürfte hier auf dich warten.«

Er brauchte eine Weile, um seine Fassung wiederzuerlangen. Für den Bruchteil einer Sekunde hatte er geglaubt, Anna wäre zurückgekehrt, Anna mit den Tätowierungen, Anna, die ihn gestalkt hatte. Dabei sahen sich Anna und Nova überhaupt nicht ähnlich. Sein Blick wanderte automatisch zum Tisch. Während der Vorstellung hatte jemand ein Schälchen Süßigkeiten und drei Flaschen Mineralwasser daraufgestellt. Die Leute hier schienen ihn absichtlich in den Wahnsinn treiben zu wollen.

»Kein Problem«, sagte er schließlich. »Aber auf meiner vorigen Tournee wurde ich von einer Stalkerin verfolgt, die ständig versucht hat, hinter die Bühne zu gelangen. Irgendwann bin ich ihr wirklich begegnet, und das war ... nicht so toll. Sie hatte ein ganzes Zimmer mit Bildern von mir zugepflastert. Und eine Art Altar errichtet. Seitdem bin ich ein wenig nervös. Außerdem bin ich normalerweise allein hier hinten.«

Er warf einen Blick auf den Fußboden. Sein Plan war gewesen, die Tür abzuschließen und sich hinzulegen. Aber Nova würde sich wahrscheinlich wundern, wenn er sich in ihrer Anwesenheit auf den Boden legte. Daher setzte er sich ihr gegenüber auf das Sofa und machte sich auf eine harsche Kritik an seiner Sektennummer gefasst. Er hatte Epicura zwar nicht namentlich erwähnt, aber fast.

»Es war nicht meine Absicht, mich aufzudrängen«, begann sie. »Eigentlich wollte ich nur mal Hallo sagen. Und mich für die interessante Vorstellung bedanken. Sie war wirklich spannend.«

»Findest du? Ich dachte schon, du ärgerst dich vielleicht über das, was ich am Ende gesagt habe. Über Gurus und Sekten. Wasser?«

Nova schüttelte den Kopf. Verdammter Mist. Er hatte gehofft, eine Flasche loszuwerden.

»Wieso sollte ich mich ärgern?«, fragte sie. »Du hast ja recht. Und es ist auch wichtig, auf diese Dinge hinzuweisen. Es ist ja nur gut, wenn die Leute lernen, den Unterschied zwischen konstruktiven und wahrhaftigen Bewegungen wie zum Beispiel meiner und schädlichen, manipulativen Sekten zu erkennen.«

Vincent war sich nicht sicher, ob er auf diesen Unterschied hatte hinweisen wollen, sagte aber nichts.

»Übrigens, falls du Interesse hast …« Sie öffnete ihre Handtasche.

Vincent fiel auf, dass sie von Louis Vuitton war. Nova holte einen Epicura-Prospekt heraus und reichte ihn ihm.

»Vielleicht willst du mich ja mal besuchen«, sagte sie.

Vincent blätterte in dem Prospekt. Auf der ersten Seite stand ein kursiv gedrucktes Zitat.

*Epikurs Richtschnur für die neue Zeit ist dieselbe wie eh und je. Erlaubt sei der Verdruss, der Kometen passiert wie ein Stern. Schnell und unbemerkt. Es ist das stille Leben, das reinigt. Vermeide sorgsam jede Art von Schmerz und begehre nichts, denn ein Leben ohne Begehren ist ein Leben, das von jeglichem Leiden befreit ist. Und genieße deinen Erfolg, denn so erreichst du Alles*

*John Wennhagen*

»Ich habe das Zitat auf der Webseite gesehen«, sagte er. »Aber ich wusste gar nicht, dass dein Vater auch ein Anhänger von Epikur war?«

»Vor allem mein Großvater«, sagte Nova. »Mein Vater hat nur hin und wieder mitgeholfen. Hat Texte geschrieben und so. Er war nicht hundertprozentig mit Großvaters Philosophie einverstanden. Dieses Zitat war das Letzte, was er geschrieben hat, bevor er … verschwand.«

»Verschwand? Ich dachte, er wäre bei diesem Unfall gestorben.«

Nova wurde blass und senkte den Blick.

Vincent biss sich auf die Zunge. Wie unsensibel. Nova wollte anscheinend nicht so konkret über den Tod ihres Vaters sprechen. Nun hatte er sie nicht nur dazu gezwungen, sondern sie auch noch an den Unfall erinnert, von dem ihre chronischen Schmerzen herrührten. Wirklich großartig gemacht für jemanden, der von sich behauptete, in anderen lesen zu können wie in einem offenen Buch.

»Nach dem Unfall haben sie den Untergrund zwei Wochen lang mit Draggen nach ihm abgesucht«, sagte sie. »Aber er wurde nie gefunden. Ich weiß natürlich, dass er von mir gegangen ist. Aber ein kleiner Teil von mir oder besser gesagt, das kleine Mädchen, das mit ihm im Auto saß, hofft immer noch, dass er eines Tages wieder auftaucht. Mit nassen Haaren vielleicht, aber unverletzt.«

Vincent versuchte, das Bild von einem wiederauferstandenen John Wennhagen, der triefend und mit Seetang im Haar vor Novas Tür stand, aus dem Kopf zu bekommen.

»Dein Vater hatte eine poetische Ader.« Vincent deutete auf den Text, um das Thema zu wechseln.

Nova lachte. Es hatte funktioniert.

»Du brauchst nicht höflich zu sein«, sagte sie. »Dieser Text ist für Außenstehende nahezu unverständlich. Er hat sich immer an die Regel gehalten, nur eine bestimmte Anzahl von Worten zu verwenden. Und zwar kein Wort mehr oder weniger, als er vorher beschlossen hatte. Er stellte sich oft solchen kreativen Herausforderungen. Wir verwenden den Text noch immer, um ihm unsere Achtung zu erweisen. Die Adresse findest du auf der Rückseite. Falls du mal vorbeikommen möchtest, wie gesagt. Dürfte ich mich bezüglich des Wassers noch umentscheiden?«

Nova zeigte auf eine der Mineralwasserflaschen auf dem Tisch. Endlich.

»Bedien dich einfach«, sagt er so unbekümmert wie möglich und legte den Prospekt beiseite.

Nova nahm den Flaschenöffner aus dem dazugehörigen Schälchen und öffnete eine Flasche. Vincent atmete die Luft aus, die er unbewusst angehalten hatte. Er selbst füllte am Handwaschbecken ein Glas mit Leitungswasser.

»Ich bin übrigens in dieselben Ermittlungen involviert wie du. Der Fall mit den toten Kindern.« Er setzte sich wieder. »Deine Annahme, es könnte eine organisierte Gruppe dahinterstecken, ist durchaus interessant. Aber agieren nicht die meisten extremen Bewegungen eher im Verborgenen? Diese Gruppe scheint sogar richtig gezielt auf sich aufmerksam zu machen.«

Nova trank einen Schluck aus der Flasche und sah ihn an. Ihr Lippenstift war hinterher noch genauso makellos wie vorher.

»Na ja, vielleicht wollen die Leute nicht auf sich persönlich, sondern auf ihre Botschaft aufmerksam machen.«

»Welche Botschaft soll das denn sein? Deine Wassertheorie? Die trifft leider nicht mehr zu. Am Vormittag hat die Polizei im Fatbursparken eine weitere Kinderleiche gefunden. Die Obduktion hat meines Wissens noch nicht stattgefunden, aber ich bin mir sicher, dass der Fund mit den anderen Morden zusammenhängt. Und der Fatbursparken ist ziemlich weit vom Wasser entfernt. Von der Fontäne mal abgesehen.«

Nova lächelte ihn mit einem Blitzen in den Augen an. Mit ihrer Präsenz füllte sie den gesamten Raum aus. Er musste sich eingestehen, dass er beeindruckt von ihr war. Er hätte auch gerne diese Selbstverständlichkeit und diese geradezu magnetische Anziehungskraft ausgestrahlt. Eigentlich war es seltsam, dass sie schon so lange nicht mehr auftrat. Wahrscheinlich lehnte sie alle Angebote ab. Nova schien nicht um Aufmerksamkeit zu buhlen, was in ihrer Branche ungewöhnlich war.

»Ich würde eher sagen, dass der Fund meine Theorie bestätigt«, sagte sie. »Gerade du solltest eigentlich wissen, dass der Fatbursparken mal ein See war. Noch vor etwa sechshundert Jahren gab es mitten im Stadtteil Södermalm einen See, der die Bevölkerung mit Süßwasser und Fisch versorgte.«

Nova hatte natürlich recht. Der Park war ein Überbleibsel von einem der wichtigsten Gewässer Stockholms. Er ärgerte sich ein wenig, weil ihm das nicht eingefallen war. Peder hätte sicher gern mehr darüber erfahren.

»Ende des siebzehnten Jahrhunderts hatte sich so viel Abfall im See angesammelt, dass er zu versumpfen begann«, fuhr Nova fort. »Der Gestank muss fürchterlich gewesen sein. Trotzdem wurde er erst im neunzehnten Jahrhundert anlässlich des Baus des Südbahnhofs vollständig trockengelegt. Es hat in diesem Gebiet also schon vor der Stadtgründung Wasser gegeben. Und Mitte des neunzehnten Jahrhunderts wurde dann der Park angelegt. In dem jetzt die Leiche gefunden wurde. Warum schmunzelst du so?«

Vincent lachte. Er hatte gar nicht gemerkt, dass er lächelte. Nova musste auch lächeln und strahlte wieder auf diese funkelnde Weise. Möglicherweise hatte sie doch recht, und er irrte sich. Aber wenn es so war und er die falschen Schlussfolgerungen gezogen hatte, dann wusste er nicht, was als Nächstes passieren würde. Und er war noch weiter davon entfernt, den Mörder zu verstehen, als zu Anfang.

Nova stand auf und legte ihm eine Hand auf den Arm.

»Wir sind uns ähnlicher, als du denkst«, sagte sie. »Ich bin nur ein bisschen klüger als du. Komm einfach mal vorbei. Die Adresse hast du ja.«

Peder stand schon vor dem Laden, als Herman am Morgen öffnete. Eigentlich machte er freitags zwar erst um die Mittagszeit auf, weil er am Vormittag die neu hinzugekommenen Objekte sichtete und einordnete, aber nach allem, was Herman ihm am Telefon erzählt hatte, war es vermutlich besser, das Ganze unter Ausschluss der Öffentlichkeit hinter sich zu bringen.

Peder beugte sich über die Vitrine und betrachtete die Gegenstände auf dem dunkelblauen Tuch.

»Danke, dass du gleich angerufen hast«, sagte er.

»Ist doch selbstverständlich. Als ihr die Beschreibung geschickt habt, wusste ich sofort, welche Uhr ihr meint. Nur schade, dass ich sie nicht einen Tag früher bekommen habe. Aber ich habe gut darauf aufgepasst.« Zufrieden klopfte sich Herman auf den Bauch.

Peder war dem Pfandleiher im Laufe der Jahre oft begegnet, und Herman freute sich jedes Mal, wenn er der Polizei behilflich sein konnte.

»Und sie hat eine Gravur, sagst du?«

Herman drehte die Uhr um.

»Für Allan Walthersson zum 60. Geburtstag«, las Peder vor.

Allan Walthersson. Ossians Großvater. Der Vater von Fredrik.

Mit seinem dicken Bauch, der von Jahr zu Jahr größer wurde, passte Herman kaum mehr hinter den Tresen. Peder und seine Kollegen witzelten schon, eines schönen Tages müsse man den Pfandleiher aus seinem Laden in Gamla stan heraussägen.

»Mehr ist nicht reingekommen?« Peder betrachtete die übrigen Gegenstände. »Oder hast du schon was verkauft?«

Neben der Uhr lagen ein Goldring, eine Perlenbrosche und eine Bismarck-Halskette mit passendem Armband.

»Nein, das ist alles. Diebesgut nehme ich nicht an. Deswegen habe ich euch sofort angerufen. Mein Vater war Polizist, musst du wissen. Ich bin so erzogen.«

»Und dafür sind wir dankbar.« Peder klopfte ihm auf die Schulter. »Kommen wir nun also zur Zehntausend-Kronen-Frage. Wer hat die Sachen gebracht?«

»Oh, das war ein alter Bekannter von uns beiden.« Herman lachte glucksend. »Wahrscheinlich habe ich deswegen so genau hingeschaut.«

Er machte eine Pause. Peder kannte das Spielchen nur zu gut. Herman kostete die Situationen bis zum Äußersten aus, und Peder gönnte ihm den Spaß. Er sah sich in dem kleinen Laden um. Irgendetwas an dem bunten Sammelsurium rief ein kindliches Entzücken in ihm hervor. Von alten Fernsehern über Tauchausrüstungen und staubigen Briefmarkensammlungen bis zu einem ausgestopften Dachs gab es hier fast alles.

»Willst du gar nicht wissen, wer es war?«, fragte Herman geheimnisvoll.

»Doch, doch.« Peder nickte. »Sehr gerne sogar, Herman.«

»Dann musst du mir aber vorher noch eine Frage beantworten.«

»So liebe ich es«, lachte Peder. »Na, welches Rätsel ist es denn heute?«

Herman kicherte.

»Okay, hör gut zu. Welche Mittel sind mir immer recht?«

»Oh, das ist knifflig«, sagte Peder.

Nachdenklich ließ er den Blick durch den Raum schweifen. Meistens konnte er Hermans Rätsel lösen, aber diesmal musste er kapitulieren.

»Das ist zu schwierig für mich, Herman«, seufzte er.

Herman machte noch eine Kunstpause.

»Die Zahlungsmittel«, juchzte er und verschluckte sich anschließend fast vor Lachen.

Peder schüttelte grinsend den Kopf.

»Aber jetzt im Ernst, wer ist denn der Kunde? Ist es jemand aus der alten Garde?«

Herman nickte.

»Ja. Stammkunde. Sein Vorname reimt sich auf Patte …«

Wieder kicherte er.

Peder runzelte die Stirn. Diesmal würde er nicht die Flinte ins Korn werfen. Patte … Sein Gesicht hellte sich auf.

»Matte! Matte Skoglund!«

»Ganz genau!« Herman klopfte sich erneut auf den Bauch. Dann zeigte er auf die Gegenstände.

»Schöne Sachen sind das. Die bekommt man …«

»Bedaure, Herman. Ich muss alles beschlagnahmen. Das weißt du ja. Aber denk dir schon mal ein Rätsel fürs nächste Mal aus.«

»Nur, wenn du dich rasierst!«, rief Herman ihm hinterher. »Schönes Wochenende.«

Draußen auf der Straße zog Peder sofort sein Handy aus der Tasche.

»Hallo, Adam, hier ist Peder. Ich glaube, was den Einbruch bei Ossians Eltern in der Bellmansgatan angeht, können wir uns von den Verschwörungstheorien verabschieden. Es war Matte Skoglund, ein alter Bekannter von uns. Ich sage den Kollegen auf Streife, dass sie die Augen nach ihm offen halten. Das Diebesgut habe ich sichergestellt. Wir können den Vorfall abschließen.«

G ute Arbeit«, sagte Milda trocken.

Aus dem Lautsprecher drang »Tausendundeine Nacht« von Charlotte Perrelli, und die Rechtsmedizinerin schien gar nicht zu merken, dass sie mitsang. Loke hielt sich wie immer schweigend im Hintergrund, war aber jederzeit bereit, Mildas Anweisungen auszuführen.

»Das ist Vincents Verdienst.« Mina warf dem Mentalisten einen Seitenblick zu.

Aus irgendeinem Grund hatte er an diesem Morgen einen roten Striemen am Hals. Der war ihr schon öfter aufgefallen, seit sie an dem Fall arbeiteten. In einem ruhigen Moment würde sie ihn fragen, was es damit auf sich hatte.

Vincent starrte die Leiche auf dem Obduktionstisch an. Bevor sie in den Saal hineingegangen waren, hatte sie ihn mehrmals gefragt, ob er sich der Sache gewachsen fühlte. Leichen von Erwachsenen waren schlimm genug, aber Kinderleichen waren noch viel schlimmer. Er hatte jedoch darauf bestanden. Seinem Gesicht nach zu urteilen, das noch blasser war als sonst, schlug er sich allerdings mehr schlecht als recht.

»Ich habe ihn gerade zugenäht.« Schnalzend zog sich Milda die Handschuhe von den Fingern.

»Kannst du schon was sagen? Hat er die gleichen Verletzungen wie die anderen?«

Mina wandte sich von dem unbekannten Jungen auf dem Tisch ab. Dass sie nicht wusste, wer er war, kam ihr unwürdig vor. Irgendwo musste ihn jemand seit Langem vermissen.

Sie hörte Vincent mehrmals kräftig schlucken. Offenbar stieg sein Mageninhalt wie ein Jojo die Speiseröhre auf. Doch nur, weil Mina die Ruhe bewahrte, kam sie nicht unbedingt besser mit der Situation zurecht. Tote Kinder waren unnatürlich. Und nun waren es schon vier.

»Aufgrund der langen Liegezeit der Leiche sieht die Sache

hier etwas anders aus.« Milda drehte die Musik leiser. »Unter der Erde verwesen Leichen langsamer, weil es dort zum einen kälter ist und es zum anderen keine Fliegen gibt. Trotzdem ist die Verwesung weit fortgeschritten. Die Hautschichten haben sich voneinander getrennt, was meine Arbeit erheblich erschwert, und das Gewebe wandelt sich bereits in Leichenwachs um. Dennoch gibt es eine ganze Reihe von Übereinstimmungen mit den übrigen Opfern.«

Sie verstummte. Charlotte Perrelli sang im Hintergrund leise »Du bist in meinen Träumen«.

Nachdem er wieder geschluckt hatte, fragte Vincent mit belegter Stimme: »Wie groß sind die Übereinstimmungen denn?«

»Sehr groß, würde ich sagen«, antwortete Milda. »Die gleichen Abdrücke auf der Lunge. Ich habe sogar die gleichen Fasern in der Luftröhre gefunden wie bei den anderen Opfern.«

Sie deutete mit einer Kopfbewegung auf einen Rollwagen aus Stahl, auf dem die Proben bereitlagen, die ins Labor geschickt werden sollten.

»Ihrer Einschätzung nach war es also derselbe Täter?«

»Das zu beurteilen, ist nicht meine Aufgabe, sondern eure. Aber als Rechtsmedizinerin habe ich den Eindruck, dass es beim Tathergang große Übereinstimmungen gibt.«

Mina nickte nachdenklich. Aus den Augenwinkeln sah sie, dass es für Vincent Zeit zum Gehen wurde, doch bevor sie etwas sagen konnte, kam er ihr zuvor.

»Zeitpunkt?«, sagte er. »Wie schätzen Sie den Tatzeitpunkt ein?«

Stirnrunzelnd betrachtete Milda die Leiche.

»Sehr schwer zu sagen. Ich kann höchstens Vermutungen anstellen. Schätzungsweise lag die Leiche seit zwei Monaten in der Erde. Aber nagelt mich nicht fest. Wenn Leichen schon mit der Wachsbildung begonnen haben, ist das schwierig. Wobei, manchmal hilft es auch, denn wenn sich das Leichenwachs schnell bildet, können dadurch Verletzungen zumindest visuell konserviert werden. Das ist hier allerdings nicht der Fall. Wir haben übrigens auch das hier in der Nähe der Leiche gefunden, aber es wird bei der Feststellung des Todeszeitpunkts nicht weiterhelfen, weil Kunststoff nicht zersetzt wird.«

Milda zeigte auf einen durchsichtigen Behälter auf der Arbeitsfläche. Er schien ein rotes und ein blaues Spielzeug zu enthalten.

Vincent sah sich das Behältnis genauer an. Sein Gesicht hatte wieder ein wenig Farbe.

»Legoautos.« Er zückte sein Handy. »Darf ich …?«

Nachdem Mina genickt hatte, begann er zu fotografieren. Für Legosets schien Vincent sich fast so sehr zu interessieren wie Milda für Leichen.

»Glaubst du, die Spielsachen gehörten ihm?«, fragte Mina.

»Es gibt keinen Grund, etwas anderes anzunehmen«, entgegnete Milda. »Natürlich ist es ein bisschen merkwürdig, dass sie mit ihm zusammen begraben wurden, aber das ist ja bei Weitem nicht das einzig Merkwürdige an der ganzen Geschichte.«

Mina nickte. Milda wusste gar nicht, wie recht sie damit hatte. Versunken in seine neuesten Fotos, kam Vincent zurück.

»Danke, Milda«, sagte Mina. »Wir hören voneinander, sobald die Laborergebnisse der Proben da sind, aber melde dich bitte auch, wenn dir vorher irgendwas in den Sinn kommt, und wenn es nur ein vages Gefühl ist. Im Moment können wir jeden Hinweis gebrauchen.«

»Ja, das verstehe ich«, sagte Milda ernst und gab ihrem Assistenten ein Zeichen, die Leiche wegzuschieben.

Als Mina und Vincent zur Tür gingen, hörten sie die Musik wieder lauter werden. Perrelli sang:

»Die Schatten in der Abenddämmerung wecken in mir Sehnsucht nach Liebe, ich träume von dir und kann dich nicht vergessen …«

Schwer fiel die Tür hinter ihnen ins Schloss. Vincent holte

einige Male tief Luft und ließ den Kopf hängen. Dann trafen sich ihre Blicke.

»Vier Kinder«, sagte er zu Mina. »Von verschiedenen Personen entführt, aber auf die gleiche Art getötet. Ich werde nie wieder schlafen.«

»Ich weiß. Aber wir haben ein Problem. Die Leiche da drinnen könnte deine Schachtheorie bestätigen. Vielleicht ist das Ganze wirklich eine *Knight's tour*. Wir haben die Leiche genau da gefunden, wo du vorhergesagt hast, im Fatbursparken. Aber solange wir keinen Zusammenhang zu Pferden entdeckt haben, können wir uns nicht sicher sein. Dein Muster hängt ja von zwei Dingen ab. Da ist zum einen die Platzierung der Leichen, zum anderen das Poesiebild, der Rucksack und das Graffiti. Aber Legoautos haben meiner Ansicht nach nichts mit Pferden zu tun.«

Vincent nickte nachdenklich.

»Ich weiß«, sagte er. »Und außerdem kam mir das eine Spielzeug irgendwie bekannt vor. Irgendwas ist hier seltsam.«

V incent klingelte bei der genannten Adresse in Birkastan. Der Türöffner summte sofort.

»Vielleicht sollten wir unsere Zeit einfach besser nutzen«, murmelte Mina skeptisch.

»Ich weiß, dass ihr einen Verdächtigen in Untersuchungshaft habt«, sagte er. »Aber wir können noch immer nicht ausschließen, dass irgendeine Gruppe dahintersteckt. Ich meine, vier Morde? An Kindern. Das passiert nicht einfach so. Ich habe das Wort Sekte bisher vermieden, aber langsam frage ich mich, ob es nicht doch passt. Mit der Frage, ob Mauro womöglich der Anführer ist, sollten wir uns später befassen. Es gibt in Schweden genau eine Person, die einen Überblick über alle derartigen Organisationen hierzulande hat. Nach diesem Gespräch wissen wir hoffentlich, ob wir die Theorie, dass es sich um eine extreme Organisation handelt, abschreiben können, wie euer Polizeichef das so gerne möchte, oder nicht.«

»Mauro sitzt aber schon seit Montag in Untersuchungshaft. Heute ist Freitag. Wir sollten uns lieber auf ihn konzentrieren, solange er zur Verfügung steht.«

»Sieh es doch mal so: Falls Mauro hinter all den Morden steckt, habt ihr ihn bereits. Und somit hätten wir alle Zeit der Welt für diesen Besuch. Falls es *nicht* Mauro sein sollte, tickt die Uhr immer noch. Und vielleicht ist irgendwo ein Kind in Gefahr. Wir können es uns nicht leisten, etwas zu übersehen. Und daher ist das, was wir hier erfahren, möglicherweise unglaublich wichtig.«

Mina sah ihn an.

»Wenn das jemand anders zu mir sagen würde …«, begann sie. »Aber von mir aus. Es wird schon so sein, wie du sagst.«

Sie hatten die Treppe in den dritten Stock genommen. An den winzigen Fahrstuhl, in dem es selbst für einen Erwachsenen eng geworden wäre, war nicht zu denken gewesen.

»Vertrau mir.« Vincent drückte auf den Klingelknopf neben dem Türschild mit der Aufschrift Ljung. »Ich lade dich nachher zum Mittagessen ein.«

Sofort machte eine Frau um die dreißig die Tür auf.

»Danke, dass Sie zu mir nach Hause kommen«, sagte sie entschuldigend und trat einen Schritt zur Seite, um sie in die Wohnung zu lassen. »Ich habe das Material größtenteils hier.«

Vincent entging nicht, wie nervös sich Mina umsah. Den Standard, der nötig gewesen wäre, damit sie sich entspannte, erfüllte wahrscheinlich keine Wohnung. Und außerdem hatte er den Verdacht, dass es nicht ausreichte, »vertrau mir« zu sagen, um ihre Zweifel auszuräumen.

Zum Glück war es bei Beata Ljung sauber und ordentlich. Mina schien aufzuatmen. Als Vincent ihr einen prüfenden Blick zuwarf, nickte sie. Es war auszuhalten.

»Kommen Sie mit in mein Arbeitszimmer.«

Beata führte sie in einen großen hellen Raum voller Bücher und ordentlich aufgereihter Ordner.

»Wenn ich Vincent richtig verstanden habe, sind Sie Schwedens angesehenste Sektenexpertin?« Nach einem prüfenden Blick nahm Mina auf einem blau-weiß gestreiften Sessel Platz.

»Ach, das klingt pompöser, als es ist.« Beata setzte sich hinter ihren schönen Schreibtisch aus dunklem Holz. Vincent blieb unsicher stehen.

»Ich kann Ihnen leider nur den da anbieten.« Beata zeigte auf einen grauen Sitzsack.

Mina konnte sich nur mit Mühe ein Kichern verkneifen, als Vincent in dem Sack versank und versuchte, eine bequeme Position zu finden, in der er gleichzeitig eine gewisse Professionalität ausstrahlte. Es lief nicht besonders. Dass sein Leinenanzug exakt die gleiche Farbe wie der Sitzsack hatte, machte die Sache nicht besser. Er nahm an, dass nur ein schwebender Kopf von ihm zu sehen war. Abgesehen von seinen türkisen Krümelmonstersocken.

»Ich habe einige Ihrer Artikel gelesen«, sagte er verkrampft.

»Die Gründlichkeit und die Tiefe Ihrer Fragestellungen imponieren mir. Sie haben also nicht nur Journalismus studiert, sondern auch einen Abschluss in Psychologie?«

»Ja, ich habe lange gebraucht, um mich zu entscheiden«, lachte Beata. »Anfangs wollte ich Psychologin werden, aber kurz vorm Examen habe ich dann gemerkt, dass ich eigentlich Journalistin sein will. Aber der Umweg ist mir bei meiner Arbeit von großem Nutzen, ich kann mich wirklich nicht beschweren, obwohl ich mein Studiendarlehen immer noch abbezahle.«

»Moment mal, haben Sie etwa das Buch über den Järvsöfall geschrieben?« Mina zeigte auf ein Buch auf dem Schreibtisch.

Vincent hatte es zwar nicht gelesen, aber vor ein paar Jahren viel darüber gehört. Darin wurde anscheinend detailliert beschrieben, was sich in jener verhängnisvollen Januarnacht abgespielt hatte, als in dem kleinen Ort zwei Familien aus einer sektenartigen Gemeinschaft ausradiert wurden. Wenn ihn nicht alles täuschte, hatte es auch eine Fernsehserie gegeben, die auf dem Buch basierte. Er war beeindruckt.

»Ja, das stimmt.« Beata sah die beiden erwartungsvoll an. »Na? Was wollen Sie von mir wissen?«

»Das wissen wir auch nicht so genau.« Vincent wand sich unbehaglich auf dem raschelnden Sack. »Wir wissen nicht, wonach wir suchen. Es geht um einen Zusammenschluss von Menschen, die sich momentan … rätselhaft verhalten. Daher brauchen wir einen Überblick über die sektenartigen Organisationen in Schweden. Vor allem die potenziell gefährlichen.«

»Ich glaube, ich verstehe, worum es geht, auch wenn Sie sich bewusst vage ausdrücken. Ihnen muss klar sein, dass das ein sehr weites Feld ist. Ich werde nur an der Oberfläche kratzen können. Aber ich will versuchen, all Ihre Fragen zu beantworten. Da ich selbst einen fünfjährigen Sohn habe, berührt mich das Ganze sehr.«

Mit einer dezenten Kopfbewegung deutete Beata auf ein

Foto von einem süßen rothaarigen Jungen, dessen strahlendes Lächeln eine Zahnlücke offenbarte.

»Okay, zunächst einige basale Dinge zum Begriff Sekte«, sagte sie dann. »Wie viel wissen Sie darüber?«

»Wir haben uns mit Nova unterhalten. Sie hat uns einiges erzählt.«

»Nova ist gut. Sie hat viel für die Aussteiger getan«, sagte Beata. »Dann wird sie vielleicht erwähnt haben, dass es in Schweden dreihundert bis vierhundert Sekten geben soll, und davon gelten etwa dreißig Prozent als destruktiv.«

»Ja, das hat sie erwähnt.« Mina nickte.

»Hinter dem Worte Sekte muss sich nicht unbedingt etwas Gefährliches verbergen. Das wäre so, als würde man Messer ausschließlich als gefährlich betrachten. Wenn ein Messer verwendet wird, um jemanden zu verletzen, ist es das natürlich, aber wenn damit die Zutaten für ein köstliches Essen zerkleinert werden, ist es nichts Negatives. Für Sekten gilt das genauso. Es hängt immer von Sinn, Zweck und Inhalt ab. Es gibt verschiedene Arten von Sekten. Viele nehmen an, Sekten hätten grundsätzlich religiöse Züge, und meistens haben sie das wahrscheinlich auch, aber manche basieren auch nur auf einer bestimmten Weltanschauung oder sogar rein wirtschaftlichen Interessen.«

»So habe ich das noch nie gesehen«, sagte Mina.

»Doch ganz unabhängig von der Ausrichtung«, erklärte Beata, »geht es bei den meisten destruktiven Sekten um Macht. Und zwar um das Machtstreben der Sektengründer. Es muss gar nicht von Anfang an so gewesen sein, aber Macht korrumpiert und verdirbt Menschen. Macht und Geld gehen oft Hand in Hand, aber das Geld ist nicht unbedingt notwendig, die Macht an sich ist oft wichtiger. Leider endet es oft in einer Tragödie. Sie haben sicher von kollektivem Selbstmord gehört. In Jonestown starben mehr als neunhundert Personen. Die meisten von ihnen hatten Traubensaft mit Valium und Blausäure getrunken, wer sich weigerte, wurde erschossen. In der Sekte

Heaven's Gate kamen fast vierzig Personen durch Wodka mit Schlafmittel zu Tode. Die Reihe ließe sich fortsetzen.«

»Das klingt furchtbar«, sagte Mina. »Ist es denn immer ein bestimmter Menschenschlag, der den Sekten zum Opfer fällt? Menschen die manipulierbar, ungebildet oder einsam sind?«

Sie rutschte auf ihrem Sessel immer weiter nach vorn. Das Thema interessierte sie offenbar mehr, als sie gedacht hatte. Vincent hoffte, daraus schließen zu dürfen, dass sie ihm den Besuch bei Beata Ljung mittlerweile verziehen hatte.

»Diese Annahme ist gefährlich«, sagte Beata. »Es sind nicht nur die Unterprivilegierten, Einsamen oder auf andere Weise Marginalisierten, die bei Sekten Zuflucht suchen. Die Suche nach dem Sinn des Lebens ist eine menschliche Eigenschaft. Menschen brauchen ein Ziel. Und Suchende gibt es auch unter Menschen, die aus gut situierten Verhältnissen stammen und Familie und Freunde haben. Jemand, der dir vermeintlichen Halt bietet, kann all das ziemlich schnell ersetzen. Zu diesem Thema hat Vincent sicher einiges zu sagen.«

»Wer im Chaos aufgewachsen ist, kann als Erwachsener manchmal kein Chaos mehr ertragen.« Vincent nickte. »Und schließt sich daher einer Organisation an, die viel Kontrolle ausübt. Gleichzeitig kann man aber auch aus einer strengen Familie stammen und deswegen Organisationen mit strengen Regeln schätzen. Da jede Kindheit sowohl von Chaos als auch von Kontrolle geprägt ist, lassen diese Themen niemanden kalt. Aber ich habe eine Frage. Welche Sekten müssen denn in diesem Zusammenhang vor allem genannt werden? Abgesehen von Scientology und ähnlichen, die ja bekannt sind.«

Wieder raschelte der Sitzsack. Beata runzelte die Stirn. Sie nahm einen Haargummi aus einem Schälchen auf dem Schreibtisch und band ihr rotes Haar zu einem Pferdeschwanz zusammen. In Minas Blick blitzte ein Hauch von Eifersucht auf, stellte er fest. Über rothaarige Frauen gab es so viele unsinnige Vorurteile. Angeblich waren sie lebensfroher und wilder. Vielleicht ging Mina etwas in der Art durch den Kopf. Er

Verdacht, dass rothaarige Frauen sich in Minas Vor-
[...]icht so häufig die Hände desinfizieren mussten wie
[...]Oder sie mochte die roten Haare einfach.

[...]lte ihr sagen, dass die Behauptung des biblischen
Samson, die Persönlichkeit eines Menschen sei in seiner Haarpracht zu finden, nicht stimmte. Er wollte ihr sagen, dass ihr
dickes, rabenschwarzes Haar großartig war. Egal, ob lang oder
kurz geschnitten. Aber wie sollte er so etwas sagen, ohne wie
ein Idiot zu klingen.

»Das kommt ganz auf den Blickwinkel an«, sagte Beata.
»Legen wir den Fokus auf die etablierten Sekten? Auf die umfassend erforschten? Die neuen? Oder die eher unbekannten?
Ich kann Ihnen eine Liste geben, die ich selbst erstellt habe.
Aber ich garantiere keine Vollständigkeit. Sie basiert auf Fakten, die andere gesammelt haben, aus Interviews, die ich selbst
mit Aussteigern geführt habe, und teilweise auf Undercover-
Ermittlungen à la Wallraff. Es steckt jahrelange Recherche dahinter. Trotzdem kann ich keineswegs behaupten, mein Ver-
zeichnis der Sekten in Schweden wäre auch nur annähernd
vollständig. Sekten haben die unnachahmliche Fähigkeit, sich
hinter einer unscheinbaren Fassade zu verbergen. Nicht alle
natürlich. Einige sind auch ganz offensichtlich völlig verrückt.
Aber die meisten erscheinen erst mal nicht so. Das sind übrigens oft die schlimmsten. Und trotz ihrer Größe und ihres
Vermögens hat der Durchschnittsbürger noch nie von ihnen
gehört. Oder kennen Sie zum Beispiel die Eastern Lightning?«

Vincent und Mina schüttelten den Kopf.

»Der vollständige Name lautet The Church of Almighty
God. Die Sekte wurde 1989 in China gegründet. Sie hat welt-
weit Millionen von Anhängern. Morde und Entführungen,
teilweise von ganzen Kirchengemeinden, sind in ihrer Geschichte keine Seltenheit. Ihr Grundpfeiler ist der Glaube,
Gott wäre als eine Frau namens Yang auf die Erde zurückgekehrt. Da die Sekte aufgrund bestimmter Aktivitäten aus China verbannt worden ist, hat sie sich über die ganze Welt ver-

teilt. In Schweden gibt es sie jetzt auch. Und die Plymouth-brüder gibt es bei uns ebenfalls. Schon mal gehört?«

Wieder schüttelte Mina den Kopf, aber Vincent kannte die Sekte dem Namen nach.

»Sie stehen hinter einem riesigen Imperium, Unternehmen aus der Fertigungsindustrie«, sagte Beata. »Achtunddreißig schwedische Firmen hängen damit zusammen. Diese religiöse Sekte hat in Schweden etwa vierhundert Mitglieder und schottet sich extrem ab. Sie hat ein konservatives Wertesystem und betrachtet den Mann als der Frau überlegen. Die Kinder werden von der Sekte selbst beschult. Sie merken ja, ich könnte noch ewig so weitermachen. Hoffentlich kann Ihnen meine Arbeit weiterhelfen, auch wenn sie lückenhaft ist. Ich bin dabei, ein Puzzle zusammenzusetzen, bei dem noch viele Teile fehlen.«

»Dafür haben wir vollstes Verständnis«, entgegnete Vincent.

Er unternahm einen Versuch, sich aus dem Sitzsack zu stemmen, scheiterte aber. Wieder musste sich Mina das Kichern verkneifen. Er warf ihr einen wütenden Blick zu und versuchte es noch einmal. Aufgrund der Anstrengung entfuhr ihm ein Grunzen. Nun konnte Mina nicht mehr an sich halten. Sie lachte lauthals, und Beata stimmte mit ein. Dann erbarmten sie sich, reichten ihm die Hände und zogen ihn mit vereinten Kräften von dem raschelnden Sack hoch.

»Meine Güte«, sagte er. »Männer mittleren Alters sollten nicht auf Teenagermöbeln sitzen. Ich dachte schon, ich müsste hier übernachten.«

Er strich seinen zerknitterten Anzug glatt, um Mina nicht in die Augen sehen zu müssen. Beim Aufhelfen war sie ihm sehr nahe gekommen.

Mina schien Blickkontakt ebenfalls zu vermeiden.

»Danke für Ihre Hilfe, Beata. Können Sie uns die Artikel schicken?«, fragte sie im Gehen.

»Na klar«, sagte Beata.

Vincent und Beata gaben sich die Hände, während Mina hinausging.

Als Vincent in den Hausflur trat, war Mina bereits ein Stockwerk tiefer. Während er die Treppe hinunterstieg, warf er einen Blick auf seine Handynotizen. Eine davon ließ ihn zusammenzucken, und er rannte hinter Mina her.

»Warte!«, rief er. »Mina, warte!«

Kurz vor der Haustür holte er sie ein. Er hielt ihr sein Handydisplay hin.

»Das Mittagessen muss ausfallen.«

»Was?«

Mina beugte sich vor. Dann fluchte sie.

»Scheiße. Mauro.«

I n fetten schwarzen Lettern prangte die Überschrift auf dem Display.

*Tatverdächtiger im Fall der Kindermorde schon einmal wegen Kindesmissbrauchs verurteilt.*

Gereizt trommelte Mina mit den Fingern auf die Tischplatte. Sie und Vincent waren direkt ins Präsidium gefahren, und jetzt hatte sie vor Hunger ein Loch im Bauch. Sie bereute, dass sie nicht darauf bestanden hatte, von Vincent zu dem versprochenen Mittagessen eingeladen zu werden, denn sie war kurz davor, durchzudrehen.

»Warum haben wir davon nichts gewusst?«, fragte sie.

»Weil er damals erst siebzehn war«, sagte Julia. »Minderjährig. Die Tat ist längst aus dem Vorstrafenregister gelöscht worden.«

»Wie hat die Presse überhaupt davon erfahren?«, fragte Mina. »Und wieso dürfen die das publik machen?«

»Das spielt doch jetzt keine Rolle.« Ruben klang genauso gereizt, wie sie sich fühlte. »Hauptsache, es stimmt. Und es ist ja auch logisch. Solche Typen fangen in jungen Jahren schon an.«

»Aber das passt doch alles nicht zusammen!« Mina warf ärgerliche Blicke in die Runde. »Außerdem streitet er jegliche Beteiligung an den Taten ab.«

»Natürlich tut er das«, schnaubte Ruben.

»Lange können wir ihn auch trotz dieser Behauptungen nicht mehr festhalten«, sagte Peder.

»Ossians Sachen sind in seinem Restaurant aufgefunden worden«, sagte Julia. »Noch dazu in einem Versteck. Und jetzt kommt ein früheres Urteil zum Vorschein. Nein, diesmal tendiere ich dazu, Ruben zuzustimmen.«

»Die Sachen lagen im Wasserkasten einer Toilette«, sagte Mina. »Falls das eine Art Trophäe sein soll, habe ich noch nie gehört, dass jemand seine Beute so unbedacht verstaut.«

445

»Wie gut kennst du dich denn mit Mördern und Trophäen aus?«, fragte Ruben verächtlich. »Und was wäre denn deiner Ansicht nach ein würdiges Versteck für einen Mörder?«

Julia sah ihn tadelnd an, woraufhin Ruben demonstrativ die Augen verdrehte. Die Hitze machte allen zu schaffen. Zudem hatten sich die Medien schon vor den neuesten Erkenntnissen wie blutrünstige Haie gebärdet. Mauros Untersuchungshaft war durchgesickert, und das hatte die Stimmung angeheizt. Ted Hansson, der Vorsitzende von *Schwedens Zukunft*, ließ keine Gelegenheit aus, darauf hinzuweisen, dass Mauro nicht in Schweden geboren war. Diese neue Information war Wasser auf seine Mühlen. Mina mochte sich gar nicht ausmalen, was los sein würde, wenn herauskam, dass es vier Kinder waren.

»Ich sage nur, dass hier einiges nicht stimmt«, seufzte sie. »Die Art, wie Ossians Sachen verstaut waren. Und wie ist Mauro unbemerkt an Ossians Wechselwäsche aus dem Kindergarten gekommen? Normalerweise werden sie in der Garderobe aufbewahrt. Das Mädchen hat ausgesagt, eine Frau gesehen zu haben. Jenny behauptete immer, Mauro hätte Mittäter gehabt, aber die Täterbeschreibung trifft auf niemanden aus seiner Verwandtschaft zu. Die Zeugenaussage des Mädchens aus dem Kindergarten haben wir als glaubwürdig eingestuft, und es gibt jetzt keinen Grund, sie infrage zu stellen, nur weil uns das plötzlich besser in den Kram passt. Was sollte Mauro denn mit Ossian, William oder dem Opfer, das am Dienstag im Fatbursparken entdeckt wurde, zu tun haben? Milda hat bestätigt, dass dieses Kind die gleichen Fasern in der Luftröhre hatte. Warum sollte er diesen Kindern etwas antun? Als Ablenkungsmanöver? Das erscheint mir zu extrem. Oder denkt ihr etwa, er hätte mit seiner eigenen Tochter angefangen und dann mit willkürlich ausgewählten Kindern weitergemacht? Ihr habt Mauro doch mittlerweile alle kennengelernt. Erscheint euch diese Theorie wirklich glaubhaft? Wir müssen erst mal herausfinden, worum es bei der Verurteilung eigentlich genau ging. Ihr wisst so gut wie ich, dass es in solchen

Fällen auch Grauzonen gibt. Jetzt sag du doch auch mal was, Vincent!«

Sie drehte sich zum Mentalisten um, der dem Meeting bislang schweigend beigewohnt hatte.

»Ich kann dazu nichts sagen.« Er wand sich. »Tut mir leid. Bei Mauro fehlen mir die Anhaltspunkte. Ich habe ihn noch nie gesehen. Aber nach allem, was ich so höre, bin ich geneigt, dir recht zu geben. Die Fragmente scheinen nicht richtig zusammenzupassen.«

»Natürlich gibst du Mina recht«, seufzte Ruben.

»Falls es *nicht* Mauro war.« Nachdenklich zupfte Peder an seinem Bart. »Dann müssen wir einige komische Zufälle rund um seine Person erklären. Es gibt da nämlich noch mehr Puzzleteile. Zum Beispiel die Sache mit den Pferden, von der Vincent gesprochen hat.«

»Was meinst du?«, fragte Mina.

Peder zeigte auf die heutige Ausgabe des *Aftonbladet* auf dem Tisch.

*Jockey wegen Kindermorden in Untersuchungshaft,* lautete die Überschrift auf der ersten Seite. Darunter war ein Foto von Mauro, mit einem schwarzen Balken über den Augen.

Mina zuckte erschrocken zusammen. Jockey. Nun erinnerte sie sich an die Pokale bei Mauro zu Hause. Er hatte sie selbst erwähnt. »In meiner Jugend war ich unheimlich aktiv«, hatte er gesagt. »Von Reiten bis Fechten habe ich fast jeden Sport betrieben.«

Sie hatte vor dem Regal gestanden und die Pokale mit den eingravierten Pferden aus nächster Nähe gesehen. Warum hatte sie nicht schon vor Tagen geschaltet? Andererseits hatte er als Jugendlicher an den Pferderennen teilgenommen. Seitdem waren Jahrzehnte ins Land gegangen. Und außerdem hatte es sich nur um eine im Vorbeigehen fallen gelassene Bemerkung gehandelt. Und Mauro war nicht der Einzige, der sich für Pferde interessierte. Da war es vielleicht doch nicht so verwunderlich, dass ihr der Zusammenhang nicht sofort aufgefallen war.

Peder sah sich suchend um.

»Ich meine, ein bisschen merkwürdig ist das schon«, sagte er. »Unser Verdächtiger hat früher Pferdesport betrieben, und gleichzeitig tauchen, wenn man Mina und Vincent glauben darf, überall Pferde auf. Hältst du das für Zufall? Ich denke nämlich eher, dass es den Verdacht gegen Mauro erhärtet.«

»Viele Menschen in diesem Land sind im Laufe ihres Lebens schon mal geritten.« Mina überlegte. »In meiner Schulklasse war es ungefähr die Hälfte aller Mädchen.«

»Ja, aber trotzdem.« Peder war es offensichtlich unangenehm, dass er ausnahmsweise mal anderer Meinung war als sie.

»Du hast recht«, sagte Vincent. »Mauro hat eine Verbindung zu Pferden. Und zwischen Pferden und den Morden gibt es auch eine deutliche Verbindung. Sowohl aufgrund des Schachspiels als auch aufgrund der bei den Leichen gefundenen Gegenstände. Aber Mina hat ebenfalls recht. Der Schwedische Reitsportverband hat 155 000 Mitglieder. Viele haben eine Verbindung zu Pferden, nicht nur Mauro.«

Julia zog die Augenbrauen hoch.

»Ich habe das gegoogelt«, sagte Vincent entschuldigend.

»Außerdem hat Mauro ein Alibi«, wandte Mina ein.

»Ja, aber das Alibi ist seine Frau«, gab Julia zu bedenken. »Wir können nicht wissen, ob sie die Wahrheit sagt.«

Bosse kam von seiner Wasserschale zurückgetrottet und ließ sich von Christer hinter den Ohren kraulen.

»Mir leuchtet Minas Argument ein …«, murmelte Christer.

Julia drehte sich zu Adam um, der mit verschränkten Armen an der Wand lehnte.

»Und was meinst du?«

Er antwortete nicht sofort, sondern schien nachzudenken.

»Ich kann beide Seiten verstehen«, sagte er schließlich. »Die Unklarheiten, auf die Mina hinweist, sehe ich auch. Andererseits gibt es handfeste Beweise. Wieso sollte Mauro sonst die Sachen von Ossian haben? Und für das merkwürdige Versteck gibt es mit Sicherheit eine Erklärung. Vielleicht hatte er sie zuerst an einem anderen Ort aufbewahrt, wo sie beinahe gefunden worden wären, und hat sie dann in Panik in den Wasserkasten gestopft.«

»Ich will mit Mauro sprechen.« Mina sah Julia fragend an. »Und ich will Vincent dabeihaben.«

Nach kurzem Zögern nickte ihre Chefin.

»Der Pferdebezug und die Wechselwäsche reichen mir vollkommen aus.« Genervt blätterte Ruben im *Expressen*. »Und er ist schon einmal wegen Kindesmissbrauch verurteilt worden. Für mich ist die Sache klar. Wir haben ihn.«

Ich verstehe kein Wort.«'

Nach einigen Tagen in der Arrestzelle sah Mauro müde und erschöpft aus. Im fahlen Schein der Neonröhren warfen die Stühle lange Schatten in den kahlen Raum, und die grüne Häftlingskleidung verlieh seinem Gesicht einen gräulichen Schimmer. Mina saß mit Mauro am Tisch. Vincent hatte sich auf einen Stuhl an der Wand gesetzt, um das Gespräch besser beobachten zu können.

»Irgendjemand muss die Kleider da reingesteckt haben«, fuhr Mauro fort. »Jenny wahrscheinlich.«

»Sie hat ein Alibi und außerdem nichts mit Ossian zu tun«, sagte Mina. »Abgesehen von dem Fund im Restaurant gibt es noch mehr belastende Tatsachen.«

Sie vermied es sorgfältig, die Tischplatte zu berühren. Ihre Feuchttücher hervorzuholen, konnte sie sich in einer Vernehmungssituation nicht erlauben. Ihre Hände ruhten auf den Oberschenkeln, und sie versuchte, nicht an den Stuhl zu denken, auf dem sie saß. Die Sitzfläche hatte sie auch nicht abwischen können.

»Was? Mehr belastende Fakten kann es gar nicht geben, weil ich nichts getan habe. Ich würde niemals …«

»Als Sie siebzehn waren«, unterbrach sie ihn. »Was ist da passiert?«

Mauros Gesicht fiel in sich zusammen.

»Was? Da … das war …«

»Sie verstehen doch, dass wir uns fragen, warum Sie uns eine frühere Verurteilung verschwiegen haben. Ich habe mir alle Ihre Vernehmungsprotokolle noch einmal angesehen. Die Sache wird nirgendwo erwähnt.«

»Weil niemand danach gefragt hat.« Mauro hob abwehrend die Hände.

»Stellen Sie sich nicht dumm. Ihnen ist vollkommen klar

gewesen, wie bedeutsam der Vorfall unter den gegebenen Umständen ist. Ist er im Zuge des Sorgerechtsstreits etwa nicht zur Sprache gekommen? Wusste Jenny davon?«

»Nein«, sagte Mauro leise. »Nein, sie wusste nicht davon. Sonst hätte sie es gegen mich verwendet. Aber es ist … es ist nicht so, wie es aussieht.«

»Wie denn dann?«, fragte Mina.

»Es war kein Missbrauch«, sagte Mauro. »Wir waren zusammen. Ich war siebzehn, sie war vierzehn. Es war einvernehmlich und beruhte auf Gegenseitigkeit. Sie war im selben Reitverein wie ich. Aber ihre Eltern waren dagegen. Ich war ihnen nicht vornehm genug. Und nicht schwedisch genug.«

»Hat sie das etwa vor Gericht ausgesagt? Dass die Sache auf Gegenseitigkeit beruhte?«

Mauro grinste gequält.

»Nein. Ihre Eltern hatten ihr ein neues Pferd versprochen, wenn sie eine andere Version erzählt. Das Pferd hatte sie sich schon lange gewünscht.«

Mauro verstummte. Er verschränkte die Arme und schob die Hände unter die Achselhöhlen. Dann starrte er ratlos auf die Tischplatte. Mina warf Vincent einen kurzen Blick zu, er nickte unmerklich. Mauro sagte offenbar die Wahrheit.

Eine Weile saßen sie schweigend da. Nur die Lüftung war zu hören.

»Wir müssen über Pferde sprechen«, sagte Mina.

»Pferde?«

»Ja. Es gibt bei den Kindern eine Spur, die … mit Pferden zu tun hat. Wie Sie sich vorstellen können, spricht es nicht gerade für Sie, dass Sie früher Reitsport betrieben haben.«

»Da bin ich ja bei Weitem nicht der Einzige.«

»Ich weiß. Da gibt es noch einhundertfünfundfünfzigtausend andere.«

Aus den Augenwinkeln sah sie Vincents Mund leicht zucken.

»Wie sind Sie denn eigentlich zum Reiten gekommen? Das ist doch für Jungs ein eher ungewöhnlicher Sport, oder?«

Mauro zögerte.

»Ungewöhnlich ist untertrieben«, sagte er schließlich. »Neunzig Prozent der Aktiven im Reitsport sind weiblich. Aber meine Mutter wollte es unbedingt. Sie ist auf einem Gestüt in Italien aufgewachsen und liebte Pferde. Also hat sie mich in den Sommerferien immer auf einen Reiterhof geschickt. Ihr Hintergedanke war wahrscheinlich, dass ich mal was anderes als Asphalt und Beton sehen sollte. Ich liebte die Pferde von Anfang an. Und anscheinend hatte ich auch Talent. So war es eben. Meine Eltern haben nicht nur Zeit und Aufwand, sondern jede verfügbare Krone in meine Reitwettbewerbe gesteckt.«

Mauro so anerkennend über seine Eltern sprechen zu hören, versetzte ihr einen Stich. Bei ihr hatte es anders ausgesehen. Und sie selbst war auch nicht so eine Mutter gewesen. Sie stand auf.

»Sie werden wohl noch eine Weile hierbleiben. Aber ich nehme mir die alten Akten noch einmal vor, versprochen.«

»Danke«, sagte Mauro.

»Eine Frage noch«, sagte Vincent, während er ebenfalls aufstand. »E-4 e-5. Italienische Eröffnung. Wie würden Sie sich verteidigen?«

Mauro wirkte verwirrt. Fragend sah er die beiden an.

»Verteidigen? Wen soll ich …? Tut mir leid, aber von Fußball verstehe ich gar nichts. Wieso fragen Sie mich das?«

»Vergessen Sie's«, sagte Vincent. »Ich habe mich geirrt.«

Mina hielt Vincent die Tür auf.

»Er hat keine Ahnung von Schach«, flüsterte Vincent ihr im Vorbeigehen zu.

Sie sah, wie Mauros Blick wieder erlosch.

In dem kahlen Raum surrte immer noch die Lüftung.

Mit Abscheu betrachtete Ruben das triumphierende Gesicht von Ted Hansson auf dem Fernsehbildschirm im Konferenzraum. Da die vorherige Pressekonferenz eingeschlagen war wie eine Bombe und mehrere Ausschnitte viral gegangen waren, ließen die Medien sich nicht lange bitten, als Ted Hansson verkündete, er habe Neuigkeiten zu berichten. Diesmal wurde er live in den Nachrichten auf TV4 interviewt.

Ruben hätte schwören können, dass es um Mauro gehen würde. Er hatte sich nicht die Mühe gemacht, den anderen Bescheid zu sagen. Alle hatten zu tun, und außerdem konnte sich Ruben kaum vorstellen, dass Hansson etwas sagen würde, das ihnen weiterhelfen konnte. Falls nötig, konnten sie sich das Interview in der Wiederholung ansehen. Mit diesem Fernsehauftritt würden sie sich vermutlich früher oder später sowieso beschäftigen müssen, ob sie wollten oder nicht.

Auch diesmal saß Lillys Mutter Jenny neben dem Parteichef. Sie standen auf dem Mynttorget vor dem Riksdagshuset. Ted war wahrscheinlich zu dem Schluss gekommen, dass ein Interview unter freiem Himmel mehr Volksnähe vermitteln würde.

Während Ruben mit einem Auge die Fernsehsendung verfolgte, blätterte er im *Aftonbladet*. Es war nicht so, dass er Zweifel an Mauros Täterschaft gehabt hätte. Im Gegensatz zu Mina dachte er an Pferde, wenn er Hufgetrappel hörte, und nicht an Zebras. Doch die Art und Weise, wie sich Ted Hansson und Jenny Holmgren genüsslich an der Situation weideten, erfüllte ihn mit starkem Widerwillen.

»Wir sind erleichtert und dankbar, dass die Wahrheit endlich ans Licht kommt. Mauro Meyer ist ein Täter. Er ist, wie Lillys Mutter immer gesagt hat, ohne gehört zu werden, ein Mensch, der unschuldige Kinder missbraucht. Er ist ein Raubtier, der nicht frei auf Schwedens Straßen herumlaufen sollte.

Wir finden es richtig, dass die Gerechtigkeit nun wiederherge-stellt wird und Lillys Mörder die gerechte Strafe erhält, für die Jenny so lange gekämpft hat.«

Ted legte seinen Arm um Jenny, die sich eine unsichtbare Träne aus dem Augenwinkel wischte.

Ruben rümpfte die Nase. Er konnte nicht nachvollziehen, wieso die Medien dieser Inszenierung so viel Platz einräum-ten.

»Ja, und ich möchte mich für die enorme Unterstützung be-danken, die mir entgegengebracht wird, seit die Wahrheit ans Licht gekommen ist«, sagte Jenny. »Ich bin froh, dass Mauro seine verdiente Strafe bekommt. Meine Lilly sitzt irgendwo da oben und ist glücklich, weil ich nie aufgehört habe, für sie zu kämpfen.«

Jenny wischte sich eine weitere unsichtbare Träne fort, und Teds Hand umklammerte ihre Schulter wie eine Klaue. Ruben wandte sich ab und blätterte wieder im *Aftonbladet*. Die Stim-men waren schon schlimm genug, er konnte nicht auch noch den Anblick dieser Leute ertragen.

In der Mitte der Zeitung war ein doppelseitiges Interview mit Jenny abgedruckt. Um der Story einen noch persönliche-ren Anstrich zu verleihen, hatten sie Jenny bei sich zu Hause fotografiert. Auf einem der Bilder saß sie mit einem Foto von Lilly auf dem Schoß auf dem Sofa. Auf der Kommode im Hin-tergrund waren Familienfotos zu erkennen.

Plötzlich beugte sich Ruben vor. Er hielt sich die Zeitung ganz dicht vor die Nase und studierte die Bilder. Dann fluchte er.

»Scheiße, verdammt. Verfluchte Scheiße. Mina hat recht. Es war nicht Mauro.«

Er betrachtete ein großes gerahmtes Foto hinter Jenny. Da-rauf war sie mit einer Person zu sehen, die er nur zu gut kann-te. Grinsend wandte sich Ruben dem Fernseher zu. Ted Hans-sons Genugtuung würde nicht lange anhalten.

Im Fahrstuhl versuchte Vincent, sich nichts anmerken zu lassen. Er hatte das Präsidium verlassen, um nachzudenken. Das Gespräch über Pferde hatte ihm ins Gedächtnis gerufen, dass sie bei der zuletzt aufgefundenen Leiche noch immer keinen Bezug zu Pferden entdeckt hatten. Das Rätsel der Legosets hatte er auch noch nicht gelöst. Daher war er zum Stockholmer Rathaus spaziert, um das Ganze im wahrsten Sinne des Wortes aus einer anderen Perspektive zu betrachten.

Er schloss die Augen und tat, als würde er im Supermarkt an der Kasse und nicht im engen Fahrstuhl stehen, der den Turm hinauffuhr. Die menschlichen Leiber, die sich an ihn drängten, verstärkten die Illusion. Als die Türen aufgingen und die Touristen hinausströmten, konnte er endlich aufatmen.

Er stieg als Letzter aus und sah sich um. Er war den Turm erst zur Hälfte hinaufgefahren und anscheinend in einem kleinen Museum gelandet.

»Entschuldigung«, hörte er jemanden auf Deutsch sagen.

Ein deutsches Paar, dessen Kinder Propellerkappen mit schwedischer Flagge trugen, zwängte sich an ihm vorbei.

»Bitte sehr«, murmelte er und hielt Ausschau nach der Treppe zur Aussichtsplattform.

Wenn er die Stadt aus einem anderen Blickwinkel betrachtete, konnte er besser denken. Er brauchte eine gewisse Entfernung und den Überblick, um neue Muster zu erkennen. Er konnte sich im Straßennetz verlieren, die Anordnung von Parks und öffentlichen Gebäuden auf sich wirken lassen und auf diese Weise Zusammenhänge und Verbindungen erkennen, die denjenigen, die sich dort unten zwischen den Häusern bewegten, verborgen blieben.

Als er die Treppe gefunden hatte, sah er verstohlen nach oben. Die Stufen in dem engen Turm hatten beklemmende

Ähnlichkeit mit der Treppe in Hitchcocks *Vertigo*. Der Fahrstuhl war eine Sache gewesen, aber das hier? Und Gedränge herrschte auch. Er war sich nicht sicher, ob er es schaffen würde.

Andererseits war das Rathaus nur einen Katzensprung vom Präsidium entfernt. Und zu seinem gewohnten Aussichtspunkt, dem Restaurant Gondolen, traute er sich nicht. Er war seit dem Abend vor zwei Jahren, als er seine Ex-Frau Ulrika da getroffen hatte, nicht mehr dort gewesen. Und er würde wohl erst wieder hingehen können, wenn das gesamte Personal ausgetauscht worden war.

Er stellte einen Fuß auf die erste Treppenstufe, versuchte, nicht daran zu denken, wie nah die Wand war, und ging los. Insgesamt waren es 365 Stufen. Genauso viele, wie das Jahr Tage hatte. Der Turm war 106 Meter hoch, und der Fahrstuhl hatte sie bis zu einer Höhe von 54 Metern gebracht. Etwa die Hälfte der Strecke. Also musste er noch 52 Meter zu Fuß hochsteigen. So viele Wochen hatte ein Jahr. War es Zufall, dass die Stufen und die Höhe des Turms das Kalenderjahr symbolisierten? Natürlich nicht.

Um sich abzulenken, zog er das Handy aus der Tasche und sah sich beim Gehen die Fotos der beiden Legosets an, die sie im Fatbursparken gefunden hatten. Denn Mina konnte sich auch täuschen. Er war sich nicht so sicher wie sie, dass die Spielsachen dem Opfer gehört hatten.

Ein blaues Rennauto und ein roter Abschleppwagen. So harmlos. Und so bedeutungsvoll. Falls es nicht an seiner Neigung lag, überall eine Bedeutung hineinzuinterpretieren, auch wenn es gar keine gab. Diese Tendenz hatte sich in der letzten Zeit verstärkt, dachte er, während er langsam die Treppe hinaufstieg. Denn wie wahrscheinlich war es gewesen, dass er erst vor wenigen Tagen in ein und demselben Gedankengang an Lego und die Farbe Moosgrün gedacht hatte und die Polizei dann an einer Stelle, die er selbst genannt hatte, Legoteile unter dunkelgrünem Rasen fand? Es machte ja fast den Anschein, als hätte er selbst das Spielzeug dort hingelegt. Was er natürlich keineswegs getan hatte.

Er blieb stehen, um nach Luft zu schnappen. Bis zur Aussichtsplattform waren es noch immer viele Stufen.

Das blaue Legoauto kannte er. Er hatte geglaubt, dass ihm wieder einfallen würde, woher. Wieder sah er sich die Fotos an. Auf der einen Seite des Autos klebte ein abgenutzter Aufkleber. Er zoomte heran und konnte schließlich die Buchstaben *drif* entziffern.

Im Weitergehen gab er auf gut Glück »Lego drift« bei Google ein. Da es sich um ein Auto handelte, war es einen Versuch wert. Leider war das richtige Auto nicht unter den Suchergebnissen. Er studierte den Aufkleber erneut. Das Wort fing gar nicht mit dem *d* an, sah er jetzt. Davor stand noch ein anderer, kaum sichtbarer Buchstabe. Er gab versuchsweise »Lego adrift« ein und erzielte diesmal den richtigen Treffer. Sein Display füllte sich mit Bildern des Autos, das sie im Park gefunden hatten. Neben Werbefotos des Modells waren auch die Bauanleitung und die Artikelnummer dabei.

Er begriff sofort, warum ihm das Modell so bekannt vorkam. Es gehörte zu der Serie Lego Racers, mit der Benjamin als kleiner Junge gespielt hatte. Sein Sohn hatte genau das gleiche Auto zusammen mit der gemischten Legostein-Box bekommen, an die er neulich gedacht hatte.

Endlich hatte Vincent die Aussichtsplattform erreicht. Das sommerliche Stockholm lag ihm in voller Pracht zu Füßen, aber er konnte sich nicht auf die Stadt konzentrieren. In seinem Gehirn wurden die Puzzleteile bereits zusammengesetzt. Er zog seinen Füller aus der Tasche, hatte aber kein Papier dabei und schrieb daher auf seine Hand, was er bislang wusste.

*Lego Racers. 8151. Lego Adrift.*
*Lego Classic. 6116. Bausteine-Set.*

Nach kurzem Überlegen strich er die untere Zeile durch. Benjamins Steinebox konnte nichts damit zu tun haben. Aber das rote Auto, das sie gefunden hatten, war genauso groß wie das blaue. Vermutlich gehörte es derselben Serie an. Er studierte das Foto auf seinem Handy aus der Nähe und konnte nun erkennen, dass auch bei dem roten Auto ein Aufkleber auf der Seite war. *Turbo t* stand darauf. Eine Googlesuche nach »Lego Racers Turbo tow« bescherte ihm unmittelbar die Bauanleitung für das rote Auto. Endlich ging es ein wenig voran. Er schrieb die neue Information auf.

*Lego Racers. 8151. Lego Adrift.*

~~*Lego Classic. 6116. Bausteine-Set.*~~

*Lego Racers. 8195. Turbo tow.*

Nun musste er nur noch das Muster finden.

Er blickte übers Wasser nach Södermalm hinüber. Im Osten sah er die dicht belaubten Bäume auf Långholmen, der Insel mit dem alten Gefängnis, das jetzt ein Hotel war. Wasser, so weit das Auge reichte. Wasser und tote Kinder.

*Adrift. Truck.*

Der Bezug zu Benjamins Lego sagte ihm zumindest eins. Das rote Auto war etwas neuer als das blaue, aber beide Legosets wurden seit über zehn Jahren nicht mehr verkauft. Und auf dem Gebrauchtwarenmarkt wurden die kleinen Sets auch selten angeboten. Falls sich das Ganze also um eine Botschaft des Mörders handelte, musste dieser den Mord an dem Kind im Fatbursparken von langer Hand geplant haben. Und zwar musste er mit der Planung begonnen haben, als das Kind noch gar nicht auf der Welt gewesen war, wurde ihm plötzlich bewusst. Was hatte das zu bedeuten? Wie kann man den Mord an jemandem planen, den es noch gar nicht gibt? Das war vermutlich eine wichtige Frage, aber keine, die er zum jetzigen Zeitpunkt beantworten musste.

Ohne den Zusammenhang mit der *Knight's tour* war das Kind im Fatbursparken nur das Opfer eines tragischen Mordes. Vielleicht waren die Legosets doch keine listigen Hinweise eines Mörders, der gerne Spielchen trieb. Ihm war an den Autos nichts Besonderes aufgefallen. Sie schienen genau nach Anleitung gebaut worden zu sein. Möglicherweise hatte Milda recht, und das Kind hatte die Legoautos in der Hand gehalten, als es starb.

Aber er war nicht davon überzeugt.

Die Kinder mit den Propellerkappen rannten hinter ihm vorbei und riefen etwas auf Deutsch. Er presste sich an die Brüstung, um ihnen Platz zu machen. Weit unter ihm lagen Sonnenanbeter auf dem Rasen und genossen die Wärme. Falls die Hinweise nicht in den Modellen versteckt waren, verbargen sie sich vielleicht in den Namen. Da ihm die Worte nichts sagten, übersetzte er die Artikelnummern probehalber in Buchstaben. Die Ziffern 8 1 5 1 8 1 9 5 ergaben die Buchstaben H A E A H A I E. Was Nonsens war.

Aber das Alphabet hatte natürlich nicht nur neun Buchstaben. Um auch die zu verwenden, die weiter hinten im Alphabet vorkamen, musste er immer zwei Ziffern kombinieren. Aus den ersten beiden wurde 81. Das war kein Buchstabe. Der erste Buchstabe musste also die 8 sein, folglich ein H. Die nächsten beiden jedoch waren die 1 und die 5, und die 15 konnte ein Buchstabe sein, nämlich ein O. Die 18 war das R, und die 19 bedeutete S. Dann blieb nur noch die 5 übrig, und die entsprach dem E.

Er starrte die Buchstaben an, die er auf seine Hand geschrieben hatte.

H O R S E.

Pferd.

Turagapadabandha, eine Anordnung in den Schritten eines Pferdes.

*Knight's tour.*

Er hatte die ganze Zeit recht gehabt.

Die deutschen Touristen kreischten ohrenbetäubend.

I st Ihnen klar, was Sie getan haben?«
Rubens Stimme zitterte vor unterdrückter Wut. Meistens
hatte er seine Gefühle bei der Arbeit unter Kontrolle, aber diese Dummheit überstieg fast alles, was er bisher erlebt hatte. Er
und Julia waren, so schnell sie konnten, zum Mynttorget gefahren. Sie waren genau in dem Moment angekommen, als das
TV4-Interview endete. Als sie fragten, ob sie mit Jenny Holmgren sprechen könnten, verzog sich Ted Hansson schnell. Ruben nahm an, dass er es vermied, mit der Polizei gesehen zu
werden. Vor allem, wenn sich dank der Fernsehkameras eine
Menschenmenge gebildet hatte. Für die Touristen war es ein
spannendes Ereignis.

Er hatte Jenny aufgefordert, sie ins Präsidium zu begleiten,
und ihr klargemacht, dass sie keine andere Wahl hatte. Jenny
war immerhin schlau genug, keine Szene zu machen.

Doch als sie sie ins Vernehmungszimmer brachten, verwandelte sich ihre scheinbare Lässigkeit in unverhohlenen Ärger.

»Ich habe keine Ahnung, wovon Sie sprechen«, sagte sie.
»Und ich kann nicht begreifen, wie Sie so unsensibel sein können, mich vor allen Leuten mit dem Streifenwagen abzuholen.
Am liebsten würde ich Sie verklagen. Ich habe schließlich einen Ruf zu verlieren. Und der arme Ted, was macht denn das
für einen Eindruck? Ich nehme an, Mauro hat Sie mit seinen
Lügen eingewickelt. Es fallen auch wirklich alle auf seinen
Charme und seine Lügen herein. Meine Güte, was sind Sie
leicht hinters Licht zu führen …«

Ruben wechselte einen Blick mit Julia, die neben ihm saß.
Ihre geröteten Ohren verrieten, dass sie genauso wütend war
wie er. Auf Idioten, die ihre Zeit verschwendeten, konnten sie
verzichten. Matte Skoglund war bereits wegen des Einbruchs
bei Ossians Eltern verhaftet worden. Er hatte sich noch nicht
einmal aufraffen können, die Tat zu leugnen.

»Überlegen Sie sich genau, ob Sie sich in noch größere Schwierigkeiten bringen wollen«, sagte Julia in sanftem Ton.

Zum ersten Mal, seit sie abgeholt worden war, ließ Jennys Blick einen Hauch von Beunruhigung erkennen.

»Ein Kollege von uns hat bereits mit Matte, Ihrem Bruder, gesprochen«, fuhr Julia mit immer noch zuckersüßer Stimme fort. »Er wird übrigens gerade in ein anderes Vernehmungszimmer gebracht. Was er wohl sagen wird? Vor allem, wenn er eine kleine Strafminderung angeboten bekommt?«

In Jennys Augen blitzte eine Mischung aus Wut und Angst auf. Sie hatten sie. Und sie wusste das.

»Matte kann man nicht trauen.« Sie winkte ab. »Sie kennen doch sicher seine Geschichte. Gefängnis. Drogen. Diebstahl. Körperverletzung. Gibt eigentlich nichts, was der noch nicht gemacht hat.«

»Das ist uns bekannt«, sagte Ruben. »Vor allem Diebstähle waren sein Spezialgebiet. Genau wie Sie sagen.«

Er schob ein paar Fotos zu Jenny hinüber.

»Die Beute hat er ins Pfandhaus gebracht. Wollen Sie vielleicht einen Tipp abgeben, wo er sie herhat?«

Jenny fluchte.

»Ich habe dem Idioten doch gesagt, dass er das Zeug abstoßen soll.«

»Angesichts dieser Äußerung nehme ich an, dass wir offen miteinander reden können«, sagte Julia. »Sie wissen, dass diese Gegenstände Ossians Eltern gehören. Wir haben sie auch gebeten, in Ossians Kleiderschrank zu schauen, und dabei ist ihnen aufgefallen, dass einige Sachen fehlen. Die Beschreibung passt genau auf die Kleidungsstücke, die im Wasserkasten der Toilette im Restaurant Ihres Ex-Manns gefunden wurden.«

»Ach, die hat Mauro wahrscheinlich mitgenommen, als er das Kind aus dem Kindergarten entführt hat.«

»Das dachten wir auch. Aber Ossians Wechselwäsche war noch in seinem Rucksack, und der war zu Hause. Die Klei-

461

dungsstücke im Restaurant sind zeitgleich mit dem Einbruch aus der Wohnung verschwunden. Halten Sie das für Zufall?«

Jenny starrte wortlos auf die Tischplatte.

»Der Verdacht gegen Mauro konnte vollständig ausgeräumt werden«, sagte Ruben sachlich. »Er ist bereits auf dem Weg zu seiner Familie. Wissen Sie, dass diese noch einmal Zuwachs bekommen hat?«

»Sie und Ihren Bruder hingegen werden wir hierbehalten«, fügte Julia hinzu und stand auf. »Dafür gibt es mehr als einen Grund. Von Einbruch, Diebstahl und Hehlerei bis zu Behinderung der Ermittlungen ist alles dabei.«

»Das können Sie nicht machen, ich habe einflussreiche Freunde, die …«

»Haben Sie da etwa Ted Hansson im Sinn?«, fiel Julia ihr ins Wort. »Der Kopf von *Schwedens Zukunft?* Der wird Sie wahrscheinlich nicht mal mehr mit der Kneifzange anfassen, wenn er von dieser Sache hier erfährt. Die Medien werden ihn Ihretwegen in der Luft zerreißen. Ich fürchte, Ihr Moment im Rampenlicht ist vorbei.«

»Fotze«, zischte Jenny.

Julia erstarrte. Dann lehnte sie sich über den Tisch und hielt ihr Gesicht ganz dicht vor das von Jenny.

»Sie sprechen mit einer Mutter. Sagen Sie das. *Noch. Ein. Mal.*«

Jenny wich Julias Blick aus.

»Dachte ich's mir doch«, sagte Julia. »Schönes Wochenende.«

Als Ruben und Julia den Raum verließen, starrte Jenny finster vor sich hin.

»Gute Arbeit, Ruben«, sagte Julia.

Er war so baff, dass er nur nicken konnte.

Nathalies Großmutter saß mit betrübter Miene auf einem der Gartenstühle, die sie gebaut und in den Schatten unter einen Baum gestellt hatten. Wieder und wieder studierte sie ein Blatt Papier.

»Stimmt irgendwas nicht?«, fragte Nathalie besorgt.

»Uns geht das Geld aus.« Ines legte das Blatt Papier beiseite. Nun sah Nathalie, dass es eine Rechnung war. »Die Renovierung war teurer als gedacht. Und wir haben mehr Mäuler zu stopfen. Ehrlich gesagt, weiß ich nicht, ob wir auf diesem Hof bleiben können.«

Die Worte waren wie eine Ohrfeige. Nathalie ließ sich auf den Stuhl neben ihrer Großmutter sacken.

»Nicht bleiben?«, fragte sie. »Aber … aber … wo soll ich denn dann hin?«

Ihre Großmutter zuckte ratlos mit den Schultern.

»Die meisten hier waren so großzügig, uns das Geld zu überlassen, das sie entbehren konnten. Aber das reicht nicht. Und dich möchte ich nicht fragen, du bist zu jung. Im Grunde genommen würde es auch gar nichts bringen, wir brauchen ziemlich viel.«

Nathalie schämte sich. Wie hatte sie so selbstsüchtig sein können. Sie hatte auf Kosten der anderen gelebt, ohne es zu wissen. Andererseits hätte sie es sich denken können, denn irgendwoher musste das Geld ja kommen. Sie wollte ihrer Großmutter klarmachen, dass sie kein Kleinkind mehr war und genauso viel Verantwortung wie die anderen übernehmen wollte. Doch Worte würden nicht ausreichen. Sie musste helfen. Und sie wusste auch schon, wie.

»Mein Vater und ich haben Bargeld zu Hause«, sagte sie. »In meinem Zimmer ist eine Piratenschatzkiste. Wenn ich Geld zum Geburtstag bekomme, lege ich es immer gleich in die Kiste. Und mein Vater steckt auch ab und zu etwas hinein. Wenn genug zusammengekommen ist, fahren wir von dem Piraten-geld in den Urlaub. Es sind bestimmt zehntausend Kronen in meinem Schatzkästchen. Wir können sie holen.«

Ihre Großmutter sah sie mit großen Augen an. Dann lächelte sie.

»Bist du sicher?«, fragte sie. »Das wäre großartig, und du würdest den anderen damit wirklich beweisen, was du wert bist, aber es ist viel Geld. *Dein* Geld.«

»Wie meinst du das? Zeigen, was ich wert bin?«

»Verzeih mir, das hätte ich nicht sagen sollen.« Ines griff nach ihrer Hand. »Aber die anderen stellen sich natürlich manchmal Fragen. Sie glauben, du bekämst eine Vorzugsbehandlung, weil du meine Enkeltochter bist.«

Falls Nathalie sich bis jetzt noch nicht entschieden hatte, tat sie es jetzt.

»Ich will, dass ihr das Geld bekommt«, sagte sie. »Wir sollten sofort hinfahren und es holen.«

Wieder lächelte ihre Großmutter auf diese warmherzige Weise, die einem zeigte, dass alles gut war.

»Wir warten noch auf Karl«, sagte sie. »Man weiß nie, wann man einen starken Mann gebrauchen kann. Wir haben es schließlich mit deinem Vater zu tun.«

Christer wischte sich den Schweiß von der Stirn, während er das Restaurant von Ulla Winbladh betrat. Er war in den vergangenen Monaten jeden Samstag hierhergekommen, nur in den letzten zwei Wochen hatten ihn die Ermittlungen im Fall Ossian so auf Trab gehalten, dass er keine Zeit gefunden hatte. Besorgt sah er sich in dem großen, altehrwürdigen Lokal im Djurgården um. Schon bei seinem zweiten Besuch hatte er beschlossen, dass der kleine Zweiertisch in der linken Ecke seiner war. Einmal hatte er mit dem Nebentisch vorliebnehmen müssen, weil ihm ein junges Paar *seinen* Tisch weggeschnappt hatte. Er hatte seine gesamte Mittagspause damit verbracht, den beiden zornige Blicke zuzuwerfen, allerdings so diskret, dass sie es nicht bemerkten. Er tat es für sich – die jungen Leute konnten ja nicht wissen, dass der Tisch ihm gehörte.

»Sieh mal einer an! Der verlorene Sohn kehrt zurück!«

Der Oberkellner strahlte, als er ihn bemerkte, und Christer wurde warm ums Herz. Er hoffte nur, dass er nicht wieder ins Schwitzen kommen würde. Der Oberkellner war noch genauso blond wie bei seinem letzten Besuch. Keine graue Strähne weit und breit, aber gefärbt schien sein Haar auch nicht zu sein.

»Ich befürchtete schon, wir wären in Ungnade gefallen.« Der Oberkellner zwinkerte ihm zu. »Ihr Tisch ist frei.«

Er nahm im Vorbeigehen eine Speisekarte vom Tresen und ging voraus. Auf dem Tisch mit dem weißen Tischtuch lag schon das Silberbesteck. Und eine Kerze brannte auch.

Diesmal würde er es wagen. Er würde sich vorstellen. Von sich erzählen. Heute würde es passieren. Garantiert.

»Nein, nein, es war nur beruflich viel los«, murmelte Christer.

»Möchten Sie einen Blick in die Speisekarte werfen? Wobei diese leider unverändert ist. Bleiben wir beim Bewährten?«

Der Oberkellner reichte ihm die Speisekarte, und Christer setzte sich mit dem Rücken zur Wand. Bleiben wir beim Bewährten? Auf welches Wir bezog er sich? Christer fragte sich, ob der Oberkellner ihn nicht doch von früher wiedererkannt hatte. Er hoffte es, und gleichzeitig hoffte er verzweifelt, dass es nicht so war. Noch nicht. Er musste sich erst ein wenig sammeln.

Die Aussicht war fantastisch. Die Spazierwege waren voller Menschen, viele waren mit Hunden unterwegs. Er vermisste Bosse. Das Tier begleitete ihn sonst überallhin, aber in diesem Restaurant waren keine Haustiere gestattet, und da er ihn auch nicht im überhitzten Auto lassen wollte, hatte Bosse brav zu Hause bleiben müssen. Beim ersten Mal hatte Christer mit seinen besten Lederschuhen dafür bezahlt. Eine Woche später hatte er die linke Armlehne seines Fernsehsessels eingebüßt. Aber das war es wert.

»Ich schaue mal rein«, murmelte er und bemühte sich, den Kellner nicht anzusehen.

Sein Herz klopfte so stark, dass es mit Sicherheit zu hören war. Bald. Bald würde er etwas sagen.

»Lassen Sie sich Zeit, heute ist es ruhig. Die Leute sind wohl in ihren Sommerhäusern oder draußen im Schärengarten.«

Christer brummte nur und tat, als wäre er in die Speisekarte vertieft, die er eigentlich nicht brauchte, weil er wie immer Hering bestellen würde. Aber er wollte den Augenblick in die Länge ziehen und sich selbst noch ein paar Sekunden Zeit geben. Der perfekte Moment hatte sich seit drei Monaten nicht ergeben, oder vielleicht hatte er ihn auch verpasst, das wusste er selbst nicht mehr.

»Und?«, fragte der blonde Mann im weißen Hemd.

Er war schon auf dem Weg zur Küche gewesen, aber noch einmal stehen geblieben, um sich umzudrehen. Christer blickte von der Speisekarte auf und sah in seine Augen. Sie waren noch genauso blau, wie er sie in Erinnerung gehabt hatte.

»Ich wollte schon öfter fragen«, sagte der Oberkellner, »aber es war meistens zu viel los. Kann es … sein, dass wir uns schon mal begegnet sind? Sie kommen mir irgendwie bekannt vor.«

Eine kleine Sorgenfalte zwischen den Augenbrauen. Die Sonne, die im perfekten Einfallswinkel auf sein Gesicht fiel, intensivierte das Blau seiner Augen. Der Pulsschlag wummerte jetzt so laut in Christers Ohren, dass sich eigentlich alle anderen Restaurantbesucher verwundert zu ihm hätten umdrehen müssen. Doch niemand drehte sich zu dem kleinen Tisch in der Ecke um. Niemand hörte das Wummern. Er holte tief Luft. Der Moment war gekommen.

Endlich.

Aber.

»Nein, ich glaube nicht, dass wir uns schon mal gesehen haben«, hörte er seine eigene Stimme sagen. »Ich nehme übrigens den Hering. Und ein Pils dazu.«

Er klappte die Speisekarte zu und gab sie dem Oberkellner, der achselzuckend zur Küche ging. Christer sah ihm hinterher, bis er aus seinem Blickfeld verschwunden war. Dann seufzte er schwer.

Beim nächsten Mal.

Dann würde er etwas sagen.

Ein freier Tag war doch nicht zu viel verlangt. Außerdem war heute Sonntag. Und sie hatten am Freitag wirklich gute Arbeit geleistet, als sie Jenny und Matte verhaftet und Mauro freigelassen hatten. Ruben war der Meinung, sich ein wenig Muße verdient zu haben.

Aber vergönnt war sie ihm anscheinend nicht.

Er fuhr so schnell, wie er es verantworten konnte. Da er Astrid zuliebe einen Streifenwagen genommen hatte, brauchte er sich zwar wegen der Geschwindigkeitsbegrenzung keine Sorgen zu machen, aber wenn irgendjemandem das kleine Mädchen auf dem Beifahrersitz auffiel, würden vielleicht doch Zweifel an seiner Fahrweise aufkommen. Er hoffte, dass Astrid durch die Polizeimütze zumindest ein bisschen getarnt war. Ruben war der Ansicht, dass sie mit der Mütze deutlich älter wirkte.

Es war typisch Vincent, ausgerechnet dann, wenn Ruben Astrid gerade zum zweiten Mal bei Ellinor abgeholt hatte, ein Meeting einzuberufen. »Lass alles stehen und liegen und komm sofort her«, hatte er gesagt. Was war denn das für eine Art? An einem Sonntag. Andererseits hatte Vincent zuletzt im Sommer vor zwei Jahren ein Meeting einberufen. Und da hatte der Mentalist sich selbst innerhalb von fünf Minuten zum Hauptverdächtigen gemacht. Ruben war gespannt, was er diesmal anstellen würde.

»Du fährst aber schnell!« Astrid lachte. »Jagen wir einen Dieb?«

»So ungefähr«, sagte Ruben. »Wir treffen gleich einen Gedankenleser. Der kann deine Gedanken klauen.«

Astrid verstummte. Sie schien über das nachzudenken, was Ruben gesagt hatte.

»Können wir nicht die Sirene einschalten?«, fragte sie.

Rubens Herz tat einen kleinen Sprung. Zur Hölle mit den

Vorschriften. Seine Tochter wollte die Sirene. Natürlich würde sie die Sirene bekommen. Er schaltete nicht nur die Sirene, sondern auch das Blaulicht ein und drückte das Gaspedal noch weiter hinunter. Astrid juchzte vor Vergnügen.

Als sie im Präsidium eintrafen, grüßte Astrid weltgewandt in Richtung Empfang. Dann fuhren sie mit dem Fahrstuhl hinauf und hasteten im Laufschritt zum Besprechungsraum. Astrid lief die ganze Zeit neben Ruben her. Zuerst begriff er gar nicht, was die verwunderten Blicke zu bedeuten hatten. Dann merkte er, dass sie gar nicht ihn ansahen, sondern seine Tochter.

»Ja, das ist Astrid«, sagte er. »Sie ist heute dabei.«

Es wurde still im Raum.

»Ich weiß nicht, ob unsere Themen so geeignet …«, begann Julia, aber dann schüttelte sie nur den Kopf.

»Ist sie …«, murmelte Peder in seinen Bart. »Ich meine … wie hast du …?«

Dann verstummte auch er.

Vincent stand an der hinteren Wand, wo die mittlerweile mit einem Gitternetz überzogene Karte von Stockholm hing. Fotos von Lilly, William, dem Fund im Fatbursparken und Ossian waren mit Stecknadeln an den jeweiligen Fundorten befestigt. Irgendjemand, vermutlich Vincent, hatte sie mit Linien verbunden, sodass man den Weg des Mörders nachvollziehen konnte.

»Hallo Astrid.« Vincent lächelte Rubens Tochter an. »Schön, dich kennenzulernen. Du siehst deinem Vater aber ähnlich. Sogar ohne Polizeimütze, nehme ich an.«

»Deinem Vater?« Christer fiel die Kinnlade hinunter.

»Wieso«, zischte Ruben. »Ihr werdet doch kapiert haben, dass das meine Tochter ist. Ihr seid ja nicht völlig bescheuert. Vincent hat recht. Die Ähnlichkeit ist verblüffend. Und ihr Vater kann ja nur ein so gut aussehender Mann wie ich sein.«

Er schob Astrid den Keksteller hin und ignorierte das allgemeine Grinsen. Sogar Minas Blick war freundlich.

469

Auf dem Teller lagen zwar nur noch ein paar mit Marmelade gefüllte Doppeldecker-Kekse vom Vortag, aber Astrid knabberte sie offenbar mit Genuss. Julia war hingerissen.

»Weißt du, ich kenne einen Aston, der ungefähr so alt ist wie du«, sagte Vincent zu Astrid. »Und eure Namen sind sehr ähnlich.«

»Ist er auch hier?«, fragte Astrid hoffnungsvoll. »Kann ich mit ihm spielen?«

Christer, der gerade seine Kaffeetasse zum Mund führte, prustete los.

»Tja, Ruben«, sagte er. »Von jetzt an gehst du zum Playdate zu Vincent nach Hause.«

Diese Vorstellung schien sich in Rubens Kopf nicht richtig wohlzufühlen. Er räusperte sich laut.

»Was war denn nun so dringend?«, fragte er. »Astrid und ich haben heute noch was vor.«

»Du hast recht«, sagte Julia. »Lasst uns anfangen. Was hast du uns zu sagen, Vincent? Und Ruben, du hältst Astrid bitte die Ohren zu, wenn es zu unheimlich wird.«

»Das verkraftet sie schon.« Er rückte ihre Mütze zurecht, während Astrid sich noch einen Keks nahm.

»Ihr wisst doch alle von … dem Fund … im Fatbursparken«, begann Vincent zögerlich und warf einen Blick in Astrids Richtung. »Wir haben auch dort ein Pferd gefunden. Kein richtiges, Astrid, wir haben eigentlich nur Lego gefunden. Aber das enthielt eine versteckte Botschaft. Nämlich das Wort *horse*. Und das beweist meine Theorie von der *Knight's tour*. Allerdings bin ich darauf hingewiesen worden, dass der Fund nicht gegen Novas Wassertheorie spricht. Und ich glaube, mit ihrer Vermutung, unser Mörder und seine Helfer seien mit einer sektenartigen Gruppe zu vergleichen, liegt sie ebenfalls richtig. Denn viele der … Opfer … sind von völlig verschiedenen Personen entführt worden. Es muss sich also um eine Organisation handeln.«

»Bei dem Opfer im Fatbursparken haben wir keine Ahnung, wer der oder die Entführer waren«, sagte Christer. Vincent nickte.

»Das stimmt. Das wissen wir noch nicht. Aber es gibt andere Faktoren, die zeigen, dass es sich um denselben Mörder handelt.«

Als Vincent Mörder sagte, machte Astrid große Augen und griff nach Rubens Hand. Spätestens jetzt war er stolz auf seine Tochter. Astrid würde die beste Polizistin aller Zeiten werden.

»Das Problem ist, dass man auf der Grundlage von Nova keine Vorhersagen treffen kann. Sollte noch ... eine Tat geschehen, wird es wieder in Wassernähe sein. Oder an einem Ort, wo mal Wasser gewesen ist. Und das ist in dieser Stadt fast überall der Fall. Die *Knight's tour* hingegen führt uns zumindest zu Orten, an denen wir suchen können. Und daher würde ich vorschlagen, falls du nichts dagegen hast, Julia, dass wir uns an meinem Grundgedanken orientieren, solange wir nichts Besseres in der Hand haben.«

Anstatt Einwände abzuwarten, tippte er mit dem Finger auf Lillys Kartenquadrat. Dann folgte er der Linie zu William, weiter zum Fatbursparken, von dort aus nach Skeppsholmen, wo sie Ossian gefunden hatten, und dann zur nächsten Position auf der Karte.

»Laut meiner Berechnung müssten wir den nächsten ... Fund ... in der Djurgårdsbrunnsviken antreffen«, sagte er.

»Das ist ja eine riesige Bucht oder vielmehr ein Kanal«, warf Peder ein. »Apropos Wasser.«

Vincent warf ihm einen finsteren Blick zu.

»So geht das nicht, Vincent«, sagte Julia. »Du erklärst uns gerade, wo wir suchen können, wenn wir wieder scheitern, aber wir müssen die Entführung doch verhindern. Wir müssen alle Kindergärten alarmieren. Müssen das gesamte Kitapersonal in dem Stadtteil auffordern, beim Abholen besonders aufzupassen und die Kinder nie aus den Augen zu lassen.«

»Und wie lange?«, fragte Peder. »Zwischen Lilly und William ist mehr als ein halbes Jahr vergangen. Der Abstand zwischen William und dem Fund im Fatbursparken hingegen war viel kürzer und der zu Ossian übrigens auch. Bei den Zeitpunkten scheint es kein Muster zu geben. Wie lange sollen wir die Eltern denn in Angst und Schrecken versetzen?«

»Die Eltern haben es jetzt schon satt.« Ruben dachte an die Frau, die er und Adam bei Lovis vor dem Haus getroffen hatten. »Ted Hanssons Popularität steigt von Tag zu Tag. Mit oder ohne Jenny Holmgrens Hilfe.«

»Ich glaube, Warnungen bringen nichts«, sagte Christer düster. »Bis jetzt haben die Entführer die Eltern, Nachbarn und Kitapersonal immer überlistet.«

Ruben sah Astrid an. Sie war nur wenige Jahre älter als die Kinder, über die sie sprachen. Vincent und Nova behaupteten, dass eine ganze Organisation hinter den Taten steckte. Plötzlich konnte Ruben kaum noch schlucken. Er rückte Astrids Mütze gerade und schwor sich, seine Tochter zu beschützen, komme, was da wolle.

Die anderen verließen den Raum. Vincent blieb vor der Karte stehen. Er strich mit der Hand darüber und fuhr die Züge des Springers nach. Die Route des Mörders. Irgendetwas hatten sie übersehen.

Mina stand in der Tür und rief ihm etwas zu.

Peders Hinweis ließ ihm keine Ruhe. Die Zeitabstände zwischen den Entführungen wichen stark voneinander ab. Aber jemand, der sich so viel Mühe gab wie ihr Mörder, überließ nichts dem Zufall. Alles auf der Welt spielte sich in Zeit und Raum ab – zu einem bestimmten Zeitpunkt und an einem bestimmten Ort. Es gab immer ein Wann und ein Wo. Bezüglich des Wo war das Muster auf der Karte eindeutig. Aber das war nur ein einziges Puzzleteil. Ihnen fehlte die andere Hälfte des Musters. Sie hatten kein Wann.

»Vincent?«

Er drehte sich um. Mina sah ihn fragend an.

»Entschuldige«, sagte er. »Was hast du gesagt?«

Er ging im Geiste ein paar Minuten zurück und versuchte, sich Minas Worte ins Gedächtnis zu rufen. Doch er hatte keine Erinnerung an ihre Worte.

»Kein Problem, ich weiß, dass du mir nicht zugehört hast«, sagte Mina. »Und genau darauf wollte ich hinaus. Ich glaube, du solltest dich mal eine Weile mit anderen Dingen beschäftigen. Komm mit.«

Er wagte nicht zu fragen, was Mina vorhatte, und heftete sich an ihre Fersen. Als sie sich den Fahrstühlen näherten, überkam ihn ein unangenehmes Gefühl.

»Ruf Maria an und sag ihr, dass es spät wird«, sagte sie, als die Fahrstuhltüren aufglitten. »Die Besprechung hat sich hingezogen oder was weiß ich.«

»Okay, aber darf ich fragen, wo du mit mir hinwillst?«

»Wir müssen beide mal auf andere Gedanken kommen.«

Mina drückte die Taste, und sie fuhren ins Untergeschoss. »Damit wir anschließend wieder besser funktionieren. Damit müsstest du dich eigentlich auskennen.«

Vincent wartete einen Moment ab, bevor er in den Fahrstuhl trat. Er mochte keine Fahrstühle, und Tiefgaragen mochte er noch weniger. Die Decken waren immer zu niedrig. Andererseits konnte er froh sein, dass Mina nicht auf der Straße geparkt hatte, denn dann wären sie in einer rollenden Sauna zu ihrem geheimnisvollen Ziel gefahren.

Als sie Minas Auto erreichten, fiel ihm gleich auf, dass auf dem Beifahrersitz keine Schutzfolie lag. Vermutlich hatte sie schon länger niemanden mehr mitgenommen.

»Geht das denn so?«, fragte er.

»Die Folie ist im Handschuhfach.« Sie ließ den Motor an. »Leg sie doch bitte einfach selbst auf den Sitz.«

»Du weißt wirklich, wie man einem Mann das Gefühl gibt, willkommen zu sein«, sagte er und kam ihrer Bitte nach.

Sie fuhr über die S:t Eriksbron und weiter zum Odenplan. Kurz vor der Bibliothek bog sie ab und stellte den Wagen in einer Tiefgarage ab.

»Wir sind jetzt ein ganzes Stück vom Präsidium entfernt«, sagte sie. »Aber das ist gerade der Witz an der Sache.«

Er betrachtete das Schild. Neben einem Totenkopf standen die Buchstaben ROQ. Jetzt war er noch verwirrter. Was war das hier?

»Ich weiß«, sagte Mina, als sie seinen Blick bemerkte. »Ich komme vorzugsweise dann hierher, wenn keine Band spielt. Nichts gegen Livemusik, aber hast du eine Ahnung, wie viele Partikel ein Drummer aufwirbelt? Die müssten eigentlich in Glaskästen spielen.«

Er folgte Mina ins Gebäude. Es dauerte einige Sekunden, bis sich seine Augen an die Dunkelheit gewöhnt hatten. Dann sah er reihenweise Billardtische.

»Ich habe doch gesagt, dass ich gut in Billard bin«, sagte Mina. »Daher wollte ich dir eine Lektion in Demut erteilen. Damit du zur Abwechslung mal nicht der Schlauste bist.«

Vincent starrte sie an. Er wusste gar nicht, wo er mit dem Nachdenken anfangen sollte. Billard?

Die Polizistin, die keine Menschen mochte, und Panik bekam, wenn auch nur das Wort Bakterien fiel, in einer Billardhalle zu sehen, war höchst ungewohnt. Andererseits war die Halle praktisch leer, es war schließlich Nachmittag. Und sauber war es hier auch. Außerdem hatte Mina tatsächlich erwähnt, dass sie gern Billard spielte. Allerdings war das ewig her.

»Mit den Kindern kommen wir momentan sowieso nicht weiter«, sagte Mina. »Es bringt nichts, immer nur mit dem Kopf gegen die Wand zu rennen. Wenn wir uns eine Zeit lang auf etwas anderes konzentrieren, arbeiten wir hinterher viel besser.«

»Hallo, Mina!«, rief eine Frau am Tresen.

»Hallo, Alice, wie geht's?«

Die Frau trug ein schwarzes Top mit dem Schriftzug des Lokals und hatte die Haare sorgfältig zu einer betont schlampigen Frisur hochgesteckt. Sie zuckte mit den Schultern.

»Du weißt ja«, sagte sie. »Manchmal ist er stur. Da hilft nur tiefe Bauchatmung. Tisch acht ist wie immer für dich reserviert.«

Alice ging hinter dem Tresen in die Hocke und holte ein kleines Tablett mit einer Flasche Desinfektionsmittel und ein Körbchen Feuchttücher hervor.

»Melde dich, wenn deine schlechtere Hälfte zu anstrengend wird«, sagte Mina. »Ich habe ein paar Kollegen, die ihn zur Räson bringen können.«

Sie ging mit dem Tablett zum Billardtisch. Vincent blieb nichts anderes übrig, als ihr zu folgen.

»Wie läuft das denn nun?«, fragte er. »Ich will ja nicht nerven, aber müssten wir die Kugeln nicht zuerst waschen? Wickeln wir den Tisch in Folie ein? Hast du ein antiseptisches Teleskopqueue in der Handtasche? Die Gegenstände müssen doch von Tausenden von Menschen angefasst worden sein.

Menschen, die Bier getrunken und Snus an den Händen und im Mund gehabt und vor allem bei Livemusik geschwitzt haben ...«

»Danke, das reicht«, sagte Mina.

»Wer mit dir zu tun hat, braucht therapeutische Begleitung«, sagte sie. »Seit ich nicht mehr bei den AA bin, komme ich jede Woche hierher. Manchmal sogar mehrmals in der Woche. Wir sind so weit vom Präsidium entfernt, dass mich hier keiner kennt. Hier habe ich meine Ruhe. In gewisser Weise bringt mir das Billardspielen mehr als die AA. Alice macht den Tisch sauber, bevor ich komme. Das Queue und die Kugeln auch. Und ja, ich habe sie gebeten, dabei Gummihandschuhe zu tragen. Sie findet das überhaupt nicht seltsam. Verglichen mit den Dingen, die ihr Mann von ihr verlangt, ist das völlig normal. Er ist ... Expeditionist, wie der Fachbegriff lautet.«

Vincent sah zu, wie sie die Kugeln in ein Kunststoffdreieck legte und zurechtschüttelte.

»Es erregt ihn also, an öffentlichen Orten Sex zu haben, und mag es besonders, wenn er erwischt werden könnte?«, sagte er. »Wie ermüdend.«

Er versetzte dem Billardtisch einen Stoß, um zu prüfen, wie stabil er war. Man konnte sich leicht vorstellen, was hier schon alles passiert war.

»Dummkopf«, sagte sie, als sie seinen Blick registrierte. »Das habe ich sie natürlich zuerst gefragt.«

Sie drückte ihm ein Queue in die Hand und nahm das Dreieck weg.

»Du stößt an.«

Der Rest des Spiels verlief genau so, wie Mina vorhergesagt hatte. Sie war gnadenlos. Aber Vincent war auch wirklich eine Niete. Da ihm das Thema Zeit noch immer durch den Kopf ging, konnte er sich nicht so gut konzentrieren.

Mina zielte mit Bedacht, weil sie einen Kombinationsstoß beabsichtigte. Sie traf eine Kugel, die ihrerseits auf eine andere traf. Es ergab sich eine Kettenreaktion, an deren Ende die letzte Kugel schließlich ins Loch rollte. Vincent hielt inne. Er versuchte, sich den Ablauf vor seinem inneren Auge vorzustellen. Irgendetwas an der Art, wie die Kugeln in immer kürzeren Abständen aufeinandergeprallt waren, fesselte ihn. Ereignisse, die sich gegenseitig bedingten. Und zeitlich aufeinanderfolgten. In immer kürzeren Abständen …

»Mina«, sagte er.

Sie blickte von ihrem Queue auf.

»Glaubst du, wir können die anderen heute Abend gleich noch mal im Präsidium zusammentrommeln?«

»So, das war's dann wohl.« Sie richtete sich auf und lehnte ihr Queue an die Wand. »Entspannst du dich nie?«

»Doch, habe ich mal, als ich neun war«, sagte er. »Ich habe mich zu Tode gelangweilt. Was meinst du? Können wir …?«

»Peders Frau wird dich umbringen«, sagte sie. »Und Julias Mann auch. Aber ansonsten ist es kein Problem. Wieso?«

»Das erkläre ich dir unterwegs.«

»Und du bist sicher, dass du nicht kneifst, weil ich gewinne?« Sie sah ihn prüfend an.

»Ganz sicher.«

Seufzend räumte Mina ihre Sachen zusammen. Sie brachten das Tablett mit dem Desinfektionsmittel zurück an die Bar.

»Das war aber eine kurze Partie«, sagte Alice.

»Ja, ist was dazwischengekommen«, erwiderte Mina. »Aber ich komme diese Woche noch mal vorbei.«

Vincent wartete, bis sie draußen waren.

»Ist dir aufgefallen, wie sie die ganze Zeit zu unserem Tisch herübergelinst hat?«, fragte er. »Sie und ihr Mann haben diesen Tisch definitiv schon mal benutzt.«

Da alle außer Ruben noch im Haus waren, brauchte Mina nicht lange, um die Gruppe zusammenzutrommeln. Die müden Gesichter machten jedoch deutlich, dass Vincent sich auf diese Weise nicht gerade beliebter machte. Sie hatte es sich natürlich nicht nehmen lassen, darauf hinzuweisen, dass das Treffen seine Idee gewesen war. Nicht einmal Peder mimte Begeisterung. Mina konnte die anderen verstehen. Sie war auch genervt von Vincent. Zur Strafe für die überflüssige Bemerkung hatte sie ihm gedroht, er müsse zu Fuß von der Billardhalle zum Präsidium gehen. Seinetwegen würde sie Alice beim nächsten Mal bitten müssen, ihr einen anderen Tisch zuzuweisen.

»Es tut mir leid, dass wir jetzt noch einmal zusammenkommen«, sagte Vincent. »Aber es wäre zu kompliziert gewesen, das Ganze am Telefon zu besprechen. Ich habe über eine Sache nachgedacht, die Peder vor …«

Er sah auf die Uhr.

»… vor zwei Stunden gesagt hat.«

»Und was habt ihr beiden in der Zwischenzeit gemacht?«, fragte Ruben mit vielsagendem Unterton.

Er hatte Astrid nicht mehr an seiner Seite und war offensichtlich wieder ganz der Alte.

»Das geht dich nichts an«, gab Mina zurück. »Aber ich kann dir versichern, dass die Kugeln frisch gewaschen waren und Vincents Stöße kräftiger sind, als man annehmen könnte.«

Christer und Peder brachen in schallendes Gelächter aus, aber Ruben stieg die Zornesröte ins Gesicht. Er schien vor Scham im Boden versinken zu wollen. Es war wunderbar. Endlich hatte sie es ihm gezeigt. Nach all den Jahren, in denen Ruben ihr mit anzüglichen Blicken, blöden Bemerkungen und Beleidigungen das Leben schwer gemacht hatte, war er mal so rot angelaufen wie ein Schuljunge.

»Ich darf doch annehmen, dass ihr Billard gespielt habt?«, fragte Adam zaghaft.

Christer lachte noch lauter.

»Und schon wieder ist die ganze Klasse außer Rand und Band«, seufzte Julia. »So gern ich mich noch ein wenig mit euch herumschlagen würde – ich werde zu Hause von jemandem erwartet, der mir noch wichtiger ist. Und reifer ist er auch.«

Mina entging nicht, dass Julia nur eine Person erwähnte. Torkel und sie waren sich offenbar noch immer nicht grün.

»Also, worum geht es?« Julia sah Mina an.

Mina trat einen Schritt zurück und deutete auf Vincent.

»It's all yours«, sagte sie.

Vincent räusperte sich und stellte sich wieder vor den Stadtplan.

»Wie ich euch schon am Nachmittag erklärt habe, müsste die nächste Leiche laut meiner Theorie hier im Gebiet rings um die Djurgårdsbrunnsviken aufgefunden werden. Was wir jedoch *nicht* wissen, ist, wann der Täter oder vielmehr die Organisation oder Sekte wieder zuschlagen. Ich glaube jedoch, dass ich es herausbekommen habe. Peder hatte recht. Die Tatzeitpunkte sind wie Billardkugeln, die mit immer höherer Geschwindigkeit aufeinanderprallen.«

Sämtliche Polizisten im Raum sahen ihn verwirrt an.

»Und dafür bin ich gerade mit dem Auto extra aus Vallentuna gekommen?«, fragte Ruben.

Aber Mina mochte Vincent so am liebsten. Wenn er so von seinen eigenen Gedanken in Anspruch genommen wurde, dass er die anderen vergaß. Seine Körpersprache veränderte sich, wenn er nachdachte. Er wurde dann lockerer. Als ob er sich sicherer fühlte. Es schien, als wäre er die restliche Zeit über immer auf der Hut. Aber jetzt nicht. Jetzt war er der Vincent, den sie ganz nah an sich herangelassen hatte.

»Ich habe das Muster die ganze Zeit nicht erkannt«, sagte Vincent, der Rubens bissige Zwischenfrage offenbar überhört hatte. »Nicht einmal, als Milda sagte, der Fund im Fatbursparken könne höchstens seit zwei Monaten dort liegen, ist es mir aufgefallen. Aber es stimmt alles zu gut überein, um Zufall zu sein.«

»Womit stimmt es denn überein?«, fragte Ruben noch gereizter.

Adam und Julia sahen Vincent erwartungsvoll an, während Christer die Stirn runzelte, als versuchte er ernsthaft, dem Mentalisten zu folgen. Peder hingegen wandte sich dem leeren Keksteller zu. Die letzten Kekse hatte Ruben anscheinend Astrid mitgegeben.

»Mit der Beschleunigungskurve.« Vincent trat an das Whiteboard.

Er nahm einen Stift und begann zu schreiben.

»Seht mal. Die Verwendung der *Knight's tour* zeigt, dass wir es mit Individuen zu tun haben, die ihre Handlungen nach streng mathematischen Vorgaben ausrichten. Es gibt keinen Grund zu der Annahme, sie würden sich bei der Frequenz dieser Handlungen anders verhalten. Lilly ist letztes Jahr Anfang Juni verschwunden. William dieses Jahr Ende Januar. Es liegen sieben Monate dazwischen. Wenn die Leiche im Park wirklich höchstens zwei Monate dort gelegen hat, wie Milda sagt, dann muss sie Mitte Mai verschwunden sein. Dreieinhalb Monate nach William. Und Ossian ist acht Wochen später verschwunden. Wisst ihr, worauf ich hinauswill?«

Vincent zeigte auf das, was er ans Whiteboard geschrieben hatte.

Lilly –> William; 7 Monate

William –> Fatbursparken; 3,5 Monate

Fatbursparken – > Ossian; 1,75 Monate (8 Wochen)

»Der Zeitraum zwischen den Taten halbiert sich jedes Mal«, sagte er.

»Ach, du Scheiße«, murmelte Christer.

»Das würde bedeuten, dass das nächste Kind vier Wochen nach Ossian verschwindet«, sagte Julia.

»Genau.« Vincent nickte.

»Moment mal«, sagte Christer. »Hast du nicht gesagt, dass es vierundsechzig Mal passiert, wenn wir das Ganze nicht stoppen? Weil es so viele mögliche Schritte wie Felder auf dem Schachbrett gibt? Es sieht mir aber nicht so aus, als würden diese Halbierungen noch viele Möglichkeiten offenlassen.«

»Da hast du recht«, sagte Vincent. »Gut beobachtet. Wenn sich der Zeitraum zwischen den Taten halbiert, kann der Mörder noch höchstens vier Taten verüben. Anschließend müssten die Entführer sonst ein Kind pro Tag entführen, und dann bald eins pro Stunde, und das erscheint mir ausgeschlossen. Nach acht Entführungen findet das Ganze also sein natürliches Ende. Ich sage nicht, dass es acht werden müssen. Aber es könnte so kommen. Im Moment sollten wir uns jedoch darauf konzentrieren, die fünfte zu verhindern.«

Keiner im Raum sagte etwas. Offenbar nahmen alle Vincent ernst. Selbst Ruben wirkte nachdenklich.

»Was heißt das jetzt genau, Vincent?«, fragte Julia langsam. »Wie viel Zeit haben wir noch, bis es wieder passiert?«

»Du hast es ja selbst gesagt.« Der Mentalist klopfte ans Whiteboard. »Die nächste Entführung wird vier Wochen nach der von Ossian passieren. Jetzt ist Sonntagnachmittag. Nächsten Mittwoch liegt Ossians Entführung drei Wochen zurück. Wenn wir den Fall nicht lösen, wird also in zehn Tagen irgendwo in Stockholm noch ein Kind entführt.«

DIE VIERTE WOCHE

Hallo!«

Ruben zuckte vor Schreck zusammen. Er hatte gar nicht gemerkt, dass er nicht mehr allein war.

»Hallo.« Instinktiv fuhr er sich durchs Haar.

An diesem Dienstagmorgen machte es, was es wollte.

»Wie läuft's?«, fragte Sara aus der Datenanalyse.

Die Sara, die ihnen beim Strukturieren und Sortieren aller

möglicher Informationen behilflich war und die ihn aus irgendeinem Grund nicht mochte. Als sie sich neben ihn setzte, nahm er eine dezente Mischung aus Parfum und Waschmittel wahr. Sara sah trotz der Hitze völlig entspannt aus, und Ruben musste den Impuls unterdrücken, unter den eigenen Achseln zu schnuppern. Stattdessen konzentrierte er sich auf die Aufgabe, die er vor sich hatte.

»Unsere Arbeit ist unendlich viel schwieriger geworden.« Seufzend zeigte er auf den Monitor. »Seit die Morde so viel mediale Aufmerksamkeit bekommen, melden Eltern ihre Kinder schon nach einer Viertelstunde als vermisst. Das Telefon klingelt am laufenden Band. Außerdem sind die Leute sauer. Sie sind der Meinung, wir würden unsere Arbeit nicht ordentlich machen. Und sie haben Angst. Eltern lassen ihre Kinder kaum noch aus den Augen.«

»Lieber eine Vermisstenanzeige zu viel als eine zu wenig.« Sara sah blinzelnd zum Bildschirm.

»Und als ob das nicht genug wäre, haben wir am Wochenende erfahren, dass der Mörder Mittwoch in einer Woche wieder zuschlagen könnte.« Er seufzte tief. »Aber nach dem Fiasko mit Mauro stehen wir sowieso wieder ganz am Anfang. Ich schäme mich, es zuzugeben, aber wir haben nicht den geringsten Anhaltspunkt. Gestern haben wir den ganzen Tag zusammengesessen und sind die Protokolle aller Befragungen im Fall Ossian durchgegangen, aber es ist rein gar nichts dabei herausgekommen. Niente. Unser Mörder ist ein Phantom.«

»Kann ich irgendetwas tun?« Sie griff nach der vollen Kaffeetasse, die sie auf dem Schreibtisch abgestellt hatte.

»Danke, aber im Moment wüsste ich nicht, was. Und falls dieser Kaffee aus dem Automaten kommt, muss ich dich warnen. Pures Rattengift.«

Sara lachte. Ihr Lachen klang hell und melodisch. Ulkig, dass ihm das nicht früher aufgefallen war.

»Ich bin die amerikanische Plörre gewohnt.« Sie trank einen Schluck. »Verglichen damit, schmeckt in Schweden auch der schlechteste Kaffee himmlisch.«

»Okay. Was ist denn eigentlich mit den USA? Ich habe gehört, du bleibst endgültig hier?«

»Du meinst, du hast von meiner Trennung gehört?«

Sara seufzte. Er bemühte sich, keine verstohlenen Blicke auf ihre Kurven zu werfen, die sich zweifellos an den richtigen Stellen zeigten. Ihr Mann musste ein Idiot sein.

»Es hat sich herausgestellt, dass wir in mancher Hinsicht unterschiedlicher Meinung sind«, sagte sie. »Er wünscht sich eine Hausfrau, die im Allgemeinen die Klappe hält. Und ich sehe das wohl … ein wenig anders.«

»Kapiert.« Ruben scrollte sich durch die vielen Vermisstenmeldungen. »Verzeih mir, wenn die Frage zu privat ist, aber wie macht ihr es mit den Kindern? Wenn ihr auf verschiedenen Kontinenten wohnt?«

Sara sah ihn verwundert an.

»Das sind ja ganz neue Seiten an dir. Ich hätte gar nicht gedacht, dass du von meinen Kindern weißt.«

Ruben wurde rot, aber dann drückte er den Rücken durch. Sie hatte ja recht. Er entwickelte tatsächlich neue Seiten. Oder, na ja, was hieß schon neu. Eigentlich war er immer ein fürsorglicher Mensch gewesen, wenn er das mal so sagen durfte. Es hatte nur nicht so viele Menschen gegeben, um die er sich kümmern musste. Oder vielleicht doch, und er hatte es nur nicht gemerkt. Ach, Scheiße, nun wurde alles wieder so kompliziert. Aber kompliziert war gut, wie seine Psychologin Amanda zu sagen pflegte. Kompliziert bedeutete, dass sich etwas bewegte. Auch wenn es manchmal mühsam war.

»Ich habe erfahren, dass ich eine Tochter habe«, sagte er. »Sie heißt Astrid und ist zehn Jahre alt.«

»Oh, gratuliere!«

Sara sah ihn noch verwunderter an.

»Was … wie fühlst du dich damit?«

»Großartig«, sagte er und stellte fest, dass es stimmte.

Denn es war ja wirklich so. Er fand es großartig. Sie war großartig.

»Natürlich ist das traurig, dass ich von ihrer Kindheit so viel verpasst habe. Aber so ist es nun mal. Ich weiß auch nicht, ob ich eine Hilfe gewesen wäre. Ihre Mutter ist klug. Im Grunde weiß ich, dass sie die richtige Entscheidung getroffen hat, als sie mich rausgeschmissen hat. Aber jetzt will ich das Beste daraus machen. Und ein so guter Vater wie möglich sein.«

Kopfschüttelnd führte Sara ihre Tasse zum Mund. Sie musterte den Kaffee und stellte die Tasse wieder ab.

»Hier passieren ja Sachen, wenn man mal ein paar Tage weg ist«, sagte sie. »Ich freue mich unheimlich für dich. Und um deine Frage zu beantworten … das mit den Kindern ist ziemlich vertrackt. Ich will hierbleiben, weil ich hier meine Familie habe, und ich will, dass die Kinder hier aufwachsen. Er will das nicht. Die amerikanischen Gesetze sind nicht besonders toll, wenn es um die Rechte von Müttern geht. Jedenfalls nicht, wenn diese Mütter aus anderen Ländern stammen. Ich habe Angst, dass er die Kinder nicht wieder rausrückt, wenn sie ihn das nächste Mal besuchen. Und deswegen soll er vorerst herkommen, wenn er sie sehen möchte. Unsere Anwälte sind ›im Gespräch‹.«

Sie deutete mit den Fingern Gänsefüßchen an.

»Scheiße«, sagte Ruben spontan, und Sara nickte nur.

Sie trank einen Schluck Kaffee und verzog das Gesicht.

»Du hast recht. Es ist Rattengift.«

»Sag ich doch«, sagte er. »Hast du Lust, mit mir die Kinder durchzugehen, die in den vergangenen Wochen vermisst gemeldet wurden? Die meisten Kinder wurden sicher längst wieder aufgefunden oder sind von allein zurückgekommen. Manche Eltern vergessen einfach, Bescheid zu sagen. Ich schlage vor, wir rufen alle an. Nicht dass wir auf diese Weise unseren Entführer finden, denn der schlägt ja erst nächste Woche zu, wenn die Theorie stimmt. Aber diese Arbeit hier muss auch gemacht werden.«

»Wie weise von dir.« Sara setzte sich neben ihn und zog ihr Handy aus der Tasche. »Und wer weiß, vielleicht entdecken wir ja doch was Interessantes. Vielleicht ist die Zeit der Wunder ja doch noch nicht vorbei.«

Er sah sie verstohlen von der Seite an. Warum hatte er noch nie mit ihr geredet? Sie war schlau und witzig. Noch dazu schien sie kein bisschen zu schwitzen. Diskret schob er die Finger unter seine Achseln. Verdammt. Klitschnass. Und er hatte nur ein hellgraues T-Shirt an. Er wusste, dass das schwarze besser gewesen wäre.

Peder musste widerwillig zugeben, dass das Jucken seines Barts den optischen Vorteil mittlerweile bei Weitem überstieg. Und eigentlich war außer ihm auch niemand der Meinung, dass er mit dem Vollbart verdammt cool aussah, selbst Anette war ins Lager der Gegner gewechselt. Wenn das ständige Jucken nicht gewesen wäre, hätte er den anderen Bartgegnern wahrscheinlich getrotzt, aber jetzt schwankte er bedenklich.

Peder kratzte sich ausgiebig, während er die Listen studierte. Wenn er in Massen von Daten eintauchen konnte, in denen er sowohl Regelmäßigkeiten als auch statistische Abweichungen erkannte, fühlte er sich am wohlsten. Er liebte die Herausforderung, die Nadel im Heuhaufen zu finden, den winzigen Goldkrümel, der die Ermittlungen den entscheidenden Schritt voranbrachte. Aber bei dieser Liste war es anders. Die Liste der vermissten Kinder ließ sich nicht auf eine anonyme Datenmenge reduzieren. Ruben und Sara waren die Liste bereits einmal durchgegangen und hatten die Kinder herausgefiltert, die wieder aufgetaucht waren. Das war der Großteil gewesen. Aber einige waren immer noch übrig. Zu viele.

Bei jedem Gesicht sah er die Gesichter der Drillinge vor sich. Seit es sie gab, schienen sein ganzer Körper und sein gesamtes lebenserhaltendes System direkt mit ihnen verknüpft zu sein. Sie waren sein Yggdrasil, sein Weltenbaum, sie waren seine Venen und Kapillargefäße, sie waren die Lungen, die ihn mit Sauerstoff versorgten. Jedes Kind in der Datenbank der Polizei hatte mindestens einen Elternteil, der keine Luft mehr bekam.

Bei den meisten Kindern gab es eine glaubhafte Erklärung für ihr Verschwinden. Ein Elternteil war mit dem Kind ins Ausland gezogen. Geflüchtete Familien wurden versteckt, damit sie nicht in ihr Heimatland zurückgeschickt wurden.

Manche Kinder waren aus freien Stücken und tausend verschiedenen – aber ausschließlich traurigen – Gründen von zu Hause, aus einer Pflegefamilie oder einem Heim abgehauen.

Trotzdem blieben noch ein paar übrig. Und bei denen gab es keine glaubhafte Erklärung. Sie waren aus unerklärlichen Gründen verschwunden. Und für die interessierte er sich. Er verglich jedes dieser Kinder mit Mildas Bericht über die Leiche aus dem Fatbursparken. Auch wenn es aufgrund des schlechten Zustands der Leiche nicht viele Anhaltspunkte gab, einige gab es schon. Und Milda war gut darin, die brauchbaren Ergebnisse zu strukturieren.

Peder sah sich Mildas Aufzeichnungen noch einmal an und fasste sie zusammen. Größe: ca. eins zwanzig. Alter: ungefähr sechs. Haarfarbe: braun. Geschlecht: männlich. Das Kind hatte sich irgendwann den rechten Oberschenkel gebrochen. Milda hatte geschätzt, dass die Fraktur etwa zwei Jahre zurücklag. Solche Angaben waren immer nur eine Schätzung, aber immerhin.

Langsam und sorgfältig scrollte sich Peder durch alle Dokumente. Manchmal horchte er auf, weil er glaubte, eine Übereinstimmung gefunden zu haben, aber es gab immer irgendeinen abweichenden Faktor.

Schließlich hielt er inne. Er las, was auf dem Bildschirm stand, verglich es mit seiner Liste, checkte es doppelt und dreifach und stand auf.

Sie brauchten dringend eine neue Spur. Eine, die sie dem Mörder ein Stück näherbrachte. Und Peder hatte sie soeben gefunden. Er wusste, wer der Junge im Fatbursparken war.

W as ist das hier, Papa?«
    Angewidert blätterte Rebecka in der Epicura-Broschü-
re auf dem Wohnzimmertisch.

»Das passt irgendwie gar nicht zu dir. ›Die vier Eckpfeiler
des Epikur‹?«

Vincent sah von seinem Buch auf. Er war tief versunken in
den ersten Band von Michel de Certeaus *L'invention du quo-
tidien,* einem interessanten Essay über die unterschiedliche
Wirkung, die eine Stadt auf einen Betrachter ausübte, der auf
einem erhöhten Aussichtspunkt stand, und einem, der durch
die Straßen ging. Die gleichen Gedanken waren ihm auf dem
Rathausturm gekommen.

»Der Epikureismus ist eine Philosophie.« Er klappte das
Buch zu. »Nova, eine Kollegin von mir, hat einen Seminarhof,
wo sie Epikurs Lehre vermittelt. Wie ich sehe, bleibst du heute
Abend zu Hause. Alles in Ordnung mit Denis?«

»Nova ist verdammt hübsch«, sagte Benjamin aus seiner So-
faecke. »Mehrere Kommilitonen von mir folgen ihr auf Insta.«

»Denis besucht seine Familie«, sagte Rebecka. »Und du bist
eklig, Benjamin. Nova ist doppelt so alt wie du.«

»Und deswegen kann sie nicht hübsch sein?«

Aston kam aus seinem Zimmer. Er tanzte zu Musik, die nur
er hören konnte. Er hatte sich angewöhnt, beim Singen zu
twerken. Bei Gelegenheit würde Vincent ihn fragen, wo er das
gelernt hatte.

»So ver-dammt hü-ü-übsch«, sang Aston zur Melodie von
Queens »The Show Must Go On«.

Der Song hatte offenbar »Radio Ga Ga« von Platz eins verdrängt.

»So ver-dammt hü-ü-übsch!«

Je älter seine Kinder wurden, desto weniger verstand Vincent sie.

Maria starrte zusammengekauert auf ihr Handy. Man brauchte kein Mentalist zu sein, um sich auszurechnen, mit wem sie chattete. Doch nun blickte sie auf.

»Und diese verdammt hübsche Nova kennst du also«, bemerkte sie. »Wie gut?«

»Das habe ich dir doch schon gesagt«, gab er zurück. »Sie ist eine alte Kollegin. Wir laufen uns hin und wieder über den Weg. Und jetzt ist sie auch noch in dieselben Ermittlungen involviert wie ich …«

Er merkte zu spät, dass er einen Fehler gemacht hatte.

Marias Gesicht war blass geworden.

»In dieselben Ermittlungen wie du und diese Polizistin?«, fragte sie. »Mina? Und nun auch noch diese Frau? Sag mal ehrlich, Vincent, dass du dich nicht schämst. Polizeiliche Ermittlungen, schon klar.«

Rasend vor Wut, stand sie auf. Den Chat mit Kevin schien sie völlig vergessen zu haben.

»Gruppensex nenne ich so was«, sagte sie.

»Maria, bitte!«, riefen Benjamin und Rebecka im Chor.

»Gru-uppense-e-ex!«, grölte Aston und twerkte dabei fröhlich vor dem Aquarium im Wohnzimmer.

Vincent bedeckte das Gesicht mit den Händen. Jetzt fehlte nur noch, dass die Fische ein Trauma zurückbehielten. Er sah auf die Uhr. Oh, nein, er verpasste noch seinen Zug nach Gävle, wo er am Abend einen Vortrag halten musste. Er hatte den Abendtermin erfolgreich verdrängt, weil er so froh gewesen war, dass er die Shows hinter sich hatte. Aber Vorträge waren zum Glück einfacher. Es kamen keine Gürtel darin vor.

»Dieses Wort ist nicht …«, sagte er. »Oder lass es dir vielleicht von Mama erklären. Ich muss jetzt los. Ich komme mit dem Zug um 22 Uhr zurück und bin da, wenn du aufwachst, Aston.«

Mit seiner Laptoptasche ging er in den Flur. Maria folgte ihm. Er machte sich auf eine Beschimpfung gefasst, aber diesmal überraschte sie ihn.

»Viel Erfolg heute Abend«, sagte sie leise. »Vergiss mich nicht.«

Er stutzte und sah sie an. Er war sich ganz sicher gewesen, dass eine sarkastische Bemerkung kommen würde. Oder ein unterschwelliger Vorwurf. Aber Marias Augen sahen ihn offen und mit leichtem Funkeln an. Sie meinte es ernst. Und sie schien sogar ein bisschen traurig zu sein.

»Denkst du … das tue ich, wenn ich nicht zu Hause bin?«, fragte er. »Dich vergessen?«

Der Gedanke war ihm vollkommen neu. Er überlegte, was das zu bedeuten hatte. In der Paartherapie war das Thema nie zur Sprache gekommen. Aber es erklärte natürlich einiges. Marias aggressive Attacken, ihre verächtliche Haltung. Natürlich hatte er gemutmaßt, das Verhalten hätte eine Schutzfunktion, aber ausgesprochen hatte sie es noch nicht. Es schmerzte ihn, dass sie sich so fühlte.

»Vincent Walder, The Master Mentalist.« Sie zupfte ein unsichtbares Haar von seinem Hemd. »Der Mann, den alle haben wollen. Es ist schwer, sich mit dir zu messen, weißt du.«

»Du solltest mal eine meiner Shows oder einen Vortrag von mir besuchen«, sagte er. »Dann würdest du merken, dass ich nur der Mann bin, den alle *sehen* wollen. Aus sicherer Entfernung. Das ist ein Unterschied.«

Er stellte die Tasche ab und nahm Marias Gesicht in die Hände.

»Und was das Vergessen angeht«, sagte er. »Es ist genau umgekehrt. Ich dachte, das läge auf der Hand. Das Einzige, was mir da draußen das Gefühl gibt, zumindest ein bisschen normal zu sein, seid ihr. Ohne dich und die Kinder wäre ich verloren.«

Sie kniff die Augen zusammen und lächelte zaghaft. Dann verfinsterte sich ihre Miene.

»Wenn du deine Mina nicht hast, meinst du.«

Seufzend nahm er seine Tasche. Sie waren so nah dran gewesen. Vielleicht beim nächsten Mal. Im Wohnzimmer trällerte Aston noch immer das Wort Gruppensex, als Vincent das Haus verließ.

Ich verstehe das nicht! Wie ist er denn im Fatbursparken gelandet? Ist Vendela auch da?«

Thomas Jonsmark fegte die Hand der Maskenbildnerin weg und drehte sich zu Ruben um. Die Polizei hatte Tage gebraucht, um einen Termin bei dem großen Schauspieler zu bekommen. Ruben und Peder hatten seinem Agenten jedoch nicht im Detail erzählt, worum es ging. Thomas sollte es als Erster erfahren.

»Du sollst in zehn Minuten fertig sein«, sagte die Maskenbildnerin.

»Die sollen warten«, sagte Thomas barsch und fuhr sich durch das dichte, dunkle Haar. »Würdest du uns bitte alleine lassen?«

Neidisch betrachtete Ruben die berühmte Haarpracht. Er hatte sich selbst zwar auch für einen Frauenschwarm gehalten, aber neben Thomas Jonsmark sah er ziemlich alt aus. Er war nicht nur ein Film- und Fernsehstar, sondern auch der feuchte Traum aller Schwedinnen.

Seine Romanzen mit bekannten und unbekannten Frauen hatten die Klatschpresse jahrzehntelang mit Stoff versorgt. Und Dexter war sein Kind. War sein einziges Kind gewesen, korrigierte Ruben sich selbst. Für einen Augenblick zerriss es ihm fast das Herz.

Er sah Astrids Gesicht vor sich, und während der Sekunden, in denen ihn schlagartig das Gefühl überkam, ihr könnte etwas zustoßen, fühlte er sich wie im freien Fall. Er schüttelte sich, um das Gefühl loszuwerden. Von diesem Abgrund hatte er nichts geahnt. Und er wusste nicht genau, wie er damit umgehen sollte.

»Leider haben wir Ihre Ex-Frau noch nicht erreicht«, sagte Peder. »Und Sie waren auch nicht leicht zu erreichen.«

»Ex-Freundin«, berichtigte ihn Thomas. Ruben sah, dass

der Schauspieler Peders Bart anstarrte. »Vendela und ich waren nicht verheiratet. Dexter war … Vendela und ich hatten nur eine sehr kurze Liaison, um ehrlich zu sein. Dexter war ein Unfall. Jedenfalls von meiner Seite.«

Er ließ die Andeutung im Raum stehen. Das Thema war Ruben nicht unbekannt, weil es eine Zeit lang die Titelseiten der Klatsch- und Abendzeitungen dominiert hatte. Der Ton zwischen Thomas und Vendela schien von Anfang an vergiftet gewesen zu sein, beide machten sich schwere Vorwürfe. Dass Vendela mit psychischen Problemen zu kämpfen hatte, die noch dazu in aller Öffentlichkeit verhandelt wurden, hatte das Ganze nicht einfacher gemacht.

»Wir haben uns bei einem Filmdreh kennengelernt. Sie hat als Coach gearbeitet und sollte mich bei meiner Rolle in *Dämmerungsblut* beraten. Das war der Film, für den ich den Guldbagge bekommen habe.«

Wieder fuhr sich Thomas durchs Haar. Ruben nickte, obwohl ihm weder der Film noch der Preis irgendetwas sagten. Wenn nicht Bruce Willis, Tom Hardy oder Dwayne Johnson drin vorkamen, hatte er ihn höchstwahrscheinlich nicht gesehen.

»Sie war sehr, sehr schön. Und stark. Auf diese zerbrechliche Art. Ich war ihr komplett verfallen.«

Eine junge Frau mit Headset steckte den Kopf herein.

»Wir brauchen dich gleich auf der Bühne.«

Thomas machte eine abwehrende Handbewegung, und sie machte die Tür rasch wieder zu.

»Können Sie uns von Vendelas und Dexters Verschwinden erzählen?«, fragte Peder. »Was wissen Sie darüber?«

»Wie gesagt, wir wohnen ja nicht zusammen, das haben wir nie getan. Und wenn Vendela in der Klinik war, kam Dexter immer zu ihrer Mutter. Zu dem Zeitpunkt war Vendela gerade entlassen worden.«

»Haben Sie sich Sorgen gemacht?«, warf Ruben ein.

Thomas überlegte eine Weile und zupfte dabei an seiner Nagelhaut.

»Nein, eigentlich nicht. Vendela hatte immer einen Hang zum Drama. Sie hatte im Laufe der Jahre schon einige Selbstmordversuche unternommen, aber das war eigentlich immer eher … Theater gewesen.«

»Hatte sie vor dem Klinikaufenthalt auch gedroht?«, fragte Ruben. »Sich das Leben zu nehmen, meine ich?«

»Ja, schon. Ich hatte wohl eine SMS bekommen. Sie hatte einen Artikel über meine neue Freundin gelesen. Ein Model aus Brasilien. Und wie üblich ging sie an die Decke. Ich habe im Laufe der Jahre gelernt, dass man das am besten ignoriert.«

Er machte eine nonchalante Geste. Eine Locke fiel ihm in die Stirn, und Ruben musste widerwillig zugeben, dass er verstehen konnte, was die Frauen an ihm fanden.

»War an dem Tag, als die beiden verschwanden, irgendetwas anders?« Peder kratzte sich am Bart.

Ruben überlegte, wie er in Worte fassen sollte, dass es wirklich an der Zeit war, das Ungetüm abzurasieren.

»Nein. Erst als Vendelas Mutter anrief, um mir zu sagen, dass Dexter nicht im Kindergarten angekommen und Vendela nicht zu erreichen war, habe ich mir langsam Sorgen gemacht. Denn das war ungewöhnlich.«

»Und dann haben Sie in der Wohnung den Brief gefunden?«, fragte Peder.

»Ja. Vendelas Mutter hat einen Schlüssel. Wir sind zusammen hingegangen und fanden den Brief auf dem Küchentisch. Oder, was heißt schon Brief. Da stand nur ›Lebt wohl‹. Sonst nichts.«

»Haben Sie die Nachricht ernst genommen?«

Ruben zuckte erschrocken zusammen, weil wütend an die Tür geklopft wurde. Eine ältere Frau mit strenger Miene riss die Tür auf.

»Du musst jetzt wirklich kommen!«

»Aber hier ist die Polizei. Sie haben Dexter gefunden«, entgegnete Thomas in scharfem Ton.

Die Frau wurde bleich und nickte stumm.

»Dann lasst euch Zeit«, sagte sie, während sie behutsam die Tür schloss. »Ich gebe dem Team Bescheid.«

»Um Ihre Frage zu beantworten, nein, wir haben die Nachricht nicht ernst genommen.«

Zum ersten Mal entglitt dem Schauspieler die Fassade ein wenig, und Ruben erkannte dahinter so etwas wie echte Trauer. Kurz darauf hatte er seine Maske wieder aufgesetzt. Als ob das ganze Leben eine Rolle wäre.

»Erst als sie auch am Abend nicht nach Hause kamen, wurde uns klar, dass vielleicht wirklich etwas passiert sein könnte, und wir haben die Polizei informiert. Der Rest ist Ihnen ja bekannt. Sie wurde zuletzt gesehen, als sie zusammen mit einem Jungen an Bord der Fähre nach Tallinn ging. Sie hatte aber nur eine Fahrkarte für sich selbst gekauft. Und in Tallinn sind die beiden nicht an Land gegangen.«

Wieder fummelte er an seiner Nagelhaut.

»Wir haben die Zeugen noch einmal befragt. Kurz bevor wir zu Ihnen gekommen sind. Sie sind sich nicht mehr sicher, ob der Junge, den sie gesehen haben, wirklich zu ihr gehörte. Wir denken, dass Vendela allein auf die Fähre gegangen ist. Wahrscheinlich ist sie gesprungen. Aber Dexter war vermutlich nicht bei ihr.«

Voller Mitgefühl beobachtete Peder, wie Thomas immer mehr in sich zusammensackte. Sein Make-up war fast fertig, und Ruben bemerkte die dicke Schicht Puder auf seiner Haut und die feinen dunklen Striche, mit denen die Augenbrauen aufgefüllt worden waren. Wenn man den Mann im Fernsehen sah, fiel die Schminke gar nicht auf.

»Was? Wie kann das sein? Und wieso ist er im Fatbursparken gefunden worden?«

»Das wissen wir noch nicht«, sagte Ruben. »Wir müssen Ihnen leider mitteilen, dass er ermordet worden ist. Von wem, wissen wir noch nicht. Wir können Vendela als Täterin nicht ausschließen, aber aus Gründen, auf die wir nicht näher eingehen können, glauben wir nicht, dass Ihre Ex-Fr…, äh, Ihre Ex-Freundin Ihren Sohn getötet hat.«

»Die Kinder«, sagte Thomas dumpf. Unter der beigen Puderschicht wurde er weiß. »Die Kinder in den Nachrichten.«

»Wie gesagt, wir können momentan nicht ins Detail gehen«, wiederholte Peder.

Die beiden Polizisten standen auf.

»Wenn Ihnen noch etwas einfällt, das relevant sein könnte, ganz egal, was, dann melden Sie sich bitte.«

Peder legte ihm eine Hand auf die Schulter. Als sie gingen, sah Peder aus den Augenwinkeln, wie Thomas sich mit seinem Stuhl zum Spiegel herumdrehte.

»Wartet hier«, entschied Nathalie. »Wir sollten nicht zu nah ranfahren.«

Karl nickte und parkte in einer Seitenstraße. Sie befanden sich im Karlavägen, zwei Häuserblöcke von der Wohnung von Nathalies Vater in der Linnégatan entfernt. Hier waren sie vermutlich vor seinem wachsamen Auge sicher.

»Soll ich mitkommen?«, fragte Ines.

»Das ist keine gute Idee. Ich mache das besser alleine. Wartet hier auf mich.«

Mit ihrem Rucksack stieg sie aus und bog in die Jungfrugatan ein. Die Frage war, wie viel die Wachmänner ihres Vaters wussten. Hatte er ihnen gesagt, dass sie verschwunden war? In dem Fall würden sie ihn wahrscheinlich anrufen, sobald sie sie entdeckten. Aber dagegen ließ sich jetzt nichts machen. Sie würde sich damit auseinandersetzen, wenn es so weit war. In der Linnégatan stand ein schwarzes Auto direkt vor dem Hauseingang. Es konnte ein normaler Privatwagen sein, aber vielleicht saßen auch die Wachleute ihres Vaters drin. Von außen war das unmöglich zu erkennen. Als sie ins Haus schlich, war jedoch niemand zu sehen.

Sie ging die vier Treppen zu Fuß, anstatt den Fahrstuhl zu nehmen. Die Gittertür quietschte so laut, dass sie bis in die

Wohnung zu hören war. Vor der massiven Wohnungstür blieb sie stehen und horchte. Aus der Küche war das typische Geschirrklappern ihres Vaters zu hören. Wahrscheinlich bereitete er irgendein unnötig aufwendiges Abendessen zu, obwohl er allein zu Hause war. Sie verstand nicht, warum er rund ums Essen immer einen solchen Aufwand betrieb.

Langsam steckte sie den Schlüssel ins Schloss, drehte ihn herum und schlich sich lautlos in die Wohnung. Ihr Blick fiel auf den Rücken ihres Vaters. Er hatte sich ein Geschirrtuch über die Schulter geworfen und schmeckte gerade eine Soße ab, die sicher aus vier verschiedenen Sorten frischem Chili bestand, und prüfte die Temperatur des Bratens, während er aus seinen selbst gezogenen Tomaten die schönsten auswählte. Sie hatte nie verstanden, warum er nicht ein Restaurant eröffnet hatte, wenn das Kochen ihm solchen Spaß machte.

Auf Zehenspitzen ging Nathalie in ihr Zimmer. Das schwarze Keramikschatzkästchen stand auf ihrer Kommode. Den Deckel zierte ein silberner Totenkopf. Sie klappte das Kästchen auf und sah hinein. Es waren deutlich mehr als die zehntausend Kronen darin, die sie ihrer Großmutter gegenüber erwähnt hatte. Voller Stolz malte sie sich aus, wie sehr ihre Großmutter sich freuen würde, während sie das Schatzkästchen im Rucksack verstaute. Dann nahm sie alle sauberen Slips und Socken aus der oberen Schublade. Sie überlegte, ob sie auch eine Jeans einpacken sollte, aber die brauchte sie nicht, weil Ines sie ja mit Kleidung versorgte, nur nicht mit Unterwäsche. Ihr fiel noch ein, dass sie nach dem Ladegerät suchen wollte. Schließlich schlich sie sich noch ins Bad und holte ihr Necessaire, und am Ende stopfte sie alles in den Rucksack.

So leise, wie sie gekommen war, ging sie wieder durch den Flur. In den Bratpfannen in der Küche zischte und brutzelte es, und ihr Magen tat weh vor Hunger. Vor der Küche blieb sie kurz stehen. Ihr Vater war nur wenige Meter von ihr entfernt. Sie hätte zu ihm hineingehen können. Er wäre überglücklich gewesen, sie zu sehen. Und sie hätte so viel essen können, wie sie wollte.

Sie sah auf ihre Hände und den zartrosa Streifen, der quer über ihre Finger verlief. Aus der Küche roch es wirklich köstlich. Es wäre ein Leichtes gewesen, in ihr altes Leben zurückzukehren. Sie hätte nur über die Schwelle treten müssen.

Doch dann hätte sie ihre Großmutter vermutlich nie wiedergesehen. Und Ines brauchte sie. Die anderen brauchten sie. Sie waren jetzt ihre Familie. Nicht der Mann in der Küche.

Eilig schlich sie aus der Wohnung. Die Tür glitt mit leisem Klicken ins Schloss.

Oh, welch hochherrschaftlicher Besuch! Ich habe mich gerade gefragt, ob Sie heute wohl kommen. Es ist schließlich Samstag.«

Der Oberkellner strahlte übers ganze Gesicht, und Christer musste schlucken. Wahrscheinlich war es doch keine gute Idee gewesen. Sondern eine richtig schlechte. Noch war es nicht zu spät, sich umzuentscheiden. Er konnte auf dem Absatz kehrtmachen und gehen.

Aber. Wo er nun einmal hier war. Da konnte er auch gleich Hering und ein Pils bestellen. Und dann gehen.

»Kommen Sie, Ihr Tisch ist frei. Nehmen wir das Übliche?«

Der Oberkellner durchquerte den großen Saal. Die anderen Mittagsgäste unterhielten sich leise. Bei Ulla Winbladh übte man sich in vornehmer Zurückhaltung, wie seine Mutter stets zu sagen gepflegt hatte.

Der Gedanke an seine Mutter ließ ihn nach Luft schnappen. Sie hatte die Gedanken, die ihm ständig durch den Kopf gingen, nicht akzeptiert. Tag und Nacht. Immer im Kreis. Nichts davon hatte seine Mutter gutgeheißen. Aber sie lebte nicht mehr, rief er sich ins Gedächtnis. Jetzt konnte sie ihre Meinung endlich für sich behalten. Und er hatte jedes Recht, sein Leben so zu leben, wie er es wollte.

Er musste es nur wagen.

Christer trat einen Schritt zurück und sah aus einem Fenster. Diesmal hatte Bosse mitkommen dürfen. Noch mehr Möbel zu opfern, hätte Christer ruiniert. Er hatte den Hund an einem Fahrradständer im Schatten angebunden. Und ihm die mitgebrachte Wasserschale hingestellt. Aber trotzdem. Wahrscheinlich war es zu heiß für das Tier. Er sollte …

»Sehen Sie? Es ist schon für Sie gedeckt. Brauchen Sie die Speisekarte?«

Das Lächeln des Oberkellners ließ den ohnehin sonnendurchfluteten Raum noch stärker erstrahlen. Ungeschickt setzte sich Christer an den Tisch.

»Hering«, murmelte er mit gesenktem Blick. »Und ein Pils.«

»Wie üblich. Wenn Sie mich fragen, das beste Gericht auf der Karte. Wozu also ein Risiko eingehen? Überlassen wir das lieber der Jugend.«

Tja, manche wagten etwas in ihrer Jugend, dachte Christer. Das Lachen des Oberkellners hallte von den Wänden wider. Christers Magen verkrampfte sich. Der Oberkellner schien seine Gedanken lesen zu können. Er sah auf. Und dann sagte er mit leicht zittriger Stimme:

»Apropos Jugend, Sie hatten übrigens recht. Letzte Woche.«

Der Oberkellner kniff die Augen zusammen. An diesen Gesichtsausdruck erinnerte sich Christer gut. Er holte tief Luft.

»Sie haben gefragt. Und ja, wir haben uns schon mal gesehen. Mehr als das.«

Weiter war er noch nicht gekommen, als er in Panik geriet. Was machte er da? Er sprang auf und hätte beinahe Stuhl und Tisch umgerissen.

»Oje, Verzeihung, da muss ich rangehen.« Er wedelte mit seinem offensichtlich ausgeschalteten Handy. »Eine polizeiliche Angelegenheit.«

Er entschuldigte sich noch einmal und stürzte davon. Den Blick des Oberkellners fühlte er noch lange im Rücken.

Unter dem hohen Hut lief Peder der Schweiß in Strömen hinunter. Caspers Geburtstagsfeier war an diesem Sonntagnachmittag in vollem Gange, und zehn Kinder, unter denen seine zweieinhalbjährigen Drillinge die jüngsten waren, sahen ihn skeptisch an.

Nachdem die Kinder Kuchen gegessen hatten, war er mit Zauberhut und blau gefärbtem Bart hereingekommen. Er hatte steif und fest behauptet, nicht Peder, sondern dessen geheimer Bruder Pedro zu sein. Die Kinder fanden das wahnsinnig witzig. Je lauter sie schrien, er sei Peder, desto hartnäckiger behauptete er, es nicht zu sein, und über seinen blauen Bart lachten die Drillinge, bis sie Schluckauf bekamen.

Ihre laute Fröhlichkeit erfüllte ihn mit so viel Liebe, dass er glaubte, sein Herz müsse zerspringen. Gleichzeitig erfüllte sie ihn mit Angst. Seit dem Meeting in der vergangenen Woche ging ihm Vincents Vermutung, dass es zu einer weiteren Entführung kommen würde, nicht aus dem Kopf. Dass er die Identität des Kindes aus dem Fatbursparken festgestellt hatte, war ein wichtiger Schritt gewesen. Die Listen der vermissten Kinder waren sie auch noch ein drittes Mal durchgegangen, um ganz sicherzugehen, dass sie nichts übersehen hatten. Adam hatte alle Informationen, die ihnen vom Leichenfund auf Skeppsholmen vorlagen, mit der Lupe untersucht. Sie hatten die gesamte Woche genutzt, um sich vorzubereiten.

Und dennoch hatten sie keine Ahnung, was sie am Mittwoch erwartete. Oder wo sie vorher suchen sollten. Die Polizei hatte natürlich nicht genug Ressourcen, um jede Kita in der Stadt zu überwachen. Eine generelle Warnung auszusprechen, stand auch nicht zur Debatte. Das hätte die ohnehin panischen Eltern in Stockholm noch verrückter gemacht.

Die Beamten hatten nicht die geringste Bewegungsfreiheit.

Aber wenn sie nichts unternahmen, würde in drei Tagen ein Kind verschwinden.

Es könnte Casper sein. Oder eins seiner drei kleinen Mädchen. Oder ein anderer junger Gast. Eins der Kinder auf dieser Geburtstagsfeier konnte es genauso gut treffen wie jedes andere Kind in der Stadt.

Und jetzt stand er hier.

Und zauberte.

Zuerst hatte er einen roten Ball weggezaubert. Die Begeisterung war mäßig gewesen. Dann hatte er für Casper einen Hut aus Papier gefaltet. Da hatten die Drillinge angefangen, den anderen Kindern von den Abenteuern der Feen aus dem Winx Club zu erzählen. Und der Papierhut war zu klein für Caspers Kopf gewesen.

Ihm blieben nur noch Sekunden, um den Super-GAU zu verhindern. Er wusste, dass sonst buchstäblich eine Kuchenschlacht ausbrechen würde. Es wurde Zeit für seine Geheimwaffe. Den Zaubertrick, den Vincent ihm verraten hatte. Da er keine Zeit gehabt hatte, ihn zu üben, musste er ihn strikt nach Anleitung ausführen. Das war nicht zu ändern.

»Und nun mein letzter und gefährlichster Trick«, sagte er laut, um die Winx-Club-Diskussion zu übertönen. »Als ich diesen Trick zum ersten Mal ausprobiert habe, ist mein Bart blau geworden.«

Die Kinder waren schon beim Wort »gefährlichster« verstummt. Er hatte sie. Für einen Moment. Er schielte auf die Anleitung, holte zwei große gelbe Taschentücher hervor und knotete sie zusammen.

»Zwei große Tücher«, verkündete er feierlich. »Und die verknotet Peder, ich meine natürlich Pedro, mit einem ganz festen Knoten. Diese Tücher müssen jetzt an einen Platz gelegt werden, wo ganz sicher niemand irgendeinen Blödsinn damit anstellen kann. Zum Glück kenne ich das beste Versteck.«

Er knüllte den zusammengeknoteten Teil zusammen und

steckte ihn schnell in seinen Hosenbund, sodass die losen Teile heraushingen.

»Igitt, er hat sich das Tuch in die Hose gesteckt«, schrie eins der Kinder, die anderen kreischten vor Lachen.

Er merkte, wie viel Spaß er auf einmal hatte. Das hatte Vincent also gemeint, als er sagte, er solle nicht zaubern, sondern unterhalten. Er warf noch einen Blick auf die Anleitung und holte ein drittes Taschentuch hervor, diesmal ein rotes, und wedelte dramatisch damit. Dann legte er das rote Taschentuch in den Zauberhut und setzte ihn auf.

»Wenn ihr jetzt alle schreit ›simsala-bim-abra-ka-dabra-schnabel‹, dann verschwindet das rote Tuch aus dem Hut. Und ratet mal, wo es wieder auftaucht? In meiner Hose!« Die Kinder schütteten sich aus vor Lachen. »Verknotet mit den beiden gelben.«

Wieder lachten die Kinder.

»Simsala-bim-abra-kadabra-schnabel! Alle auf einmal!«

»Simsaschnabel!«, brüllten die Kinder durcheinander.

Peder grinste so selbstbewusst und stolz, wie er konnte, umfasste die gelben Tuchenden und zog sie aus seinem Hosenbund und gleichzeitig auseinander.

»Ta-taaa!«, juchzte er.

Es war mucksmäuschenstill. Dann brach schallendes Gelächter aus. Casper brach fast zusammen. Tränen liefen ihm übers Gesicht.

»Meine Güte, Peder!«, sagte Anette erschrocken. Doch auch sie musste grinsen, und ihre Schwester strahlte wie ein Honigkuchenpferd.

Vincent hatte gewusst, wovon er redete. Mit gespielter Verwunderung betrachtete Peder die Taschentücher. Zwischen den beiden gelben Tüchern hing eine alte Männerunterhose.

Dass die Erzieher in der Kita seiner Drillinge eine Erklärung von ihm verlangen würden, weil die drei Mädchen dort garantiert erzählen würden, dass ihr Papa auf einem Kindergeburtstag die Unterhose ausgezogen hatte, nahm er in Kauf. Das war der Spaß wert gewesen. Jetzt war er der Held. Und in diesem Moment gab es nichts Böses mehr auf der Welt. Er, Peder, hatte es vertrieben.

Das Lachen der Kinder hatte er noch im Ohr, als die Geburtstagsfeier längst zu Ende war.

## DIE FÜNFTE WOCHE

Benjamin hatte die Post reingeholt. Der kleine Stapel auf dem Küchentisch bestand aus Astons Mitgliedermagazin vom Lego-Club, ein paar Kärtchen, die Maria irgendwelche Produktproben empfahlen, und ein an Vincent adressierter Umschlag. Nicht viel für einen Montag. Offensichtlich war die Mehrheit der Schweden im Urlaub.

Er wusste sofort, was der Umschlag enthielt. Obwohl er ein halbes Jahr zu früh kam. Er pulte den Weihnachtsmannsticker ab, mit dem das Kuvert versiegelt war, und schüttete die tetrisförmigen Papierschnipsel auf den Tisch. Die Beunruhigung, die ihn bei der Beschäftigung mit den beiden anderen Puzzles erfüllt hatte, kehrte augenblicklich zurück. Doch diesmal war das Gefühl noch stärker. Warum kamen die Teile jetzt schon? Mitten im Sommer? Was war anders?

Als er die beigefügte Weihnachtskarte aufklappte, zuckte er zusammen. Diesmal waren die Seiten nicht weiß, sondern mit der Hand beschriftet.

*Du lernst es nie. Ich habe keine Lust mehr zu warten. Und daher steht Ossian für Omega. (Eine ziemlich banale Alliteration, ich weiß, aber der Inhalt entbehrt nicht einer gewissen Poesie.)*
*Vergiss nicht, du bist selbst schuld. Du hättest einen anderen Weg gehen können. Hast du aber nicht.*

*Und daher haben wir dein Omega erreicht. Den Anfang von deinem Ende.*

*PS: Falls du dich fragst, warum du das Puzzle jetzt schon erhältst, dann ist Omega, wie du weißt, der 24. Buchstabe des griechischen Alphabets. Und 24 geteilt durch zwei - du und ich - ergibt natürlich 12, was wiederum 24.12. ergibt. Heiligabend. Frohe Weihnachten im Voraus.*

Er spürte ein Zwicken im Nacken, als ob in seinem Haaransatz ein Insekt herumkrabbelte. Das Ganze hatte beängstigende Ähnlichkeiten mit den Gedanken, die ihm selbst gekommen waren, als Julia die Pressekonferenz zum Fall Ossian gab. Er hatte gedacht, Omega stünde für den Weltuntergang. Das Ende von allem. Und dann diese Rechnung, bei der das Weihnachtsdatum herauskam. Mit genau solchen Überlegungen lenkte er sich auch immer ab. Irgendjemand wusste ganz genau, wie er tickte. Und er wusste es nicht nur, er schien in seinem Kopf zu leben und direkten Zugang zu seinen Gedanken zu haben. *Du und ich.* Ihm lief ein Schauer den Rücken hinunter.

Seine Beunruhigung erweckte den Schatten zum Leben. Und das war das Letzte, was er jetzt gebrauchen konnte. Wenn er sich der Dunkelheit hingab, war er keine Hilfe mehr. Daher konzentrierte er sich auf die Lösung des Rätsels. Diese Art von Tätigkeit aktivierte seine Frontallappen und hielt das Gefühlszentrum in der Amygdala in Schach. Überwältigt zu werden, konnte er sich nicht erlauben. Nicht jetzt.

Diesmal war es schwieriger, die Tetristeile zusammenzusetzen. Er interpretierte das als Warnung. Vermutlich hatte er so viele Stresshormone und Adrenalin ausgeschüttet, dass seine Fähigkeit, rational zu denken, eingeschränkt war. Er schluckte. Sein Hals war unfassbar trocken.

Schließlich hatte er die Teile zu einer asymmetrischen Form

zusammengesetzt. Genau wie die vorherigen enthielt sie mehrere Lücken. Und genau wie die anderen ergab sie eine Mitteilung:

*Rituale? Nimm sie doch!*

Rituale.

Rituell.

Nova hatte gesagt, die Morde wiesen rituelle Züge auf. Und die *Knight's tour* war eindeutig eine Art Ritual. Hatte der Mörder ihm das Rätsel geschickt?

*Nimm sie doch!*

War das eine Aufforderung? Sollte Vincent den Mörder fassen? War diese Aufforderung schon vom ersten Rätsel an da gewesen? Einem Rätsel, das er ein halbes Jahr, bevor Lilly, das erste Opfer, aufgefunden worden war, im Briefkasten gefunden hatte?

Schlagartig kam ihm ein schrecklicher Gedanke. Lilly, William, Dexter, Ossian. Was, wenn sie alle nur eine an ihn gerichtete Aufforderung darstellten? Was, wenn der Mörder ein Fan von ihm war, der sich entschlossen hatte, ihm die ultimative Rätselaufgabe zu stellen? Vielleicht war er, Vincent, der Grund dafür, dass vier Kinder tot waren. Nur, weil er die Weihnachtskarten nicht ernst genommen hatte.

Der Gedanke war zu furchterregend, um ihn zuzulassen.

Die Mitteilung auf der Karte erschien ihm an ihn persönlich gerichtet zu sein. *Du bist selbst schuld. Du hättest einen anderen Weg gehen können.* Da sprach jemand, der enttäuscht war von ihm.

Er sah sich den Text noch einmal an. Ein Grafologe hätte wahrscheinlich gesagt, die markanten Großbuchstaben würden auf eine dominante und höchst intelligente Person hindeuten, während die starke Neigung der Buchstaben intensive, fast aggressive Gefühle verriet. An den geschlossenen Os war zu erkennen, dass die Person introvertiert und verschlossen war, während die schmalen Is zeigten, dass sie sich selbst extrem beherrschte.

Insgesamt hatte er es also mit einer sehr intelligenten, introvertierten Persönlichkeit zu tun, die sich in Selbstbeherrschung übte, aber jederzeit einen Gefühlsausbruch haben konnte.

Er holte sich ein Glas Wasser und sah sich die drei Worte, aus denen das Rätsel bestand, noch einmal an. Ein Fragezeichen und ein Ausrufezeichen. Ritualisiert? Fang mich. Diesmal würde er das Rätsel knacken. Er kramte eine Rolle Tesafilm aus der Küchenschublade und klebte die Papierschnipsel zusammen. Dann holte er die anderen beiden Tetrispuzzle aus seiner Schreibtischschublade im Arbeitszimmer und kombinierte das Ganze.

*Und also, gieriger Tim!*
*Mist, die Maria in Gold!*
*Rituale? Nimm sie doch!*

Er trank einen Schluck Wasser. Die kühle Flüssigkeit tat ihm gut, und er bekam etwas besser Luft. Jede Mitteilung bestand aus genau achtzehn Buchstaben. Und es waren immer dieselben Buchstaben. Er atmete durch die Nase aus. Kein Zweifel. Das Anagramm war der Schlüssel. Die Frage war nur, wie die Mittelung in Wirklichkeit lautete. Sie lag direkt vor seiner Nase, aber er konnte sie nicht erkennen.

Er trank erneut von seinem Wasser und sah auf die Uhr. Maria war bei Kevin. Rebecka, Benjamin und Aston waren baden gefahren. Wobei, wahrscheinlich badete nur Aston. Dass Benjamin badete, konnte er sich kaum vorstellen, denn Rebeckas Freundinnen waren auch dabei. Aber so oder so hatte er noch mindestens eine Stunde Zeit, bevor jemand nach Hause kam und ihn fragte, was er da eigentlich machte.

Er ging in Astons Zimmer und holte sich das Scrabble-Spiel seines Sohnes. Dann kippte er alle Buchstaben auf den Küchentisch und suchte die heraus, die in den Mitteilungen vorkamen. Achtzehn Buchstaben. Das ergab 6 402 373 705 728 000 mögliche Kombinationen.

Bei dem Versuch, es ohne Taschenrechner auszurechnen,

hatte er Kopfschmerzen bekommen. Schließlich hatte er doch ein Programm namens WolframAlpha genutzt, um die genaue Zahl zu ermitteln. Dann hatte er gegoogelt, wie die Zahl hieß. Sechstausendvierhundert Billionen. Mit achtzehn kleinen Scrabblesteinen. Sein Gehirn kochte.

Zum Glück gab es nicht ganz so viele Möglichkeiten, wenn man nur die sinnvollen Buchstabenkombinationen in Betracht zog. Allerdings waren es immer noch ein paar Hunderttausend. Nicht ganz so viele jedoch, wenn man sich auf eine Sprache beschränkte. Und noch weniger, wenn auch der Satzbau den Regeln entsprach. Und schließlich noch weniger, wenn die Worte auch für ihn persönlich eine Bedeutung haben sollten. Was diese hier seiner Meinung nach hatten. Es gab also eine Chance, das Rätsel zu lösen. Zumindest theoretisch.

Er legte die achtzehn Scrabble-Steine aufs Geratewohl zusammen. Zunächst bildete er simple, kurze Wörter.

MIT
GIG
SIM
MAST
AUS
GANG
AUSGANG

Das Wort »Ausgang« enthielt sieben Buchstaben, gar nicht schlecht. Leider hätte er beim Scrabble nur neun Punkte dafür bekommen. Außerdem war es bestimmt nicht richtig. Er versuchte es noch einmal mit kürzeren Wörtern.

THEMA
MATHE
MACHT
MAGIE

Das war doch etwas. »Magie«. War das der persönliche Bezug? Ließen sich die Wörter vielleicht kombinieren?

MAGIE
AUSGANG

Er starrte auf die Buchstaben. Seine Kehle war wie zugeschnürt. Auf einmal begriff er, wie die Wörter zusammengesetzt werden mussten. Aber es durfte nicht sein. Er *wollte* es einfach nicht.

Gleichzeitig wusste er es. Er hatte recht gehabt. Die Lösung war sehr persönlich. Von mehr als sechstausend Billionen Lösungen kam nur eine infrage. Nur eine hatte mit ihm zu tun. Der Schatten in ihm erhob sich aus dem unterirdischen See seiner Kindheit und türmte sich am Horizont auf. Er drohte jeden Augenblick über ihn herzufallen. Am liebsten hätte er die drei zusammengeklebten Puzzles in den Papierkorb geworfen und so getan, als hätten sie nie existiert. Doch jetzt musste er es wissen. Er ging zurück ins Arbeitszimmer und holte den hellbraunen DIN-A4-Umschlag, den er vor fast zwei Jahren von Ruben bekommen hatte. Der Umschlag, in dem der Zeitungsartikel aus der *Hallandsposten* gesteckt hatte. Der Artikel über den Tod seiner Mutter.

Vincent hatte geglaubt, Jane hätte ihn Ruben geschickt, um den Verdacht auf ihn zu lenken, aber als er den Artikel ihr gegenüber erwähnte, hatte sie gar nicht gewusst, wovon er sprach. Jetzt begriff er, warum.

Der Schatten am Horizont brüllte ohrenbetäubend.

Und die Beunruhigung in seinem Bauch stimmte in das Geheul mit ein.

Er zog den Artikel aus dem Umschlag und legte ihn neben die Scrabble-Steine. Dann legte er ein Steinchen nach dem anderen auf die fett gedruckte Überschrift, die sich über die ganze Seite erstreckte. Seine Hand zitterte dabei. Die Buchstaben passten genau. Die drei Rätsel waren Anagramme einer Zeile, die er nie wieder hatte sehen wollen.


MAGIE MIT TRAGISCHEM AUSGANG!


Es konnte kein Zufall sein. Die Person, die ihm in den letzten Jahren immer zu Weihnachten und nun auch in diesem brütend heißen Sommer ein Rätsel geschickt hatte, war dieselbe Person, die Ruben vor zwei Jahren den alten Zeitungsartikel geschickt hatte. Eine Person, die mehr über ihn wusste als die meisten anderen Menschen.

Und Jane konnte es nicht sein.

Er hatte jedoch keine Ahnung, wer es sonst sein könnte. Vincent las den handgeschriebenen Text noch einmal.

*Und daher haben wir dein Omega erreicht.*

*Den Anfang von deinem Ende.*

Aber Ende wovon? Zu einem Omega gehörte auch ein Alpha, also ein Anfang. Wenn das hier sein Omega war, was war dann sein Alpha? Welche Sache hatte er begonnen, die der Mörder nun zum Abschluss bringen wollte? Solange er das nicht wusste, konnte er sich nicht schützen. Und seine innere Dunkelheit sagte ihm, dass er nicht mehr viel Zeit hatte.

Zur Abwechslung aß er in der Kantine des Präsidiums. Die Klimaanlage hatte den Ausschlag gegeben. Außerdem war Dienstag, und da gab es Kartoffelpuffer. Kartoffelpuffer waren in Rubens Augen das zweitbeste Gericht, das die schwedische Küche zu bieten hatte. Jedenfalls, wenn sie mit Speck und Wildpreiselbeeren serviert wurden. Möglicherweise auch mit Apfelmus. Aber auf keinen Fall mit Shrimps oder irgendeinem anderen Quatsch, den sich manche Restaurants einfallen ließen. Wozu sollte man etwas verbessern, das schon perfekt war?

Alle in der Gruppe waren wegen des morgigen Tages in höchster Anspannung. Morgen würde der Entführer wieder zuschlagen. Falls sie das nicht verhinderten. Er hoffte inständig, dass Vincent sich diesmal irrte. Und dass das Ganze endlich vorbei wäre.

Das Mittagessen war eine willkommene Unterbrechung des frustrierenden Gefühls, nicht weiterzukommen. Leider hielt die Erleichterung nur, bis er Gunnar und die anderen Kollegen aus der Spezialeinheit entdeckte. Sie saßen im hinteren Teil der Kantine. Kaum hatte er beschlossen, die Männer zu ignorieren, winkte ihm Gunnar. Insgeheim fluchend, gesellte er sich zu ihnen und stellte sein Tablett auf den Tisch.

»Ich habe gehört, du hast eine Tochter«, gluckste Gunnar, während Ruben sich setzte. »Das hätte ich nicht gedacht.«

Nicht zu fassen, wie schnell sich alles im Haus herumsprach. Sicher hatte Peder getratscht, weil er ganz aus dem Häuschen war, nicht mehr der einzige Papa in der Gruppe zu sein.

»Ja, sie heißt Astrid«, sagte er. »Sie ist zehn.«

Ruben schnitt den ersten Puffer an und prüfte die Knusprigkeit. Rein akustisch gesehen machten die Puffer einen etwas zu labberigen Eindruck, aber es würde schon gehen. Die Alternative wäre ein Spaziergang bei dreißig Grad im Schatten, also aß er doch lieber einen weichen Puffer.

»Mensch, Ruben, ein Kind«, sagte Gunnar. »Und ich dachte, du schützt dich. Aber klar, man will die Banane natürlich nicht mit der Schale essen.«

Um nicht antworten zu müssen, schob sich Ruben schnell ein großes Stück gebratenen Speck in den Mund. Dabei fiel eine einzelne Preiselbeere auf sein weißes Hemd. Verfluchte Scheiße. Und Gunnar war immer noch nicht fertig.

»Zehn Jahre, sagst du?« Er wackelte beim Lachen. »Warte ab, wen sie in fünf Jahren alles mit nach Hause bringt. Dann werden dir die Sahneschnittchen frei Haus geliefert.«

Ruben schluckte den Speck hinunter und lächelte geduldig.

»Du meinst, deinen Sohn zum Beispiel?«, gab er zurück.

»Was?« Gunnar wirkte verwirrt.

»Ja, Filip ist doch sechzehn, oder?«, fuhr Ruben fort, während er seine Gabel sorgfältig mit Preiselbeeren belud. »Warum bringst du ihn und seine Freunde nicht mal mit? Wir haben hier einige Kolleginnen, die gerne mal so ein blutjunges Sahneschnittchen vernaschen würden, wie du es nennst. Und männliche Kollegen interessiert das sicher auch, ein bisschen bi schadet ja nie.«

Gunnars Miene erstarrte.

»Was zum Teufel sagst du da?«

Gunnar lief knallrot an. Aus den Augenwinkeln sah Ruben, dass die anderen Kollegen aufgehört hatten zu essen.

Ruben sah Gunnar fragend an.

»Was ist denn?«, fragte er unschuldig. »Ich habe doch das Gleiche gesagt wie du.«

»Das kann man aber nicht vergleichen! Filip ist doch kein … kein …«

»Doch, es ist genau das Gleiche.« Ruben stand auf und nahm sein Tablett. »Fick dich ins Knie, Gunnar.«

Er drehte sich um und ging. Das Schweigen am Tisch war ohrenbetäubend.

Astrid musste wahrscheinlich einen Selbstverteidigungskurs besuchen. In der Art von Krav Maga. Es gab viel zu viele Gunnars auf dieser Welt.

*Ich schlage ihn und versuche, mich zu befreien, aber es geht nicht. Er hält mir den Mund zu, damit ich nicht schreien kann, aber ich beiße fest zu. Wahrscheinlich tut es richtig weh, denn er sagt Schlimmes. Geschieht ihm recht.*

*Doch niemand rennt hinterher, als er mich mitschleift. Oder vielleicht tun sie es doch, es sind jedenfalls viele Leute da. Viele Leute sehen zu. Aber er rennt so schnell. Ich trete um mich, aber er rennt einfach weiter. Und zwingt mich ins Auto.*

*Im Auto wage ich nicht mehr, so wild um mich zu schlagen, denn was, wenn er von der Fahrbahn abkommt. Dann sterben wir vielleicht. Und deshalb schreie ich stattdessen. Die ganze Zeit. Während er fährt, kann er mir ja nicht den Mund zuhalten. Aber er hält nicht an. Ich schreie mich heiser, aber ich höre nicht auf.*

*Ich will nicht in seinem Auto sein. Ich will mir ein Eis kaufen. Ich habe Geld von Mama gekriegt. Wenn ich mit dem Eis nach Hause komme, gebe ich ihr das Rückgeld. Nach einer Weile tut das Schreien so weh, dass ich für kurze Zeit leise bin.*

*»Hab keine Angst, Wilma«, sagt er.*

*»Ich weiß, wer du bist«, sage ich.*

*Er zuckt zusammen.*

*»Das ... weißt du?«*

*»Ja. Du bist einer, der Kinder klaut. Ein Pädo.«*

*»Was? Nein, nein, das bin ich wirklich nicht.« Er sieht erschrocken aus. »Ich will dir nichts tun. Im Gegenteil. Du wirst neu geboren werden.«*

*»Das will ich aber nicht«, schreie ich. »Es ist total langweilig, ein Baby zu sein. Bring mich jetzt nach Hause!«*

*Ich werde so wütend, dass ich jetzt doch um mich schlage. Ich schlage auf das Lenkrad, auf seine Arme und auf seinen Kopf. Und da schreit er mich plötzlich an. Ganz laut. Ich bekomme solche Angst, dass ich anfange zu weinen. Und ich mache mir ganz viel Pipi in die Hose.*

Julia ging im Flur auf und ab. Es war Mittwoch, der Tag, an dem sich laut Vincent wieder eine Entführung ereignen würde, und alle schienen den Atem anzuhalten. Wie üblich telefonierte sie leise. Mit dieser gepressten Stimme sprach sie nur, wenn Torkel am anderen Ende war.

»Nur, damit ich das richtig verstehe«, sagte sie. »Das aktuelle Problem ist also, dass Harry endlich schläft, aber du jetzt nicht einschlafen kannst? Mach mal ganz, ganz fest die Augen zu, siehst du die Schäfchen?«

»Julia, ich … «

»Sei mal leise, Torkel. Und schau genau hin.«

Mina hechtete durch den Flur. Aus ihrem Keuchen schloss Julia, dass sie auch die Treppe hinaufgerannt war, anstatt den Fahrstuhl zu nehmen. Es eilte also. Julia legte auf, ohne sich zu verabschieden.

»Ich habe gerade mit Sara aus der Datenanalyse gesprochen«, ächzte Mina und wedelte mit ihrem Notizblock. »Es ist wieder passiert. Genau wie Vincent gesagt hat.«

»Bist du sicher?«, fragte Julia. »Momentan werden täglich Hunderte von Kindern vermisst gemeldet, die angeblich von Fremden entführt worden sind. Und meistens hat da nur jemand ein Kind mit seinem Opa spazieren gehen gesehen.«

»Und manche Fälle sind völlig frei erfunden«, fügte Mina hinzu. »Es gibt Leute, die wollen nur in die Zeitung. Ich weiß. Aber Sara ist unheimlich gut. Sie ist sich sicher, dass es diesmal ernst ist. Ein Zeuge hat einen blonden Mann mit Oberlippenbart und Sonnenbrille gesehen, der vor dem Einkaufszentrum Fältöversten auf Östermalm ein Kind getragen hat. Das Mädchen schrie wie verrückt, aber der Mann war schnell. Es waren mehrere Erwachsene in der Nähe, aber bevor sie überreißen konnten, dass der Mann nicht der Vater eines wütenden Kleinkinds ist, waren die beiden verschwunden.«

Julia starrte Mina an. Sie dachte an ihren Mann, dessen größtes Problem darin bestand, nicht einschlafen zu können, wenn ihr kleiner Sohn Mittagsschlaf hielt. Von ihr aus sollte er ruhig mal herkommen und einen Tag Praktikum bei ihr machen.

»Und die Eltern waren nicht bei dem Kind?«, fragte sie.

»Genau das hat Sara ja überzeugt«, sagte Mina. »Kurz nach der Meldung, die ich gerade erwähnt habe, kam nämlich noch eine herein. Von einem Ehepaar namens Jens und Janina Josefsson. Viele Js, ich weiß. Sie wohnen direkt über dem Einkaufszentrum Fältöversten. Ihre Tochter wollte sich zum ersten Mal allein ein Eis kaufen. Sie dachten, es könnte nichts passieren. Der Eisladen ist buchstäblich zehn Meter von ihrem Hauseingang entfernt. Die Eltern dachten, sie säße verträumt vor dem Eisladen auf einer Bank oder hätte sich im Einkaufszentrum verlaufen. Also sind sie hinuntergegangen, um sie zu suchen. Aber sie konnten sie nicht finden. Zeitlich passt das genau zu dem Mann, der mit einem Kind auf dem Arm weggerannt sein soll.«

Julia wurde schwindlig. Der Entführer musste auf der Lauer gelegen haben. Er hatte auf den richtigen Moment gewartet.

»Der Wagen war wohl ein roter Renault Clio«, sagte Mina. »Aber da der Mann anscheinend keine Angst hatte, gesehen zu werden, können wir davon ausgehen, dass Frisur und Oberlippenbart nicht echt waren. Und dass er das Auto irgendwo abgestellt hat.«

Julia sank zu Boden. Sie lehnte den Kopf an die Wand und schloss die Augen.

»Und das war vor einer halben Stunde, sagst du?«, fragte sie. »Warum haben wir nicht schneller reagiert? Wir hätten schon vor achtundzwanzig Minuten die Verfolgung aufnehmen müssen.«

»Wie du selbst gesagt hast, bekommen wir ständig solche angeblichen Notrufe.« Mina setzte sich neben sie. »Wir können nicht jedes Mal ausrücken. So viele Leute haben wir gar nicht. Mir ist bewusst, dass die Situation ein Albtraum ist. Und der Mörder hat das ausgenutzt. Vielleicht kamen einige Anrufe sogar von den Entführern selbst und sollten uns nur ablenken.«

Julia nickte langsam.

»Ich gebe eine Fahndung raus«, sagte sie. »Diesmal schnappen wir uns das Arschloch. Der wird sich nicht vor uns verstecken.«

»Ich werde Christer bitten, die Täterbeschreibung mit unserer Kartei abzugleichen.« Mina stand auf. »Ich glaube zwar, dass sein Aussehen nur Tarnung war, aber wer weiß.«

»Würdest du Adam und Ruben bitten, zu den Eltern zu fahren und mit ihnen zu reden?«

»Klar.«

Julia hielt Mina am Arm fest.

»Das Kind«, sagte sie. »Wie heißt das Kind?«

»Sie heißt Wilma.«

Es war scheußlich für Vincent, dass er keine größere Hilfe gewesen war. Er hatte herausgefunden, nach welchem Muster die toten Kinder auf dem schachbrettförmigen Stadtplan platziert worden waren, und erkannt, dass sich der Mörder bewegte wie der Springer in der *Knight's tour*. Er hatte sogar vorhergesagt, wo die nächste Leiche gefunden werden würde. Doch was nützte das, wenn sie den Mörder stoppen und nicht nur hinter ihm herräumen wollten? Und er wusste immer noch nicht, wer die Anführer waren, er wusste nicht, warum sie Kinder töteten, und wie die Fakten miteinander in Verbindung standen.

Und genau deshalb, weil er nämlich nicht genug Informationen gefunden hatte, war Wilma seit heute Nachmittag verschwunden.

Es war seine Schuld.

Mina hatte angerufen und ihm von Wilmas Verschwinden erzählt. Aber Julia hatte ihn nicht gebeten, ins Präsidium zu kommen. Und er verstand auch, warum. Sie hatten darauf vertraut, dass er das Rätsel lösen würde. Mina hatte ihm vertraut. Und er hatte sie enttäuscht.

Benjamin kam in die Küche. Er hielt die Broschüre in der Hand, die Vincent von Nova bekommen hatte. Benjamins Augen blickten ins Weite, er schien angestrengt nachzudenken.

»Hast du einen Moment Zeit, Papa?«, fragte er leise und warf einen Blick in Marias Richtung.

Vincent nickte.

Mit einer Kopfbewegung deutete Benjamin auf seine Zimmertür und ging voraus.

Maria saugte am Ende ihres Stifts. Sie war tief versunken in den Entwurf eines Logos für ihren Onlineshop und befand sich somit in einer anderen Welt. Sie merkte gar nicht, dass Vincent aufstand.

Benjamin schloss die Zimmertür hinter ihnen beiden.

»Was ist denn?«, fragte Vincent. »Wieso tust du so geheimnisvoll? Willst du nicht frühstücken?«

»Ich habe schon ganz früh gegessen«, sagte Benjamin. »Aber du siehst aus, als hättest du die ganze Nacht nicht geschlafen. Ist was passiert?«

Vincent nickte.

»Darüber reden wir später.«

»Okay. Wie auch immer. Ich weiß, dass Maria es nicht mag, wenn wir über Nova reden. Aber jetzt lies mal das hier.«

Er zeigte auf den Werbetext in dem Prospekt.

Epikurs Richtschnur für die neue Zeit ist dieselbe wie eh und je. Erlaubt sei der Verdruss, der Kometen passiert wie ein Stern. Schnell und unbemerkt. Es ist das stille Leben, das reinigt. Vermeide sorgsam jede Art von Schmerz und begehre nichts, denn ein Leben ohne Begehren ist ein Leben, das von jeglichem Leiden befreit ist. Und genieße deinen Erfolg, denn so erreichst du Alles

John Wennhagen

Vincent hatte den Verdacht, dass John sich absichtlich so verschwurbelt ausgedrückt hatte, damit der Text tiefgründiger wirkte, als er in Wirklichkeit war. Nicht, dass gegen den Epikureismus grundsätzlich etwas einzuwenden gewesen wäre, aber besonders mystisch war er eigentlich nicht.

»Ich gebe dir recht, der Text ist ein wenig schwammig«, sagte er. »Aber je mehr die Menschen selbst in eine Botschaft hineininterpretieren können, desto größer ist die Wahrscheinlichkeit, dass sie ihr zustimmen. Ich kann nicht behaupten, dass mir diese Verkaufsstrategie gefällt, aber sie ist ein Klassiker.«

»Ja, aber sieh dir doch mal nur den Text an.« Benjamin zeigte noch einmal darauf. »Achte nicht auf die Bedeutung. Siehst du das große A beim letzten Wort? Und fällt dir auf, dass dahinter ein Punkt fehlt? Ich fand das die ganze Zeit merkwürdig.«

Vincent räumte ein Buch mit dem Titel *How to make Money in Stocks* von Benjamins Schreibtischstuhl und setzte sich.

Solche Broschüren gehen meistens nicht durch ein vernünftiges Korrektorat«, sagte er. »Außerdem hat Novas Vater den Text geschrieben, irgendwann in den Neunzigern. Ich nehme mal an, sie haben die Rechtschreib- und Zeichensetzungsfehler aus Respekt vor ihm drin gelassen.«

»Könnte sein«, sagte Benjamin, »denn auf der Homepage von Epicura sieht der Text ganz genauso aus. Ich habe ihn mir jedenfalls mal etwas gründlicher angesehen. Es gibt doch da dieses Schachproblem, mit dem du dich beschäftigst. Wie viele Felder hat ein Schachbrett?«

Vincent blätterte in einem Buch über Börsenhandel. Ihn interessierte vor allem, welche Passagen Benjamin markiert hatte. Ihm persönlich war die Börse immer ein Rätsel gewesen.

»Das weißt du doch selbst«, sagte er, ohne von dem Buch aufzublicken. »Ein Schachbrett hat vierundsechzig Felder.«

»Genau. Und dieser Text hat vierundsechzig Wörter.«

Vincent klappte das Buch zu und sah seinen Sohn an.

»Jetzt mal ganz langsam«, sagte er. »Zunächst einmal beschäftige ich mich nicht mit einem Schachproblem. Ich versuche, einen Serienmörder zu verstehen, der Jagd auf Kinder macht. Und im Moment sieht es so aus, als würde der Serienmörder eine Struktur verwenden, die er sich von einem Schachbrett abgeguckt hat. Ich betone: Es sieht so aus. Das heißt aber nicht, dass alles, was eine Gemeinsamkeit mit Schach hat, automatisch mit den Morden zusammenhängt.«

Vincent bewegte sich mit seinen Theorien jetzt schon auf dünnem Eis. Die anderen aus der Polizeigruppe wussten, dass seine Hypothesen auf höchst vagen Indizien beruhten. Im Grunde auf reinen Vermutungen. Wenn er sich jetzt noch weiter in diesem Theoriegebäude verirrte, drohte er nicht nur mit einem Aluhut wieder herauszukommen, sondern auch den

Verstand zu verlieren. Außerdem würde Mina nie wieder mit ihm reden.

»Ich würde bestimmt auch vierundsechzig Eiswürfel im Tiefkühler finden«, fuhr er fort. »Oder einen Fernsehsender, der in diesem Moment über einen König und eine Königin berichtet. Haben sie deshalb mit dem Mord zu tun?«

»Ich höre, was du sagst.« Benjamin setzte sich mit seinem Laptop aufs Bett. »Korrelation und Kausalität sind nicht das Gleiche. Das weiß ich.«

»Genau. Erinnerst du dich noch an die Proteste gegen 5G-Masten, die uns angeblich krank machen? Als sogenannter Beweis wurden Karten angeführt, auf denen deutlich zu erkennen war, dass es in den Gegenden mit den meisten 5G-Masten die meisten Kranken gibt.«

Benjamin nickte.

»Und zufällig gab es in diesen Gegenden auch die meisten Hunde, die meisten Autos und sogar die meisten gesunden Menschen. Weil es nämlich schlicht und einfach die am dichtesten besiedelten Gebiete sind«, sagte sein Sohn. »Ja, ich erinnere mich. Aber nehmen wir mal für einen Moment an, das alles würde zusammenhängen. Sieh es doch mal so wie in deinen Shows.«

Benjamins Augen leuchteten. Er war nicht zu bremsen. Seufzend machte Vincent eine resignierte Geste. Dann sollte sein Sohn eben eine Weile seinen Spaß haben. Hauptsache, er wusste, dass das alles nicht real war.

»Da John Wennhagen den Text verfasst hat, können wir mit ihm anfangen«, sagte Vincent. Benjamin gab den Namen bei Google ein.

Benjamin drehte den Laptop in Vincents Richtung. »John Wennhagen« ergab gut 71 000 Ergebnisse. Er versuchte es mit »John Wennhagen Epicura«, aber alle Treffer, die er damit erzielte, wiesen nur auf Blogs und andere Selbsthilfeseiten hin, auf denen Epicuras Programm oder Novas Buch erwähnt wurden. Nichts davon half ihnen, John selbst zu finden.

»Versuch es doch mal mit ›John Wennhagen Stockholm‹«, sagte Vincent.

Dabei kamen 50 700 Ergebnisse heraus.

»Besser, aber nicht gut«, sagte Benjamin. »Er hatte doch so einen Hof außerhalb der Stadt. Wie hieß der noch mal?«

Vincent schüttelte den Kopf. Abgesehen von dem, was in den Zeitungen gestanden hatte, und worauf er in der Regel ohnehin nicht viel gab, wusste er wenig über Novas Kindheit.

»Wenn du jetzt ganz tief in das Kaninchenloch einsteigen willst, was ich übrigens nicht empfehlen würde«, sagte er, »dann probier mal das hier. Nur zur Übung. Wir haben einen Text von Novas Vater, der aus vierundsechzig Wörtern besteht. Wir haben vier Morde, die auf einem Schachbrett mit vierundsechzig Feldern platziert wurden. Also …«

Benjamin gab »John Wennhagen Schach« ein.

Auf dem Monitor erschienen die Bilder von Mitgliedermagazinen mehrerer örtlicher Schachklubs. Darunter war auch eins mit dem Namen *Zeitschrift für Schach*. Dieses Magazin hatte anscheinend nationale Reichweite.

Auf dem Titelblatt der Ausgabe, die Google ausgewählt hatte, war ein lächelnder Mann mit einem ausladenden Schnurrbart zu sehen. Der Mann hielt einen Pokal in die Höhe. *John Wennhagen neuer Regionalmeister*, lautete die Überschrift.

»Genau das meinte ich«, sagte Vincent. »Wenn man lange genug sucht, scheint alles zusammenzuhängen. Nur weil du jemanden gefunden hast, der so heißt wie Novas Vater, bedeutet das nicht …«

Er hielt inne.

Starrte das Foto an.

In der einen Hand hielt John Wennhagen seinen Pokal, und an der anderen hielt er ein Kind.

Ein Mädchen mit schwarzem Haar und damals schon zauberhaftem Blick.

Kein Zweifel.

Es war Jessica Wennhagen.

Auch bekannt unter dem Namen Nova.

»Das ist ihr Vater«, sagte Vincent tonlos. »Novas Vater. Unfassbar. Er hat wirklich Schach gespielt. Und noch dazu ziemlich gut. Nicht dass das was beweisen würde. Aber trotzdem. Willkommen im Kaninchenloch, weißes Kaninchen.«

Benjamin lachte.

»Alice ist mir lieber«, sagte er. »Das nervöse Kaninchen passt besser zu dir. Wollen wir uns den Text mal ansehen?«

Vincent nickte nur.

Das Ganze war immer noch recht weit hergeholt. Oder, besser gesagt, vielmehr hoffte er, dass sie nur eine zufällige Übereinstimmung entdeckt hatten. Von diesen Zufällen gab es mehr, als die Leute im Allgemeinen ahnten. Auch wenn die Wahrscheinlichkeit solcher Übereinstimmungen gering war, mussten sie, statistisch gesehen, hin und wieder eben doch zustande kommen. Und tatsächlich passierte das sogar ziemlich oft. Hoffentlich war es in diesem Fall auch so.

Doch dann erinnerte er sich an Novas Worte im Oscarsteatern. In der Garderobe hatte sie ihm erklärt, dass sich ihr Vater beim Verfassen des Textes an eine Regel gehalten hatte. Und der zufolge durfte er nur eine bestimmte Anzahl von Wörtern verwenden.

Der Schachspieler John Wennhagen hatte genau vierundsechzig Wörter verwendet. Nicht mehr und nicht weniger.

Benjamin hatte recht.

Der Text war der Schlüssel.

In Vincent begann das Gefühl zu rumoren, dass irgendetwas ganz furchtbar falsch lief. Und er wusste, dass dieses Gefühl noch viel schlimmer werden würde, bevor das alles hier vorbei sein würde.

Er nahm den Laptop auf den Schoß, legte ein neues Worddokument an und ordnete den Text in acht Zeilen mit je acht Wörtern an.

| Epi-kurs | Richt-schnur | für | die | neue | Zeit | ist | diesel-be |
|---|---|---|---|---|---|---|---|
| wie | eh | und | je. | Er-laubt | sei | der | Ver-druss, |
| der | Kome-ten | pas-siert | wie | ein | Stern. | Schnell | und |
| unbe-merkt. | Es | ist | das | stille | Leben, | das | reinigt. |
| Ver-meide | sorg-sam | jede | Art | von | Schmerz | und | begeh-re |
| nichts, | denn | ein | Le-ben | ohne | Begeh-ren | ist | ein |
| Leben, | das | von | jegli-chem | Lei-den | befreit | ist. | Und |
| genie-ße | deinen | Er-folg, | denn | so | erreichst | du | Alles |

»Jedes Wort in dem Text steht also für ein Feld auf dem Schachbrett«, sagte Benjamin nachdenklich. »Acht mal acht. Wie sieht der nächste Schritt aus?«

»*Knight's tour*. Schon wieder.«

»Shit. Okay, welche Wörter oder, besser gesagt, welche Felder auf dem Brett entsprechen den Fundorten der ... Kinder?«

»Auf einem Schachbrett wären es h1, g3, e2 und f4«, sagte er.

Vincent hatte plötzlich einen trockenen Hals. Viel zu trocken. Er musste sich ein Glas Wasser aus der Küche holen, und zwar so schnell wie möglich. Gleichzeitig wusste er, dass dies nur ein psychologisch bedingter Fluchtreflex war, weil er sich vor dem Grauen fürchtete, das jeden Augenblick auf Benjamins Bildschirm erscheinen konnte. Er zwang sich weiterzumachen.

»Setzt man das Bewegungsmuster fort, landet man auf dem Feld h5«, sagte er. »Auf dem Stadtplan von Stockholm liegt dort die Djurgårdsbrunnsviken. Irgendwo da werden wir in zwei Tagen Wilma finden. Wenn wir das Rätsel nicht lösen.«

»Okay. Wir beginnen mit h1 ganz unten in der Ecke.« Benjamin suchte die fünf Wörter heraus, die Vincents Schachpositionen entsprachen.

| Epikurs | Richtschnur | für | die | neue | Zeit | ist | dieselbe |
|---|---|---|---|---|---|---|---|
| wie | eh | und | je. | Erlaubt | sei | der | Verdruss, |
| der | Kometen | passiert | wie | ein | Stern. | Schnell | und |
| unbemerkt. | Es | ist | das | stille | Leben, | das | **reinigt.** |
| Vermeide | sorgsam | jede | Art | von | **Schmerz** | und | begehre |
| nichts, | denn | ein | Leben | ohne | Begehren | **ist** | ein |
| Leben, | das | von | jeglichem | **Leiden** | befreit | ist. | Und |
| genieße | deinen | Erfolg, | denn | so | erreichst | du | **Alles** |

»Reinigt, Schmerz, ist, Leiden, Alles«, sagte er dann. »Hm. Einen Augenblick lang dachte ich … Ja, ja. Vielleicht ist es doch keine Spinnerei.«

Vincent starrte auf den Bildschirm.

»Im Gegenteil.« Er legte Benjamin eine Hand auf die Schulter, um sich abzustützen. »Das große A ist kein Druckfehler. ›Alles‹ steht nämlich nicht am Satzende, sondern am Anfang. Lies die Wörter noch mal in der Reihenfolge vor, in der ich dir die Positionen genannt habe. Das heißt, die Reihenfolge, in der die Kinder getötet wurden.«

Benjamin bewegte seinen Zeigefinger über den Monitor.

»Alles … ist … Leiden, … Schmerz … reinigt. Oh, mein Gott.«

*»Alles ist Leiden, Schmerz reinigt.«* Vincent nickte. »Das berühmte Zitat von Novas Vater. Es hat sogar einen Großbuchstaben am Anfang und einen Punkt am Ende. Offensichtlicher konnte es gar nicht sein. Und es war gar nicht kompliziert. Fünf Züge haben ausgereicht. Ich muss Mina anrufen.«

John Wennhagen grinste ihn vom Cover des Schachmagazins an. Plötzlich fand Vincent die Hand, die das kleine Mädchen festhielt, gar nicht mehr liebevoll. Diese Hand hielt das Mädchen mit eisernem Griff fest.

Mina legte auf. Vincent hatte merkwürdig geklungen. Er hatte sich tausendmal dafür entschuldigt, dass er, wie er sagte, »in den letzten Wochen kognitiv so unvollständig« gewesen sei. Dann hatte er von seiner Show erzählt, bei der er sich wohl etwas zu oft einem starken Sauerstoffmangel ausgesetzt habe, weswegen er nicht klar habe denken können. Außerdem wollte er ihr etwas Wichtiges zeigen, und zwar gleich heute Morgen, bevor sie zur Arbeit fuhr. Die Sache war wohl zu kompliziert, um sie am Telefon zu besprechen. Und jetzt war er unterwegs. Zu ihr.

Mina sah sich in der Wohnung um. Seit Vincent vor rund zwei Jahren hier gewesen war, hatte sich fast nichts verändert. Es waren lediglich ein paar neue Farbschichten in Hellgrau hinzugekommen. Es war genau der gleiche Farbton wie damals, nur etwas frischer. Die Berge von Unterwäsche und Reinigungsmittel, die sie im Arbeitszimmer lagerte, würden Vincent vermutlich einen Schock versetzen. Mit diesen Vorräten könnte sie einen Weltkrieg oder eine Pandemie überstehen. Andererseits musste sie ihm das ja auch nicht zeigen, denn die Arbeitszimmertür konnte man abschließen.

Ob sie selbst bereit war, wusste sie jedoch nicht so genau. Sie verbrachte gerne Zeit mit Vincent, aber ihn bei sich zu Hause zu haben, war etwas anderes. Das hier war ihre Festung. Er hatte ihr jedoch gar keine Gelegenheit gegeben, Nein zu sagen.

Sie sah auf die Uhr. In zehn Minuten würde er hier sein. Wenigstens hatte sie noch Zeit zu duschen. Normalerweise duschte sie so heiß wie möglich. Sie mochte die Vorstellung, dass die Bakterien auf ihrer Haut verbrannten. Doch dieser Sommer ließ keine zusätzliche Hitze zu. Daher duschte sie kalt. Sie konnte nur hoffen, dass sie nicht erneut zu schwitzen begann, bevor Vincent da war.

Nach dem Duschen holte sie sich eine neue Unterhose und ein neues Unterhemd aus dem Arbeitszimmer. Mit der restlichen Kleidung ließ sie sich Zeit, damit ihr Körper so lange wie möglich kühl blieb. Dann griff sie zum Desinfektionsgel und rieb alle Türklinken, Stuhllehnen und den Tisch damit ein.

Als sie sich über die Stirn wischte, fühlte sich diese ein wenig feucht an. Verdammt. Sie sah auf die Uhr. Wenn sie nicht riskieren wollte, dass Vincent sie in Unterwäsche antraf, konnte sie nicht noch einmal duschen.

Wie bitte?

Sie biss sich auf die Lippe. Wie kam sie darauf, Vincent und sich selbst in Unterwäsche zusammenzudenken? Sie drückte einen Klecks Desinfektionsgel in die Handfläche und rieb sich gründlich die Hände ein. Dann rieb sie sich auch die Stirn mit einem großen Klecks ein und die Achselhöhlen auch gleich. Das Gel brannte zwar unter den Armen, aber dagegen war nichts zu machen. Sie würde eben später noch einmal duschen müssen.

Als es klingelte, zuckte sie vor Schreck zusammen. Jetzt musste sie aber wirklich aufhören, sich so anzustellen. Es war doch nur Vincent. Sie rief sich ins Gedächtnis, dass sie ihn ja treffen *wollte*.

Sie sah sich ein letztes Mal in der Wohnung um und öffnete dem Mentalisten dann die Tür.

»Hallo«, sagte er und trat ein.

Er achtete darauf, mit beiden Füßen auf der kleinen Fußmatte stehen zu bleiben, während er sich die Schuhe auszog. Irgendetwas war seltsam mit seiner Hose. Sie saß ungewöhnlich locker.

»Vincent«, sagte sie. »Hast du … hast du etwa noch deine Schlafanzughose an?«

Vincent sah an sich hinunter und wurde puterrot.

»Oh, also, ich … ich hatte es eilig«, stammelte er. »Ich saß gerade beim Frühstück, als Benjamin zu mir kam und …«

Todunglücklich sah er sie an.

»Könntest du dir vorstellen, auch einen Schlafanzug anzu-ziehen?«, fragte er. »Damit es für mich nicht ganz so peinlich ist?«

Erst Unterwäsche und jetzt auch noch sie und Vincent im Schlafanzug. Viel zu intim. Dabei hatte sie ihn noch gar nicht richtig in die Wohnung hereingebeten. Vincent konnte offen-bar ihre Gedanken lesen, denn er wich erschrocken einen Schritt zurück auf die kleine Matte.

»Entschuldige bitte«, sagte er. »Ich habe nicht nachgedacht. Zum Glück bin ich nicht gekommen, um dir meine Hose zu zeigen. Stell dir doch vor, die Hose würde zu einem lässig ge-schnittenen Leinenanzug gehören. Sei froh, dass ich wenigs-tens kein Shortstyp bin. Desinfektionsmittel?«

Sie zeigte auf das Badezimmer, wo sie das Gel hingestellt hatte.

Vincent ging ins Bad und rieb sich die Hände ein.

Noch nie hatte er angedeutet, dass er ihre Rituale seltsam fand. Stattdessen hatte er sich einfach nach ihnen gerichtet. Das tat sonst kaum jemand. Und sie hatte sich an ihn ange-passt. Auch wenn es bei ihm eher darum ging, den verschlun-genen Gedankengängen des Mentalisten zu folgen. Sie nahm an, dass er das auch nicht oft erlebte, jedenfalls nicht wirklich, egal, wie viel Beifall er auf der Bühne bekam.

Mit dem Fläschchen Desinfektionsgel in der Hand kam Vincent aus dem Bad.

»Es ist ziemlich kalt in deinem Badezimmer«, sagte er. »Duschst du jetzt immer kalt?«

Sie nickte. Als sie sah, wie er die Klinke der Wohnungstür mit dem Gel einrieb, kamen ihr fast die Tränen.

»Das mit dem kalten Duschen ist interessant«, fuhr er fort. »Wim Hof ist ja in aller Munde, und die vielfältigen Effekte sind tatsächlich belegt. Man wird nicht nur stressresistenter, sondern kann sich auch besser konzentrieren. Und das beruht im Grunde alles darauf, dass man dem Körper etwas antut, was er überhaupt nicht mag. Er schüttet bei dem Kälteschock jede Menge Kortisol, also ein Stresshormon, aus, und entwickelt daher auf die Dauer eine höhere Toleranz. Außerdem atmet man bei extrem niedrigen Temperaturen tiefer, und dadurch werden das Blut und demzufolge auch das Gehirn mit mehr Sauerstoff versorgt. Was zumindest für einen kurzen Zeitraum die Gehirnaktivität und somit die Konzentration verbessert. Und natürlich trainiert es letztendlich auch die Entschlusskraft, seinen Körper einem Schock auszusetzen, den er eigentlich vermeiden will. Die Effekte werden also nicht durch die Handlung selbst ausgelöst, sondern durch die Reaktion darauf. Das ist ein bisschen, wie wenn man auf einen Nagel tritt. Was also beabsichtigst du? Mit dem kalten Duschen, meine ich?«

Sie nahm ihm das Fläschchen aus der Hand.

»Zwei Dinge, Vincent. Erstens. Viel zu viele Informationen. Schon wieder. Ich dachte, du hättest es inzwischen begriffen. Und zweitens dusche ich kalt, weil es draußen heiß ist. Das ist alles. Was war denn nun so dringend?«

Vincent machte ein geheimnisvolles Gesicht.

»Ich muss dir was zeigen. Du sollst es sehen, bevor ich dem Rest der Gruppe davon erzähle, und musst mir sagen, ob ich spinne. Aber zuerst will ich wissen, ob ihr noch etwas über Wilma herausgefunden habt.«

Sie schüttelte den Kopf und ging ins Wohnzimmer.

»Adam und Ruben waren gestern bei den Eltern«, sagte sie. »Es ist die gleiche Geschichte wie bei Ossian. Völlig geschockte Eltern, bis zu dem Vorfall keinerlei Bedrohung, keine bösen Menschen in der Verwandtschaft und überhaupt keine Ahnung, wer so etwas tun könnte. Und keine Spur. Wir haben ein Foto bekommen. Aber eine Pressekonferenz werden wir diesmal nicht geben. Die Medien würden uns lynchen. Also zeig mal her. Die Ermittlungen können dringend einen Fortschritt vertragen. Auch wenn du ein Spinner bist.«

Sie ließ sich aufs Sofa fallen, und Vincent setzte sich neben sie. Er holte eine Broschüre, einen Stadtplan von Stockholm, eine Schwarz-Weiß-Kopie der Titelseite einer Zeitschrift und einen handgeschriebenen Text auf einer Klarsichtfolie hervor.

»Diese Broschüre ist von Epicura«, sagte er. »Sie enthält denselben Text, den ich auch mit der Hand auf die Folie geschrieben habe. Ich habe nur die Zeilenlänge verändert. Novas Vater hat den Text kurz vor dem Unfall geschrieben. Er war übrigens ein sehr guter Schachspieler.«

Vincent zeigte auf das Cover der Zeitschrift, auf dem ein lächelnder Mann mit großem Schnurrbart einen Pokal in die Höhe hielt. In der Bildunterschrift war von John Wennhagen die Rede. Sie begriff, dass das Novas Vater sein musste. Vincent nahm einen Kugelschreiber in die Hand und zeichnete Punkte auf den Stadtplan, der mit dem gleichen Gitternetz überzogen war wie die Karte an der Wand im Präsidium.

»Lilly, William, Dexter und Ossian sind hier, hier, hier und hier gefunden worden. Und der *Knight's tour* zufolge wird Wilma da drüben aufgefunden werden, an der Djurgårdsbrunnsviken.«

Er legte die Folie mit dem Text auf die Karte, sodass die Punkte noch zu sehen waren. Dann kreiste er die Wörter ein, die auf den Kartenquadraten mit den Punkten lagen. Schließlich verband er die Wörter mit Strichen, damit sie den Satz leichter lesen konnte.

»Alles ist Leiden, Schmerz reinigt«, las sie vor. »Aber was zum …«

»Das ist genau die richtige Reaktion. John Wennhagen hat diesen Text vor mindestens dreißig Jahren geschrieben. Er hat bewusst genau vierundsechzig Wörter verwendet und schon damals diese Botschaft darin versteckt. Eine unsichtbare Botschaft, die mit unseren Tatorten übereinstimmt. Ich weiß, es klingt verrückt, aber Novas Vater ist unser Mörder. Er hat das Ganze von langer Hand geplant.«

Mina wusste nicht, was sie sagen sollte. Normalerweise warf sie Vincent Detailverliebtheit vor, aber nun hatte sie das Gefühl, er hätte die Tür nur einen Spaltbreit geöffnet und ihr keine Chance gegeben, zu erfassen, was sich dahinter befand. Sie mochte dieses Gefühl überhaupt nicht. Und außerdem konnte Vincent auf keinen Fall recht haben.

Sie starrte in die Augen auf dem schwarz-weißen Ausdruck, als könnte sie ihnen auf diese Weise eine Antwort entlocken. John Wennhagen grinste nur.

»Nimm es mir nicht übel, aber ich glaube, du bist wirklich ein bisschen überarbeitet«, sagte Mina. »Wenn ich dich richtig verstehe, sind also die Leichen so platziert worden, dass sie Johns Motto nachbilden, und dieses Motto hat er nicht nur in einem Text versteckt, den er vor dreißig Jahren geschrieben hat, man findet es auch nur dann, wenn man genauso gut Schach spielt wie er. Sehr überzeugend. Abgesehen davon, dass es gar nicht möglich ist. Die Morde geschehen jetzt. Und Novas Vater ist schon lange tot.«

»Bist du sicher? Seine Leiche wurde nie gefunden. Nova hat erzählt, dass lange vergeblich danach gesucht wurde. Das könnte ja einen Grund haben. Ich finde, das hier deutet stark darauf hin, dass John Wennhagen sehr viel lebendiger ist, als wir geahnt haben.«

Sie starrte ihn an. Plötzlich war ihr eiskalt. Die kalte Dusche war nicht mehr nötig. Als es passierte, war sie noch zu klein gewesen, aber als sie später die Polizeihochschule besuchte, hatte sie etwas über den tragischen Vorfall gelesen. Der Hof war in Brand gesteckt worden. Bei dem anschließenden Autounfall war nur ein kleines Mädchen aus dem untergehenden Wagen gerettet worden. Der Fahrer war nie aufgefunden worden. Man nahm an, er wäre ertrunken und von der Strömung mitgerissen worden. Doch genau wie Vincent sagte, konnte es auch einen anderen Grund haben, dass die Leiche nie aufgetaucht war. Vielleicht hatte er überlebt und in einem Versteck gewartet, bis seine Zeit gekommen war. Zu Vincents Schlussfolgerungen hätte es gepasst.

»Oh, mein Gott.« Sie nickte. »Du hast recht. John Wennhagen lebt. Glaubst du … glaubst du, Nova weiß davon?«

»Nicht unbedingt«, sagte er. »Möglicherweise hat er sich auch vor ihr versteckt. Da sie in die Ermittlungen involviert ist, wäre das wohl das Klügste. Und in Anbetracht ihrer Arbeit draußen bei Epicura wäre sie von seinen Taten sicher nicht begeistert.«

Mina atmete auf. So war es mit Sicherheit. Aber Nathalie war dort. Sie musste dringend mit ihr sprechen. Musste sich erkundigen, ob alles in Ordnung war. Am einfachsten wäre es gewesen, Nathalies Vater anzurufen. Aber sie war diejenige gewesen, die ihn gebeten hatte, sich zurückzuhalten. Deswegen war es nun ihre Aufgabe, ihre Tochter zu finden. Die vielleicht wirklich nur mit ihrer Großmutter campte.

»Wie hat John es nur geschafft, all die Jahre unterzutauchen?«, fragte sie.

»Ich nehme an, wenn man über seine Ressourcen oder vielmehr die seines Vaters verfügt, ist das gar kein Problem. Wenn die Leute glauben, man wäre tot, ist es nicht schwer, unsichtbar zu bleiben.«

Mina schüttelte den Kopf. Es fiel ihr immer noch schwer, die vielen Informationen zu verarbeiten.

»Das müssen wir den anderen sofort erzählen«, entschied sie. Vincent nickte.

»Noch haben wir eine Chance, Wilma zu retten«, meinte er. »Wir wissen endlich, *wer* es war. Jetzt müssen wir nur noch herausfinden, *wo* er ist.«

*Wir fahren lange mit dem Auto. Aus der Stadt heraus und in den Wald. Ich schlafe fast ein. Wir steigen aus, und ich versuche wegzurennen, aber jemand fängt mich. Ich beiße, so fest ich kann, in die Hand. Jemand schreit und lässt mich los. Bevor ich wegrennen kann, hält mich jemand anders fest. Ich trete und schlage sie, bis sie mich einsperren. Ich versuche, sie mit den Füßen von der Leiter zu stoßen, aber es geht nicht. Dann muss ich selbst hinuntersteigen.*

*Heute Morgen haben sie mich gefragt, ob ich frühstücken will. Ich habe Riesenhunger. Aber ich will ihr ekliges Essen nicht.*

*Sie sagen, ich soll mich beruhigen.*

*Sie sagen, sie kennen Mama und Papa.*

*Aber ich weiß, dass das nicht stimmt.*

*»Ihr lügt!«, schreie ich jedes Mal, wenn sie etwas sagen. »Ich hasse euch! Ich will nach Hause!«*

*Sie kommen nicht mehr in meine Nähe. Ich bin so wütend. Und ich habe Angst. Aber ich muss wütend sein. Denn sonst werde ich traurig und bekomme noch mehr Angst. Das will ich nicht.*

*Ich schlafe auf einer Matratze auf dem Fußboden. Sie sieht nicht weich aus. Aber sie ist es.*

*Ich werfe mich auf die Matratze und schreie ins Kissen. Unter mir ist etwas Hartes. Ich stecke die Hand unter das Kissen und ziehe ein iPad hervor. Ach ja, der Mann, der mich hergebracht hat, hat davon erzählt. Er hat gesagt, ich darf es so lange benutzen, wie ich will. Ich werfe es an die Wand, aber es bleibt heil. Da knalle ich es auf den Fußboden, bis der Bildschirm zersplittert.*

*»Das habt ihr davon!«, schreie ich. »Ich will jetzt nach Hause! Sonst bringe ich euch um!«*

*Wenn ich laut genug schreie, hören sie mich vielleicht.*

*Vielleicht kann Papa mich mit seiner Wutstimme retten.*

*Oder Mama. Mit ihrem schnellen Fahrrad.*

*Aber keiner kommt. Gar keiner.*

Alle Mitglieder der Gruppe starrten an die Wand, als wollten sie einfach nicht wahrhaben, was Vincent ihnen erzählt hatte. Dabei hatte er sich doch deutlich ausgedrückt. Er hatte das Material sogar noch besser präsentiert als bei Mina zu Hause. Christer hatte ihm geholfen, einen alten Overheadprojektor aus einer Abstellkammer im Präsidium zu kramen. Ruben hatte schallend gelacht, als er das Ding in den Besprechungsraum schob.

Doch jetzt, nachdem er ihnen Johns Botschaft in allen Einzelheiten erläutert und seine Entdeckung anschaulich demonstriert hatte, indem er den Text auf der Folie auf die Karte an der Wand projizierte, waren sie still. Ihre Augenbewegungen verrieten, dass jeder die Linien auf der Karte verfolgte, um Johns Botschaft nachzuvollziehen. Immer wieder. Als ob etwas anderes herauskommen würde, wenn sie die Worte noch einmal lasen.

»Das kann doch nicht wahr sein«, rief Ruben schließlich.

»John Wennhagen also«, brummte Christer. »Wenn er wirklich nicht tot ist, hat er jahrzehntelang Zeit gehabt, seine alte Sekte wiederaufzubauen. Niemand hat nach ihm gesucht, wahrscheinlich heißt er gar nicht mehr John.«

»Welche alte Sekte?«, fragte Ruben.

»Erinnert ihr euch denn nicht mehr an die Gerüchte?«, fragte Christer. »Die haben doch alle zusammen da draußen gewohnt. Die ganze Truppe. Auf halbem Weg nach Nynäshamn. Es hieß immer, es handle sich um eine sektenartige Bewegung, aber niemand wusste Genaueres. Und nach dem Unfall haben sie sich in alle Himmelsrichtungen zerstreut. Ich kann verstehen, dass Nova schnellstmöglich den Nachnamen gewechselt hat. Wenn sie sagt, sie hat viel Erfahrung mit Sekten, dann spricht sie von sich persönlich. Was glaubt ihr wohl, warum sie mit Sektenentwöhnung arbeitet?«

»Oh, nein.« Peder strich sich über den Bart, der aus irgendeinem Grund blaue Flecken hatte. »Wenn John damals schon Sektenführer war und seine Aktivitäten seitdem die ganze Zeit heimlich fortgesetzt hat … dann hat er ja jahrzehntelang Zeit gehabt, neue Mitglieder zu rekrutieren und sie einer Gehirnwäsche zu unterziehen.«

Sie wandten sich wieder Vincent zu. Einige hatten die Stirn in tiefe Falten gelegt. Außer Mina, aber die hatte das Ganze ja auch schon einmal gehört.

»Scheiße«, brummte Christer und verteilte Miniventilatoren an alle. Erst als Vincent sich dankbar einen nahm, fiel ihm auf, dass Bosse nicht dabei war.

»Er ist heute zu Hause geblieben«, sagte Christer, als er Vincents Blick auf den leeren Fressnapf bemerkte. »Zu Hause ist es ein halbes Grad kühler. So wie ich den Hund kenne, hat er sich eine eiskalte Badewanne einlaufen lassen.«

Vincent musste grinsen, als er den Golden Retriever vor seinem inneren Auge in der Badewanne planschen sah. Bestimmt hatte das Tier auch richtig viel Badeschaum ins Wasser geschüttet.

»Wir müssen so viel wie möglich über John Wennhagen herausfinden«, sagte Julia ernst. »Und zwar schnell.«

»Ich habe schon mal angefangen.« Peder klappte seinen Laptop auf.

»Irgendjemand muss Nova mitteilen, dass wir ihrem Vater auf der Spur sind«, sagte Christer.

Dann hielt er inne.

»Ihr glaubt doch nicht etwa …, dass sie mit ihm unter einer Decke steckt? Oder dass Epicura was damit zu tun hat?«

Es wurde still am Tisch.

Mina schüttelte den Kopf.

»Sie spricht mit echter Trauer in der Stimme von ihm«, sagte sie. »Falls John noch lebt, weiß Nova nichts davon. Sie wirkt vollkommen überzeugt von seinem Tod. Ich weiß zwar nicht viel über den Epikureismus, aber ich weiß, dass er nichts mit dem Töten von Kindern zu tun hat. Den Anhängern Epikurs scheint es vor allem darum zu gehen, keine hohen Wellen zu schlagen und ein Leben in der Stille zu führen. Das ist ja das genaue Gegenteil von Johns Lehre. Es wird ein harter Schlag für Nova. Aber ich kann versuchen, es ihr schonend beizubringen.«

Julia zog die Augenbrauen hoch, sagte aber nichts.

»Die Frage ist nur, warum John das alles getan hat«, sagte Adam, der seinen Ventilator nicht in Gang bekam.

»Nein, das ist nicht die Frage«, entgegnete Julia entschieden. »Damit können wir uns später beschäftigen. Zunächst geht es um die Frage, wo wir suchen sollen. Wir haben nur noch heute und morgen Zeit, Wilma zu finden. Vorausgesetzt, dass John auch diesmal die drei Tage einhält. Und Peder, jetzt muss ich dich fragen, warum dein Bart blaue Flecken hat.«

Peder wurde rot und senkte den Blick.

»Ach, die habe ich von einem Kindergeburtstag«, murmelte er. »Die Farbe geht nicht mehr weg, ich weiß auch nicht …«

Plötzlich kam Milda herein und blieb ruckartig stehen.

»Oh, hallo, seid ihr etwa vollständig?«, fragte sie verwundert. »Eigentlich wollte ich dich sprechen, Mina, aber du warst nicht in deinem Büro. Ich habe neue Erkenntnisse über die Kinder oder, besser gesagt, über das, was wir in ihrem Inneren gefunden haben.«

»Meinst du die Fasern?«, fragte Mina.

Christer warf Milda einen Ventilator zu, den sie mit einer Hand auffing. Vincent hatte den Verdacht, dass sie in ihrer Jugend viel Brennball gespielt hatte.

»Danke«, sagte sie. »Ganz genau. Zuerst konnten wir sie nicht exakt bestimmen und wussten nur, dass es Wollfasern sind. Daher haben wir uns eingehender mit ihnen beschäftigt und dabei auf sämtlichen Fasern ein Bakterium gefunden. *Dermatophilus congolensis.* Das spricht für unsere Annahme, dass alle vom selben Ort stammen.«

»Was ist denn das für ein Bakterium?«, fragte Julia.

»Danke der Nachfrage. Es löst eine Hautkrankheit aus, die bei Pferden, Rindern und Schafen vorkommt. Sie wird Regenekzem oder umgangssprachlich auch Regenräude genannt. Nässe verursacht Hautrisse, in die das Bakterium eindringt. Dann bilden sich Krusten. Theoretisch kann das Bakterium auch vom Tier auf den Menschen übergehen, aber diese Zoonosen sind selten. Infektionen kommen über direkten Hautkontakt zustande oder wenn die Krusten aufweichen und Sporen an Bürsten oder Pferdedecken abgeben.«

Milda machte eine Pause, um den kleinen Ventilator einzuschalten.

Vincent war sich nicht sicher, ob er alles richtig verstanden hatte. Die Kinder hatten die Bakterien in den Luftröhren gehabt. Und eigentlich lebten diese Bakterien in der Haut von Tieren? Hatte er irgendetwas verpasst?

»Wieso waren die Bakterien dann auf Wollfasern?«, wollte er wissen.

Milda schmunzelte. Anscheinend hatte er die richtige Frage gestellt.

Mit leisem Jaulen sprang ihr Ventilator an.

»Die Wolle muss mit infizierten Tieren in Berührung gekommen sein«, sagte sie. »Gleichzeitig müssen die Stoffteile aber auch groß genug gewesen sein, um die Gesichter oder vielleicht sogar die Köpfe der Kinder zu bedecken, weil die Kinder die Fasern ja eingeatmet haben. Wir haben jedenfalls keinen Hinweis darauf entdeckt, dass ihnen die Wolle mit Gewalt in den Mund gesteckt wurde. Ich vermute, aber das ist wirklich nur eine ganz persönliche Vermutung, dass …«

»Ja?«, sagte Julia ungeduldig.

»… die Wollfasern von Pferdedecken stammen.«

Vincents Gedanken drehten sich einmal um sich selbst und bissen sich in den Schwanz. Pferde. Immer begann und endete alles mit diesen rätselhaften Pferden.

»Äh, hört mal.« Peder hatte auf seinen Laptop gestarrt, während Milda redete. »Ihr erinnert euch doch an den Reiterhof, den John in den Neunzigern hatte. Diesen Hof, der dann abgefackelt worden ist.«

»Klar. Sind dabei nicht jede Menge Tiere verbrannt?«, fragte Julia. »Wenn ich mich recht entsinne, war das eine große Tragödie.«

»Das waren nicht nur irgendwelche Tiere.« Peder drehte seinen Laptop so, dass alle die Bilder sehen konnten.

Neben einem Pferdezaun stand ein lächelnder Mann mit Schnurrbart. Die Pferde an seiner Seite wirkten muskulös und stattlich.

»Pferde«, sagte Peder. »John Wennhagen hatte einen der beliebtesten Reiterhöfe im ganzen Land. Es war in Sorunda, das ist keine fünfzig Kilometer von hier entfernt. Und wisst ihr was? Auf den Satellitenbildern von Google Earth sieht es so aus, als wäre der Hof teilweise saniert worden.«

Alle im Raum starrten einander an. Dann standen sie hastig auf.

Julia bat Christer, im Präsidium die Stellung zu halten und möglichst noch mehr über John Wennhagen herauszufinden, während die anderen zu den Wagen stürzten. Alle fuhren mit Dienstfahrzeugen, nur Mina nahm ihr eigenes Auto. Von unterwegs alarmierte Julia die Spezialeinheit, die sich mit einem Mannschaftswagen auf den Weg machen sollte.

Mina gab Vollgas. Vincent, der auf dem Beifahrersitz saß, klammerte sich an den Haltegriff, während sie auf dem Nynäsvägen Richtung Sorunda rasten. Immerhin funktionierte die Klimaanlage. Obwohl er die ganze Zeit über John Wennhagen nachdachte und sich fragte, was sie auf dessen Pferdehof erwarten mochte, genoss er die vorübergehende Abkühlung.

»Du bist so still«, sagte Vincent.

»Ich konzentriere mich.« Sie hielt den Blick auf die Fahrbahn gerichtet.

»Wusstest du, dass Sorunda für seine Sorundatorte bekannt ist?«, fragte er. »Diese Torte wird mit erstaunlichen Symbolen verziert, nämlich Ewigkeits- und Fruchtbarkeitssymbolen. Normalerweise wird sie mit Äpfeln und Zwetschgen gebacken, aber bei Beerdigungen nimmt man nur Zwetschgen, weil sie dann dunkler ist. Die Ewigkeitssymbole passen gut zu Novas Theorie, dass Wasser für Leben und Einheit steht, und …«

»Vincent.«

»Was denn?«

»Du schwafelst.«

Vincent verstummte.

Sie konnte nachvollziehen, dass er das Bedürfnis hatte zu reden. Sie war ja selbst nervös. Würden sie auf dem Hof weitere Kinderleichen vorfinden? Würden sie John antreffen? Aber während er gegen die Aufregung anquasselte, brauchte sie zur Beruhigung Stille. Und diese Stille wollte sie mit ihm teilen. Vor allem jetzt.

Zum Glück schien er das zu verstehen. Und er schwieg einige Sekunden. Dann redete er weiter.

»Wusstest du eigentlich«, sagte er nach einer Weile, »dass das Straßenverkehrsamt vor einigen Jahren alle Schilder nach Sorunda abgebaut hat? Jetzt steht da nur noch Spångbro. Anfangs hatten sie …«

Mit einem finsteren Blick brachte sie ihn zum Schweigen. Er grinste schief.

»Hab dich«, sagte er.

Sie boxte scherzhaft gegen seine Schulter.

»Du willst mich also haben?«, fragte sie.

»Was? Äh, also … so war das ja nicht …«, stammelte er.

»Jetzt sei doch nicht immer so steif, Vincent.«

Sie spürte förmlich, wie die Temperatur im Wagen stieg, als Vincent knallrot anlief. Sie ließ ihn noch ein wenig schmoren.

»Hab dich«, sagte sie dann.

Vincent atmete schnaufend aus und musste dann lachen, während sie einen alten Skoda überholte.

»Punkt für dich«, sagte er. »Aber um ganz ehrlich zu sein … hast du recht.«

Vincent holte tief Luft und sammelte sich.

»Auch wenn vor zwei Jahren viele schreckliche Dinge passiert sind«, sagte er, »habe ich mich noch nie so lebendig gefühlt. Und das lag vor allem an dir. Ich habe zwar versucht, das alles zu vergessen und nach vorne zu schauen … aber es hat nicht besonders gut geklappt.«

Mina warf ihm einen Blick zu, bevor sie sich wieder auf die Straße konzentrierte.

»Kann es wirklich sein, dass wir gerade über dieses Thema reden?«, fragte sie.

»Ich glaube, ich kann nicht anders«, sagte Vincent. »Wir sind kurz davor, unseren Mörder zu fassen. Vielleicht ist das Ganze bald vorbei. Aber ich … ich brauche dich, Mina. So einfach ist das. Ich weiß zwar eigentlich nicht viel über dich, außer dass du jetzt datest und wahrscheinlich gar keine Zeit für mich hast, aber wenn das alles hier überstanden ist, würdest du mich dann trotzdem weiter treffen wollen? Falls in deinem Leben noch Platz ist für noch einen Freund?«

Noch einen Freund. Als ob sie Freunde hätte. Am liebsten hätte sie losgebrüllt und auf das Lenkrad eingeschlagen. Oh, Vincent. Er kannte sie so gut und gleichzeitig überhaupt nicht. Wieso hatte er auch wieder auftauchen und die Verteidigungsmauern einreißen müssen, die sie so sorgfältig aufgebaut hatte? Sie wollte auf niemanden angewiesen sein. Aber sie brauchte – und das nahm sie ihm wirklich übel! –, sie brauchte ihn auch. So war es einfach.

Sie bog so abrupt in die Abzweigung nach Spångbro ein, dass Vincent zur Seite geschleudert wurde.

»Bist du sicher, dass du nicht lieber mit Nova abhängen willst?«, fragte sie.

»Mit Nova? Warum zum Teufel sollte ich … Also, ich bewundere Nova für ihr Wissen und ihre Kompetenz. Es imponiert mir, wie hart sie gearbeitet hat, um da hinzukommen, wo sie jetzt ist. Als Kollegin verdient sie meinen höchsten Respekt, aber das ist alles. Sie ist nicht … Sie ist nicht du.«

Mina nickte stumm.

»Ich kann dir Billard beibringen«, meinte sie.

Er nickte auch.

»Hast du gesehen?« Er klang schon viel fröhlicher. »An der Abzweigung stand Spångbro. Nicht Sorunda. Habe ich doch gesagt.«

*I*ch habe schreckliche Halsschmerzen, weil ich zu viel schreie. Aber ich bin immer noch so wütend. Wenn jemand kommt, schlage ich ihn. Oder ich trete. Geschieht ihnen recht. Ich hasse diese Leute, und ich hasse alle Erwachsenen. Und ich hasse den Wald.

Wenn sie mich nicht nach Hause bringen, gehe ich allein. Jetzt gerade ist niemand da. Ich stehe schnell auf und renne nach draußen. Niemand sieht mich. Aus dem Pferdestall höre ich Geräusche. Sie sind alle dort drinnen. Keiner kann sich vorstellen, dass ich einfach abhaue. Es riecht nach Tieren. Vor allem nach Tierkacke. Das ist der widerlichste Geruch der Welt.

Ich stelle mich vor den Pferdestall. Keiner kommt raus. Das ist gut, dann kann ich jetzt nach Hause gehen. Ich gehe den Schotterweg entlang. Weg vom Haus. Hinter mir quietscht etwas, vielleicht ist es eine Tür, aber ich drehe mich nicht um. Ich gehe einfach weiter.

»Wilma?«

Das war dieser Mann. Der mich hergebracht hat. Der Pädo. Er ist irgendwo hinter mir. Aber ich beachte ihn nicht.

»Wo willst du hin, Wilma?«

Ich renne los. Der Schotter unter meinen Füßen knirscht. Aber jetzt höre ich auch seine Schritte. Ich renne noch schneller. Ich renne, so schnell ich kann.

»Wilma, warte!«

Der Pädo schnauft, als wäre es anstrengend für ihn, gleichzeitig zu rennen und nach mir zu rufen. Geschieht dem Fettwanst recht. Aber lange Beine hat er. Die habe ich nicht. Ich springe über den Graben und renne zum Waldrand. Da findet er mich vielleicht nicht. Als ich die ersten Bäume erreicht habe, hebt mich jemand hoch. Ich trete um mich. Aber ich bin so müde.

»Wilma«, sagt er.

Er ist außer Atem, aber er lacht trotzdem.

»Du brauchst nicht wegzulaufen, du kommst doch jetzt sowieso von hier weg«, sagt er.

Ich glaube ihm zwar nicht ganz, aber diesmal klingt es fast, als ob es wahr wäre. Ich höre auf zu strampeln.

Wir gehen in den Pferdestall, und er legt mir eine Decke um die Schultern, obwohl es draußen heiß ist. Die Decke riecht eklig nach Pferd. Die anderen sind auch alle da. Ich sehe ihnen aber an, dass sie wieder die unterirdische Leiter runtersteigen wollen. Ich habe das Gefühl, dass gleich was passiert. Etwas, das mir nicht gefällt.

»Na, Wilma«, sagt der Pädo. »Kannst du dich noch an deine Geburt erinnern?«

Als die asphaltierte Straße endete, fuhren sie auf einem Schotterweg weiter. Sie waren mitten im Wald. Vincent konnte nicht nachvollziehen, wieso Mina es wagte, auf dem schmalen Weg so schnell zu fahren. Andererseits fuhren Adam, Ruben, Julia und Peder vor ihnen her. Wenn es zu einem unangenehmen Zusammenstoß kam, waren sie die ersten Opfer.

Der Schotterweg führte etwa einen Kilometer durch den Wald, dann erreichten sie eine Lichtung. Rechts von ihnen lag eine große Weide, links der Reiterhof von John Wennhagen. Oder vielmehr das, was davon übrig war. Vincent nahm an, dass das Gebäude am Weg das Wohnhaus war. Da es bis auf die Grundmauern niedergebrannt war, konnte man unmöglich erkennen, wie es früher ausgesehen hatte. Was von den Wänden übrig geblieben war, hatten Büsche und Gestrüpp überwuchert. Der Wald hatte jahrzehntelang Zeit gehabt, um sich das Grundstück zurückzuerobern. Ohne das große Gebäude dahinter wäre ihnen die Ruine wahrscheinlich gar nicht aufgefallen.

Das große Gebäude, in dem er die Stallungen vermutete, war in fast genauso schlechtem Zustand. Im Gegensatz zum Wohnhaus waren hier zwar noch Teile von Dach und Wänden vorhanden, aber das Dach war eingestürzt, und von den Wänden waren nur noch Pfeiler übrig, die wie Mikadostäbe in die Höhe ragten. Da das Gestrüpp hier gerodet war, wirkten die schwarzen Pfeiler und Balken vor dem grünen Hintergrund umso gespenstischer. Er hielt Ausschau nach den Gebäudeteilen, die Peder auf Google Earth entdeckt hatte, sah aber nur die Ruinen.

»Da.« Mina zeigte auf ein Gehölz hinter dem Stall.

Sie hatte recht. Zwischen den Bäumen blitzte etwas in leuchtendem Rot und Weiß auf. Der Schotterweg führte um das kleine Gehölz herum, und dahinter lag ein relativ neuer

Stall. Davor parkten zwei Autos. Eins davon war ein roter Renault Clio. In diesem Modell war Wilma entführt worden.

»Sie sind gerade angekommen«, sagte Mina.

»Woher weißt du das? Die Autos könnten doch auch seit einem halben Jahr schon hier stehen.«

»Sieh sie dir doch mal an. Keine Blätter oder Nadeln, kein Vogeldreck und kein Staub. Die Autos sind viel zu sauber, als dass sie längere Zeit hier gestanden haben könnten. Bist du nicht sonst immer derjenige von uns, der alles ganz scharf beobachtet?«

Adam parkte quer hinter den beiden Wagen, und Julia stellte sich direkt dahinter, um ihnen den Weg zu versperren.

»Es macht mehr Spaß, wenn du das tust«, sagte Vincent. »Was passiert jetzt?«

Die anderen waren bereits ausgestiegen und gingen zum Stall. Mina parkte hinter Julias Auto.

»Jetzt schnappen wir ihn uns«, sagte sie.

Sie stiegen aus, und Vincent blieb im Hintergrund. Die Stille im Wald war nahezu ohrenbetäubend. Die Vögel schienen gespannt den Atem anzuhalten.

Ruben ging voran. Mina kniff die Augen zusammen und runzelte die Stirn.

»Was ist?«, fragte Vincent.

»Ich weiß nicht, ich dachte, ich hätte auf dem Weg da vorne was gesehen …«

Plötzlich öffneten sich die Stalltüren, und ein Mann mit einem breiten Grinsen im Gesicht kam heraus. Er war blond und trug einen auffälligen Oberlippenbart. Genau so war Wilmas Entführer beschrieben worden. Er hatte sich also nicht die Mühe gemacht, sein Aussehen zu verändern oder zu verbergen. Johns Anhänger hatten offenbar keine Angst, entdeckt zu werden.

Als der Mann jedoch die Polizisten bemerkte, hörte er augenblicklich auf zu grinsen und wurde kreidebleich. Allem Anschein nach hatte er mit jemand anderem gerechnet.

Der Mann wirbelte herum und rannte zurück in den Stall. Erst da nahmen sie das Mädchen hinter ihm wahr. Es war in eine Wolldecke gehüllt und schaute sie verwirrt an.

Es war Wilma.

»Stehen bleiben!« Ruben rannte dem Mann hinterher.

Peder tat das Gleiche, und auch Julia nahm die Verfolgung auf, nachdem sie auf Wilma gezeigt und Adam zugenickt hatte. Er näherte sich dem Mädchen in der Zimmermannshose und ging vor ihr in die Hocke.

»Wir sind von der Polizei«, sagte er. »Wir sind gekommen, um dich zurück zu deinen Eltern zu bringen. Möchtest du das?«

Wilma nickte hektisch.

»Hat er dir wehgetan? Oder irgendwas gemacht, was du nicht mochtest?«

»Nein«, sagte Wilma. »Aber er hat gelogen. Es gibt hier keine Pferde. Er hat gesagt, ich darf die Pferde streicheln. Aber ich habe nur eine eklige Wolldecke bekommen.«

Dann fing sie an zu weinen und fiel Adam um den Hals. Er hob sie hoch und trug sie zum Auto.

»Mina, kannst du da drüben helfen?«, rief Adam ihr zu und deutete auf die Autos.

Mina eilte zu ihren Kollegen hinüber, während Ruben, Julia und Peder sechs Personen aus dem Stall herausführten. Vincent musterte den blonden Mann, eine Frau mittleren Alters, einen älteren Mann und drei Frauen um die fünfundzwanzig. Alle hielten den Blick gesenkt und machten keine Anstalten, Widerstand zu leisten. Vincent war sich nicht sicher, aber er hätte wetten können, dass sie soeben die Entführer von Lilly, William, Dexter, Ossian und Wilma gefasst hatten.

»Das sind alle«, sagte Ruben. »John ist nicht hier. Aber da diese Weihnachtsmänner da drinnen anscheinend gerade eine Art Ritual vorbereitet haben, wird er wohl jeden Augenblick eintreffen.«

Als sie ein Auto um das Gehölz herumfahren hörten, drehten sie sich um. Etwa hundert Meter von ihnen entfernt blieb ein blauer Audi so ruckartig stehen, dass er eine Staubwolke aufwirbelte.

»Verdammt, da ist er!«, rief Ruben.

Vincent versuchte zu erkennen, wie John jetzt aussah, dreißig Jahre nachdem das Foto vom Cover des Schachmagazins aufgenommen worden war, aber die Sonne spiegelte sich in der Frontscheibe.

Ruben war erst zwei Schritte auf das Auto zugerannt, als John den Rückwärtsgang einlegte und den Wagen in hohem Tempo um hundertachtzig Grad drehte. Dann fuhr er so schnell, wie er gekommen war, davon.

»Scheiße«, zischte Ruben und trat gegen den Schotter. »Ich nehme an, niemand hat das Kennzeichen gesehen. Vincent, du kannst dir doch gut Zahlen merken.«

»Ja, aber aus hundert Metern Entfernung kann ich sie auch nicht erkennen.«

»Immer mit der Ruhe.« Peder strich sich über den Bart.

Lächelnd wandte er sich den sechs Personen zu, die immer noch auf den Boden starrten. »Unsere neuen Freunde werden uns gleich erzählen, wo er ist.«

»Wir wissen nicht, von wem Sie reden«, behauptete eine der Frauen. »Wir handeln nur aus freiem Willen.«

»Na, sicher«, sagte Julia.

G roßartige Arbeit.« Julia strahlte. »Wilma scheint unverletzt und bei bester Gesundheit zu sein, aber sie ist stink-
sauer, weil sie noch immer nicht nach Hause darf. Sie ist zur
eingehenden Untersuchung ins Karolinska gebracht worden
und wird von ihren Eltern dort abgeholt. Wenn ihr nicht gewesen wärt, hätte das Ganze böse enden können.«

Sie sah in die Runde und ließ ihren Blick auf jedem Einzelnen einen Moment ruhen. Alle wirkten erschöpft. So war es
oft, wenn sich ein Fall seiner Aufklärung näherte. Die Anspannung ließ nach, und die Müdigkeit legte sich wie eine schwere
Decke auf alle, die hart und unverdrossen gearbeitet hatten.
Mina fühlte sich wie ein Ballon, dem die Luft ausgegangen
war. Normalerweise schätzte sie dieses Gefühl, weil es signalisierte, dass die Gefahr überstanden war, aber diesmal konnte
sie die Schultern nur kurz sinken lassen. Wilma war gerettet.
Aber John Wennhagen war noch immer auf freiem Fuß. Und
Nathalie war nicht nach Hause gekommen.

»Christer, du hast doch Informationen über John gesammelt. Ich glaube, es wäre gut, wenn du die anderen daran teil-
haben ließest. Im Moment wissen wir nicht, welche Einzelheiten seiner Lebensgeschichte von Bedeutung sind.«

Christer nickte und holte einen Stapel Papier hervor.

»Ja, der Kerl ist ein richtiger Spieler. Mit dem Silberlöffel im
Mund geboren. Sohn von Baltzar Wennhagen, der mit Immobilien ein Vermögen gemacht hat. Über Johns Kindheit ist ansonsten nicht viel bekannt. Sein Vater hat sich damals schon
mit dem Epi... Epi...«

»Epikureismus«, warf Mina ein.

»Danke. Mit dem Epikureismus beschäftigt«, fuhr Christer
fort. »Mit Anfang zwanzig geht John ins Ausland. Nach Indi-
en. Und dort wird er Mitglied einer Sekte ...«

Er las mit zusammengekniffenen Augen.

»Bhagwan war's, genau. Und dann geht er mit diesen Leuten nach Oregon, wo das Ganze mit einer Vollkatastrophe endet. Mit Mord und allem Drum und Dran.«

»War das nicht diese Sekte, bei der auch Ted Gärdestad mitgemacht hat?«, unterbrach Peder.

»Ted Gärdestad war in einer Sekte?«, fragte Ruben verwundert. »Sprechen wir von dem ›Sonne, Wind und Wasser‹-Typen? *Satellit, Satellit, oh oh oh …*«

»Ja, genau den meine ich«, sagte Peder. »Ist natürlich ein kleiner Makel im Lebenslauf, aber andererseits ist er als Künstler ja ungemein begabt …«

»Konzentration«, sagte Julia müde und nickte Christer zu, damit er fortfuhr.

»John ist offenbar gerade noch rechtzeitig aus Oregon weggegangen, bevor alles den Bach runterging. Und er hat einen ganzen Schwung Leute mit nach Schweden gebracht. Dann hat er diesen Hof gekauft und seinen eigenen kleinen Kult gegründet.«

»Und wovon haben sie gelebt?«, fragte Ruben.

»Ein paar Jahre lang haben sie einen Reiterhof betrieben. Das habt ihr ja gesehen. Nova ist dort geboren. Ihre Mutter war eine der Frauen, die John aus Rajneesh mitgebracht hatte. Zu der Zeit ist aber nicht viel dokumentiert worden. Die Leute blieben unter sich und hatten nur Kontakt mit der Außenwelt, wenn jemand zum Reitunterricht kam. Ich habe ein paar Leserbriefe gefunden, die vermutlich Nachbarn geschrieben hatten, weil ihnen die Sekte nicht geheuer war. Bei den Kindern soll der Reitunterricht sehr beliebt gewesen sein, was vielen ein Dorn im Auge gewesen sein dürfte. Was dann passierte, bestätigt das.«

»Du meinst den Brand?«, fragte Mina.

»Genau. Eines Nachts brach auf dem Hof ein Feuer aus. Laut kriminaltechnischer Untersuchung deutete einiges auf Brandstiftung hin.«

»Jetzt erinnere ich mich, darüber wurde in der Zeitung berichtet«, warf Peder ein.

»Ja, das war damals eine große Sache. Mehrere Sektenmitglieder kamen bei dem Brand ums Leben. Erwachsene und Kinder. Auch die Pferde starben. Nur John und Nova kamen mit dem Leben davon. Und bis vor Kurzem glaubten alle, John wäre tödlich verunglückt, als sie mit dem Auto vom Hof geflüchtet sind.«

Christer reichte die Kopie eines alten Artikels aus dem *Expressen* herum.

»Eigentlich erstaunlich, dass die Medien kaum darüber berichten, obwohl Nova mittlerweile so bekannt ist«, sagte Mina nachdenklich.

»Ein Geheimnis ist es aber auch nicht«, sagte Vincent. »Ich glaube, man will ihr mit der alten Geschichte nicht unnötig wehtun. Es gibt ja nichts Neues dazu zu sagen, und sie war noch ein Kind, als es passiert ist.«

»Wie konnte er nur all die Jahre untertauchen?« Peder kratzte sich am Bart.

»Das müssen wir noch klären«, sagte Julia. »Wenn wir wissen, wie er es angestellt hat, haben wir ihn bald.«

»Sich in Schweden eine falsche Identität zuzulegen, ist gar nicht so einfach«, sagte Christer.

»Vielleicht hat er ja gar keine.« Nachdenklich kritzelte Ruben auf seinem Notizblock herum.

Mina glaubte, dass er verschnörkelte Formen gezeichnet hatte, die Herzen ähnelten, aber möglicherweise bildete sie sich das auch nur ein.

Ruben räusperte sich, bevor er fortfuhr.

»Wenn er loyale Mitstreiter hatte, die ebenfalls überlebt und sich um ihn gekümmert haben, dann brauchte er gar nichts mit der Gesellschaft zu tun zu haben. Seine Identität muss man nur im Kontakt mit Behörden nachweisen. Falls er ein Dach über dem Kopf und genug zu essen auf dem Tisch hatte, konnte er auch anonym leben. Vor allem, wenn ihn niemand gesucht hat, weil alle dachten, er wäre tot.«

»Wir haben eine Fahndung nach ihm rausgegeben«, sagte

Julia. »Und wir überlegen, mit diesen Informationen an die Öffentlichkeit zu gehen. Das Problem ist, dass es keine aktuellen Fotos von John gibt. Das letzte, das wir von ihm haben, ist dreißig Jahre alt. Wir haben es bereits bearbeitet und dem mutmaßlichen Alterungsprozess anpassen lassen.«

»Du meinst, ihr habt ein Phantombild erstellt? Das ist doch Mumpitz.« Beifall heischend sah sich Christer um.

»Du irrst dich.« Adam schüttelte den Kopf. »Diese Prozesse sind wissenschaftlich belegt. Und außerdem machen das heutzutage Computer. Es gibt sogar Apps, die dir demonstrieren, wie du in zwanzig Jahren aussiehst.«

»Mumpitz«, wiederholte Christer. »Mehr sage ich nicht dazu.«

Bosse hob den Kopf, als hätte er die Stimmungsschwankung seines Herrchens bemerkt, legte ihn aber kurz darauf mit einem tiefen Seufzer wieder auf den Pfoten ab.

»Auch nach dem blauen Audi wird natürlich gefahndet«, sagte Julia, »allerdings bislang erfolglos.«

»Und was ist mit den Sektenmitgliedern?« Rubens Gekritzel wurde immer psychedelischer. »Die müsste man doch irgendwie zum Reden bringen? Die wissen bestimmt, wo John ist.«

»Ich finde, Vincent sollte es versuchen«, sagte Mina. »Bei Lenore Silver zum Beispiel hat er sich gut geschlagen. Und ihm sind Dinge aufgefallen, die sonst keiner von uns bemerkt hat.«

Julia sah den Mentalisten an, der bis jetzt geschwiegen hatte.

»Was meinst du, Vincent? Kannst du uns helfen?«

Mina stellte fest, dass Julia Schweißflecke unter den Armen hatte. Diskret schnupperte sie an ihren eigenen Achselhöhlen. Noch hielt das Deodorant ihren Körpergeruch in Schach. Nach dem Aufenthalt auf dem Hof hatte sie sich notdürftig mit Feuchttüchern abgerieben und ihr Deo erneuert. Nicht, dass sie dort irgendetwas angefasst hätte, aber der Geruch nach Pferden und das Ungesunde an der Situation auf dem Hof war in jede Pore ihres Körpers eingedrungen.

»Ich helfe natürlich gerne bei Bedarf«, sagte Vincent. »Aber Adam ist als Verhandler ausgebildet. Ich denke, er macht seine Sache ausgezeichnet. Johns Anhänger sind zwar fanatisch, aber sie sind längst nicht so geübt im Umgang mit der Polizei wie Lenore. Sie werden schätzungsweise eine Zeit lang schweigen, aber wenn ihnen klar wird, dass sie ausgenutzt worden sind, überlegen sie es sich mit Sicherheit anders.«

»Das sehe ich genauso«, sagte Adam. »Sorgen wir doch einfach dafür, dass sie sich langweilen. Ohne ihren Erlöser dauert das bestimmt nicht lange.«

»Dann kann ich ja langsam aufbrechen und nach Hause fahren«, sagte Vincent. »Ich danke euch für einen ungemein ereignisreichen Nachmittag.«

»Wir haben zu danken«, sagte Julia. »Ohne dich hätten wir John nicht gefunden. Jeder in der Gruppe hat sein Scherflein beigetragen. Klopfen wir uns also alle noch mal gegenseitig auf die Schulter und gratulieren uns zu getaner Arbeit. Und dann nehmen wir neuen Anlauf und machen uns auf die Suche nach John Wennhagen. Wissen alle, was sie zu tun haben?«

Alle murmelten zustimmend, nickten Julia zu und verließen den Raum.

Nur Mina blieb noch sitzen. Irgendetwas regte sich in ihrem Hinterkopf.

Ein paar Stunden später grübelte Mina immer noch. Irgendwie passte das alles nicht zusammen. Die anderen waren vollauf damit beschäftigt, nach John Wennhagen zu suchen. Einem Mann, der von den Toten auferstanden war. Am Nachmittag hatten sie mit Nova gesprochen, die zugegeben hatte, immer den Verdacht gehabt zu haben, dass ihr Vater gar nicht tot war. Aber weiter waren sie nicht gekommen. Nova bestritt, jemals Kontakt zu John gehabt zu haben. Seit der Katastrophe hatte sie keinen Fuß mehr auf den Reiterhof gesetzt. Ihre Angaben würden natürlich doppelt und dreifach überprüft werden. Die Polizei würde ihre Handyverbindungen checken und vermutlich auch eine Hausdurchsuchung bei Epicura durchführen. Antragsformulare mussten ausgefüllt werden. Aber Mina konnte sich nicht gut auf ihre Arbeit konzentrieren.

Sie hatte irgendetwas auf dem Hof gesehen.

Der Moment war so schnell verstrichen, dass sie ihn kaum registriert hatte. Aber sie wusste, dass es wichtig war.

Diejenigen, die Wilma gefangen gehalten hatten, wurden bereits vernommen. Vincent hatte recht – sie schwiegen. Jedenfalls bis jetzt. Adam hatte noch nicht einmal die Namen aus ihnen herausbekommen. Falls ihre Fingerabdrücke nicht erfasst worden waren, war es nahezu unmöglich, ihre Identität zu ermitteln. Vermutlich würden sie sich letztendlich an die Öffentlichkeit wenden und den berühmten Detektiv namens Allgemeinheit um Mithilfe bitten müssen.

Wilma war noch im Krankenhaus. Sobald die Ärzte mit den Untersuchungen fertig waren und ihrer Befragung zugestimmt hatten, würden Julia und Peder mit ihr reden. Doch das würde noch ein Weilchen dauern.

Mina stand auf und ging zwischen Tisch und Wand auf und ab. Ihre Gedanken schweiften immer wieder ab. Sie hatte ein paar Stunden darauf verwandt, die wenigen verfügbaren Informationen über John Wennhagen aus dem Melderegister herauszusuchen. Vielleicht ließen sich daraus irgendwelche Rückschlüsse auf seinen jetzigen Aufenthaltsort ziehen. Sie hatte auch das Grundbuch konsultiert, um in Erfahrung zu bringen, ob er außer dem Pferdehof weitere Grundstücke besaß, aber bis jetzt war rein gar nichts dabei herausgekommen.

Sie wusste jedoch, dass das, wonach sie suchte, in keiner Datenbank zu finden war. Es versteckte sich in ihrem Unterbewusstsein und entzog sich beharrlich ihrem Zugriff. Plötzlich blieb sie stehen. Sie selbst konnte ihr Gehirn nicht zwingen, die Information preiszugeben. Aber sie kannte jemanden, der es konnte. Sie hatte mit eigenen Augen gesehen, wie er so etwas machte.

Einen Anruf später war er unterwegs.

V incent ließ sich von Mina den Ruheraum des Präsidiums zeigen.

»Tut mir leid, dass ich dich gleich wieder hergebeten habe«, sagte sie. »Bist du bei deiner Familie jetzt in Ungnade gefallen?«

»Japp. Vergiss alles, was ich im Auto über Freundschaft gesagt habe«, sagte er. »Nein, keine Sorge. Maria war sowieso nicht zu Hause. Rebecka wollte eigentlich zu ihrem Freund, aber ich habe sie und Benjamin bestochen, und jetzt schauen sie mit Aston einen Film, bis ich nach Hause komme.«

Vincent bemerkte, dass Mina erstarrte, als ihr Blick auf die Liege im Ruheraum fiel. Vermutlich malte sie sich lebhaft aus, wie viele Menschen darauf schon ein Mittagsschläfchen gehalten oder sonst etwas getrieben hatten, ohne dass die Matratze ein einziges Mal gereinigt worden war.

»Ich habe ihnen *Solaris* eingelegt. Auf Blu-ray«, sagte er. »Also Tarkovskys Version. Auch wenn Stanislav Lem sich laut einem Dokumentarfilm durchaus dafür interessiert hat, was Steven Soderbergh und George Clooney so zustande bringen würden. Aber das russische Original von 1972 ist und bleibt eben das Original. Benjamin hat versprochen, Popcorn zu machen.«

Mina starrte ihn an.

»Ist Aston nicht erst neun?«, fragte sie. »Bist du sicher, dass er so was lieber sieht als zum Beispiel *Ich – unverbesserlich?*«

»Ich habe *Solaris* auch zum ersten Mal in seinem Alter gesehen.« Vincent zuckte mit den Schultern. »Und aus mir ist auch etwas geworden. Und außerdem ist der Film fast drei Stunden lang. Falls wir länger brauchen.«

Mina schüttelte den Kopf. Aber zumindest schien sie nicht mehr das gesamte Mobiliar mit Plastikfolie umwickeln zu wollen. Die Ablenkung hatte Wirkung gezeigt, zumindest vorübergehend. Er setzte sich auf die Liege, damit sie auf dem Stuhl Platz nehmen konnte.

»So, und jetzt erzähl«, sagte er. »Was machen wir hier? Was war denn so dringend?«

»Du hast Lenore hypnotisiert, oder?« Sie sah ihn an. »Als du sie befragt hast?«

Er zögerte. Hypnose war umstritten, und es gab mindestens so viele Meinungen über sie wie Menschen, die sie durchführten. Doch wie immer man dazu stand, die Polizei konnte diese Methode eigentlich nicht gutheißen. Und wenn Mina ihm jetzt eine Standpauke halten wollte, hatte sie sich einen merkwürdigen Zeitpunkt ausgesucht.

»Ich … habe mit Lenore gesprochen«, sagte er. »Ich habe bestimmte verbale und physische Techniken angewendet, um sie in einen mentalen Zustand zu versetzen, in dem sie entspannt und aufmerksam war, ohne das Gesagte zu analysieren oder infrage zu stellen.«

»Du hast sie also hypnotisiert.«

»Wenn du es so nennen willst.«

»Kannst du … kannst du mich hypnotisieren?«

Er war baff. Damit hatte er nicht gerechnet. Mina, die eine dicke Mauer um ihre Person gezogen hatte, fragte ihn, ob er zu ihrem Innersten vordringen wollte. Dorthin, wo sie verletzlich war.

»Willst du mich mit dieser Frage herausfordern? Weil du denkst, ich könnte es nicht?«, erwiderte er. »Oder soll ich es wirklich versuchen?«

»Als wir gestern auf diesem Hof waren, habe ich etwas gesehen«, sagte sie. »Ich kann mich nur verschwommen daran erinnern, es passierte so viel auf einmal. Ich bin nicht dazu gekommen, es wirklich zu verarbeiten. Jedenfalls nicht bewusst. Und jetzt komme ich da nicht mehr ran. Kannst du mich hypnotisieren und mir helfen, mich zu erinnern?«

Er schluckte. Bei jedem anderen hätte ihn die Frage nicht in Verlegenheit gebracht. Sie war ihm schon unendlich oft gestellt worden. Aber bei Mina war das etwas anderes. Es bedeutete, dass sie ihm wirklich vertraute. Dass sie bereit war, ihm zu zeigen, was in ihrem Kopf war. Und gleichzeitig vertraute sie darauf, dass er sich darin nicht mehr als nötig umschaute. Der Raum wurde ihm plötzlich zu eng. Oder war er zu groß? Er saß auch so komisch auf dieser Liege. Wie sollte er sich denn so des Vertrauens würdig erweisen, das sie ihm entgegenbrachte? Mina verzog das Gesicht, als die Liege unter ihm knarrte.

»Erstens«, sagte er, während er versuchte, sich zu konzentrieren. »Erstens brauchst du dich nicht hinzulegen. Du kannst einfach auf dem Stuhl sitzen bleiben.«

Mina war sichtlich erleichtert. Doch sie hatte immer noch die kleine Falte zwischen den Augenbrauen, die ihm schon aufgefallen war, als er das Thema Hypnose ihr gegenüber zum ersten Mal erwähnt hatte. So ganz wohl war ihr anscheinend doch noch nicht dabei.

»Zweitens glaube ich gar nicht, dass in diesem Fall eine Hypnose notwendig ist«, sagte er schnell. »Ich kann dir auch auf anderem Weg helfen, dich zu erinnern. Es gibt da verschiedene Techniken.«

Minas Stirn glättete sich. Er hatte recht gehabt. Wenn er sie in dem Glauben belassen hätte, er würde sie hypnotisieren, hätte er kein gutes Ergebnis erzielt. Es war unglaublich mutig von ihr gewesen, ihn darum zu bitten, aber im Grunde hatte sie Angst. Und die blockierte sie. Er musste eine andere Methode anwenden.

»Die Augen schließen und dich entspannen musst du trotzdem«, sagte er. »Kannst du das gleich mal ausprobieren?«

Mina schloss die Augen, und er konnte hören, wie sich ihre Atmung verlangsamte.

»Gut. Mach die Augen wieder auf. Wir haben noch nicht angefangen.«

Mina blinzelte leicht verwirrt.

»Aber wenn wir anfangen, möchte ich, dass du dir bewusst

machst, wie sich deine Hände auf den Knien anfühlen. Mach die Augen noch mal zu und nimm es wahr.«

Mina schloss die Augen und ließ diesmal den Kopf ein wenig hängen. Er zählte stumm bis fünf.

»Ausgezeichnet. Jetzt öffne die Augen wieder. Wir haben noch nicht angefangen.«

Diesmal brauchte sie länger. Sie wirkte etwas verschlafen.

»Gleich werde ich dir helfen, dich zu erinnern. Du tust dann alles, was ich dir sage, und wirst zurück auf den Hof versetzt, und du schließt die Augen jetzt ... und sinkst in einen tiefen Entspannungszustand.«

Mina schloss sofort die Augen und ließ den Kopf hängen.

»Noch tiefer ... und tiefer ... sinkst du in dein Unterbewusstsein und alles, was du auf dem Hof erlebt hast«, sagte er mit sanfter und monotoner Stimme. »Du riechst die Gerüche, hörst die Geräusche und siehst, was du gesehen hast.«

Er umfasste ihr Handgelenk und zog es ein Stück nach oben. Als er es losließ, fiel die Hand nicht auf ihr Knie.

Eigentlich mochte er diese Methode nicht. Sie beruhte zum einen auf sogenannter Fragmentierung, bei der man jemanden immer wieder in eine Art Trance versetzte und gleich darauf wieder in die Realität zurückholte. Der ständige Wechsel war physiologisch so anstrengend, dass das Gehirn von sich aus in Trance bleiben wollte. Und zum anderen führten die vielen Anweisungen zu einer Überlastung. Ein alter Trick, den jeder Hypnotiseur kannte. Wer ausreichend verwirrt war, befolgte die erste verständliche Instruktion, die er bekam. In diesem Fall war es die Anweisung gewesen, in einen tiefen Entspannungszustand zu sinken. Er mochte die Methode nicht, weil sie so offensiv war. Aber sie war zweifellos wirkungsvoll. Mina war bereits in tiefer Trance.

Er tippte mit dem Zeigefinger auf Minas schwebende Hand und drückte sie behutsam nach unten.

»Je weiter sich deine Hand nach unten bewegt, desto klarer werden deine Erinnerungen«, sagte er. »Und umso deutlicher siehst du alles vor dir. Du bist jetzt bereit, mir zu erzählen, was du siehst.«

Mina schwieg noch einige Sekunden.

»Wir parken«, sagte sie dann. »Vor dem Stall. Steigen aus. Ruben geht auf die Stalltür zu. Ich sehe mich um.«

»Was siehst du?«

»Das neue Haus. Bäume. Autos, unsere und ihre. Gestrüpp. Schotter.«

»Da ist etwas, das deine Aufmerksamkeit erregt«, sagte er. »Ist es ein Geräusch?«

»Es glitzert auf dem Boden«, sagte sie. »Eigentlich dürfte da nichts glitzern. Da ist ja nur Schotter. Es könnte Glas sein, vielleicht eine Scherbe, die da glitzert, aber es sieht symmetrisch aus. Ich sehe es nicht genau und muss die Augen zusammenkneifen. Und dann ruft Ruben …«

»Bleib dabei«, sagte er. »Du hast den Gegenstand gesehen, und deshalb ist er in deinem Gedächtnis gespeichert. Du hast jetzt den Laserblick und kannst kilometerweit schauen. Halt die Zeit an, betrachte den Gegenstand und sag mir, was es ist.«

Mina nickte. Er merkte ihr an, wie sehr sie sich anstrengen musste, um die abgespeicherte Erinnerung vor sich zu sehen. Plötzlich riss sie die Augen auf und schaute direkt in seine. Sie war unvermittelt aus der Trance erwacht. Als ob sie nie hypnotisiert gewesen wäre.

»Ich weiß, was es ist«, sagte sie. »Wir müssen zurück zum Hof.«

D u weißt, dass du sehr schnell fährst, oder?«, fragte Vincent mit Entsetzen in der Stimme. »Schon wieder.«

Mina hielt den Blick auf die Fahrbahn gerichtet. Sie waren fast da. Sie war geradewegs zum Auto marschiert, ohne den Rest der Gruppe zu informieren. Sie wollte sich erst ganz sicher sein. Auf dem Hof war ja niemand mehr, und außerdem begleitete Vincent sie. Wenn man sich ansah, wie fest er den Haltegriff umklammert hielt, schien er das allerdings zu bereuen.

Sie nahm die Abzweigung nach Spångbro, ohne vorher den Blinker zu setzen, und sah die gerade Strecke zum Pferdehof Wennhagen vor sich. Sie wappnete sich innerlich. Das schmutzige Gefühl überkam sie jetzt schon, kroch ihr unter die Kleidung und drang in jede Pore. Das Bedürfnis, zu erfahren, ob ihr Verdacht stimmte, war jedoch stärker.

»Vielleicht ist da auch gar nichts«, sagte er. »Aber einen Versuch ist es wert.«

»Ich weiß.« Mina trat das Gaspedal durch.

Ein Schottersteinchen flog gegen die Scheibe und sprengte einen Splitter heraus.

»Verfluchte Scheiße!«

»Sehr damenhaft«, sagte Vincent trocken, der sich immer noch festhielt.

»Und du übst wohl schon mal, damit du dich spätestens beim fünfzigsten Geburtstag wie ein Rentner ausdrückst.«

»Im Moment bin ich mir nicht sicher, ob ich den Tag überhaupt erlebe.«

Mina ignorierte seine Bemerkung, während sie an der Ruine des ehemaligen Wohnhauses vorbeiraste und schlingernd vor dem Stall hielt. Es war beängstigend still, als sie aus dem Auto stiegen. Nur ein Vogel krächzte auf einem Baum in der Nähe. Der Schotter staubte, als sie mit schnellen Schritten den Hof querten.

Sie eilten am heruntergebrannten Gebäude vorbei und weiter zum neuen Stall. Dort blieb sie stehen und betrachtete die Ruine. Sie wollte nichts übersehen.

»Furchtbar«, sagte sie mit Blick auf das eingestürzte Dach. »Ich kann die Schreie förmlich hören. Es muss entsetzlich gewesen sein. Das Feuer. Die herunterkrachenden Gebäudeteile. Und die Pferde. All die Pferde …«

»Ich kann sie auch hören«, sagte Vincent leise. »Deutlicher, als mir lieb ist.«

Eine Weile betrachteten sie die Verwüstung. Sie hatte von vollkommen überwucherten Ruinen gelesen, die friedlich und geheimnisvoll wirkten. Hier war es anders. Johns abgebrannter Stall war noch immer eine schwarze Wunde. Als ob selbst die Natur einen Bogen um den Schauplatz des Schreckens machen würde.

Mit schnellen Schritten ging sie um das kleine Gehölz herum und hinüber zum neuen Stall. Sie kniff die Augen zusammen, genau wie bei ihrem letzten Besuch, obwohl sie die Sonne diesmal im Rücken hatte.

»Da.« Sie deutete auf einen Punkt auf dem Boden.

Sie ging näher heran, und Vincent blieb dicht hinter ihr.

»Sieh mal.«

Sie hockte sich hin und zeigte auf ein Stück Metall. Vincent kniete sich neben sie.

»Ein Hufeisen.« Er nickte.

»An und für sich nicht verwunderlich«, sagte Mina. »Es war ja auch ein Reiterhof. Und auch wenn hier jetzt keine Pferde mehr gehalten werden, liegen bestimmt noch alte Hufeisen herum. Andererseits müssten die doch eigentlich verrostet und schmutzig sein. Dieses hier ist blitzeblank. Warum liegt es hier?«

Sie wollte das Hufeisen aufheben, um es sich genauer anzusehen, aber es ließ sich keinen Millimeter bewegen.

»Irgendwas klemmt hier«, sagte Mina verblüfft.

Vincent beugte sich darüber. Er kam ihr so nah, dass sie seinen Atem am Ohr spürte.

»Siehst du die Befestigung?«, fragte er. »Das ist nicht einfach nur ein Hufeisen. Das ist ein Griff.«

Mina sah ihn verwundert an. In der Ferne krächzte wieder der Vogel.

Mina zog erneut an dem Hufeisen, aber nichts rührte sich.

»Moment mal, da ist ein Federriegel«, sagte Vincent. »Siehst du ihn?«

Er schnippte ein wenig Schotter zur Seite und zeigte ihr den Riegel mit dem automatischen Federverschluss direkt neben dem Hufeisen. Vincent öffnete den Riegel und klemmte einen Stein in die Öffnung, damit die Feder nicht gleich zuschnappte.

»So. Jetzt versuchen wir es gemeinsam.«

Er stellte sich hinter Mina, umfasste sie mit seinen Armen und legte seine Hände seitlich von ihren um das senkrecht stehende Hufeisen.

Seine Hände berührten ihre. Er wartete ab, ob sie Einwände gegen den Hautkontakt hatte oder die Hände wegzog.

Doch sie lehnte sich zurück und schmiegte ihren Körper an seinen. Ihre Wärme strahlte vom Brustkorb in seinen ganzen Körper aus. Er wagte kaum zu atmen.

»Vincent?«

»Ja?«

»Jetzt zieh!«

Gemeinsam zogen sie am Hufeisen, und allmählich wurde im Schotter ein Spalt sichtbar. Die Luke war sorgfältig unter dem Schotter verborgen worden, aber nun offenbarte sie ein dunkles Loch mit einer Leiter, die steil hinunter ins Schwarze führte.

»Na, dann steigen wir mal hinab ins Kaninchenloch«, murmelte Mina.

Das Kaninchenloch. Irgendwann, wenn das alles hier vorbei war, würde er Mina fragen müssen, ob sie eigentlich seine und Benjamins Gespräche belauschte.

»Schaffst du das?«, fragte er.

»Ehrlich gesagt, könnte ich mich bei dem Gedanken an das,

was da unten alles sein könnte, sofort übergeben«, sagte sie. »Aber ich lass dich da bestimmt nicht allein runtersteigen.«

»Okay«, sagte er. »Ich glaube, wir haben Johns Schutzraum entdeckt.«

Er kniete sich in den Schotter, um besser in das Loch hinunterspähen zu können, aber es war so tief, dass es keine Geheimnisse preisgab.

»Schutzraum?«

»Ja, das ist am wahrscheinlichsten. Sekten bereiten sich oft auf den Weltuntergang vor. Die vermeintliche Bedrohung wirkt nicht nur gemeinschaftsstiftend, sie verbreitet auch Angst, und dadurch werden die Mitglieder manipulierbarer. Einen Schutzraum zu bauen, ist eine ganz konkrete Maßnahme, um die Erwartung einer bevorstehenden Katastrophe zu schüren. So denken natürlich nicht nur Sekten, eschatologische Vorstellungen kommen in den meisten Religionen vor. Auch in den großen. Möglicherweise ist John aber auch paranoid und war der Meinung, einen eigenen Schutzraum zu brauchen.«

»Skatologie?«, fragte Mina. »Was werden wir denn deiner Ansicht nach da unten finden?«

Entsetzt sah sie ihn an.

»Eschatologie.« Er wandte dem Loch den Rücken zu und hockte sich an die Kante. »Das Wort kommt vom griechischen *eschatos,* was so viel wie *Lehre von den letzten Dingen* bedeutet. Damit kann das Lebensende eines Individuums gemeint sein, oder auch das Ende der Welt. Im Christentum ist das Ende der Zeit mit der Rückkehr von Jesus und dem endgültigen Kampf zwischen Gott und Satan verbunden.«

Mit pochendem Herzen drehte er sich um und sah wieder hinunter. Es war zwar nicht unbedingt eng, aber es war dunkel. Vielleicht war er auf dem Weg in den eigenen Sarg.

»In der Eschatologie des Bahái-Glaubens geht es allerdings nicht um Zerstörung, sondern darum, dass die Weltbevölkerung im Schatten von Gottes Güte eine neue, friedliche Weltordnung erschafft«, sagte er schnell, um sich abzulenken, während er einen Fuß in das Loch steckte und auf die oberste Sprosse der Leiter stellte. »Mit anderen Worten, eine etwas freundlichere Botschaft. Aber das Christentum war ja schon immer Vorreiter, wenn es darum geht, den Leuten Angst einzujagen.«

Er hörte selbst, wie gepresst seine Stimme klang. Aber so war es nun mal. Während er langsam hinunterstieg, konzentrierte er sich auf seine Atmung.

Ein. Und aus.

Ein. Und aus.

Die Panik lag schon auf der Lauer. Sie konnte ihn jeden Augenblick übermannen und ihn in eine so tiefe und so bodenlose Angst stürzen, dass er fürchtete, nie wieder an die Oberfläche zu gelangen.

M ina sah Vincents Kopf in dem dunklen Loch verschwinden.

»Hier geht es ziemlich weit runter«, hörte sie ihn sagen.

Sie antwortete nicht. Dass es da unten entsetzlich dreckig war, wusste sie. Allein beim Anblick der rostigen Sprossen lief ihr ein Schauer über den Rücken.

»Du kannst runterkommen.«

Die Stimme klang jetzt dumpfer. Vincent musste noch weiter hinuntergestiegen sein.

»So schmutzig ist es hier gar nicht. Solange du dich nirgendwo anlehnst, wird es schon gehen.«

Fluchend stieg Mina in das Loch. Sprosse für Sprosse. Sie versuchte, nicht an die vielen dreckigen Schuhe zu denken, die schon auf die Sprossen getreten waren, an denen sie sich festhielt, und war fast froh, dass sie den Schmutz in der Dunkelheit nicht sehen konnte. Aber nur fast. Denn die Dunkelheit war auch nicht ihr Freund. Schließlich war sie unten. Er hatte recht. So schmutzig war es gar nicht, wenn man bedachte, dass sie sich in einem unterirdischen Betonbunker befanden. Dieses Loch war wirklich ein gottverlassener Ort.

»Hier müssen die Kinder gewesen sein«, sagte sie.

»Ja. Ich kann mir sowieso nicht vorstellen, dass sie die Kinder im Stall eingesperrt hatten. Der ist zwar abgeschieden, aber ein sicheres Versteck ist er nicht. Und er lässt sich im Falle eines Angriffs nicht so gut verteidigen.«

»Es war reines Glück, dass wir Wilma gefunden haben«, sagte sie, während sie suchend durch den kleinen Raum ging. »Irgendetwas muss sie kurz vor unserem Eintreffen aus dem Bunker vertrieben haben.«

Viel gab es nicht zu sehen. Einen Haufen Matratzen. Ein paar Decken. Alte Lebensmittelverpackungen. Leere Bonbontüten. Einen Eimer.

»Verdammt.« Vincent senkte den Blick. Er stand mitten im Lichtkegel von oben und zeigte auf die Matratzen.

»Die sehen aus wie Pferdedecken«, sagte er. »Von denen müssen die Fasern in den Luftröhren der Kinder stammen. Wobei ich immer noch nicht verstehe, wie die Fasern da reingekommen sind. Oder wie die Abdrücke auf ihren Lungen zustande kamen, die in den Obduktionsberichten erwähnt werden. Es gibt noch so vieles, was wir nicht wissen. Was war Johns Motiv? Warum ausgerechnet diese Kinder? Auf diese Weise? John und seine Anhänger müssen ein extrem zurückgezogenes Leben geführt haben, wenn er so lange unter dem Radar gelebt hat. Wieso sind sie jetzt aktiv geworden?«

Schweigend starrte Vincent auf die Matratzen. Und die Decken. Zur Abwechslung schien er kein Muster zu erkennen. Sie konnte sich nicht vorstellen, wie sich das für jemanden, der sonst immer Muster sah, ob er wollte oder nicht, anfühlen musste. Aber dort unten gab es keine Muster. Nur Dunkelheit. Sogar der Lichtkegel, in dem er stand, war auf einen Halbmond zusammengeschrumpft. Vincents hellblondes Haar schimmerte in der Sonne. Sie sah in dieselbe Richtung wie er.

Die Matratzen.

Die Decken.

Abdrücke, als wäre starker Druck auf die Lungenflügel ausgeübt worden.

Wollfasern tief unten in der Luftröhre.

Und plötzlich erwachte eine uralte Erinnerung zum Leben. An etwas, das sie gelesen hatte, bevor sie Polizistin geworden war. Über einen Kriminalfall, der in ihr den Entschluss hatte wachsen lassen, sich dem Bösen entgegenzustellen.

»In den USA ist mal ein Mädchen gestorben«, sagte sie langsam. »Im Jahr 2000, glaube ich. Sie hieß … Candace. Candace Newmaker, glaube ich. Ihre Adoptivmutter ging mit ihr zum Psychiater, weil sie das Verhalten des Mädchens nicht normal fand …«

Es juckte sie am ganzen Körper. Sie musste hier raus. Sie

wollte wieder rauf an die Sonne, wollte Julia anrufen und ein Team von Kriminaltechnikern anfordern, das das gesamte Gelände Millimeter für Millimeter absuchte. Der Lichtkegel rund um Vincent wurde noch kleiner.

»Als die Medikamente nicht halfen«, fuhr sie fort, »brachte die Mutter sie zu einem Therapeuten. Der sollte eine Bindungstherapie durchführen. Eine der Methoden, die dieser Therapeut anwendete, nannte sich Wiedergeburt. Im Laufe der zweiten Woche verstarb Candace.«

»Wiedergeburt? Wie bitte?«

Sie zeigte auf die Matratzen und die Wolldecken.

»Candace wurde in eine Decke eingerollt. Dann legte man Matratzen auf sie, um den Geburtskanal zu simulieren. Sie sollte sich rauskämpfen. Um auf diese Weise eine Bindung zu ihrer Adoptivmutter aufzubauen, was weiß ich. Jedenfalls drückten die Erwachsenen mit ihrem Körpergewicht auf die Matratzen, als sie versuchte, sich zu befreien. Sie schrie und übergab sich und brüllte mehrmals, sie würde sterben. Aber niemand hörte auf sie. Am Tag darauf wurde sie für hirntot erklärt. Sauerstoffmangel. Kurze Zeit später starb sie. Es war alles gefilmt worden.«

»Oh, mein Gott«, sagte Vincent. »Das passt beängstigend gut zu Mildas Berichten. Wir müssen mit Julia sprechen.«

Als die Sonne nicht mehr direkt hineinschien, wurde es im Bunker kühler. Von dem Halbmond war nur noch ein Streifen Licht übrig geblieben.

Licht.

Das Licht nahm ab.

Sie wandte den Blick von der schmaler werdenden Sichel auf dem Boden zur Öffnung hinauf.

»Vincent«, sagte sie. »Die Luke. Wir haben sie nicht richtig befestigt. Sie klappt wieder zu.«

Vincent blickte nach oben. Dann warf er Mina einen Blick zu, bevor er zur Leiter stürzte. In dem Moment, als er einen Fuß auf die unterste Sprosse stellte, verschwand auch der letzte Streifen Licht, und mit einem dumpfen Knall fiel die Luke zu. Das Klicken, als der Federriegel zuschnappte, hörte sie nicht. Aber sie spürte es am ganzen Körper.

D u meinst, uns hat jemand eingesperrt?«
Mina spürte die Wände immer näher kommen. Sie atmete angestrengt und flach. Plötzlich eine Hand auf ihrem Arm. Normalerweise nichts, was ihre Angst auch nur im Geringsten gedämpft hätte, im Gegenteil. Aber es war Vincents Hand.

»Das haben wir leider ausschließlich dem menschlichen Faktor zuzuschreiben«, sagte er. »Unserer eigenen Dummheit. Wir hätten die Luke sicher abstützen müssen. Wie konnten wir das nur vergessen. Sie ist einfach zugefallen.«

»Machst du sie bitte wieder auf«, sagte sie durch die zusammengebissenen Zähne.

Schweigen. Etwas zu langes Schweigen. Mina zog ihr Handy aus der Tasche und schaltete die Taschenlampe ein, um Vincents Gesicht zu sehen. Es wirkte angespannter als erhofft.

»Der Riegel ist so konstruiert, dass man ihn nicht von innen öffnen kann«, sagte er.

»Wieso? Das ist doch unlogisch. Wir sind doch in einem Schutzraum, in dem wir vor der Außenwelt geschützt sind. Nicht andersherum. Wozu sollte John einen Schutzraum konstruieren, aus dem man nicht herauskommt?«

»Auf Weltuntergangsprophetien lässt sich normale Logik nicht anwenden«, sagte Vincent. »In Johns Welt war der Tag, an dem sie den Schutzraum brauchten, sowieso der allerletzte.«

»Aber das ist ja noch unlogischer. Wozu baut man dann einen Schutzraum, wenn sowieso alle sterben? Da hätte man dem Weltuntergang ja auch überirdisch entgegengehen können.«

Vincent ließ sich auf die Matratzen in der Ecke sinken. Er antwortete nicht. Mina sah ihm an, dass er nachdachte, und wollte ihn nicht dabei stören. Sie checkte ihr Handy. Kein Empfang. Sie hatte auch nicht wirklich damit gerechnet. Sie stieg die Leiter hinauf und hielt das Handy an die Luke. Kein Unterschied. Das Telefon war unbenutzbar.

»Leute mit der Persönlichkeitsstruktur von John halten sich oft für unentbehrlich«, sagte Vincent, als sie von der Leiter herunterstieg. »Und für etwas Besseres. Er ist überzeugt, er habe die Antworten auf zentrale Fragen und die Verantwortung, sie den Menschen zu vermitteln. Und auch die Verantwortung … weiterzuleben. Ich glaube, John wollte, dass die anderen sterben. Aber nicht er. Das hier ist eine tödliche Falle. Er hat mit Sicherheit irgendein Gift hier unten aufbewahrt, um die anderen zu töten. So hat Beata Ljung uns das doch auch von Jonestown und Heaven's Gate erzählt, weißt du noch? Ich stelle natürlich Spekulationen an, aber Johns Plan könnte es gewesen sein, sich mit seinen Mitgliedern hier unten einzuschließen und ihnen zu sagen, die Welt da draußen hätte aufgehört zu existieren. Und dann wäre ihnen keine andere Möglichkeit mehr geblieben, als über sich selbst hinauszuwachsen. Er hat ja immer gesagt: Alles ist Leiden, Schmerz reinigt. Das galt nur nicht für ihn. Er wollte überleben.«

Vincent sah sich nachdenklich um. Mina tat das Gleiche und leuchtete mit ihrer Taschenlampe. Beim Anblick der nackten Betonwände geriet sie in Panik.

»Wie denn?«, fragte sie. »Es gibt keinen Fluchtweg.«

Ihr Handyakku hatte noch neun Prozent. Und wenn die Taschenlampe eingeschaltet war, gingen die schnell zur Neige.

»Hast du dein Handy dabei? Mein Akku ist fast leer.«

Vincent schüttelte den Kopf.

»Das liegt im Auto.«

Er stand auf. Tastete die Wände ab und bat Mina, ihm mit der Taschenlampe zu leuchten. Eine Spinne lief vor dem Lichtstrahl davon, und Mina wäre das Telefon beinahe aus der Hand gefallen. Vincent drehte sich um.

»Alles okay?«

»Es geht schon. Such weiter.«

Der Akku zeigte noch acht Prozent an.

»Mach die Taschenlampe aus.«

»Entschuldige, was?« Mina starrte ihn an. »Nein, das tu ich nicht.«

»Ich weiß, es ist unheimlich. Aber ich nehme viel mehr wahr und habe mehr Gefühl in den Fingern, wenn ich nichts sehe. Die optischen Eindrücke stören eigentlich.«

»Du solltest langsam mal einen Ausgang finden«, zischte Mina und schaltete mit zitternden Fingern das Handy aus.

Die Dunkelheit war rabenschwarz. Undurchdringlich. Nirgendwo gab es einen Spalt, durch den Licht eingedrungen wäre, und die Augen hatten keine Möglichkeit, sich an die Dunkelheit zu gewöhnen. Sie war endlos. Mina blieb stocksteif stehen, und hörte, wie Vincent sich durch den Raum bewegte. Sie schloss die Augen. Obwohl es überhaupt nichts änderte. Aber die Dunkelheit hinter geschlossenen Augen war weniger Furcht einflößend, als mit offenen Augen ins Nichts zu starren.

»Mina! Leuchte mal hierhin!«

Vincent stand hinter ihr. Sie zuckte zusammen und drehte sich um. Immer noch mit zitternden Händen schaltete sie die Taschenlampenfunktion wieder ein und hielt den Lichtstrahl in die Richtung, aus der sie seine Stimme gehört hatte. Vincent hatte beide Hände an die Wand gelegt. Dann kramte er ein Schlüsselbund aus der Tasche und strich mit einem Schlüssel über die Wand. Betonstaub rieselte auf seine Schuhe, während Mina fasziniert zusah. Ganz allmählich wurde eine Kerbe sichtbar. Vincent fuhr die senkrechte Kerbe mit dem Schlüssel nach und zog, davon ausgehend, eine waagerechte Linie. Nach einer Weile hatte er aus dem Beton ein Rechteck herausgearbeitet.

Eine Klappe.

»Ich glaube, ich habe ihn gefunden«, sagte er ruhig. »Johns geheimen Fluchtweg.«

Er drückte auf die Klappe. Mit einem leisen Klicken löste sie sich aus der Verankerung und öffnete sich ein Stück. Nun konnte er sie aus dem Rahmen nehmen und auf den Boden stellen. Als Mina die Taschenlampe in die Öffnung richtete, schnürte es ihr die Kehle zu.

»Keine Chance.« Sie taumelte zurück, stolperte über die Matratzen und stürzte.

Schnell rappelte sie sich wieder hoch. Der Gedanke an die widerliche Matratze steigerte die Panik nur noch. Und dass das dreckige Loch neben Vincent ihr einziger Ausweg war, machte die Sache nicht besser.

»Ich kann das nicht …«

»Hier unten ist nicht genügend Sauerstoff, Mina. Und mit jedem Atemzug wird es weniger. Außerdem hast du selbst gesagt, dass dein Akku zur Neige geht. Willst du dich nicht lieber bei Licht rauskämpfen?«

Mina starrte auf das dunkle Loch in der Wand.

»Was ist das? Ein Tunnel?«

Ein Teil von ihr wollte näher herangehen und hineinschauen. Aber ein anderer Teil wollte sich dem Grauen hinter der Wand keinen einzigen Schritt nähern. Sie sah und hörte, dass Vincent zögerte, bevor er fortfuhr.

»Ich tippe auf ein altes Abflussrohr«, sagte er. »Vermutlich stammt es noch von einem älteren Gebäude, das hier stand, bevor der Bunker gebaut wurde.«

»Du machst Witze.«

Mina wich zurück. Diesmal machte sie einen Bogen um die Matratzen. Sie warf einen Blick auf ihr Handy. Fünf Prozent. Verdammt, bald würde sie sich in völliger Dunkelheit durch den Tunnel tasten. Oder darin sterben.

Die Entscheidung war nicht so leicht für sie, wie sie vermutlich für die meisten anderen Menschen gewesen wäre. In diesem Raum zu ersticken, erschien ihr annehmbarer als das Unbekannte, das sie in dem engen Rohr erwartete.

»Wir machen das zusammen«, sagte Vincent. »Ich bin die ganze Zeit bei dir. Willst du als Erste oder als Letzte hineingehen?«

Die Frage hallte dröhnend in ihrem Kopf wider. Als Erste oder als Letzte? Pest oder Cholera?

Atmen.

Sie wusste jedoch, dass er recht hatte. Sterben wollte sie nicht.

»Als Letzte«, sagte sie.

»Dann machen wir uns auf den Weg«, sagte Vincent. »Du schaffst das?«

»Bevor ich es mir anders überlege«, sagte Mina grimmig und reichte Vincent das Handy.

Er krabbelte mit dem Kopf voran in das Rohr und robbte auf den Ellbogen vorwärts. Dabei leuchtete er mit Minas Taschenlampe. Sie versuchte, sich einzureden, sein Leinenanzug würde den Schmutz aufnehmen und das Rohr für sie reinigen, aber die Vorstellung hielt nicht lange an. Ein widerlicher Gestank schlug ihr entgegen. Sie musste würgen. Tapfer schluckte sie den sauren Magensaft hinunter. Sich im Rohr zu übergeben, hätte alles nur noch schlimmer gemacht.

»So weit kann es nicht sein«, hörte sie Vincent mit dumpfer Stimme sagen. »Siebenhunderteins, siebenhundertneun, siebenhundertneunzehn ...«

Sie hatte nicht vor, ihn zu fragen, was er da abzählte oder rechnete, aber ihr fiel auf, dass es ausschließlich ungerade Zahlen waren. Nach allem, was sie über Vincent wusste, konnte das kein gutes Zeichen sein.

Zentimeter für Zentimeter robbte sie weiter. Sie atmete, so gut es ging, durch den Mund, um den Geruch von Exkrementen wenigstens nicht in die Nasenlöcher zu bekommen. Den Geschmack von Erbrochenem hatte sie immer noch auf der Zunge. Als sie aus den Augenwinkeln die Ablagerungen an den Rohrwänden sah, konnte sie sich nicht länger beherrschen. Sie erbrach sich unkontrolliert. Auch Vincents Schuhe bekamen Spritzer ab.

»Alles okay?«, fragte Vincent, wieder mit dem dumpfen Echo. »Siebenhunderteinundfünfzig, siebenhundertsiebenundfünfzig, siebenhunderteinundsechzig.«

Sie spuckte aus, sammelte zischend die gesamte Spucke in ihrem Mund und spuckte noch einmal.

»Es hat vorher auch nicht besser gerochen«, sagte er. »Siebenhundertneunundsechzig, siebenhundertdreiundsiebzig …«

Vincents Stimme verstummte. Mit wachsendem Entsetzen registrierte Mina, dass ihre Hände voller Magensäure und Erbrochenem waren. Ein ekelerregender Brei, durch den sie nun auf den Ellbogen hindurchkrabbeln musste. In einem Tunnel, der nach Kot roch.

»Mach schneller!«, schrie sie panisch und robbte weiter.

Der warme Magensaft klebte an Brust und Bauch. Sie spuckte noch ein wenig Galle und atmete durch den Mund. Neben ihr bewegte sich plötzlich etwas. Sie schrie auf, glitt mit einem Arm auf dem Schleim aus und stieß sich die Schulter. Eine riesige Spinne krabbelte vor dem Lichtkegel davon, der zitternd in ihre Richtung schwenkte. Ihr Herz raste.

»Wir müssten gleich da sein«, sagte Vincent. »Hoffe ich. Achthundertfünfunddreißig.«

Der Gedanke an den Ausgang ließ sie etwas schneller vorankommen. Nun klebte auch die Hose. Am liebsten wäre sie an Vincent vorbeigekrochen, um schneller an die frische Luft zu gelangen.

Als ihr etwas auf den Kopf fiel, schrie sie wieder. Der Schrei hallte durch das Rohr, wurde zurückgeworfen und kam als angsterfüllter Chor zu ihr zurück. Irgendetwas krabbelte in ihrem Haar, aber sie hatte nicht genug Platz, um die Arme zu heben und es wegzufegen. Sie hyperventilierte.

»Was ist los?«, fragte Vincent. »Brauchst du Hilfe?«

»Mach weiter«, keuchte sie.

Plötzlich wurde ihr klar, dass die Dumpfheit seiner Stimme nicht nur an der Akustik im Rohr lag. Er sprach mit zusammengebissenen Zähnen. Sie war so mit sich selbst beschäftigt gewesen, dass sie Vincents Probleme vergessen hatte. Er hatte Platzangst. So ruhig zu bleiben und für sie da zu sein, musste eine enorme Anstrengung erfordern. Obwohl er eigentlich auch in Panik war. Der Gedanke gab ihr Kraft. Wenn er es schaffte, würde sie es auch schaffen.

Die Handytaschenlampe ging aus, und es wurde pechschwarz im Tunnel.

Der Akku war endgültig leer.

Mina wollte schreien, weinen und um sich schlagen. Sie vergaß für einen Moment, durch den Mund zu atmen. Der Gestank war überwältigend. Eine Mischung aus dem bitter-sauren Geruch von Erbrochenem und von Exkrementen. Ihr kamen die Tränen, aber sie robbte weiter durch die totale Finsternis. Zentimeter für Zentimeter. Und hoffte, dass er irgendwo vor ihr war.

»Mina?«

Vincents Stimme durchdrang die Dunkelheit.

»Ja?«

»Ich glaube, ich sehe Licht. Eintausendzweihundertsiebenundneunzig. Wir sind am Ausgang angekommen. Eintausendacht.«

Tränen liefen Mina über das Gesicht und ins Haar, aber diesmal waren es Tränen der Erleichterung. Sie bewegte sich in die Richtung, aus der Vincents Stimme gekommen war. Zur Freiheit.

Als Vincent sie aus dem Rohr fallen sah, wollte er sie eigentlich in den Arm nehmen, aber er wusste, dass das wahrscheinlich das Dümmste gewesen wäre, was er hätte tun können. Vor allem in Anbetracht ihres beißenden Geruchs und der besudelten Kleidung, die ihr am Körper klebte. Er wusste auch gar nicht, ob er genügend Kraft dazu gehabt hätte. In der Enge seine Panik in Schach zu halten, hatte ihn völlig ausgelaugt. Mina fuhr sich panisch durchs Haar und schüttelte drei Spinnen beachtlicher Größe ab, die eilig davonkrabbelten. Vincent legte sich ins hohe Gras und richtete den Blick in den strahlend blauen Himmel.

Die Helligkeit blendete ihn, aber das machte nichts. Er konnte wieder atmen. Er hatte Luft und Platz. Er drehte den Kopf. Mina hatte sich ebenfalls rücklings ausgestreckt und die Arme abgewinkelt, als wollte sie im Gras einen Schneeengel machen. Dass sie sich freiwillig auf den Boden legte, sagte einiges über das aus, was sie durchgemacht hatte. Ihr Gehirn war wahrscheinlich von Adrenalin überflutet. Der pure Überlebensinstinkt, der sie im Rohr gerettet hatte, schirmte sie noch immer von ihrer Umwelt ab. Aber lange würde dieser Zustand nicht anhalten. Auf ihrem Gesicht schimmerten Tränen. Er sah, dass sie Spuren im Schmutz hinterlassen hatten. Sie roch wirklich furchtbar. Und für ihn war sie schöner denn je.

»Pfui Teufel«, bibberte sie mit klappernden Zähnen.

Vermutlich hätte sie sich am liebsten die Kleider vom Leib gerissen.

»Was ist das bloß für ein krankes Arschloch?«, sagte sie schließlich, ohne den Blick von dem blauen Himmel abzuwenden. »Vielleicht hast du recht, und er wollte wirklich alle Menschen in seiner Umgebung umbringen und anschließend seine eigene Haut retten. Meinst du, er wollte Nova mitnehmen? Oder hatte er die Absicht gehabt, sie hier sterben zu lassen? Liegt es nicht eigentlich in der Natur des Menschen, die eigenen Kinder nicht im Stich zu lassen?«

Vincent beobachtete eine Wolke, die langsam über das große Blau hinwegzog, und grübelte. Er wusste, dass sich die Frage längst nicht mehr nur um John Wennhagen drehte. Und er wollte sich vorsichtig herantasten. Mina hatte sich nie eine Blöße gegeben oder den Anschein erweckt, über die offenen Wunden in ihrem Innern sprechen zu wollen. Daher hatte er auch nicht nachfragen wollen. Den Zeitpunkt musste sie selbst bestimmen.

»Ich glaube …«, sagte er zögerlich. »Ich glaube, so einfach, wie viele das gerne hätten, ist es nicht. Meiner Ansicht nach ist die Liebe zu den eigenen Kindern eins der mächtigsten Gefühle auf der Welt. Und ich könnte dir sowohl die psychologischen als auch die evolutionären Grundlagen erklären. Es gibt da jedoch noch etwas, das sich mit unserer Biologie und dem Überlebenstrieb der Art nicht erklären lässt. Ich würde es gerne als Geschenk bezeichnen, aber diese Formulierung wirft die Frage auf, von wem wir dieses Geschenk bekommen haben.«

Er machte eine Pause. Er hatte sich bereits in die äußersten Randgebiete seiner eigenen Überzeugungen vorgewagt. Und er wollte Mina mit dem, was er als Nächstes zu sagen hatte, nicht kränken.

»Diese Liebe überwindet jede Entfernung«, sagte er. »Kennst du die Geschichte von König Salomo? Zwei Frauen kommen zum König, der für seine Weisheit bekannt ist. Beide behaupten, die Mutter eines kleinen Kindes zu sein. Keine von ihnen will nachgeben. Der König zieht sein Schwert und verkündet, er würde das Kind zweiteilen, sodass jede Frau eine Hälfte bekommt. Die eine Frau hält das für eine ausgezeichnete Idee, während die andere sagt, in dem Fall könne die erste Frau das Kind behalten. Hauptsache, es stirbt nicht. Salomo erkennt in der zweiten Frau die wahre Mutter, denn nur sie war bereit, für das Kind ihr eigenes Glück zu opfern.«

Mina schwieg lange.

»Es war das Schwerste, was ich je getan habe«, sagte sie dann. »Sie zurückzulassen. Aber ich wusste, dass es das Beste war. Jedenfalls glaubte ich das zu wissen. Sie sollte nicht so aufwachsen wie ich. Mit einer Mutter, auf die man sich nicht verlassen konnte. Die von ihrer Sucht völlig in Anspruch genommen war. Ich konnte ihr nichts geben. Nichts. Ich war niemand. Ich war eine leere Hülle. Und ich habe nicht daran geglaubt, dass ich jemals eine andere hätte sein können. Ich habe geglaubt, ich hätte ihr nichts zu geben.«

»Sprichst du jetzt von Nathalie?«

»Ja, Nathalie.«

Mina schluchzte auf, hatte sich aber schnell wieder gefasst. Eine neue Wolke schwebte über sie hinweg. Mit leiser und brüchiger Stimme sprach sie weiter.

»Er war so verletzt, Vincent. Verletzt, weil ich ihn verlassen hatte. Aber vor allem, weil ich Nathalie verlassen hatte. Er hat mir ein Ultimatum gestellt. Wenn ich wirklich gehen wollte, dann für immer. Ich sollte aus ihrem Leben verschwinden. Und aus seinem. Ich glaube … nein, ich weiß, dass er keine bösen Absichten hatte. So ist er nicht. Er hat wirklich gedacht und denkt immer noch, eine konsequente Haltung wäre für Nathalie das Beste. Er hat seine Gründe. Sein eigenes Päckchen zu tragen. Wie wir alle. Aber ich weiß, dass er nur ihr Bestes wollte, als er mir das Ultimatum stellte. Und ein Teil von mir gab ihm recht. Ich hatte mich schließlich entschieden zu gehen. Sie war fünf Jahre alt, und ich habe mich entschieden, sie zu verlassen.«

Die Wolke war vorübergezogen, und die Sonne wärmte wieder. Und verstärkte den Geruch von Minas Kleidung. Er drehte sich auf die Seite, damit er sie besser sehen konnte. Vermutlich war sein Anzug mittlerweile voller Grasflecken. Ganz abgesehen von dem Dreck aus dem Tunnel. Er roch auch nicht gerade angenehm.

»Das Schöne am Menschsein ist«, sagte er, »dass sich alles,

oder zumindest das meiste, verändern lässt. Du bist nicht mehr dieselbe. Nicht eine Zelle deines Körpers ist noch dieselbe wie damals. Und deine Gedanken sind es auch nicht. Du kannst Nathalie heute anders gegenübertreten.«

»Und wenn sie nichts von mir wissen will?«

Die Frage stieg wie ein unglücklicher Schrei zum Himmel auf. Vincent wollte Mina berühren und ihr versichern, dass ihre Sorge unbegründet war, ließ seine Hand aber im Gras liegen.

»Ich habe nicht gesagt, dass es einfach wird. Aber den ersten Schritt hast du gemacht. Ihr Vater hat dir eine Tür geöffnet. Das muss doch etwas zu bedeuten haben.«

»Er hatte ja keine andere Wahl«, sagte Mina. »Wäre es nach ihm gegangen, wäre ich immer noch eine persona non grata.«

»Sag das nicht. Manchmal tun Menschen Dinge, die sie eigentlich wollen, erst dann, wenn die Umstände sie dazu zwingen.«

Mina antwortete nicht. Es war wieder eine Wolke aufgetaucht, die ihre Vorgängerin über den Himmel jagte.

»Was waren das für Zahlen im Tunnel?«, fragte sie nach einer Weile.

»Primzahlen. Ich musste meinem Hippocampus was zu tun geben, um weiterrobben zu können.«

Lange schwiegen beide.

»Ich muss dich was fragen«, sagte sie. »Dieser rote Abdruck an deinem Hals. Sollte ich mir Sorgen machen?«

»Was meinst du?« Er sah sie an. »Ach so, der. Ich dachte, man würde ihn nicht sehen. Den habe ich aus meiner Show. Aber ich führe die Nummer nicht mehr auf.«

»Also kein … Würgesex?«

Ein donnerndes Lachen stieg in ihm auf, brach sich Bahn und hallte von den Bäumen wider. Der Klang war unglaublich befreiend. Mina musste auch grinsen, und er wischte sich eine Lachträne aus dem Augenwinkel.

»Weißt du, wie Atome entstehen?«, fragte er dann.

»Atome?«

»Ja, Atome. Sie werden im Innern von Sternen gebildet.«

»In der Sonne zum Beispiel?« Sie blinzelte.

Er nickte. Irgendwo dort oben hinter dem Blau des Himmels waren sie. In der Dunkelheit.

»Sterne sind eigentlich Atomfabriken«, fuhr er fort. »In ihrem Kern, da, wo sie am heißesten sind, werden alle Bausteine für das restliche Universum gebildet. Atome, die dann ins All geschleudert werden und unter anderem hier auf der Erde landen. Alles, was du siehst, alle Menschen und Dinge, sind aus den Atomen von Tausenden, vielleicht Millionen Sternen zusammengesetzt.«

Mina zupfte an ihrer Bluse. Offensichtlich hatte ihr Gehirn den Notfall für beendet erklärt, und ihr Adrenalinspiegel sank. Aufgrund dessen begann sie, sich Gedanken über den Zustand ihrer Kleidung zu machen.

»Dieser Stoff auch«, sagte er. »Und der Boden, auf dem wir liegen. Und du und ich. Zu sagen, wir kämen von den Sternen, ist keine romantische Poesie, sondern Naturwissenschaft. Alles besteht aus Sternenatomen.«

Er verstummte einen Moment, weil er nicht sicher war, wie er fortfahren sollte.

»Warum reden wir über Atome?«, fragte sie und hörte auf, an der Bluse zu ziehen.

»Weil ich, wenn ich mit dir zusammen bin …«

Er schluckte erneut. Sah ihr in die Augen. Die großen klaren Augen, die ihr gesamtes Wesen enthielten. Die ganze Mina. Augen, die ihn sahen. Er musste sich kurz abwenden. Dann sah er ihr wieder in die Augen.

Und traute sich.

»Ich weiß, wie albern es sich anhört. Aber wenn ich mit dir zusammen bin, habe ich das Gefühl, dass wir zwei aus den Atomen desselben Sterns bestehen. Eines Sterns, der vielleicht so weit von der Erde entfernt ist, dass die Bausteine, die hier angekommen sind, nur für dich und mich gereicht haben.

Sternenatome, die außer uns niemand hat. Denn ich … ich habe das Gefühl, ich …«

Was wären die richtigen Worte gewesen? *Kenne dich? Verstehe dich?* Nein. Das reichte nicht.

»Ich glaube, ich weiß, wer du wirklich bist, Mina«, sagte er. »Hier drinnen.«

Er zeigte zuerst auf seinen Kopf, überlegte es sich dann aber anders und zeigte auf seinen Brustkorb.

»So wie dich habe ich noch nie jemanden gekannt. Besser kann ich es nicht erklären. Mit dir fühle ich mich zum ersten Mal … als wären wir gleich.«

Sie nickte stumm. Vermutlich hatte er sich völlig zum Idioten gemacht. Mühsam setzte er sich auf.

»Sollen wir zurückfahren?«, fragte er.

»Wenn ich nicht in den nächsten dreißig Sekunden aus diesen Sachen herauskomme, schreie ich.« Sie fummelte den Autoschlüssel aus der Hosentasche. »Wenigstens habe ich frische Unterwäsche im Auto. Jedenfalls für mich. Für dich habe ich nur Feuchttücher.«

Vincent sah an seinem verdreckten und zerrissenen Anzug hinunter. Er würde einiges erklären müssen, wenn er nach Hause kam.

Zum vierten Mal im Leben befand sich Vincent auf dem Weg zu einem Vernehmungszimmer. Somit hatte er viermal öfter eine polizeiliche Vernehmung erlebt, als er es je für möglich gehalten hätte. Diesmal hatte Adam ihn gefragt, ob er bei der Befragung der Sektenmitglieder dabei sein wollte. Natürlich war er neugierig. Adam war schließlich ein ausgebildeter Verhandler. Doch was nützte das, wenn Johns Anhänger beharrlich schwiegen.

Adam erwartete ihn im Eingangsbereich des Präsidiums. Vincent mochte es sehr viel lieber, von Mina an der Sperre abgeholt zu werden. Doch seit dem gestrigen Abenteuer im Bunker war sie zu Hause. Er hatte sie angerufen, aber sie war nicht ans Telefon gegangen. Er nahm an, dass sie seit zwölf Stunden unter der Dusche stand.

»Danke, dass du gekommen bist.« Adam gab ihm die Hand. »Ich habe gehört, was ihr gestern durchgemacht habt, Mina und du. Du siehst immer noch ein wenig mitgenommen aus. Bist du sicher, dass du dir die Vernehmung antun willst?«

Vincent grinste schief.

»Ich glaube, es ist das Beste, was ich momentan tun kann«, sagte er. »Es bringt mich auf andere Gedanken.«

»Das kann ich verstehen. Aber ich würde dir wirklich keinen Vorwurf machen, wenn du nie wieder einen Fuß hier hereinsetzen wolltest. Wie auch immer, du bist sowieso ein viel besserer Verhandlungsführer als ich. Und es wäre schön, die Sache vor dem Wochenende abzuschließen.«

»Manipulation durch Lob?« Vincent schob sich durch die Sperre. »Das hätte ich nicht von dir gedacht.«

»Probieren kann man es ja mal.« Adam lachte. »Ich habe echte Probleme. Die Leute reden einfach nicht.«

Es war, mit anderen Worten, alles genauso, wie Vincent vermutet hatte.

Sie eilten durch den Gang zu den Vernehmungsräumen.

»Kannst du sie nicht einfach warten lassen?«

Adam schüttelte den Kopf.

»Wir können sie nicht endlos festhalten. Und solange wir John nicht haben, können wir nicht wissen, ob das Ganze wirklich vorbei ist. Vielleicht haben wir gar nicht alle geschnappt. Bei Lillys Entführung wurde ein älteres Paar gesehen – die Frau soll einen lila Mantel getragen haben –, aber so ein Paar ist nicht dabei. Nur ein älterer Mann. Was, wenn es wieder passiert, während wir hier sitzen und versuchen, sie zum Reden zu bringen? Ich dachte, du könntest vielleicht ein paar unbewusste Signale empfangen, während ich ihn vernehme.«

»Ich habe eine bessere Idee«, sagte Vincent. »Wenn wir schon mal hier sind. Ich spreche allein mit ihm, aber du lässt dein Handy im Raum liegen und nimmst alles auf.«

Adam sah Vincent an, dann nickte er und öffnete eine Tür, die genauso aussah wie die, hinter der Lenore und Mauro ihn erwartet hatten. Doch diesmal saß darin ein Mann um die sechzig. Er hatte welliges graues Haar und Lachfalten um die Augen, die ihn wie einen liebevollen Großvater aussehen ließen. Solange man nicht wusste, dass er vermutlich am Mord an Kindern beteiligt gewesen war.

Während sie eintraten, beobachtete sie der Mann genau. Das war schon mal ein interessantes Verhalten. Vincent hatte geglaubt, er würde auf eine reservierte oder gar feindselige Haltung stoßen. Er hatte auch geglaubt, Johns Anhänger würden nach der Nacht im Arrest müde oder vielleicht sogar verängstigt sein. Sie waren schließlich keine Berufskriminellen. Doch der Mann wirkte … munter. Präsent. Er machte nicht den Eindruck, als würde er grundsätzlich nicht reden wollen. Man musste nur herausfinden, worüber er reden wollte. Angesichts der glühenden Augen des Mannes hatte Vincent bereits eine Vermutung. Bekehrte Menschen hatten oft das Bedürfnis, andere zu bekehren.

Adam blieb an der Tür stehen und legte etwas auf ein Bord. Sein Handy, nahm Vincent an und trat in den Raum.

»Hallo«, sagte er. »Ich heiße Vincent. Es freut mich, Sie kennenzulernen.«

Der Mann antwortete nicht.

»Ich gehöre nicht zur Polizei«, fuhr Vincent fort und deutete mit einer diskreten Kopfbewegung auf Adam. »Das hier ist also kein Verhör. Ich interessiere mich vielmehr für Moralphilosophie, und Epikur ist mein Lieblingsphilosoph. Deswegen hat man mir erlaubt, mit Ihnen zu sprechen. Darf ich mich setzen? Ich bin übrigens etwas hungrig, Sie auch? Möchten Sie etwas essen? Vielleicht kann man uns ein paar Kekse und einen Kaffee oder so bringen. Falls Sie möchten.«

Vincent drehte sich zu Adam um, als spräche er mit einem Kellner in einem Café. Je weniger sich Vincent wie ein Polizist verhielt, desto besser. Erst einmal musste er eine Verbindung zu dem Mann aufbauen. Das gespielte Desinteresse an der polizeilichen Autorität war ein guter Einstieg. Auch wenn Adam das gar nicht zu gefallen schien.

»Kekse wären gut«, sagte der Mann. »Und Kaffee auch, wenn Sie sowieso gehen.«

Eins zu null.

Vincent warf Adam einen Blick zu, und der verschwand aus dem Raum. Die Taktik hatte funktioniert. Die Antwort des Mannes enthielt jedoch noch eine weitere wichtige Information. Personen, die sich für ihre Handlungen schämten, nahmen selten Geschenke oder andere Gefälligkeiten an, weil sie unterbewusst überzeugt waren, sie nicht verdient zu haben. Die Tatsache, dass der Mann Kekse wollte, verdeutlichte, wie tief Johns Klauen in ihn eingedrungen waren. Er fühlte keine Scham. Daher würde das, was Vincent hoffentlich erfahren würde, auch viel schwieriger zu deuten sein, denn der Mann lebte vermutlich in einer von John konstruierten Fantasiewelt. Einer Welt, die es ihm erlaubte, unbekümmert Kinder zu entführen und zu töten.

»Alles ist Leiden, Schmerz reinigt«, sagte Vincent. »John Wennhagens brillanter Beitrag zu den vier Grundregeln des Epikureismus.«

Die Augen des Mannes strahlten noch intensiver.

»Können Sie mir erklären, was das genau bedeutet? Schmerz reinigt? Laut Epikur soll man Schmerzen doch eher vermeiden.«

»Ich höre, Sie kennen sich aus«, sagte der Mann. »Im Gegensatz zu den anderen hier. Wie Sie wissen, sprach Epikur eigentlich vom Leiden, als er sagte, man solle Schmerzen vermeiden. Das Leiden, das das Leben in der modernen Welt mit sich bringt, in der alles vergänglich ist. So sehen es ja auch die Buddhisten. John hat jedoch begriffen, dass ein gewisses Maß an Schmerzen, seien sie nun physisch oder psychisch, die Sicht auf die Welt in sinnvoller Weise verändert. Wer mit Schmerzen lebt, entwickelt einen messerscharfen Laserblick, der alles Unnötige durchdringt. Schmerz ist notwendig, um die Abwesenheit von Schmerz zu erreichen. Ich heiße übrigens Gustav.«

Der Mann gab Vincent die Hand. Sein Händedruck war warm und fest. Ein liebevoller Großvater, wie gesagt.

»So habe ich das noch nie gesehen«, sagte Vincent. »Es ist also gut, Schmerz zu fühlen?«

»Ich höre, dass Sie noch nie richtigen Schmerz erlebt haben«, sagte Gustav.

Ein Kaleidoskop aus Erinnerungsfetzen blitzte vor Vincents innerem Auge auf. Seine Mutter in dem Zauberkasten. Seine Mutter, die seinetwegen gestorben war. Er selbst, mit Mina in einen Wassertank eingesperrt. Wasser, das in Mund und Nase eindrang. Und dann Mina. Mina, ohne die er nicht leben konnte. Er kniff die Augen zusammen, um die Bilder zu vertreiben, und schüttelte dann den Kopf. Kein Schmerz.

»Bevor Sie nichts Schmerzhaftes erlebt haben, können Sie nicht verstehen, wovon ich spreche«, sagte Gustav. »Ich selbst habe ein Schleudertrauma. Meine Frau und ich hatten einen Autounfall. Angeblich sollte ich dank Medikamenten und

Reha nach ein paar Wochen wieder gesund sein. Fünfzehn Jahre sind seitdem vergangen. Bei der kleinsten Bewegung riskiere ich ein Messer im Rücken. Meine Finger werden taub. Mir wird schwindlig. Und meine Frau ist an der Hüfte operiert worden, aber seitdem ist alles noch schlimmer geworden. Verstehen Sie mich nicht falsch, ich will mich nicht beklagen. Der Schmerz hilft uns, die richtigen Prioritäten zu setzen. Wir haben eine andere Sicht auf das Leben.«

»Darüber habe ich noch nie nachgedacht. Der innerste Kreis um John besteht also aus Menschen, die wissen, dass Schmerz reinigt, weil sie selbst damit leben?«

Gustav nickte.

»Ganz genau. Wir sind die Einzigen, die die Welt so sehen können, wie sie wirklich ist.«

Vincent wagte nicht, sich nach Adams Handy auf dem Bord umzuschauen. Er hoffte, dass die Aufnahmefunktion noch lief.

»Wo ist Ihre Frau jetzt?«

Gustav presste die Lippen zusammen. Mist. Die Frage hatte zu sehr nach Verhör geklungen. Vincent musste zurückrudern.

»Ich wollte nur wissen, ob es ihr gut geht«, sagte er schnell und sah, dass Gustav sich wieder ein wenig entspannte. »War es das, was Sie den Kindern vermitteln wollten? Schmerz?«

Der Mann runzelte die Stirn. Plötzlich wirkte er überhaupt nicht mehr wie ein liebevoller Großvater.

»Sie haben überhaupt nichts verstanden«, sagte er. »Wieso hätten wir das tun sollen? Kein Mensch will einem Kind wehtun. Sind Sie wirklich kein Polizist?«

»Entschuldigen Sie, ich kann nur so schwer nachvollziehen, wie John das Töten von Kindern motiviert hat.«

Die Formulierung war ungeschickt, das wusste er, aber irgendwie musste er das Thema ansprechen. Beinahe hätte er gesagt, wie John »*Sie* motiviert, Kinder zu töten«. Er durfte Gustav auf keinen Fall das Gefühl geben, persönlich beteiligt zu sein, auch wenn er es war. Die Chance, etwas aus Gustav herauszubekommen, war um einiges größer, wenn er ihm die Perspektive des Außenstehenden weiterhin zugestand.

»Wir töten niemanden«, schnaubte Gustav. »Das ist eine völlig verzerrte Darstellung. Dank unseres Leitsterns ersparen wir den Kindern das Leiden, das das Leben hier auf Erden mit sich bringt. Wir überführen sie nur in die nächste Existenz. In der es kein Leiden gibt. Wir opfern uns auf, indem wir hierbleiben und anderen helfen, frei zu werden.«

»Wie viele Kinder wollen Sie denn noch ›befreien‹? Und warum gerade diese Kinder?«

Gustavs Augen wurden schmal, er verschränkte die Arme.

»Ich dachte, Sie gehörten zu den Eingeweihten«, sagte er. »Ich dachte, Sie verstünden etwas von Leiden und Schmerz. Aber Johns Worte haben Sie offensichtlich noch nicht erweckt. Das Gespräch ist beendet. Ich brauche keinen Kaffee.«

Mina wischte den beschlagenen Spiegel ab und betrachtete sich selbst. Wasser tropfte aus ihrem Haar und von
ihrer Nasenspitze. Sie nahm ihre Haut und dann ihre Zähne in
Augenschein, um zu überprüfen, ob dort etwas war, was nicht
da hingehörte. Auch wenn sie wusste, dass es unmöglich gewesen wäre, es mit bloßem Auge zu erkennen.

Sobald sie am Donnerstag nach Hause gekommen war, hatte sie sich unter die Dusche gestellt. Mit einer Bürste hatte sie
jeden Quadratzentimeter ihres Körpers abgeschrubbt. Die Be-
reiche unter Finger- und Fußnägeln und zwischen den Zehen
hatte sie besonders gründlich gereinigt. Die Zähne hatte sie
sich viermal geputzt, während sie unter der Dusche stand, und
einen ganzen Liter Mundspülung hatte sie verbraucht. Aber es
hatte alles nichts genützt. Am liebsten hätte sie mit Chlorreini-
ger gegurgelt.

Sie hielt sich die gewölbte Hand vor den Mund und schnupperte an ihrem Atem. In ihrer Wahrnehmung stank er immer
noch.

Dennoch ging es ihr ein bisschen besser. Am Donnerstag
hatte sie drei Stunden unter der Dusche gestanden. Sie hatte
die Temperatur so hoch wie möglich eingestellt, und am Ende
war die Haut knallrot gewesen und hatte fürchterlich gebrannt.
Anschließend hatte sie die ganze Wohnung mit der Spülbürste
und heißem Seifenwasser geschrubbt. Auch die Wände. Danach hatte sie noch mal geduscht. Wieder eine Stunde. Auch
gestern hatte sie mehrmals geduscht, aber heute nur eine halbe
Stunde. Allerdings genauso heiß wie vorher. Immerhin war
ihre Haut nicht mehr ganz so rot.

Im Nachhinein war es ihr ein Rätsel, wie sie es ausgehalten
hatte, mit Vincent im hohen Gras zu liegen. In dem ekelhaften
Abflussrohr schien ihr Gehirn so überlastet gewesen zu sein,
dass es für einige Minuten alle Angstgefühle ausgeschaltet hat-

te, um zu überleben. Oder vielleicht war sie auch stärker, als sie glaubte.

Doch das Ekelgefühl war zurückgekehrt, bevor sie das Auto erreicht hatten. Sie hatte sich Bluse, Hose, Schuhe und Strümpfe vom Leib gerissen und alles auf der Erde liegen lassen. Schnell hatte sie sich ein neues Unterhemd geschnappt. Am liebsten hätte sie auch die Unterhose gewechselt.

Dann hatte sie Schüttelfrost bekommen und unkontrolliert zu zittern begonnen. Daher hatte Vincent fahren müssen, während sie zitternd und in Unterwäsche auf dem Beifahrersitz gesessen hatte. Wie in einem waschechten Machokrimi. Der starke Mann brachte die zerbrechliche Frau in Sicherheit. Und halb nackt war sie sicherheitshalber auch. Es hätte ein Film von Brian De Palma sein können. Sie hasste das alles. Hasste es, schwach zu sein.

Zu seinem eigenen Glück hatte Vincent während der gesamten Fahrt über das menschliche Nervensystem gesprochen und kein bisschen versucht, ein Macho zu sein. Er hatte ihr erklärt, dass sowohl Zittern als auch scheinbar grundlose Weinkrämpfe und sogar Schuldgefühle psychologische und physiologische Reaktionen waren, die sie jetzt beide zu erwarten hatten. Schließlich hatten sie ein traumatisches Erlebnis hinter sich.

Dann hatte er aufgepasst, damit sie ungesehen zu ihrer Wohnung laufen konnte.

Sie dachte an Nathalie und schluchzte plötzlich. Weinkrämpfe, wie gesagt. Sie hatte Vincent von ihrer unverzeihlichen Entscheidung erzählt. Ihrer größten Sünde. Sie hatte zugelassen, dass ihre Sucht die Familie zerstörte. Hatte die beiden verlassen. Hatte Nathalie verlassen. Ihr eigenes Kind. Hatte getan, was eine Mutter niemals tun durfte. Und wie hatte Vincent reagiert? Er hatte über Atome geredet.

Wieder betrachtete sie ihr Spiegelbild. Ihr Haar sah aus wie ein Vogelnest. Sie hatte Spülmittel anstelle von Shampoo verwendet, um ganz sicherzugehen, dass kein Schmutz zurückblieb. Entweder das oder alles wieder abschneiden.

Er hatte sich nicht vor ihr geekelt. Hatte auch keine Abscheu vor ihrer beschämenden Geschichte empfunden. Stattdessen hatte er gesagt … Welche Worte hatte er noch mal verwendet? *Ich weiß, wer du wirklich bist.*

Dieser verdammte Vincent.

E s war eine bescheuérte Idee. Eine total bescheuerte Idee.
Und verschwitzt war er auch. Christer zog ein Taschentuch aus der Hosentasche und wischte sich die Stirn ab. Bosse
keuchte auch, schien den Spaziergang aber viel mehr zu genießen als er. Der Djurgården war zwar genauso schön wie immer, aber Christer hatte heute keinen Blick dafür. Ein Stück
weiter konnte er bereits das weiße Gebäude mit dem hellroten
Ziegeldach ausmachen.

Seit einer Woche war er nicht mehr hier gewesen. Sein Besuch am vergangenen Samstag hatte in einer Katastrophe ge-
mündet. Es hatte so gut angefangen, und er hatte endlich gewagt, Lasse, dem Oberkellner, zu sagen, dass sie sich kannten.
Aber dann hatte er Panik bekommen. Er hatte einen dringen-
den Anruf vorgetäuscht und fluchtartig das Restaurant von
Ulla Winbladh verlassen.

Und nun war er wieder auf dem Weg dorthin. Genauso gut
hätte er sich eine Klippe hinunterstürzen können. Er schickte
ein Stoßgebet zu einer nicht näher bestimmten Gottheit, dass
Lasse wenigstens nicht geschnallt hatte, wer er war. Damit er
noch mal von vorne anfangen konnte. Mannomann. Wenn
Mutter ihn jetzt hätte sehen können. Sie hätte mit Sicherheit
so einiges zu der Situation zu sagen gehabt.

Als Bosse das Restaurant wiedererkannte, lief er zum Fahrradständer, an dem er beim letzten Mal gewartet hatte. Christer nahm an, er würde nach der Wasserschale suchen. Ein kluger Hund, dieser Bosse.

»Du kannst hier warten.« Er fuhr dem Tier durch das Fell.
»Ich bleibe nicht lange weg.«

Während er das Restaurant betrat, überlegte er, was er sagen
sollte. Er begriff, dass er darüber besser vorher nachgedacht
hätte. Lasse bemerkte ihn fast sofort und machte jegliche Planung unmöglich.

»Ah«, sagte Lasse kurz angebunden. »Da sind Sie ja.«

In seiner Stimme schwangen keine Gefühle mit. Christer sah zu Boden. Das Ganze ging jetzt schon schief.

»Tja, ich wollte mich entschuldigen.« Er räusperte sich. »Ich, äh, habe mich wie ein Idiot benommen. Ich bin gar nicht angerufen worden, aber das wissen Sie ja bestimmt. Es war nicht meine Absicht, eine Szene zu machen.«

»Du solltest dich wirklich entschuldigen, Christer«, sagte Lasse.

Christer sah ihn verwundert an.

»Als du abgehauen bist, wurde mir plötzlich klar, wer du bist. Dein Fluchtverhalten hat sich nicht verändert. Ich habe lange darauf gewartet, dass du dich für das entschuldigst, was vor fünfunddreißig Jahren passiert ist. Ich habe dir vertraut, und du hast mich im Stich gelassen. Es hat ewig gedauert, bis ich darüber hinweg war, das kann ich dir sagen. Aber mit der Zeit habe ich begriffen, dass diese Entschuldigung niemals kommen würde. Damit habe ich mich abgefunden.«

So hatte sich Christer den Verlauf des Gesprächs nicht vorgestellt. Er hatte gedacht, nach seiner Entschuldigung für die Flucht am vergangenen Samstag würden sie zusammen lachen, und dann wollte er offenbaren, wer er war. Lasse würde sich freuen, und dann würden sie herzerwärmende Erinnerungen austauschen. Doch diese Vorstellung erschien ihm mehr und mehr wie eine Utopie. Wieder fuhr er sich mit seinem Taschentuch über die Stirn.

»Was vor fünfunddreißig Jahren passiert ist … was meinst du?«, fragte Christer und schwenkte ebenfalls zum Du. »Ich weiß gar nicht genau … Ich bin nur gekommen, weil ich mich wirklich …«

Er suchte nach Worten.

»Du«, sagte er schließlich. »Können wir uns irgendwo in Ruhe unterhalten? Wenn du nicht arbeitest?«

Lasse sah ins Restaurant, das sich allmählich mit Mittagsgästen füllte. Einige standen schon ungeduldig am Tresen und warteten darauf, von ihm platziert zu werden.

»Ich glaube, das ist nicht nötig.« Freundlich winkend ging er auf die Restaurantbesucher zu.

»Bitte.«

Für eine Sekunde verzog Lasse gequält das Gesicht. Dann sah er Christer in die Augen.

»Na gut«, sagte er. »Nächsten Samstag. Da habe ich frei. Um zwölf Uhr mittags im Vasaparken. Beim Café. Sei pünktlich.«

Ein kleiner Schmetterling flatterte durch Christers beachtlichen Bauch, ein Schmetterling, über den seine Mutter sich furchtbar aufgeregt hätte. Er sah Lasse hinterher, der sich um seine Gäste kümmerte. Dann holte er Bosse und ging mit ihm zu Fuß zurück in die Stadt. Der Schmetterling begleitete ihn auf der gesamten Strecke.

Vincent hatte alle Teile der Sonntagsausgabe von *Dagens Nyhter* auf dem Küchentisch ausgebreitet. Er war noch im Bademantel und konnte sich nicht auf die Überschriften konzentrieren. Das ganze Wochenende über war er völlig erschöpft gewesen. Ständig waren seine Gedanken zu Minas und seinem Kampf mit dem Abflussrohr zurückgewandert. Er war sich nicht sicher gewesen, ob sie es schaffen würden. Die einzige Möglichkeit, da unten in der Dunkelheit nicht in Panik zu geraten, hatte darin bestanden, seine Gefühle gewaltsamer zu unterdrücken als je zuvor. Er hatte einen Teil seines Gehirns abgeschaltet. War ein Roboter geworden. Doch danach waren die Gefühle zurückgekehrt, überwältigender denn je.

Er hatte nicht so gezittert wie Mina im Auto. Dafür ging ihm oft durch den Kopf, dass sie da unten tatsächlich hätten sterben können. Die Fantasie, dass er plötzlich mit dem Kopf an die Wand stieß, weil das Rohr einfach endete, und sie dort unten in dem unentrinnbaren Gefängnis starben, ließ ihm keine Ruhe. Jedes Mal, wenn sie vor seinem inneren Auge auftauchte, schluchzte er hemmungslos. Zum Glück war ihm das noch nicht in Gegenwart seiner Familie passiert.

Die Erschöpfung hatte eine Schutzfunktion, nahm er an. Sein Körper teilte das Trauma in verdauliche Portionen auf. Am Freitag hatte er problemlos ins Präsidium gehen und mit Gustav sprechen können, aber anschließend war die große Müdigkeit über ihn gekommen. Nun versuchte er, seinen Körper bei der Verarbeitung des Traumas zu unterstützen, indem er in winzigen Dosen sein rationales Denken reaktivierte. Er blies auf seinen Kaffee. Er hatte die alte Maschine wieder in Betrieb genommen, und nun war der Kaffee so heiß, wie er ihn in Erinnerung hatte.

In Ruhe durchzugehen, was sie in den vergangenen Wochen herausgefunden hatten, war schon mal ein guter Anfang.

Zunächst einmal waren da die vier ermordeten Kinder. Vom alten Sektenführer und Schachmeister gemäß den möglichen Zügen der *Knight's tour*, eines klassischen Schachproblems, bewusst platziert. Kinder, die laut Aussage des in Untersuchungshaft sitzenden Gustav getötet worden waren, um ihnen irdisches Leid zu ersparen.

Alles ist Leiden, Schmerz reinigt.

Diese Lebensphilosophie war für John Wennhagen so zentral, dass er sie in codierter Form sowohl im Programm von Epicura als auch in seinem Schachproblem versteckt hatte. Auf diese Weise hatte sich für John irgendein Kreis geschlossen, nahm Vincent an. Er erschauerte. Es war geistesgestört. Selbst für ihn, der eigentlich ein Faible für Muster hatte. Aber es gab Grenzen.

Um wieder Anschluss an die Normalität zu finden, sah er sich in der Küche um. Aston war Fahrrad fahren gegangen, bevor es dafür zu heiß wurde, und Benjamin machte in seinem Zimmer irgendetwas mit Aktion. Nur Rebecka saß noch mit ihm am Küchentisch und las Zeitung. Er fand es wunderbar, dass die Kinder hin und wieder noch Zeitungen aus Papier lasen, und genoss das Rascheln, wenn Rebecka die Seiten umblätterte. Nicht, dass er vorgehabt hätte, ihr das zu sagen, denn sonst wäre dies mit Sicherheit ihre letzte Zeitungslektüre gewesen. Ihre Beziehung war momentan nicht unkompliziert.

*Alles ist Leiden, Schmerz reinigt.*

Widerlich. Und die Polizei hatte John noch immer nicht gefasst. Er war immer noch irgendwo da draußen. John Wennhagen konnte jederzeit wieder anfangen.

Noch war er nicht schachmatt.

Maria war in der Garage und sortierte Bestellungen. Ihre Keramikfiguren und die handgemalten Holzschilder verkauften sich so gut, dass ihr Warenlager nicht mehr ins Wohnzimmer passte. Maria und Kevin hatten offensichtlich etwas über ihre Mitmenschen verstanden, das Vincent nie begreifen würde.

Kevin.

Marias Gründungscoach hatte sich schon eine Weile nicht mehr gemeldet. Jedenfalls hatte Vincent nichts davon mitbekommen. Allerdings starrte Maria oft lange Zeit mit Dauergrinsen im Gesicht auf ihr Handy. Wenn sie überhaupt zu Hause war.

Er sah ihr Telefon auf dem Küchentisch liegen, nahm es in die Hand und drehte es um. Was vor zwei Jahren zwischen ihm und Ulrika passiert war, hatte er Maria nie erzählt. Vielleicht erzählte man sich nie alles. Das tat Maria möglicherweise auch nicht.

Seine Gedanken wanderten wieder zu John Wennhagen. Er schien alles mit mathematischer Präzision zu tun. Und er bewies offenbar leidenschaftlich gerne, wie schlau er war. Ließ sich sein Aufenthaltsort vielleicht ermitteln, indem man Johns Lebensgeschichte zurückverfolgte?

Eine andere Sache, die Vincent herausfinden musste, war der *Grund* für Johns grausige Taten. Warum hatte er vier unschuldige Kinder ermordet? Vincent begriff nicht, was einen Menschen, der vorher völlig normal getickt zu haben schien, zu so etwas trieb? Es musste eine fast fanatische Überzeugung oder blinder Hass dahinterstecken.

Seine Überzeugungen würden durch die Tatsache, dass er beinahe erwischt worden wäre, wahrscheinlich nicht gemildert werden. John würde in Zukunft nur noch vorsichtiger sein.

Vincent trank einen Schluck Kaffee und betrachtete das Handy in seiner Hand. Maria verabscheute alles, was mit Technik zusammenhing, und hatte sich nicht die Mühe gemacht, die Gesichtserkennung zum Entsperren einzustellen. Reflexartig überlegte er, welche PIN sie wohl gewählt haben mochte. Vermutlich eine einfache. Die verbreitetsten vierstelligen PINs waren 1234, 1111 und 0000. Dass die Leute sich nicht schämten. Maria hatte sich wahrscheinlich ein bisschen mehr Mühe gegeben, nicht zuletzt, um sich eine bissige Bemerkung von ihm zu ersparen. Allerdings hatte sie vermutlich trotzdem Wert darauf gelegt, dass der Code leicht zu merken war. Er tippte auf die 1. Dann gab er versuchsweise 00 ein. Anschließend die Ziffer 4, weil diese Taste direkt unter der 1 lag.

Das Telefon war entsperrt.

Sofort erschien die Benachrichtigung, dass eine SMS von Kevin gekommen war. Vincents Daumen schwebte über dem Nachrichtensymbol. Mit einem Klick hätte er Zugang zu allem gehabt, was seine Frau und Kevin sich geschrieben hatten. Falls er das wollte, hätte er auch WhatsApp und den Messenger kontrollieren können, bevor sie wieder hereinkam.

Aber. Aber, aber, aber. Was Mina anbelangte, hatte er sie gebeten, ihm zu vertrauen. Was war er für ein Mensch, wenn er sie dann nicht auch beim Wort nahm?

»Was machst du mit Marias Handy?«, fragte Rebecka, die von der Zeitung aufgeblickt hatte.

»Nichts.« Er legte das Telefon zurück. »Gar nichts.«

Er hatte Maria noch nie direkt nach Kevin gefragt. Vielleicht hatte er Anspielungen gemacht. Andeutungen. Aber es war natürlich ihr gutes Recht, diese zu ignorieren. Wenn er sich jedoch dazu durchrang, sie zu fragen, musste er auch überzeugt sein, dass sie die Wahrheit sagen würde. Alles andere hätte verheerende Auswirkungen auf ihre Beziehung.

Als hätte Maria seine Gedanken gelesen, kam sie in diesem Moment mit einem Karton auf dem Arm in die Küche. Sie warf ihm einen schwer zu deutenden Blick zu.

»Was ist?«, fragte sie. »Du siehst so nachdenklich aus.«

Er öffnete den Mund und machte ihn wieder zu.

»Ach, nichts«, sagte er. »Aber du solltest dir einen besseren Entsperrcode für dein Handy überlegen.«

Seit Nathalie am vergangenen Freitag das Geld aus der Wohnung ihres Vaters geholt hatte, war sie wieder auf dem Seminarhof von Epicura. Sie waren nicht auf den Reiterhof zurückgekehrt, wo sie in letzter Zeit gelebt hatte, sondern Ines hatte sie stattdessen zu Nova gebracht. Anfangs war Nathalie enttäuscht gewesen, weil sie mitgeholfen hatte, den Reiterhof zu sanieren und richtig schön zu machen. Sie hatte angefangen, sich dort zu Hause zu fühlen. Doch im Grunde war Novas Seminarhof im Vergleich zum Reiterhof der pure Luxus, und daher beklagte sie sich nicht. Es fühlte sich an wie eine Belohnung, hier sein zu dürfen. Und je länger sie darüber nachdachte, desto klarer wurde ihr, dass es vielleicht genau das war. Sie hatte schließlich bewiesen, dass sie eine von ihnen war.

Als sie am Abend vom Zähneputzen zurückkam, lag auf ihrem Bett ein Stoffbündel. Darauf ein Zettel.

*Zieh dich um und komm zu mir in die Aula*
*/Großmutter*

Nathalie faltete das Stoffbündel auseinander. Es war genauso ein Gewand, wie Ines es einmal getragen hatte. Ein Nachthemd? Es war ja tatsächlich schon spät. Doch das Gewand kam ihr irgendwie … feiner vor. Sie zog Hose und T-Shirt aus und schlüpfte in das Gewand. Es fühlte sich ganz rein an. Und wichtig. Als ob etwas Bedeutsames passieren würde.

Da sie nicht genau wusste, wo die Aula war, brauchte sie einige Minuten, um sich in dem Gebäudekomplex zurechtzufinden, aber schließlich gelangte sie zu einem großen weißen Raum.

Ines stand in der Mitte. Neben ihr lag ein ganzer Berg Decken und Matratzen, in einem Halbkreis hinter ihr standen etwa zehn Personen. Einige von ihnen erkannte Nathalie wieder, aber die meisten waren ihr neu. Von ihren Freunden vom

Pferdehof war niemand darunter. Keiner hatte bandagierte Hände.

»Sei willkommen, Nathalie!«, rief Ines feierlich und breitete die Arme aus. »Heute ist ein besonderer Tag. Du bist inzwischen eine von uns. Jetzt ist es Zeit, dich zu häuten. Dies ist der Tag, an dem du aus der toten Hülle deines alten, verschwendeten Lebens heraus- und in ein neues Leben eintrittst. Ein vollendetes und intensives Leben. Wenn du auf den heutigen Tag zurückblickst, wirst du erkennen, dass du an diesem Tag neu geboren wurdest.«

Nathalie hatte keine Ahnung, was sie darauf erwidern sollte. Aber es hörte sich wichtig an. Wie so oft in letzter Zeit tanzten an den Rändern ihres Gesichtsfelds Sterne und verliehen ihrer Großmutter einen funkelnden Schimmer.

»Danke«, sagte Nathalie leise. »Ich hätte gerne eine so intensive Ausstrahlung wie du.«

Ines nahm sie strahlend an der Hand und führte sie zum Matratzenhaufen. Dort setzten sie sich.

»Du hast mich mehrmals unseren großen Anführer John Wennhagen zitieren gehört«, sagte Ines. »Alles ist Leiden, Schmerz reinigt. Ich habe dir aber nicht vollständig erklärt, was das bedeutet. Der erste Teil stammt aus dem Buddhismus. Nach Ansicht der Buddhisten beruht unser allumfassendes, aber völlig unnötiges Leiden auf Wünschen und Begehrlichkeiten. Wir wollen Dinge kaufen, die wir uns nicht leisten können. Wir glauben, wir würden glücklicher, wenn wir in eine größere und schönere Wohnung umziehen. Die anderen auf Instagram haben viel mehr Spaß als wir. Jeder unrealistische Wunschtraum, jede Sache, die wir haben wollen, obwohl wir sie nicht brauchen, erzeugt Leiden. Die Buddhisten glauben, dass wir unser Begehren loswerden müssen, um nicht mehr zu leiden. Kannst du mir noch folgen?«

Nathalie nickte. Das klang genauso wie in Novas Vorträgen. Sie hatte bestimmt mal einen gehört. Das musste alles ewig her sein.

»Hier befreien wir uns vom Leiden, indem wir die Perspektive verändern«, fuhr Großmutter fort. »Oder, um es mit Johns Worten zu sagen, Schmerz reinigt. Du hast bereits erlebt, was das bedeutet. Doch was war wohl das schmerzhafteste Ereignis deines Lebens?«

Was sollte sie da nehmen? Früher hätte sie wahrscheinlich gesagt, es wäre damals gewesen, als Papas Leibwächter einen Jungen verscheuchten, den sie mochte. Oder als sie sich beim Skateboarden das Bein brach. Oder als ihr klar wurde, dass ihre Mutter tot war. Aber jetzt? Sie zuckte mit den Schultern.

»Es war deine Geburt«, sagte Ines. »Davor hat in deiner Welt kein Schmerz existiert. Deine Umgebung war sicher und warm, du warst geborgen und kanntest nichts anderes. Doch plötzlich wurdest du stundenlang durch einen engen Kanal gepresst, der von allen Seiten Druck auf dich ausübte, um schließlich in eine Welt voller Licht, Kälte und unbekannter Gerüche zu gelangen, wo du den Herzschlag deiner Mutter nicht mehr hörtest. Fürchterlich. Du hattest auch keine Möglichkeit, dieses Erlebnis einzuordnen. Nichts ist mit dem ersten Schmerz vergleichbar. Und daher werden wir jetzt deine Erinnerung wiederherstellen. Damit du verstehst, wer du wirklich bist. Du, Nathalie, sollst wiedergeboren werden. Sei so gut und zieh dich aus.«

Maria saß im Wohnzimmer auf dem Fußboden und wickelte Keramikfiguren ein. Vincent wusste nicht recht, wo das Wochenende geblieben war, er hatte sich zwei Tage lang durch dichten Nebel bewegt, ohne etwas Sinnvolles zustande zu bringen.

Jetzt war es halb elf am Sonntagabend, und die Dämmerung verlieh Marias Keramikfiguren eine leicht magische Aura. Im goldenen Abendlicht sahen sie gar nicht so schlecht aus. Vincent betrachtete seine Frau. Ein Lächeln umspielte ihre Mundwinkel, ihre Wangen schimmerten rosig. Sie schien sogar vor sich hin zu singen.

»Meine Liebe brennt so hell wie die Sterne in der Nacht«, trällerte sie leise.

Hatte jemand seine Frau entführt? Und wer war dann die Frau auf dem Wohnzimmerfußboden? Leider lag die Antwort auf der Hand. Zu Mina hatte er gesagt, er wolle es nicht wissen. Aber das stimmte nicht mehr.

»Liebling«, sagte er. »Wir müssen reden. Über Kevin.«

»Nicht schon wieder!« Maria setzte einen Deckel auf eine geschmackvolle Schachtel in Rosa und Hellgrün.

Sie drehte sich zu ihm um und sah ihn an.

»Was hältst du davon, wenn wir stattdessen mal über Mina sprechen?«, sagte sie. »Das erscheint mir viel wichtiger.«

»Jetzt hör aber auf!« Vincent ließ die Arme sinken. »Denk daran, was unsere Therapeutin gesagt hat. Es ist alles nur in deinem Kopf. Mich zu beschuldigen, ändert gar nichts. Ich will immer noch über Kevin reden.«

»Ja, er ist auf jeden Fall sehr viel umgänglicher als du«, brummte Maria.

Benjamin brachte ihn aus dem Konzept. Er stand plötzlich mit einem iPad im Wohnzimmer und wollte Vincent wahrscheinlich irgendwelche Aktienkurse zeigen. Allerdings hatte sein Sohn die Stirn in tiefe Falten gelegt. Seine Geschäfte schienen nicht den erwarteten Erfolg zu bringen.

»Hast du mal kurz Zeit, Papa?«

Maria kniff die Lippen zusammen und packte demonstrativ die nächste Keramikfigur ein.

»Kann das nicht einen Moment warten?«, fragte Vincent. »Maria und ich reden gerade über Ke… ihre Firma.«

Doch irgendetwas an der Körpersprache seines Sohnes ließ ihn aufhorchen. Die Sache war anscheinend dringend. Benjamin hielt Vincent das iPad hin. Auf dem Bildschirm waren keine Aktienkurse zu sehen, sondern die Homepage von Epicura.

Vincent warf einen Blick auf die Zimmertür seines Sohnes, zog die Augenbrauen hoch und formulierte mit zwei erhobenen Fingern eine stumme Frage. Zwei Minuten? Er brauchte zwei Minuten. Benjamin nickte und verschwand in seinem Zimmer.

»Maria«, sagte er. »Egal, was passiert, eins sollst du wissen. Kannst du mich angucken, wenn ich mit dir rede?«

Maria blickte von der Schachtel auf. In ihren Augen blitzten Vorwürfe und Wut, aber er sah auch Tränen und Trauer.

»Ich will, dass du glücklich bist«, sagte er. »Es tut mir leid, wenn ich zu viele Fragen stelle. Das liegt nur daran, dass ich es verstehen will. Aber wichtig ist letztendlich nur, dass du … wenn du schon nicht glücklich bist, dich wenigstens wohlfühlst. Alles andere zählt nicht. Okay?«

Maria sah ihn lange an. Dann nickte sie bedächtig.

»Gut«, sagte er. »Jetzt muss ich gehen und mich um meinen einundzwanzigjährigen Sohn kümmern.«

Er ging in Benjamins Zimmer und machte die Tür hinter sich zu. Benjamin saß am Schreibtisch und starrte auf das iPad.

»Was ist denn so dringend?« Vincent setzte sich aufs Bett, das tatsächlich gemacht war.

Und zwar hatte sein Sohn nicht, wie sonst, nur die Tagesdecke auf alles geworfen, was auf dem Bett herumlag, sondern richtig ordentlich sein Bett gemacht. Vincent wollte gerade fragen, ob er sich Sorgen machen müsse, als ihm plötzlich auffiel, wie blass Benjamin war.

»Ich weiß nicht.« Benjamin deutete auf den Bildschirm. »Es ist nur so ein Gefühl. Ich habe den ganzen Tag mit Börsenzahlen und Statistiken zu tun. Wäge Risiken und Wahrscheinlichkeiten ab und entscheide über Investitionen, ohne über alle notwendigen Informationen zu verfügen. Am Anfang habe ich stapelweise Bücher gelesen. Wie David Tennant in *Doctor Who* schon sagt: Bücher sind die beste Waffe.«

»Ich wusste gar nicht, dass du *Doctor Who* guckst.«

Benjamin starrte ihn an.

»Ich bin dein Sohn. Warum um alles in der Welt sollte ich das nicht tun? Und David Tennant ist der beste Schauspieler, der je in der Serie mitgespielt hat, das weißt du selbst. Aber darüber wollte ich gar nicht reden. Wo war ich … ach ja. Meine Entscheidungen. Ich muss mich oft auf meine Intuition verlassen. Ich vertraue darauf, dass mein Unterbewusstsein Muster aufgeschnappt hat, von denen es meinem Bewusstsein aus Zeitmangel gar nichts erzählt. Stattdessen vermittelt es mir ein Gefühl für das, was richtig ist.«

Vincent lächelte. Benjamin wurde ihm von Tag zu Tag ähnlicher. Nicht, dass er seinem Sohn das gewünscht hätte. Im Gegenteil. Trotzdem kam er als Vater nicht umhin, grenzenlosen Stolz auf Benjamins analytische Fähigkeiten zu empfinden.

»Genauso funktioniert es«, sagte Vincent. »Man kann sein Unterbewusstsein darauf trainieren, komplizierte Entscheidungen viel schneller zu treffen, als wenn man erst nachdenken würde. Das erfordert natürlich, dass man sich regelmäßig in ähnlichen Situationen befindet und unmittelbar merkt, ob die Entscheidung richtig oder falsch war. Leider gibt es an der Börse wohl so viele unbekannte Variablen, dass die meisten Muster, die man zu erkennen glaubt, im Grunde Illusionen sind. Aber ich vermute, du hast mich nicht geholt, um über deine Aktienkäufe zu sprechen.«

Benjamin schüttelte den Kopf und zeigte auf Epicuras Homepage auf seinem Bildschirm.

»Eigentlich wollte ich was anderes sagen. Ich glaube, wir haben uns geirrt. Es passt natürlich alles zusammen. Du hast gemerkt, dass die fünf Morde fünf Positionen der *Knight's tour* auf dem Schachbrett entsprechen. Von diesen Positionen konnten wir auf fünf Wörter und eine versteckte Botschaft von Novas Vater schließen. Einem alten Schachmeister. Passt perfekt. Und trotzdem ... mein Bauchgefühl würde mich davon abhalten, diese Aktien zu kaufen.«

»Aber dann weiß ich nicht ...« Vincent hielt inne.

Er begriff, was Benjamin da gerade gesagt hatte. Als er seinen Fehler einsah, wurde ihm eiskalt. Fünf Morde. Fünf Wörter. Ihre Schlussfolgerung war nicht falsch gewesen. Er hatte nur nicht lange genug hingeschaut. Es waren nicht fünf.

Er hatte sie dazu gebracht, den falschen Mörder zu jagen.

Sie konnte nicht atmen. Der Druck von allen Seiten war zu groß, um sich zu befreien. Sie konnte weder Arme noch Beine bewegen und wusste nicht mal mehr, wo oben und unten war. Sie wusste nur, dass es dunkel war und sie kaum noch Luft bekam.

Zuerst hatte Ines sie in Decken eingerollt. Nathalie hatte währenddessen gekichert, weil ihr das Ganze so albern vorkam. Dann hatte Großmutter gesagt, sie solle sich auf drei Matratzen legen. Die anderen Matratzen würden auf sie draufgelegt werden, sodass sie dazwischen eingeschlossen war. Wie ein menschlicher Hamburger, hatte Nathalie gedacht. Oder ein Hotdog.

Sie hatte nichts anderes tun müssen, als sich aus den Matratzen und Decken zu winden, um auf diese Weise symbolisch die eigene Geburt nachzuvollziehen. Sie verstand zwar nicht, was das sollte, aber sie wagte nicht zu widersprechen.

Eins hatte Ines ihr allerdings nicht gesagt. Als Nathalie zwischen den Matratzen lag, hatten sich alle anderen auf den Haufen draufgelegt. Zehn Erwachsene hatten sie plötzlich mit ihrem ganzen Körpergewicht nach unten gedrückt.

Es war schnell gegangen und hatte ihr augenblicklich die Luft abgedrückt. Müdigkeit und Schwindel waren wie weggeblasen, stattdessen strömte jetzt Adrenalin durch ihre Blutbahn. Die Polsterung verteilte das Gewicht ein wenig, aber sie hatte trotzdem das Gefühl, zu Tode gequetscht zu werden.

Ihr wurde klar, dass sie zwischen diesen Matratzen ersticken konnte. Sie hatte nicht mehr genug Luft, um zu schreien, und wer hätte sie auch hören sollen? Sie durfte nur nicht bewusstlos werden, was immer auch passierte.

Hätte sie doch wenigstens ihre Hände befreien und sich hinauswühlen können, aber die Decken, in die sie eingewickelt war, machten solche Bewegungen völlig unmöglich. Sehen konnte sie auch nichts.

Immer wieder war es so dunkel, dass sie kaum noch wusste, wo ihr Körper endete und die Decken anfingen. Sie konnte sich nur noch hin und her wälzen und musste hoffen, dass sie sich auf diese Weise millimeterweise vorwärtsbewegte. Sie glaubte jedenfalls, sich zu wälzen, aber sicher war sie sich nicht.

Ines hatte gesagt, dass sie zwischen den Matratzen erfahren würde, wer sie war. Aber im Moment war sie nur ein Gefühls-zustand. Die konkreten Gedanken waren in der Wärme und der Dunkelheit verschwunden. Das Gefühl war Panik. Aber auch … Resignation.

Das Adrenalin reichte nicht aus.

Sie hatte kaum noch Energie.

Und bekam keine Luft.

Sie atmete dieselbe Luft ein, die sie ausgeatmet hatte. Wenn sie überhaupt einatmen konnte, denn ihre Lunge wurde zu-sammengedrückt. Sie war kurz davor, einzuschlafen. Der Schlaf versuchte, sie an einen anderen Ort zu bringen. Sich zu beruhigen. Aufzugeben. Und vielleicht war das auch gut. Sie gab doch meistens auf, oder etwa nicht? In der Schule oder im Freundeskreis ergriff sie nie die Initiative. Sie ließ sich mit dem Strom der Ereignisse treiben. Wozu kämpfen. Das Leben war doch anstrengend genug. Vielleicht war es gar nicht so schlimm, wenn sie jetzt auch aufgab. Vielleicht war sie so ein Mensch.

Sie wusste es nicht.

Aber es kam ihr nicht ganz richtig vor.

Denn sie war … sie war Nathalie. Nathalie, die mit ihrem Vater auf Östermalm wohnte und aus einer völlig gestörten Familie stammte, aber Polizistin werden wollte. Nathalie, die jeden Tag von Bodyguards umgeben war und trotzdem eine Zeit lang einen Freund gehabt hatte, ohne das Wissen ihres Vaters. All das war zwar in ihrem früheren Leben gewesen, aber trotzdem. Das war auch sie gewesen. Vor allem war sie die Nathalie, die wusste, dass Schmerz reinigt. Man stand ihn eben durch. Natürlich gab sie manchmal auf. Aber wer tat das nicht?

Sie erspürte die eigenen Konturen, um zu fühlen, wo ihr Körper endete und die Decken anfingen. Es war nicht einfach, denn ihre Gedanken schweiften hierhin und dorthin, aber sie ließ nicht locker. Und schließlich hatte sie ihre Konturen erfasst. Da waren ihre Füße, die Beine, der Bauch, die Brust. Ihre Hände und Arme, der Rücken, der Hals, der Kopf.

Da war Nathalie.

Die sich befreien würde.

Nichts anderes war mehr wichtig. Nicht, was ihr Vater dachte, nicht, was ihre Großmutter hier trieb, auch die Freunde aus der Schule waren egal, all das zählte nicht mehr.

Nur noch auf eine einzige Sache kam es jetzt an.

Sie war Nathalie, und sie würde sich befreien.

Von irgendwoher holte sie eine Kraft, von der sie selbst nichts geahnt hatte.

Sie brüllte vor Wut. Die Decken wurden nass von ihren Lippen. Und sie wand sich. Spürte, wie sie vorwärtskam. Schrie und wand sich wieder. Bewegte sich. Sie würde es schaffen. Sie würde gewinnen.

Plötzlich hörte sie ein dumpfes Geräusch. Erboste Stimmen im Streit. Immerhin war da etwas. Außerhalb. Und sie würde dort hingelangen.

Ein Streifen Licht in der Dunkelheit, direkt über ihrem Kopf. Ein Spalt zwischen den Matratzen. Das hieß, dass Luft hereinkam. Sie versuchte, sie einzuatmen, aber der Druck war zu groß. Sie versuchte es trotzdem. Der Spalt war ja ganz nah.

Nun hörte sie eine Stimme durch den Spalt.

»Bist du verrückt, wir brauchen sie! Hast du vergessen, warum sie hier ist?«

Nathalie knurrte zwischen zusammengebissenen Zähnen und wälzte sich noch einmal zur Seite. Nase und eine Gesichtshälfte erreichten jetzt den Spalt. Sie hatte sie eigentlich beschimpfen wollen, konnte aber gar nicht mehr klar denken. Sie bestand nur noch aus Gefühl, nur noch aus Wut. Sie nahm ihre letzte Kraft zusammen, um ein nicht enden wollendes Geheul auszustoßen.

Der Druck auf die Matratzen ließ nach.

Sie fiel auf den kalten Beton. Jemand setzte sich neben sie und legte sich ihren Kopf in den Schoß. Jemand strich ihr über die Wange und schenkte ihr Liebe. Ließ sie spüren, dass alles gut war. Vorsichtig öffnete sie die Augen und sah in die von Nova.

»Verzeih mir«, sagte Nova sanft. »Ich wusste nicht, dass Ines das hier mit dir vorhat. Sonst hätte ich es untersagt. Ich möchte nicht, dass du in Gefahr gebracht wirst.«

Nathalie atmete tief ein und aus und spürte, wie der Sauerstoff in ihre Lungen und den Blutkreislauf eindrang. Ihre Augen tränten, weil es so hell war. Sie war am Leben. War neugeboren und in einer Welt angekommen, die sie zuvor für selbstverständlich gehalten hatte. Oh, sie fühlte sich sehr, sehr lebendig. Und vorher war sie einfach total naiv gewesen. Aber jetzt nicht mehr.

»Schon okay«, hustete sie.

Denn Großmutter hatte recht gehabt. Sie wusste endlich, wer sie war. Sie war Nathalie. Nathalie, die sich in diesem Augenblick sicher und geliebt fühlte. In den Arm genommen von einer Person, die sich um sie sorgte und sie diesmal nicht verlassen würde.

Das war das *Einzige,* was zählte.

»Ich wünschte, wir hätten mehr Zeit, aber sie ist leider zu Ende«, sagte Nova. »Es ist so weit. Du wirst jetzt die Wahrheit über deine Mutter erfahren.«

V incent hätte sich ohrfeigen können. Die Verbindung zu Novas Vater war so gut versteckt gewesen, dass er sich damit zufriedengegeben hatte, nachdem er den Zusammenhang erkannt hatte. Dabei hatte er vor genau zwei Wochen noch im Präsidium gestanden und den korrekten Ansatzpunkt erklärt. Ohne ihn selbst zu begreifen.

Er hätte es gerne darauf geschoben, dass die Zeit gedrängt hatte, weil das Leben von Kindern auf dem Spiel stand, aber das war keine Entschuldigung. Er war der Meistermentalist. Ihm durften solche Fehler nicht unterlaufen. Wenn er anfangen wollte, ein normaler Mensch zu werden, war dafür jetzt nicht der geeignete Zeitpunkt.

Vincent ging seinen Notizblock aus dem Arbeitszimmer holen. Im Wohnzimmer packte Maria jetzt Seifen ein. Es roch unverkennbar nach Lavendel.

Sie blickte nicht auf.

»Fünf Morde, hast du gesagt«, sagte er zu Benjamin, als er wieder in dessen Zimmer war. »Und fünf Wörter.«

»Ja. Mit dem letzten Mord, den ihr verhindert habt, ist das Zitat komplett«, sagte Benjamin. »*Alles ist Leiden, Schmerz reinigt.* Es kommt sogar ein Punkt am Ende.«

Vincent blätterte in seinem Notizblock, bis er den Anfang seiner *Knight's tour* gefunden hatte. Nicht Eingeweihte hätten sie vermutlich für ein seltsames Stickmuster gehalten. Doch dieses Muster war eine mathematische Meisterleistung.

Nicht genug damit, dass die *Knight's tour* an sich eine Herausforderung war, die Version des Mörders hatte auch noch sogenannte magische Eigenschaften.

Die dabei angewandte Mathematik war besonders schön und hatte eine symmetrische *Knight's tour* bewirkt. Der Springer bewegte sich so, dass die Züge auf der linken Seite des Schachbretts die Züge auf der rechten Seite spiegelten. Was

Regelmäßigkeit und Harmonie anging, war das Muster nahezu perfekt. So etwas zu erzeugen, war ungeheuer kompliziert. Er selbst hatte bislang nur die ersten zehn Schritte herausgefunden.

Aus psychologischer Sicht hieß das, dass sich der Mörder in seinem Tun von strengen Regeln leiten ließ, die wiederum ebenso strengen Regeln gehorchten. Vermutlich hatte der Mörder einen Kontrollzwang, der medikamentöse Behandlung erforderte.

»Papa? Hallo?«, rief Benjamin. »Wo bist du mit deinen Gedanken? Wir sprachen gerade von fünf Morden.«

Vincent kniff die Augen zusammen, um in die Realität zurückzugelangen.

»Exakt«, sagte er. »Nur dass es nie fünf Morde waren. Die genaue Anzahl kannten wir ja nicht. Aufgrund der immer kürzeren zeitlichen Abstände hatte ich ausgerechnet, dass es höchstens acht Morde werden könnten, was natürlich nicht hieß, dass es zwangsläufig acht werden würden. Wir hofften es jedenfalls nicht. Wilma wäre das fünfte Opfer geworden. Und da wir einen kompletten Satz gefunden hatten, der aus fünf Wörtern und einem Punkt bestand, nahmen wir an, sie wäre die Letzte gewesen.«

»Dann …«, sagte Benjamin. »Falls es vielleicht doch nicht nur fünf waren. Dann müssen acht Morde ja acht Positionen auf der Karte entsprechen.«

Vincent nickte.

»Acht Positionen auf der Karte. Und acht Wörter im Text.«

Benjamin öffnete das Dokument auf seinem Computer, in dem sie Epicuras Leitbild in acht Zeilen mit je acht Wörtern angeordnet hatten.

»Nach den letzten drei haben wir gar nicht gesucht«, sagte Vincent. »Weil wir dachten, es wäre vorbei.«

»Wohin zieht denn unser Springer von der fünften Position auf dem Schachbrett?«, fragte Benjamin. »Wenn er Wilma abgehakt hat.«

Vincent räusperte sich und sah auf seinen Notizblock:

»Nach dem Feld h5 und dem Wort *reinigt* kommt … g7. Das ist das vorletzte Feld in der zweiten Reihe von oben.«

Benjamin markierte das entsprechende Wort im Text.

»Danach kommt e8 und dann f6.«

»Scheiße.« Benjamin rückte zur Seite, damit Vincent auf den Bildschirm schauen konnte.

Drei fett gedruckte Wörter waren hinzugekommen.

| | | | | | | | |
|---|---|---|---|---|---|---|---|
| Epi-kurs | Richt-schnur | für | die | **neue** | Zeit | ist | diesel-be |
| wie | eh | und | je. | Er-laubt | sei | **der** | Ver-druss, |
| der | Kome-ten | pas-siert | wie | ein | **Stern.** | Schnell | und |
| unbe-merkt. | Es | ist | das | stille | Leben, | das | **rei-nigt.** |
| Ver-meide | sorg-sam | jede | Art | von | **Schmerz** | und | be-gehre |
| nichts, | denn | ein | Leben | ohne | Begehren | **ist** | ein |
| Leben, | das | von | jegli-chem | **Lei-den** | befreit | ist. | Und |
| genie-ße | deinen | Er-folg, | denn | so | erreichst | du | **Alles** |

»In der Reihenfolge, in der du mir die Positionen genannt hast, kommt *der neue Stern* dabei heraus«, sagte Benjamin. *»Alles ist Leiden, Schmerz reinigt. Der neue Stern.«*

Ein leichter Schwindel überkam Vincent, der sich mit beiden Händen an der Bettkante festhalten musste.

Er wusste genau, was »der neue Stern« auf Latein hieß. Und er nahm an, dass Benjamin es auch wusste.

»Die Botschaft ist nicht von John«, sagte Vincent.

Noch dazu hatte er sie erst vor Kurzem im Fernsehen sagen hören, dass sie ihr ganzes Leben nach Hamiltonpfaden ausrichtete. Hamiltonpfade kreuzten nie zweimal denselben Punkt. Eine *Knight's tour* war im Grunde nichts anderes.

Der ältere Mann in der Arrestzelle hatte es sogar wortwörtlich erwähnt. Unser Leitstern, hatte er gesagt. Eine Person, die mit körperlichen Schmerzen lebte. Vincent hatte nicht genau hingehört. Er musste es aussprechen, um es sich selbst klarzumachen, doch als er den Mund öffnete, hätte er beinahe geschrien.

»Ein neuer Stern«, sagte er. »Stella Nova.«

Benjamin war, falls das überhaupt möglich war, noch blasser im Gesicht als er.

»Es war Nova. Die ganze Zeit.«

Mina entdeckte Vincent auf einer der Bänke am Springbrunnen im Kungsträdgården, der aus einem rechteckigen Bassin bestand. Auf der Wasseroberfläche schwammen Blüten von den umstehenden Bäumen, Eispapier und benutzte Servietten. Die Stadtreinigung bemühte sich zwar, den Springbrunnen sauber zu halten, aber dieser Kampf war aussichtslos. Sie vermutete, dass auf dem Grund des Beckens sogar einige Spritzen lagen. Der Kungsträdgården war trotzdem ein schöner Ort. Und vor allem war es auf den Bänken unter den Bäumen schattig.

Der Sitzplatz neben Vincent wirkte etwas dunkler als die restliche Holzbank und verströmte einen leichten Geruch nach Desinfektionsmittel. Er musste die Sitzfläche eben erst abgewischt haben. Natürlich verlor er kein Wort darüber. Er trug ein kurzärmliges Hemd mit Quallenmuster und Shorts. Er sah aus wie ein Tourist.

»Hast du dir einen eigenen Stil zugelegt?«, fragte sie verwundert und setzte sich. »Du hast doch gesagt, du wärst kein Shortstyp.«

»Dieses enge Abflussrohr hat mich dazu angeregt, meine Gewohnheiten zu überdenken.« Er räusperte sich. »Ich habe das Bedürfnis, mich … lockerer zu kleiden. Von eng anliegenden Sachen habe ich erst mal die Nase voll. Aber das Hemd gefällt dir nicht, oder? Wahrscheinlich hast du recht.«

Er betrachtete die Quallen auf seiner Brust.

»War vielleicht keine glückliche Wahl. Ich werde es in Zukunft wie du machen und nur im Top herumlaufen.«

»Auf gar keinen Fall«, sagte sie. »Männer sollten niemals im Top auf die Straße gehen. Und außerdem siehst du besser aus, wenn du vernünftig angezogen bist.«

Vincent warf ihr einen Blick zu.

»Nett von dir, das zu sagen. Dann verschweige ich dir mal lieber, dass ich die Bank mit dem Brunnenwasser abgewischt habe.«

Sie unterdrückte den Impuls, von der Bank aufzuspringen. Denn er hatte bestimmt nur einen Witz gemacht. So etwas würde er nie tun. Oder etwa doch? Sitzen zu bleiben erforderte eine solche Anstrengung, dass ihr der Schweiß ausbrach, und Achselschweiß war für sie das Schlimmste überhaupt. Erst als sie sah, dass der Mülleimer neben der Bank von benutzten Feuchttüchern überquoll, normalisierte sich ihre Atmung.

»So, worüber müssen wir denn reden?« Sie bemühte sich, einen entspannten Eindruck zu machen, aber der Versuch misslang total.

In Vincents Mundwinkeln zuckte es. Aber sie würde es ihm heimzahlen. Mit Brunnenwasser scherzte man nicht. Wenn er am wenigsten damit rechnete, würde sie sich rächen. Und zwar fürchterlich.

»Ich hätte dich vielleicht schon gestern Abend anrufen sollen.« Er wurde ernst. »Aber es war schon spät. Und wir hätten sowieso nichts mehr unternehmen können.«

»Ehrlich gesagt, weiß ich nicht, wovon du sprichst. Hast du wieder irgendein Legoset am Wasser gefunden? Sitzen wir deshalb hier am Springbrunnen?«

Kopfschüttelnd kramte Vincent in seiner Aktentasche.

»Das Gerede vom Wasser war ein Ablenkungsmanöver«, sagte er. »Sie hat uns absichtlich auf die falsche Fährte geführt. Es war meine Schuld. Mir ist ein furchtbarer Fehler passiert.«

Er nahm ein gefaltetes Blatt Papier aus der Tasche und gab es ihr.

»Du erinnerst dich doch an die Botschaft, die in dem Zitat von Novas Vater versteckt ist«, sagte er. »Im Leitbild von Epicura. Wir haben einfach angenommen, er wäre der Mörder, weil er den Text geschrieben hat.«

»Aber?«

»Ich habe nicht genau genug hingeschaut. Da ist noch mehr. Und im Übrigen glaube ich nicht mehr, dass John der Verfasser des Textes ist. Auch das ist eine falsche Fährte. *Misdirection,* wie es in der Zauberkunst heißt.«

Er faltete das Blatt Papier auseinander. Es war das Leitbild von Epicura, angeordnet in vierundsechzig Feldern. Acht Wörter waren hervorgehoben.

»Wir haben nur die ersten fünf Wörter der *Knight's tour* gelesen«, sagte er. »Wir sind nur bis zur Entführung von Wilma gekommen. Aber die Botschaft ist erst mit acht Wörtern komplett.«

»Stimmt, du hast gesagt, dass der Mörder höchstens acht Morde begeht, weil sich der zeitliche Abstand jedes Mal halbiert.« Mina nickte nachdenklich.

Er zeigte auf die drei letzten Wörter.

»Der … neue … Stern«, las er vor.

Es dauerte eine Sekunde. Dann begriff sie, was das hieß.

»Nova.« Sie starrte Vincent an.

»Nova, genau.« Er bestätigte ihren Verdacht. »Sie ist der Kopf von der ganzen Sache.«

Von der anderen Seite des Bassins war ein enttäuschtes Aufheulen zu hören, als ein Elternteil in letzter Sekunde ein Kleinkind auffing, das auf dem Weg ins Wasser gewesen war.

»Nicht nur Nova«, sagte sie. »Ganz Epicura hat mitgeholfen.«

Vincent nickte.

»Vermutlich sind nicht alle in die Taten involviert«, sagte er. »Die meisten Anhänger haben ihr wahrscheinlich ihr Vermögen überlassen, mehr nicht. Ich schätze, es gibt einen inneren Kreis, zu dem die Personen gehören, die seit der Befreiung von Wilma in Untersuchungshaft sitzen. Dass sie nichts sagen, ist also kein Wunder. Sie waren von Anfang an dabei. Sie vertrauen Nova. Und sie wiederum kann sich darauf verlassen, dass ihre Anhänger alles tun, was Nova von ihnen verlangt.«

Mina sackte in sich zusammen. Novas innerer Kreis. Über ihn hatte sie mehr gehört, als ihr lieb war.

»Meine Mutter zum Beispiel«, sagte sie.

Doch Ines war bei Wilmas Befreiung nicht auf dem Reiterhof gewesen. Es bestand also immerhin noch die Möglichkeit, dass ihre Mutter nichts von alldem wusste.

»Wir hätten sie fast gehabt«, sagte Mina. »Beim Stall. In dem Auto, das uns entgegenkam, muss Nova gesessen haben, nicht John. Verdammt. Was machen wir denn jetzt? Sollen wir zu Epicura rausfahren und sie holen?«

»Ich glaube nicht, dass sie noch auf dem Seminarhof ist«, meinte Vincent. »John Wennhagen war ein Ablenkungsmanöver, aber Nova wird wahrscheinlich gewusst haben, dass es nicht lange dauern würde, bis wir herausbekommen, wer die wahre Täterin ist. Sie hat die Botschaft schließlich signiert. Ich an ihrer Stelle hätte dem Hof so schnell wie möglich den Rücken gekehrt. Aber da ist noch etwas. Wie du weißt, halbiert sich der zeitliche Abstand zwischen den Morden jedes Mal. Wenn wir Nova nicht von der nächsten Tat abgehalten hätten, wären zwischen dem Mord an Wilma und dem sechsten zwei Wochen vergangen. Danach hätte es bis zum nächsten Mord nur noch eine Woche gedauert, und bis zum achten wäre dann nur noch eine halbe Woche vergangen. Aber wie gesagt, wir haben sie ja gestoppt. Ihr habt alle Mitglieder verhaftet, die ihr bei der Entführung der Kinder hätten helfen können. Und deshalb glaube ich, dass sie jetzt sofort zum Finale übergeht. Zum achten Zug auf dem Schachbrett. Und der erfolgt, laut ihren Regeln, nach einer halben Woche.«

Das Kind auf der anderen Seite des Springbrunnens versuchte schon wieder, ins Wasser zu steigen, und wieder ertönte lautes Geheul, als es davon abgehalten wurde. Mina hätte den Eltern am liebsten zugebrüllt, sie sollten das Kind endlich baden lassen, damit sie in Ruhe nachdenken konnte.

»Warte mal«, sagte sie. »Wir haben Wilma letzten Freitag gerettet. Heute ist Montag. Es sind schon drei Tage vergangen.«

»Genau.« Vincent wandte sich ihr zu. »Novas Finale findet heute Nachmittag statt«, sagte er.

Panisches Entsetzen durchfuhr sie.

»Nathalie«, sagte sie. »Ich muss Nathalie abholen.«

Ihre Hand zitterte so stark, dass es ihr kaum gelang, das

Handy aus der Hosentasche zu ziehen. Dann wählte sie die Nummer von Nathalies Vater. Es musste sein.

»Hallo, ich bin's«, fiel sie ihm ins Wort, sobald er sich gemeldet hatte. »Du musst zu Epicura rausfahren und Nathalie abholen. Sofort. Die Adresse schicke ich dir. Ich könnte mit Blaulicht hinfahren, aber es würde zu lange dauern, mir einen Streifenwagen zu organisieren. Die Zeit rennt. Oder nimm einen Hubschrauber. Sie muss augenblicklich in Sicherheit gebracht werden.«

Sie legte auf, bevor er etwas erwidern konnte.

Noch nie hatte sie es gewagt, in diesem Ton mit ihm zu reden. Während ihres Zusammenlebens hatte sie ihm nie gesagt, was er tun sollte. Geschweige denn im Befehlston. Das würde vermutlich Konsequenzen haben.

Sie öffnete die Tracking-App und biss sich auf die Unterlippe, während sie nach dem Peilsender in Nathalies Rucksack suchte. Die App brauchte lange, um Nathalie zu lokalisieren. Viel zu lange. Schließlich gab sie es auf. *Transmitter inactive,* teilte die App mit. *Please check batteries.*

Wieder kramte Vincent in seiner Aktentasche. Er holte einen Stadtplan hervor, faltete ihn auseinander und legte ihn sich auf die Knie. Mithilfe eines Lineals hatte er die acht Schritte von Novas *Knight's tour* in die Karte von Stockholm eingezeichnet.

»Sieh mal«, sagte er zu Mina. »Das Wort Stern befindet sich auf derselben Position wie das Feld f6 auf dem Schachbrett. Der achte und letzte Zug führt dorthin. Laut Stadtplan ist das Östermalm. Dort gibt es nur Häuser und keine Parks oder Gewässer. Aber irgendwo in diesem Stadtviertel wird sich Novas Finale abspielen.«

Während Mina auf die Karte schaute, ließ sie auch das Display ihres Handys nicht aus den Augen. Da die Sonne bereits hoch am Himmel stand, musste sie die Hand über den Bildschirm halten, um überhaupt etwas darauf zu erkennen.

»Der Östermalmstorg liegt auch in dem Planquadrat«, sagte sie. »Das ist zwar kein Park, aber ein großer Platz. Und direkt daneben steht eine Kirche. Ein Friedhof würde doch perfekt zu Nova passen.«

Er warf ihr einen verstohlenen Seitenblick zu. Sie gab offensichtlich ihr Bestes, um nicht die Fassung zu verlieren, und er bewunderte sie dafür. Sie blinzelte jedoch etwas zu angespannt. Und zu oft. Und ihre auf angestrengte Weise eckig wirkenden Bewegungen verrieten, dass sich ihr Zwerchfell verkrampft hatte. Mina war kurz davor, zusammenzubrechen. Er hätte nichts lieber getan, als ihr zu helfen, aber er wusste nicht, wie.

»Ich kann mir kaum vorstellen, dass Nova gesehen werden will. Auf einem großen Platz oder an einer Kirche kann man sich kaum verstecken«, sagte er. »Vermutlich weiß sie, dass wir ihr auf der Spur sind. An ihrer Stelle wäre ich vorsichtiger. Fast alle anderen Gebäude in dem Planquadrat sind Wohnhäuser.

Es wäre doch möglich, dass sie bei einem der Mitglieder von Epicura zu Hause sind. Dann müssen wir überall klingeln. Aber es gibt da auch noch … das hier.«

In der oberen Ecke des Quadrats lag ein Gebäude mit einer etwas anderen Form.

»Das Östra Real Gymnasium.« Mina tippte mit dem Finger darauf. »Da bin ich zur Schule gegangen.«

»Eine glückliche Zeit?«

»Wenn du es wirklich wissen willst, war ich damals noch nicht ganz so … empfindlich. Aber eine Außenseiterin war ich trotzdem. Ich weiß noch, dass sich die Jungs einmal den Spaß gemacht haben, mir Post-it-Zettel mit Kreisen drauf an den Spind zu kleben. Zuerst habe ich nicht kapiert, was das heißen sollte. Dann hat mir jemand erklärt, die Kreise bedeuteten, sie hätten ihre Schwänze an der Stelle gerieben.«

Vincent musste lachen. Dann bemerkte er Minas unglückliches Gesicht.

»Entschuldige«, sagte er. »Es kam so überraschend.«

»Es war wohl nur ein Witz«, sagte sie. »Sie hätten es nicht wirklich gewagt. Trotzdem fing ich damals an, Gummihandschuhe zu tragen, wenn ich meinen Spind öffnete.«

Fast trotzig sah sie ihn an. In ihren Augen schimmerten Tränen. Aber sie gab nicht auf, das merkte er ihr an. Und genau dieser Kampfgeist hatte ihre Klassenkameraden wahrscheinlich dazu veranlasst, sich einen so derben Scherz mit ihr zu erlauben. Sie war vielleicht seltsam, aber sie ließ sich nicht unterkriegen. Denn sie war Mina. Mit Feuer im Blick und rissigen Händen.

»Jedenfalls ist die Schule während der Sommerferien geschlossen«, sagte sie. »Dort wird Nova also nicht sein. Wir müssen Julia anrufen und sehen, wie viele Kollegen wir mobilisieren können. Und dann werden wir überall klingeln.«

»Deine Peiniger sind hoffentlich alle durchs Abitur gefallen« sagte er. »Aber was die Schule angeht, hast du vermutlich recht. Im Sommer sind Schulen nur geöffnet, wenn sie sich ein bisschen Geld dazuverdienen, indem sie ihre Räumlichkeiten als Konferenzräume vermieten, so wie die Schule von Aston …«

Er verstummte.

Sie starrten sich an.

Mina hielt ihr Handy noch in der Hand. Schnell klickte sie Christers Nummer an und aktivierte die Lautsprecherfunktion. Christer ging sofort ans Telefon. Er schien ein wenig außer Atem zu sein.

»Bist du im Präsidium?«, fragte Mina.

»Warte mal eben«, sagte Christer. »Bosse und ich haben gerade … Moment … Mensch, Bosse, jetzt lass doch den Hund der Dame in Ruhe!«

»Christer?«, sagte Mina.

»Verzeihung«, sagte Christer, aber offenbar nicht zu Mina. »Eigentlich wollte er nur Hallo sagen, so stürmisch ist er sonst nie … nein … mehr als eine Macke, sagen Sie? Tut mir wirklich leid …«

»Christer«, wiederholte Mina lauter.

»Ich bin da. Musste nur schnell was klären. Worum geht's?«

»Könntest du rausfinden, ob im Östra Real gerade eine Konferenz stattfindet?«, rief Vincent. »Am besten sofort?«

»Ach, Vincent ist auch dabei. Wie nett. Kein Problem, ich kann das gleich erledigen, ich muss nur schnell Bosse was zu trinken geben.«

»Das hier ist wichtiger«, sagte Mina. »Erst Östra Real, dann Bosse.«

Am anderen Ende war es still. Vincent hätte schwören können, dass Christer und Bosse ihnen durchs Telefon empörte Blicke zuwarfen.

»Entschuldige, Bosse«, sagte er. »Dein Herrchen gibt dir später ganz besonders köstliches Wasser.«

»Christer, wir würden so was nicht sagen, wenn es nicht wirklich dringend wäre. Das weißt du.«

»Ich kümmere mich darum«, versprach Christer. »Bis gleich.«

Mina drückte ihn weg und schaltete die Tracking-App wieder ein. Der Akku des Peilsenders war noch nicht völlig leer. Der Umkreis, den die Tracking-App ermittelte, war etwas kleiner geworden. Man konnte zwar nicht Nathalies exakten Aufenthaltsort erkennen, aber auf dem Seminarhof war sie offenbar nicht mehr. Genau, wie Vincent vermutet hatte.

»Glaubst du, Nova will die letzte Tat selbst ausführen?«, fragte sie. »Wir haben alle mutmaßlichen Entführer verhaftet, und sie hat nun niemanden mehr, der ihr helfen kann.«

Sie betrachtete das Bassin. Die Touristen im Kungsträdgården aßen Eis, machten Selfies und tranken Limo. Teenager saßen in Gruppen auf der Erde und machten, was Teenager in den Sommerferien so machten. In ein paar Jahren würde Aston einer von ihnen sein. Doch Lilly, William, Dexter und Ossian würden diese Zeit nie erleben. Für sie war alles schon vorbei. Was Nova mit ihren Taten bezweckte, war ihm absolut schleierhaft, aber er war sich sicher, dass sie noch nicht am Ziel war.

»Ich glaube nicht, dass es beim achten Feld nur um eine Entführung geht«, sagte er. »Sie hat es schließlich mit ihrem eigenen Namen signiert. Da wird sie was anderes geplant haben. Die letzte Position. Der letzte Akt. Ich glaube, sie wird dort persönlich in Erscheinung treten.«

Als Minas Telefon klingelte, stellte sie den Anruf auf Lautsprecher.

»Ich verstehe nicht, warum du da nicht selbst angerufen hast«, hörten sie Christer sagen. »Ich habe sofort jemanden erreicht. Das Schulgebäude ist diese Woche nur einmal vermietet, und zwar heute.«

Während Christer sprach, erschien auf dem Bildschirm eine Benachrichtigung. Der GPS-Sender funktionierte wieder. Die Tracking-App hatte Minas Tochter lokalisiert. Sie zeigte Vincent das Display, damit er die Karte sehen konnte. Nathalie befand sich in der Stockholmer Innenstadt.

»Witzigerweise kennen wir die Mieter«, fuhr Christer fort,

während Mina den Kartenausschnitt heranzoomte. »Epicura veranstaltet ein eintägiges Seminar. Achtzig Personen. Aber jetzt muss ich mich wirklich um Bosse kümmern.«

Christer legte auf, und Vincent hielt die Hand über Minas Bildschirm, weil die Sonne blendete. Mina hatte den Ausschnitt der Karte inzwischen so stark vergrößert, dass einzelne Gebäude zu erkennen waren. Kein Zweifel. Nathalie war in der Östra Real.

Obwohl die Sonne inzwischen noch höher am Himmel stand und das Thermometer siebenundzwanzig Grad anzeigte, fröstelte Vincent. Bibbernd rieb er sich die Oberarme.

»Alles ist Leiden, Schmerz reinigt«, sagte er. »Oh, mein Gott. Wir wissen, dass John aus dem Bunker eine tödliche Falle gemacht hat. Und du erinnerst dich, was uns Beata Ljung über destruktive Sekten erzählt hat. Ich glaube, dass Nova die Worte ihres Vaters mit absoluter Konsequenz befolgen will. Ihr Finale ist nicht nur *ein* Mord. Sie will achtzig Personen ermorden. Und Nathalie.«

V incent fühlt sich ohnmächtiger als je zuvor. Er will Mina
helfen, ein Teil von ihm *muss* ihr helfen. Aber er weiß
nicht, was er tun soll. Er fühlt sich völlig nutzlos. In dem Moment, als Mina von der Bank aufsteht, erscheint auf ihrem
Handy eine Nachricht.

»Christer schon wieder?«, fragt er.

Mina hält mitten in der Bewegung inne. Sie starrt auf den
Text. Die Farbe ist aus ihrem Gesicht gewichen.

»Nova.« Sie übergibt ihm das Telefon.

Hallo Mina,
ich freue mich darauf, dich heute zu sehen.
Aber ich fürchte, du hast ein kleines Problem.
Du kannst entweder deine Mutter retten. Oder deine
Tochter.
Beide wirst du nicht retten können.
Wofür entscheidest du dich? Gehst du den Weg zu
Ende?
Willkommen.
/Nova

»Was soll ich tun?«, fragt Mina. »Ich verstehe nicht mal, was
sie damit meint. Was soll das heißen? Mich entscheiden und
den ganzen Weg gehen?«

Vincent liest die Nachricht noch einmal. Irgendetwas daran
wirkt unstimmig. Aber er kann jetzt nicht darüber nachdenken.

»Ist doch jetzt unwichtig«, sagt er. »Sie will nur Zeit gewinnen, indem sie dich verunsichert. Es ist besser für sie, wenn du
zögerst. Also tu es nicht. Fahr zur Östra Real und hol Nathalie
da raus. Rette sie alle. Für Epicura und die Verhaftung von
Nova brauchst du nicht mich, sondern deine Kollegen. Leute,

die wissen, wie man so was macht. Ich werde nur im Weg sein. Ich werde mich stattdessen mit Novas Nachricht beschäftigen. Du hast recht, es muss eine Botschaft darin versteckt sein. So einfach drückt sie sich sonst nie aus. Aber sei vorsichtig. Sie wird dort sein. Und wir wissen nicht, was für Überraschungen sie bereithält.«

»Ich versuche noch mal, Nathalies Vater zu erreichen«, sagt Mina. »Er hat andere Mittel zur Verfügung.«

Vincent nickt.

»Fahr jetzt los.«

D as wird spannend«, sagt Nova.

Nathalie kann sich nicht erinnern, jemals eine solche Glut in Novas Augen gesehen zu haben. Plötzlich kommt ihr das Wort *altehrwürdig* in den Sinn, ohne dass sie genau weiß, was es bedeutet.

»Warum sind wir hier?«, fragt sie. »Und nicht bei den anderen?«

Sie versteht nicht, wieso sich die Gruppe aufteilen musste. Sie will so gerne mit den anderen *und* mit Nova zusammen sein. Will mit den Leuten zusammen sein, die sie verstehen.

»Sie gehen auf ihre eigene Reise.« Nova lächelt. »Ich wollte sie eigentlich begleiten, aber ich habe mich umentschieden. Ich bin noch längst nicht so weit. Sie fahren schon mal vor.«

»Ja, aber warum sitzen wir in diesem Raum?«

»Wir sind hier, weil ich deiner Mutter die Chance gebe, dich abzuholen, bevor es Zeit für mich wird … neu anzufangen.«

Ihre Worte klingen kryptisch, aber daran hat sich Nathalie mittlerweile gewöhnt. Nova ist so. Geheimnisvoll. Nathalie sieht sie an, als könnte sie sie auf diese Weise zwingen, sich zu öffnen. Ihre Mutter. Sie hat noch immer nicht ganz verdaut, dass ihre Mutter noch lebt. Vor einem Monat hat sie nicht einmal gewusst, dass sie eine Großmutter hat, und gestern hat Nova ihr von ihrer Mutter erzählt. Einer Mutter, die offenbar ihre gesamte Kindheit über kein Interesse daran gehabt hat, sich bei ihr zu melden. Obwohl sie anscheinend Polizistin ist.

Das war's dann wohl mit ihren Plänen.

Nathalie versucht, sich die Erinnerungen vor Augen zu führen, die sie an ihre Mutter zu haben glaubt. Erinnerungen, die möglicherweise keine echten, sondern nur geträumt sind. Ihr Geruch, ihre Stimme, ihr Lachen. Sie will nicht, dass ihre Mutter kommt und sie abholt. In diesem Moment hasst sie ihre Mutter mehr als alles andere. Und ihr Vater kann sich auch zum Teufel scheren, weil er ihr nie von ihrer Mutter erzählt hat.

Nova ist die Einzige, die sich wirklich um sie gekümmert und sie so gesehen hat, wie sie wirklich ist. Nova hat sie nie angelogen. Im Gegensatz zum Rest der Welt. Wenn es nach Nathalie ginge, würde sie für immer bei Nova bleiben. Eine andere Mutter braucht sie nicht.

Mit schnellen Schritten geht Mina auf das imposante Gebäude aus rotem Backstein zu. Sie ist seit vielen Jahren nicht mehr hier gewesen. Sie hat gehofft, nie wieder einen Fuß in dieses Gebäude setzen zu müssen. Auf dem großen Hof vor der Schule ist niemand zu sehen. Sie wirft einen Blick auf ihr Handy. Nathalies GPS-Sender ist immer noch deutlich zu erkennen. Sie befindet sich im Gebäude. Über Ines kann Mina sich jetzt nicht den Kopf zerbrechen, aber Nathalie … Sie muss ihre Tochter finden.

Adam und Peder sind direkt hinter ihr, in voller Montur. Peders Bart ist immer noch ein bisschen blau. Auf dem Weg hierher hat Mina die Gruppe alarmiert, Adam und Peder sind gleichzeitig mit ihr eingetroffen. Julia und Ruben sind auch schon unterwegs, aber Mina kann nicht auf sie warten. Und Nathalies Vater geht immer noch nicht ans Telefon. Sie hat keine Zeit mehr.

Beide wirst du nicht retten können.

»Hier.« Adam wirft ihr ein Funkgerät zu. »Damit können wir Kontakt halten.«

Mina rennt ohne Deckung die Treppe zum Haupteingang hinauf. Aber wenn Vincent recht hat, sind die Anhänger von Epicura im Moment vor allem eine Gefahr für sich selbst.

Sie öffnet die Holztür. Ihre beiden Kollegen kommen nach.

»Wo sind sie?«, fragt sie.

Hinter der Eingangstür liegt eine breite Treppe. Die kennt sie nur zu gut. Viel zu oft hat sie hier unten gestanden und überlegt, ob sie gleich wieder kehrtmachen und nach Hause gehen soll. Die Luft steht und ist so heiß wie in einer Sauna.

Peder wischt sich den Schweiß von der Stirn. Dann schaut er auf den Raumplan und erklärt ihnen schnell, wo die verschiedenen Säle und Klassenzimmer liegen.

»Sie haben die Aula gebucht.« Er zeigt auf die Treppe. »Zweiter Stock.«

Mina überprüft die App.

»Da ist Nathalie nicht«, sagt sie. »Sie ist in einem Klassenraum.«

Ohne abzuwarten, stürmt sie die Treppe hinauf und einen Gang entlang. Den Bildschirm lässt sie nicht aus den Augen. Nathalie muss in dem Raum am Ende des Flurs sein. Die alten Holztüren sehen massiv aus. Wenn diejenigen auf der anderen Seite der Tür es nicht wollen, wird sie nicht reinkommen. Aber Nova weiß hoffentlich nicht, dass sie schon da sind. Mina rennt schneller.

Nova steht am Fenster. Sie runzelt die Stirn.

»Stimmt was nicht?«, fragt Nathalie.

»Ich dachte, ich könnte von hier oben die Eingangstür sehen«, sagt Nova. »Aber der Klassenraum ist auf der falschen Seite. Es wäre gut gewesen, zu sehen, wie viele kommen.«

Nova setzt sich wieder zu Nathalie und lächelt ihr warmherziges Lächeln. Sie streicht Nathalie über den Kopf.

»Es tut mir leid, dass du so lange warten musst«, sagt sie. »Ich weiß, dass du lieber auf dem Hof geblieben wärst. Aber du weißt ja, dass es im Epikureismus darum geht, möglichst keine hohen Wellen zu schlagen. Wir werden sowieso nicht lange bleiben.«

Nathalie braucht etwas zu essen. Oder zu trinken. Sie hat Bauchschmerzen vor Hunger. Die Zunge klebt ihr am Gaumen. Das Nachdenken fällt ihr schwer, wenn sie so hungrig ist. Aber Nova sieht sie warmherzig an, und da weiß Nathalie wieder, dass alles gut ist. Auch wenn sie nicht versteht, was hier gerade vor sich geht. Auf Nova kann sie sich immer verlassen.

»Kann ich dich denn nicht begleiten?«, fragt Nathalie. »Allen anderen bin ich doch sowieso egal.«

Lächelnd nimmt Nova eine Flasche aus einer Kühltasche.

»Du wirst bald bei deinen neuen Freunden sein.« Sie stellt die Flasche und ein Glas auf den Tisch. »Bei Monica, Karl und allen anderen, die du bei Epicura kennengelernt hast. Und Ines natürlich.«

Die Flasche scheint Eistee oder vielleicht Wasser mit Sirup zu enthalten. Endlich etwas zu trinken. Dankbar greift Nathalie nach der Flasche, aber Nova schiebt ihre Hand weg.

»Die sparen wir uns noch ein bisschen auf«, sagt sie.

Jetzt glühen ihre Augen wieder.

»Es sei denn, deine Mutter kommt.«

Novas Nachricht an Mina geht Vincent nicht aus dem Kopf. Irgendetwas an der Wortwahl ist seltsam. Das ist natürlich Absicht und dient dazu, sie zu verwirren, aber es ist besser, wenn er sich den Kopf darüber zerbricht und nicht Mina. Die Situation im Östra Real erfordert ihre ganze Aufmerksamkeit. Nathalie ist schließlich ihre Tochter. Er ist sich nicht sicher, ob er auch so gefasst und konzentriert wäre wie sie, wenn es um Aston ginge.

Diese SMS. Wenn er inzwischen eins gelernt hat, dann, dass Nova gerne Hinweise gibt. Sowohl irreführende als auch richtige. Er muss herausfinden, um was für eine Art von Hinweis es sich hier handelt.

*Beide wirst du nicht retten können,* hat sie geschrieben. *Wofür entscheidest du dich? Gehst du den Weg zu Ende?*

Auf den ersten Blick scheint Nova zu fragen, wen von beiden Mina retten wird. Nathalie oder Ines. Aber rein grammatikalisch hat sie eine andere Frage gestellt. »Wofür entscheidest du dich?«, bezieht sich eigentlich auf das, was danach kommt. Wird Mina »den Weg zu Ende« gehen oder nicht. Das ist die Entscheidung, vor die Nova sie stellt.

Den Weg zu Ende gehen – oder nicht.

Zwei Möglichkeiten.

Zwei Personen, die gerettet werden müssen.

Den Weg zu Ende gehen – den Weg nicht zu Ende gehen
Nathalie – Ines

Er springt auf, als ihm klar wird, was das bedeutet.

»Wie lange sollen wir denn noch warten?«, seufzt Nathalie. Nova sieht auf die Uhr.

»Nicht mehr lange«, sagt sie. »Sie müssen es schon herausgefunden haben. Ich habe auf den Namen Epicura gebucht. Einige von ihnen sind wahrscheinlich schon im Gebäude. Ich schätze, deine Mutter sucht in diesem Moment nach dem richtigen Raum. Entweder kommt gleich jemand. Oder nie.«

Wie immer versteht Nathalie nicht alles. Aber sie hat keine Kraft mehr, nachzufragen. Abgesehen davon, dass sie Hunger und Durst hat, ist sie es langsam leid. Nova so lange für sich allein zu haben, ist etwas Besonderes, das weiß sie. Es kommt ihr fast wie eine Sünde vor, nicht jeden Moment zu genießen. Aber die Wahrheit ist, dass sie gerne ein wenig schlafen würde. Dann würde ihr Magen vielleicht nicht so wehtun. Wenigstens einen Schluck müsste sie doch trinken können. Erneut greift sie nach der Flasche, aber Nova schiebt sie noch ein Stück weiter weg.

»Ich habe aber riesigen Durst.« Nathalie steht auf. »Dann gehe ich mir eben Wasser holen.«

»Du musst leider hierbleiben.« Nova sieht Nathalie mit einem Blick an, der keinen Widerspruch duldet.

Novas Augen lächeln nicht. Und warmherzig sind sie auch nicht mehr. Sie sind aus kaltem Stahl. Die Liebe, die Nathalie gespürt hat, ist weg.

Nathalie will nicht mehr hier sein. Sie will wirklich nicht hier sein. Aber sie weiß nicht, ob sie noch einmal die Kraft aufbringt, aufzustehen.

»Du bist mein Pfand«, sagt Nova. »Falls etwas schiefgeht. Und den Sirup wirst du Schluck für Schluck zu trinken bekommen, sei unbesorgt.«

Nathalie rutscht auf ihrem Stuhl hin und her. Sie hat plötzlich keinen Durst mehr. Es klingt, als würde im Stockwerk unter ihnen jemand rennen. Die Schritte kommen näher und entfernen sich wieder.

»Wieso Pfand?«, fragt sie. »Was ist denn los?«

Nova lächelt, aber ihre Augen lächeln nicht. Nathalie rückt mit dem Stuhl nach hinten, weg von Nova.

Mina erreicht das Ende des Flurs. In ihrer Angst fühlt sie sich plötzlich sehr, sehr allein. Vincent ist nicht bei ihr, und Nathalies Vater geht nicht ans Telefon. Schließlich spricht sie ihm eine Nachricht auf die Mailbox. Jetzt muss sie sich konzentrieren. Und ihre Tochter retten.

Die Anordnung der Türen passt nicht zu der Position in der Tracking-App. Verdammt. Ihre Tochter ist nicht in diesem Stockwerk. Sie rennt zurück zum Treppenhaus, wo Adam laut mit Julia zu telefonieren scheint.

Schweiß tropft Mina von der Nasenspitze, aber darum kann sie sich jetzt nicht kümmern. Warum bauen die so elend lange Gänge?

»Wo seid ihr denn?«, fragt Adam ins Telefon, während er einen Blick mit Peder wechselt, der ungeduldig neben ihm steht. »Wir brauchen euch hier.«

Sie hastet an ihnen vorbei und noch ein Stockwerk nach oben. Dort biegt sie wieder in den langen Gang ein. Diesmal bewegt sie sich leiser vorwärts. Nova ist wahrscheinlich mit den anderen in der Aula.

Ganz hinten befindet sich der Klassenraum A311. Das ist das berühmte Zimmer mit dem Wandbild von Georg Pauli. Sie legt die Hand auf das Türblatt und ringt nach Luft.

Checkt die App. Stimmt. Sie ist am richtigen Ort.

Nathalie ist hinter dieser Tür.

Gleich wird sie ihre Tochter sehen. Eine Tochter, die nicht weiß, wer sie, Mina, ist. Sie darf jetzt nichts falsch machen.

Plötzlich knistert es im Funkgerät. Schnell weicht sie von der Tür zurück und hofft, dass die Personen im Klassenraum nichts gehört haben.

»Wir haben gerade einen Blick hineingeworfen«, ruft Adam. »Offenbar hat sich ganz Epicura hier versammelt. Sieht wirklich wie eine ganz normale Konferenz aus.«

Sie runzelt die Stirn. Ganz Epicura. Dann muss Ines ja auch

dort sein. Merkwürdig, dass es so leicht war, sie zu finden. Aus Novas SMS hat Mina geschlossen, dass es schwierig werden würde.

*Beide wirst du nicht retten können.*

Irgendetwas stimmt hier nicht.

Sie spürt das. Aber sie weiß nicht, was es ist.

»Was machen sie?«, fragt sie.

»Im Moment ist Kaffeepause. Ich kann allerdings keine Kaffeekannen entdecken. Die trinken anscheinend nur Wasser und Säfte. Richtige Gesundheitsfanatiker.«

Eiskalter Schweiß läuft Mina den Rücken hinunter. Der kalte Schauer lässt sie nach Luft schnappen. Allmählich dämmert ihr, was hier nicht stimmt.

Nova wandert auf und ab. Diese Nova hat Nathalie noch nie erlebt. Normalerweise hat sie etwas von einem scheuen Reh. Aber jetzt ist sie eine gefährliche Wölfin.

»Ich habe es langsam satt«, sagt Nova. »Bin ich wirklich die Einzige, die das Spiel ernst nimmt?«

Sie dreht sich zu Nathalie um und sieht sie finster an. Nathalie schreckt zurück.

»Deine Mutter hat mir einen Strich durch die Rechnung gemacht«, sagt sie. »Ich hatte noch drei vor mir. Mit Wilma vier. Erst danach hätte ich mich von all den Schmerzen ausruhen können. Aber ich bin nur bis zur Hälfte gekommen. Und deshalb muss ich jetzt von vorne anfangen. Nicht gleich natürlich. Zuerst muss ich abwarten, bis die Leute die Nase voll von der Geschichte und alles vergessen haben. Aber dann.«

Auf dem Gang sind schnelle Schritte zu hören. Irgendetwas knistert, dann verschwinden die Schritte wieder.

»Und daran ist deine Mutter schuld«, fährt Nova fort. »Sie und Vincent Walder. Ich habe versucht, ihm ein Bein zu stellen, aber es hat nicht funktioniert. Deshalb sind wir jetzt hier. Ich habe es wirklich satt. Wir sind seit einer Stunde hier, und niemand ist gekommen. Es reicht. Du schließt dich jetzt Epicura an. Durst hast du ja sowieso.«

Mina presst das Funkgerät an die Lippen und flüstert hinein. Ein Teil von ihr hatte registriert, dass sie mit dem Mund eine Fläche berührte, die Adam in der Hand gehalten hatte. Beim Gedanken daran wird ihr übel. Aber die Leute hinter der Tür dürfen sie nicht hören.

»Du musst sie vom Trinken abhalten«, flüstert sie ins Funkgerät. »Kipp den Tisch um oder was weiß ich. Vincent hat gesagt, Nova will sie alle umbringen. Das sind keine Säfte. Das ist Gift. Ich komme, so schnell ich kann.«

»Scheiße«, sagt Adam. »Jetzt passiert was. Ich gehe rein.«

Die Verbindung wird unterbrochen. Sie legt das Funkgerät aus der Hand und wirft einen Blick auf die App. Die Aula ist zu weit weg, als dass sie dort irgendwie helfen könnte.

Hinter der Tür hat sich nichts geregt. Hoffentlich haben sie Mina nicht gehört. Sie holt tief Luft, öffnet die Tür des Klassenraums A311 und geht zu ihrer Tochter.

Gehst du den Weg zu Ende?

Vincent hat es verstanden. Nathalie und Ines sind an verschiedenen Orten. Das hat die Nachricht zu bedeuten.

Nova ist ein Mensch, der seine Worte sorgfältig wägt. Alles hat Bedeutung. Es ist kein Zufall, dass sie das Wort »Weg« gewählt hat.

Und er weiß genau, welchen Weg sie meint.

Er schließt die Augen und versucht, sich an die Fernsehsendung mit Tilde de Paula Eby zu erinnern. Dass er sie gesehen hat, ist eine gefühlte Ewigkeit her. Er bekommt nicht gleich alles zusammen, weil er der Sendung offenbar zu wenig Aufmerksamkeit geschenkt hat, als sie im Langzeitgedächtnis abgespeichert wurde. Er wendet eine andere Methode an und versucht es stattdessen mit dem Gefühl, zu Hause in seinem Wohnzimmer auf dem Sofa zu sitzen. Er spürt das weiche Polster im Rücken. Dann kombiniert er diese Wahrnehmung mit seiner Erinnerung an den Ton, in dem Maria »Blabla« gesagt hat.

Das reicht aus, um die Sendung wieder vor sich zu sehen. Er hat sie fast so deutlich vor Augen wie in dem Moment.

Nova und Ines sitzen auf dem Sofa. Sie sprechen über Schmerz. Tilde fragt Nova, wie sie es trotz der Folgen des Unfalls schafft, nicht verbittert zu sein.

»*Hamiltonpfade*«, hat Nova gesagt.

»Das ist ein mathematischer Begriff«, erläuterte sie, als sie Tildes ratlosen Gesichtsausdruck sah. »Es geht darum, verschiedene Punkte in einer geometrischen Form so zu verbinden, dass jeder Punkt nur einmal berührt wird. Ich versuche, mein Leben auf die gleiche Weise zu leben.«

Er hatte die Sätze gehört, aber nicht verstanden, dass sie mehrere Dinge bedeuteten. Es ging Nova nicht nur darum, mit schlimmen Erinnerungen abzuschließen. Die Aussage über den nach mathematischen Regeln ausgerichteten Weg ist wortwörtlich gemeint.

Erneut faltet er den Stadtplan auseinander. Das Papier reflektiert die Sonne und blendet ihn. Die ersten acht Punkte der *Knight's tour* hat er bereits eingezeichnet. Sie führen bis zum Östra Real. Nach jedem Zug des Springers kommen mehrere mögliche Züge infrage, aber immer nur einer ist der richtige. Kein Wunder, dass man solche Dinge Computern überließ.

Er tippt mit dem Finger auf die achte Position. Östra Real. Das Wort »Stern«. Er hat die zehn möglichen Züge längst errechnet, aber sicher ist sicher. Er wendet die Warnsdorffsche Regel an, nach der man sich immer auf das Feld mit den wenigsten möglichen Zügen bewegt. Auf diese Weise gelangt er auf e8, die Königliche Technische Hochschule. Er versucht, das Adrenalin zu ignorieren, das in seinen Adern pulsiert. Es beeinträchtigt nur sein rationales Denken.

Die Berechnung wird eine Weile dauern. Jeder Zug kann nach fünf oder zehn weiteren Zügen in eine Sackgasse führen. Dann muss er umkehren und von vorne anfangen. Und Mina hat keine Zeit mehr.

*Gehst du den Weg zu Ende?*

Auf dem Stadtplan bleiben noch fünfundfünfzig Quadrate, bis Novas *Knight's tour* abgeschlossen ist. Dann wird Nova aufhören, sich zwischen den Punkten hin- und herzubewegen. Irgendein Planquadrat ist das letzte. Das Ende des Weges.

Er muss es nur finden.

Das Klassenzimmer sieht noch genauso aus, wie Mina es in Erinnerung hat. Die Figuren im üppigen Grün an der Wand stehen auch unverändert da, ebenso wie die weißen Tische und Stühle.

Und der Raum ist leer.

Im ersten Moment denkt sie, Nathalie würde sich irgendwo verstecken, aber hier kann man sich nicht verstecken. Auf einem der hinteren Tische liegt ein Gegenstand. Nur er zeugt davon, dass jemand hier war.

Ein Rucksack.

Mina hat diesen Rucksack seit zwei Jahren nicht gesehen, aber es besteht kein Zweifel daran, dass es Nathalies ist.

Sie rennt zu dem Tisch. Auf dem Rucksack liegt ein gefaltetes DIN-A4-Blatt.

*Hallo Mina, ich schon wieder. Der Peilsender im Rucksack war keine schlechte Idee, er brauchte nur eine neue Batterie. Ich habe mir gedacht, dass du dich für deine Tochter und nicht für deine Mutter entscheidest. Gute Wahl. Genauso hat mein Vater es auch gemacht. Leider hat es damals nichts genützt, und es wird auch diesmal nichts nützen. Während du das hier liest, trinkt deine Mutter ein Stockwerk weiter unten Gift. Und du bist zu weit weg, um Nathalie zu helfen. Aber das bist du ja seit vielen Jahren. Schachmatt. Sie gehört jetzt mir.*
*/Nova*

Sie schnappt nach Luft, aber panisches Entsetzen hat ihr den Hals zugeschnürt. Arme und Beine scheinen ihr nicht mehr zu gehorchen. Nathalie. Es flimmert vor ihren Augen, der Raum dreht sich. Sie muss mit Nathalie reden. Aber sie kann sich nicht rühren. Sie will sich am Tisch festhalten, aber er ist zu weit weg. Sie muss für Natti da sein. Und weiß, dass sie versagt hat.

Das Feuerwerk vor ihren Augen gewinnt die Oberhand, sie spürt, dass sie fällt. Plötzlich ein Schmerz im Arm. Sie muss im Sturz gegen einen Stuhl gestoßen sein. Sie kommt auf dem Boden auf, und der Klassenraum A311 verschwindet genau wie der Rest der Welt.

Adam hört aufgeregtes Stimmengewirr aus der Aula. Was immer Nova geplant hat, scheint nicht vollkommen schmerzlos abzulaufen. Julia und Ruben sind immer noch nicht da, aber er hat keine Zeit mehr, auf sie zu warten. Er muss handeln. Er nickt Peder zu und geht hinein.

»Polizei!«, ruft er der Menschenmenge zu. »Was immer Sie gerade tun, hören Sie sofort damit auf. Keine Bewegung!«

Er sieht zwei Dinge auf einmal. Erstens scheint zwischen den Anhängern von Epicura Streit ausgebrochen zu sein. Sie beachten ihn und Peder gar nicht. Oder sie haben die Beamten aufgrund des Geschreis nicht bemerkt. Eine junge Frau kniet unter einem Tisch und weint hysterisch. Neben ihr liegt ein Mann, der von Krämpfen geschüttelt wird. Ein penetranter Geruch wie von Urin durchzieht den Raum.

»Wir trinken das nicht!«, brüllt ein Mann inmitten einer Gruppe von sieben oder acht Personen.

Ein junger Mann tritt vor und versetzt dem Nächsten mit dem Baseballschläger einen Schlag auf die Knie. Der Getroffene fällt schreiend auf andere Menschen, die schon am Boden liegen. Laut wimmernd vor Schmerz, hält er sich die Knie. Die Leiber unter ihm bewegen sich nicht.

»Ihr trinkt«, sagt der junge Mann und schwingt den Schläger. »Alle trinken. Schmerz reinigt.«

Vor einem Tisch stehen Menschen an, die leise murmeln.

»Alles ist Leiden, Schmerz reinigt«, hört er sie immer wieder sagen, während einer nach dem anderen einen Pappbecher erhält und weiterreicht.

Die weinende Frau steht auf und versucht, die Becher wegzustoßen, aber sie taumelt, und schließlich drücken ihr die anderen einen Becher an die Lippen.

Das Zweite, was er sieht, ist die Pistole in der Hand einer auffällig kleinen Frau um die sechzig, die einen lila Mantel trägt. Die Pistole ist auf eine Menschentraube gerichtet, die sich offenbar weigert, die Becher anzunehmen, aber nun wirbelt die Frau im Mantel herum und richtet sie stattdessen auf ihn und Peder.

»Keine Bewegung? Das gilt für Sie zwei!«, sagt sie.

Adam hat gerade nach seiner Waffe greifen wollen, aber nun wagt er nicht mehr, sie zu ziehen. Aus den Augenwinkeln sieht er, dass es Peder genauso geht.

»Nova hat Sie angekündigt«, sagt sie. »Die hier ist geladen. Also legen Sie Ihre Waffen auf den Boden. Ganz langsam. Sie zuerst.«

Sie nickt Peder zu.

Adam registriert, dass zwei Personen in der Schlange vor dem Tisch zusammenbrechen. Wie mit Klauen zerkratzen sie sich die Hälse. Einer der Männer, die sich geweigert haben zu trinken, ruft einen Namen und versucht, zu ihnen zu gelangen, wird aber an beiden Armen festgehalten und bekommt einen Becher an den Mund gedrückt.

Die ältere Frau lässt Adam und Peder nicht aus den Augen. Wieder deutet sie mit dem Kinn auf Peder, woraufhin er deutlich sichtbar seine Dienstwaffe auf den Boden legt.

»Jetzt Sie.« Sie winkt Adam mit der Pistole.

Adam umfasst seine Dienstwaffe genau wie Peder mit drei Fingern. Die Frau wirkt ruhig und gefasst, sie wird bestimmt nicht aus Nervosität schießen. Aber er will nicht, dass sie eine seiner Bewegungen missdeutet, und legt seine Waffe langsam neben sich ab.

Der strenge Geruch wird immer stärker, weil sich alle, die krampfhaft zuckend auf dem Boden liegen, in die Hose pinkeln. Adam atmet durch den Mund. Die Frau hat Nova erwähnt, aber er sieht sie nirgendwo.

»Stellen Sie sich an die Wand da drüben.« Die Frau gestikuliert mit der Waffe. »Dort stören Sie nicht.«

Mit lauter Stimme ruft sie einer Frau am anderen Ende des Raums etwas zu.

»Übernimmst du den Rest, Monica?«

»Natürlich«, ruft die Frau am Tisch mit den Flaschen und Bechern. »Es dauert noch eine Weile, aber das macht nichts. Karl?«

Ein großer blonder Mann, der extrem durchtrainiert aussieht, stellt sich neben die Frau und reicht ihr grinsend einen Teleskopschlagstock.

»Denkt an Novas Versprechen«, ruft Monica den Anhängern von Epicura zu. »Ihr werdet endlich von eurem Schmerz befreit. Bekommt endlich eure Belohnung. Und im nächsten Leben werden wir zum Dank für alles, was wir durchgemacht haben, die Könige und Königinnen sein. Ich kann verstehen, dass ihr Angst habt. Aber Angst ist eine Illusion. Kommt und trinkt, wir haben genug für alle.«

Einige der Anhänger blicken ängstlich auf den Schlagstock. Auf Karl. Auf die Pistole, die momentan auf Adam gerichtet ist. Dann reihen sie sich wieder in die Schlange ein.

»Tut es nicht«, sagt Peder zu der Frau im lila Mantel. »Ihr irrt euch. Das Leben besteht nicht nur aus Leiden.«

»Stören Sie uns nicht.« Die Frau fuchtelt mit der Pistole. »Diesen Tag haben wir seit Jahren geplant. Ihretwegen musste alles etwas schneller gehen. Das ist nicht optimal, aber wir kriegen das hin.«

»Aber Sie können nicht alle zusammen sterben.« Peder geht einen Schritt auf sie zu. »Das ist Wahnsinn.«

Adam starrt auf die blauen Flecken in Peders Bart. An den Rändern seines Gesichtsfelds flimmert es. Das Adrenalin bewirkt einen Tunnelblick. Er kneift die Augen ein paar Mal zusammen. Er muss aufmerksam bleiben und auf alles gefasst sein. Peder geht noch einen Schritt weiter, und Adam spannt jede Faser seines Körpers an.

»Wir töten niemanden«, sagt die kleine Frau und richtet die Pistole auf Peders Gesicht, während sie einen Schritt zurückweicht. »Wir tun nur das Folgerichtige. Alle sind freiwillig hier. Die meisten sind nur ein wenig durcheinander. Das ist ja auch nachvollziehbar – es ist trotz allem ein gewichtiger Entschluss.«

Sie streckt den freien Arm zur Seite.

»Alles ist Leiden, Schmerz reinigt!«, ruft sie.

»Alles ist Leiden, Schmerz reinigt«, schallt es durch den Raum.

Die Frau lächelt.

»Machen Sie nicht den Fehler, zu glauben, ich würde die hier nicht benutzen.« Sie deutet auf die Pistole. »Ich tue, was nötig ist. In dieser Existenz bleiben mir sowieso nur noch Minuten.«

»Euch entgeht so viel«, sagt Peder.

Er klingt jetzt verzweifelt. Adam kann ihn verstehen. Peder will sie alle retten. Peder mit dem blauen Bart, der es mit jedem gut meint. Aber es wird nichts nützen. Es ist schon zu spät. Auf dem Boden liegen an die zwanzig Menschen. Adam weiß, dass er diesen Moment nie vergessen wird. Der Moment, in dem sie mit ansehen mussten, wie Nova alle, die an sie glaubten, ermordete.

»Ich werde euch zeigen, was ihr verpasst«, sagt Peder.

Trotz des Horrors lächelt er.

»Ich habe ein Video, auf dem meine Drillinge beim Eurovision Songcontest mitsingen«, sagt er, immer noch lächelnd.

Er will die Hand in die Hosentasche stecken.

»Sie singen zu Anis Don Demina. Wer das gesehen hat …«

Die Frau drückt ab. In dem großen Saal klingt der Schuss wie ein explodierender Stern.

Peder wird wie von einem Gummiband nach hinten geschleudert.

Sein Körper knallt gegen die Wand.

Jemand schreit.

Vielleicht ist es Adam.

Mina zuckte zusammen. Sie wusste genau, was für ein Geräusch sie geweckt hatte. Ein Pistolenschuss. Während sie sich aufgerappelt hat, ist ihr klar geworden, dass Novas Botschaft real ist. Sie ist aus dem Klassenzimmer gerannt, war aber immer noch so wacklig auf den Beinen, dass sie ein paar Stühle umgestoßen hat.

Ein Stockwerk tiefer, hat Nova geschrieben. Ihre Mutter war ein Stockwerk tiefer. In der Aula. War Natti auch dort? Novas Spiele waren verwirrend, und Mina verstand nicht alles.

Der Flur schien sich endlos in die Länge zu ziehen, bis sie die Treppe erreichte und mit großen Schritten hinunterrannte. Auf halbem Weg wäre sie beinahe gestürzt, konnte sich aber gerade noch am Geländer festhalten. Das Herz schlug ihr bis zum Hals. Sie musste ihr Tempo bremsen.

Als sie sich der Aula näherte, hörte sie Schreie und laute Kommandos durch die halb geöffnete Tür. Sie spähte durch den Spalt. Der Gestank war fürchterlich. Adam richtete seine Dienstwaffe auf eine Gruppe von Menschen mit erhobenen Händen. Andere lagen am Boden, die meisten von ihnen rührten sich nicht. Andere wanden sich vor Schmerzen. Was immer hier passiert war, schien aus dem Ruder gelaufen zu sein. Eine ältere Frau im lila Mantel saß auf dem Boden. Die Hände waren ihr auf den Rücken gebunden. Adam oder Peder hatten ihr offenbar Handschellen angelegt. Ein Stück entfernt entdeckte sie Ines zusammen mit den anderen auf dem Fußboden.

Sie machte durch laute Rufe auf sich aufmerksam, um nicht versehentlich von ihren Kollegen erschossen zu werden.

»Adam! Hier ist Mina! Ich komme jetzt rein!«

Langsam zog sie ihre Dienstwaffe, während sie auf Adams »Okay« wartete. Als es ertönte, öffnete sie die Tür ganz und stürzte auf Ines zu. Ihre Mutter konnte kaum noch die Augen offen halten. Neben ihr lag ein leerer Pappbecher.

»Was hast du gemacht? Mama! Wo ist Nathalie?«

Ines sah sie an und streckte mühevoll die Hand nach ihr aus. Nach kurzem Zögern griff Mina danach. Die Hand ihrer Mutter zu halten, fühlte sich seltsam und vertraut zugleich an. Ines schien am Ende ihrer Kräfte zu sein. Mina empfand rasende Wut. So durfte das alles nicht enden. Sie hatte noch so viele Fragen. Aber eine war ihr wichtiger als alles andere. Flehentlich sah sie Ines in die Augen.

»Wo ist Nathalie, Mama?«

»Ich habe sie getäuscht, Mina«, sagte Ines mit rauer Stimme. »Tatsächlich. Ich habe Nova getäuscht. Verzeih mir. Mir war nicht klar … Bis kurz vor Schluss. Ich wusste nicht, was sie und die anderen vorhatten. Als ich es begriff, habe ich getan, was ich konnte. Für dich. Für Nathalie. Sie wollte Nathalie töten. Das ist mir im letzten Moment klar geworden. Deshalb habe ich zu Nova gesagt, sie würde Zeit gewinnen, wenn sie Nathalie mitnimmt. Sie bräuchte mehr Zeit, um ihr Werk zu vollenden. Nova sei zu wichtig, um hier mit uns zu verschwinden. Ich wusste, dass ihr Narzissmus darauf anspringen würde …«

»Wo hat sie sie hingebracht?«

Ines hustete. Mina sah, dass sie am Ende ihrer Kräfte war. Mina wollte sie nicht allein lassen, aber der Gedanke an Nathalie ließ ihr keine Ruhe.

»Es tut mir leid. Alles. Es tut mir leid«, flüsterte Ines.

Dann ließ Ines die Hand ihrer Tochter los und schloss die Augen.

V incents Telefon klingelte. Mina. Perfektes Timing.

»Ich weiß, was Nova gemeint hat«, war das Erste, was er sagte. »Nathalie und Ines sind an verschiedenen Orten.«

»Ich weiß«, sagte Mina laut. »Meine Mutter hat dafür gesorgt, um Nathalie von hier fernzuhalten. Ich glaube aber nicht, dass uns noch viel Zeit bleibt. Und ich weiß nicht, wo sie ist. Verdammt, ich weiß nicht, wo sie ist! Hier ist so viel passiert, sie haben Gift getrunken und Ines ... sie ... oh, mein Gott, sie ist ...«

Irgendetwas war nicht in Ordnung. Ganz und gar nicht in Ordnung. Minas Stimme erstarb immer wieder, als wäre ihr die Kontrolle darüber entglitten. Im Hintergrund hörte er Adam, aber er konnte jetzt nicht fragen, was los war. Zuerst mussten sie sich um Nathalie kümmern. Dann kam alles andere. An diese Reihenfolge musste er sich halten, wenn er eine Hilfe sein wollte.

»Ich weiß, wo sie ist.« Er rannte zu seinem Auto, das er auf der anderen Straßenseite geparkt hatte. »In ihrer Nachricht an dich hat Nova geschrieben, dass du den Weg zu Ende gehen musst, um sie zu finden. Erinnerst du dich? Und das habe ich gemacht. Ich habe den Rest ihrer *Knight's tour* berechnet. Es hat eine Weile gedauert, aber jetzt bin ich mir sicher. Wenn sie ein mathematisch symmetrisches Muster erzeugen will, gibt es nur ein Quadrat auf dem Brett, Verzeihung, auf dem Stadtplan, wo das Ganze enden kann. In dem Quadrat befinden sich sowohl Reimersholme als auch Långholmen, aber Reimersholme kommt mir eher unwahrscheinlich vor. Angesichts ihrer dramatischen Ader würde ich wetten, dass sie sich in dem alten Gefängnis aufhält, in dem mittlerweile ein Hotel und eine Jugendherberge sind.«

Er hatte seinen Wagen erreicht und kramte in seiner Hosentasche nach dem Autoschlüssel.

»Aber Långholmen liegt am anderen Ende der Stadt«, rief Mina verzweifelt aus. »Ich brauche ewig, bis ich dort bin. Und Ines …«

»Ich bin schon unterwegs.« Vincent stieg ein.

»Vincent?«

»Ja?« Er hielt mitten in der Bewegung inne.

»Fahr schneller.«

M eine Tochter ist auf Långholmen, ich muss sofort dorthin«, sagte Mina, während sie sich rückwärts von Ines'
Leiche entfernte.

Hinter sich hörte sie dumpf Adams Stimme, aber sie konnte
ihm nicht zuhören. Der Gedanke an Nathalie in ihrem Kopf
war zu laut.

»Mina!«, rief er noch einmal.

Sie zuckte zusammen und drehte sich um.

»Mina, es gibt da etwas, das du wissen musst.«

Die Sirenen draußen wurden lauter. Verstärkung war unterwegs. Sie sah sich um. Adam schien die Lage unter Kontrolle
zu haben, sie brauchte nicht zu bleiben und mit ihm auf die
Kollegen zu warten.

»Und jetzt erklär mir, was deine Tochter mit Nova zu tun
hat. Ich wusste nicht mal, dass du eine Tochter hast.«

»Keine Zeit, ich muss Nathalie finden«, sagte sie ungeduldig
und ging zur Tür.

»Mina!«

Adam hielt seine Waffe immer noch auf die Epicura-An-
hänger gerichtet, aber die machten keine Anstalten, Widerstand zu leisten. Er deutete mit dem Kopf zur Tür. Nun sah sie
die Schuhe, die ihr bisher gar nicht aufgefallen waren, unter
den Stühlen hervorragen. Zuerst glaubte sie, dort würde ein
weiteres Sektenmitglied liegen, das Gift getrunken hatte, aber
dann erkannte sie die Socken wieder. Seine Lieblingssocken.
Mit Bart-Simpson-Muster. Sie ging ein paar Schritte in seine
Richtung.

Wollte nicht.

Wollte ihn nicht sehen.

Wollte es nicht wissen.

Aber sie musste. Sie trat noch ein Stück näher heran. Und
konnte den Schrei nicht unterdrücken. Es war ein nackter,

qualvoller Schrei. Hinter den Stühlen sah sie Peders Rücken liegen. Mit seinem blau gefleckten Bart und weit geöffneten Augen. Nur ein kleiner roter Kreis auf seiner Wange verriet, dass etwas nicht stimmte. Der Kreis und das Blut, das an die Wand hinter ihm gespritzt war und nun in Strömen aus dem großen Loch in seinem Hinterkopf floss.

»Sie hat ihn erschossen.« Mit einer Kopfbewegung deutete er auf die Frau mit den Handschellen auf dem Fußboden, ohne sie anzusehen.

Seine Stimme klang monoton. Als ob er nichts mehr fühlen würde.

Das war zu viel. Noch mehr Tod konnte Mina nicht ertragen. Mit einem Tränenschleier vor dem Gesicht drehte sie sich um und rannte zum Ausgang. Für Peder konnte sie nichts mehr tun. Aber sie konnte, nein, sie *musste* Nathalie retten.

Vincent fuhr auf dem Söder Mälarstrand in Richtung Långholmen. Rechts von ihm glitzerte das Wasser, aber er hatte keine Zeit, den Anblick zu genießen. Ausnahmsweise war er froh, dass es an diesem Montag in der Ferienzeit so heiß war, denn die Straße war so gut wie leer. Er tat, was Mina gesagt hatte, und gab Gas.

»Vincent.« Christers Stimme ertönte aus der Freisprechanlage.

Vincent hatte ihn angerufen, sobald er im Auto saß.

»Ich habe jetzt alle Buchungen für das Hotel und die Jugendherberge geschickt bekommen. Scheint beides ausgebucht zu sein.«

Vincent fuhr über die schmale Brücke zur altehrwürdigen Gefängnisinsel Långholmen.

»Erst gestern Abend haben sie noch eine seltsame Reservierung reinbekommen«, sagte Christer. »Zimmer 121. Die Frau sagte, sie bräuchte das Zimmer nur für drei Stunden. Es war ohnehin nichts anderes frei. Du kannst dir vorstellen, wer das war.«

»Nova«, sagte Vincent, während er auf den Parkplatz fuhr. »Danke.« Schnell stellte er den Wagen ab und eilte auf das Gefängnis zu, das jetzt als Hotel diente.

Er musste sich konzentrieren. Und durfte nicht an das denken, was ihn womöglich erwartete. Durfte sich nicht von seinen Gefühlen übermannen lassen. Die Symmetrie der Zimmernummer gefiel ihm. 121. Sie begann genau so, wie sie endete. Die Zahl in der Mitte war doppelt so hoch. Eine Normalverteilungskurve.

Aber hier war nichts normal. Nathalie war im Grunde genauso alt wie Rebecka. Wenn er zu spät kam … Nein, das brachte nichts. Konzentration.

Er blickte an dem gelben Gebäude hinauf. Er wusste, dass

das Gebäude hier seit 1880 stand. Sechs Jahre hatte der Bau gedauert. 18 plus 80 ergab 98. Minus sechs war 92. Im Jahr 1972 war das Gefängnis aufgelöst worden. 1972 minus 1880 ergab auch 92.

Hm. Merkwürdig. Vielleicht gab es einen mathematischen Zusammenhang, aber er konnte ihn nicht finden, und es gefiel ihm gar nicht, wenn der Zufall aus unerfindlichen Gründen symmetrisch war. Aber 92 plus 92 war 184. 18.4., der achtzehnte April. Der Geburtstag von David Tennant, wenn er sich recht erinnerte. David Tennant, Benjamins Lieblingsschauspieler aus der Fernsehserie *Doctor Who*.

Während Vincent das Gebäude betrat, visualisierte er das Alphabet. Die Buchstaben D O C T O R W H O entsprachen den Ziffern 4, 15, 3, 20, 15, 18, 23, 8 und 15. Die Summe dieser Zahlen war … 121.

Die Normalverteilungskurve.

Das Zimmer, in dem Nova mit Nathalie wartete.

Er durfte nicht zu spät kommen.

An der Rezeption erklärte man ihm, wie er zu dem Zimmer im zweiten Stock gelangte. Aus irgendeinem Grund standen drei Personen hinter dem Tresen. Drei Seiten eines Dreiecks. Die Toastbrote seiner Mutter. Reichte es nicht, wenn zwei Angestellte an der Rezeption arbeiteten?

Während er in den zweiten Stock und an den zahlreichen Zellen des ehemaligen Gefängnisses vorbeirannte, rief er sich ins Gedächtnis, dass zweimal drei sechs war. Eine gerade und gute Zahl.

Vor der Zelle mit der Nummer 121 blieb er stehen und realisierte, dass er keinen Plan hatte. Ihm blieb jedoch keine Zeit. Prüfend umfasste er die Klinke, und die Tür ging auf. Sie war nicht abgeschlossen.

Nova saß an einem Tisch und schenkte gerade eine Flüssigkeit aus einer Flasche in ein kleines Glas.

»Hallo, Vincent.« Sie stellte die Flasche ab. »Ich hatte die Hoffnung fast schon aufgegeben.«

»Sorry, ich bin im Verkehr stecken geblieben.« Schnell sah er sich um.

In dem Raum schien es nichts Bedrohliches zu geben. Nichts zeugte von einer bevorstehenden Gewalttat. Er sah nur das Glas und die Flasche vor Nova stehen, die in einem blauen Hosenanzug makellos elegant gekleidet war. Auf dem Bett ihr gegenüber saß eine junge Frau in weißem T-Shirt und weißer Hose. Sie musste Nathalie sein. Es sah so aus, als würde keinerlei Zwang ausgeübt.

»Hallo, Nathalie«, sagte er. »Ich heiße Vincent, wie gesagt. Ich bin ein Freund von …«

»Von deiner Mutter«, vervollständigte Nova den Satz.

Nathalie änderte ihre Haltung, als sie das hörte. Sie verschränkte die Arme, krümmte den Rücken und senkte den Blick.

»Und … was passiert jetzt?«, fragte er.

»Ganz einfach«, sagte Nova. »Meine Freiheit gegen Nathalies. Wenn du die Polizei davon abhältst, nach mir zu suchen, kannst du sie haben.«

»Woher willst du wissen, ob die Polizei das Gebäude nicht schon längst umzingelt hat?«

Nova lächelte ihr schönstes Lächeln.

»Vincent, bitte. Ich weiß genau, dass sie drüben im Östra Real alle Hände voll zu tun haben. Es wird eine Weile dauern, bis sie dort wegkönnen. Und ich weiß auch, dass sie nicht so schlau wie du und ich sind. Außer dir wäre niemand zu dem Schluss gekommen, dass ich hier bin. Ich vermute, du bist ins Auto gesprungen, sowie du draufgekommen bist. Und das bedeutet, du bist allein hier.«

Vincent setzte sich auf den einzigen freien Stuhl im Raum. Nova hatte recht, und es hätte keinen Sinn gehabt, ihr etwas anderes vorzugaukeln.

»Nathalie, mir tut das alles sehr leid.« Er sah das junge Mädchen an. »Keiner von uns hat geahnt, was deine Großmutter vorhat.«

»Mach Ines nicht größer, als sie ist«, schnaubte Nova. »In der Sekunde, als ich erfuhr, dass Ines' Tochter an den polizeilichen Ermittlungen beteiligt ist und eine Tochter namens Nathalie hat, habe ich Ines beauftragt, ihre Enkeltochter aufzusuchen. Man kann nicht genug Asse im Ärmel haben.«

»Was meinst du damit?«, fragte Nathalie. »Großmutter …«

»Deine Großmutter hat getan, wozu ich sie aufgefordert habe«, sagte Nova. »Ich wusste schon vor einem Monat, dass du mir früher oder später gute Dienste erweisen würdest. Glaubst du wirklich, es war Zufall, dass Ines in dieser U-Bahn war?«

Nathalie kauerte sich zu einer Kugel zusammen. Als wollte sie verschwinden.

»Also deine Freiheit gegen die von Nathalie«, wiederholte Vincent. »Dir ist doch wohl klar, dass ich die Polizei benachrichtige, sobald du den Raum verlassen hast. Sie werden nie aufhören, dich zu jagen.«

»Dann überzeugst du sie besser davon, mich in Ruhe zu lassen«, sagte sie. »Ich sage erst, wo sie Nathalie abholen können, wenn ich in Sicherheit bin. Ob und wann sie Nathalie jemals wiedersehen, kann die Polizei selbst entscheiden.«

»Wie kommst du zu der Annahme, dass ich Nathalie nicht einfach mitnehme und der Polizei übergebe?« Vincent zog sein Handy aus der Tasche. »Ich wüsste nicht, wie du mich daran hindern könntest.«

»Ich kann es vielleicht nicht. Aber wer sagt, dass ich allein bin? Ich schwöre dir, dass du es nicht einmal schaffen wirst, den Parkplatz zu überqueren, wenn du versuchst, das Hotel mit Nathalie zu verlassen.«

Es war natürlich denkbar, dass Nova Verstärkung hatte. Andererseits griff sie sich die ganze Zeit an den Hals. Eine typische Verhaltensweise. Die Berührungen verringerten die Ausschüttung von Stresshormonen. Konnte es sein, dass Nova log? Sie hatte offenbar kurzfristig entschieden, das Ereignis auf den heutigen Tag zu verschieben, und dass sie selbst nicht dabei war, war ursprünglich sicher auch nicht geplant gewesen. Hatte sie wirklich Zeit gehabt, sich eine Leibgarde zu organisieren?

Vincent sah aus dem Fenster. Drei Männer in weißen Jacken streiften ziellos über den Parkplatz. Die Jacken wirkten in der sommerlichen Hitze fehl am Platz. Es konnten Touristen sein, oder Nova sagte die Wahrheit, und es waren ihre Lakaien. Er hatte allerdings keine Ahnung, woran er sie erkennen sollte.

Dafür glaubte er Nova keine Sekunde, dass sie Nathalie laufen lassen wollte. Sie hatte zu viele Menschenleben auf dem Gewissen, als dass es ihr auf ein einzelnes angekommen wäre. Kaum war das Mädchen auf dem Seminarhof von Epicura angekommen, hatte Nova angefangen, ihren Tod zu planen. Und er hatte zu Mina gesagt, Nova wäre ungefährlich. Wenn er nicht gewesen wäre, hätte Nathalies Vater sie längst abgeholt. Es war seine Schuld. Und daher musste er die Sache auch wieder in Ordnung bringen. Er sah aus dem Fenster. Die Männer waren noch da.

Die Wahrscheinlichkeit, dass es sich um Novas Leibwächter handelte, schätzte er auf dreißig Prozent. Mit siebzigprozentiger Wahrscheinlichkeit waren sie es nicht. Aber wenn sie es waren, wie hoch war dann die Wahrscheinlichkeit, dass sie ihn und Nathalie überwältigen würden? Das Hotel hatte mehrere Ausgänge. Sie hatten relativ gute Chancen, unbemerkt zu fliehen. Die Wahrscheinlichkeit, dass ihnen die Flucht gelang, betrug vielleicht zwanzig Prozent. Zwanzig Prozent von dreißig waren sechs. Wenn die Männer Novas Leibwächter waren, hatten sie eine sechsprozentige Chance, es zu schaffen. Und wenn nicht, eine siebzigprozentige. Insgesamt hatten er und Nathalie also eine sechsundsiebzigprozentige Chance, hier lebend rauszukommen, wenn sie Nova außer Gefecht setzten und einfach wegliefen. Leibwächter hin oder her.

Doch es bestand auch eine vierundzwanzigprozentige Chance, dass sie erwischt wurden. Und das Risiko, dass dabei mindestens einer von ihnen zu Tode kam, lag wohl bei hundert Prozent.

Das Risiko konnte er nicht eingehen.

»Okay, du hast gewonnen.« Er legte sein Handy auf den Tisch. »Aber ich verstehe immer noch nicht, warum wir hier sind. Wenn du Nathalie nur als Geisel benutzen willst, wäre es doch sicherer gewesen, von einem unbekannten Ort aus anzurufen. Du gehst ein hohes Risiko ein, indem du dich hier zeigst.«

»Nein.« Nova runzelte die Stirn. »Mein *Hamiltonpfad* endet hier. Ich muss hier sein, weil hier der letzte Zug erfolgt. Du hast es selbst gesehen. Ich muss den Weg zu Ende gehen. Mein nächster Aufenthaltsort wird der Beginn einer neuen Reise sein. Wohin sie mich führen wird, weiß ich noch nicht. Aber zuerst muss ich diese hier zu Ende bringen.«

Er starrte Nova an. Er hatte angenommen, die Mörderin würde sich sklavisch an die eigenen Regeln halten. Aber das war nicht alles. Nova war verrückt. Brillant, aber verrückt. Ihm blieben vermutlich nur noch wenige Sekunden, bis sie mit Nathalie ging. Und dann hätte er Minas Tochter für immer verloren. Er musste Nova hier festhalten, bis er einen Plan hatte. Aber wie.

Wie

Wie

Wie

Sie hatte doch etwas gesagt. Sie müsse den Weg zu Ende gehen. Den letzten Zug vollenden.

Das war es.

Er hatte es.

Das war ihre Chance, zu beweisen, dass sie klüger war als er. Nova war eine waschechte Narzisstin und würde dieser Versuchung nicht widerstehen können.

»Wie du schon sagtest, befinden wir uns auf dem letzten Feld«, sagte er. »Jetzt kommt dein Finale. Aber Erpressung kommt für deinen letzten Zug nicht infrage. Zu unelegant. Das passt nicht zu dir.«

Novas Lächeln reichte nicht bis zu den Augen.

»Und wo wir gerade vom Finale sprechen«, fuhr er fort, »die Rätsel, die du mir geschickt hast, verstehe ich übrigens nicht. Sollten sie mich vorsorglich von den Ermittlungen ablenken, zu denen ich eventuell hinzugezogen worden wäre? Sehr vorausschauend von dir, dass du Ruben den Zeitungsartikel schon vor zwei Jahren geschickt hast. Ein ganzes Jahr vor der Entführung von Lilly. Ich fürchte jedoch, die Rätsel haben nicht den erhofften Effekt erzielt. Denn ich bin trotzdem hier.«

Es war ein Schuss ins Blaue. Aber Nova war vermutlich stolz auf ihre minutiöse Planung. Zu hören, ihre Vorgehensweise sei unelegant oder habe in der Vergangenheit nicht das Erwünschte bewirkt, würde sie hoffentlich dazu bringen, aus purer Eitelkeit auf seinen Vorschlag einzugehen.

»Ich habe niemandem Rätsel oder Zeitungsartikel geschickt«, sagte sie.

Das Lächeln war jetzt ganz verschwunden.

Damit hatte er nicht gerechnet. Es konnte zwar sein, dass sie log, aber das glaubte er nicht. Dafür war sie zu stolz auf ihr Werk. Wenn Nova ihm die Rätsel nicht geschickt hatte, wer dann? Er runzelte die Stirn. Er hatte jetzt keine Zeit, sich das zu fragen.

Langsam nahm er die Flasche vom Tisch. Mina hatte was von Gift im Östra Real gesagt. In dieser Flasche war vermutlich auch Gift. Für Nathalie.

Es war an der Zeit. Er hatte Nova so lange wie möglich mental unter Druck gesetzt. Nun würde er sehen, ob sie die Herausforderung annahm.

»Du hast Schach gegen dich selbst gespielt«, sagte er. »Und nun bist du am Ende angelangt. Buchstäblich. Du hast die Stadt übrigens mit einem ungemein schönen Muster überzogen. Als ich sah, dass es sogar symmetrisch ist … Das ist wirklich etwas ganz Besonderes. Dann lass uns doch, wo wir uns schon auf dem letzten Feld befinden, Ernst machen. Denn was ist schon eine Partie Schach, wenn nichts auf dem Spiel steht?

Wozu morgen neu anfangen, wenn du diesen Weg noch nicht ordentlich beendet hast? Eine improvisierte Erpressung ist doch nichts wert. Wir wissen beide, dass das nicht dein Niveau ist. Lass uns spielen, bis einer von uns schachmatt ist. Ich nehme an, du hast noch mehr Gläser?«

Nova starrte ihn an. Dann nahm sie lächelnd zwei weitere Gläser und eine zweite Flasche aus ihrer Louis-Vuitton-Tasche.

»Ohne Gift, hoffe ich?«

»Wasser und Birnensirup.« Nova nickte.

Sie stellte die zweite Flasche neben die erste. Der Inhalt sah identisch aus. Aber eine der beiden Flüssigkeiten war tödlich. Die andere schmeckte nach Fruchtsaft. Nova sah ihm in die Augen.

»Wenn ich gewinne und du das Gift trinkst, bekomme ich Nathalie«, sagte er. »Und deine letzte Tat in diesem Leben wird es sein, deinen Leibwächtern zu sagen, dass sie uns nicht anrühren sollen. Und gleichzeitig wirst du endlich von deinen chronischen Schmerzen befreit. Wenn du gewinnst und ich sterbe, bekommst du Nathalie und kannst deinen Plan vollenden. Ich weiß nämlich, dass dir noch vier Felder fehlen. Vier Kinder hast du nicht getötet. Du gewinnst also eigentlich in jedem Fall.«

Nathalie riss die Augen auf.

»Welche Kinder?« Verzweifelt sah sie Nova an. »Wovon redet er?«

Nova beachtete Nathalie gar nicht, sondern fixierte weiterhin Vincent. Wenn das, was er in Gustavs Augen gesehen hatte, Glut gewesen war, dann brodelte in Novas Augen ein Vulkan.

»Ich verstehe das nicht«, sagte Nathalie panisch. »Wieso Gift? Wollt ihr um mich spielen, als ob ich eine Schachfigur wäre? Da mache ich nicht mit! Nova, sag was! Erklär ihm, dass er alles missverstanden hat und du niemandem etwas zuleide tust.«

Nova schwieg.

»Ich glaube, Nova wollte dir ursprünglich anbieten, selbst zu spielen«, sagte Vincent. »Und zwar nicht mit zwei Flaschen, sondern mit einer. Sie wollte dich vergiften, Nathalie. Sie hat nie die Absicht gehabt, dich als Geisel einzusetzen. Sie wollte dich töten und anschließend verschwinden. Jetzt hast du wenigstens eine fünfzigprozentige Chance zu überleben. Wenn es schiefgeht, tja. Aber immer noch besser, wenn es mich trifft, als wenn es dich trifft.«

Beim Sprechen sah er die ganze Zeit Nova an. Er fürchtete, nicht in der Lage zu sein, das Nötige zu tun, wenn er sich Nathalie zuwandte. Das hier war alles seine Schuld. Er hatte die Warnsignale ignoriert. Er musste das hier tun. Für Nathalie. Die ihn so stark an Mina erinnerte. Ihm wurde bewusst, dass er alles für sie tun würde.

»Tut mir leid, Nathalie«, sagte er. »Ich weiß, das ist nicht viel. Aber besser als nichts.«

Er schraubte den Deckel von der Giftflasche ab, schenkte ein Glas voll und klopfte mit dem Flaschenhals auf den Rand des Glases, bis der letzte Tropfen hineingefallen war. Dann stellte er die Flasche wieder auf den Tisch und schraubte den Deckel zu. Nova ließ seine Hände nicht aus den Augen. Vincent nahm die andere Flasche und schenkte auch das zweite Glas voll.

»Bist du sicher, dass das die richtige Flasche war?« Nova lächelte.

»Das hoffe ich.« Vincent grinste zurück. »Denn sonst hätte ich gerade beide Gläser mit Gift vollgeschenkt. Das wäre ja dumm gewesen.«

Novas Lächeln verflüchtigte sich.

»Nathalie«, sagte Vincent. »Nova und ich werden uns jetzt abwenden und bis zehn zählen. Und du vertauschst die Gläser ein paar Male.«

»Ich will nicht«, sagte Nathalie kläglich.

»Ich auch nicht«, sagte Vincent. »Aber wir tun es trotzdem. Eins …«

Er gab Nova ein Zeichen, sich abzuwenden, und tat es ihr gleich. Während er laut bis zehn zählte, hörte er die Gläser über die Tischplatte scharren.

»… und zehn.«

Gleichzeitig mit Nova drehte er sich wieder um. Die Gläser standen genauso da wie vorher. Und sahen identisch aus.

»Wir trinken gleichzeitig«, sagte er und griff nach einem Glas.

Synchron mit Vincent leert Nova ihr Glas in einem Zug. Sie sieht den Mentalisten an. Es schmeckt nach Birne. Aber das hat nichts zu bedeuten, das Gift hat den gleichen Geschmack.

Während die Flüssigkeit in ihren Magen rinnt, horcht sie in sich hinein. Spürt einer möglichen Übelkeit oder einem Brennen nach. Schnürt es ihr die Kehle zu? Nichts. Die Zeit steht still.

Nova schnuppert an ihrem Glas. Es riecht noch immer nur nach Birne.

Dann mustert sie Vincents Gesicht.

Die Hand des Mentalisten verharrt in der Luft. Seine Pupillen weiten sich.

Langsam bewegt sich seine Hand nach unten, dann fällt sie schlaff auf den Tisch. Das leere Glas knallt auf die Tischplatte, rollt weg und hinterlässt ein Rinnsal.

Vincents Blick ist noch auf sie gerichtet, aber seine Augen fixieren sie nicht mehr. Es ist deutlich zu erkennen, dass er jetzt andere Dinge sieht als die in diesem Raum.

Dann kippt Vincent zur Seite. Schließlich fällt er kraftlos vom Stuhl. Sein Kopf prallt mit einem lauten Knall auf den Zellenboden.

Nova wartet einige Sekunden ab. Nathalie hockt zusammengekauert auf dem Bett. Sie hat den Kopf zwischen den Knien und schaukelt hin und her. Vielleicht ist das besser so. So braucht sie nichts zu sehen.

Nova hat nicht gedacht, dass es so leicht sein würde. Aber Hochmut kommt vor dem Fall. Und Vincent ist ungeheuer hochmütig gewesen.

Sie steht auf und geht auf den Mentalisten zu. Seine Augen sind halb geschlossen. Sein Brustkorb hebt und senkt sich ruckartig. Nach einigen flachen Atemzügen wird er still.

Nova kniet sich neben ihn und tastet nach seinem Puls.

Nichts.

»Schachmatt.« Sie steht auf.

Sie klopft sich die Hose ab und holt ihre Tasche, bevor sie sich zu Nathalie umdreht.

»Ich muss nachsehen, ob Vincent wirklich allein gekommen ist und da unten niemand auf uns wartet«, sagt sie. »Du rührst dich nicht von der Stelle. Sonst bekommst du dasselbe zu trinken wie Vincent.«

Nova hofft, dass das junge Ding verängstigt genug ist, um ihr zu gehorchen.

Sie öffnet die Tür und geht den Gang entlang.

Sie hat gewonnen.

Es ist kaum zu glauben, aber *sie hat wirklich gewonnen*. Sie ist endlich frei und kann ihren Plan vollenden. Nova muss natürlich untertauchen, und das ist tragisch. Sie hatte sich so viel aufgebaut. Epicura ist Geschichte. Aber sie kann schließlich wieder Jessica werden.

Sie stützt sich an der Wand ab und ringt nach Luft. Der Tag war anstrengender als gedacht. Nathalie kann sie immerhin benutzen, um sich die Polizei vom Leib zu halten, bis sie in Sicherheit ist. Und dann soll Nathalie … verschwinden. Anschließend muss sie nur ein Jahr lang abwarten oder so, und dann kann sie weitermachen. Es sind nur noch vier übrig.

Noch vier Kinder, bis Johns Ehre wiederhergestellt ist.

Sie geht weiter und stolpert über ihre eigenen Füße. Was zum Teufel. Sie muss sich doch normal verhalten, falls jemand sie sieht.

Ihre Gedanken wandern wieder zu den vier Kindern. Die Polizei hat nie begriffen, was das für Kinder waren und warum sie gestorben sind. Deshalb wird man sie beim nächsten Mal auch nicht stoppen. Sie hat alle Zeit der Welt.

Plötzlich fällt ihr das Atmen schwer. Schwindel überkommt sie. Das kann nicht nur die Müdigkeit sein.

Sie sieht zur offenen Tür von Zimmer 121 hinüber. Vincent liegt immer noch leblos am Boden.

Oh, nein.

Sie sieht vor sich, wie er das Gift eingeschenkt hat. Zuerst in das eine Glas und dann … Der Idiot hat es wirklich getan. Er hat einen Scherz darüber gemacht, aber er hat es bitterernst gemeint. Es hat nur eine Möglichkeit für ihn gegeben, Nova garantiert zu stoppen, und die hat er genutzt.

Er hat sich für Nathalie geopfert.

Er hat das Gift in beide Gläser geschenkt.

Während Nova auf dem Boden zusammensackt, schwillt ihre Kehle zu. Sie zerkratzt sich den Hals, und irgendjemand steckt ihre Lunge in Brand. Sie hat sich geirrt. Sie will die Schmerzen nicht mehr überwinden. Sie will leben, dafür würde sie jeden Schmerz der Welt in Kauf nehmen. Gleichzeitig begrüßt ein anderer Teil von ihr das, was passiert. Immer war sie diejenige, die überlebt hat. Und dafür sind diejenigen, die ihr etwas bedeuteten, gestorben. Ihr Vater hat sie gerettet und nicht ihre Mutter. Und das hat nur dazu geführt, dass sie beide Eltern verloren hat. Und selbst weitergelebt hat.

Und nun geht es vielleicht zum ersten Mal gerecht zu.

Trotzdem will sie weitermachen.

Weiterleben.

Mit der Schuld. Mit dem Schmerz.

Sie liegt im Flur und sieht Vincent auf dem Zellenboden liegen. Sterne, vielleicht neue Sterne, tanzen in ihrem Gesichtsfeld und verraten, dass der Sauerstoff zur Neige geht und ihr Herz langsam aufgibt. Sie streckt die Hand nach Vincent aus. Sie will ihn fragen, ob sein Leben auch so schmerzerfüllt war. Wie er damit umgegangen ist. Und ob er sich befreit fühlt.

Doch jetzt ist es an der Zeit.

Nathalie!«

Mina brüllte, so laut sie konnte, während sie die Treppe im Hotel hinaufrannte. Im zweiten Stock stolperte sie beinahe über Nova.

»Ich bin hier!«, rief eine Mädchenstimme.

Nathalie. Ganz in ihrer Nähe.

»Ich komme«, rief Mina.

Sie beugte sich über Nova und untersuchte sie auf Lebenszeichen. Sie hatte in der letzten Stunde genug Tod für den Rest ihres Lebens gesehen. Die vielen Toten unter den Epicura-Anhängern, Ines und natürlich Peder. Es war so furchtbar sinnlos. Wenn es eine Chance gab, Nova zu retten, würde sie sie ergreifen, egal, wie sehr sie sie für all ihre Taten hasste. Doch für Nova schien jede Rettung zu spät zu kommen. Und da vorne war Nathalie.

Julia und Ruben waren direkt hinter ihr, sie konnten einen Krankenwagen für Nova rufen. Sie stand auf und rannte in die Richtung, aus der sie die Stimme gehört hatte.

Noch bevor Mina den Raum betreten hatte, sah sie eine Gestalt am Boden liegen, und konnte nichts anderes denken, als dass es nicht ihre Tochter sein durfte.

Sie stürmte ins Zimmer und fand Nathalie zusammengekauert auf dem Bett.

»Sie?!«, sagte Nathalie. »Sie kenne ich doch.«

Mina nickte. In jenem Sommer vor zwei Jahren hatten sie im Kungsträdgården Cappuccino zusammen getrunken, aber damals hatte Mina sich nicht offenbart. Sie war sich nicht sicher gewesen, ob Nathalie sich überhaupt an die Begegnung erinnerte.

»Sind Sie meine Mutter? Ich verstehe gar nichts mehr.«

Mina hörte ihr nicht mehr zu. Sie hatte gesehen, wer auf dem Boden lag. Und sie wollte es nicht wahrhaben, weigerte sich, zu realisieren, dass es Vincent war. Ihr Vincent. Der ihr ganz nah gekommen war. Der einzige Mensch, der das durfte.

Und nun lag er einfach da, als ob er sich gar keine Gedanken darüber gemacht hätte, was das für sie bedeutete.

»Was hast du getan?«, murmelte sie. »Vincent, was hast du getan?«

Sie ging auf die Knie und untersuchte ihn genauso auf Lebenszeichen, wie sie es bei Nova getan hatte. Und genau wie bei Nova konnte sie keine entdecken.

»Wir haben einen Krankenwagen gerufen«, sagte Julia, als sie ins Zimmer trat, »aber ich bin mir ziemlich sicher, dass Nova tot ist …«

Sie verstummte, als sie Vincent erblickte.

»Oh, Scheiße. Mina …«

»Sind Sie meine Mutter?«, fragte Nathalie noch einmal.

Mina konnte nicht antworten. Sie hatte gerade ihre Tochter zurückbekommen. Sie hätte überglücklich sein müssen. Aber als sie sich wieder erhob und von Vincent entfernte, als sie aufstand, um den Rest des Tages und den nächsten Tag und diesen Monat und dann das Jahr und den Rest ihres Lebens ohne ihn, ohne Vincent, zu verbringen, da gab es auf der Welt für sie nichts als Traurigkeit.

Angewidert betrachtete Christer die schwarzen und weißen Quadrate auf seinem Computer. Die Lust am Schach war ihm vergangen. John Wennhagens Tochter Jessica, bekannt unter dem Namen Nova, hatte ihn ein für alle Mal davon kuriert. Was für eine gestörte Frau. Ihretwegen hatte Mina die Mutter verloren. Dank Vincent hatte sie wenigstens ihre Tochter zurückbekommen. Mehr hatte Christer noch nicht erfahren, seit sie Nathalie gestern von Långholmen direkt ins Krankenhaus gebracht hatten. Seltsam eigentlich. Noch vor wenigen Tagen hatte er nicht mal gewusst, dass Mina Familie hatte.

Wieder schielte er zum Schachbrett auf dem Monitor. Er wollte nur noch die Partie beenden, an der er seit einer Woche zu knacken hatte. Dann war Schluss.

Er wusste, dass seine Blamage unmittelbar bevorstand. Schon mit dem nächsten Zug konnte die Partie vorüber sein. Er hatte versucht, das Unausweichliche so lange wie möglich hinauszuzögern. Aber jetzt konnte er es genauso gut gleich hinter sich bringen.

Christer klickte die angefangene Partie in der Liste an, und sofort wurden die Spielfiguren vom Programm dort platziert, wo er sie zurückgelassen hatte. Er sah sich die Konstellation an und versuchte zu erkennen, ob er eine bestimmte Strategie verfolgt hatte. Und wenn ja, welche.

Doch das Ganze sah völlig planlos aus.

Er hatte nicht die geringste Chance.

Ohne Ehrgeiz machte er ein paar Züge, um sein Leiden abzukürzen. Viele Figuren standen nicht mehr auf dem Brett. Die Partie schien allerdings besser als die meisten anderen gelaufen zu sein. Er bewegte seinen letzten Springer. Und plötzlich hörte er im Kopf Vincents Stimme.

»Springer.«

»Pferd.«

»Hippo.«

»HORSE.«

»Vollblutaraber.«

»My Little Pony.«

»*The Psychology of the Pawn.*«

»*Knight's tour.*«

»Turagapadabandha.«

Schach war einfach zum Kotzen. Der Computer machte seinen Zug, und Christer bewegte den Springer ein letztes Mal. Plötzlich gab das Schachprogramm einen Ton von sich, den er noch nie gehört hatte.

»WINNER: WHITE«, leuchtete auf dem Monitor auf.

Weiß war er selbst. Das konnte doch nicht wahr sein. Er hatte gewonnen. Nach all den Monaten.

Christer brauchte eine Sekunde, um die Neuigkeit zu verdauen. Dann beendete er das Programm, suchte es im Dateienmanager und zog es in den Papierkorb. Er klickte »Papierkorb leeren« und genoss das Rascheln, als das Programm für immer gelöscht wurde.

M öchtest du eine Tasse Kaffee, bevor du wieder fährst?«
Ruben versuchte, an ihrem Gesicht abzulesen, ob das
Angebot nur der Auftakt zu einer Standpauke war oder sie
vielleicht »was Ernstes« mit ihm besprechen wollte.

Dass Astrid vor einer Woche mit ihm in einer Besprechung
gesessen hatte, in der es um ermordete Kinder ging, hatte ihm
nicht nur Lob eingebracht. Dieser verdammte Vincent. Allerdings sollte er vielleicht nicht mehr so von ihm denken. Nach
allem, was auf Långholmen passiert war.

Diesmal wusste Ruben nicht, was er falsch gemacht haben
könnte. Und Ellinor sah auch gar nicht böse aus. Andererseits
war sie eine Meisterin der ungerührten Vernichtung. Eine Tasse Kaffee konnte ein sachliches Gespräch beinhalten, das mit
der Mitteilung endete, er würde Astrid nie wiedersehen.

Er warf einen verstohlenen Blick zu seiner Tochter hinüber. Sie trug immer noch den Kampfsportanzug. Nach allem,
was er gehört hatte, zog sie zu Hause kaum noch etwas anderes an.

»Gerne«, sagte er vorsichtig. »Wenn ich nicht störe.«

»Ach, komm schon, Ruben.« Astrid nahm ihn an der Hand.
»Eine kleine Stärkung geht noch. Ich will Mama meinen neu-
en Würgegriff zeigen.«

»Wieso noch eine Stärkung?« Ellinor zog eine Augenbraue
hoch.

»Möglicherweise gab es nach dem Training ein Eis.« Er
räusperte sich. »Oder zwei.«

Er hatte versucht, sich selbst ein wenig aufzumuntern und
nicht so viel an Peder zu denken. Und auch nicht an Anette
und die Drillinge. Oder das Opfer, das Vincent für Minas
Tochter gebracht hatte. Seither waren erst zwei Tage vergangen. Er hatte noch nicht einmal angefangen, das Ganze zu verarbeiten. Aber Astrid sollte keinen traurigen Papa erleben,

wenn sie sich schon mal sahen. Aber es war ihm nicht gelungen, alles andere von sich fernzuhalten, es war einfach zu viel. Also hatte er eine Fassade aus Eis um sich herum aufgebaut, und das hatte ziemlich gut funktioniert.

Er folgte Ellinor in die Küche. Astrid saß bereits am Tisch und malte. Sie hatte eindeutig das Talent ihrer Mutter geerbt. Ellinor stellte ihm eine Tasse hin.

»Möchtest du Sirup?«, fragte sie Astrid, die nun aufstand und versuchte, ihre Mutter in den Würgegriff zu nehmen.

»Ja, *sensei!*« Astrid ließ ihre Mutter los und verbeugte sich.

Ellinor lachte. Diese Klänge hatte er seit über zehn Jahren nicht gehört. Er hatte gar nicht gewusst, wie sehr es ihm gefehlt hatte.

»Ich habe es noch nie gesagt.« Ellinor schenkte ihm Kaffee ein. »Aber ich bin dir dankbar für alles, was du für Astrid tust. Ich hätte gedacht, dass sie dir gegenüber anfangs reservierter sein würde, weil sie dich ja gar nicht kennt, aber es war überhaupt nicht so. Ich verstehe nicht, wie du das angestellt hast, aber ich bin sehr froh darüber.«

Ruben lachte leicht verlegen auf. Er wagte Ellinor kaum anzuschauen. Manche Gesprächsthemen waren ihm immer noch unangenehm, obwohl er ein Jahr lang die Therapie gemacht hatte. Er trank einen Schluck. Der Kaffee war stark. Er wusste noch, dass sie ihn so am liebsten getrunken hatte.

»Es macht mir Spaß, Zeit mit Astrid zu verbringen«, sagte er. »Sie hat die gleichen Vorlieben wie ich.«

Ellinor sah ihn lange an. Dann nickte sie.

»Mit dir zusammen zu sein, war eine Katastrophe«, sagte sie leise und warf einen diskreten Blick auf ihre Tochter, die in einer riesigen Karaffe Wasser und Sirup mischte. »Aber du bist ein guter Vater. Ich möchte, dass du das weißt.«

Ruben nickte nur. Er hatte Angst, seine Stimme würde sich komisch anhören.

»Ich habe noch was für dich.« Ellinor überreichte ihm ein dickes Fotoalbum. »Das ist Astrid. Von Geburt an. Ich dachte, du willst vielleicht wissen, was sie die letzten zehn Jahre so gemacht hat.«

Wieder nickte er. Wenn er eben schon kaum hatte antworten können, war es ihm nun definitiv unmöglich. Er hatte Tränen in den Augen und einen Kloß im Hals. Peder kam ihm in den Sinn. Doch dann musste er plötzlich an Sara denken. Ihre Stimme wurde immer ganz warmherzig, wenn sie von ihren Kindern sprach. Er konnte verstehen, warum. Denn jedes Mal, wenn er Astrid ansah, spürte er diese Wärme auch. Er hätte wetten können, dass Sara eine gute Mutter war. Genau wie Ellinor. Und Saras Mann war erwiesenermaßen ein Idiot.

Astrid setzte sich mit ihrem Glas neben ihn. Dann trank sie es in einem Zug leer und rülpste laut.

»Mensch, Astrid!« Ellinor lachte.

»Kannst du nicht zum Essen bleiben, Ruben?«, fragte seine Tochter. »Papa, wollte ich sagen. Bitte!«

Vorsichtig sah Ruben in Ellinors Richtung. Er bekam noch immer keinen Ton heraus.

Im Besprechungsraum herrschte Schweigen. Niemand wusste, was er sagen sollte. Und niemand wagte, Peders Platz anzusehen. Außer Bosse, der unglücklich auf Peders leeren Stuhl blickte und dann schwermütig den Kopf auf Christers Schoß legte. Der Stuhl war wie ein Elefant im Raum. Schließlich stand Ruben auf und pfefferte ihn in die Ecke. Alle zuckten zusammen. Doch Mina begriff, dass er die Handlung nicht im Zorn, sondern aus purer Frustration ausgeführt hatte. Sie hätte auch gerne etwas kaputt gemacht.

Das Ganze war so furchtbar ungerecht.

Und nichts würde daran etwas ändern.

Bosse jaulte leise, und Christer streichelte ihn. Mina starrte auf die Karte von Stockholm an der Wand. Den Stadtplan, den Vincent zuerst mit einem Gitternetz und dann mit einer Route überzogen hatte. Einem Weg, der ausschließlich zum Tod geführt hatte. Viel zu viel Tod.

Julia trat an das Whiteboard. Das Ermittlungsmaterial war noch da. Bilder, Worte, Pfeile, Fotos.

»Wir haben einen Kollegen zu betrauern«, sagte sie leise. »Einen Freund und einen der gutherzigsten Menschen, die uns allen hier im Raum je begegnet sind. Und dafür müssen wir uns Zeit nehmen. Denn wir werden lange trauern. Aber vorher müssen wir tun, was Peder sich von uns gewünscht hätte. Wir müssen sichergehen, dass wir nichts übersehen haben. Wir müssen sicher sein, dass es vorbei ist. Ohne den geringsten Zweifel.«

Julias Stimme kippte. Sie räusperte sich.

Mina hatte einen dicken Kloß im Hals. Es hatten sich Tränen darin angestaut, die noch nicht geflossen waren. Nachdem sie Nathalie gesehen und sich vergewissert hatte, dass das Mädchen unverletzt war, hatte sich Mina einen Moment der Erleichterung gegönnt, weil ihre Tochter in Sicherheit war. Aber es war nur eine kurze Atempause gewesen.

Nun traf sie die Trauer mit solcher Wucht, dass sie kaum wusste, wie sie damit umgehen sollte. Oder wie sie als Gruppe weiterarbeiten sollten. Peder war der Kitt gewesen, der sie zusammengehalten hatte. Mit seiner guten Laune, seiner Freundlichkeit und seinen Energydrinks. Sie hätte alles gegeben, um das Video von den Drillingen noch mal zu sehen.

Und dann war da noch Vincent.

Himmelherrgott, Vincent. Sie hatte ihm noch immer nicht verziehen.

Sie sah den Mentalisten neben ihr an. Die Krücke hatte er auf den Boden gelegt.

»Aber erst einmal könnte Vincent vielleicht allen erklären, wieso Mina ihn für tot gehalten hat«, sagte Julia in barschem Ton.

Vincent wirkte ungeheuer bedrückt. Geschah ihm recht.

»Na ja, ich kann die Durchblutung meines Arms für kurze Zeit unterbrechen«, sagte er. »Diesen Trick wende ich in meinen Shows an, um den Eindruck zu erwecken, ich hätte keinen Puls mehr. So habe ich Nova vorgegaukelt, ich hätte das Gift getrunken. Ich hatte gehofft, wenn ich tot wäre, würde sie Nathalie in Ruhe lassen. Aber ich kann die Technik nicht empfehlen, sie ist ziemlich gefährlich.«

»Für kurze Zeit, sagst du.« Adam sah ihn fragend an. »Aber als Mina eintraf, hattest du immer noch keinen Puls. Wer bist du eigentlich? Lazarus?«

Vincent machte ein noch beklommeneres Gesicht. Er warf einen Blick in Minas Richtung, wandte sich aber rasch wieder ab, nachdem er in ihre Augen gesehen hatte.

»Ich hörte Tumult und dachte, Nova käme vielleicht zurück«, sagte er. »Das Denken fiel mir schwer, weil ich starke Schmerzen im Fuß hatte. Daher habe ich den Puls oder vielmehr die Blutzirkulation noch einmal gestoppt. Sicherheitshalber.«

»Du bist so ein Idiot«, sagte Mina. »Den gebrochenen Fuß hast du verdient. Wer bricht sich eigentlich den Fuß, wenn er vom Stuhl fällt?«

Sie hatte schreckliche Angst bekommen bei seinem Anblick. Und als er dann plötzlich die Augen aufschlug und zu
sprechen begann, hatte sie noch größere Angst bekommen.
Seitdem hatte sie fast kein Wort mit ihm gewechselt. Peder tot,
Nathalie in Lebensgefahr und Vincent scheintot, das war einfach zu viel für sie. Sie wollte sich nur noch in ihrer Wohnung
verkriechen, sich in Embryonalstellung zusammenrollen und
alles, was sie innerlich zu zerreißen drohte, aussperren.

»Verzeih mir«, sagte er leise. »Ich habe es für Nathalie getan. Habt ihr eigentlich die drei Männer vom Parkplatz geschnappt? Gehörten sie zu Nova?«

Mina spürte eine Hand auf dem Arm und sah in Vincents
blaue Augen. Sie würde ihm verzeihen. Immerhin lebte er.
Und Nathalie auch.

»Die drei in den weißen Jacken?«, fragte sie. »Das waren
japanische Touristen.«

»Ich verstehe immer noch nicht, warum Nova das alles getan
hat«, sagte Christer. »Was war ihr Motiv? Und warum um alles
in der Welt hat sie vorgegeben, uns zu helfen? Die Zusammenarbeit mit der Polizei war doch ein enormes Risiko für sie.«

Er schluckte, als kämpfte er mit den Tränen.

»Darf ich?« Vincent sah Julia fragend an.

Sie nickte und setzte sich, während er ans Whiteboard ging.

»Ich habe mit einigen von den Epicura-Anhängern geredet,
die überlebt haben«, sagte er. »Seit Novas Tod sind sie viel ge-
sprächiger. Die Begründung, die ich immer wieder zu hören bekommen habe, hinkt zwar, aber ich glaube, sie enthält zumindest einen Funken Wahrheit. Wie ihr wisst, hat Nova in ihrer
Kindheit ein ungeheuer traumatisches Ereignis erlebt. Sie wurde
bei einem Autounfall schwer verletzt, und ihr Vater ist aller
Wahrscheinlichkeit nach in der Nacht gestorben. Nach dem Unfall, von dem sie bleibende Schäden davontrug, kam sie zu ihrem Großvater Baltzar Wennhagen, der sie im Sinne des Epikureismus erzog. Ich glaube jedoch, dass sie bereits einiges von den
Lehren ihres Vaters verinnerlicht hatte. Die beiden Strömungen

vermischten sich und ergaben eine völlig verquere Variante des Epikureismus. Letztendlich drehte sich alles um die körperlichen Schmerzen, mit denen sie leben musste, denn Nova war nichts anderes übrig geblieben«, als ihnen einen Sinn zu geben. Aufgrund ihrer persönlichen Erfahrungen fiel es ihr leicht, Menschen anzuziehen, die ebenfalls unter Schmerzen litten und auf der Sinnsuche waren. Nach irgendeinem Sinn, der das Leiden erträglicher machte. Ihr dürft nicht vergessen, dass Nova nicht nur körperlich, sondern auch seelisch litt. Und das war in ihrem Fall eine verhängnisvolle Kombination. Rationalität und Logik wurden durch Verzweiflung und Fanatismus ersetzt.«

Vincents Tonfall und seine Wortwahl machten es vorübergehend einfacher, all das Grauen zu verstehen. Wenn er darüber sprach, als hielte er einen Vortrag, blieben alle persönlichen Gefühle außen vor, und man konnte die Ereignisse distanziert betrachten.

Mina fiel auf, wie eindringlich er jeden in der Gruppe beim Sprechen ansah, und plötzlich begriff sie, dass er die emotionale Distanz zu den Geschehnissen vermutlich bewusst erzeugte. Der Mentalist tat, was er konnte, und zwar auf die einzige Art, die ihm zur Verfügung stand, um ihre Trauer zumindest für einen Moment abzumildern.

»Ich verstehe immer noch nicht, warum sie sich in die Ermittlungen eingemischt hat«, sagte Christer. »Was hatte sie davon?«

»Sich über unseren Kenntnisstand zu informieren und die Ermittlungen gleichzeitig in die falsche Richtung zu lenken, hat ihr wahrscheinlich ein Gefühl von Kontrolle vermittelt«, sagte Vincent. »Aber vor allem hatte es mit Novas dominantem Charaktermerkmal zu tun. Narzissmus. Täter mit einer narzisstischen Persönlichkeit mischen sich häufig in die Ermittlungen ein. Da ist sie kein Einzelfall.«

»Wussten die Mitglieder von Epicura, was mit den Kindern gemacht wurde?«, fragte Julia.

»Nein, soweit ich weiß, taten sie das nicht.« Vincent verschränkte die Arme. »Meistens sind nicht alle Anhänger eines Kults in solche Aktivitäten eingeweiht. Man muss sich das wie eine Zwiebel vorstellen. Je weiter man vordringt, desto mehr Informationen bekommt man. Genauso funktioniert Scientology. Dort bucht man allerdings Kurse, um immer mehr Wissen anzusammeln. Bei Epicura ging es darum, sich Nova gegenüber als würdig zu erweisen. Und das tat man, indem man möglichst viel eigenen Schmerz mit sich herumtrug.«

»Wusste Ines davon?«, fragte Mina.

Inzwischen wussten alle am Tisch, in welchem Verhältnis sie zu Ines und Nathalie stand, und Mina machte das nichts mehr aus.

»Laut den Mitgliedern, mit denen ich gesprochen habe, nicht«, sagte Vincent.

Mina nickte, war aber nicht überzeugt. Sie hatte keine Ahnung, welche Rolle ihre Mutter in Wirklichkeit gespielt hatte. Ines selbst hatte jedoch kurz vor ihrem Tod gesagt, sie hätte nicht gewusst, was Nova trieb. Mina klammerte sich an diese Worte und wollte sie um jeden Preis glauben.

»Nova hat behauptet, den Kindern stünde ein neues Leben ohne Schmerzen bevor«, sagte Vincent. »Kinder sind seit jeher ein Symbol für Unschuld. In religiösen Zusammenhängen haben sie oft eine wegweisende Funktion. Der innere Kreis von Epicura glaubte, durch die Wiedergeburt als reine, neue Menschen würden die Kinder von ihrem Schmerz befreit. Und sie wären außerdem Vorreiter eines neuen Zeitalters, Epicuras Version des neuen Zeitalters.«

»Grauenhaft«, murmelte Ruben.

»Na ja, Millionen von Menschen glauben, Gottes Sohn wäre gestorben und am dritten Tag auferstanden«, sagte Adam. »Jede Religion, und jede Gesellschaft, hat ihre eigenen Mythen.«

»Nova war eine starke Anführerin«, sagte Vincent. »Sie hatte Überzeugungskraft. Und sie versprach ihren Anhängern genau das, wonach sie sich tief im Innern sehnten: Befreiung von Schmerz.«

»Aber warum ausgerechnet diese Kinder?«, überlegte Julia nachdenklich. »Diese Frage stelle ich mir immer noch.«

»Das ist mir auch noch nicht ganz klar«, sagte Vincent. »Die Leute, mit denen ich geredet habe, wussten es nicht. Nova gab ihnen die nötigen Informationen, und sie führten nur ihre Anweisungen aus. Die Kinder könnten zufällig ausgewählt worden sein. Vielleicht hat man einfach die genommen, die am leichtesten zu entführen waren. Das wäre das Wahrscheinlichste. Falls sie nach anderen Kriterien ausgewählt wurden, hat Nova das niemandem erzählt.«

Er verstummte und sah die anderen an. Mina ließ ihren Blick ebenfalls über die Runde schweifen. Da war Adam, der ausnahmsweise ein T-Shirt und kein Hemd anhatte. Ruben, dessen Miene sich verfinsterte, sobald die Kinder zur Sprache kamen. Christer, der Bosse im Nacken kraulte. Und Julia, die eine tiefe Falte auf der Stirn hatte, seit sie aus der Elternzeit zurückgekehrt war. Schließlich sah sie Vincent in die Augen. Er schien müde zu sein. Sehr, sehr müde.

»Aber eins steht fest«, sagte er. »Wenn Nova nicht gestoppt worden wäre, hätte es noch mehr Familien getroffen. Sie war noch nicht fertig, so viel wissen wir. Höchstwahrscheinlich habt ihr außer Wilma drei weiteren Kindern das Leben gerettet. Wer sie sind, werden wir nie erfahren. Aber sie sind irgendwo da draußen, und ihr Leben ist nicht mehr in Gefahr.«

Die Gruppe schwieg. Vincents Worte waren als Aufmunterung gedacht gewesen, aber im Moment konnte sich niemand darüber freuen.

Ruben stand auf, holte Peders Stuhl aus der Ecke und schob ihn wieder an den Tisch. Dann verließ er den Raum, doch Mina sah gerade noch, dass seine Unterlippe zitterte, bevor er die Tür hinter sich zuknallte.

Die anschließende Stille war ohrenbetäubend.

Sie saßen in Anettes Wohnzimmer. Ihre Schwester war mit den Drillingen nach draußen gegangen. Ruben wusste, dass man nicht zwanzig Kilo innerhalb weniger Tage abnehmen konnte, aber Anette sah so aus, als ob sie es getan hätte. Ihre Haut war aschfahl, und ihr Blick verlor sich im Nichts, als sähe sie etwas in weiter Ferne, das sonst niemand sah.

Er hatte sich heftig gegen diesen Besuch gewehrt und argumentiert, ausgerechnet sie, die ihren Mann nicht hatten retten können, seien bestimmt die Letzten, denen Anette jetzt gegenübertreten wollte. Doch Anette war erstaunlich gefasst gewesen.

»Ich weiß, es hilft dir nichts«, sagte Julia sanft und legte Anette eine Hand auf den Arm. »Aber du sollst wissen, dass wir die ganze Zeit an dich denken. Und an Peder. Er war ein wundervoller Mensch. Und ein wundervoller Vater.«

»Da hast du recht.« Anette zog ihren Arm weg. »Es hilft nichts. Ich denke immer noch jeden Tag, ich würde aus diesem Albtraum aufwachen. Er würde gleich mit seinem albernen blauen Bart durch die Tür kommen und sagen, es sei alles ein Missverständnis.«

Tränen liefen ihr übers Gesicht, aber sie machte keine Anstalten, sie wegzuwischen. Ruben fragte sich, wie viele Tränen eine erwachsene Person hervorbringen konnte. Viel zu viele vermutlich. Anette sah aus, als hätte sie seit Montag durchgehend geweint.

Ihm fiel auf, dass Mina ganz vorne auf der Sofakante saß. Ihre Bewegungen wirkten hölzern, und sie starrte voller Entsetzen auf die klebrigen Essensreste und Gegenstände, die die Drillinge überall verteilt hatten, das Sofa eingeschlossen. Im ganzen Wohnzimmer lagen Puppen, Malstifte, Duplosteine und iPads mit bunten Hüllen sowie halb aufgegessene Toasts und matschige Gummibärchen.

Ruben wollte etwas zu ihr sagen, aber dann wurde ihm klar,

dass Mina, genau wie er selbst, jetzt eine Tochter hatte. In ihrer Wohnung musste es einst genauso ausgesehen haben, auch wenn das schwer vorstellbar war. Seine Therapeutin Amanda hatte recht. Nicht unsere Gedanken definieren uns, sondern unsere Handlungen. Und Mina saß noch auf dem Sofa. So schwer es ihr auch fiel. Plötzlich war er stolz auf sie.

Dann dachte er wieder an die Drillinge, die in dem Video auf Peders Handy so fröhlich getanzt hatten, und er spürte einen Schlag in die Magengrube, der ihm den Atem verschlug.

»Wissen die Drillinge …«, begann er, konnte aber nicht weitersprechen.

»Nein.« Anette schüttelte den Kopf. »Ich habe es ihnen noch nicht gesagt. Sie glauben, er wäre ein paar Tage verreist. Irgendwann werde ich es ihnen sagen müssen, aber ich weiß nicht, wie … Wie erklärt man drei kleinen Kindern, dass ihr Papa tot ist? Könnt ihr mir das sagen?«

Ruben schüttelte den Kopf und schluckte. Er konnte sich nichts Schrecklicheres vorstellen.

»Ich kann dabei sein«, sagte Christer mitfühlend. »Meistens bin ich derjenige, der die Angehörigen benachrichtigt. Frag Julia. Ich weiß, dass solche Gespräche nicht einfach sind, aber ich habe Erfahrung damit. Wenn du willst, machen wir das zusammen, Anette.«

»Danke.« Anette lächelte hinter dem Tränenschleier.

»Es ist auf jeden Fall gut, dass deine Schwester eine Weile hier wohnt«, sagte Julia. »Und du weißt, dass die Polizei dir psychologische Hilfe anbieten kann.«

»Danke, aber … ich will nichts mehr mit der Polizei zu tun haben. Was für ein beschissener Beruf. Warum hat er sich das angetan, wo er doch drei kleine Kinder zu Hause hatte.«

Anette schluchzte laut.

»Wobei, eigentlich weiß ich es«, fuhr sie fort. »Er hat immer gesagt, gerade weil er kleine Kinder hat, müsste er diese Arbeit machen. Damit er die Welt, in der sie aufwachsen, mitgestalten konnte.«

»Das hat er«, sagte Adam. »Er war einer von den Guten.«

»Stimmt.« Auch Mina hatte feuchte Augen.

»Nimm es mir nicht übel.« Anette sah Adam an. »Aber warum hat sie Peder erschossen? Und nicht dich? Warum konntest du ihn nicht schützen?«

»Sie hat geglaubt, Peder würde eine zweite Waffe ziehen«, sagte Adam. »Sie hat instinktiv gehandelt.«

»Hat er das denn? Eine Waffe gezogen, meine ich?«

»Nein. Es war sein Handy. Er wollte nur ein Video zeigen. Um alle aufzuheitern.«

Anette verstummte. Dann nickte sie.

»Ja. Er war gut.«

Adam saß am Schreibtisch und las Wohnungsannoncen. Seine Mutter hatte recht. Er konnte nicht länger Junggeselle bleiben. Er brauchte eine größere Wohnung, und dann musste er sich jemanden suchen, der sie mit ihm teilte. Solange er so lebte wie jetzt, würde ihn niemand ernst nehmen.

Vielleicht sollte er auch einen Kochkurs besuchen. Bei einem Date konnte man schließlich nicht nur Spaghetti mit Hackfleischsoße servieren. Wobei, konnte man natürlich. Aber dann würde wahrscheinlich nichts aus dem Date werden. Sein Repertoire war so begrenzt, weil sein Beruf immer vorgegangen war. Jetzt war es an der Zeit, daran etwas zu ändern.

Er scrollte sich durch die Anzeigen. Eine Zweizimmerwohnung in der Innenstadt sollte es sein. Oder besser drei Zimmer. Das würde einen noch besseren Eindruck machen. Aber konnte er sich das wirklich leisten?

Seufzend lehnte er sich zurück. Vielleicht zäumte er das Pferd von hinten auf. Sollte er nicht erst mal die Tinder-App runterladen? Oder sich für den Kochkurs anmelden?

Lächelnd malte er sich aus, wie seine Mutter vier juchzende Kinder durch die Wohnung jagte. Ihm wurde warm ums Herz. Sie würde so glücklich sein. Aber vier Kinder mussten es vielleicht nicht sein. Seine Mutter würde sich mit dreien begnügen müssen.

Es wurde angeklopft, und Julia steckte den Kopf herein.

»Hallo«, sagte er.

»Hallo«, sagte sie. »Ich wollte nur mal sagen … gute Arbeit. Und willkommen in der Gruppe. Es geht allerdings nicht immer so hoch her, keine Sorge.«

»Das hoffe ich doch.« Er lachte.

Auf dem Tisch summte sein Handy. Unbekannte Nummer. Normalerweise nahm er solche Anrufe nicht an.

»Willst du nicht rangehen?«, fragte Julia.

Er zuckte mit den Schultern, klickte den grünen Hörer an und meldete sich. Dann schnappte er nach Luft.

»Ich komme.«

Er legte auf.

»Ist was passiert?«

»Ja. Es geht um meine Mutter.«

Adam raste aus dem Zimmer und durch den Flur. Julia rief ihm hinterher, aber er hörte sie nicht mehr.

Christer bereute, dass er kein schickeres Hemd angezogen hatte. Wie war er bloß auf die Idee gekommen, das Viskosehemd mit den braunen und beigen Streifen zu nehmen? Am liebsten hätte er auch noch seinen gestrickten Pullunder darübergezogen, aber das ging natürlich gar nicht bei der Hitze. Andererseits kam es ihm fast wie eine Sünde vor, sich jetzt mit etwas so Nebensächlichem wie seinem Aussehen zu beschäftigen.

Am Donnerstag hatten Anette und er mit den Drillingen gesprochen. Kinder waren speziell. Einerseits verstanden sie Dinge auf Anhieb, und andererseits verstanden sie rein gar nichts. Sie waren ja noch klein. Sie wurden traurig, Anette und er waren auch traurig, aber es waren trotzdem nur Worte. Nicht heute und nicht morgen, sondern ganz allmählich würden sie es begreifen. Wenn Papa Tag für Tag nicht nach Hause kam. Und dann würde für Anette die wirkliche Arbeit anfangen.

Und das Leben ging weiter. Das Leben. Verdammt.

Christer wischte sich mit seinem Taschentuch den Schweiß von der Stirn, als Bosse einen anderen Golden Retriever bemerkte und glücklich bellte.

»Nein, Bosse, hiergeblieben.« Er zog an der Leine.

Allmählich rutschte ihm das Herz in die Hose. War das Ganze vielleicht doch ein Fehler? Und wieso hatte er den Hund mitgenommen? Als Lasse ein Treffen im Vasapark vorschlug, hatte Christer das automatisch für eine grandiose Idee gehalten, aber womöglich hatte Lasse eine Allergie gegen Hunde.

Verdammter Mist.

Wieder fuhr er sich über die Stirn.

Etwas weiter hinten im Park lag das Café, in dem sie verabredet waren. Er hatte eigentlich als Erster da sein und ganz entspannt am Tisch sitzen wollen, wenn Lasse kam. Wie ein Polizist von Welt, der die Last der Welt gelassen auf seinen Schultern trug und sich vielleicht gerade Notizen zu einem Fall machte. Oder bei einem doppelten Espresso eine überregionale Tageszeitung las. Er wollte so aussehen wie seine Lieblingsfigur Harry Bosch. Aber im Moment hatte er nicht das Gefühl, dass er und Harry Bosch denselben Planeten bewohnten.

Er bekam weiche Knie und blieb stehen. Es ging einfach nicht. Er musste nach Hause, und zwar sofort. In dem Moment, als er kehrtmachen wollte, hörte er hinter sich ein Lachen. Die dazugehörige Stimme war in ihrer Jugend tiefer gewesen. Doch genau wie damals ging sie ihm durch Mark und Bein.

»Versuchst du es mit dem Hundetrick?«, fragte Lasse lachend, als Christer sich zu ihm umdrehte.

Lasse kniete sich hin und ließ sich beschnuppern.

»Na, mein Guter, ja, was bist denn du für ein Guter?«

Lasse kraulte Bosse, dem eine beachtliche Menge Speichel aus dem Mund tropfte, ausgiebig das Fell.

»Hundetrick?«, stammelte Christer. »Nein, ich … dachte nur … ich wollte nicht …«

Was sollte Lasse von ihm denken? Er verhielt sich ja absolut lächerlich. Er hatte das Gefühl, Lasse hätte ihm die Hose hinuntergezogen. Wobei das natürlich eine vollkommen unpassende Metapher war. Aber ertappt fühlte er sich wirklich. Genau das Wort hatte er gesucht. Ertappt.

Lasse stand auf.

»Da bin ich aber beruhigt, denn in so mieser Ausführung würde der Trick sowieso nicht funktionieren.« Er grinste. »Übergewichtiger um die sechzig mit verlauster Promenadenmischung.«

An dieses Grinsen konnte Christer sich noch erinnern. Es hatte ihm schon in seiner Jugend gefallen. Verkrampft lächelte er zurück. Er kam sich vollkommen bescheuert vor.

»Eigentlich bin ich ziemlich sauer auf dich«, sagte Lasse. »Wir müssen einiges klären. Aber ihr zwei seht wunderbar aus. Wollen wir jetzt Kaffee trinken?«

676

Mina schlich sich ins Krankenzimmer. Vermutlich war es kein Zufall, dass ihre Tochter ein Einzelzimmer bekommen hatte, aber in diesem Fall hatte Mina nichts dagegen, dass Nathalies Vater seinen Einfluss geltend gemacht hatte.

Ihre Tochter schlief friedlich. Sie hatte keine sichtbaren Verletzungen, aber man hatte sie trotzdem zur Beobachtung dabehalten. Mina unterdrückte den Impuls, ihr über den Kopf zu streichen. Sie hatte Nathalie schon lange nicht mehr berührt und hatte Angst, gar nicht mehr zu wissen, wie man das machte. Wie Mütter ihre Kinder anfassten.

Vorsichtig stellte sie einen Stuhl ans Bett und setzte sich so dicht neben sie, dass sie Nathalies schlafendes Gesicht betrachten konnte. Auch wenn Mina sie all die Jahre aus der Entfernung im Auge behalten hatte, war es ein merkwürdiges Gefühl, jetzt jedes Detail aus der Nähe zu studieren. Als Mina sie verließ, war sie eine muntere und niedliche Fünfjährige gewesen. Einige ihrer Eigenheiten waren verschwunden oder im Laufe der Jahre verblasst, doch andere waren noch da. Das leichte Zucken der Oberlippe im Schlaf zum Beispiel. Die langen dunklen Wimpern, die wie Fächer auf ihren Wangen ausgebreitet waren.

Mina konnte sich gar nicht an ihr sattsehen. Trotzdem fürchtete sie die Reise, die vor ihnen lag. Sie schleppten beide so viel Gepäck mit sich herum. So viel Schuld, verpackt in Rechtfertigungen und idiotischen Begründungen, die ihr längst nicht mehr so logisch erschienen wie damals.

Nathalies Lider flatterten. Dann öffnete sie ganz, ganz langsam die Augen. Einen Moment lang wäre Mina am liebsten weggelaufen, damit sie all die Fragen, die mit Sicherheit kommen würden, nicht beantworten müsste.

»Du …«, sagte Nathalie angestrengt, während sie wie eine Taucherin, die langsam an die Wasseroberfläche schwamm, in den Wachzustand zurückkehrte.

Ihr Blick wurde allmählich klarer. Minas Hand hatte neben Nathalies gelegen, aber berührt hatten sie sich nicht. Nun zog Nathalie ihre Hand weg und wandte sich ab. Demonstrativ blickte sie zum Fenster.

»Was machst du hier?«, fragte sie eisig.

»Ich wollte sehen, ob es dir gut geht«, sagte Mina.

Ihre Stimme zitterte ein wenig.

»Es geht mir gut«, sagte Nathalie. »Du kannst gehen.«

Mina schwieg. Ohne sich vom Fleck zu rühren.

»Ich weiß, dass ich eine Menge zu erklären habe«, sagte sie schließlich. »Und für vieles um Verzeihung bitten muss. Aber ich hoffe, du bist zumindest bereit, mich anzuhören.«

»Papa und ich sind auch ohne dich gut zurechtgekommen. Ich brauche dich nicht.«

Nathalies Stimme klang trotzig und kalt, verriet aber durch eine leichte Brüchigkeit, dass direkt darunter Gefühle brodelten.

»Ich weiß, dass ihr es gut zusammen hattet«, sagte Mina. »Dass es dir gut ging. Ich hoffe … Ich hoffe nur, dass wir zwei auch noch einen gemeinsamen Weg finden.«

»Verschwinde endlich!«, schluchzte Nathalie, die ihre eisige Fassade nicht mehr aufrecht halten konnte. »Warum hörst du mir nicht zu? Du sollst gehen!«

Mina stand auf. Hinter sich hörte sie jemanden ins Zimmer kommen. Als sie sich umdrehte, stand Nathalies Vater vor ihr.

»Es wird dauern«, sagte er erstaunlich sanft. »Das ist alles neu für sie. Aber mir ist klar geworden, dass es vielleicht doch nicht die beste Lösung war, den Kontakt vollständig abzubrechen. Denn sonst wäre das hier nicht passiert. Komm einfach mal zum Abendessen vorbei, wenn sie wieder zu Hause ist. Dann können wir einen Anfang machen.«

»Ich will nicht, dass sie zu uns zum Essen kommt!«, brüllte Nathalie.

Mina schluckte ihre Tränen hinunter. Nathalies Vater legte ihr seine Hand auf die Schulter. Auch sie fühlte sich seltsam vertraut und fremd zugleich an.

»Das wird schon. Wir hören voneinander. Aber nun solltest du besser gehen. Und übrigens … tut mir leid, dass ich nicht ans Telefon gegangen bin, als du mich gebeten hattest, Nathalie abzuholen. Bei mir war … die Hölle los … beruflich.«

»Ja, davon habe ich in der Zeitung gelesen.« Mina nickte.

Er sah ihr nicht in die Augen.

»Mein Beruf … Nathalie geht wirklich vor, sie ist mir immer am wichtigsten gewesen, das kann ich dir versichern … aber dieser verdammte Beruf …«

Mina nickte wieder. Sie wollte dem Krankenzimmer den Rücken kehren, bevor die Tränen kamen. Er sollte sie nicht weinen sehen. Und sie hatte kein Recht zu weinen. Sie war diejenige, die ihr Leben lang andere Prioritäten gesetzt und sich anders entschieden hatte.

In der Tür drehte sie sich noch einmal um. Nathalie hatte ihrem Vater die Arme um den Hals geschlungen.

Als Mina ein Stück den Gang hinuntergeeilt war, ließ sie ihren Tränen freien Lauf.

Torkel! Was ist passiert? Wie geht es ihm?«

Julia lief zu dem Zimmer im Astrid-Lindgren-Kinderkrankenhaus. Torkel stand vom Stuhl an der hinteren Wand auf und kam auf sie zu. Er drückte sie so fest an sich, dass sie kaum noch atmen konnte. Sie riss sich los und sah Harry auf dem Untersuchungstisch liegen. Eine Frau im weißen Kittel beugte sich über ihn.

»Harry?«

Julia stürzte hinzu.

Harry sah sie mit seinen blauen Augen an und gurgelte erfreut, als er sie erblickte. Vor Erleichterung knickten ihr fast die Beine weg.

»Ja, dieser kleine Mann hat einen ziemlichen Wirbel veranstaltet.« Die Ärztin lächelte beruhigend. »Er hat sich etwas in den Mund gesteckt, was dort nicht hingehörte, aber sein Papa hat klug reagiert, und der Krankenwagen war schnell da. Abgesehen von dem Herzinfarkt, den Harrys Vater beinahe erlitten hätte, ist nichts Schlimmes passiert.«

Die Ärztin nahm Harry auf den Arm und überreichte ihn Julia. Sie drückte ihn an sich. Dann sah sie Torkel an.

»Danke.«

Torkel nickte nur. Jetzt bemerkte sie, dass er Tränen in den Augen hatte. Sie hatte ihn noch nie weinen gesehen. Nicht einmal bei Harrys Geburt hatte er geweint. Stattdessen war er vor Freude wie ein Duracellkaninchen durch den Kreißsaal gehüpft.

»Können wir ihn mit nach Hause nehmen?«, fragte Julia.

Die Ärztin nickte.

Torkel sammelte seine Habseligkeiten ein und ging hinter Julia zur Tür. Als er einen Arm um sie legte, merkte sie, dass er zitterte.

»Wenn du dich nach hinten zu Harry setzt, kann ich fahren«, sagte sie auf dem Weg zum Auto entschieden.

»Okay.« Torkel protestierte nicht.

Nachdem sie Harry, der immer noch fröhlich vor sich hin brabbelte, im Kindersitz festgeschnallt hatten, setzte sich Julia ans Steuer und Torkel auf die Rückbank. Als sie den Motor anlassen wollte, spürte sie eine Hand auf der Schulter.

»Warte. Ich will noch was sagen.«

Ihre Blicke trafen sich im Rückspiegel. Er schluckte.

»Ich bin ein Riesenarschloch gewesen«, sagte er.

»Torkel …«, begann sie, aber er fiel ihr ins Wort.

»Nein, lass mich. Ich habe noch nie solche Angst gehabt wie heute. Ich dachte, er würde sterben, Julia. Ich dachte wirklich, er stirbt. Und erst da habe ich kapiert, was du eigentlich leistest. Diese Eltern …«

Die Worte blieben ihm im Hals stecken.

»Ich kann mir nicht mal vorstellen, wie sie es schaffen, den Verlust eines Kindes zu überleben. Und du gehst jeden Tag zur Arbeit, um diese Morde aufzuklären. Und um zu verhindern, dass noch mehr Eltern so etwas durchmachen müssen. Und was mache ich? Ich bin zu Hause und jammere wie ein Kleinkind. Bitte verzeih mir. Ich schäme mich so. Und ich verspreche dir, ab jetzt bin ich *Mister* Mom. Ich werde mich nie wieder beklagen.«

Er fuhr sich mit Daumen und Zeigefinger über die Lippen, als würde er einen Reißverschluss zuziehen, dann drehte er einen unsichtbaren Schlüssel und warf ihn weg.

Julia drehte sich zu ihm um und sah ihm in die Augen.

»Du hast recht. Du warst ein Arschloch. Aber du gehörst zu mir, du Arschloch. Und du bist der beste Papa, den Harry sich hätte wünschen können. Du hast eben ein bisschen Zeit gebraucht … und daher schlage ich vor, wir vergessen das Ganze und fangen noch mal von vorne an. Weißt du was? Ich habe noch drei Wochen Urlaub, und die könnte ich jetzt nutzen, um dich mal abzulösen. Ich bin zwar gerade erst zurückgekommen, aber wenn wir diesen Fall hinter uns haben, kann nicht einmal mein Vater was dagegen sagen, wenn ich ein bisschen

Urlaub nehme. Du kannst also morgen zur Arbeit gehen. Oder Golf spielen. Was immer du willst. Ich nehme Harry.«

»Ich hasse Golf, das weißt du.« Torkel lachte. »Und meine Kollegen kommen sehr gut ohne mich zurecht. Ich habe mir nur eingeredet, ich wäre unersetzlich. Aber Urlaub klingt gut. Wie wär's, wenn wir uns eine Zeit lang gemeinsam um Harry kümmern? Und uns abwechseln. Eine Windel du und eine Windel ich. Nachts können wir uns auch abwechseln. Und wenn du wieder ins Präsidium musst, schmeiße ich den Laden allein. Wollen wir es so machen?«

Grinsend startete Julia den Motor.

Dann sah sie wieder in den Rückspiegel.

»So machen wir's.«

Mina spazierte durch den Rålambshovsparken, um ihre Gedanken zu sortieren. Ihr Ex-Mann hatte natürlich recht. Sie musste Nathalie Zeit lassen. Und Zeit hatte sie zum Glück im Überfluss. Ihre Gedanken wanderten zu Vincent. Sie hatte nur ein Kind, aber er hatte drei. War es mit ihnen auch manchmal schwierig gewesen? Vermutlich. Es gehörte wahrscheinlich dazu.

Vincent.

Im Gegensatz zum letzten Mal hatten sie und Vincent sich nach der Besprechung im Präsidium nicht voneinander verabschiedet. Sie hatten nicht einmal Tschüss gesagt. Hatten nur ein vages »wir sehen uns« fallen gelassen. Das Problem war, dass sie nicht gesagt hatten, wann sie sich sehen würden. Natürlich würden sie sich bei Peders Beerdigung über den Weg laufen, aber das zählte nicht. Sie wollte zumindest dafür sorgen, dass bis zum nächsten Treffen nicht wieder zwanzig Monate vergingen. Immerhin hatte er sich Nathalie zuliebe den Fuß gebrochen. Ganz zu schweigen davon, dass er ihr das Leben gerettet hatte.

Vielleicht reichte das als Entschuldigung.

Sie griff zum Handy, um ihn anzurufen, als ihr Blick auf eine App fiel. Weiße Flamme vor rotem Hintergrund. Tinder.

Und schlagartig wurde ihr bewusst, dass sie es getan hatte. Sie hatte es wirklich *getan*. Wie andere Menschen auch. Sie hatte sich an ihre Spielregeln gehalten. Hatte sich auf ganz gewöhnliche Art und Weise mit jemandem getroffen. Und sich einigermaßen normal verhalten. Hatte sogar an den richtigen Stellen gelacht. Falls irgendjemand bezweifelt haben sollte, dass sie wie alle anderen sein konnte, hatte sie nun das Gegenteil bewiesen.

Und würde es nie wieder tun müssen.

Sie löschte die App. Und schlug den Weg zum Wasser ein.

Zweimal war sie mit Vincent hier gewesen. Einmal im Winter und einmal erst vor ein paar Wochen. Ohne ihn war der Park nicht ganz so interessant. Er hätte ihr sicherlich den psychologischen Effekt der hohen Fahrradbrücken und das mathematische Verhältnis zwischen ihnen und den übrigen Fahrradwegen erklärt.

Sie fuhr sich durchs Haar. Diesmal hatte sie der Versuchung widerstanden, es sich abschneiden zu lassen, nachdem sie aus dem Bunker gekommen war. Vincents Fuß war Kriegsverletzung genug.

Vincent, den sie für einen kurzen, aber gefühlt endlosen Augenblick für tot gehalten hatte. Das hatte sie ihm noch immer nicht verziehen. Sowohl dafür als auch für den Witz am Bassin im Kungsträdgården würde sie sich beizeiten rächen. Wenn er am wenigsten damit rechnete. Und sie würde sich etwas ganz Besonderes für ihn überlegen.

Sie schob ihre Hand in die Tasche und fühlte ein Stück Plastik. Verdammt. Sie hatte vergessen, es ihm zu geben. Sie zog das Plastikteil heraus und sah es an. Mit Mildas Hilfe hatte sie zwei der Grashalme, die Vincent im Fatbursparken gefunden hatte, laminiert. Ein heller und ein dunkler waren nun nebeneinander in ein kleines durchsichtiges Rechteck eingeschweißt. Es sah aus wie ein Legostein.

Eigentlich sollte es ein Geschenk sein. Ein kleines Souvenir an das, was sie zusammen erlebt hatten. Vielleicht war es gut, dass sie vergessen hatte, es ihm zu geben. Es war sicher zu morbid. Für solche Dinge fehlte ihr manchmal das Gespür. Andererseits waren die Grashalme mehr als eine Erinnerung an einen Mord.

Sie standen für Mina.

Und für Vincent.

Und für alles, was eine helle und eine dunkle Seite hatte.

Sie steckte das Plättchen wieder ein und schob ihre Sonnenbrille auf die Stirn. Der Park war voller Menschen, aber niemand schien sie zu beachten. Das war auch gut so, denn sie war soeben rot geworden.

Vincent hüpfte mit seinen Krücken über den Spazierweg im Tantolunden und erinnerte sich an einen heißen Tag, an dem er hier mit Mina gewesen war. Aber das war schon viel zu lange her. Er beschloss, dass es an der Zeit war, den gemeinsamen Spazierweg zu wiederholen, bevor der Sommer zu Ende ging. Falls sie überhaupt Lust hatte. Er hatte den Verdacht, dass sie ihm immer noch ein klein wenig grollte.

Aber das machte nichts. Er hatte genug Zeit, alles wieder in Ordnung zu bringen.

Er hatte niemandem erzählt, dass er beinahe nach dem falschen Glas gegriffen hätte. Den Eindruck, er hätte möglicherweise in beide Gläser Gift eingeschenkt, hatte er absichtlich erweckt. Selbst wenn Nova nicht wirklich geglaubt hatte, dass in beiden Gläsern Gift war, hatte er ihr zumindest einen Gedanken eingepflanzt, der seinen vorgetäuschten Tod glaubwürdiger erscheinen ließ.

Als er die Giftflasche leicht auf den Rand des Glases schlug, hatte er eine bewährte Methode angewandt. Zauberer zum Beispiel markierten Gegenstände mit sogenannten *nicks,* kaum sichtbaren Kerben. Und wenn Medien bei Séancen ursprünglich identische Zettel wieder einsammelten, die von den Teilnehmern beschriftet worden waren, versahen sie sie unauffällig mit einem Knick oder einem Abdruck ihres Fingernagels. An der Position der Kerbe konnte das angebliche Medium erkennen, wer welche Antwort gegeben hatte, und auf diese Weise suggerieren, es wäre von Stimmen aus dem Jenseits geleitet worden.

Doch auf dem Glasrand war keine Kerbe zurückgeblieben. Er hätte fester schlagen müssen. Nachdem die Gläser von Nathalie mehrmals vertauscht worden waren, hatte er keine Ahnung gehabt, in welchem das Gift war.

Letztendlich hatte er geraten.

Es war gut gegangen. Abgesehen von seinem Fuß natürlich.

Nach der letzten Zusammenkunft der Polizeigruppe waren ihm und Mina Therapiesitzungen angeboten worden, damit sie das Erlebte besser verarbeiten konnten, aber beide hatten dankend abgelehnt. Die einzige Mitarbeiterin der Stockholmer Polizei, mit der er sprechen wollte, war Mina.

Er hatte nicht vor, den gleichen Fehler wie beim letzten Mal zu wiederholen und sich nicht zu melden. Im Nachhinein betrachtet, war es eine ungeheure Dummheit gewesen. Was hatte er sich eigentlich dabei gedacht, sich einfach so in sein Schneckenhaus zurückzuziehen. Maria musste doch verstehen, dass er mittlerweile Freunde hatte. Und wenn sie es nicht tat, würden sie eben wieder zur Paartherapeutin gehen müssen. Denn Mina hatte einen Platz in seinem Herzen. Ohne sie war er nicht vollständig. Manchmal war Mina der einzige Mensch auf der Welt, der ihm real erschien. Nicht, dass er sich jemals so feierlich ausgedrückt hätte. Er wollte ja keinen vollkommen verrückten Eindruck machen.

Im Grunde konnte er sie auch jetzt gleich anrufen und ihr einen gemeinsamen Spaziergang vorschlagen. Der Sommer würde nicht mehr ewig dauern. Und er würde es auch ganz bestimmt tun. Er musste nur vorher einen anderen Anruf hinter sich bringen.

Er stöpselte sich seine AirPods in die Ohren, um auf den Krücken weiterhumpeln zu können, während er telefonierte.

»Hallo, ich bin's nur«, sagte er, nachdem sich Umberto von ShowLife Productions gemeldet hatte.

»Hallo, Vincent«, rief Umberto erfreut. »Lange nichts von dir gehört. Alles bereit für die Reise zum Fort Boyard morgen?«

Zum Glück hatte er Umberto nicht über Facetime angerufen, sodass dieser Vincents Grinsen nicht sah.

»Genau deswegen rufe ich an«, sagte er mit Bedauern in der Stimme. »Ich habe ganz schlechte Neuigkeiten. Ich bin verletzt und muss noch mindestens eine Woche mit Krücken herum-

laufen. Deswegen kann ich leider nicht bei Fort Boyard mitmachen.«

Am anderen Ende blieb es still.

»Aber Vincent, hast du denn das Update nicht bekommen?
Du hast ein Riesenglück. Es macht gar nichts, dass du nicht
laufen kannst. Die Produktion schickt dich nur in diese Zelle
mit den Krabbelviechern. Da brauchst du deine Beine nicht.
Du kannst ja sowieso nur robben …«

Vincent schnappte nach Luft. Umbertos Definition von
»Riesenglück« musste dringend überarbeitet werden. Was
Umberto gerade beschrieben hatte, war das Letzte, was er frei-
willig tun würde. Er überlegte, ob die Produktion ihn vielleicht
vom Haken lassen würde, wenn er sich beide Beine brach.
Oder sie sich amputieren ließ. Was angesichts des drohenden
Szenarios eine durchaus denkbare Alternative war.

»Ich habe gerade mit der Aufnahmeassistentin gesprochen«, fuhr Umberto fort. »Sie freut sich wahnsinnig, dass du
dabei bist. Sie heißt Anna. Ihr kennt euch anscheinend. Ein
bisschen crazy ist es schon, aber angeblich hat sie sich dein
Gesicht auf den Rücken tätowieren lassen. Sie wird sich gut
um dich kümmern.«

Vincent schloss die Augen und stützte sich auf seine Krücken. Sah sich selbst im eng anliegenden Sportdress am Boden
liegen, während eine völlig überdrehte Moderatorin ihn an-
feuerte und seine Stalkerin Anna *carpe diem* kreischte.

Mina würde sich kaputtlachen.

Fredrik Walthersson parkte auf dem Schotterweg vor dem Sommerhäuschen auf Djurö. Den vielen Autos nach zu urteilen, trafen er und Josefin als Letzte ein. Sie querten die Rasenfläche vor dem braunen Haus. Der schöne Garten stand in voller Blüte, und zwischen zwei Apfelbäumen hing eine Hängematte. Es war ein perfekter schwedischer Sommertag. Doch Fredrik fiel es schwer, ihn zu genießen. Vor einigen Tagen hatte die Polizei ihn kontaktiert und ihm mitgeteilt, wer Ossian auf dem Gewissen hatte. Anschließend hatte sich die Mörderin selbst umgebracht.

Seitdem hatten er und Josefin nur auf diesen Anruf gewartet.

Und jetzt waren sie hier.

Mauro Meyer kam ihnen entgegen, um sie mit Handschlag zu begrüßen.

»Es sind alle schon da«, sagte er leise. »Kommt rein, wir fangen an.«

Er führte sie ins Sommerhäuschen. Im Flur standen zahllose Paar Schuhe, und Fredrik zog seine ebenfalls aus. Es war eigenartig, dass man bestimmte Gewohnheiten unter allen Umständen beibehielt.

Im Wohnzimmer brauchte er einige Sekunden, um die anderen zu erkennen. Sie waren alle viel älter geworden. Und das Alter war sehr unterschiedlich mit ihnen umgegangen. Manche, wie Mauro, waren regelrecht aufgeblüht. Die vierzig stand ihm. Andere hingegen, wie Lovis Carlsson, schienen ihr Alter wie eine Ankündigung des bevorstehenden Todes mit sich herumzutragen.

Fredrik nickte Jens und Janina Josefsson zu, die schweigend auf dem Sofa saßen. Dort saßen auch Hugo und Karin neben Henry und Tobias. Ihre Kinder lebten noch, genau wie die von Jens und Janina. In dem Teil des Raumes, wo er selbst und Josefin standen und auch Mauro und Lovis saßen, herrschte eine vollkommen andere Atmosphäre.

Fredrik und Josefin nahmen am Esstisch Platz. Mauro hatte Kaffee und Zimtschnecken bereitgestellt, aber es schien niemand etwas angerührt zu haben.

»Wahrscheinlich hätte ich euch besser Schnaps anbieten sollen«, sagte Mauro, als er Fredriks Blick sah. »Aber ihr müsst ja noch fahren.«

Er räusperte sich, bevor er fortfuhr.

»Lasst uns anfangen. Wir sind alle hier zusammengekommen, außer Vendela, die wir sehr vermissen. Wie ihr wisst, hat sie sich im Frühjahr das Leben genommen. Alle dachten, sie hätte Dexter mit in den Tod genommen, weil er zur gleichen Zeit verschwunden ist. Doch dann war plötzlich zu lesen, der Sohn von Thomas Jonsmark sei in einem Stockholmer Park tot aufgefunden worden. Wir dürfen also annehmen, dass auch Dexters Tod Novas … ich meine Jessicas Werk war.«

Jens und Janina sahen sich an.

Josefin klaubte den Hagelzucker von ihrer Zimtschnecke. Fredrik hatte den Verdacht, dass ihr das gar nicht bewusst war.

»Weiß Thomas was?«, fragte Henry.

Henry hatte zusammen mit Tobias einen Sohn namens Alfons. Fredrik hatte Alfons noch nie gesehen und hatte auch nicht die geringste Lust, ihn kennenzulernen. Denn im Gegensatz zu Ossian lebte Alfons noch. Fredrik schämte sich für diesen Gedanken, aber er hätte gerne getauscht. Ein Leben gegen ein anderes. So wie Jessica es getan hatte. Oder Nova, wie sie sich später genannt hatte.

»Nein, ich glaube nicht, dass Thomas davon weiß«, sagte Mauro. »Jenny habe ich auch nichts erzählt, und als sie mir den Mord anhängen wollte, war ich ganz schön in der Klemme, aber ich habe damals nichts gesagt und werde es auch nie tun. Cecilia weiß es auch nicht. In gewisser Weise wäre es vielleicht gerecht gewesen, wenn ich verurteilt worden wäre.«

»So darfst du nicht denken.« Josefin legte Mauro eine Hand

auf den Arm. »Das ist lange her. Und es war ein Unfall. Wir hatten doch keine Ahnung, was passieren würde. Wir waren Kinder. Dumm und gemein, aber Kinder.«

»Es war kein Unfall«, sagte Mauro verbittert. »Wir haben gelogen. John hatte nie etwas getan. Er war unschuldig. Wir haben uns Lügen über ihn und die anderen ausgedacht. Ich weiß nicht mal mehr, warum. Weil es spannend war? Wollten wir uns für irgendetwas rächen, das uns keinen Spaß gemacht hat? Oder hatten wir nur aufgeschnappt, die Leute wären seltsam? Entscheidend war, dass unsere Eltern uns die Lügen geglaubt haben. Und dann geriet das Ganze außer Kontrolle. Es kam zur Katastrophe. Es war doch nicht unsere Absicht ... wer von uns hätte denn gedacht, dass unsere eigenen Eltern ...«

Er verstummte.

Niemand sagte etwas.

Tonnenschwer lastete die Schuld auf ihnen.

»Jörgen habe ich auch nie davon erzählt«, sagte Lovis schließlich mit rauer Stimme. »Er sitzt wegen des Mordes an William in Hall ein und kann dort von mir aus verschimmeln, das Schwein, auch wenn er es nicht gewesen ist.«

Es wurde wieder still im Raum. Die meisten sahen zu Boden.

Einst wären sie füreinander durchs Feuer gegangen. Doch dann war das Leben dazwischengekommen. Einige von ihnen waren Paare geworden oder geblieben. Manche hatten Karriere gemacht. Andere lebten zurückgezogen. Lovis war die Einzige, der es richtig schlecht ergangen war. Und Vendela natürlich. Arme Vendela. Aber wie hätten sie ahnen sollen, dass ihr Leben so ein tragisches Ende nehmen würde?

Sie hatten sich geschworen, nie wieder Kontakt zueinander aufzunehmen. Nicht einmal, als Josefin ihm im vergangenen Sommer den Artikel über die kleine Lilly Meyer gezeigt hatte, die tot aufgefunden worden war, hatte Fredrik sich bei Mauro gemeldet.

»Was passiert ist, ist grauenhaft«, sagte Mauro. »Aber jetzt

ist es vorbei. Jessica ist tot. Und daher möchte ich ganz sichergehen, dass unser Schwur noch gilt. Dass niemand von uns
etwas sagen wird. Diese Last tragen wir gemeinsam. Schweigend. Und diejenigen von euch, die noch Eltern haben, erzählen ihnen bitte nichts. Wir selbst haben schon schwer genug an
unserer Schuld zu tragen. Unsere Eltern brauchen wir nicht
auch noch damit zu belasten. Wenn wir nicht gelogen hätten,
wäre das alles nie passiert. So sehe ich das jedenfalls. Lassen
wir die Sache einfach auf sich beruhen.«

Die anderen nickten. Dann standen sie auf und gingen,
ohne sich zu verabschieden.

E s war Abend. Die meisten Familienmitglieder machten sich bettfertig, aber Vincent war zu rastlos dafür. Überraschend war ein Sommergewitter aufgezogen, und nun stürmte es in den Bäumen vor dem Haus. Die Stämme knackten, und das Laub raschelte, als wollte es sich losreißen. Vincent saß im Arbeitszimmer und starrte auf den Zeitungsartikel, den er schon unzählige Male gelesen hatte.

### MAGIE MIT TRAGISCHEM AUSGANG!
Auf einem ehemaligen Bauernhof in der Nähe von Kvibille wurde aus einer spielerischen Illusion plötzlich tödliche Wahrheit.

Doch seit er ihn in der vergangenen Woche aus dem Regal genommen hatte, konnte er ihn nicht mehr dorthin zurücklegen. Er las den Text immer wieder und versuchte, sich an die Begegnung mit der neugierigen Reporterin zu erinnern. Aber das alles war schon so lange her. Und er war geistig irgendwie nicht ganz … präsent gewesen. Er erinnerte sich an einen freundlichen Polizisten und eine schnippische Frau, aber er hätte nicht sagen können, ob seine Erinnerungen echt oder Fantasien waren, die sein kindliches Hirn aus Serien, Büchern und realen Erfahrungen zusammengesetzt hatte. Die Wahrheit lag natürlich irgendwo dazwischen. Er wusste, dass sich die wenigsten Erinnerungen genauso abgespielt hatten, wie sie ihm im Gedächtnis geblieben waren. Und die traurigen Augen des Siebenjährigen, die ihn von der Zeitungsseite anblickten, blendete er am liebsten aus.

Aber die drei Puzzles auf seinem Schreibtisch sprachen eine deutliche Sprache. Irgendjemand wollte ihn an das erinnern, was in seiner Kindheit passiert war. Und wer immer es war, Jane konnte es nicht sein, und Nova auch nicht. Er hatte geglaubt, sie hätte ihm die Rätsel geschickt. Entweder, um ihn zu verwirren und ihn von den Ermittlungen abzulenken. Oder sie hätte, was im Hinblick auf ihre narzisstische Persönlichkeitsstruktur nicht unwahrscheinlich gewesen wäre, wichtige Hinweise in den Puzzles versteckt. Menschen mit einer hohen Meinung von sich selbst liebten es, andere, vermeintlich Ebenbürtige, auf die eigene Brillanz aufmerksam zu machen.

Aber weder hatte Nova ihm die Puzzles noch Ruben den Zeitungsartikel geschickt.

Irgendjemand da draußen spielte ein beklemmendes Spiel mit ihm, und er hatte keine Ahnung, wer es war.

»Was machst du denn?« Maria stand in der Tür. »Die Platte, die du im Wohnzimmer aufgelegt hast, ist längst zu Ende. Comfort Module, was ist das eigentlich für ein Bandname?«

Besorgt sah sie ihn an.

»Geht es dir nicht gut?«

Er konnte die Frage nicht beantworten. Um ehrlich zu sein, wusste er es nicht. Den Zeitungsartikel auf dem Schreibtisch hatte er instinktiv mit den Händen bedeckt. Das war zwar kindisch, aber er wollte jetzt nicht darüber sprechen. Maria bemerkte die Zeitung natürlich und warf ihm einen skeptischen Blick zu, doch er schwieg beharrlich.

»Du siehst ganz schön elend aus«, sagte sie. »Geh lieber schlafen. Du musst ja morgen früh zum Fort Boyard, da solltest du ausgeschlafen sein. Ich räume hier noch schnell auf, und dann gehen wir ins Bett.«

Sie stapelte die zusammengeklebten Puzzles auf dem Schreibtisch. Zum Glück schien sie die seltsamen Mitteilungen nicht zu bemerken.

»Wo soll ich die hinlegen?« Sie hielt den kleinen Papierstapel in den Lichtkegel der Schreibtischlampe.

Er rieb sich die Augen. Vielleicht hatte Maria recht. Er sollte hier nicht so allein mit seinen Gedanken herumsitzen. Ihre spontane Fürsorglichkeit tat ihm gut. Er merkte, dass er diese Zuwendung vermisst hatte.

Plötzlich flatterten Buchstaben über den Schreibtisch. Sie

tanzten im Lichtkegel, verschwammen vor seinen Augen und wurden wieder deutlich sichtbar. Hatte er sich die Augen zu fest gerieben? Hatte er Halluzinationen? Nein, die Buchstaben waren in höchstem Maße real. Ein dumpfes Krachen vor dem Haus verriet, dass beim letzten Windstoß ein Ast abgebrochen war.

»Warte mal.« Er nahm Maria die Puzzles aus der Hand.

Sie zuckte mit den Schultern.

»Ich habe es wenigstens versucht«, sagte sie. »Leg dich bitte bald hin. Du siehst wirklich nicht fit aus.«

Während sie das Arbeitszimmer verließ, sah er sich den Stapel ganz genau an.

Die Lücken.

Alle drei zusammengeklebten Puzzles wiesen Lücken zwischen den Tetrisschnipseln auf. Einzeln waren sie zu groß und zu unregelmäßig, als dass sie etwas bedeutet hätten, aber wenn die Puzzles übereinanderlagen, ergaben die Unregelmäßigkeiten ein Muster. Die Lücken befanden sich ungefähr an den gleichen Stellen, hatten aber verschiedene Formen. Wenn sie sich überlappten, verkleinerten sich die Konturen.

Buchstaben.

Die Lücken bildeten Buchstaben.

Er schob den Zeitungsartikel zur Seite und hielt die Puzzles, genau wie Maria es getan hatte, unter die Schreibtischlampe. Das Licht, das jetzt auf die Tischplatte fiel, ergab ein deutlich erkennbares Wort.


SCHULDIG


In seinem Innern begann der Schatten zu murmeln, und seine Augen füllten sich mit Tränen. Er musste sie fest zukneifen, um noch etwas zu sehen.

Das war nicht gerecht. Er hatte doch getan, was er konnte. Warum wurde er nicht frei? Nachdem er noch einmal geblinzelt hatte, richtete er seinen Blick wieder auf den Zeitungsartikel. Auf das Foto des kleinen Jungen, der er einst gewesen war.

Durch den Tränenschleier sah er das Foto verschwommen, und plötzlich erkannte er, dass zwei Linien auf dem Bild kräftiger als die anderen waren. Er fuhr sich mit dem Handrücken über das Gesicht und schaute noch einmal hin. Jemand hatte mit Kugelschreiber auf dem Bild herumgekritzelt. Früher hatte er das selbst auch gemacht, als Kind, wenn er nichts Besseres zu tun gehabt hatte. Auch als Erwachsener zeichnete er beim Nachdenken oft die Konturen von Personen oder Gegenständen in der Zeitung nach. Und zum Abschluss kritzelte er den Leuten einen Oberlippenbart ins Gesicht.

Er hatte beim Lesen des Artikels noch nie über das Gekritzel nachgedacht. Zum einen war es kaum zu erkennen, weil die Kugelschreibertinte verblasst war, und zum anderen umgaben die geraden Linien den schwarzen Kasten im Hintergrund.

Den Kasten, in dem Mama ...

Er dachte den Gedanken nicht zu Ende und konzentrierte sich auf das Foto. Der Schatten in ihm wurde größer.

Das Gekritzel bestand aus drei Strichen. Einer verlief an der Oberkante des Kastens entlang und verband sich an der Ecke mit einem, der an der Seite des Kastens nach unten verlief. Der dritte Strich verband die beiden anderen jeweils in der Mitte.

Plötzlich wurde ihm klar, was er da vor sich hatte.

Es war ein A. A wie Alpha. Wie Anfang.

Hastig holte er die Karte hervor, die mit dem dritten Puzzle gekommen war, und las sie.

*Vergiss nicht, du bist selbst schuld. Du hättest einen anderen Weg gehen können. Bist du aber nicht.*
*Und daher haben wir dein Omega erreicht.*

Er hatte geglaubt, wenn er erst den Anfang gefunden hätte, würde verständlicher, was der Puzzlemacher meinte. Und was genau ein Ende finden sollte. Nun hatte er den Anfang gefunden, der Puzzlemacher hatte den Anfang bereits markiert, als Ruben vor zwei Jahren den Zeitungsartikel erhalten hatte, aber Vincent hatte nicht hingesehen. Am Anfang war er sieben Jahre alt gewesen, und seine Mutter war zu Tode gekommen. Da war er Vincent Walder geworden, der sich an geraden Zahlen festhielt und sich komplizierte Muster ausdachte, um nichts fühlen zu müssen. Am Anfang war der Schatten in ihn eingezogen.

Das war sein Alpha.

Er hatte geglaubt, er wäre weitergekommen, aber die Botschaft des Puzzles war eindeutig. Es war ihm nicht vergönnt, irgendetwas hinter sich zu lassen. Auf dem ehemaligen Bauernhof in der Nähe von Kvibille hatte alles angefangen. Und nun hatte es ihn eingeholt.

*Und daher haben wir dein Omega erreicht.*

*Den Anfang von deinem Ende.*

Heulend toste der Wind ums Haus und rüttelte an den Fenstern, als versuchte er, gewaltsam einzudringen. Vincent würde zur Rechenschaft gezogen werden. Mehr als vierzig Jahre nach dem Tod seiner Mutter würde er schließlich seine Strafe bekommen. Von wem, wusste er nicht. Und auch nicht, wann. Er wusste nur, dass es dazu kommen würde. Der Schatten in seinem Innern brüllte so laut, dass er sich die Ohren zuhielt.

### REITERHOF SORUNDA 1996

Jessica hatte geträumt. Sie bekam ihn nicht ganz zu fassen, aber es war ein schöner Traum gewesen. Sie hatte bei den Großen sein dürfen. Also musste es ein Traum sein. Sie durfte ja sonst nie in ihrer Nähe sein. Sie fanden sie zu klein. Und zu seltsam. Zu klein konnte sie verstehen, auch wenn die anderen gar nicht so viel größer waren, aber seltsam verstand sie nicht. Ihre Familie war gar nicht seltsam. Sie waren nur viele, und Jessica wusste selbst nicht, wie alle zusammenhingen. Außer

Mama und Papa natürlich, die waren eben Mama und Papa. Aber alle anderen waren einfach … Familie.

Sie drehte sich auf die Seite und begrub das Gesicht im Kissen. Sie wollte in den Traum zurück. Wo niemand sie ärgerte. Wo sie in Ösmo zur Schule gehen konnte, ohne dass jemand hinter ihrem Rücken tuschelte. Die Großen waren nur neidisch, das wusste sie. Papa ließ sie nicht mehr auf den Hof. Vorher sollten sie lernen, sich anständig zu benehmen. Zu den Pferden durften sie erst wieder, wenn sie nicht mehr schlecht über andere redeten.

Papa sagte nicht oft solche Sachen. Er war immer so lieb. Der Liebste auf der ganzen Welt. Mama war auch lieb, aber sie konnte manchmal streng sein. Papa war einzigartig. Wenn sie beschreiben wollte, wie lieb sie ihn hatte, reichten Worte manchmal nicht aus. Papa sagte immer, er liebe sie bis zum Mond und zurück. Aber der Mond war zu nah.

Es roch so komisch, und in dieser Nacht war es noch wärmer als sonst. Sie schlug die Bettdecke zur Seite und stellte die Füße auf den Boden. Im Sommer lief sie immer barfuß. Sie hatte das Gefühl, Stimmen gehört zu haben. Sie klangen aufgeregt. Erwachsene Stimmen. Sie war sich aber nicht sicher, ob sie das auch geträumt hatte.

Sie öffnete die Zimmertür. Der Geruch wurde stechend, und sie musste kräftig husten. Während sie vorsichtig die Treppe hinuntertappte, hielt sie sich den Mund zu. Sie wusste genau, welche Stufen knarrten. Mama ärgerte sich, wenn sie davon geweckt wurde.

Im Erdgeschoss sah sie das Feuer. Ihre Augen tränten. Die Haustür stand einen Spalt offen. War jemand hier gewesen?

Durch den Spalt konnte sie den Stall sehen. Auch dort brannte es, und die Pferde schrien.

Ohne nachzudenken, raste sie durch die Flammen und nach draußen. Das Feuer hatte an ihr geleckt, aber keinen Halt gefunden. Mit klopfendem Herzen rannte sie zum Stall.

Als sie näher kam, hörte sie Sternchen schreien. Sternchen

war ihr Lieblingspony. Ein kleines, weiß-grau geflecktes Pony mit rosa Maul. Sie liebte Sternchen. Fast noch mehr als ihren geliebten Papa. Sie war bei Sternchens Geburt dabei gewesen. Hatte sie ihre ersten wackligen Schritte machen sehen. Ihr die Flasche gegeben. Und Papa hatte gesagt, Sternchen würde ihr allein gehören. Ihr erstes eigenes Pony.

Sternchen schrie immer lauter, als wollte sie ihre Sternenschwestern am Himmel um Hilfe rufen. Die Schreie der anderen Pferde vermischten sich mit ihren. Aber die Stalltür war geschlossen. Die Pferde konnten sich nicht befreien. Die Flammen waren jetzt mehrere Meter hoch und ragten in den Nachthimmel empor.

Der Riegel war vorgeschoben. In Tränen aufgelöst, versuchte Jessica, ihn zu bewegen. Sternchens angsterfüllte Schreie wurden immer lauter, aber der Riegel war nicht nur zu weit oben, sondern auch zu schwer für sie.

Die Hitze kam mit rasender Geschwindigkeit auf sie zu. Aber sie achtete nicht darauf. Sie konzentrierte sich nur auf Sternchen. In ohnmächtiger Angst brüllte sie zum Himmel und betete, wie sie noch nie gebetet hatte, aber der Riegel bewegte sich kein Stück.

Dann wurde sie von der Tür weggerissen.

»Nein, nein, nein!«, kreischte sie und ruderte mit den Armen, aber derjenige, der sie festhielt, war zu stark.

»Pscht … pscht … Du kannst sie nicht mehr retten.«

Papas Stimme, seine starken Arme. Sie schluchzte, schrie und hämmerte auf seinen Brustkorb ein, aber er hielt sie nur noch fester. Dann hob sie den Kopf. Die Hitze des Feuers hinter ihr traf sie wie eine Wand.

»Mama?« Nun warf sie einen Blick zum Haupthaus.

Es brannte nicht mehr nur im Eingangsbereich, das ganze Haus stand in Flammen, und die Feuersbrunst dröhnte in der Sommernacht.

»Es ist zu spät«, sagte Papa. »Ich bin zu spät wach geworden. Aber wir zwei können uns noch retten.«

Er bohrte sein Gesicht in ihr Haar. Dann nahm er sie auf den Arm und rannte mit ihr über den Hof. Sie hatte keine Kraft mehr, um sich loszureißen. Es war alles verloren. Sie hatte nur noch ihn.

»Es war ein Unfall«, sagte er. »Es war keine Absicht, das Benzin war nur eine Drohung. Sie waren so aufgebracht. Sie sagten, ihre Kinder hätten ihnen erzählt … Ich verstehe das nicht. Es muss ein Unfall gewesen sein …«

Sie sah ihm an, dass er es selbst nicht glaubte.

Vorsichtig setzte er sie auf den Beifahrersitz, schnallte sie aber nicht an, sondern warf schnell die Tür zu, rannte ums Auto herum und startete den Motor.

Am Straßenrand waren im Dunkeln die Umrisse von Personen zu erkennen. Auf ihren Gesichtern spukten die Flammen, sie wichen zurück und standen reglos da, als der Wagen vorüberfuhr.

Als sie über eine Kuhle im Schotterweg fuhren, leuchteten die Scheinwerfer für einen Moment in die Gesichter. Jessica sah sie so deutlich, als ob es taghell gewesen wäre. Mit offenen Mündern und gebannten Blicken starrten sie auf das Inferno, das sie selbst entfacht hatten. Jessica erkannte die Menschen, die ihre Kinder zum Reitunterricht gebracht und wieder abgeholt hatten.

Und plötzlich verstand sie alles. Sie begriff, dass die Erwachsenen das Feuer entzündet hatten, das im Rückspiegel loderte. Sie hatte auch das Getuschel in der Schule gehört und wusste genau, was für Gerüchte über ihre Familie im Umlauf waren. Im Grunde hatten die Kinder mit ihrem bösartigen Gerede und ihren Lügen den Brand ausgelöst. Sie wusste sogar, wie sie hießen. Fredrik. Lovis. Josefin. Mauro. Vendela. Henry. Karin. Tobias. Hugo. Jens. Janina.

»Ich schwöre«, murmelte sie lautlos.

Sie dachte an ihr Pony, das im Stall verbrannte.

Und sie dachte an ihre Mama.

Es war, als würde es auch in ihr brennen.

»Ich schwöre, dass ich euch eines Tages das Liebste nehmen werde, was ihr habt«, zischte sie mit zusammengebissenen Zähnen.

Dann sah sie wieder nach vorn. Der Gedanke hatte sie beruhigt. Es würde alles gut werden.

Sie hatte ein Ziel.

Die Dunkelheit, durch die sie fuhren, glich einem Tunnel. Nur ein heller Fleck direkt vor ihnen war zu sehen. Aber sie hatte keine Angst. Es würde alles gut werden.

Er fuhr schneller, als er je gefahren war. Sie kurbelte die Scheibe hinunter, hielt das Gesicht in den Wind und schloss die Augen. Hinter sich hörte sie immer noch das Feuer tosen. Bald würden sie die Brücke erreichen. Sie liebte die Brücke und den reißenden Fluss darunter. Manchmal hielt Papa mitten auf der Brücke an, damit sie auf das Wasser schauen konnte.

Sie liebte das Wasser, weil es wild und frei war und überall hinkonnte. Es war genau wie das Feuer, nur umgekehrt. Wasser schenkte Leben. Sie hoffte, dass Papa auch diesmal auf der Brücke haltmachen würde. Damit sie Sternchens Schreie durch das Rauschen des Wassers ersetzen konnte. Doch Papa fuhr nicht langsamer. Er fuhr noch schneller. So schnell, dass sie nicht über die Brücke fuhren, sondern flogen. Dann hatte sie das Rauschen des Wassers in den Ohren. Doch das nützte nichts. Sternchens Schrei hörte sie noch immer.

Und sie wusste, dass es nie wieder anders sein würde.

# Dank

Es ist schon oft gesagt worden und kann ruhig wiederholt werden: Ein Buch schreibt man nicht allein. Auch nicht zu zweit. Wir sind einer großen Anzahl von Menschen zu Dank verpflichtet, die uns geholfen haben, dieses Buch auf Kurs zu halten.

Zunächst mal alle, die uns inhaltlich weitergeholfen haben:

Kelda Stagg, M. Sc., Kriminaltechnikerin der Polizeibehörde Region Stockholm, hat uns ganz genau erklärt, was mit Leichen passiert, die unter dem Rasen gelegen haben, und wie man sie richtig öffnet. Mithilfe ihrer mikrobiologischen Kenntnisse hat sie uns vor den gravierendsten Fehlern bei bakteriellen Infektionen bewahrt, die von Pferden auf Menschen übergehen – ein Gebiet, das viel komplexer ist, als wir dachten.

(Kelda Stagg ist übrigens einer der drei klugen Köpfe hinter dem Instagram Account liket_efter_doden. Abonniert ihn, wenn ihr von diesen Dingen genauso fasziniert seid wie wir!)

Unendlich wertvolle Hilfe haben wir auch bei unserem neuen Charakter Adam bekommen. Natürlich hat auch er seine Schwächen, aber in den entscheidenden Momenten soll er sich so glaubwürdig wie möglich verhalten. Wir sind voller Bewunderung für die echten Verhandler und ihre Fähigkeiten. Aus beruflichen Gründen möchten sie anonym bleiben, aber ihr sollt wissen, dass das, was die Arbeit dieser Menschen ausmacht, immer wieder ein Drahtseilakt ist.

Magnus Svensson, Kriminalinspektor in der JVA Hall, hat geduldig unsere zahllosen Mails zu den Besuchsregeln beantwortet. Man könnte zwar meinen, solche Abläufe wären eine Kleinigkeit, aber ihr wisst ja, wie das mit den Details ist. Da steckt der Teufel drin.

Mathegenie Eline Dinnetz, die mit Zahlen geschickter jongliert als wir beide zusammen, hat uns an die Hand genommen, nachdem wir vergeblich auf eigene Faust versucht hatten, Permutationen von Anagrammen und andere Dinge auszurechnen, bei denen sich bei normalen Menschen die Frontallappen verknoten.

Wir bedanken uns ferner bei allen, die per Mail oder Telefon selbstlos unsere kryptischen Fragen nach Wandmalereien, Hotelzimmern und anderen Dingen beantwortet oder bestimmte Informationen und Anregungen beigesteuert haben.

Wie immer haben wir uns bei der Darstellung der Realität gewisse Freiheiten genommen, und das gilt sowohl für die Polizeiarbeit (Pfandhäuser führen zum Beispiel keine Listen von gestohlenen Schmuckstücken) als auch für das normale Leben (weder die Kita Backen noch den Seminarhof Epicura gibt es wirklich). Beides ist hoffentlich eine Bereicherung.

Man braucht jedoch noch weitere Personen als die oben genannten, damit aus einem Text ein richtiges Buch entsteht. Ohne diejenigen, die wir im Folgenden erwähnen, wäre »Finsternebel« nur ein sehr langes Worddokument gewesen.

Das große Team vom Bokförlaget Forum ist von unschätzbarem Wert. Es sind eine große Anzahl von Menschen beteiligt, und zwei von ihnen tragen die größte Verantwortung. Wir haben unserer Verlegerin Ebba Östberg hoch und heilig versprochen, dass dieses Buch nicht dicker als das erste werden würde. Wir haben gelogen. Tut uns leid. Unsere Lektorin Kerstin Ödeen hat mehr als eine Million Buchstaben und Kommata überprüft und Hunderte von Fakten gecheckt. Ein riesiges Dankeschön und, noch einmal, es tut uns leid.

Besonderer Jubel gilt unserem genialen Grafiker Marcell Bandicksson, der mit seinen Covern perfekt umsetzt, was unsere seltsamen Gehirne ausgebrütet haben, und auf diese Weise die schönsten Bücher in der Geschichte des Buchdrucks erschafft.

Joakim Hansson, Anna Frankl, Signe Lundgren und alle anderen von der Nordin Agency sowie Lili Assefa, Paulina Bånge und Kollegen von Assefa Communication machen uns mit ihren Leistungen auf dem internationalen Markt immer noch sprachlos. Falls du dich gerade auf einer einsamen Insel in Japan oder im nepalesischen Gebirge befinden und in einem Hostel dort ein Buch über Vincent und Mina in der Landessprache vorgefunden haben solltest, dann hast du das diesen Superstars zu verdanken.

Der größte Dank gebührt jedoch euch, liebe Leser, weil ihr mit uns und mit Vincent und Mina auf diese Reise geht. Eine Geschichte entsteht eigentlich erst, wenn jemand daran teilhat. Daher danken wir euch dafür, dass ihr Vincent und Mina zum Leben erweckt habt. Hoffentlich habt ihr euch gut genug mit ihnen angefreundet, um sie auch beim nächsten Mal zu begleiten.

*Camillas persönlicher Dank:*
Ohne die Menschen in meinem engsten Umfeld könnte ich niemals Bücher schreiben. Sie spornen mich an und tragen mich mit Liebe und praktischer Unterstützung und über die Seiten. Der größte Dank gebührt meinem Mann Simon, meinen Kindern Wille, Meja, Charlie und Polly, doch ich möchte mich auch bei dem Team bedanken, das mich im Alltag und bei meiner Arbeit unterstützt: Mathilda Norman, Natasa Maric und Johan Hultman. Und all meine Freunde ... Was wäre ich ohne euch? Wer keine Namen nennt, kann auch keinen vergessen, aber ihr wisst hoffentlich, was ihr mir bedeutet.

*Henriks persönlicher Dank:*
Während einer Pandemie ein Buch zu schreiben, ist etwas Besonderes. »Finsternebel« ist in einer Phase entstanden, in der meine Familie und ich mehr Zeit miteinander verbracht haben, als wir je für möglich gehalten hätten. Daher verleihe ich Linda, Sebastian, Nemo und Milo Tapferkeitsmedaillen, weil sie mich nicht im Schlaf von einem Auftragskiller haben ermorden lassen. Danke an alle Freunde, die mich immer noch

anfeuern und unterstützen. Und schließlich möchte ich mich bei dem Mentalisten und guten Freund Anthony Heads für lange Diskussionen bei hervorragendem Whisky und miesen Drinks bedanken.

© Elisabeth Toll